DONGSUH MYSTERY BOOKS 57

L'AIGUILLE CREUSE

기암성

모리스 르블랑/이가형 옮김

동서문화사

옮긴이 이가형 (李佳炯)

도쿄대학 문학부 수학. 전남대 조교수, 중앙대 교수, 국민대 대학원장 역임. 말로 《희망》을 번역하여 한국펜클럽 번역문학상 수상. 지은책 《미국문학사》, 옮긴책 말로 《왕도》 오스카 와일드 《살로메》 루소 《사회계약론》 런던 《야성이 부르는 소리》 해미트 《피의 수확》 등이 있다.

♦♦♦♦

DONGSUH MYSTERY BOOKS 57

기암성

모리스 르블랑 지음/이가형 옮김
초판 발행/1977년 12월 1일
중판 발행/2003년 3월 1일
발행인 고정일/발행처 동서문화사
창업 1956. 12. 12. 등록 16-345 (윤)
서울강남구신사동 540-22 ☎ 546-0331~6 (FAX) 545-0331
www.epascal.co.kr

*

이 책의 출판권은 동서문화사 (동판)가 소유합니다.
의장권 제호권 편집권은 저작권 법에 의해 보호를 받는 출판물이므로
무단전재와 무단복제를 금합니다.

편찬·필름·제작 일체 「동판」 자본으로 이루어짐에 따라
출판권 소유권자 「동판」에서 제조출판판매 세무일체를 전담합니다.
사업자등록번호 211-90-02201
ISBN 89-497-0142-1 04860
ISBN 89-497-0081-6 (세트)

기암성
차례

기암성

괴도 신사 뤼뺑

L'AIGUILLE CREUSE
기암성

등장인물

이지도르 보트를레 장송 드 세이리 고등학교 학생으로
                          아마추어 명탐정

레이몽드 드 생 벨랑 제브르 백작의 조카딸
                          보기 드문 미모의 소유자

수잔 드 제브르 백작의 딸

제브르 백작 부호

퓌르 예심 판사

다바르 제브르 백작의 비서

끄비용 부장 형사

가니마르 노련한 경감

브레도 퓌르의 서기

바르멜라 에귀유 성의 주인

마시방 문예학사원 회원

베리드 남작 에귀유 성의 고문서 소유자

비르몽 베리느 남작의 딸

셜록 홈즈 영국의 유명한 탐정

아르센 뤼빵 괴도 신사

한밤의 총소리

레이몽드는 바짝 긴장하며 귀를 기울였다. 또다시 그 소리가 들려왔다. 너무나 조용한 한밤의 정적을 파고든 그 울림은 여느 밤에 들을 수 있는 그런 소리와는 전혀 달랐다. 그러나 가까운 곳에서 난 것인지 먼 곳에서 들려온 것인지, 이 넓은 저택 안에서 난 소리인지 아니면 밖에서 났는지, 또는 어두운 정원 한 구석에서 났는지 도무지 알 수 없는 희미한 소리였다.

레이몽드는 침대에서 살그머니 일어나 절반쯤 열려 있던 창문을 활짝 열었다. 달빛이 뜰의 잔디와 나무숲 위로 고요히 내려앉고 있었다. 부서진 원기둥이며 허물어진 아치며 무너진 회랑의 잔해며 산산이 깨져 버린 발코니 등, 폐허가 되어 버린 옛 수도원이 을씨년스러운 그림자를 드러내고 있었다. 산들바람은 꼼짝도 하지 않는 나뭇가지 사이를 빠져나가 수풀의 잎사귀들을 살랑살랑 흔들어댔다.

그러자 별안간 똑같은 소리가 왼쪽…… 그러니까 자기가 거처하는 3층 바로 밑 왼쪽에서 들려 왔다. 서쪽 별채의 객실이었다.

레이몽드는 마음이 굳세고 대담한 처녀였지만 으스스 떨리는 몸에 나이트 가운을 걸치고 성냥을 집어들었다.

"레이몽드……레이몽드."

한숨처럼 힘없는 목소리가 문이 닫혀 있지 않은 옆방에서 그녀를 부르고 있었다. 더듬더듬 소리가 나는 쪽으로 가자 사촌 동생 수잔이 방에서 뛰어나와 레이몽드의 품에 안기었다.

"레이몽드……언니였구나! 언니도 들었지?"

"그래……그럼, 너도 자지 않았구나?"

"아마 개짖는 소리에 깼나봐……한참 됐어. 하지만 이젠 짖지 않는군. 그런데 지금 몇시쯤일까?"

"4시쯤 되었을 거야."

"언니, 들어봐! ……들리잖아? 누군가 객실을 돌아다니는 것 같아."

"괜찮아, 수잔. 아래에는 수잔의 아버지가 계시는걸."

"그러니까 아버지가 걱정돼. 객실 옆의 작은 방에서 주무신단 말이야."

"다바르 씨도 있잖니?."

"하지만 다바르 씨의 방은 반대편 끝인걸, 들릴 리가 없어."

그녀들은 어떻게 할까 망설였다. 사람을 부를 것인가? 사람 살리라고 소리칠 것인가? 그러나 자신들의 목소리조차 무서웠기 때문에 그렇게 할 생각은 없었다. 그런데 창문 옆에 있던 수잔이 하마터면 외마디 소리를 지를 뻔한 것을 가까스로 억누르고 속삭였다.

"저봐, 저기……연못가에 웬 사나이가…….."

과연 한 남자가 허둥지둥 뛰어가고 있다. 옆구리에 꽤 큰 물건을 끼고 있었는데 수잔은 그것이 무엇인지 알 수 없었다. 다만 끼고 있는 물건이 자꾸만 다리에 부딪쳐서 걷기 불편해 보였다. 사나이는 옛 사원 옆을 지나 담장에 나 있는 조그마한 뒷문 쪽으로 갔다. 뒷문은 열려 있었던 모양이다. 왜냐하면 뛰어가던 사나이의 모습이 갑자기 보이지 않게된 데다 여느 때와 같이 삐걱거리는 문소리도 들리지 않았기 때문이다.

"객실에서 나온 것 같았어."

수잔이 중얼거리듯 말했다.

"아니야. 만약 계단을 내려가 대기실을 지났다면 좀더 왼쪽일 거야 ……어쩌면……?"

두 처녀는 그 순간 똑같은 생각이 떠올라 자지러지듯 놀라면서 아래를 내려다보았다. 바로 밑 건물 정면에 사다리가 세워져 2층까지 닿아 있었다. 한 줄기 불빛이 돌로 된 발코니를 비추고 있었다. 그러자 또 한 사나이가 역시 무엇인지 옆구리에 끼고 그 발코니를 넘어 사다리를 타고 내려가더니 조금 전의 사나이와 같은 길로 달려나갔다.

수잔은 너무나도 두려워 다리의 힘을 잃고 그 자리에 주저앉으면서 이렇게 중얼거렸다.

"사람을 불러! 살려 달라고 말이야!"

"누가 오겠어? 수잔의 아버지?…… 그러다가 만약 다른 나쁜 녀석이 또 있어서 아버지께 덤벼들기라도 하면 어쩌려고?"

"그럼, 하인을 부르면 되겠네. 언니 방의 초인종은 하인들 방으로 이어져 있으니까."

"그래! ……그렇구나…… 아, 그게 좋겠어…… 하인들이 곧 와줄 수 있으면 좋으련만!"

레이몽드는 급히 침대 옆의 초인종을 찾아 힘껏 눌렀다. 그녀들이 있는 3층에 벨소리가 요란하게 울렸기 때문에, 아래층에서도 틀림없이 벨소리를 들었으리라고 생각했다.

두 사람은 숨을 죽이고 누가 오기를 기다렸다. 그러나 주위가 너무나 고요했다. 슬그머니 무서워졌다. 산들바람에도 나뭇잎조차 움직이지 않았다.

"무서워, 아아, 무서워!"

수잔이 되풀이했다.

이때 갑자기 캄캄한 어둠 속 그녀들이 있는 바로 밑에서 격투를 벌이는 소리와 가구가 뒤집히는 듯한 소리에 이어, 무시무시하고 불길한 쉬어터진 신음 소리와 목을 졸리는 듯한 비명 소리가 들렸다.

레이몽드는 다음 순간 문을 향해 달렸다. 수잔은 온 힘을 다해 그 팔에 매달렸다.

"안 돼, 가지마……무서워."

레이몽드는 매달리는 수잔을 밀어젖히고 복도로 뛰쳐나갔다. 수잔도 그 뒤를 따라 울부짖으면서 양쪽 벽을 짚고 비틀비틀 뛰어갔다.

레이몽드는 계단까지 오자 한 단 한 단 구르듯이 내려가 객실의 큰 문 앞으로 달려갔는데, 어찌된 영문인지 그 문지방 위에서 못박힌 듯이 걸음을 딱 멈추었다. 한편 수잔은 그녀 곁에서 허물어지듯 주저앉아 버렸다. 두 사람의 바로 앞, 서너 걸음 떨어진 곳에 한 사나이가 호롱불을 들고 서 있었다. 사나이가 호롱불을 두 처녀쪽으로 쑥 내밀어 그녀들은 눈이 부셨다. 그는 뚫어지게 두 처녀의 얼굴을 지켜 보더니, 그다지 서두르지도 않고 매우 침착한 태도로 사냥 모자를 쓰고는 종이조각과 지푸라기 두 개를 줍고 융단 위의 발자국을 지우고 나서 발코니로 걸어가더니, 한번 뒤를 돌아보고 두 처녀에게 공손히 절을 하고는 그대로 어둠 속으로 사라지고 말았다.

수잔은 곧장 큰 객실과 아버지의 거실 사이에 있는 작은 침실로 달려갔다. 그러나 그 문을 연 순간, 너무나 끔찍한 광경에 발이 얼어붙어 버렸다. 창문으로 비스듬히 비쳐들어오는 달빛을 받으며, 두 사나이가 마룻바닥에 나란히 쓰러져 있는 게 보였던 것이다.

"아버지!……아버지!……아버지!……어찌 된 일이에요?"

수잔은 한 사나이에게 달려들어 정신없이 소리치며 흔들어 댔다.

조금 지나자 제브르 백작은 꿈틀꿈틀 몸을 움직이기 시작했다. 그리고 짓눌린 듯한 목소리로 간신히 말했다.

"걱정할 것 없어……다친 데는 없으니까…… 그런데 다바르는 어찌 되었느냐?……살았느냐? 단도는?……어찌 되었느냐?"

바로 이때 하인 둘이 촛불을 들고 나타났다. 레이몽드가 또 한 사람에게로 가까이 가보니, 그것은 백작이 신임하는 비서, 쟝 다바르였다. 그리고 그의 얼굴에는 이미 죽은 사람에게서 나타나는 파리한 빛이 보이고 있었다.

그녀는 갑자기 벌떡 일어나더니 객실로 되돌아가, 벽에 걸려 있는 무기 가운데서 여느 때부터 알고 있는 총알이 재어진 총을 집어들고 발코니로 나갔다. 그 사나이가 사다리 맨 윗단에 발을 걸친 때로부터 5, 60초도 채 지나지 않았다. 그다지 멀리 가지는 못했을 것이다. 게다가 뒤쫓는 사람이 쓰지 못하게 사다리를 치워 놓으라고 더욱 지체했다. 과연 그녀는 폐허가 된 옛 사원 옆을 지나 뒷문 쪽으로 달아나는 사나이의 모습을 발견했다. 그녀는 어깨에 총을 대고 조용히 겨냥하여 방아쇠를 당겼다. 사나이가 쓰러졌다.

"맞았다! 맞았어!"

한 하인이 고함쳤다.

"저 녀석은 잡혔어요, 내가 가서 잡아오겠습니다."

"안 돼요, 빅또르, 다시 일어났어요……얼른 계단을 내려가 뒷문으로 가서 지키고 있어요, 그 곳밖에는 달아날 길이 없으니까!"

빅또르는 쏜살같이 뛰어갔다. 그러나 아직 하인의 모습이 뜰에 나타나기도 전에 사나이는 다시 쓰러졌다. 레이몽드는 다른 하인을 불렀다.

"알베르, 봐요, 저기가 보이지요? 큰 아케이드 옆에요."

"네, 풀 속을 기어가고 있군요……녀석은 이제 틀렸습니다."

"여기서 지키고 있어요."

"달아날 수 없을 겝니다. 폐허 오른쪽은 탁 트인 잔디밭이니까요."

"게다가 빅또르가 왼쪽 뒷문에서 지키고 있으니까."

레이몽드는 총을 집어들며 말했다.

"가지 마십시오, 아가씨!"

"괜찮아요."

그녀는 조급한 모습을 보이면서도 단호하게 말했다.

"내 걱정은 하지 말아요……아직 한 방 남았으니…… 만약 움직이기만 하면……."

레이몽드는 나갔다. 알베르는 그뒤 곧 레이몽드가 폐허 쪽으로 가는 것을 보았다. 그는 창문 너머로 소리쳤다.

"녀석은 아케이드 뒤로 기어가고 있습니다. 이제는 보이지 않습니다……아가씨, 조심하십시오."

레이몽드는 그 사나이가 도망칠 길을 끊기 위해, 옛 사원을 한 바퀴 돌았다. 그 때문에 알베르에게는 곧 그녀의 모습이 보이지 않게 되어 버렸다. 한참 동안을 기다려도 그녀의 모습이 보이지 않자 걱정이 된 그는 여전히 폐허 쪽을 살피면서, 계단으로 내려가지 않고 사다리를 타고 내려가야겠다고 생각했다. 가까스로 사다리를 타고 내려오는 데 성공한 그는 그 사나이의 모습을 맨 마지막으로 보았던 아케이드 쪽으로 곧장 뛰어갔다. 30걸음쯤 떨어진 곳에 사나이를 찾고 있는 빅또르가 보였다.

"어떻게 되었나?"

그는 빅또르에게 물었다.

"못 잡았어."

빅또르가 대답했다.

"뒷문은?"

"지금 그 문을 잠그고 오는 길이야……보게, 열쇠가 있잖나."

"그렇지만……이상하지 않은가."

"그러게 말야, 하지만 틀림없어. 10분쯤이면 녀석은 잡힐 거야, 그
악당놈."

총소리에 깨어난 소작인과 그 아들이 농장에서 달려왔다. 그의 집
은 오른편으로 상당히 멀리 떨어진 곳에 있었지만, 역시 담장 안쪽에
있었다. 그러나 그들은 낯선 사람은 아무도 만나지 못했다.

"제기랄!"

알베르가 분통을 터뜨렸다.

"놈은 이 폐허에서 달아날 수 없어. 구석구석을 모두 뒤져서라도
찾아 내고야 말 테다."

그들은 패를 갈라 샅샅이 뒤졌다. 풀숲은 하나도 남김 없이 뒤졌
고, 원기둥에 얽혀 있는 덩굴도 헤쳐 보았으나 헛일이었다. 사원은
굳게 문이 닫혀 있었고, 유리창 한 장도 깨어져 있지 않은 것이 확인
되었다. 그들은 사원을 한 바퀴 빙 돌며, 구석구석을 모조리 찾았다.
그러나 아무런 소득도 얻지 못한 채 끝나고 말았다.

다만 한 가지 발견한 것이 있었다. 사나이가 레이몽드의 총에 맞아
쓰러졌던 그 자리에서, 자동차 운전 기사가 잘 쓰는 누런 가죽 사냥
모자를 발견한 것이다. 그 밖에는 아무것도 없었다.

아침 6시에 위빌 라 리비에르 경찰서에서는 이 사건을 보고받고,
디에쁘 검사실로 범죄 상황과 주범의 체포는 멀지 않았다는 경위――
―'범인의 모자와 범행에 사용된 단도를 발견했다는'――를 지금 보
고로 알리고 나서 수사반원을 급히 현장으로 보냈다.

10시에는 두 대의 자동차가 저택으로 이어진 가파르지 않은 언덕 길을 내려왔다. 한 대에는 예심 판사가 검사보와 서기와 함께 타고 있었다. 그리고 다른 한 대의 허름한 차에는 르왕 신문과 빠리 모 대 신문의 젊은 두 기자가 타고 있었다.

오래 된 저택이 보이기 시작했다. 이 곳은 옛날에 앙브뤼메지의 수 도원장이 거처하던 저택이었는데, 혁명 때 파괴된 것을 제브르 백작 이 수리하여 20년 동안 소유해왔다.

시계탑이 있는 본관과 그 양옆에 두 채의 건물이 있는데, 이 두 건 물은 각각 돌난간이 달린 돌계단으로 둘러싸여 있었다. 그 곳에서부 터 정원의 담장 너머로는 아득히 노르망디의 높은 벼랑까지 언덕이 이어져 있고, 그 저쪽에는 생뜨 마르그리뜨와 바랑쥐빌 마을 사이에 멀리 바다의 파란 선이 보인다.

제브르 백작은 이 저택에서, 아름다우나 병약한 딸인 금발 머리의 수잔과 조카딸인 레이몽드 드 생 벨랑과 함께 살고 있었다. 레이몽드 는 부모가 거의 같은 무렵에 세상을 떠나 고아가 되었으므로 백작이 2년 전에 그녀를 맡기로 했던 것이다. 저택의 생활은 조용하고 규칙 적이었다. 가끔 이웃 사람들이 찾아왔다. 여름이 되면 백작은 두 어 린 처녀들을 거의 날마다 디에쁘로 데리고 갔다. 백작은 머리가 희끗 희끗해지기 시작했지만, 키가 후리후리하게 크고 위엄있고 잘 생긴 얼굴이었다. 굉장한 부자로서 스스로 재산을 운용했으며, 비서인 다 바르의 도움을 받으며 토지를 관리하고 있었다.

예심 판사는 들어오자 곧 형사 부장 끄비용으로부터 첫 번째 보고 를 받았다. 범인을 붙잡는 것은 멀지 않았다는 이야기였지만, 아직도 실현되지는 않았다. 그러나 정원에서 나가는 길은 모두 철저히 봉쇄 되어 있었다. 여기서 탈출하기란 불가능한 일이었다.

그들은 아래층 홀과 식당을 지나 2층으로 올라갔다. 객실은 언뜻 보기에 잘 정돈되어 있다는 것을 알 수 있었다. 가구 하나 골동품 하나도 여느 때에 놓여 있던 자리에 있지 않은 것은 없었으며, 그러한 가구류와 장식품에도 없어진 것은 하나도 없었다. 오른쪽과 왼쪽에는 인물을 그린 플랑드르 지방에서 생산되는 벽걸이가 걸려 있었다. 안쪽의 판자벽에는 넉 점의 아름다운 그림이 시대물에 어울리는 액자에 끼워져 신화의 정경을 보여 주고 있었다. 이것들은 루벤스(17세기 초 플랑드르의 바로크 그림의 대표적 화가)가 그린 유명한 그림으로서, 플랑드르 벽걸이와 함께 제브르 백작이 숙부인 스페인 귀족 보바딜리아 후작으로부터 물려받은 것이었다.

예심 판사인 퓌르 씨가 지적했다.

"가령 범죄의 목적이 도둑질이라 하더라도, 아무튼 이 객실을 노린 것은 아닙니다."

"글쎄요, 알 수 없는데요."

검사보는 말했다. 그는 말은 많지 않았지만, 언제나 판사의 의견과는 반대였다.

"그렇다면 우선 범인은 이 벽걸이나 그림을 들고 나갔을 게 아니겠소?"

"아마 시간이 없었던가 보지요."

"그 점은 잘 조사해 볼 필요가 있겠는데요."

그때 제브르 백작이 의사와 함께 들어왔다. 백작은 자신이 겪은 무서웠던 일 같은 건 모두 잊어 버린 듯이 두 사법관에게 부드럽게 인사했다. 그리고 침실 문을 열었다.

이 방은 범행이 있던 뒤로 의사가 들어갔을 뿐 다른 사람은 아무도 들어가지 않았는데, 객실과는 반대로 매우 어지럽게 흐트러져 있었다. 두 개의 의자는 뒤집혀 있었고, 테이블은 망가졌으며, 여행용 시계며 서류함이며 메모용지 등 여러 가지 물건이 바닥에 흩어져 있었다. 흩어져 있는 몇 장의 종이에는 피가 묻어 있었다.

의사는 시체에 씌워놓은 시트를 젖혔다. 쟝 다바르는 늘 입던 우단으로 만든 옷을 입었으며, 반장화를 신고, 한쪽 팔을 등으로 돌리고 벌렁 드러누운 모습이었다. 셔츠를 헤쳐 보니 앞가슴에 커다란 상처가 있었다.

"즉사입니다. 단도로 단칼에 찔렸는데요."

의사가 말했다.

"그게 틀림없는 것 같군요."

판사도 말했다.

"객실 난로 위에 가죽 모자와 함께 놓여 있던 단도 같은데요?"

"그렇습니다."

제브르 백작이 증언했다.

"단도는 여기에 떨어져 있었습니다. 처음에는 조카딸 레이몽드가 총을 집어든 저 객실의 무기들 가운데 있었습니다. 사냥 모자는 범인의 것이 틀림없습니다."

퓌르 씨는 더욱 자세히 방 안을 조사한 다음 의사에게 두서너 가지 묻고 나서, 다시 제브르 씨에게 본 것과 알고 있는 것을 낱낱이 다 이야기해 주도록 부탁했다. 백작은 다음과 같이 이야기했다.

"나는 쟝 다바르가 깨우는 바람에 일어났습니다. 게다가 또 어쩐 일인지 나도 깊이 잠들 수 없었기 때문에, 분명히 뭔가 발소리가 들린 것 같았습니다. 그래서 눈을 번쩍 떠 보니, 침대 발치에 다바르가 촛불을 켜들고 여느 때와 다름없는 차림새로 서 있었습니다. 그는 곧잘 밤늦게까지 일을 하곤 했으니까요. 다바르는 매우 흥분한 목소리로 조그맣게 '객실에 누가 있는 것 같습니다'라고 말했습니다. 과연 무슨 소리가 났습니다. 나는 벌떡 일어나 이 침실의 문을 살그머니 열었지요. 그런데 바로 그때 객실로 이어진 이 쪽의 큰 문이 홱 열리면서 한 사나이가 나타나더니, 나에게 덤벼들어 관자놀이를 호되게 한 대 치는 바람에 나는 그만 정신을 잃고 말았습니다. 판사님, 나는 이 이상 더 자세히 말씀드릴 수는 없습니다. 처음 일밖에는 기억하고 있지 않은 데다, 그러한 일들이 눈 깜짝할 사이에 끝나고 말았기 때문입니다."

"그런 다음 어떻게 하셨습니다?"

"그 뒤의 일은 도무지 알 수 없습니다. 정신을 차렸을 때는 다바르가 치명상을 입고 쓰러져 있었습니다."

"마음에 짚이는 일은 없습니까?"

"없는데요."

"누구의 원한을 산 일은 없나요?"

"그럴 만한 일은 기억이 없습니다."

"다바르 씨도 그럴까요?"

"다바르 말씀입니까? 그에게 적이 있다니! 다바르처럼 좋은 사람은 또 없을 겁니다. 내 비서로 지낸 20년 동안 그 사나이는 내가 진심으로 믿을 수 있는 사람이었고, 그에 대해서는 좋은 평판밖에 들은 일이 없습니다."

"그렇지만 밤중에 들어와서 폭행을 하고 사람을 죽였으니, 반드시 동기가 있을 겁니다."

"동기라고요? 도둑질이겠지요."

"그럼, 무얼 훔쳐 갔나요?"

"아무것도 없습니다."

"그렇다면?"

"아무것도 훔쳐 간 것도 없고 없어진 것도 없지만, 적어도 녀석들은 무언가 틀림없이 가지고 갔을 겁니다."

"뭐를 가지고 갔을까요?"

"나로선 알 수 없습니다. 그러나 딸아이와 조카아이에게 물어 보시면, 그 아이들은 두 사나이가 잇달아 뜰을 가로질러 뛰어갔는데, 그들이 둘 다 상당히 큰 짐을 가지고 있더라고 자신있게 말할 겁니다."

"그야 뭐, 아가씨들은……."

"두 아이가 다 꿈이라도 꾸었다고 말씀하시는 겁니까? 사실은 나도 그렇게 생각하고 싶습니다. 어쨌거나 나는 집 안을 샅샅이 뒤지기도 하고, 이리 저리 생각도 해 보느라고 이제는 녹초가 되어 버렸습니다. 그렇지만 그 두 아이에게 물어 보는 거야 문제없는 일이지요."

두 사촌 자매는 큰 객실로 불려갔다. 수잔은 아직도 파리한 얼굴로 떨고 있었으며 말도 제대로 하지 못했다. 빛나는 다갈색 눈동자의 레이몽드는 수잔보다 훨씬 기운찼고 아름다웠으며, 어젯밤에 일어났던 사건과 그녀가 한 일을 똑똑하게 말했다.

"아가씨, 당신이 지금 말씀하신 것은 모두 틀림없는 사실이지요?"

"그럼요, 틀릴 리가 없어요. 뜰을 가로질러 간 두 남자는 분명히 커다란 물건을 옆구리에 끼고 있었어요."

"세 번째 사나이는?"

"아무것도 갖지 않고 여기서 나갔어요."

"그 남자의 인상이 어떠했습니까?"

"글쎄요, 아무튼 남자는 처음부터 칸델라 불을 우리에게 똑바로 비추었기 때문에 눈이 부셔서 기껏해야 키가 크고 뚱뚱했다는 느낌밖에는……."

"아가씨에게도 그렇게 보이던가요?"

판사는 수잔에게 물었다.

"네……아니, 저어, 중키에 바싹 말랐던 것 같았어요."

수잔은 열심히 생각하면서 대답했다.

퓌르 씨는 빙그레 웃었다. 한 가지 사실에 대해 목격자들 사이에서 나오는 의견이나 증언에 상당한 차이가 있다는 것을 너무나도 많이 겪어서 잘 알고 있었기 때문이다.

"그렇다면 객실에 있던 세 번째 사나이는 키가 크거나 중키쯤이고, 뚱뚱하거나 말랐다는 말이 되겠군요. 또 한편 뜰에 있던 두 사나이가 객실에서 물건을 들고 나갔는데, 여기의 물건은 아무것도 없어지지 않았다는 말이군요."

퓌르 씨는 스스로도 인정하듯 빈정거리기 잘 하기로 이름난 판사였다. 그는 또 구경꾼이 있어도 싫어하지 않았고, 많은 사람들에게 솜씨를 보일 기회가 있으면 절대로 놓치지 않는 판사였는데, 이것은 차례로 객실에 모여드는 사람들도 잘 알 수 있었다.

신문기자의 뒤를 이어 소작인과 그 아들, 정원지기와 그의 아내, 저택의 고용인, 그리고 디에쁘에서 자동차를 몰고 온 두 운전사가 있었다. 판사는 말을 이었다.

"그리고 세 번째 사나이가 어떻게 달아났는지, 그것도 확인해 볼 필요가 있겠군요. 아가씨, 아가씨는 이 총으로 쏘았군요. 이 창문에서 쐈나요?"

"네, 그래요. 그 남자가 사원 왼쪽의 가시덤불 밑에 묻힌 묘석이 있는 곳까지 가서 쓰러졌어요."

"쓰러졌다가 다시 일어났나요?"

"몸을 절반쯤 일으켰어요. 빅또르가 곧바로 달려내려가 뒷문을 단단히 걸어 잠갔고, 저는 하인 알베르더러 여기에 남아 망을 보라 이르고 그 남자의 뒤를 쫓아 갔어요."

이번에는 알베르가 그 말을 증언했다.

그래서 판사는 결론을 내렸다.

"결국 당신 말에 의하면, 부상을 입은 그 남자는 하인이 단단히 문을 지키고 있었으니까 왼편으로는 도망칠 수 없었을 것이며, 잔디밭을 가로질러 달아났다면 당신이 보았을 테니까 오른편으로도 달아나지 못했을 거라는 말씀이지요. 그럼 논리적으로 말해서 그 남자는 지금 우리의 눈에 보이는 비교적 한정된 범위 안에 있다는 말이 되겠군요."

"그렇다고 생각해요."

"아가씨, 아가씨도 그렇게 생각하십니까?"

"네."

"저도 그런 생각입니다."

빅또르가 말했다.

검사보가 놀려 대는 듯한 말투로 외쳤다.

"수사 범위는 좁아요. 4시간 전부터 이잡듯이 뒤지고 있는 수사를 계속하는 수밖에 없겠군."

"아마 틀림없이 잘 될 거요."

퓌르 씨는 난로 위에 있는 가죽 사냥 모자를 집어들고 이리저리 살펴보더니, 형사 부장을 불러 아무에게도 들리지 않게 가만히 명령했다.

"부장, 부하 한 사람을 지금 곧 디에쁘의 메그레 모자점에 보내서 이 모자를 어떤 사람에게 팔았는지 조사해 보라고 하게."

검사보가 말하는 "수사 범위"는 저택과 오른편 잔디밭, 왼편 담장과 저택 반대쪽 담장이 만들고 있는 한 모퉁이 사이에 둘러싸인 공간을 말한다. 다시 말해서 폭이 약 100미터되는 네모꼴이며, 그 가운데는 중세기에 매우 유명했던 사원인 앙브뤼메지의 폐허가 여기저기 남아 있는 곳이다.

어지럽게 마구 짓밟힌 풀 속에서 범인의 발자국은 쉬이 발견되었다. 거의 말라서 검게 보이는 핏자국이 두 군데에서 확인되었다. 사원 끝인 아케이드 모퉁이에서부터는 이미 아무런 흔적도 없었다. 솔잎이 깔려 있는 땅 위에 사람이 지나간 발자국이라고는 전혀 없었다. 그러나 그렇다면 부상자는 어떻게 레이몽드와 빅또르와 알베르의 눈을 피할 수가 있었단 말인가? 하인이나 경찰관이 그 부근의 풀숲을 두들기기도 하고 묘석 밑을 뒤지기도 했으나, 아무런 이상도 발견되지 않았다.

예심 판사는 열쇠를 가지고 있던 정원지기에게 사원 문을 열게 했다. 시대가 지나고 혁명이 있었어도 소중하게 보존되어 온 그 곳은 마치 조각의 보고와도 같아서, 포치 가장자리의 아름다운 조각과 작은 입상의 훌륭한 조각으로 경이로운 노르망디 고딕 양식을 보여주고 있었다. 사원 안은 아주 간소하여 대리석 제단 말고는 아무런 장식도 없어서 숨을 만한 곳이라고는 아무 데도 없다. 게다가 비록 이 곳으로 들어왔다 하더라도, 어떠한 방법으로 들어왔겠는가?

조사하는 사람들은 폐허를 구경하러 오는 사람들이 드나들게 되어 있는 뒷문까지 왔다. 뒷문 밖은 지금은 쓰지 않는 채석장이 보이는 잡목림과 저택 사이로 나 있는 좁은 길이 되어 있다. 퓌르 씨는 몸을 굽혔다. 길에 깔린 흙먼지에는 자동차 타이어 자국이 남아 있었다. 레이몽드와 빅또르는 총을 쏜 뒤, 자동차가 굴러가는 소리를 들은 것 같다고 말했었다. 예심 판사는 다음과 같이 추측했다.

"부상당한 남자는 공범과 만났구먼"

"그런 어이없는 일이!"

빅또르가 소리쳤다.

"그럴 리가 없습니다. 전 아가씨와 알베르가 그 남자를 보고 있을 때, 여기를 지키고 있었으니까요."

"그렇다면 결국 그 남자는 어딘가에 있다는 말이군 그래! 밖이거나 안이거나!"

"여기에 있습니다."

하인들은 고집스럽게 주장했다.

판사는 어깨를 으쓱해 보이고 나서 우울한 표정으로 저택 쪽을 향해 되돌아갔다. 드디어 사건은 알 수 없는 방향으로 향했다. 강도가 들어왔는데도 아무것도 없어진 흔적은 없고 사람만 해쳤다. 분명히 있을 텐데도 범인은 발견되지 않는다. 도무지 재미없는 사건이다.

이미 늦은 시각이었다. 제브르 씨는 사법관들과 두 신문기자에게 점심 식사를 대접했다. 모두 묵묵히 식사를 했다. 그런 다음, 퓌르 씨는 객실로 돌아와 하인들을 심문했다. 이때 말발굽 소리가 가운데 뜰에서 울리더니, 곧 디에쁘로 파견되었던 경찰관이 들어왔다.

"어떻던가! 모자 가게 주인을 만났나?"

판사가 참지 못하고 소리쳐 물었다.

"모자를 사간 사람은 운전사였답니다."

"운전사라고?"

"네, 운전사가 가게 앞에 차를 세우고, 어느 손님 부탁으로 운전사 용의 누런 가죽 사냥 모자가 필요하다고 했답니다. 마침 그런 모자가 있다고 하니까, 운전사는 크기도 살펴보지 않고 값을 치르고는 가 버렸다더군요. 꽤 서두르는 것 같더랍니다."

"어떤 차라던가?"

"4인승 구형이랍니다."

"언제였다던가?"

"언제라뇨, 오늘 아침이랍니다."

"오늘 아침이라고? 대체 자네는 무슨 말을 하는 건가?"

"글쎄, 그 사냥 모자는 오늘 아침에 팔렸다니까요."

"그럴 리가 있나. 왜냐하면 이것은 어젯밤 이 뜰에서 발견되었으니까 말일세. 그렇다면 그 전에 갖고 있었어야만 했을 것이고, 따라서 그 전에 샀어야 할 게 아닌가?"

"모자 가게 주인은 분명히 오늘 아침이라고 했는데요."

그 순간 어이가 없어 멍하니 앉아 있던 판사는 일이 이렇게 된 경위를 알아 내려고 했다. 그러다 그는 갑자기 깜짝 놀라 벌떡 일어났다.

"오늘 아침에 우리를 태우고 온 운전사를 데려와!"

형사 부장과 그 부하 경찰관들은 급히 오두막 쪽으로 뛰어갔다. 얼마 뒤 부장이 혼자 돌아왔다.

"운전사는?"

"부엌에서 직접 점심을 차려 먹고, 그리고……"

"그리고?"

"도망쳤습니다."

"차를 타고?"

"아닙니다. 위빌의 친척되는 사람을 만나러 간다는 구실로 마부의 자전거를 빌려타고 갔답니다. 이것이 그 녀석의 모자와 외투입니다."

"그렇지만 모자도 없이 갔을 리는 없잖은가?"

"주머니에서 가죽 사냥 모자를 꺼내어 쓰고 가더랍니다."

"가죽 사냥 모자라고?"

"네, 누런 가죽으로 만들었더랍니다."

"누런 가죽이라고? 그럴 리가 있나. 그것은 여기에 있어."

"딴은 그렇군요, 판사님. 그러나 녀석의 사냥 모자도 그것과 똑같은 것입니다."

검사보는 빙그레 차가운 웃음을 떠올렸다.

"정말 이상한데요! 아니, 정말 재미있군요! 사냥 모자가 두 개라 ……하나는 진짜이고 유일한 증거물이었는데 자칭 운전사의 머리에 의젓하게 얹혀서 가버렸어요! 또 하나는 지금 당신이 들고 있는 가짜지요. 허어 참, 녀석에게 한 방 먹었군요."

"잡아라! 이리 끌고 와야해!"

퓌르 씨는 미친 듯이 소리쳤다.

"끄비용 부장, 부하를 둘 데리고 얼른 말로 뒤쫓아!"

"벌써 멀리 갔을 거요."

검사보가 말했다.

"아무리 멀리 갔더라도, 무슨 수를 써서든지 꼭 잡아야 해!"

"물론 되도록이면 잡고 싶습니다. 그러나 판사님, 보다 급박한 일이 있습니다. 이것 좀 보십시오. 외투 주머니에 이런 것이 들어 있었습니다. 읽어 보시지요."

"어떤 외투인가?"

"운전사의 외투입니다."

이렇게 말하고, 검사보는 넷으로 접은 종이를 퓌르 씨 앞으로 내밀었다. 거기에는 연필로 다음과 같은 글귀가 조금 서투른 글씨로 씌어 있었다.

만일 두목이 죽으면, 그녀를 그대로 두지 않겠다.

이것을 보고 적지 않은 동요가 일어났다.

"똑똑한 사람이라면 한 마디만 들어도 알 수 있어요. 우린 경고를 받았소."

검사보가 중얼거렸다.

"백작님, 염려하실 것 없습니다."

판사가 입을 열었다.

"그리고 아가씨들도 마찬가지입니다. 이런 협박 같은 건 별것 아닙니다. 아무튼 사법 당국에 있는 저희들이 이렇게 현장에 있으니까요, 모든 경계 수단을 마련하겠습니다. 제가 여러분의 안전에 대해서는 책임을 지겠습니다. 그리고 당신네들은."

두 신문기자 쪽을 보며 말했다.

"나는 당신들의 신중한 태도를 기대하오, 당신들이 이번 조사에 참가할 수 있었던 것은 내 호의였소, 그러니까 내 신뢰를 저버리는 일이라도 있으면······."

그는 무언가 생각이 난 듯 말을 멈추고 두 젊은이를 번갈아보더니, 그 가운데 한사람에게 물었다.

"당신은 어느 신문사에 있소?"

"르왕 신문사에 있습니다."

"신분증명서를 가지고 있겠지요?"

"네, 이것입니다."

증명서는 틀림없는 기자증이었다. 할 말이 없었다. 퓌르 씨는 또 한 사람의 기자에게 물었다.

"그럼, 당신은?"

"저 말입니까?"

"그렇소, 당신은 어느 신문사 편집국에 있소?"

"저는 특별히 어느 한 신문사에 소속되어 있지는 않습니다. 저는 여러 신문에 기사를 써 주고 있지요, 말하자면 특별기고가라고나 할까요."

"신분증명서는?"

"가지고 있지 않습니다."

"그래요? 그건 또 어째서지요?"

"신문사로부터 신분증을 받으려면, 오직 그 신문사에만 전속되어 기사를 써야 하기 때문입니다."

"그래서요?"

"그뿐입니다! 전 이따금 제가 쓰고 싶을 때만 펜을 드니까요. 신분증을 내줄 수가 없지요. 어디든 마음내키는 대로 원고를 보내어, 그것이 때로는 채택되기도 하고 또 때로는 그대로 휴지가 되어 버리기도 하지요."

"아무튼 당신의 이름은 뭐요? 명함은 있겠지요?"

"이름 따위를 들으신들 뭣하시겠습니까. 명함도 없습니다."

"그렇다면 당신의 직업을 증명할 서류가 전혀 없단 말이오?"

"직업이란 것은 본디부터 없으니까요."

"그렇지만 당신은 설마"

판사는 조금 퉁명스러운 말투로 외쳤다.

"설마 우리의 눈을 속이고 여기에 잠입해서 사법권의 비밀을 낱낱이 알아 낸 다음, 슬쩍 정체를 감출 작정은 아닐 테지요?"

"판사님, 제가 왔을 때 당신께서는 아무것도 묻지 않으셨고, 따라서 저도 아무 말할 필요가 없었다는 것을 유의해 주시기 바랍니다. 게다가 조사가 비밀을 요한다고는 생각하지 못했으니까요. 아무튼 이렇게 많은 사람이 입회하고 있었고……범인의 한 사람까지 말입니다."

그는 매우 공손한 말투로 점잖게 말했다. 키가 후리후리하게 크고 마르기는 했지만 아직 어린 사나이였으며, 좀 짧은 듯한 바지에 꼭 끼는 웃옷을 입고 있었다. 얼굴이 처녀처럼 장밋빛으로 고왔고, 넓은 이마에 머리는 짧게 깎았으며, 갈색의 덥수룩한 수염을 기르고 있었다. 눈이 총기있게 빛나고 있었다. 그는 조금도 당황하거나 이성을 잃은 듯한 모습은 보이지 않았으며, 그렇다고 그다지 빈정거리는 투도 없이 보기 좋은 미소를 띠고 있었다.

퓌르 씨는 반감 섞인 경계심을 품고 이 젊은이를 살펴보고 있었다. 두 경찰관이 앞으로 나왔다. 젊은이는 사뭇 유쾌한 듯이 외쳤다.

"판사님, 당신께선 저를 공범의 한 사람이라고 의심하고 계시는군요. 그렇지만 만일 그렇다면 아까 그 친구가 말했듯이 벌써 달아났을 겁니다."

"당신에게는 뭔가 그럴 만한……."

"그런 일을 생각하다니, 어이가 없군요. 생각 좀 해보십시오, 어떻게 안 들키리라고 생각할 수 있겠습니까. 논리적으로 말해도 그렇게 하면 안 된다는 것은 이해가 될 텐데요."

퓌르 씨는 그의 눈을 뚫어지게 보고 있더니, 퉁명스럽게 말했다.

"쓸데없는 말은 그만두시오! 당신 이름이 뭐요?"

"이지도르 보트를레."

"직업은?"

"장송 드 세이리 중고등학교의 수사학급(修辭學級) 학생입니다."

퓌르 씨는 그의 눈을 뚫어지게 지켜본 채 무뚝뚝하게 말했다.

"아무 말이나 함부로 하는군, 수사학급의 학생이라는 등……."

"주소는 뽕쁘 거리 장송 중고등학교 기숙사입니다."

"농담 그만하라구!"

퓌르 판사는 몹시 화가 나서 버럭 소리를 질렀다.

"사람을 우습게 아는군! 그런 몹쓸 장난은 그만둬!"

"사실 솔직히 말해서 판사님, 저는 판사님께서 그토록 노발대발하시며 믿지 않으시는 그 사실에 놀라고 있습니다. 제가 장송 고등학교 학생이어서는 안 된다는 까닭이 어디에 있습니까? 아참, 이 수염 때문인가 보군요? 마음놓으십시오, 이것은 가짜 수염이니까요."

이지도르 보트를레는 턱에 붙였던 가짜 수염을 잡아떼었다. 과연 수염이 없는 얼굴은 더 앳되었으며 한층 더 장밋빛이 되어, 정말로 고등학생다운 얼굴이 되었다. 그는 하얀 이를 드러내며 어린사람답게 웃으면서 말했다.

"이제야 아시겠습니까? 그래도 증거가 필요할까요? 그렇다면 아버지가 보내 주신 편지 겉봉에 주소가 있으니 읽어 주십시오. '장 송 드 세이리 중고등학교 기숙생 이지도르 보트를레'라고 씌어 있습니다."

믿고 안믿고는 별문제로 치더라도, 퓌르 씨는 이러한 행동이 취미에 맞지 않는 것 같았다. 그는 까다롭고 불쾌한 말투로 물었다.

"대체 자네는 여기에 뭐하러 왔는가?"

"물론……공부하러 온 것입니다."

"공부라면 학교에서 해야 하지 않는가……자네 학교에서……"

"판사님, 잊고 계시는군요. 오늘은 4월 23일이니까, 부활제 휴가중이라는 것을 말입니다."

"그래서?"

"그래서 전 이 휴가를 제가 하고픈 일에 쓸 수 있는 겁니다."

"자네 아버지는?"

"아버지는 먼 사보아 깊숙한 곳에 살고 계십니다. 이번 휴가에는 여행을 하라고 말씀하셨지요. 도버 해협의 바닷가를 한 바퀴 돌고 오라고 권해 주신 것도 아버지였지요."

"가짜 수염을 달고 말인가?"

"천만에요. 이건 다릅니다. 제 생각으로 한 일입니다. 우리는 학교에서 모험에 대해 여러 가지로 이야기도 나누고, 변장한 사나이가 나오는 탐정소설을 읽기도 하거든요. 우리는 복잡하게 얽힌 무시무시한 사건을 많이 상상한답니다. 그래서 저는 장난삼아 수염을 달아 보았습니다. 게다가 어른으로 보이는 편이 낫고, 빠리의 신문기자로 행세하는 데도 이렇게 하는 편이 좋을 것 아니겠습니까? 그러느라고 하는 일 없이 일주일을 그대로 지내고, 어젯밤 르왕의 신문기자와 알게 된 것입니다. 그리고 오늘 아침, 앙브뤼메지 사건을 알게 된 그가 친절하게도 저를 데리고 가주겠다고 말했지요."

이지도르 보트를레는 얼마쯤 순진할 정도로 솔직하게 이런 이야기를 했기 때문에, 듣는 상대편도 즐거워질 정도였다. 퓌르 씨 자신도 아직 경계하면서도 기꺼이 귀를 기울이고 있었다.

그는 조금 말투를 누그러뜨려 이렇게 물었다.

"그래서 자네는 여기에 와 보고 만족했나?"

"재미있군요! 아무튼 전 아직 이러한 사건은 처음이기 때문에 흥미진진합니다."

"그것도 자네가 퍽이나 좋아하는, 알 수 없이 복잡하게 얽힌 사건이니까."

"정말 감격할 뿐입니다! 어둠 속에서 여러 가지 사건이 떠올라, 그것들이 서로 연결되어 조금씩 진상이 판명되는 것을 보는 것처럼 재미있는 일은 없으니까요."

"자네는 진상이 밝혀질 거라고 생각하나? 결국 어떤 단서라도 있단 말인가?"

"웬걸요, 없습니다!"

보트를레는 웃으면서 대답했다.

"다만…… 조금 짐작될 만한 뚜렷한 점이 없지도 않고, 결론을 내리기에 도움이 되리라고 생각되는 확실한 점도 있어 보이기는 합니다만."

"그래? 이거 참, 점점 재미있어질 것 같군. 뭔가 알 것 같나? 사실 부끄럽기 짝이 없는 일이지만, 나는 아무것도 모르고 있거든."

"그야 판사님께서는 여러 가지로 생각하실 시간이 없었기 때문입니다. 중요한 것은 생각하는 일이죠. 사건 그 자체 속에 설명이 들어 있지 않는 일은 절대로 없으니까요. 그렇게 생각되시지 않습니까? 어찌 되었거나 나는 조서에 씌어 있는 사실밖에는 모릅니다."

"굉장하군! 그럼 묻겠는데, 객실에서 도둑맞은 물건이 뭔지 알겠나?"

"알 것 같습니다."

"참으로 훌륭해! 자네는 물건의 임자보다 훨씬 잘 알고 있군! 제 브르 씨는 목록을 갖고 계시지만, 보트를레 군은 아무것도 갖고 있지 않네. 장서 한 권과, 지금까지 아무도 알아차리지 못했던 입상이 하나 없어졌다네. 그런데 내가 살인범의 이름을 자네에게 묻는다면?"

"역시 그것도 알고 있다고 대답하고 싶습니다."

그 자리에 모였던 사람들 사이에 동요가 일었다. 검사보와 신문기자가 곁으로 다가왔다. 제브르 씨와 두 처녀는 보트를레의 확신에 감탄하면서 주의깊게 듣고 있었다.

"살인범의 이름을 알고 있다는 건가?"

"네, 압니다."

"그럼, 어디에 있는지도?"

"네."

퓌르 씨는 두 손을 비볐다.

"됐어! 이번 체포는 내 생애의 명예가 될 걸세. 그럼, 자네는 그 중대한 비밀을 나에게 말해 주겠지?"

"지금 당장에라도……또는 만일 괜찮으시다면, 앞으로 한두 시간 뒤 판사님들의 수사에 참가한 다음에 하기로 하겠습니다."

"아니야, 지금 당장 부탁하네."

이때 처음부터 이지도르 보트를레를 뚫어지게 보고 있던 레이몽드 드 생 벨랑이 퓌르 씨 앞으로 나섰다.

"판사님……."

"왜 그러십니까, 아가씨?"

2, 3초 동안 그녀는 보트를레 쪽을 바라본 채 망설이다가 퓌르 씨에게 대답했다.

"이 분께 좀 물어 봐 주시면 고맙겠어요. 어제 무슨 까닭으로 뒷문 밖의 작은 길을 돌아다녔는지."

이것은 생각지도 못했던 일로서, 이제까지 당당하던 이지도르 보트를레도 어찌할 바를 몰라 쩔쩔매는 것 같았다.

"내가요, 아가씨! 내가! 당신이 어제 나를 보았단 말인가요?"

레이몽드는 생각에 잠겨, 여전히 보트를레를 바라보면서 마치 자기의 확신을 다시 한 번 확인하듯 차분한 말투로 말했다.

"전 오후 4시쯤 숲 속을 지나다가 이분과 키가 비슷한 청년을 뒷문 밖 길에서 만났어요. 차림새도 같고, 똑같은 모양의 수염을 기르고 있었어요. 어쩐지 사람들 눈에 띄기를 꺼리는 것 같았어요."

"그 사람이 나라는 겁니까?"

"분명히 그렇다고는 말하지 않아요. 아무튼 좀 기억이 흐릿하니까요. 하지만 역시 그렇게 생각되는군요. 신기하리만큼 비슷한걸요."

퓌르 씨는 갈피를 잡을 수 없었다. 이미 공범 한 사람에게 보기 좋게 당했는데 또다시 자청 고등학생에게 한 대 단단히 얻어맞게 되는 것이나 아닐까?

"여보게, 대답을 해보게."

"아가씨는 뭔가 잘못 생각하고 계십니다. 그것을 증명하는 것은 간단해요. 어제 그 시각에 전 부르에 있었으니까요."

"그것을 증명해 줄 사람이 있어야지……증거가 말이야. 아무튼 이제는 사정이 달라졌어. 이봐요, 부장. 당신 부하를 한 사람 이 젊은이에게 딸려 보내서 조사하게 하오."

이지도르는 매우 난처한 표정을 지었다.

"오래 걸릴까요?"

"필요한 정보를 알아 낼 때까지는."

"판사님, 되도록 빨리 정보를 수집하시도록 부탁합니다."

"어째서 그러나?"

"아버지는 노인입니다. 게다가 아버지와 저는 아주 사이가 좋답니다. 저로 인해 아버지께 걱정을 끼쳐 드리고 싶지 않습니다."

눈물어린 목소리는 퓌르 씨의 마음에 들지 않았다. 마치 눈물을 강요하는 연극과도 같지 않은가. 그래도 그는 약속했다.

"오늘 밤……늦더라도 내일까지는 끝내도록 하겠네."

오후도 퍽 늦어 있었다. 판사는 주의깊게 구경꾼들을 가까이 오지 못하게 하고, 폐허가 된 사원으로 돌아왔다. 그리고 참을성있게 구역을 조직적으로 잘라 하나씩 차례로 조사하게 하고, 직접 지휘를 했다. 그러나 저녁때가 다 되어서도 아무런 단서를 얻지 못했다. 그래서 그는 저택 안으로 밀려든 수많은 기자들에게 이렇게 잘라 말했다.

"모든 정황으로 미루어 부상자는 우리의 손이 닿는 범위 안에 숨어 있다고 상상됩니다. 그런데 실제로는 그렇지 않아요. 그래서 우리는 그가 달아난 것이 틀림없다는 의견을 갖게 되었습니다. 아마 은신처는 저택 밖일 것입니다."

그래도 그는 확실하게 하기 위해 형사 부장과 의논하여 정원에 감시원을 세워 놓고, 두 개의 객실을 다시 조사하고 저택 안을 구석구석 살펴보아 필요한 정보를 모조리 수집하여 검사보와 함께 디에쁘로 돌아갔다.

밤이 되었다. 침실은 잠가 두어야 했기 때문에, 쟝 다바르의 시체는 다른 방으로 옮겼다. 이웃에 사는 두 여자가 수잔과 레이몽드와 함께 밤을 지냈다. 아래층에서는 이지도르 보트를레가 그를 위해 특별히 딸려 둔 삼림 감독의 경계를 받으며, 옛날의 기도실 긴 의자 위에서 잠자고 있었다. 밖에서는 경찰관들과 소작인, 그리고 여남은 명의 농부들이 폐허 군데군데에 서서 망을 보고 있었다.

11시까지는 아무 일도 없이 조용했는데, 11시 10분이 지나자 저택 저편에서 한 발의 총소리가 울렸다.

"주의하라!"

형사 부장이 외쳤다.

"두 명은 여기에 남아라!……포셰와 르까뉴……. 그리고 다른 사람은 날 따라와."

그들은 밖으로 뛰쳐나와 저택을 왼편으로 돌았다. 어둠 속을 그림자 하나가 도망치고 있었다. 그리고 계속해서 두 발째의 총소리가, 아득히 멀리 떨어진 밭 저쪽에서 들렸다. 사람들은 그 쪽으로 급히 달려갔다. 그러자 갑자기, 그들이 한 무리가 되어 과수원 울타리까지 갔을 때 소작인의 집 오른편에 불길이 환하게 타올랐다. 그것은 곧 굵은 불기둥이 되어 번졌다. 헛간에 불이 난 것이다.

"제기랄!"

끄비용 부장이 외쳤다.

"불을 지른 것은 놈들이다. 모두 뒤를 쫓아라. 아직 멀리 가지는 않았을 거야."

그러나 바람이 불어와 저택 쪽으로 불꽃이 튀었다. 무엇보다도 우선 이 위험에 대비해야만 했다. 제브르 씨가 달려가 듬뿍 사례할 테니 잘 해 달라고 격려하여 모두 열심히 불을 끄느라고 애썼지만, 불길이 잡혀 모두 끈 것은 새벽 2시가 지나서였다. 추적은 헛되이 끝나고 말았다.

"날이 밝거든 조사하기로 하세."

부장이 말했다.

"틀림없이 수사의 단서가 되는 것을 남기고 갔을 거야……그것이 발견되겠지."

"나로서는" 하고 제브르 백작이 덧붙였다.

"이런 아무 쓸모도 없는 공격을 하여 무슨 소용이 있는지, 그것을 알고 싶군요."

"백작, 저와 함께 가시지요. 아마 그 까닭을 알 수 있을지도 모르니까요."

그들은 함께 폐허가 된 사원으로 갔다. 부장이 큰 소리로 불렀다.

"르까뉴?……포셰?"

다른 경찰관들도 그 곳을 감시하도록 남겨 두었던 두 동료를 찾았다. 가까스로 두 사람은 뒷문 입구에서 발견되었다. 둘 다 눈이 가려지고, 입에는 재갈이 물렸으며, 손발이 묶여 땅바닥에 뒹굴고 있었다.

"백작."

두 경찰관의 손발을 풀어 주고 있을 때 형사 부장이 볼멘 목소리로 말했다.

"참으로 보기 좋게 놈들의 농간에 말려들었군요."

"어째서요?"

"총소리가 나면서 공격을 하고 불이 난 것은, 모두 우리의 주의를 돌리기 위해서였습니다. 말하자면 견제 공격입니다. 그 사이에 이 두 사람을 묶어 놓고, 자기들의 일을 진행시킨 것입니다."

"자기들의 일?"

"부상을 입은 녀석을 옮겨 간 것입니다. 에이, 괘씸한!"

"글쎄요, 그럴까요?"

"그렇고말고요! 틀림없습니다. 10분쯤 전에야 그것을 깨달았습니다. 좀 더 빨리 생각지 못하다니 저도 어지간한 멍청이였습니다. 모조리 잡을 수가 있었을 텐데 말입니다."

끄비용은 너무나도 분해서 발을 동동 굴렀다.

"그건 그렇다 하더라도 어디에 있었단 말인가! 그리고 어디로 나갔다는 거지? 어디로 끌고 나갔을까? 아아, 그 악당놈은 어디에 숨어 있었을까? 우리가 하루 종일 저택 안을 이잡듯이 뒤졌고, 땅바닥까지 샅샅이 찾지 않았는가? 사람이 풀숲 같은 데에 숨을 수는 없을 것이고, 게다가 놈은 상처까지 입었었는데 말이야. 마치 요술이라도 부리는 것 같잖나?"

끄비용 부장의 놀라움은 그것만이 아니었다. 날이 훤하게 밝은 뒤, 소년 보트를레를 가둬 둔 기도실에 가보았더니, 소년이 감쪽같이 사라지고 없었다. 삼림 감독은 의자 위에 몸을 웅크리고 깊이 잠들어 있었다. 그 옆에는 물병과 컵이 두 개 있었는데, 그 가운데의 한 컵 밑바닥에 하얀 가루가 조금 묻어 있었다.

검사해 본 결과, 보트를레가 마취제를 삼림 감독에게 먹인 뒤 높이 2미터 반이나 되는 창문으로 달아났음을 알 수 있었다. 더욱이 흥미 있는 것은, 소년은 삼림 감독의 등을 발판으로 삼지 않았다면 창문에 키가 닿지 못했으리라는 점이다.

고교생 이지도르 보트를레

그랑 주르날 신문의 기사에서 발췌.

〈야간 정보란〉
들라트르 박사 유괴되다.
그 놀랍고도 대담한 수법.

인쇄 도중 이 사건의 소식이 들어왔으나, 실제로 있을 수 없는 이야기이므로 정확을 기할 수 없다. 그러므로 사실 여부의 확인 없이 이 기사를 싣기로 한다.

어젯밤, 저명한 외과 의사인 들라트르 박사가 부인과 따님과 함께 꼬메디 프랑세즈에서 상연 중인 빅토르 위고의 작품 《에르나니》를 구경하던 중 제3막이 시작되었을 때, 다시 말해서 10시쯤, 관람석 문을 열고 두 명의 부하를 거느린 사나이가 들어왔다. 그 사나이는 부인에게도 들릴 만한 목소리로 박사에게 이렇게 말했다.

"선생님, 매우 말씀드리기 죄송한 일로 왔습니다만 도와 주셔야겠습니다."

"누구시지요?"

"데자르 경감입니다. 치안국의 뒤도이 씨가 계신 곳까지 안내하라는 명령을 받고 왔습니다."

"하지만······."

"박사님, 아무런 말씀도 하지 말아 주십시오. 모든 행동을 은밀하게 해주십사는 말씀이었습니다, 사실은 굉장한 실수를 했기 때문에 우리는 아무도 눈치채지 못하게 은밀히 일을 진행하게 된 겁니다. 그렇지만 연극이 끝나기 전까지는 틀림없이 돌아오실 수 있을 겁니다."

박사는 일어나 그 사나이를 따라 나갔는데, 연극이 끝나도 돌아오지 않았다.

들라트르 부인은 매우 걱정되어 치안국으로 갔다. 그리고 데자르 경감에게 면회를 신청했던 바, 놀랍게도 박사를 데리고 나간 사나이는 가짜였음을 알게 되었다. 수사를 편 결과, 박사는 자동차에 실리어 꽁꼬르드 방면으로 사라졌음이 판명되었다.

이 기괴한 사건에 대해서는 다음 호에 계속하여 싣기로 한다.

참으로 기괴하기는 했지만 이 사건은 사실이었다. 게다가 결과는 언젠가는 밝혀질 것이며, 그랑 주르날 신문은 정오판에서 이 사건을 확인하는 동시에 사건의 경과, 다시 말해서 사건의 결말과 진상에 대한 추측의 일부를 다음과 같이 실었던 것이다.

오늘 아침 9시쯤, 들라트르 박사는 자동차로 뒤레 거리 78번지 문 앞에 다시 돌아왔다. 자동차는 박사를 내려놓자 바로 떠나 버렸다. 뒤레 거리 78번지는 들라트르 박사의 진료소이며, 그는 매일 아침 이

시각에 출근하곤 했다.

기자가 찾아갔을 때 박사는 치안국 형사 부장과 대담 중이었는데, 쾌히 만나 주었다.

"말씀드릴 수 있는 것은, 매우 정중하게 대해 주더라는 것뿐입니다. 나를 데리고 간 세 사나이는 예절이 바르고 눈치가 빨랐으며 이야기하기를 좋아하는 사람들이었지요. 오랜 시간 가는 동안 매우 도움이 되었습니다."

"얼마나 걸렸습니까?"

"약 4시간 걸렸습니다."

"박사님을 모셔간 목적은 무엇이던가요?"

"급히 외과 수술을 해야 하는 환자에게로 데리고 가더군요."

"수술은 성공했습니까?"

"수술 자체는 매우 잘 되었습니다만, 그 뒤가 좀 걱정입니다. 여기서라면 책임지고 치료할 수 있지만, 그 곳의……그런 장소에서는 좀……."

"그렇게 환경이 나쁘던가요?"

"아주 형편없었소. 어느 여관방인데, 거기서 그런 치료를 받는다는 것은 무리입니다."

"그럼, 살아난다면?"

"기적입니다. 그리고 환자의 체격이 보통 이상으로 건장한 덕분이겠지요."

"그 묘한 환자에 대해 조금 더 말씀해 주실 수는 없을까요?"

"할 수 없습니다. 굳게 약속을 했고, 게다가 나의 진료소를 돕기 위해 5만 프랑이라는 돈을 받았기 때문입니다. 내가 침묵을 지키지 않으면 그 돈을 도로 가져갈 겁니다."

"어떻게 그런! 박사님은 진심으로 그렇게 말씀하시는 겁니까?"

"진심이고 말고요, 그 사람들은 모두 성실했습니다. "

박사가 기자에게 이야기한 것은 이상과 같다.

더욱이 현재 알려진 바로는, 형사 부장도 박사에게서 수술에 관한 일이며 환자에 관한 일이며 자동차가 지나간 지방에 관해서 더 이상 상세한 정보를 끌어 낼 수 없었다는 것이다. 따라서 사건의 진상을 알아 내기는 곤란할 것으로 생각된다.

박사를 인터뷰한 신문이 알아 내기 어렵다고 한 진상은, 그러나 조금만 현명한 사람들이라면 전날 앙브뤼메지의 저택에서 일어난 사건의 기사와 관계지어 생각하면 환히 알아 낼 수 있었을 것이다. 총에 맞아 상처를 입었을 강도의 행방불명과 저명한 외과의사의 갑작스러운 유괴 사건 사이에는 상관성이 있는 것이 분명했다.

게다가 이 가정은 수사에 의해서도 뒷받침되었다. 자전거로 도망친 가짜 운전 기사가 지나다닌 길을 더듬어 보니, 15킬로미터쯤 떨어진 아르끄의 숲까지 가서 거기서 자전거를 도랑에 처박아 버린 다음 생니꼴라 마을로 가서 다음과 같은 전보를 쳤다는 사실이 밝혀졌기 때문이다.

——빠리 제45국 ALN

중태, 급 수술 요함. 국도 14호 경유, 의사 보내라.

증거는 확고했다. 이 통지를 받은 빠리의 한 패가 즉시 이를 처리했던 것이다. 밤 10시에 아르끄 숲을 따라 디에쁘로 달리는 국도 14호를 거쳐 외과 의사를 보냈다. 그 사이에 강도 일당은 저택 안에 불을 놓았고, 그 불을 이용하여 부상한 우두머리를 여관으로 옮기고, 그 곳에서 새벽 2시쯤 의사가 도착하기를 기다렸다가 수술을 한 것이다.

이런 점에 대해서는 의문의 여지가 없다. 빠리에서 특별히 파견된 가니마르 경감은 포랑팡 형사와 함께 뽕따즈, 구르네이, 포르쥬에서 그 전날 밤에 자동차 한 대가 지나간 것을 확인했다. 마찬가지로 디에쁘에서 앙브뤼메지에 이르는 사이의 길 위에서도, 저택에서 약 2킬로미터쯤 되는 지점에서부터 자동차가 지나간 흔적이 갑자기 없어지기는 했지만 적어도 폐허가 된 사원과 정원 뒷문 사이에서 발자국이 여러 개 발견되었다. 그밖에도 가니마르 경감은 뒷문의 자물쇠가 망가져 있는 것을 발견했다.

이것으로 모든 것이 설명되었다. 남은 것은 의사가 이야기한 여관을 알아 내는 일뿐이었다. 깊이 파고들어가 밝혀 내기를 좋아하며 참을성이 강하고 노련한 경찰관으로 정평있는 가니마르에게는 굉장히 쉬운 일이었다. 여관의 수는 한정되어 있다. 게다가 부상자의 상태로 미루어 보아도 찾는 여관은 앙브뤼메지에 가까운 곳임에 틀림없었다. 가니마르 경감과 형사 부장은 수사를 시작했다. 두 사람은 여관이라고 이름붙인 곳은 닥치는 대로 샅샅이 조사했다. 그러나 기대했던 것과는 달리, 죽음 직전에 놓인 중상자의 행방은 여전히 알 수 없었다.

가니마르는 끈질기게 버티었다. 그는 일요일에 혼자서 수사할 생각으로, 토요일 밤 저택으로 돌아와 잤다. 그런데 그는 일요일 아침 순찰 중인 경찰관으로부터 전날 밤에 한 사나이가 담장 밖의 우묵한 길을 서성거리는 것을 보았다는 말을 들었다. 공범 가운데 한 사람이 정보를 알려고 되돌아온 것일까? 그들의 우두머리는 사원이나 그 부근을 떠나지 않았다고 보아야 할 것인가?

그날 밤 가니마르는 경관대를 공공연하게 농장 방면으로 보내고, 자기 자신은 포랑팡과 함께 정원 뒷문 옆의 담장 밖에서 기다렸다.

12시 조금 전에 한 사나이가 숲 쪽에서 나와, 두 사람 사이를 지나 뒷문을 빠져 정원으로 몰래 숨어들었다. 그 사나이는 3시간 동안이나 폐허가 된 사이를 왔다갔다하기도 하고, 웅크리고 앉기도 하고, 낡은 기둥에 기어오르기도 하고, 때로는 오랫동안 가만히 있기도 했다. 그런 다음 다시 뒷문을 지나 두 경찰관 사이를 지나가려고 했다.

가니마르는 그의 뒷덜미를 움켜쥐고, 포랑팡은 몸통에 매어달렸다. 그는 조금도 저항하지 않고, 얌전하게 손목을 묶여 저택으로 끌려갔다. 그러나 두 경찰관이 그를 심문하려고 하자, 예심 판사가 올 때까지는 무엇을 물어도 대답하지 않겠노라고 딱 잘라 말했다.

그래서 이 사나이를 그들이 자리잡고 있는 방의 옆방 침대 다리에 단단히 묶어 놓았다.

월요일 아침 9시에 퓌르 씨가 도착하자, 가니마르는 곧 어젯밤 자기가 그 사나이를 체포한 경위를 이야기했다. 그리고 체포한 사나이를 데려오게 했다. 그것은 다름 아닌 이지도르 보트를레였다.

"이게 누군가? 이지도르 보트를레 군 아닌가?"

퓌르 씨는 이지도르에게 손을 내밀며 기쁜 듯이 소리쳤다.

"이것 참, 뜻하지 않은 기쁨이군! 우리 아마추어 명탐정이 오시다니! 우리를 도와주다니! 더할 나위 없는 행운이오! 경감님, 장송 고등학교 학생인 보트를레 군을 소개하겠습니다."

가니마르는 적잖이 당황한 모양이었다. 이지도르는 사뭇 존경할 만한 동료에게 대하듯이 아주 정중하게 인사한 다음, 퓌르 씨를 보고 말했다.

"어쩐지 저에 대해 좋은 보고가 들어온 모양이군요, 판사님?"

"나무랄 데가 없어! 완벽해! 우선 자네는 생 벨랑 양이 뒷문 밖의 길에서 자네를 보았다는 시간에는 분명히 부르 레 로즈에 있었네. 자네를 닮은 인물이 어떤 사람인가 하는 것은 머지않아 밝혀질 것으로 확신하고 있네. 다음에 자네는 분명히 이지도르 보트를레이고, 수사학급의 학생이며, 품행이 방정하고, 공부에도 우등인 모범 학생이라는 것을 알았지. 아버지가 지방에 살고 계시기 때문에 자네는 한 달에 한 번 외출하여 보증인인 베르노 씨를 찾아가곤 했네. 그분도 자네에 대해서는 칭찬을 아끼지 않았네."

"그렇다면……."

"그래서 자네는 자유로운 몸이지."

"절대로 자유이지요?"

"절대로지! 아니, 그렇지만 조금——아주 조그마한 조건을 붙이겠네. 잘 알겠지만 나로서는 마취제를 써서 창문으로 도망치고, 더욱이 사유지 안을 멋대로 돌아다니는 현행범을 무조건 놓아 줄 수는 없으니까 말일세."

"알겠습니다. 그 조건을 들어 보겠습니다."

"좋아! 그럼 이야기를 계속하기로 하세. 자네의 조사가 어디까지 진행되었는지, 그것을 말해 주게. 이틀 동안 자유로웠으니까 많이 진행되었을 테지?"

가니마르 경감은 이런 문답을 주거니받거니 하는 것을 듣고 있는 동안, 슬그머니 바보스러운 생각이 들어서 밖으로 나가려고 했다. 그러자 판사가 소리쳤다.

"그러면 안 되오, 경감. 당신의 직책상 여기에 있어야 하오. 이지도르 보트를레 군의 이야기는 들어 볼 가치가 있다는 것을 내가 보증하리다. 내가 수집한 정보에 의하면, 이지도르 보트를레 군은 장 송 드 세이리 중고등학교에서 어떠한 것도 그대로 지나치는 일이 없는 관찰가라는 평판을 얻고 있는데다가, 동급생들로부터는 당신이 경쟁자로 생각하는 셜록 홈즈의 호적수라고 불리운다는 거요."

"그게 정말입니까?"

가니마르는 빈정거리는 투로 말했다.

"정말이다마다, 사실이오. 어떤 학생은 나에게 이렇게 써보냈소. '만약에 보트를레가 알고 있다고 단언하면, 그것을 믿어야만 합니다. 그리고 그가 말하려고 하는 일은 반드시 진실을 정확하게 전하고 있습니다. 의심해서는 안 됩니다'라고 말이오."

이지도르는 미소를 띠고 듣고 있었다.

"판사님께선 너무 하십니다. 농담을 해서 나이 어린 고등학생을 놀리시다니. 그것도 무리한 일은 아닙니다만, 전 이제 더 이상의 놀림거리는 되지 않을 테니까요."

"그럼, 이지도르 보트를레 군, 자네는 아무것도 모르는군그래?"

"사실을 말씀드립니다만, 전 아무것도 모릅니다. 확실히 여러분들이 놓쳤을지도 모르는 두서너 가지 점을 발견했다고 해서, 그것으로 '뭔가를 알고 있다'고는 도저히 말할 수 없는 일이지요."

"이를테면?"

"이를테면 도둑질의 목적입니다."

"그래? 확실히 도둑질의 목적을 알고 있나?"

"판사님도 아마 아실 텐데요. 이것은 제가 맨 처음에 연구한 일로, 이 일은 비교적 쉬웠습니다."

"정말로 어렵지 않게 알았단 말인가?"

"네, 아무것도 아닙니다. 추리를 했을 뿐이니까요."

"그것뿐인가?"

"그것뿐입니다."

"추리라면?"

"간단히 말하면 이렇습니다. 그들은 물건을 훔쳐 갔습니다. 두 아가씨가 모두 물건을 들고 달아나는 두 사나이를 정말로 보았다고 하시니까요."

"분명히 훔쳐 간 것이지."

"또 한편으로는 아무것도 없어지지 않았습니다. 제브르 씨가 그렇게 단언하고 있고, 그 분은 누구보다도 그 일에 대해 잘 알고 계시니까요."

"딴은 그렇군, 아무것도 없어지지 않았지."

"이 두 가지를 확인함으로써 마땅히 다음과 같은 결론이 나옵니다. 도둑질을 했는데도 아무것도 없어지지 않았다는 것은, 물건을 바꿔치기 했다는 말이 됩니다. 미리 말씀드립니다만, 이러한 추리는 사실과는 다를 수도 있습니다. 그러나 저는 이러한 추리야말로 무엇보다 선행되어야 하며, 잘 조사해보지 않고 부정할 수는 없다고 생각합니다."

"흠, 흠, 딴은 그렇겠군."

판사는 매우 감탄한 것처럼 중얼거렸다. 이지도르는 말을 이었다.

"그런데 그 객실에 강도들이 눈독을 들일 만한 물건이 있었을까요? 두 가지가 있습니다. 우선 벽걸이입니다. 그렇지만 이것은 안 됩니다. 헌 벽걸이는 모조품을 만들 수 없는 일이고, 가짜를 만들었다고 하더라도 탄로가 나고 맙니다. 다음으로 남은 것은 루벤스의 그림 넉 점입니다."

"뭐라고?"

"이 벽에 걸려 있는 루벤스의 그림 넉 점은 가짜란 말입니다."

"그런 일이 어떻게!"

"운 나쁘게도 가짜가 된 것입니다."

"나는 그런 어이없는 일은 있을 수 없다고 다시 한 번 말하겠네."

"이제 곧 1년이 됩니다만, 샤르뿌네라는 젊은이가 이 앙브뤼메지 저택에 찾아와서 루벤스의 그림을 모사하게 해 달라고 부탁한 일이 있었습니다. 제브르 씨는 쉽사리 허락했습니다. 샤르뿌네는 날마다 아침부터 밤까지 이 객실에서 다섯 달 동안 그림을 그렸습니다. 제브르 씨가 숙부인 보바딜리아 후작에게서 물려받은 넉 점의 원작 대신 놓여 있는 것은, 액자고 그림이고 모두 그 젊은이가 모사한 것입니다."

"증거가 있나?"

"증거 따위는 필요없습니다. 가짜니까 가짜라고 하는 것입니다. 저 그림을 조사할 필요조차도 없을 정도입니다."

퓌르 씨와 가니마르는 몹시 놀란 표정으로 서로 마주보았다. 경감은 이미 자리를 떠날 생각 같은 것은 잊어 버리고 있었다. 얼마 뒤, 간신히 판사가 중얼거렸다.

"아무튼 제브르 씨의 생각을 들어 봐야겠네."

가니마르도 같은 생각이어서, 두 사람은 백작에게 객실로 와 달라고 했다.

나이 어린 고등학생이 이긴 셈이다. 퓌르 씨와 가니마르 같은 두 전문가에게 자신의 가설을 인정하게 한 것은, 다른 사람이라면 의기 양양해 할 명예로운 일이었다. 그러나 보트를레는 이러한 대수롭지 않은 자존심의 만족에는 개의치 않는 듯, 조금도 으스대는 모습은 보이지 않고 여전히 미소를 띤 채 기다리고 있었다. 제브르 씨가 들어왔다.

판사가 말을 꺼냈다.

"백작, 우리가 조사한 결과 정말 생각지도 못한 뜻밖의 일이 될 것 같기에, 그에 대해 당신께서도 생각해 주시기를 바라고 있습니다. 아무래도 충분히 일어날 수 있는 일이기 때문입니다. 강도들은 백작께서 갖고 계시는 루벤스의 그림 넉 점을 훔쳐 갈 목적으로 침입했습니다. 어쩌면 적어도 모사품과 바꿔치기를 하려고 했던 것 같습니다. 그 모사는 지금으로부터 약 1년 전에 샤르뿌네라는 화가가 그린 것일 겁니다. 부디 백작께서 살펴보시어 저 그림이 진짜인지 어떤지를 말씀해 주시면 고맙겠습니다."

백작은 난처한 모습을 감추려는 것처럼 보트를레 쪽을 바라보고 그리고 퓌르 씨를 보더니, 그림 쪽으로 가까이 가려고도 하지 않고 이렇게 대답했다.

"판사님, 저는 진상이 알려지지 않기를 바라고 있었습니다. 그러나 그것이 소용없게 된 바에는 솔직하게 말씀드리겠습니다. 이 넉 점의 그림은 가짜가 분명합니다."

"그럼, 알고 계셨습니까?"

"네, 처음부터 알고 있었습니다."

"그럼, 어째서 말씀하지 않으셨지요."

"저런 물건을 가지고 있는 사람은, 그 물건이 없어졌다거나 진짜가 아니라는 것을 서둘러 말하고 싶지 않은 법입니다."

"그렇지만 그것을 말씀하시는 것이 진품을 찾는 유일한 방법일 텐데요."

"좀 더 좋은 방법이 있습니다."

"그것은 어떤?"

"비밀을 너무 떠들어 대지 않고 범인들이 겁을 먹지 않게 그들이 좀 처치하기 곤란할 그 그림을 다시 사겠다고 그들에게 말하는 것입니다."

"범인과 어떻게 연락을 하지요?"

백작이 대답하지 않았으므로, 이지도르가 곁에서 대신 말했다.

"신문에 광고를 내는 겁니다. 주르날 신문이나 마땡 신문에 '그림을 다시 사고 싶다'는 조그만 광고를 내면 됩니다."

백작은 같은 생각이라는 표시로 고개를 끄덕여 보였다. 이번에도 나이 어린 사람이 선배에게 가르쳐 준 셈이다.

퓌르 씨는 도무지 그런 일에 개의치 않기 때문에 억지를 부리지 않는다.

"확실히 자네 친구들의 평판이 잘못되어 있지 않다는 것을 나도 차츰 알겠네. 정말 굉장한 통찰력일세! 대단한 직관이네! 이렇게 되면 가니마르 경감이나 나는 아무것도 할 일이 없겠는걸."

"이런 것쯤은 그다지 대단할 것도 없습니다."

"그렇다면 그 뒤가 큰일이라는 뜻인가? 그래서 생각난 일인데, 맨 처음 자네와 만났을 때 자네는 이 사건에 대해 꽤 많은 것을 알고 있는 것 같았네. 아참, 그렇군. 자네는 살인범의 이름을 안다고 했었지?"

"네, 그렇습니다."

"대체 누가 쟝 다바르를 죽였단 말인가? 그 사람은 살아 있나? 어디에 숨어 있지?"

"판사님, 아무래도 우리 사이에는 오해가 있는 것 같습니다. 아니, 그렇다기보다, 판사님과 진상 사이에는 오해가 있습니다. 처음부터 그랬습니다. 살인범과 도망친 사나이는 전혀 다른 사람입니다."

"뭐라고?"

퓌르 씨는 자기도 모르게 소리쳤다.

"제브르 씨가 침실에서 발견하고 맞붙어 싸운 사나이, 아가씨들이 객실에서 보고 생 벨랑 양이 총을 쏜 사나이, 정원에 쓰러져 우리가 찾는 그 사나이, 그 사나이가 쟝 다바르를 죽인 사나이가 아니란 말인가?"

"네, 다릅니다."

"아가씨들이 여기로 오기 전에 도망쳐 버린 제3의 공범이 도망간 경로라도 찾아 냈다는 말인가?"

"아닙니다."

"그럼, 도무지 알 수가 없군. 누가 쟝 다바르를 죽인 거란 말인가?"

"쟝 다바르를 죽인 것은……"

보트를레는 말을 끊고 잠깐 생각에 잠겨 있다가 다시 입을 열었다.

"그러나 그것을 말씀드리기 전에, 제가 어째서 그렇게 확신하기에 이르렀는지 그 경과와 살인의 동기를 말씀드리겠습니다. 그렇지 않으면 제 말이 이상하게 들릴 테니까요. 하지만 그것은 절대로 이상하지 않습니다. 그렇습니다, 조금도 이상하지 않습니다. 아무도 깨닫지 못했지만 그러나 가장 중요한 점이 있습니다. 그것은 이렇습니다. 쟝 다바르가 습격을 당했을 때, 말쑥하게 옷을 차려입고 반장화까지 신고 있었다고 합니다. 이것은 즉 낮에 입었던 것과 똑같은 차림새였다는 말입니다. 그런데 범행은 새벽 4시에 행해진 일이었습니다."

"그것은 나도 좀 이상하다고 생각했네."

판사가 말했다.

"그러나 제브르 씨는, 다바르는 밤에도 가끔 일을 하곤 했었다고 대답하셨네."

"그렇지만 하인들은 이와 반대로, 그는 언제나 일찍 잔다고 말하더군요. 그러나 가령, 그가 자지 않고 일어나 있었다고 합시다. 그렇다면 어째서 자다가 일어난 것처럼 생각하도록, 침대를 마구 흩뜨려 놓았을까요? 만약 자고 있었다면, 무슨 소리를 들었을 때 어떻게 발끝에서부터 머리 꼭대기까지 말쑥하게 옷차림을 갖추었을까요? 좀더 간단한 차림새를 했을 텐데 말입니다. 맨 첫날 여러분이 식사를 하시는 동안에, 저는 그 사나이의 방에 가 보았습니다. 침대 밑에 슬리퍼가 있더군요. 무거운 징을 박은 반장화를 신는 것보다 슬리퍼를 신으면 좋았을 텐데, 왜 그러지 않았을까요?"

"으음, 거기까지는 깨닫지 못했는걸."

"거기까지는 과연 판사님께서 보통과는 다른 일밖에 깨닫지 못하셨습니다. 그러나 저는 그 화가인 샤르뿌네, 즉 루벤스의 그림을 모사한 사나이를 백작에게 소개한 것이 바로 다바르라는 말을 들었을 때, 이건 더욱더 이상하다고 생각했습니다."

"그래서?"

"그래서 그런 일들로 미루어 쟝 다바르와 샤르뿌네는 한 패였다는 결론에 이르는 것은 아주 쉬운 일입니다. 저는 맨 처음에 이야기를 들었을 때부터 그렇게 생각했습니다."

"조금 성급한 것 같군."

"사실 구체적인 증거가 필요했습니다. 그런데 저는 그의 방에서 '빠리 제45국, ALN'이라는 주소가 씌어 있는 종이를 발견했습니다. 이것은 지금도 압지에 거꾸로 찍혀 있습니다. 그 이튿날에는 가짜 운전사가 생 니꼴라에서 보낸 전보에 이와 똑같은 '45국 ALN'이라는 주소가 있는 것을 알았습니다. 구체적인 증거가 있었습니다. 쟝 다바르는 그림을 훔쳐 낸 이들과 연락하고 있었습니다."

뛰르는 별로 이의를 말하지 않았다.

"좋아, 공범 관계는 알았네. 그래, 자네의 결론은?"

"우선 첫째로, 쟝 다바르를 죽인 사람은 도망쳐 버린 사나이가 아니라는 사실입니다. 쟝 다바르는 공범이었으니까요."

"그래서?"

"판사님, 제브르 씨가 정신을 차렸을 때에 제일 먼저 한 말을 생각해 보십시오. 제브르 양에게 했다는 그 말은 조서에도 씌어 있습니다. '나는 다치지 않았다……그러나 다바르는? 살아 있느냐?…… 단도는?'이라고 말입니다. 이것을 역시 조서에 씌어 있는 백작의 말씀과 비교해 보십시오. 제브르 씨는 습격받았을 때의 일을 이렇게 말씀하셨습니다. '그 사나이가 나에게 덤벼들어 관자놀이를 호되게 내려치는 바람에 나는 정신을 잃었습니다'라고. 대체 정신을 잃고 있던 백작이 정신을 차려 일어났을 때, 다바르가 단도에 찔렸다는 것을 어떻게 알 수 있었겠습니까?"

보트를레는 이 질문에 대한 대답 같은 것은 기대하지 않았다. 그는 직접 그 대답을 함으로써, 모든 설명을 생략하려고 하는 것 같았다. 그는 얼른 이야기를 계속했다.

"다시 말해서 쟝 다바르는 세 사람의 동료를 이 객실로 안내한 것입니다. 다바르가 두목이라고 부르는 사나이와 함께 객실에 있었을 때, 침실에서 인기척이 났습니다. 다바르가 문을 열었습니다. 그는 거기서 제브르 씨의 모습을 보았기 때문에 단도를 휘두르며 덤벼들었습니다. 그러나 제브르 씨는 용케 단도를 빼앗았습니다. 그리고 상대를 찔렀지요. 그때 자기도 누군가에게 얻어맞고 쓰러졌는데 몇 분 뒤, 두 처녀가 그 사나이를 보았던 것입니다."

또다시 퓌르 씨와 가니마르 경감은 서로 얼굴을 마주보았다. 가니마르는 당황한 듯이 머리를 저었다. 판사가 말했다.

"백작, 이런 해석을 옳다고 보아도 괜찮을까요?"

제브르 씨는 대답하지 않았다.

"괜찮겠습니까, 백작. 아무 말씀도 없으시니 우리가 이렇게 생각해도……."

그러자 제브르 씨는 분명하게 말했다.

"그 해석은 모든 점에서 정확합니다."

판사는 뛸 듯이 놀랐다.

"그렇다면 어째서 당신이 사법 당국으로 하여금 오해하게 할 그런 흉내를 내셨는지, 저로선 도무지 짐작을 할 수 없습니다. 당신은 정당방위로 당연한 행위를 하셨는데, 어째서 감추시는 겁니까?"

제브르 씨는 말하기 시작했다.

"다바르는 20년 동안이나 내 곁에서 일해 준 사람입니다. 나는 그를 믿었습니다. 그도 나를 잘 받들었지요. 어쩌다가 어떤 유혹으로 나를 배신했다고 하더라도 나로서는 적어도 지난날을 생각하면 그의 배신을 남들에게 알리고 싶지 않았습니다."

"그렇다고 하더라도 당신은 마땅히……."

"나는 당신과는 다른 의견입니다, 판사님. 이 범죄의 피의자가 누구라고 결정되지 않는 한 범인인 동시에 희생자이기도 했던 사나이를 고발하지 않는 것은 나의 절대적인 권리이기도 합니다. 그 사나이는 죽고 말았습니다. 죽음은 충분한 형벌이라고 나는 생각하고 있습니다."

"그러나 이미 지금은 진상을 알았으니까 말씀하셔도 되지 않겠습니까."

"네, 그렇습니다. 여기에 그가 공범에게 써보낸 편지의 초록이 둘 있습니다. 그가 죽은 뒤 곧 그의 문갑 속에서 찾아 낸 것들입니다."

이리하여 모든 일이 밝혀졌다. 참극은 어둠 속에서 나와 점차로 백일하에 드러나기 시작했다.

백작이 밖으로 나가자 퓌르 씨가 말했다.

"자, 계속합시다."

그러자 보트를레는 유쾌한 듯이 말했다.

"그렇지만 저는 이제 이야기할 것이 없습니다."

"그러나 도망한 사람은? 부상한 사람은?"

"그에 대해서는 판사님도 저와 비슷한 정도로 알고 계실 겁니다. 판사님께선 사원의 풀 속에까지 뒤쫓아가셨습니다. 그러니까 판사님도 아실 것입니다."

"그래, 알고 있어. 그러나 그 뒤에 그는 한 패가 데려가 버렸네. 그게 내가 알고 싶은 점이지. 그 여관에 대한 정보를."

이지도르 보트를레는 큰 소리로 웃기 시작했다.

"여관이라고요! 그런 건 없습니다. 당국을 속이려는 계략입니다. 아주 훌륭한 계략이지요. 성공했으니까요."

"그러나 들라트르 박사가 분명하게 말하지 않았던가!"

"네, 그러니까 말입니다."

보트를레는 확신에 찬 목소리로 외쳤다.

"들라트르 박사가 말했기 때문에 믿어서는 안 되는 겁니다. 뭡니까! 들라트르 박사는 이번 사건에 대해서 아주 애매모호한 일밖에는 말하려 들지 않았지 않습니까! 환자 몸의 안전을 위태롭게 할 만한 말은 아무것도 하려고 하지 않았지요. 그리고 갑자기 모든 주의를 여관으로 집중시키려고 했습니다. 그러나 그것을 말하게 된 것은 틀림없이 강제로 시켰기 때문일 것입니다. 아마도 끔찍스러운 보복을 하겠다고 협박하여 그렇게 한 것일 겁니다. 박사에게는 부인과 따님이 있으니까요. 그 두 분을 매우 사랑하고 있는 이상, 그들의 말을 따르지 않을 수는 없습니다. 그런 까닭으로 박사는 당신들의 수사를 명확하게 다른 쪽으로 돌리게 한 것입니다."

"명확하게라지만 여관은 아직 찾지 못했네."

"그렇지만 그럴 듯하게 생각되는 여관을 찾는 일을 그만두지는 않았습니다. 결국 명확하게 당신들의 눈은 범인이 있음직한 유일한 장소에서 딴 곳으로 돌려지고 있습니다. 범인이 아직 떠나지 않은 알 수 없는 장소, 범인이 생 벨랑 양 때문에 상처를 입고, 짐승이 구멍 속으로 기어들어가듯 그 곳에 기어들어간 뒤로 떠날 수 없어서 그냥 있는 그 장소 말입니다."

"그러나 대체 어디란 말인가, 그 장소라는 것이……."

"허물어진 옛 사원 자리입니다."

"폐허가 있을 뿐이야! 벽이 허물어져 기둥 몇 개가 있을 뿐일세!"

"바로 그 곳입니다! 거기에 숨어 있습니다, 판사님."

보트를레는 힘주어 소리쳤다.

"수사는 그 곳만 하면 되는 겁니다! 그 곳뿐입니다. 그 곳에서 아르센 뤼빵을 발견할 수 있을 겁니다."

"뭐라고? 아르센 뤼빵이라고!"

퓌르 씨는 벌떡 일어나며 소리쳤다.

이 너무나도 유명한 이름이 울리는 동안 조금 무거운 침묵이 흘렀다. 아르센 뤼빵, 대모험가이며 도둑의 왕자, 이 사람이 요 며칠 동안 정신없이 쫓았어도 아직 찾을 수 없는 보이지 않는 적이라니 정말일까? 그러나 아르센 뤼빵이 용케 잡히기만 한다면, 예심 판사는 즉시 승진될 것이며, 재산과 명예를 얻게 되는 것이다!

가니마르는 태연하게 앉아 있었다. 이지도르가 그를 보고 말했다.

"경감님도 제 의견에 동감이시겠지요?"

"물론!"

"경감님께서도 이 사건의 주모자가 뤼빵이라는 것을 절대로 의심하지 않겠지요?"

"조금도 의심하지 않네! 서명까지 있는걸. 뤼빵의 수법은 사람들의 얼굴이 각각 다른 것처럼, 다른 사람의 수법과 다르네. 눈을 똑바로 뜨고 보지 않으면 몰라."

"그렇게 생각하오?……자네도 정말 그렇게 생각하나?"

퓌르 씨는 뒤풀이하여 말했다.

"그렇게 생각하고말고요!"

보트를레는 소리쳤다.

"아시겠습니까, 이 간단한 사실만 보아도 아실 겁니다. 그 사람들은 자기네 동료끼리 어떤 머리글자로 통신하고 있습니다. ALN, 즉 아르센이라는 이름의 머리글자와 뤼뺑이라는 이름의 머리글자, 그리고 맨 끝의 글자입니다."

"아아! 자네는 어느 것이나 빈틈없이 보고 있군."

가니마르 경감이 말했다.

"자네는 정말 솜씨가 뛰어나네. 이 늙은 가니마르도 두 손 바짝 들었네."

보트를레는 너무 기뻐서 얼굴을 붉히고, 경감이 내민 손을 힘있게 잡았다. 세 사람은 발코니로 가까이 가서 폐허를 둘러보았다. 뤼르가 중얼거렸다.

"그러면 녀석은 저기에 있겠군."

"저기에 있습니다."

보트를레는 목소리를 낮추어 말했다.

"부상을 입고 쓰러졌을 때부터 저기에 숨어 있었습니다. 생 벨랑양과 두 하인의 눈에 띄지 않고 달아나다니, 아무리 억지로 생각한다 해도 실제로는 결코 불가능한 일입니다."

"어떤 증거가 있나?"

"증거는 공범들이 남겨 놓고 갔습니다. 그날 아침, 그들 가운데 한 사람이 운전사로 변장하여 당신네들을 여기까지 데리고 왔었지요?"

"증거품인 사냥 모자를 찾아가기 위해서."

"그렇지요. 그러나 그보다는 현장을 확인하고 두목이 어떻게 되었는가를 알기 위해서였던 겁니다."

"그래서 알았을까?"

"알았으리라고 생각합니다. 그 사나이는 숨은 장소를 알고 있었으니까요. 그리고 그의 용태가 매우 나쁘다는 것을 알았을 것입니다. 그렇기 때문에 그 사나이는 너무 근심이 된 나머지 경솔하게도 '만약 두목이 죽으면, 그녀를 그대로 두지 않겠다'라고 협박하는 말 따위를 쓴 것입니다."

"그렇지만 그들의 동료가 나중에 두목을 옮기지 않았을까?"

"언제요? 당신의 부하는 폐허를 잠시도 떠나지 않았습니다. 게다가 어디로 옮겨갈 수 있었겠습니까? 기껏해야 몇백 미터 되는 곳일 테지요. 어쨌든 다 죽어 가는 환자를 먼 데까지 여행시킬 수는 없을 테니까요. 그런 짓을 했다가는 당신들에게 들켰을 겁니다. 그 사나이는 반드시 저기에 있습니다. 단연코 그들은 가장 안전하다고 생각되는 장소에서 그 사나이를 데려가거나 하지는 않습니다. 그 곳으로 박사를 데려간 것입니다. 경찰이 어린아이들처럼 불을 끄느라고 난리를 치고 있는 동안에."

"하지만 어떻게 살아 있단 말인가? 살아가려면 물이며 음식이 필요할 텐데!"

"저로선 아무런 말도 할 수 없습니다. 아무것도 모릅니다. 아무튼 맹세코 그 사나이는 저기에 있습니다. 저 곳에 있어야 하기 때문에 저기에 있는 것입니다. 전 이 눈으로 보거나 손으로 만진 것처럼 확신합니다. 그는 저기에 있습니다."

보트를레는 손가락을 폐허 쪽으로 뻗치고, 공중에 조그맣게 동그라미를 그리더니 그것을 점점 작게 오므려 가다가 마침내는 한 점을 가리켰다. 그 점의 위치를 두 사람은 온 힘을 다해 찾았다. 둘 다 몸을 구부리고 보트를레와 똑같은 확신에 감동하고, 소년의 열정이 전파되어 그들도 몸을 떨었다. 그렇다, 아르센 뤼팽이 저 곳에 있다! 이론과 마찬가지로 정말 저 곳에 있는 것이다. 그것을 이미 두 사람은 의심하지 않았다. 그리고 저 곳, 어두운 은신처에 저 유명한 모험가가

구호의 손길도 없이 열에 시달려 극도로 초췌하여 땅바닥에 누워 있다고 생각하자, 어쩐지 감동적이며 비극적이기도 했다.

"만약에 죽었다면?"

퓌르 씨가 낮은 목소리로 중얼거리듯 말했다.

보트를레가 그 말을 받았다.

"만약에 죽는다면, 그리고 그의 패거리가 그 사실을 확실히 안다면, 판사님, 생 벨랑 양을 보호해 주십시오. 복수가 두려우니까요."

그로부터 한참 뒤 보트를레는, 퓌르 씨가 이 탄복할 만한 조수에게 부디 남아 있어 달라고 했으나 오늘로 휴가가 끝난다고 하며 거절하고 디에쁘로 돌아갔다. 그는 5시에 빠리에 도착하여 8시에는 동급생들과 함께 중고등학교의 교문에 들어섰다.

가니마르는 앙브뤼메지의 폐허를 샅샅이 뒤졌으나 은신처는 끝내 찾아 내지 못하고, 밤의 급행편으로 돌아왔다. 집에 돌아오자, 다음과 같은 빠른우편이 와 있었다.

경감님.

잠자기 전까지 조금 시간이 있었기 때문에, 보충적인 정보를 몇 가지 모을 수 있어서 참고가 되실까 하고 보내 드립니다.

아르센 뤼뺑은 에띠엔느 드 보들레라는 이름으로, 1년 전부터 빠리에서 생활하고 있었습니다. 이 이름은 사교계 기사나 스포츠 관계 소식 가운데서 경감님도 곧잘 읽으셨을 줄 압니다. 이 사나이는 대여행가로 벵골의 호랑이 사냥이나 시베리아의 여우 사냥을 간다면서 곧잘 오랜 기간 집을 비우곤 합니다. 사업을 한다고 하지만 어떤 사업인지 수상합니다.

현재의 주소는 마르부프 거리 36번지입니다(마르부프 거리는 45

우편국에서 가깝다는 점을 유의하십시오). 앙브뤼메지 사건 전날인 4월 23일 목요일부터 그의 행방이 묘연합니다.

경감님께서 저에게 베풀어 주신 후의에 감사드리며 깊은 경의를 보내는 바입니다.

이지도르 보트를레

추신——이러한 정보를 손에 넣기 위해 고생했으리라고 생각하지는 마십시오. 사건이 있던 이튿날 아침 퓌르 씨가 관계자를 조사하고 있을 때, 저는 가짜 운전사가 모자를 바꿔치기하러 오기 전에 도망자의 모자를 조사하자는 희한한 생각을 했습니다. 모자 가게의 이름만 알면 되었지요. 잘 아시겠지만, 그래서 저는 모자를 산 사람의 주소와 이름을 찾아 내는 단서를 얻게 된 것입니다.

이튿날 아침, 가니마르는 마르부프 거리 36번지로 갔다. 그는 문지기에게서 자세한 이야기를 들은 다음, 1층 오른쪽의 그 방을 열도록 했다. 방 안에는 스토브의 재 말고는 아무것도 없었다. 나흘 전에 친구라는 사람 두 명이 와서, 수상쩍어 보이는 서류를 말끔히 태워 버렸다는 것이었다. 그런데 가니마르가 방에서 나가려고 했을 때, 우편 집배원이 보들레 씨에게로 오는 편지 한 통을 가지고 왔다. 미국 우표가 붙어 있었으며, 영어로 이렇게 씌어 있었다.

인사는 생략하옵고 답장은 귀하의 대리인에게 말씀드린 바와 같습니다. 제브르 씨의 그림 넉 점을 손에 넣으시는 대로 곧 그 방법으로 보내 주십시오. 또 다른 물건도 만약 손에 넣을 수 있으면 함께 보내 주시기 바랍니다.

갑자기 볼일이 생겨서 저는 이 곳을 떠납니다. 아마 이 편지와 같은 때 그 곳에 도착할 것으로 압니다. 그랑 호텔에서 뵙겠습니다.

해링튼

그날 가니마르는 체포 영장을 들고 가서, 미국인 해링튼 씨를 은닉 및 강도 공범의 피의자로 유치했다.

이리하여 17살 난 소년이 실로 뜻밖의 지적을 한 덕분으로 겨우 24시간 이내에 사건의 주된 문제점은 해결되었다. 24시간 안에 그토록 알 수 없었던 일이 단순하고도 뚜렷해졌으며, 두목을 구출하려고 했던 공범들의 계획이 뒤집히고, 부상당해 다 죽게 된 아르센 뤼뺑의 체포는 의심할 나위 없게 되었으며, 그의 조직이 해산되고 빠리의 집이 알려지고 정체가 탄로나서 뤼뺑이 오랜 기간에 걸친 연구끝에 기막히도록 정교하게 꾸민 음모가 완성되려던 바로 그 직전에 발각되기에 이르렀던 것이다.

세상은 놀라움과 감탄과 호기심으로 떠들썩했다. 이미 르왕의 신문기자는 어린 수사학급 학생과의 첫 인터뷰를 멋지게 기사로 정리하여, 그 고등학생의 좋은 성격과 꾸밈없고 과묵한 매력과 침착하고 확신 있는 태도를 보도하는 데 성공했다. 가니마르와 퓌르가 직업적인 자존심이라기보다도 강한 흥분에 몰리어 뜻하지 않게 분별없는 짓을 한 것이, 보트를레가 한 역할에 대해 일반 대중의 주의를 불러일으켰다. 그 혼자서 모든 일을 해치운 것이다. 모든 공은 오직 그 한 사람에게 돌아갔다.

사람들은 열광했다. 하루 아침에 이지도르 보트를레는 영웅이 되었다. 갑작스럽게 열광한 대중은 새로운 영웅에 대해 뭐든지 알고 싶어 했다. 탐방 기자가 밀려들었다. 그들은 장송 드 세이리 중고등학교에 몰려와 학교에서 돌아가는 통학생을 붙잡고, 보트를레라는 소년에 대한 일을 꼬치꼬치 캐어 물었다. 이렇게 하여 학우들로부터 셜록 홈즈의 호적수라고 불리던 그의 평판이 일반에게 널리 알려졌다. 이 소년은 신문에서 읽은 정보 말고는 다만 추리와 논리에 의거하여, 사법 당국이 풀 수 없었던 복잡하게 얽힌 사건의 해결책을 이제까지도 여러 번이나 가르쳐 주었던 것이다.

그러나 무엇보다도 독특한 것은, 고등학생 사이에 읽혀지고 있는 소논문이었다. 그의 이름이 서명되어 있고 타이프라이터로 복사한 것으로서, 10부의 한정판이었다. 제목은 '아르센 뤼뺑──그 방법, 어떻게 하여 그는 고전적이며 독창적일 수 있었는가'이다.

이것은 뤼뺑의 갖가지 모험 하나하나에 대해 상세한 연구를 시도한 것으로서 저명한 괴도의 수법이 매우 자세하게 묘사되어 있으며, 그 행동방식과 특별한 전술과 신문을 이용한 투서와 협박과 도둑질의 예고──한 마디로 말해서 그가 선택한 피해자를 어떻게 요리하여 피해자 스스로 함정에 빠져들게 하는가 등의 계략에 대한 종합된 연구를 독자들에게 제시한 것이었다.

그리고 그것은 비평으로서 실로 정곡을 찌르고 있어, 신랄하고도 활기 있고 솔직한 동시에 지독한 조소를 띠고 있으므로 비웃던 사람도 곧 그의 편이 되는 형편이어서 대중의 호의는 단숨에 뤼뺑에게서 이지도르 보트를레에게로 향했던 것이다. 그리하여 이 두 사람 사이에 개시된 투쟁에서, 사람들은 미리부터 나이 어린 고등학생의 승리를 선언했다.

어찌 되었거나 이 승리에 대해, 퓌르 씨와 빠리의 검사실이 그 가능성을 보류하고 그에 대해 질투하고 있는 것처럼 보였다. 한편 해링튼 씨의 신원을 확인하는 일이나 또 이 사나이가 뤼뺑의 한 패거리에 가담하고 있다는 확증 같은 것은 손에 넣지 못하고 있었다. 공범 여부에 대하여 그는 완강하게 입을 다물고 있었다. 게다가 필적 감정

결과 이 사나이가 경찰이 압수한 편지를 쓴 장본인인지 아닌지도 단정할 수 없었던 것이다. 해링튼이라는 사나이가 여행가방과 은행 지폐가 가득 든 지갑을 가지고 그랑 호텔에 들었다는 것만 확인할 수 있었다.

다른 한편, 퓌르 씨는 디에쁘에서 보트를레가 그를 위해 정복해 준 진지에 앉아 그냥 보고만 있었다. 그는 단 한 걸음도 앞으로 나아가지 못했던 것이다. 범행 전날 생 벨랑 양이 보트를레로 잘못 보았던 사나이에 대해서도, 아직 아무런 짐작도 하지 못했다. 루벤스의 그림 넉 점을 도둑맞은 일에 대해서도 지금껏 갈피조차 잡지 못하고 있었다. 그 그림은 어떻게 되었을까? 밤 사이에 그것을 날라간 자동차는 어느 길을 지나갔는가?

뤼느레와 예르빌과 이브또에서 그 자동차가 지나간 증거를 확보했다. 또 꼬드벡 앙꼬에서는 자동차가 아침 일찍 증기선으로 세느 강을 건너간 것이 틀림없었다. 그렇지만 철저하게 조사해 본 결과 그 자동차는 뚜껑이 없는 것이었고, 따라서 넉 점의 큰 그림을 실었다면 나루터 사람들의 눈에 띄었을 것이다. 아마 그것은 같은 자동차였을 것이다. 그렇다면 이런 문제가 생긴다──루벤스의 그림 넉 점은 과연 어떻게 되었는가?

여러 가지 문제가 퓌르 씨에게는 풀리지 않은 상태로 있었다. 그의 부하들은 날마다 네모진 폐허 속을 찾아다녔다. 그도 거의 날마다 와서 수사를 지휘했다. 그러나 그토록 애를 써도 부상으로 괴로워하는 뤼빵의 은신처를 찾아 내는 것은──보트를레의 의견이 옳다고 치고──도저히 불가능한 일이어서, 이 우수한 사법관도 힘겨운 듯했다.

그러므로 사람들이 이지도르 보트를레를 주목하기 시작한 것은 당연한 일이었다. 왜냐하면 어둠 속에 복잡하게 얽혀있는 수수께끼를 조금이나마 풀 수 있었던 것은 그의 덕분이었기 때문이었다. 그는 어째서 사건을 더욱 깊숙이 좇지 않는 것일까? 그만큼 해결했으니 조금만 더 노력하면 목적을 이룰 수가 있으련만.

그랑 주르날 신문의 기자가, 베르노라는 가짜 이름으로 장송 중고등학교에 몰래 들어가, 보트를레에게 그것을 물었다. 이 사나이는 보트를레의 일로 특별히 파견된 기자라고 밝혔다. 그에 대해 이지도르는 매우 현명하게 대답했다.

"이 세상에 오직 뤼뺑밖에 없고, 강도와 탐정 이야기밖에 없다고 할 수는 없습니다. 대학입학 자격시험이라는 것도 실재하고 있으니까요. 그리고 전 7월에 시험을 칩니다. 지금은 5월입니다. 낙제하고 싶지는 않아요. 그렇게 되면 아버지께서 뭐라고 하시겠습니까?"

"그러나 자네가 만일 아르센 뤼뺑을 잡아 당국에 넘겨 준다면, 아버지께서 뭐라고 하시겠나?"

"뭘요! 무슨 일에나 때가 있습니다. 이 다음 휴가에……."

"강림절 휴가 말인가?"

"네, 전 6월 6일 토요일 아침에 떠나렵니다."

"그리고 그날 밤에는 아르센 뤼뺑이 잡히겠군?"

"일요일까지 기다려 주실 수 없을까요?"

보트를레는 웃으면서 말했다.

바로 최근에 생겨난 이 설명하기 어려운 신뢰감은, 이미 확고한 것이 되어 모든 사람이 이 나이 어린 소년에 대해 깊이 품고 있었다. 그러나 실제로는 사건이 어느 정도까지밖에는 밝혀져 있지 않았던 것이다. 그래도 사람들은 여전히 믿고 있었다. 이 소년에게는 아무런 곤란이 없을 거라고 모두 생각하고 있었다. 사람들은 명찰이나 직관, 경험, 교묘함 같은 것에 대해서 밖에는 기대할 수 없을 듯한 일을 이 소년에게 기대하고 있었던 것이다.

6월 6일! 이 날짜가 모든 신문에 실렸다. 6월 6일에 이지도르 보 트를레는 디에쁘로 가는 급행열차를 탈 것이다, 그리고 그날 밤에 아 르센 뤼뺑은 체포될 것이라고.

그리고 6월 6일이 되었다. 생 라자르 역에서 4명 가량의 신문기자 가 이지도르를 기다리고 있었다. 그 가운데 두 사람은 무슨 일이 있 더라도 함께 가겠다고 하며 고집을 부렸으나, 그는 제발 그런 짓만은 하지 말아 달라고 간절히 부탁했다.

결국 그는 혼자 떠났다. 차 안은 텅 비어 있었다. 여러 날 밤 계속 공부한 탓에 지쳤던지 그는 깊은 잠에 곯아떨어졌다. 꿈속에서 그는 여러 개의 역을 지났으며, 사람들이 오르내리는 것을 어렴풋이 느끼 고 있었다. 잠에서 깨어나 르왕이 보였을 때에도, 그는 여전히 혼자 있을 뿐이었다. 그러나 맞은편 좌석 등받이의 회색 천 위에 큼직한 종이가 핀으로 꽂혀 있는 것이 보였다. 그 종이에는 이렇게 씌어 있 었다.

'누구에게나 각자의 분야가 있다. 너는 너의 할 일을 하면 되는 것 이다. 그렇지 않으면 혼날 줄 알아라.'

"좋아!"
그는 손을 마주 비비면서 이렇게 말했다.
"드디어 적은 형편이 나빠진 모양이로군. 이 협박은 가짜 운전사의 협박처럼 어리석다. 게다가 이 글귀는 또 뭐란 말인가! 글을 쓴 사람이 뤼뺑이 아니라는 것은 잘 알 수 있어."
기차는 노르망디의 옛 거리로 들어가기 전에 터널에 들어갈 것이 다. 이지도르는 역에서 다리가 저린 것을 풀기 위해 플랫폼에 내려 두서너 바퀴 돌았다. 그런 다음 찻간으로 돌아오려 했을 때, 그의 입에서 외침 소리가 새어나왔다. 신문 판매점 앞을 지날 때, 르왕 신문 특별판 제1면에 다음과 같은 기사가 나 있는 것을 훑어보고, 그 의미를 깨달았기 때문이다.

최신 뉴스——디에쁘에서 발신된 전보에 의하면, 어젯밤 앙브뤼메지 저택에 악한 몇 명이 침입하여 제브르 씨의 따님을 꽁꽁 묶은 다음 재갈을 물리고 함께 자고 있던 레이몽드 양을 유괴했다. 저택에서 5백 미터쯤 떨어진 곳에 핏자국이 있고, 그 가까이에서 피투성이가 된 솔이 발견되었다. 불행한 레이몽드 양은 살해된 것이 아닐까 걱정되고 있다.

디에쁘에 닿을 때까지 이지도르 보트를레는 꼼짝도 하지 않았다. 몸을 앞으로 굽히고 두 팔꿈치를 무릎에 세우고서 두 손을 얼굴에 대고는 골똘히 생각에 잠겨 있었다. 디에쁘에 도착하자 그는 자동차를 불렀다. 앙브뤼메지 입구에서 예심 판사를 만났을 때, 그는 그 끔찍한 뉴스가 사실이라는 것을 알게 되었다.

"그 이상은 모르십니까?"

보트를레는 물었다.

"전혀 알 수 없네. 나도 지금 막 오는 길일세."

이때 형사 부장이 퓌르 씨 곁으로 다가오더니, 꾸깃꾸깃해진 누런 종이조각을 건네 주었다. 그것이 피투성이가 된 솔이 발견된 장소 가까이에 떨어져 있었다는 것이었다. 퓌르 씨는 일단 그것을 살펴본 다음 이지도르 보트를레에게 건네주며 이렇게 말했다.

"이런 것이 수사에 도움이 될지 모르겠지만, 봐 두게."

이지도르는 그 종이조각을 몇 번이나 뒤집어 보았다. 그것은 숫자와 점, 그리고 몇 개의 부호로 되어 있었다. 구체적인 내용은 다음과 같다.

```
   2.1.1..2..2 .1.
 .1..1...2.2.  .2.43.2..2.
 .45 .. 2 .4...2..2.4..2
D  D̄F̄.□  19F+44▷357◁
   13 .53..2   ..25.2
```

뤼빵의 시체

저녁 6시쯤, 일을 끝낸 퓌르 예심 판사는 서기와 함께 디에쁘로 돌아가는 차를 기다리고 있었다. 판사는 신경이 날카롭게 곤두서 있는 모양으로 똑같은 말을 두 번이나 묻는 것이었다.

"자네, 보트를레를 보지 못했나?"

"못 보았는데요, 판사님."

"어디에 갔을까? 하루 종일 아무도 못 보았으니."

문득 그는 생각난 듯이 가방을 서기에게 맡기고, 저택을 한 바퀴 돌아 폐허 쪽으로 뛰어갔다.

이지도르는 큰 샘물 옆의 솔잎이 깔린 땅바닥에 배를 깔고 엎드려 한 팔을 머리 밑에 괴어 베고서 잠을 자는 것 같았다.

"어찌 된 건가, 여보게, 자나?"

"자는 게 아닙니다. 생각하는 겁니다."

퓌르 씨는 이지도르의 팔을 움켜쥐고 잡아당기면서

"생각한다고? 그러나 우선 보는 것이 필요해. 사실을 잘 조사하고, 단서를 찾아야 해."

"네, 알고 있습니다. 그것은 일반적인 방법이지요. 물론 좋은 방법입니다. 그러나 제게는 또 다른 방법이 있습니다. 저는 먼저 잘 생각합니다. 말하자면 사건의 대강 줄거리를 속속들이 들여다보는 겁니다. 그런 다음 그것과 합치될 만한 논리적이고 이유있는 가설을 세웁니다. 그리고 나서 사실이 나의 가설에 부합하는가 어떤가를 검토해 보는 것입니다."

"이상한 방법이고 또 굉장히 복잡하군!"

"확실한 방법입니다, 판사님. 그런데 판사님의 방법은 확실하지 않군요."

"무슨 소린가! 사실은 어디까지나 사실일세."

"상대가 평범한 사람이라면, 그래도 좋습니다. 그러나 상대가 조금이라도 교활하면, 사실 그 자체를 얼마든지 만들어 낼 수 있으니까요. 당신네들 수사의 바탕이 되는 이른바 단서라는 것만 해도, 상대는 자유자재로 늘어놓습니다. 그러니까 뤼뺑 같은 사람과 맞서는 경우에는 터무니없는 방향으로 빠져들어가고 마는 것입니다! 홈즈도 계략에 걸려들곤 하니까요."

"뤼뺑은 죽었네."

"뤼뺑은 죽었더라도 그의 부하들은 남아 있습니다. 그런 스승의 제자들이니만큼, 모두 꽤 뛰어난 놈들입니다."

"여보게, 잠깐. 중대한 이야기가 있네. 자, 들어보게. 가니마르가 지금 빠리에 볼일이 있어서 갔는데 4,5일 지나야 돌아오네. 그래서 제브르 백작은 셜록 홈즈에게 전보를 쳤는데, 홈즈는 다음 주말이 되면 협력하겠다고 약속했다는 거야. 그런데 여보게, 이런 유명한 사람들이 도착했을 때 '참으로 안됐습니다만, 기다릴 수가 없었습니다. 일은 다 처리되었습니다.'라고 말해 주는 것도 유쾌하지 않겠나?"

퓌르 씨의 이 말보다 더 훌륭하게 자신의 무력함을 고백할 수는 없을 것이다. 보트를레는 웃음이 터져나오는 것을 꾹 누르며, 모르는 체하고 이렇게 대답했다.

"그럼 말씀드리지요, 판사님. 제가 당신네들의 수사에 참가하지 않았던 것은, 판사님께서 이번 사건의 결과를 알려 주시리라고 기대했기 때문입니다. 그래, 어느 정도나 알고 계신가요?"

"결국, 이렇다네. 어젯밤 11시에 ꞔ비용 부장이 저택을 감시토록 한 세 사람의 경찰관에게 곧 경찰서로 돌아오라는 부장의 명령이 전해졌다네. 그래서 세 경찰관이 돌아가 본즉……."

"그들은 보기 좋게 속았으며 명령은 거짓이었다는 것, 그래서 앙브뤼메지로 되돌아올 수밖에 없다는 걸 알게 되었군요."

"부장에게 이끌리어 다시 돌아왔네. 그러나 자리를 비웠던 시간은 한 시간 반이나 되었으며, 그 사이에 범죄가 행해진 걸세."

"자세한 상황을 말씀해 주시지요."

"매우 간단한 방법일세. 농장 소작인의 집에서 사다리를 가져와 저택 3층에 대어 세운 다음, 유리창을 한 장 깨고 창문을 열었네. 칸델라를 든 두 사나이가 제브르 양의 방으로 몰래 들어가 소리를 지르지 못하도록 재갈을 물렸네. 그리고 밧줄로 꽁꽁 묶어 놓은 다음, 이번에는 생 벨랑 양이 자고 있는 방문을 살그머니 열었네. 제브르 양은 신음 소리와 몸부림치는 듯한 소리를 들었는데, 그 바로 뒤에 두 사나이가 꽁꽁 묶어 재갈을 물린 사촌 언니를 날라가는 것을 보았다는 걸세. 그들은 제브르 양의 앞을 지나 창문으로 나갔다는군. 지치고 무서워서 제브르 양은 정신을 잃고 쓰러졌다네."

"그럼, 개는? 제브르 씨는 사나운 개를 두 마리나 기르지 않습니까!"

"두 마리 다 독살되었네."

"어떻게 독살했을까요? 아무도 그 개에게 가까이 갈 수 없었을 텐데요."

"도무지 알 수가 없네! 어쨌든 두 사나이는 어렵지 않게 폐허를 가로질러, 예의 뒷문으로 나간 걸세. 그리고 옛 채석장을 돌아 잡목 숲을 빠져나가, 저택에서 5백 미터쯤 떨어진 큰 떡갈나무 밑에서 걸음을 멈추고……계획을 실행한 걸세."

"생 벨랑 양을 죽일 목적으로 왔다면, 어째서 방에서 죽이지 않았을까요?"

"알 수 없네. 아마 저택을 나온 뒤에야 어떤 계기가 생긴 거겠지. 아니면 그녀가 용케 묶였던 밧줄을 풀었기 때문인지도 모르네. 결국 내 생각으로는, 주운 숄은 팔다리를 묶는 데 썼던 거야. 어찌 되었든 큰 떡갈나무 밑에서 죽였어. 내가 수집한 증거는 확실한 것일세."

"그렇지만 시체는?"

"시체는 발견되지 않았네. 그러나 그 점에 특히 놀랄 것은 없네. 실은 발자국을 더듬어 가 보았더니, 바랑쥐빌의 교회가 있는 절벽 꼭대기의 옛 묘지까지 이어져 있었네. 그 곳은 100미터 가량의 깎아지른 듯한 절벽으로 그 밑은 바위와 바다이지. 하루나 이틀이면 밀물에 시체가 떠오를 걸세."

"아무래도 이야기가 너무 간단하군요."

"그렇지, 참으로 간단한 이야기일세. 뤼뺑이 죽었기 때문에 그것을 알게 된 놈들의 부하가 전에 협박했던 대로 복수하기 위해 생 벨랑 양을 죽인 걸세. 이것은 조사할 필요조차 없을 만큼 확실한 사실이야. 그런데 뤼뺑은?"

"뤼뺑이라고요?"

"그렇지. 어떻게 되었겠나? 아마도 그들은 생 벨랑 양을 데려가면서 뤼빵의 시체도 함께 옮겨갔을 텐데, 그 증거가 없네. 폐허에 숨어 있었는지, 죽었는지 살았는지도 분명치 않아. 이 점이 수수께끼일세. 보트를레 군, 레이몽드 양 살해 사건은 사건 그 자체를 해결한 것은 되지 못하네. 오히려 사건을 복잡하게 만들어 버렸다네. 요 두 달 동안, 앙브뤼메지 저택에서 어떤 일이 일어났는가? 만약 우리가 이 수수께끼를 풀지 못하면, 다른 사람들이 와서 해결해 버릴 걸세."

"그 다른 사람들이란 언제 옵니까?"

"수요일, 아니 화요일인가?"

보트를레는 뭔가 계산을 하는 모양이더니 이렇게 말했다.

"판사님, 오늘이 토요일이지요? 전 월요일 밤에는 학교로 돌아가야 합니다. 그러니 월요일 아침 10시에 여기로 와 보십시오. 수수께끼를 풀 열쇠를 드리겠습니다."

"정말인가, 보트를레 군, 틀림없이 할 수 있겠나?"

"할 수 있으리라고 생각합니다."

"그래, 이제부터 어디로 갈 생각인가?"

"전 지금부터 제가 생각한 가설에 사실이 들어맞는지 어떤지를 보러 갑니다."

"만약 잘 맞지 않으면?"

"뭘요! 판사님. 그것은 사실이 틀렸기 때문입니다."

보트를레는 웃으면서 말했다.

"그렇게 되면, 좀 더 다루기 쉬운 사실을 찾지요. 그럼, 월요일입니다."

"월요일에 만나세."

몇분 뒤, 퓌르 씨는 디에쁘를 향해 차를 달리고 있었다. 이지도르는 제브르 백작에게서 얻어 온 자전거를 타고 꼬드벡 앙 꼬로 가는 큰길로 나섰다.

그에게는 무엇보다도 우선 분명한 의견을 갖고 싶다고 생각되는 것이 한 가지 있었다. 그것이야말로 틀림없는 적의 약점이라 생각되었기 때문이다. 루벤스의 그림 같은 큰 물건을 감추기란 어려운 일이다. 그러므로 틀림없이 어디엔가 두었을 것이다. 지금 당장 발견할 수는 없다고 할지라도, 어느 길로 운반했는가 하는 것쯤은 알 수 있지 않겠는가?

보트를레의 가설은 이러했다. 자동차는 확실히 넉 점의 그림을 운반했다. 그러나 꼬드벡에 닿기 전에 다른 자동차에 옮겨 싣고, 꼬드벡의 강 상류나 하류에서 세느 강을 건넜을 것이다. 강 하류의 가장 가까운 나루터는 뀌부프인데, 이 곳은 사람의 왕래가 많아 위험하다. 상류라면 뫼레 나루터인데, 여기는 외진 마을이어서 교통이 불편하다.

자정이 가까울 무렵, 이지도르는 뫼레까지 4킬로미터 반을 걸어와 강가에 있는 여인숙 문을 두드려 주인을 깨웠다. 거기에서 하룻밤을 묵고 이튿날 아침에 그는 나루터의 뱃사공들에게 물었다. 승객 명단도 조사했다. 4월 23일 목요일에는 자동차가 한 대도 지나가지 않았다.

"그럼, 마차는? 짐수레는?"

이지도르는 빈틈없이 물었다.

"아무것도 지나가지 않았소."

오전 동안 꼬박 이지도르는 조사했다. 뀌부프에 가 보려고 하는데, 그가 묵었던 여인숙의 심부름하는 소년이 오더니 말했다.

"그날 아침 짐수레는 보았지만, 나룻배로 건너지는 않았어요."

"뭐라고?"

"나룻배로 건너지 않았어요. 기슭에 매어 놓았던 전마선에 짐을 옮겨 싣던데요."

"그 짐수레는 어디 것이었지?"

"네, 전 잘 알아요. 그것은 바띠네르 씨의 수레였어요."

"어디에서 사는데?"

"루브또 마을에요."

보트를레는 참모본부의 지도를 조사했다. 루브또 마을은, 이브또에서 꼬드벡으로 가는 큰길과 숲 속으로 구불구불 난, 뫼레로 통하고 있는 오솔길이 마주치는 네거리에 자리잡고 있다!

이지도르는 저녁 6시에야 가까스로 선술집에서 바띠네르를 찾아 냈다. 이 사나이는 보기에도 교활하고 약아 빠진 못된 노르망디 사람답게 언제나 다른 나라 사람을 경계하면서도 끝내 금화의 유혹을 이기지 못하는, 좋지 않은 조건이 들어 있는 줄 알면서도 곧잘 술대접을 받아들이는 사람이었다.

"그래요. 그날 아침, 자동차를 타고 온 사람들이 5시에 네거리에서 기다리라고 하기에 가 보니까 커다란 물건을 네 개 실어다 달라고 하더군요. 한 사람이 나를 따라와서 물건을 전마선에 옮겨 실었지요."

"마치 옛날부터 잘 아는 사이 같은 말투로군요."

"잘 아는 사이 같다고! 내가 그들의 일을 한 것은 이번까지 여섯 번째요."

이지도르는 부르르 몸을 떨었다.

"여섯 번째라고! 대체 언제쯤부터였습니까?"

"그 날까지 날마다였어요! 물건은 그 전에는 좀 달랐지요. 큰 돌 ……아니면 좀 더 작고 가늘고 길쭉한 것인데, 보물처럼 소중하게 싸서 날라갔어요. 내게는 손가락 하나 대지 못하게 했지요. 아니, 왜 그러시오? 얼굴이 파리하군요."

"아무것도 아니에요. 너무 더워서 그런가 봅니다."

보트를레는 비틀거리면서 밖으로 나왔다. 뜻밖의 발견으로 너무 기쁜 나머지 머리가 멍해지고 만 것이었다.

그는 침착성을 되찾아 마음을 가라앉히고 그날 밤은 바랑쥐빌 마을에서 묵었다. 이튿날 아침은 초등학교 교사와 함께 마을 사무소에서 한 시간쯤 보낸 다음 저택으로 돌아왔다. 그러자 제브르 백작 저택으로 보트를레에게 온 편지 한 통이 그를 기다리고 있었다.

다음과 같은 내용이었다.

두 번째 경고. 침묵을 지켜라. 그렇지 않으면……

"흐음, 그렇다면"

그는 중얼거리듯 말했다.

"이번에는 나 자신의 안전을 위해 조금 조심해야겠는걸. 그렇지 않으면 그들이 말하는 대로……."

9시였다. 그는 폐허 안을 돌아다니다가, 아케이드 옆에 길다랗게 몸을 뉘고 눈을 감았다.

"여어, 어떤가! 일은 잘 되었나?"

약속한 시간에 퓌르 씨가 온 것이다.

"판사님, 아주 기쁩니다."

"그렇다면?"

"그것은 제가 약속을 지킬 준비가 되었다는 말이지요. 이런 편지가 왔습니다."

그는 퓌르 씨에게 편지를 내보였다.

"난 또 뭐라고! 시시하군."

판사는 소리쳤다.

"이런 일로 자네가 주저앉지 않기를 빌겠네."

"제가 알고 있는 것을 들려 달라는 말씀이군요? 판사님도, 참. 저는 '약속을 지킬 수 있을 것'이라고 약속했습니다. 10분도 되기 전에 아시게 될 겁니다——진상의 일부를."

"일부를?"

"그렇습니다. 제 생각으로는 뤼뺑이 숨어 있던 장소는 그다지 문제가 되지 않습니다. 그러나 그밖의 일에 대해서는 머지않아 아시게 될 겁니다."

"보트를레 군, 난 자네가 하는 일에 대해서는 그다지 놀라지 않네. 하지만 어떻게 발견할 수 있었나?"

"뭘요, 아무것도 아니에요! 해링튼 씨로부터 에띠엔느 드 보들레라는, 바로 뤼뺑 자신에게 보낸 편지 속에……."

"압수한 그 편지 말인가?"

"그렇습니다. 그 편지 속에 아무래도 알 수 없는 문구가 있었어요. 그것은 바로 이런 것이었습니다. '그림을 보내실 때, 혹 다른 물건도 손에 넣을 수 있으면 함께 보내 주시기 바랍니다'라는 것이었지요."

"과연, 그렇군. 나도 기억하고 있네."

"그밖의 다른 물건이란 무엇이겠습니까? 미술품? 골동품? 이 저택에는 귀중한 물건이라곤 루벤스의 그림과 벽걸이 말고는 다른 아무것도 없었습니다. 그럼, 뭐겠습니까? 게다가 또 뤼뺑과 같은 천재적으로 교묘하기 이를 데 없는 사나이가, 그들이 명확하게 말하고 있는 다른 물건을 발송하는 데 성공하지 못했을 것이라고 생각할 수 있을까요? 아마 그것은 예외적인 어려운 일인지도 모릅니다. 그러나 그것은 가능한, 확실한 일입니다. 뤼뺑이 그렇게 하려고 한 일이니까요."

"하지만 그는 실패했네. 아무것도 없어지지 않았으니까."

"그렇지 않습니다. 무언가 틀림없이 없어졌으니까요."

"그렇지, 루벤스의 그림이……그러나……."

"루벤스의 그림과 그밖에……루벤스 그림의 경우와 마찬가지로 똑같은 모조품을 두고 어떤 물건을 바꿔친 것입니다. 루벤스의 그림보다도 더 귀중하고 훨씬 진귀한 뜻밖의 물건입니다."

"대체 그게 뭐란 말인가? 아, 답답하군."

그들은 폐허 안을 걸어 뒷문 쪽으로 향해 가고 있었는데, 이윽고 사원 앞까지 왔다. 보트를레가 걸음을 멈추었다.

"무척 알고 싶으신가 보군요, 판사님."

"알고 싶고말고!"

보트를레는 느닷없이 손에 든 마디가 있는 굵은 스틱을 쳐들어, 사원 입구의 장식으로 꾸며져 있는 조상 가운데 하나를 산산이 깨뜨려 버렸다.

"왜 이러나? 정신나갔나?"

퓌르 씨는 정신없이 깨어진 파편 쪽으로 뛰어가면서 소리쳤다.

"정신나갔군 그래! 이것은 기막힌 조각품인데!"

"기막히게 훌륭하다고요!"

이지도르는 스틱을 휘둘러 성모 마리아 상을 때려부수면서 말했다. 퓌르 씨는 그의 몸에 덤벼들어 매달렸다.

"여보게, 그런 정신나간 짓을……."

그러나 다시 또 세 동방 박사 상 가운데 하나의 목이 날아가고, 아기 예수와 함께 구유도…….

"이 이상 더하면 쏠 테다!"

어느 틈에 왔는지 제브르 백작이 달려와 권총을 겨누고 있었다.

보트를레는 껄껄 웃었다.

"저것을 쏘십시오, 백작. 과녁처럼 쏘십시오! 저 저기, 두 손으로 머리를 싸안고 있는 저것 말입니다!"

세례 요한의 상이 부서졌다.

"아아!"

백작은 권총을 다시 움켜쥐면서 말했다.

"이런 신성 모독이 또 어디 있나! 아, 이런 걸작을!"

"가짜입니다, 백작!"

"뭐라고? 그런, 그런 어이없는."

백작은 총부리를 내리면서 부르짖었다.

"가짜입니다! 속이 텅 비어 있어요!"

"설마! 그럴 리가……."

"누더기에 풀칠을 해서 만든 것입니다! 알맹이가 없어요!"

백작은 몸을 웅크리고 부서진 상의 파편을 집어 보았다.

"자세히 보십시오, 백작, 석고입니다! 오래 된 돌처럼 녹이 슬고, 습기가 차고, 녹청이 묻은 석고입니다. 아무튼 석고, 석고로 만들어진 세공품입니다. 진짜 걸작품이 남긴 것이 고작 이것입니다. 이것이 그들이 며칠 동안에 해치운 일입니다! 루벤스의 그림을 묘사한 샤르뿌네 씨가 1년 전에 준비해 두었던 것입니다."

그는 이번에는 퓌르 씨의 팔을 움켜잡았다.

"어떻게 생각하십니까, 판사님? 훌륭하지요? 아주 뛰어나지요? 어마어마하지 않습니까? 사원을 도둑맞다니! 돌 한 개까지도 고딕식으로 지어진 사원을 고스란히 하나도 남김없이 빼앗기다니! 조상(彫像)은 모두 훔쳐 가고 석회로 빚은 인형으로 바꾸어 놓았어요! 비할 데 없는 한 시대 예술의 기막힌 본보기를 말끔히 빼앗겼어요! 결국 사원 그 자체를 도둑맞은 겁니다! 얼마나 훌륭합니까! 아아, 판사님! 이런 천재가 또 있겠습니까!"

"보트를레 군, 자네 흥분했구먼."

"흥분하는 게 당연합니다, 그런 사람들을 생각하면, 보통 이상으로 유별난 것은 뭐든지 놀랄 만한 가치가 있으니까요. 그 사나이는 모든 사람보다 뛰어납니다. 비범합니다. 그 사나이의 도둑질에는 풍부한 구상과 능력과 권위와 교묘함이 있기 때문에 저는 이렇게 전율을 느끼는 겁니다."

"죽은 게 아깝군."

퓌르 씨가 싸늘하게 웃음을 떠올렸다.

"살아 있었다면, 마지막에는 노트르담 사원의 탑까지도 훔쳤을 것을."

이지도르는 어깨를 움츠렸다.

"웃을 일이 아닙니다. 그 사나이는 죽었어도 당신을 쩔쩔매게 할 수 있습니다."

"내가 말한 것은 그런 뜻이 아닐세, 보트를레 군. 솔직하게 말하면, 나도 그에 대해서는 마음에 느끼는 바가 없을 수 없다네……만약 그들이 그의 시체를 가져가지 않았다면 말일세."

"특히"

제브르 백작이 끼어들었다.

"내 조카딸이 부상입힌 게 바로 그라면 더욱 그렇지요."

"확실히 그 사람입니다, 백작."

보트를레는 자신있게 잘라 말했다.

"생 벨랑 양의 총에 맞아 폐허에 쓰러진 것은 바로 그였습니다. 그런 다음 다시 일어났다가 또 쓰러져 아케이드 쪽으로 기어가서 다시 일어섰습니다. 일어선 것은 정말 기적입니다만, 그것은 나중에 설명하겠습니다. 그런 다음 이 돌로 만들어진 은신처에 이르러서, 여기가 그의 무덤이 된 것입니다."

이렇게 말하고 그는 스틱 끝으로 사원의 문지방을 두드렸다.

"아니, 뭐라고?"

퓌르 씨는 깜짝 놀라 소리쳤다.

"여기가 무덤이라고? 자네는 이런 데에 숨어 있었다고……어떻게 ……."

"여기가 그의 은신처입니다. 바로 여기가요."

보트를레는 거듭 말했다.

"그렇지만 우리는 충분히 조사했네."

"충분하지 못했습니다. 방법이 좋지 못했어요."

"이런 데에 숨을 곳이 어디 있겠소."

제브르 백작이 반대했다.

"나는 이 사원에 관해서 잘 알고 있소."

"아닙니다, 백작. 은신처는 틀림없이 있습니다. 바랑쥐빌 시청에 가 보십시오. 시청에는 앙브뤼메지 옛 교구에 있던 모든 서류가 보관되어 있습니다. 18세기부터 전해져 오는 그 서류를 보면, 사원 밑에 지하실이 있다는 것을 알 수 있습니다. 그 지하실은 아마도 로마 시대의 사원이 있었던 때부터 있었던 것으로, 그 터 위에 지금의 이 사원이 지어진 것입니다."

"그렇지만 뤼뺑이 어떻게 그런 일을 알았겠는가 말일세."

퓌르 씨가 의심스럽게 물었다.

"아주 당연한 일이지요. 사원의 물건을 훔쳐 가는 동안에 알아 낸 겁니다."

"하지만 이보게, 보트를레 군, 그렇게 과장된 말은 하지 말게. 그가 사원을 몽땅 가져간 건 아니지 않은가? 보게, 주춧돌은 건드리지도 않았네."

"물론입니다. 그는 예술적으로 가치가 있는 것밖에는 가져가지 않았습니다. 조각한 돌, 입상, 귀중한 작은 원기둥, 세공한 기둥머리, 이러한 것들만 가져갔습니다. 건물의 주춧돌 따위에는 손을 대지 않았습니다. 기초는 틀림없이 남아 있습니다."

"그러니까 따라서 뤼뺑은 지하실까지는 들어가지 않았다는 말이 되네."

그때 제브르 씨의 지시로 한 하인이 사원의 열쇠를 가지고 왔다. 그가 문을 열자 세 사람은 안으로 들어갔다.

조금 살펴보고 나서 보트를레가 또 말했다.

"땅바닥의 주춧돌은 물론 손을 대지 않았습니다. 그렇지만 제단이 주물에 지나지 않는다는 것은 한눈에 알 수 있습니다. 그런데 일반적으로, 지하실로 내려가는 계단은 제단 앞에서부터 들어가서 제단 밑을 지납니다."

"그래서 결론을 말하면?"

"그러니까 뤼뺑은 그 곳에서 일을 하다가 지하실을 발견한 셈입니다."

보트를레는 백작이 가져오게 한 곡괭이로 제단을 두드렸다. 석고 파편이 사방으로 튀었다.

"허 참, 빨리 알고 싶군……궁금해."

퓌르 씨가 중얼거리듯 말했다.

"저도 마찬가지입니다."

괴로운 듯 파리한 얼굴로 보트를레가 대꾸했다.

그는 곡괭이를 내리치던 손을 더 빨리 놀렸다. 그러자 갑자기 지금까지는 아무런 반응이 없던 곡괭이 끝이 무언지 딱딱한 물건에 부딪쳐 퉁겨졌다. 뒤이어 와르르 허물어지는 소리가 들리며, 곡괭이에 깨어진 돌덩이 같은 것과 제단의 나머지 부분이 구멍 속으로 떨어졌다. 보트를레는 들여다보았다. 그리고 성냥을 그어 구멍 위에서 흔들었다.

"계단은 제가 생각한 것보다 훨씬 앞쪽으로, 거의 입구의 주춧돌 위에서부터 시작되어 있군요. 여기서는 맨 밑의 계단이 보입니다."

"깊은가?"

"3, 4미터 됩니다……단은 높고 허물어져 있어요."

"이상한데?"

퓌르 씨가 말했다.

"세 사람의 경관이 여기를 떠난 짧은 동안에, 생 벨랑 양을 유괴하면서 그의 부하놈들이 이 지하실에서 시체를 날라갈 시간이 있었으리라곤 아무래도 생각할 수 없네. 게다가 그렇게 해야 할 이유가 있겠나? 아니, 내 생각으론 시체가 아직 여기에 있다고 생각하네."

하인이 사다리를 가지고 왔으므로 보트를레는 그것을 구멍 속으로 내려, 손짐작으로 흩어진 파편 속에 세웠다. 그리고 사다리 끝을 단단히 눌렀다.

"내려가시겠습니까, 퓌르 씨?"

판사는 촛불을 들고 내려갔다. 제브르 백작이 그 뒤를 따랐다. 그리고는 보트를레가 사다리 맨 첫단에 발을 디뎠다.

그가 기계적으로 세어 보니, 사다리의 단은 18개였다. 한편 그의 눈은 어둠 속에서 촛불이 흔들거리는 지하실 속을 뚫어지게 보고 있었다. 그런데 아래로 내려가자, 뭐라고 형용할 수 없는 고약한 냄새가 풍겼다. 언제까지나 몸에 배어 떨어지지 않을 것 같은 썩은 냄새였다. 아아! 그는 속이 메슥거려 기분이 나빠졌다.

갑자기 그는 떨리는 손에 어깨를 잡혔다.

"아니! 왜 그러십니까? 무슨 일이 있습니까?"

"보트를레 군."

퓌르 씨는 어물어물했다. 그는 너무 무서워 말을 할 수 없었던 것이다.

"자아, 판사님. 진정하십시오."

"보트를레 군……저, 저기에……."

"뭐가 있습니까?"

"그래, 제단에서 이만큼 떨어진 큰 돌 밑에 뭔가 있었네. 돌을 밀었더니 무엇이 만져졌어. 아아! 그것이 만져지는 그 순간의 끔찍스러움을 잊을 수 없을 것 같네."

"어딥니까?"

"이쪽……고약한 냄새가 나지?……보게, 저것 봐."

그는 촛불을 받아들고 땅에 길게 누워 있는 물체를 비추었다.

"아악!"

보트를레는 저도 모르게 외마디 소리를 질렀다.

세 사람은 급히 몸을 굽히고 앉았다. 그 곳에는 절반쯤 발가벗은 바짝 마른 시체가 무시무시하게 누워 있었다. 부드러운 밀랍처럼 보이는 푸르죽죽한 빛깔의 살이 군데군데 찢어진 옷 사이로 드러나 보이고 있었다. 그러나 그 가운데서도 특히 끔찍스러운, 소년으로 하여금 공포의 비명을 지르게 한 것은 그 머리였다. 아까 떨어진 돌덩이를 맞아 그 머리가 눈과 코를 알아볼 수 없을 정도로 으깨어져 있었다. 세 사람은 어둠에 눈이 익숙해짐에 따라, 살이 몹시 썩어 있다는 것을 깨달았다.

보트를레는 급히 사다리를 기어올라 밝은 대기(大氣) 속으로 달아났다. 퓌르 씨가 뒤따라가 보니, 또다시 그는 배를 깔고 엎드려 두 손으로 얼굴을 감싸고 있었다. 판사는 말했다.

"고맙네, 보트를레 군. 숨어 있던 곳을 찾아 낸데다가, 두 가지 면에서 자네의 판단이 옳았던 것을 확인할 수 있었네. 생 벨랑 양이 겨누었던 사나이는 자네가 처음부터 말했던 대로 틀림없이 아르센 뤼빵이었다는 것, 그리고 그가 에띠엔느 드 보들레라는 이름으로 빠리에 살았다는 것 말일세──속옷에 EV라는 머리글자가 새겨져 있었으니까. 이것으로 증거는 충분한 것 같은데……."

이지도르는 꼼짝도 하지 않았다.

"백작이 의사선생을 부르러 사람을 보냈으니까, 이제 곧 검시를 하게 될걸세. 내 생각으로는 적어도 죽은 지 1주일은 된 것 같네. 시체의 썩은 상태로 보아서……여보게, 자네는 듣고 있지 않는 모양이군."

"아니, 듣고 있습니다."

"내가 하는 말은 분명한 근거에 의하여 말하는 걸세. 그러니까 이를테면……."

뷔르 씨는 여전히 설명을 계속했지만 그는 조금도 귀를 기울이는 듯한 모습을 보이지 않았다. 거기에 백작이 돌아왔기 때문에 판사의 혼잣말은 중단되고 말았다.

백작은 편지를 두 통 가지고 왔다. 한 통은 내일 셜록 홈즈가 와 닿는다는 것을 알려 온 것이었다.

"잘 되었군."

뷔르 씨는 매우 명랑해져서 이렇게 외쳤다.

"가니마르 경감도 오고, 재미있게 되겠는걸."

"이 편지는 판사님께 온 겁니다."

백작이 말했다.

"더욱더 좋군."

뷔르 씨는 편지를 죽 훑어보고 나서 말했다.

"그 사람들이 온다 해도 그다지 할 일이 없을 것 같군. 보트를레 군, 디에쁘에서 연락이 왔는데, 오늘 아침 바위 위에서 어부가 젊은 여자의 시체를 발견했다고 하네."

"뭐요? 시체라고요……."

"젊은 여자의 시체일세. 심한 상처투성이여서, 고급 금팔찌가 오른
팔의 통통 부어오른 살에 움푹 파고들어 있지 않았다면 누구의 시
체인지도 알아볼 수 없을 정도라고 하는군. 그런데 생 벨랑 양도
오른팔에 금팔찌를 끼고 있었지요? 그렇다면 백작, 아무래도 불쌍
한 당신의 조카딸이 틀림없다는 말이 될 것 같군요. 아마 파도에
밀려 떠오른 모양입니다. 보트를레 군은 어떻게 생각하나?"

"아니오……아무것도. 그보다도 여러 가지 일이 서로 얽혀 있군요.
나로서는 추리의 재료가 모두 갖추어졌습니다. 모든 사실이 하나하
나, 가장 모순된 것이나 가장 사람을 어리둥절하게 할 만큼 놀라운
것까지도 제가 처음부터 생각했던 대로의 가설을 증명해 주고 있습
니다."

"난 도무지 잘 모르겠는걸."

"머지않아 아시게 됩니다. 제가 진상을 말씀드리겠다고 약속한 것
을 생각해 주십시오."

"그렇지만 난 도무지……."

"조그만 더 참으시면 됩니다. 이제까지는 판사님께서 그다지 저를
비난하지 않으셨습니다. 날씨도 좋고 하니, 산책이라도 좀 하시지
요. 저택에 가셔서 점심도 드시고 담배도 피우십시오. 저는 4시나
5시쯤 돌아오겠습니다. 학교는 빠질 수 없으니 밤 12시의 막차를
타기로 하겠습니다."

그들은 저택 뒤꼍의 헛간에 와 있었다. 보트를레는 자전거에 올라
타고 달리기 시작했다.

디에쁘에 닿자, 그는 라 비지 신문사에 들러 최근 2주일 동안의 신
문을 보여 달라고 했다. 그리고 그 곳에서 10킬로미터쯤 떨어진 앙벨
므 마을로 향했다. 거기에서는 촌장이며 사제며 전원 감시인과 이야

기를 나누었다. 마을 교회에서 3시 종이 울렸다. 그의 조사는 모두 끝났다.

그는 유쾌해져서 콧노래를 흥얼거리며 돌아오고 있었다. 바다에서 불어오는 싱그러운 바람을 가슴에 하나 가득 들이마시고, 두 발은 잘 균형잡힌 힘찬 리듬으로 페달을 밟고 있었다. 그리고 이따금 자기가 추구하고 있는 목적과 노력에 대한 순조로운 성과를 생각하면서 저도 모르게 하늘을 향해 승리를 외치고 있었다.

앙브뤼메지가 보이기 시작했다. 그는 저택으로 가는 언덕길을 전속력으로 달리고 있었다. 길 양옆의 가로수는 몇백 년이나 옛날부터 네 줄로 늘어서 있어, 자기를 맞으러 달려왔다가는 곧 또 뒤로 사라져 가는 것처럼 생각되었다. 그러다가 갑자기 그는 외마디 소리를 질렀다. 길을 가로질러 한 나무에서 저쪽 나무로, 한 가닥의 밧줄이 쳐져 있는 것을 보았기 때문이었다.

자전거는 피할 사이도 없이 부딪쳤다. 그는 힘껏 앞으로 내동댕이 쳐졌다. 우연히도 돌무더기에 부딪치지 않은 것은 큰 행운이었다. 돌에 부딪쳤더라면 반드시 머리가 깨졌을 것이다.

한동안 그는 멍하니 앉아 있었다. 그런 다음, 무릎이 벗겨지고 심한 타박상을 입었으면서도 그 주위를 빈틈없이 살펴보기 시작했다. 오른쪽으로 작은 숲이 이어져 있었는데, 범인은 그 곳을 지나 도망쳤을 것이다. 보트를레는 밧줄을 벗겼다. 밧줄이 매어져 있던 왼쪽 나무에 조그마한 종이쪽지가 끈으로 묶여 있었다. 그는 그것을 집어 펴보았다.

세 번째이자 마지막 경고

그는 저택으로 돌아오자 하인들에게 그동안 별일이 없었는가를 묻고, 오른편 별채의 1층에 있는 예심 판사가 쓰는 방으로 갔다. 퓌르 씨는 일하는 동안은 언제나 그 곳에 있었기 때문이다. 퓌르 씨는 서 기와 마주앉아 무언가 쓰고 있었다. 서기에게 눈짓을 해서 내보낸 다 음 판사는 소리쳤다.

"어찌 된 일인가, 보트를레 군. 손이 온통 피투성이가 아닌가?"

"아무것도 아닙니다. 자전거가 이 밧줄에 걸려 굴러떨어졌을 뿐입 니다. 다만 이 밧줄이 이 저택의 물건이라는 것에 주의할 필요가 있겠지요. 세탁장 옆에서 빨랫줄로 쓰인 것이 20분 전쯤의 일일 겁 니다."

"설마, 그럴 수가?"

"저는 여기서도 감시당하고 있습니다. 누군가가 저택 안에서 있으 면서 저를 감시하고, 제가 하는 이야기를 듣고, 시시각각 제 행동 을 확인하여 제 의도를 알아내고 있는 것입니다."

"그게 정말인가?"

"정말이고말고요. 확신합니다. 그 사람을 찾아 내주십시오. 당신이 라면 문제없이 하실 수 있는 일입니다. 그러나 저는 약속드린 설명 을 말씀드리고 결말을 짓고 싶습니다. 저는 적이 예상했던 것보다 훨씬 재빠르게 일을 해냈습니다. 그러나 그들 쪽에서도 강력하게 맞설 것은 틀림없는 일입니다. 저를 에워싸고 있는 포위망은 조금 씩 좁혀져 오고 있습니다. 위험이 가까이 다가오고 있다는 것을 느 낌으로 알 수 있습니다."

"자, 자, 보트를레 군……."

"뭘요! 이제 아시게 됩니다. 어찌 되었거나 우선 서두르셔야 하겠 습니다. 먼저 한 가지 중대한 문제를 곧 처리해 버리고 싶습니다. 당신은 부장이 주워다가 제가 보는 데서 당신께 드린 종이쪽지에 대해 아무에게도 말씀하시지 않으셨겠지요?"

"아무에게도 말하지 않았네, 맹세코. 그렇지만 그런 것에 얼마만한 가치가 있다는 말인가?"

"그렇지요, 있다마다요. 많습니다. 그러나 가치가 있다고만 생각할 뿐, 어떤 근거도 없으니 그냥 생각하는데 지나지 않습니다만……아무튼 지금으로서는 그 종이쪽지에 씌어 있는 것을 해독하지 못하고 있으니까요. 그러니까 이 이야기는 이 자리에서……."

보트를레는 자기 손을 퓌르 씨의 손 위에 올려놓고 낮은 목소리로 말했다.

"말씀하시지 마십시오, 누군가가 엿듣고 있습니다……밖에서."

자갈을 밟는 소리가 들렸다. 보트를레는 창가로 달려가 밖을 내다보았다.

"이미 없어졌군요. 그렇지만 꽃밭이 저렇게 짓밟혔으니, 발자국은 곧 알 수 있을 겁니다."

그는 창문을 닫고 제자리로 돌아와 앉았다.

"보십시오, 적은 이제 조심성도 없습니다. 이제는 시간이 없으니까요. 적도 시간이 촉박하다는 것을 알고 있습니다. 그러니 우리도 서두릅시다. 그들은 내가 이야기 하는 것을 싫어하니까 이야기를 하기로 하지요."

그는 테이블 위에 그 종이쪽지를 놓고 그것을 폈다.

"무엇보다도 먼저 이것을 생각해 주십시오. 이 종이에는 점 말고는 숫자밖에 없습니다. 그리고 3행과 5행에는——우리가 지금 문제 삼고 있는 건 이것들뿐이고, 4행째는 전혀 다른 것 같습니다——5보다 큰 숫자는 하나도 없습니다. 따라서 이러한 숫자는, 다섯 개의 모음문자를 각각 알파벳 순서로 나타내고 있다고 생각할 수 있습니다. 그 결과를 써 보기로 하겠습니다."

그는 다른 종이에 그것을 썼다.

```
e·a·a··e··e·a·
·a··a··e·e··e·oi·e··e·
·ou··e·o···e··e·o··e
ai·ui··e··eu·e
```

그런 다음 그는 계속했다.

"보시는 바와 같이 이것만으로는 아무것도 알 수 없습니다. 이것을 푸는 열쇠는 매우 쉬운 동시에 매우 어렵기도 합니다. 쉽다는 것은, 모음을 숫자로 바꾸어 놓은 것이니까 그 사이의 점은 자음일 것이기 때문입니다. 어려운 것은 사실이지만 불가능한 것은 아닙니다. 왜냐하면 문제를 복잡하게 하려고 일부러 어렵게 하지는 않았기 때문입니다."

"꽤 어려운 문제인 것만은 사실이군."

"해석을 시작해 보기로 하지요, 2행째는 두 부분으로 나누어져 있고, 둘째 부분은 한 단어를 이루고 있는 것 같습니다. 사이에 끼어 있는 점을 자음문자로 바꾸어 보면, 아무래도 모음을 이어 자연스러운 단어는 demoiselles(아가씨들)밖에는 없는 것 같습니다."

"그렇다면 제브르 양과 생 벨랑 양을 가리키는 말인가?"

"분명히 그렇습니다."

"그밖에는 모르겠나?"

"아니오, 압니다. 맨 끝줄 한가운데에 끊어진 곳이 있으니까 그것을 실마리 삼아 앞의 절반 부분에 지금 한 것과 같은 방법을 써 보면, ai와 ui 사이에서 점으로 바꿀 수 있는 자음문자는 g밖에는 없으니까 이 단어의 첫머리는 aigui가 되며, 그에 잇달은 두 개의 점과 마지막의 e로써 aiguille(바늘)이 되는 것은 아주 당연한 일이겠지요."

"딴은 그렇군…… aiguille라는 단어가 틀림없어."

"이번에는 맨 끝의 단어인데, 여기에는 모음 셋과 자음 셋이 있습니다. 여러 가지로 생각했지만, 맨 처음의 둘이 자음이라는 데에서 생각을 진행시켜 이에 들어맞는 단어는 네 가지가 있는 것을 알았습니다. fleuve(강), preuve(증거), pleure(운다), creuse(구멍 뚫리다)입니다. 그 가운데서 처음 세 가지는 '바늘'과는 아무런 관계도 없기 때문에 마지막 '구멍 뚫리다'를 채택하기로 했습니다."

"그러면 aiguille creuse(구멍 뚫린 바늘)이라는 말이 되는군. 자네의 풀이가 옳다는 것을 인정하네. 그래서 어떻게 풀이가 되겠나?"

"전혀 모르겠습니다."

보트를레는 골똘히 생각에 잠긴 듯한 말투로 대답했다.

"지금 당장에는 아무것도 모르겠습니다. 머지않아 알아 내고야 말겠지만……제 생각으로는, 이 aiguille creuse(에귀유 크뢰즈)라는 두 개의 단어가 수수께끼처럼 이어맞추어진 데에는 여러 가지 일들이 포함되어 있다고 생각합니다. 그보다도 지금 제 마음을 끌고 있는 것은 오히려 이 종이의 재질입니다.

요즈음도 이런 무늬가 있는 양피지 같은 것을 만들고 있습니까? 게다가 이 상아 빛깔. 이 접힌 모양. 넷으로 접은 자리가 닳아 있는 상태. 자, 그리고 뒷면에는 이렇게 빨간 밀랍으로 봉한 자국이 있습니다."

이때 보트를레는 말을 끊었다. 서기인 브레도가 문을 열고 검찰 총장의 예기치 않은 방문을 알렸기 때문이다.

뛰르 씨는 자리에서 일어났다.

"총장께선 아래층에 계시나?"

"아닙니다. 총장께선 차에서 내리시지 않았습니다. 지나는 길에 잠깐 들렀다고 하시면서 문까지 잠깐 나와 보시랍니다. 그저 한 마디

하실 말씀이 있으시답니다."

"이상한데?"

퓌르 씨는 중얼거리듯 말했다.

"아무튼……가 보지. 보트를레 군, 잠깐 실례하네. 곧 돌아오겠네."

판사는 방에서 나갔다. 걸어가는 발소리가 들렸다. 그러자 서기는 문을 닫더니 열쇠로 잠갔다. 그리고 열쇠를 주머니에 집어넣었다.

"여보세요, 왜 그래요!"

깜짝 놀라서 보트를레가 외쳤다.

"무슨 짓을 하는 거요?"

"이렇게 하는 편이 이야기하기 좋아서이지."

브레도는 대답했다.

보트를레는 옆방으로 통하고 있는 다른 문으로 뛰어갔다. 그는 이제야 알았다. 공범은 바로 브레도였던 것이다. 예심 판사의 서기가!

브레도는 비웃었다.

"손가락이라도 다치면 어쩌려고, 젊은이. 그쪽 문의 열쇠도 이렇게 갖고 있어."

"남은 것은 창문이다!"

보트를레가 소리쳤다.

"이미 늦었어"

브레도가 권총을 꺼내들고 창문 앞을 가로막아섰다.

달아날 길은 모조리 끊겨 있었다. 이제는 어떻게 해볼 도리가 없었다. 이토록 노골적으로 덤벼드는 대담성을 갖고 가면을 벗어던진 적에 대해서는 스스로 자신의 몸을 지키는 수밖에는 없다. 이지도르는 이제까지 알지 못했던 괴로움에 마음이 짓눌리는 듯한 심정으로 팔짱을 꼈다.

"됐어."

서기는 중얼거리듯 말했다.

"간단하게 끝내 버리자."

그리고 시계를 꺼내 보았다.

"쀠르 선생께서 문까지 납시었어. 물론 문에는 아무도 있을 리가 없지. 총장 따위는 만들어 낸 이야기니까. 그래서 돌아오겠지. 그러면 약 4분이 걸린다. 내가 이 창문을 뛰어넘어 폐허 뒷문으로 달아나서 기다리고 있는 오토바이를 집어타는 데 1분, 그러면 남은 것은 3분이군, 그거면 충분해."

그 사나이는 참으로 보기 흉한 모습이었다. 거미처럼 다리만 기다랗고 게다가 큰 팔이 달린 몸통은 동그랗고 컸다. 얼굴은 모가 났으며, 이마는 좁아서 보기에도 편벽되고 비굴하며 또 고집스러워 보이기까지 했다.

보트를레는 다리가 떨려 비틀비틀 의자에 앉았다.

"말해라. 무엇을 바라는 거냐?"

"종이쪽지다. 사흘 전부터 찾고 있었어."

"갖고 있지 않다."

"거짓말 말아. 내가 들어왔을 때, 지갑 속에 넣는 걸 보았어."

"그것뿐인가?"

"그것뿐이냐고? 너, 이쯤에서 얌전히 있겠다고 약속해라. 우리가 하는 일에 상관하지 말고 네 할 일이나 해. 난 더 참을 수가 없어."

사나이는 여전히 소년에게 권총을 들이댄 채 앞으로 다가섰다. 그리고 둔탁한 목소리로 한마디 한 마디에 힘을 주어 상상할 수 없으리만큼 자신있는 말투로 이야기했다. 그 차가운 눈초리, 잔혹한 비웃음. 보트를레는 오싹 소름이 끼쳤다. 자기 자신의 몸에 위험을 느낀 것은 이번이 처음이었다. 더욱이 그것은 어떤 위험인가? 그는 저항할 수 없는 힘을 가진, 화해할 수 없는 원수와도 같은 적과 마주서 있음을 느꼈다.

"그리고?"

그는 짓눌린 듯한 목소리로 말했다.

"그리고? 그뿐이지. 너는 자유로운 몸이 되는 거야."

침묵이 흐른 뒤 브레도가 다시 입을 열었다.

"이제 1분밖에 없다. 자, 결심해라. 얼른, 아이야. 바보 같은 짓은 그만두는 게 좋아. 우리는 언제 어디서나 가장 강해. 자, 빨리 그 종이를 내놓아."

이지도르는 두려움에 얼굴이 파리했으나, 그래도 정신을 바짝 차리고 쩔쩔매거나 하지 않았다. 신경은 혼란하여 엉망이었지만 머릿속은 맑았다. 눈 앞 20센티미터 떨어진 곳에 새까만 권총의 총부리가 빛나고 있었다. 구부린 손가락이 어김없이 방아쇠에 걸려 있다.

"자, 종이냐……그렇지 않으면…….."

브레도가 되풀이하여 말했다.

"여기 있다."

보트를레가 말했다.

그가 주머니에서 지갑을 꺼내어 서기 앞에 내밀어 주자, 서기는 휙 낚아챘다.

"됐어! 말이 통하는군. 너도 꽤 뛰어나긴 하지만 좀 겁쟁이로군. 그러나 신통하게도 상식은 있어. 우리 동료들에게 그렇게 말하지. 그럼, 이젠 물러나기로 할까. 잘 있게."

그는 권총을 거두고, 창문의 고리를 돌렸다. 그때 복도에 발소리가 들렸다.

"잘 있게. 마침 시간이 됐군."

그는 한 번 더 말했다.

그러나 무슨 생각을 했는지 그대로 걸음을 멈추고, 지갑을 살펴보기 시작했다.

"음, 괘씸한……."

그는 이를 부드득 갈았다.

"종이쪽지가 없어……잘도 나를 속였겠다!"

그는 방 안으로 뛰어들었다. 두 발의 총소리가 울렸다. 이번에는 이지도르가 자기의 권총을 빼들고 쏜 것이다.

"빗나갔어, 애송이야."

브레도가 고함쳤다.

"손이 떨리고 있군……무서운 모양이지?"

두 사람은 서로 맞붙어 바닥에 쓰러졌다. 밖에서 누군가가 문을 마구 두드렸다.

이지도르는 곧 상대에게 눌리어 축 늘어졌다. 드디어 마지막이 온 것이다. 브레도의 팔이 단도를 높이 쳐들었다가 힘껏 내리쳤다. 어깨에 타는 듯한 아픔을 느끼고 이지도르는 손을 놓았다.

이지도르는 웃저고리 안주머니를 뒤져 그 종이쪽지를 빼앗아 가는 것을 어렴풋이 느꼈다. 그리고 힘없이 내리덮인 눈꺼풀 사이로 사나이가 창문을 타고 넘어 달아나는 것을 알 수 있었다.

이튿날 아침의 모든 신문에는 앙브뤼메지 저택에서 일어난 최근의 사건──사원의 모조품 발견, 아르센 뤼빵과 레이몽드 양의 시체 발견, 그리고 예심 판사의 서기 브레도에 의한 보트를레 상해 사건이 보도되었다. 그리고 다음의 두 가지 소식이 함께 실려 있었다.

그것은 가니마르 경감이 행방불명되었다는 것과, 런던 중심지에서 대낮에 일어난 유괴 사건이었다. 도버로 가는 기차를 타려던 셜록 홈즈가 유괴된 것이다.

이리하여 뤼빵과 그 부하들은 17살 난 소년의 놀라운 재능으로 한때 괴멸될 뻔 했으나, 다시금 공세를 취하여 곳곳에서 승리를 거두었다. 뤼빵의 두 강적 홈즈와 가니마르는 제거되었으며, 보트를레는 싸울 수 없는 상태에 놓여 있었다. 이제 그 누구도 뤼빵과 맞서 싸울 수 없었다.

뤼빵 그리고 이지도르

그로부터 6주일이 지난 어느 날 밤, 나는 하인에게 휴가를 주었다. 그것은 7월 14일 전날이었다. 날씨가 궂어질 것 같고 더웠기 때문에 외출할 마음도 없었다. 나는 발코니 쪽의 창문을 열고 전기 스탠드를 켜 놓고는 팔걸이의자에 앉아, 그날 신문을 훑어보기로 하였다. 물론 거기에는 뤼빵에 대한 기사가 실려 있었다. 불쌍한 이지도르 보트를레가 희생된 살인 미수 사건 뒤로, 앙브뤼메지 사건이 문제가 되지 않았던 날은 단 하루도 없었다. 날마다 기사가 실렸다. 사건이 꼬리를 물고 일어나고, 또 뜻밖의 국면으로 변하기 때문에 세상의 여론은 일찍이 없었을 만큼 흥분에 싸여 있었다.

쾨르 씨는 그야말로 칭찬할 만한 성실성을 보여 조역(助役)으로 내려앉았으며, 기자와 인터뷰를 할 때에는 그 기억할 만한 사흘 동안에 있어 어린 조언자(이지도르)의 활약상을 이야기했기 때문에 사람들은 저마다 멋대로 상상했다.

상상은 어떻게든 가능했다. 범죄에 대한 전문가나 기술자, 소설가나 극작가, 사법관이나 퇴직한 보안과장, 은퇴한 루콕(탐정) 씨나 셜록 홈즈의 올챙이 등이 숱한 논문에서 저마다의 이론을 전개하였다. 더욱이 그것들 모두가 한낱 고등학생인 이지도르 보트를레의 말을 기초로 하고 있는 것이다.

이것은 미리 말해 두어야 할 일인데, 사실 진상을 규명하는 재료는 모두 갖추어져 있었다. 그러면 밝혀지지 않은 점은 무엇이었던가? 아르센 뤼뺑이 도망쳐 들어가 숨어 있던 장소도 알고 있었다. 그가 거기서 고생한 것은 틀림없는 사실이었다. 들라트르 박사는 여전히 직업상의 비밀임을 내세워 온갖 공술을 거절하고 있었으나, 친한 친구들에게는 자기가 끌려갔던 곳이 지하실이었으며, 공범들이 부상자를 아르센 뤼뺑이라고 소개했다고 고백했다. 그런데 이 친한 친구들이라는 사람들이 서로 앞을 다투어 그 이야기를 다른 사람들에게 털어놓았던 것이다. 그리고 그 지하실에서는 에띠엔느 드 보들레의 시체가 발견되었으며, 그 에띠엔느는 바로 아르센 뤼뺑 그 사람임에 틀림없었다. 예심 판사도 인정했지만, 아르센 뤼뺑과 이 부상자가 같은 사람이라는 것은 이로써 더욱 확실시되었다.

다시 말해서 뤼뺑은 죽고, 생 벨랑 양의 시체는 그녀가 몸에 지니고 있던 팔찌로 확인되어 사건은 종결되었던 것이다.

그런데 실제로는 그렇지 않았다. 사람들 생각에는 사건이 마무리되지 않았다. 보트를레가 이와 반대되는 말을 했기 때문이다. 사람들은 어떤 점에서 그러한지는 알지 못했다. 그러나 이 소년의 말을 믿는다면, 사건은 완전히 안개에 싸여 있는 것이다. 사실의 증명도 보트를레의 단정을 이길 수는 없었다. 거기에는 사람들이 알지 못하는 무언가가 있었다. 그리고 그 무엇인가를 설명할 수 있는 이는 보트를레라고 사람들은 믿어 의심치 않았던 것이다.

그러므로 처음에는 백작이 소년의 치료를 맡긴 의사들이 그의 용태를 발표하기를 사람들은 얼마나 걱정스럽게 기다렸던가! 처음 며칠 동안 그의 생명이 위독하다는 것을 알았을 때, 사람들은 얼마나 비통해 했던가! 그리고 각 신문들이 이제는 걱정할 것 없다고 보도했던 날 아침, 사람들은 얼마나 열광했던가! 아무리 하찮고 조그마한 기사라도 군중들을 흥분시켰던 것이다. 전보를 받고 부랴부랴 달려온 늙은 아버지가 간호하는 기사를 읽고는 감동했고, 여러 날 밤을 환자의 머리맡에서 헌신적으로 간호한 제브르 양을 칭찬했다.

그 뒤의 회복은 매우 빨랐으며 경과가 매우 좋았다. 이제야 겨우 진상이 밝혀질 것이다! 보트를레가 퓌르 씨에게 밝히겠다고 약속한 것도, 브레도가 들어오는 바람에 말하려다 못한 것이 무엇인지도 알 수 있을 것이다! 그리고 또 사건 그 자체 말고도, 사법권의 노력으로도 도달할 수 없었던 일이며 끝까지 규명해 낼 수 없었던 일도 모두 알 수 있을 것이다!

보트를레의 부상이 나아 몸이 자유로워지면, 아르센 뤼빵의 수수께끼의 공범으로서 그 뒤 줄곧 라 상떼 형무소에 갇혀 있는 해링튼 씨에 대해서도 무언가 확실한 것을 알 수 있을 것이다. 또 한 사람의 공범, 참으로 놀라울 만한 대담성을 갖고 있는 서기 브레도도 범행 뒤 어떻게 되었는지 알 수 있을 것이다.

보트를레가 자유로워지면, 행방 불명이 된 가니마르며 유괴된 홈즈에 대해서도 그 진상이 밝혀질 것이다. 이 두 가지 가해 사건은 어떻게 해서 생긴 것일까? 영국의 탐정이나 프랑스의 동료들도 이 점에 대해서는 아무런 단서도 얻지 못한 상태였다. 강림절인 일요일에 가니마르는 집에 돌아오지 않았는데 월요일이 되어도 마찬가지였고, 그 뒤로 6주일이 지나도록 돌아오지 않았다.

강림절인 월요일 오후 4시, 런던에서 셜록 홈즈는 마차를 타고 역으로 가는 길이었다. 마차에 올라타자 아마도 그는 곧 신변의 위협을 느낀 모양이었다. 바로 내리려고 하였다. 그러나 양옆에서 마차로 기어올라온 두 남자가 그를 눌러 쓰러뜨리고, 마차가 좁았기 때문에 두 남자의 사이라기보다는 오히려 그들 밑에 깔렸던 것이다. 더욱이 그 때 이 광경을 직접 눈으로 본 사람이 10여 명이나 있었지만 그들이 끼어들 겨를도 없었다. 마차는 무서운 속력으로 달아나 버렸다. 그 뒤는 어찌 되었는가? 여기에 대해서는 아무것도 알려져 있지 않다.

그 기록 자료, 서기인 브레도가 단도를 휘둘러 위협하면서까지 빼앗아 가려고 했을만큼 중요한 저 괴상한 종이쪽지에 대해서도 역시 보트를레가 완전하게 설명해 줄 것이다. 수많은 아마추어 탐정들은 이것을 "에귀유 크뢰즈(구멍 뚫린 바늘) 문제"라고 부르고 그 숫자와 점을 노려보면서 그 의미를 알아내기 위해 애쓰고 있었다. 에귀유 크뢰즈! 이 두 낱말의 괴상한 조합! 이것은 아무런 의미 없는 표현이며, 다만 종이쪽지에 잉크로 아무렇게나 갈겨쓴 초등학생의 수수께끼일까? 아니면 모험가 뤼빵의 모든 대모험의 참다운 의미를 풀어 주는 마법의 두 낱말일까? 그것도 전혀 알 수 없었다.

그런데 이런 모든 것이 바야흐로 밝혀지려 하고 있다. 며칠 전부터 신문들은 일제히 보트를레가 온다는 것을 보도하고 있었다. 이제 곧 투쟁이 다시 시작된다. 이번에야말로 복수에 불타는 소년의 굳은 결의가 있었다.

마침 그때, 고딕 활자로 된 그의 이름이 나의 주의를 끌었다. 그랑 주르날 신문의 톱기사이다.

본지는 이지도르 보트를레 군으로부터 특종 기사를 독점할 허가를 얻었다. 내일 수요일에 본지는 사법 당국보다도 빨리 앙브뤼메지 사건의 전모를 실을 것이다.

"정말인가요, 네? 당신은 어떻게 생각하십니까?"

나는 의자에서 벌떡 일어났다. 한 낯선 사나이가 옆에 서 있었기 때문이다.

나는 일어선 채 눈으로 무기를 찾았다. 그러나 그의 태도가 조금도 나를 해칠 것처럼 보이지 않았으므로, 나는 자신을 억제하며 그의 옆으로 다가섰다.

정력적으로 보이는 얼굴, 긴 금발의 젊은이였다. 조금 갈색이 도는 턱수염은 끝이 둘로 짧게 나뉘어져 있었다. 옷차림은 영국의 목사처럼 수수했고 인품은 어쩐지 중후한 느낌을 주었으며, 존경심을 일으키게 하는 데가 있었다.

"누구십니까?"

나는 물었다.

상대가 대답하지 않으므로 나는 되풀이해서 말했다.

"누구십니까? 어떻게 여기 들어오셨습니까? 무엇하러 오셨습니까?"

그는 나를 뚫어지게 바라보면서 물었다.

"나를 모르시겠습니까?"

"아니, 모르겠는데요!"

"그래요? 참으로 이상하군요. 잘 생각해 보십시오, 당신의 친구 가운데 한 사람, 조금 특별한 친구지요."

나는 그의 팔을 움켜쥐었다.

"거짓말이오! 당신은 당신이 말하는 그런 사람이 아닙니다. 그럴 리가 없어요."

"그렇다면 어째서 당신은 다름 아닌 그 사람에 대해 생각하고 계시는 겁니까?"

그는 웃으면서 말했다.

"아아! 그 웃음! 그 재미있는 야유로 나를 이따금 즐겁게 해주던 젊고 밝은 웃음!"

나는 몸을 부르르 떨었다. 그런 일이 있을 수 있을까?

"아니, 아니."

나는 어떤 공포감을 느끼며 크게 머리를 저었다.

"그럴 리가 없어······."

"나일 리가 없다는 것은 내가 죽었기 때문입니까? 아니면 당신이 유령을 믿지 않기 때문인가요?"

그는 또 웃었다.

"내가 죽을 사람같이 보입니까? 이 내가 말이오. 고작 처녀아이에게 등을 한 방 얻어맞고 죽다니! 정말 나를 그렇게 생각하다니! 천만의 말씀! 내가 그처럼 창피스럽게 죽다니!"

"그럼, 정말로 당신이란 말이오?"

나는 아직도 믿어지지 않아 더듬거리며 말했다.

"하지만 나는 아직도 당신이라고 인정할 수가 없군요."

"그래서 나도 안심했습니다."

그는 유쾌하게 말했다.

"내가 정체를 보인 단 한 사람인 당신이 오늘의 내 모습을 알아볼 수 없다면, 이제부터 오늘의 모습으로 행동할 나를 보는 사람은 아무도 나의 정체를 알아차릴 수 없을 테니까요. 물론 이것은 나에게 정체라는 것이 있다는 전제 아래 하는 이야기지만."

"아르센 뤼팽."

나는 중얼거리듯 말했다.

"그렇소, 아르센 뤼팽이오."

그는 일어서며 분명하게 말했다.

"다름 아닌 뤼팽 그 사람, 저승에서 되돌아온 유일한 남자요. 나는 지하실에서 몸부림치다 죽어 버린 것으로 되어 있는 모양이니까요.
그런데 뤼뺑은 이토록 기운차게 살아서 마음껏 돌아다니고 있고,
자유롭고 행복하여 이제까지도 은혜와 특권을 실컷 누렸던 이 세상
에서 더 없이 행복한 이 독립, 아무 데도 얽매이지 않은 자유를 마
음껏 맛보려고 굳게 마음먹고 있소."

이번에는 내가 웃었다.

"과연 틀림없이 당신이로군. 게다가 작년에 만났을 때보다 훨씬 더
건강하고……."

나는 그가 마지막으로 찾아왔던 일을 말한 것이다. 그 유명한 왕관
사건(《아르센 뤼뺑》 참조)이 있은 뒤, 그의 결혼이 깨지고 소냐 끄리
끄노쁘와의 사랑의 도피, 그리고 이 러시아 처녀가 비참하게 죽은 다
음의 일이었다. 그 날은 아르센 뤼뺑도 완전히 맥을 잃고 풀이 죽어
눈은 울어서 퉁퉁 부었을 뿐 아니라 약간의 동정과 애정을 찾고 있
어, 나는 그 때까지 알지 못했던 그러한 그의 모습에 처음으로 접했
던 것이다.

"그만해 두시오, 옛날 일은."

그는 말했다.

"불과 1년 전 일이 아닙니까?"

나는 주의했다.

"웬걸요, 10년 전이오."

그는 물러서지 않았다.

"아르센 뤼뺑식 햇수는 세상보다 10배쯤 빠른 속도로 나가니까
요."

나는 더 이상 우기지 않고 화제를 바꾸었다.

"대체 어떻게 들어왔소?"

"그거야 남들이 하는 것처럼 현관으로 들어왔지요. 그리고 아무도

없기에 객실을 지나 발코니로 들어왔소."

"하기는 그런 것쯤이야 어렵지 않았겠지요. 그러나 현관 열쇠는 어떻게 열었소?"

"내게는 문 같은 것이 존재하지 않는다는 것을 잘 알고 계시지 않소. 필요가 있어서 들어왔소."

"좋을실대로. 내가 나가 줄까요?"

"아니오! 여기 있어도 좋소. 오늘 밤에 재미있는 것을 보여 드리겠소."

"누구를 기다리시오?"

"그렇소, 여기서 만날 약속을 했지요."

그는 시계를 꺼냈다.

"10시로군. 전보가 배달되었다면 곧 올 터인데."

이때 현관에서 초인종이 울렸다.

"어떻소, 말한 대로가 아니오? 아니, 그대로 있구려. 내가 직접 나갈 테니까."

대체 그는 누구와 만나는 것일까? 내가 이제부터 입회하는 것은 어떤 비극일까, 아니면 속이 뻔히 들여다보이는 엉터리 극일까? 뤼뺑 자신이 재미있다고 말하는 것이니 신기한 장면임에는 틀림없으리라.

그는 곧 되돌아왔다. 그리고 옆으로 비켜서서 바싹 여위고 키가 후리후리하며 얼굴빛이 파리한 한 소년을 안으로 들게 했다.

뤼뺑은 한 마디도 말을 하지 않았으며, 내가 두려움을 느꼈을 만큼 장중한 태도로 전등을 모조리 켰다. 방 안이 환해졌다. 그러자 두 남자는 서로 상대를 찌르기라도 하려는 것처럼 눈을 부릅뜨고 노려보았다. 이렇게 서로 입을 꾹 다물고 심각한 모습으로 서 있는 두 사람을 보는 것은 정말로 인상적인 광경이었다. 그런데 이 새로 온 사나이는 대체 누구인가?

최근에 본 어떤 사진과 매우 닮았다고 생각했을 때 뤼뺑이 나를 보고 말했다.

"자아, 보트를레 군을 소개하겠소."

그리고 곧 소년에게 말했다.

"나는 자네에게 고마워해야겠네, 보트를레 군. 우선 내 편지를 읽고 진상 발표를 오늘 나와 만날 때까지 늦춰 주었고, 또 기꺼이 이 회견을 받아들여 주어 정말 고맙네."

보트를레는 빙그레 웃었다.

"기꺼이 받아들였다기보다는, 당신 명령에 따랐다고 생각해 주시기 바랍니다. 문제의 편지에 씌어 있던 협박은 나에게 한 것이 아니라 아버지를 노린 것인 만큼 한층 더 효과적이었어요."

"하는 수 없었네."

뤼뺑도 웃으면서 말했다.

"할 수 있는 일을 하는 수밖에 달리 도리가 없으니까. 가지고 있는 수단은 써야만 하는 걸세. 나는 자네가 자신의 안전 따위는 돌보지 않는다는 것을 겪어 보아서 잘 알고 있네. 아무튼 자네는 브레도에게 저항했지 않나. 남은 사람은 자네의 아버지뿐이었네. 자네가 지극히 사랑하는 아버지 말일세. 나는 이 약점을 노린 것일세."

"그래서 왔습니다."

보트를레가 말했다.

나는 두 사람에게 앉으라고 권했다. 두 사람은 머리를 끄덕였다. 뤼뺑은 그의 독특한, 뚜렷하게 눈치챌 수 없는 빈정거림을 담아 말했다.

"아무튼 보트를레 군, 자네는 나의 고맙다는 말은 받아들이지 않더라도, 적어도 내 변명까지 물리치지는 않을 테지?"

"변명이라고요? 어째서지요?"

"브레도가 자네에게 난폭한 짓을 한 일 말일세."

"정말 그 일에는 적잖이 놀랐어요. 그것은 여느 때의 뤼빵식 수법이 아니었으니까요. 단도로 찌르다니……."

"그건 사실은 내 책임이 아니었네. 브레도는 풋내기라네. 내 동료가 일을 지휘하다가 그 사나이도 쓸모가 있을 거라고 생각했었지."

"그야 그렇겠지요. 당신 동료의 눈은 정확했어요."

"분명히 브레도는 자네와 접촉이 많았으니까, 우리로서는 귀중한 존재였네. 그런데 그는 풋내기들이 흔히 그렇듯 공을 세우고 싶은 욕심이 좀 지나쳐서 독단으로 자네에게 덤볐으니, 우리의 계획도 고스란히 못 쓰게 되어 버리고 말았다네."

"뭘요! 별일도 아닌데요."

"아닐세, 나는 그를 엄중히 처벌했네. 그러나 그의 처지에서 생각해 보면, 자네의 조사가 거침없이 진행되어 나가자 그만 당황한 셈이지. 자네가 불과 몇 시간만 늦추어 주었더라면 그런 상처를 입지 않아도 되었을 걸세."

"그리고 나는 가니마르 경감이나 셜록 홈즈 씨와 똑같은 운명에 처하게 되었겠군요?"

"바로 맞았네."

뤼빵은 크게 껄껄 웃음을 터뜨리고 나서 말을 이었다.

"나도 이렇게 자네의 부상을 걱정하지 않아도 되었을 테지. 나는 정말 괴로웠다네. 지금도 자네의 파리한 얼굴을 보니 괴롭기 그지없네."

"저를 믿어 주신 것을 고맙게 생각합니다. 내가 마음 먹기에 따라서는 얼마든지 가니마르의 동료를 데리고 올 수도 있었을 테니까요! ……나를 믿어 준 것이 나를 다치게 한 것을 깨끗이 상쇄해

줍니다."

보트를레는 진심으로 그렇게 말한 것일까? 사실 나는 갈피를 잡을 수 없었다. 이 두 사람의 대결은 나로서는 도무지 영문을 알 수 없는 방법으로 벌어지고 있다. 나는 몽빠르나스 역의 찻집에서 뤼빵과 홈즈가 맨 처음으로 만났을 때 자리를 같이했던 일이 있었으므로(《아르센 뤼빵 대 셜록 홈즈》 참조), 그 두 앙숙의 불만스런 태도와 그 예의바른 행동 뒤에 숨겨진 자존심의 대결과 서로에게 준 타격과 허실(虛實)의 계책을 세워 열심히 싸우던 거만함을 생각해 내지 않을 수가 없었다.

이번에는 그런 일은 없었다. 뤼빵은 조금도 달라져 있지 않았다. 같은 전술, 마찬가지로 조소적인 상냥함. 그러나 이 무슨 기묘한 상대란 말인가! 이것이 적일까? 사실 적인 듯한 모습도 상태도 전혀 없는 것이다. 소년은 매우 침착했는데, 그것은 진정한 침착함이지 결코 흥분을 억누르거나 감추거나 하고 있는 것은 아니었다. 예의바르지만 별로 과장된 점은 없으며, 미소짓고 있지만 비웃고 있지는 않다. 아르센 뤼빵과는 완전히 대조적이어서, 그 완전함에 뤼빵조차도 나와 마찬가지로 어찌할 바를 모르는 것 같다.

아니, 분명히 뤼빵은 홍안에 귀엽고 순진한 눈을 지닌 이 연약해 보이는 소년을 정면으로 마주 대하고는 여느 때와 같은 확신을 잃고, 공격으로 나오려 하지 않고 듣기 좋은 말로 시간을 보내고 있었다.

그에게는 아직 부족한 무엇인가가 있는 듯했다. 무언가를 찾거나 또는 기다리고 있는 모양이었다. 무엇일까? 도움일까?

또다시 초인종이 울렸다. 그는 자신이 직접 힘차게 문을 열어주러 갔다.

되돌아왔을 때는 손에 한 통의 편지를 들고 있었다.

"잠깐 실례하오."

이렇게 양해를 구한 다음 그는 편지를 뜯었다. 안에는 전보가 들어 있었다. 그는 그것을 꺼내어 읽었다.

순식간에 그의 표정이 달라졌다. 얼굴이 밝아지며 몸을 똑바로 세웠다. 나는 그의 이마에서 정맥이 불끈 솟는 것을 보았다. 다시금 투지가 솟아올랐던 것이다. 자신을 갖고 사건과 인간의 지배자가 되고 통치자가 된 것이다. 그는 전보를 테이블 위에 펴 놓고 그것을 주먹으로 꽝 치면서 외쳤다.

"자아, 이번에야말로 둘의 승부다!"

보트를레는 상대의 말을 들으려고 자세를 바로잡았다. 뤼빵은 침착한 그러나 차디차고 단호한 말투로 이야기하기 시작했다.

"가면을 벗어 버리기로 하세. 쓸데없는 빈말 따위는 이제 집어치우세. 우리는 서로 상대편을 잘 알고 있는 적일세. 서로 적으로서 행동하고, 적으로서 대해야 하네."

"적대 행동을 취하라고요?"

깜짝 놀라 보트를레가 말했다.

"그렇다네, 적으로 대하는 걸세. 나는 이 말을 아무렇게나 적당히 말하는 것이 아니네. 괴롭지만 나는 이 말을 되풀이해서 말할 생각일세. 그러나 그것은 나로서는 정말 괴로운 일이네. 내가 적에게 대해서 괴롭다는 말을 한 것은 이번이 처음인데, 미리 말해 두지만 또한 이것이 마지막일세. 최소한 이것을 이용하는 게 좋을 걸세. 나는 자네의 약속을 받아내지 않고는 이 곳을 나가지 않겠네. 아니면 싸움이 있을 뿐이지."

보트를레는 더욱더 깜짝 놀라 조용히 말했다.

"나는 그런 생각이 아니었어요. 당신은 이상한 트집을 잡는군요! 내 생각과는 전혀 달라요. 그렇습니다. 나는 당신을 전혀 다르게 상상하고 있었어요. 무엇 때문에 화를 내는 겁니까? 협박인가요?

우리가 서로 적으로 대할 입장이 되었기 때문에 적인가요? 적이라니요……어째서입니까?"

뤼빵은 얼마쯤 당황한 듯했지만 소년 쪽으로 몸을 굽히고 말했다.

"자, 들어 보게. 문제는 어떻게 말을 하느냐가 아닐세. 문제는 사실 그 자체에 있네. 확실하고 이론의 여지가 없는 사실에 있는 거야. 그것은 바로 내가 요 10여 년 이래 자네와 같은 강적을 만난 일이 없다는 말일세. 가니마르나 셜록 홈즈도 어린아이대하듯 했었네. 그런데 자네를 상대로 하면, 나는 언제나 막아 내기 바쁘게 돼. 아니, 막는 일뿐만 아니라 뒤로 물러나야 할 형편이 되어 버리고 마네. 그래, 지금으로서는 내 쪽이 지고 있네. 이지도르 보트를레가 아르센 뤼빵에게 이기고 있어. 나의 계획은 모두 뒤집히고 말았네. 내가 남몰래 어둠 속에 감추어 둔 것을 자네는 모조리 밝은 곳으로 드러내 놓고 마네. 자네는 줄곧 내 일을 방해만 하고 내 길을 막아 버리고 말아. 아아! 이젠 지긋지긋해. 브레도도 자네에게 말했지만 효과가 없었지. 이번에는 내가 똑똑히 말해 두겠네."

보트를레는 머리를 저었다.

"결국 어떻게 하라는 겁니까?"

"얌전히 굴라는 말일세! 각자의 영역에 넘어오지 않아야 해."

"결국 당신은 멋대로 강도질을 하고 나더러는 학교에 공부하러 돌아가라는 것입니까?"

"공부든지 뭐든지……하고 싶은 일을 하면 되네. 이쪽에는 관계없는 일이니까. 다만 나에 대한 일은 가만히 내버려 두었으면 해."

"어째서 내가 그렇게 방해가 되는 겁니까?"

뤼빵은 이지도르의 손을 세게 움켜쥐며 말했다.

"잘 알고 있지 않나! 시치미 떼지 말게. 지금도 자네는 나의 가장 중요한 비밀을 쥐고 있네. 자네에게는 그 비밀을 꿰뚫어볼 권리는 있지만, 그러나 그것을 공표할 자격은 없을 걸세."

"내가 알고 있다는 것은 확실한가요?"

"확실히 알고 있어. 나는 줄곧 자네의 생각과 자네의 조사가 진행되어 가는 상황을 보고 있다네. 브레도가 자네에게 덤볐을 때, 자네는 아예 모든 것을 털어놓으려던 참이었네. 그러나 자네는 아버지의 일이 걱정되어 발표를 늦추었던 걸세. 그러나 오늘은 이 신문에 약속했군. 기사는 이미 완성되었을 걸세. 한 시간 뒤에는 활자로 짜여져 내일은 지면에 나오겠지."

"맞습니다."

뤼빵은 일어섰다. 그리고 한 손을 내저으면서 외쳤다.

"절대로 발표하지 못해!"

"천만에, 발표하겠어요."

보트를레도 벌떡 일어섰다.

마침내 두 사람은 똑바로 마주서서 노려보았다. 나는 마치 두 사람이 서로 맞붙은 것 같은 충격을 받았다. 갑작스런 투지가 보트를레를 타오르게 했다. 마치 그 불꽃이, 그의 내부에 잠재한 대담성과 자존심, 그리고 투지나 모험심 같은 숱한 감정선에 불을 옮겨붙인 듯했다.

한편 뤼빵은 눈을 빛내며, 오랫동안 별러 온 적의 검과 맞선 결투자의 기쁨을 보이고 있는 듯했다.

"기사는 내주었나?"

"아직."

"가지고 있는가……여기에?"

"어이가 없군요! 갖고 있지 않아요."

"어디에 있나?"

"2중 봉투에 넣어 기자에게 주었어요. 만약 밤 12시까지 내가 신문사에 가지 않으면 그대로 활자로 조판하기로 되어 있지요."

"제기랄! 또 선수를 쳤군."

뤼뺑의 얼굴은 심한 노여움으로 벌겋게 타올랐다.

이번에는 보트를레도 승리감에 취해 사뭇 조롱하는 것처럼 비웃었다.

"입다물지 못할까, 애송이!"

뤼뺑은 고함쳤다.

"내가 어떤 사나이인지 모르는 모양이군? 내가 마음만 먹으면……어째서 웃느냔 말야!"

두 사람 사이에 깊은 침묵이 흘렀다. 뤼뺑은 한 걸음 앞으로 나가 한참 뒤 보트를레의 눈을 빤히 노려보면서 낮은 목소리로 말했다.

"그랑 주르날 신문사로 달려가게."

"싫습니다."

"원고를 찢어 버리는 거야."

"싫습니다."

"편집장을 만나라."

"싫습니다."

"편집장에게 기사가 잘못되었다고 말해."

"싫습니다."

"다른 원고를 써야 돼. 사건에 대해 지금 세상 사람들이 믿고 있는 것과 같은 내용을 정식으로 발표하게."

"싫습니다."

뤼뺑은 내 책상 위에 있던 쇠자를 집어들어 그것을 두 동강 냈다. 노여움으로 파리해진 그의 얼굴은 무시무시할 정도였다. 그는 이마에 흐르는 땀을 닦았다. 이제까지 자신의 의지에 저항을 받아 본 일이 없었으니만큼 이 소년의 고집스러운 성질에는 정말로 어찌할 바를 몰랐다.

그는 두 손으로 보트를레의 어깨를 누르고 설득하기 시작했다.

"여보게, 그렇게 해주게, 보트를레. 마지막에 발견된 시체로 내가 죽은 것이 확인되었으니, 조금도 의심할 나위가 없다고 말해 주게. 무슨 일이 있더라도 그렇게 말해야 해. 만약 그렇지 않으면……."

"그렇게 하지 않는다면?"

"자네 아버지는 가니마르나 셜록 홈즈처럼 오늘 밤 유괴되고 말 걸세."

보트를레는 벙글벙글 웃었다.

"뭐가 우습지? 자, 어서 대답해!"

"대답하겠어요. 당신에게 거역하는 것은 매우 안되었지만, 나는 약속을 이행하겠어요."

"그럼, 내가 말한 대로 이야기하게."

"나는 사실 그대로를 말하겠어요."

보트를레는 흥분하여 소리쳤다.

"이해할 수 없을 걸, 당신같은 사람은 도저히. 있는 그대로 얘기하는 즐거움, 아니 욕구와도 같은 거지. 게다가 큰 소리로 떠들 수 있다는 것. 당신은 이해할 수 없다구. 사건의 진상은 여기, 바로 내 머릿속에 있어. 내 머리에서 시원시원하게 튀어나오는 거지. 기사는 내가 쓴 대로 발표될거야. 뤼빵이 살아 있다는 것을 세상이 알게 돼. 또 뤼빵이 죽었다고 생각해 주기를 바라는 이유도 세상에 널리 알려지게 된다구."

그리고 그는 조용히 덧붙였다.

"게다가 우리 아버지는 유괴할 수 없을걸."

뤼빵은 뚫어지게 이지도르 소년을 노려보았고 소년도 지지 않고 마주 노려보아, 두 사람 사이에는 또다시 침묵이 흘렀다. 두 사람은 서로 상대를 감시하고 있었다. 그것은 지금 당장에라도 폭발할 것 같은, 가슴이 짓눌리는 듯한 침묵이었다. 어느 쪽이 먼저 침묵을 깰 것인가?

먼저 입을 연 것은 뤼뺑이었다. 그는 중얼거리듯 말했다.

"내일 새벽 3시에 내게서 별도의 지시가 없는 한, 우리 동료 두 사람이 자네 아버지의 방으로 들어가 아버지를 꾀어 내든가 유괴하든가 하여 가니마르와 셜록 홈즈가 있는 곳으로 보내기로 되어 있네."

커다란 웃음 소리가 그 말에 대답했다.

"당신은 거기까지는 몰랐었군요, 강도님? 내가 예방책을 마련한 것을? 그래, 너는 내가 어리석게도 태연하게 아버지를 들판 한복판에 있는 외딴집으로 돌아가시게 했을 만큼 생각이 없을 거라고 생각하느냐?"

아! 소년의 얼굴에 빛나는 명랑하고 짓궂은 웃음! 입가에 떠오르는 새로운 웃음, 뤼뺑의 영향을 받은 것으로 여겨지기까지 하는 그 웃음……그리고 그를 대번에 적의 수준으로 끌어올린 오만불손한 너라는 말투! 그는 말을 계속했다.

"이봐요, 뤼뺑 씨. 당신의 가장 큰 결점은 절대로 자기 계획이 무너지지 않을거라 착각하는 거지. 당신은 졌다는 소릴 해대지만 어림 반푼어치도 없는 말이야. 결국 당신은 늘 언제나 자기가 이길거라고 확신하고 있으니까……그리고 다른 사람들에게도 계획이 있다는 사실을 망각하지. 사실 내 계획은 단순하기 짝이 없지만서도."

그의 말투는 듣는 사람의 마음까지도 후련하게 했다. 두 손을 주머니에 깊이 찌르고 쇠사슬에 매어진 사나운 짐승을 놀려대고 있는 장난꾸러기 아이처럼, 용감하게, 대수롭지 않은 듯이 방 안을 왔다갔다

했다. 사실 지금이야말로 그는 이 대모험가에게 희생된 모든 사람들을 위해 복수를, 가장 무서운 복수를 하고 있었던 것이다. 그는 이렇게 결론을 내렸다.

"뤼빵, 우리 아버지는 사보아 따위에는 있지 않아. 프랑스의 그 반대쪽 어느 큰 도시의 한복판에서 20명이나 되는 우리 편 사람들의 보호를 받고 있어. 그들은 이 싸움이 끝날 때까지 아버지에게서 잠시도 눈을 떼지 않도록 명령받고 있지. 좀 더 자세한 것을 알고 싶으냐? 셸부르의 병기고에 근무하는 관리 집에 있어. 그 곳은 밤에는 문이 닫히고, 낮이라도 허가증이 없거나 안내인이 함께 가지 않으면 아무도 들어갈 수 없는 곳이지."

그는 뤼빵의 바로 앞에서 걸음을 멈추고, 친구에게 얼굴을 찡그려 보이는 어린아이처럼 뤼빵을 향해 코웃음쳤다.

"어때요, 선생?"

아까부터 뤼빵은 꼼짝도 하지 않고 얼굴 근육 하나 움직이지 않았다. 무엇을 생각하는 것일까? 어떻게 나올 생각일까? 그의 자존심이 얼마나 강한지를 알고 있는 이는 다만 하나의 해결책밖에는 생각할 수 없었다. 적을 그 자리에서 무너뜨리는 것이다. 그의 손가락이 부들부들 떨고 있었다. 나는 순간, 그가 보트를레에게 덤벼들어 목을 조르려고 하는 것처럼 생각되었다.

"어때요, 선생?"

보트를레가 거듭 말했다.

뤼빵은 테이블 위에 있던 전보를 와락 움켜쥐어 그것을 쑥 내밀며 침착하게 말했다.

"자, 아가야. 이것을 읽어 보렴."

보트를레는 상대가 너무 조용하기 때문에 갑자기 불안해져서 정색한 얼굴이 되었다. 그는 그 종이쪽지를 폈으나 곧 얼굴을 쳐들고 중얼거리듯 말했다.

"이게 무슨 뜻일까?…… 모르겠는데."

"그래도 맨 첫 낱말쯤은 알 수 있을 텐데."

뤼뺑이 말했다.

"전보 맨 첫머리에 씌어 있네. 다시 말해서 발신지의 이름이지. 잘 보게. 셸부르일세."

"아, 그렇군."

보트를레는 입속으로 우물거렸다.

"그래, 셸부르, 그런 다음?"

"그런 다음? 그 뒤도 분명하지 뭔가——'짐 운반했음. 동료들도 함께. 아침 8시까지 지시 기다림. 모두 잘 되었음.' 어디를 모르겠다는 건가? '짐'말인가? 참 어리석군! '보트를레의 아버지'라고 쓸 수는 없지 않겠나? 그리고 또 뭔가? 방법 말인가? 20명이나 호위가 있었는데도, 자네 아버지를 셸부르 병기고에서 꾀어 낸 기적에 대해선가? 뭘, 이런 것쯤이야! 어린아이를 속이는 거나 같지! 아무튼 짐은 보내졌네. 어떠냐, 아가야?"

이지도르는 온몸을 긴장시켜며 기를 쓰고 태연한 표정을 지으려고 했다. 그러나 그러다가 그의 입술이 바르르 떨리고 턱이 굳어지며 눈이 침착성을 잃고 두리번거리기 시작했다. 그는 입 속으로 무슨 말을 우물거리는가 싶더니 다시 입을 다물어 버리고는 갑자기 두 손으로 얼굴을 감싸고 울음을 터뜨렸다.

"아아! 아버지……아버지."

생각지도 못했던 이 결과는 뤼뺑의 자존심을 만족시켰지만, 또한 그것과는 다른, 사람의 마음을 몹시 흔드는 무엇인가를 느끼게 했다. 뤼뺑은 이 뜻하지 않은, 눈물을 자아내게 하는 행동에 견딜 수 없는 마음으로 초조한 태도를 보이며 모자를 집어들었다. 그러나 문 앞에서 걸음을 멈추고 천천히 되돌아왔다.

조용한 흐느낌이 슬픔에 짓눌린 어린아이의 한탄처럼 흑흑 새어나왔다. 두 어깨는 슬픈 리듬으로 들먹이고 있었다. 깍지낀 손가락 사이로 눈물이 흐르고 있었다. 뤼뺑은 그 위로 몸을 굽히고 보트를레에게 닿지 않도록 하며 말했다. 그 목소리에는 비웃는 듯한 울림은 조금도 없었으며, 또 승리자다운, 사람을 모욕하는 것 같은 태도도 보이지 않았다.

"울지 마라, 아가야. 싸움에 뛰어들려면 이 정도는 각오하고 있어야지. 이보다 더 나쁜 일도 있어. 이것이 우리 싸우는 사나이의 운명이라는 거야. 용기를 내어 이것을 견디어 내야만 해."

그런 다음 다정하게 계속했다.

"자네가 한 말은 지당한 말이야. 우리는 적이 아닐세. 훨씬 전부터 알고 있었지. 처음부터 자네에 대해, 자네라는 똑똑한 존재에 대해 어쩐지 공명하는 것을……놀라움과도 같은 것을 느끼고 있었어. 그러므로 자네에게 이렇게 말하고 싶은 걸세, 화내지 말게……자네를 화나게 하고 싶지는 않으니까. 그러나 무슨 일이 있더라도 이 말만은 해 두어야겠네……알겠나! 내게 맞설 생각은 말게. 허영심에서 이런 말을 하는 것은 아닐세. 자네를 업신여겨서 말하는 것은 더욱 아닐세……알겠지? 승부를 겨룰 수가 없는 걸세. 자네는 모를 테지……아무도 모르니까 말야. 내가 어떤 일이든 거뜬히 해치울 수 있다는 것을 모르는 걸세. 보게, 자네가 해독하려고 헛수고하는 그 에귀유 크뢰즈의 비밀만 해도 놀라울 정도로 무진장한 보물일지도 모르네……또는 남의 눈에 띄지 않는 놀라운, 이상한 은신처일지도 모르지. 또는 그 양쪽인지도 모르는 것일세. 내가 그 비밀에서 끌어 낼 수 있는 초인적인 힘을 생각해 보게! 게다가 또 자네는 내가 가지고 있는 모든 작전도 알지 못하네. 내 의지와 상상력이 계획하여 실시할 수 있는 것을 말일세. 나의 모든 생애가 같은 목적을 향하고 있다는 것과, 내가 현재의 내가 되기까지——나 자신이 바라는 이상적인 타입이 되기 위해 도형수와도 같은 노력을 쌓았다는 것을 생각해 보게. 그런데 자네가 무엇을 할 수 있다는 건가? 자네가 승리를 얻은 순간에 승리는 자네의 손에서 달아나 버리고 말지 않았는가? 자네가 생각해 보지도 못했던 일이 생기는 걸세. 매우 하찮은 것이라도——모래알이라도, 나는 자네가 모르는 사이에 버젓한 곳에 놓아 보이겠네. 제발 부탁이니 그만두게. 그렇지 않으면 나는 자네를 난처하게 만들게 될 것이고, 그것이 나로선 괴로우니까."

그런 다음 보트를레의 이마에 손을 대고 이렇게 되풀이했다.

"다시 한 번 말하지만, 부디 그만두게. 나는 자네를 난처하게 만들게 될 테니까. 자네가 틀림없이 떨어질 함정이 이미 자네의 발 밑에 마련되어 있지 않다고 누가 말할 수 있겠나."

보트를레는 얼굴을 들었다. 이미 울고 있지 않았다. 뤼빵의 말을 듣고 있었을까? 멍하니 있는 그 모습으로 미루어 보아서는 듣고 있었던 것 같아 보이지 않는다. 잠시 동안 그는 잠자코 있었다. 아무래도 그는 어떻게 할 것인가를 깊이 생각하여 찬부를 검토하고, 유리한지 불리한지를 헤아려 본 뒤 결정하려고 생각하고 있는 것 같았다. 마침내 그는 뤼빵에게 말했다.

"만약 원고를 고쳐 써서 당신이 틀림없이 죽었다고 말하고, 그 가짜 기사를 나중에 절대로 부정하지 않겠다고 약속한다면, 당신은 반드시 아버지를 자유롭게 해주시겠어요?"

"약속하겠네. 나의 동료는 자네 아버지를 자동차에 태워 시골 어느 곳으로 데려간 걸세. 만약 내일 아침 8시에 그랑 주르날 신문의 기사가 내가 바라던 대로 되어 있다면, 나는 그들에게 전화를 걸어 자네 아버지를 자유로운 몸이 되게 하겠네."

"좋습니다. 그럼, 항복하겠습니다."

보트를레가 말했다.

그는 패배를 인정한 이상 회담을 계속하는 것은 아무런 의미도 없다고 생각한 모양으로, 일어나 모자를 집어들고 나와 뤼빵에게 인사하고는 밖으로 나갔다.

뤼빵은 그가 떠나는 것을 보고 있더니, 문이 닫히는 소리를 듣자 중얼거리듯 말했다.

"가엾은 녀석……."

이튿날 아침 8시에 나는 하인을 시켜 그랑 주르날 신문을 사러 보냈다. 그는 20분이나 걸려, 대개의 신문 판매점은 다 팔렸다고 하면서 한 부를 가지고 왔다.

나는 정신없이 신문을 펴들었다. 보트를레의 기사가 커다랗게 실려 있었다. 온 세계의 신문이 옮겨 실은 기사는 다음과 같았다.

앙브뤼메지의 참사

이 글의 목적은 내가 앙브뤼메지의 참사, 아니 오히려 2중의 참사에 관한 진상을 발견하기까지의 고찰이나 조사 작업을 자세하게 설명하려는 데 있는 것이 아니다. 나의 견해로는 이런 종류의 일과 그에 따르는 설명, 다시 말해서 연역과 귀납, 분석 따위는 상대적인 흥미를 제공하는 데 지나지 않는다. 나는 다만 내가 특별히 관심을 쏟은 두 가지 생각을 말하고자 할 따름이다. 그런 후에 거기서 생기는 두 가지 문제를 해석한다면 나는 사건을 구성하는 모든 사실을 순서에 따라 추구하고, 이 사건을 간단하나마 이야기한 것이 될 것이다.

여러분은 아마도 알아차렸을 것이나, 이러한 사실 가운데 약간의 것은 증거가 없으며 상당한 부분을 나의 가설과 억측으로 보충하고 있다고 생각할 것이다. 그러나 나는 나의 가설이 상당히 많은 확증에 기초를 둔 것이며, 따라서 증거를 제시할 수 없는 몇몇 사실조차도 확고한 엄밀성을 주장할 수 있으리라 생각하고 있다. 수원(水源)은 이따금 강바닥에 깔린 조약돌 밑에 감추어지는 수가 있다. 그러나 그러한 수원도 어느 만큼의 기간이 지나면 다시 나타나 푸른 하늘 아래 드러나기 마련이다.

나는 나의 흥미와 관심을 끈 첫 번째 수수께끼를 다음과 같이 말하기로 한다. 즉 치명상을 입은 뤼뺑이 40일 동안이나 어두운 지하실 속에서 변변히 치료도 받지 못하고, 먹을 것과 약도 없이 어떻게 살아 있을 수 있었겠는가 하는 일이다.

사건의 발단으로 거슬러 올라가기로 하자. 4월 16일 목요일 오전 4시, 아르센 뤼뺑은 대담하기 이를 데 없는 강도 행위의 현장을 들켜 폐허 쪽으로 달아났으나 총을 맞고 크게 부상하여 쓰러졌다. 가까스로 몸을 질질 끌며 달아났으나 또 쓰러졌다. 그래도 어떻게든지 사원까지 가려고 다시 일어났다. 그 곳에는 전에 그가 우연히 발견했던 지하실이 있었다. 그 곳으로 숨어 들어가면 살아날 수 있으리라고 생각했기 때문이다. 온 힘을 다해 그곳으로 가까이 갔다. 이제 몇 미터가 남았을 때 발소리가 들렸다. 지칠 대로 지쳐 있어 이제는 틀렸다고 체념하고, 그는 모든 것을 포기했다. 적이 그 곳으로 왔다. 레이몽드 드 생 벨랑 양이었다. 이것이 이 참사의 서막이다.

두 사람 사이에 어떤 일이 일어났겠는가? 사건에 대한 그 뒤의 경과가 상세히 알려지고 있으므로, 그것을 간파하기란 어렵지 않다. 젊은 처녀의 발 밑에는 고통으로 허덕이고 있는 부상자가 누워 있었다. 이 사나이는 2분 뒤에는 붙잡힐 것이다. 더욱이 이 사나이는 그녀가 부상을 입힌 것이다. 그녀는 과연 사나이를 다른 사람에게 넘겨 줄 것인가?

만약 이 사나이가 쟝 다바르를 살해했다면, 그렇다, 그녀는 그를 운명에 맡겼을 것이다. 그러나 사나이는 다바르가 제브르 백작에 의해 정당 방위로 살해되었다는 것을 재빠른 말로 이야기했던 것이다. 그녀는 사나이의 말을 믿었다. 그래서 그녀는 어떻게 했겠는가? 두 사람은 아무에게도 보이지 않았다. 하인 빅또르는 뒷문을 지키고 있고 또 한 하인 알베르는 객실 창가에 서 있으므로, 그 곳에서는 두 사람 다 보이지 않는다. 그녀가 자신이 상처 입힌 사나이를 남에게 넘겨 줄 것인가?

여성이라면 틀림없이 이해할 수 있는 억누르기 어려운 연민의 정이 이 처녀의 마음을 움직였을 것이다. 그녀는 뤼빵이 몸짓으로 가리키는 대로 핏자국을 남기지 않도록 자기의 손수건으로 상처를 동여맸다. 그리고 뤼빵이 내민 열쇠로 사원 문을 열었다. 그는 처녀의 부축을 받아 안으로 들어갔다. 그런 다음, 그녀는 문을 닫고 그 자리를 떠났다. 이때 알베르가 왔다.

만약 이때, 적어도 그 바로 몇 분 뒤에 사원 안을 수사했다면 뤼빵은 기력을 회복할 시간이 없었으니만큼 주춧돌을 들어올려 지하실로 내려가는 사다리를 타고 내려가 모습을 감추는 일은 할 수 없었을 것이며, 따라서 꼼짝없이 붙잡혔을 것이다. 그러나 수사가 행해진 것은 6시간이나 지난 뒤였고, 더욱이 그 수사란 아주 형식적이었다. 그리하여 뤼빵은 살아났다. 누구에 의해서? 하마터면 그를 죽일 뻔했던 여성에 의해서였다.

이리하여 생 벨랑 양은 그녀의 의지와는 상관없이 뤼빵의 공범이 되었던 것이다. 그녀는 그를 남에게 넘겨 줄 수 없었을 뿐만 아니라, 계속해서 그를 간호하고 구해내야 했다. 그러지 않으면 부상자는 그녀의 도움으로 숨어 있게 된 그 지하실 안에서 죽어 버리고말 것이기 때문이다. 그래서 그녀는 그 일을 계속하였다. 게다가그녀의 여성적인 본능이 그녀로 하여금 이 일을 의무로 여기게 했다면, 뤼뺑으로서도 마땅히 그녀가 그 일을 하기 쉽게 해주어야만했다.

레이몽드 양은 두뇌가 명민했으므로, 다음 다음에 일어날 일까지도 내다보았다. 그녀는 아르센 뤼뺑의 생김새에 대해 예심 판사에게 거짓말을 했다(두 사촌간의 의견이 엇갈려 있었던 것을 기억할것이다). 뤼뺑의 부하가 운전사로 변장한 것을 나는 미처 몰랐지만, 그녀는 그것을 알아차리고 급히 수술이 필요하다는 것을 알리기도 했다. 사냥 모자를 다른 것과 슬쩍 바꿔친 것도 의심할 나위없이 그녀이다. 그녀에 대한 예의 협박 편지를 쓰게 한 것도 그녀자신이다. 이렇게 해 두면 아무도 그녀에게 혐의를 두지 않을 것이기 때문이다.

내가 예심 판사에게 사건에 대한 내 최초의 인상을 말하려고 했을 때, 전날 잡목림 안에서 나를 보았노라고 하여 퓌르 씨로 하여금 나에게 의문을 품게 만든 것도 다른 사람 아닌 그녀이다. 이것은 확실히 위험한 짓이었다. 왜냐하면 그것은 나의 주의를 끌었고그녀에 대한 경계심을 품게 했기 때문이다. 그러나 또한 효과있는일이기도 했다. 그것은 즉, 무엇보다도 시간을 벌 수 있었으며, 나의 입을 막을 수 있었기 때문이다. 이렇게 해서 40일 동안이나 레이몽드 양은 뤼뺑에게 먹을 것과 약을 대주었으며(우비르의 약제사에게 물으면 그녀의 주문으로 만든 처방을 보여 줄 것이다), 더욱이 부상자를 간호하여 마침내 완쾌하게 했던 것이다.

이것으로 우리의 두 가지 문제 가운데 하나가 해결되었으며, 동시에 사건도 밝혀진 셈이다. 아르센 뤼뺑은 저택 안에 있으면서 첫째로는 발각되지 않기 위해, 다음에는 살아 남기 위해 반드시 필요한 구호의 손길을 가까이에서 발견했던 것이다.

지금 그는 살아 있다. 거기서 제2의 문제가 생기는데, 그 문제를 규명하는 것이 나에게 수사의 실마리가 되었다. 그것은 앙브뤼메지 제2의 참사이다. 이리하여 뤼뺑은 다시 살아나 자유로운 몸이 되어 자기 부하들의 두목으로서 전과 다름없이 전능의 힘을 손아귀에 넣은 셈인데, 그러한 뤼뺑이 무엇 때문에 사법당국과 세상에 대해 자신이 죽은 것으로 생각되도록 하기 위해 필사적인 노력을 하고 있는지, 나는 그 노력과 끊임없이 맞부딪치고 있는 것이다.

우선 생 벨랑 양이 보기 드물게 뛰어난 미인이라는 점을 상기해야 하겠다. 그녀가 행방불명이 된 뒤에, 각 신문이 실었던 사진만으로는 그녀의 아름다움을 잘 알 수 없을 것이다. 그래서 마땅히 일어날 일이 생긴 것이다. 뤼뺑은 40일이나 되는 동안 이 아름다운 처녀를 보아 왔으므로 그녀가 없을 때에는 함께 있어 주기를 바라게 되었고, 함께 있을 때에는 그녀의 매력과 우아함에 감동되어 마침내 그는 이 간호인에게 연정을 품게 되었던 것이다. 그녀는 구원이었으며, 눈의 기쁨이었고, 그의 외로운 시간의 꿈이었으며, 그의 광명이요 희망이요 생명 그 자체이기도 했던 것이다.

생 벨랑 양은 뤼뺑을 괴롭히고 있는 그러한 감정에는 조금도 마음이 움직여지지 않았기 때문에 지하실을 찾아올 필요성이 적어지면 그녀의 방문도 자연히 뜸해질 것이며, 이윽고 그가 완전히 낫게 되면 방문도 끝나게 되므로, 그는 그 고통을 견디어 낼 수 없어 끔찍한 결심을 하게 되었다. 그는 지하실에서 나와 습격할 준비를 하고, 6월 6일 토요일 공범들의 도움을 얻어 그 처녀를 유괴한 것이다.

그뿐만이 아니다. 이 범행을 아무도 모르게 감쪽같이 해야만 한다. 수사는 물론 가정도 억측도 그리고 희망조차도 갖지 않도록 완전히 단념하게 해야만 한다. 생 벨랑 양은 죽은 것으로 여겨져야 한다. 살인으로 위장하여 수사에 대비한 증거를 일부러 만들어 둔다. 그렇게 되면 범행은 확실한 것이 된다. 게다가 공범이 범행을 예고하고 선전한 것을 이용하여, 이 범행은 두목이 죽은 데 대한 복수라고 한다. 그리고 처녀를 유괴함으로써——어쩌면 이다지도 교묘한 생각이란 말인가——무어라고 하면 좋을까, 그것을 두목의 죽음을 믿게 하는 단서로 삼았던 것이다.

믿게 하는 것만으로는 모자란다. 확신시켜야 한다. 뤼빵은 내가 간섭할 것을 미리 짐작하고 있었다. 이윽고 나는 사원의 계략을 알아 낼 것이다. 지하실을 찾아 내고야 말 것이다. 지하실이 텅 비어 있으면 모든 계획이 수포로 돌아가고 만다. 지하실을 비워 두어서는 안 된다.

마찬가지로 생 벨랑 양의 죽음도 파도가 그녀의 시체를 밀어올려 놓지 않는 한, 결정적인 것이 되지는 않을 것이다.

파도가 생 벨랑 양의 시체를 바다 위로 떠올리도록 하자.

이것은 어려운 일일가? 두 가지 모두 불가능한 일일 것이다. 그렇다, 뤼빵 아닌 다른 사람이라면……. 그러나 뤼빵에게 있어 이런 것쯤은 아무것도 아니다.

그가 미리 예측했듯이 나는 사원의 계략을 알아 냈으며, 지하실을 발견하여 뤼빵이 숨어 있던 은신처로 내려갔다. 그의 시체가 그 곳에 있었다!

뤼빵의 죽음을 있을 수 있는 일로 믿는 사람이라면 누구나 속았을 것이다. 그러나 나는 단 한순간일지라도 그러한 뜻밖의 사건은 인정한 일이 없었다. 그래서 위급을 모면하려던 그의 속임수는 도움이 되지 않았으며, 모든 책략이 헛되었다. 나는 곡괭이로 움직여진 돌덩이가 슬쩍 건드리기만 해도 떨어져서 가짜 아르센 뤼빵의 얼굴을 알아볼 수 없게 짓뭉개도록 놓여 있었음을 곧 깨달았다.

또 한 가지의 발견이 있다. 그로부터 30분 뒤, 생 벨랑 양의 시체가 디에쁘의 바위에서 발견되었음을 나는 알게 되었다. 그러나 그것은 그 시체가 그 처녀와 매우 비슷한 팔찌를 끼고 있었다는 그 이유만으로, 생 벨랑 양이라고 추정되었었다. 더욱이 그것이 신원을 확인하는 유일한 표적이었던 것이다. 왜냐하면 시체는 형체를 알아볼 수 없을 정도였기 때문이다.

여기서 문득 나는 생각나는 일이 있어, 사건의 대강을 이해하게 되었다. 며칠 전 나는 디에쁘의 비지 신문에서, 앙벨므에 머물고 있던 젊은 미국인 부부가 독약으로 자살을 했는데, 그날 밤 안으로 두 시체가 없어졌다는 기사를 읽은 일이 있었다. 나는 앙벨므로 달려갔다. 이 이야기는 확실히 사실이었으나 시체가 없어졌다는 사실만은 달랐다. 그것은 즉 자살한 이의 형제라는 사람 두 명이 시체를 가져가려고 와서 검시가 끝난 다음 날라갔던 것이다. 이 형제라는 사람이 바로 아르센 뤼빵과 그 부하들이라는 것은 의심할 여지조차 없는 일이다.

결국 증거는 성립된 것이다. 우리는 뤼빵이, 젊은 처녀가 살해된 듯이 꾸미고 자기 자신도 죽었다는 소문을 세상 사람들로 하여금 믿게 한 동기를 알았다. 그는 그녀를 사랑하고 있었으며, 그것을 남들이 알게 하고 싶지 않았던 것이다. 그리고 그것을 알지 못하게 하기 위해서는 어떠한 수단도 사양하지 않았다. 자신과 생 벨랑 양의 역할을 하도록 하기 위해, 두 개의 시체를 훔쳐 내는 것과 같은 믿을 수 없는 일까지도 거뜬히 해치웠던 것이다. 그리고 그는 마음을 놓았을 것이다. 이제는 어느 누구도 그를 불안하게 하지는 못할 것이라고, 누구 한 사람 그가 감추려고 한 진상에 의심을 품는 사람은 없을 것이기 때문이다.

누구 한 사람도? 그렇지는 않았다. 뤼빵은 적어도 세 사람만은 얼마간 의심을 품을지도 모른다고 생각했다. 그 세 사람이란 가니마르 경감과, 도버 해협을 건너오게 되어 있는 셜록 홈즈와, 그리고 현지에 있는 나다. 이것은 3중의 위험이었다. 뤼빵은 이 위험을 미리 막으려고 했다. 가니마르를 유괴하고, 셜록 홈즈도 유괴했다. 그리고 브레도로 하여금 나를 단도로 습격하게 했다.

다만 알 수 없는 점이 꼭 하나 있다. 어째서 뤼빵이 에귀유 크뢰즈의 종이쪽지를 나에게서 빼앗으려고 그토록 정신없이 덤볐는가 하는 점이다. 설마 그것을 되찾기만 하면, 그 다섯 줄의 문장을 내 기억에서 없애 버릴 수 있으리라고 생각한 것은 아닐 것이다. 그렇다면 어째서인가? 거기에 씌어 있는 내용보다도 그 종이쪽지 자체가 나에게 어떠한 정보를 제공해 줄 것을 두려워했기 때문인가?

어떻든 앙브뤼메지 사건의 진상은 이상과 같다. 되풀이하여 말하지만, 내가 설명한 것 가운데는 가설이 어떤 종류의 역할을 하고 있으며 나 자신의 조사 가운데서도 크나큰 역할을 하고 있다. 그러나 뤼빵을 상대로 싸울 때 증거와 사실만을 기다리고 있다가는 영원토록 기다리게 되거나, 또는 거짓 증거와 사실로 인해 정반대의 결론으로 이끌려 가게 될 염려가 다분히 있다.

나는 사실이 모두 밝혀지면, 이러한 나의 가설은 모든 점에서 확인이 될 것이라고 믿는 바이다.

이와 같이 보트를레는, 한때는 아르센 뤼빵에게 지배되고 아버지의 유괴로 혼란에 빠져 패배했다고 체념했으나 결국 침묵으로 끝날 수 없었다.

진상은 너무나도 멋지고 기이했으며 그가 행한 증명은 너무도 논리적인 결론이어서, 그는 자신이 진상을 그릇되게 전하는 것을 용인할 수 없었던 것이다. 게다가 온 세계가 그의 발표를 기다리고 있었다. 그래서 그는 이야기했던 것이다.

그의 기사가 발표된 그날 저녁때, 각 신문은 모두 이지도르의 아버지 보트를레 씨가 유괴되었음을 보도했다. 이지도르는 3시에 받은 셀부르로부터의 전보로 그것을 알고 있었다.

추적

아버지의 유괴로 타격을 받은 소년 보트를레는 그저 정신을 잃고 어리둥절한 모양이었다. 그가 그 기사를 발표하기에 이른 것은 온갖 신중함을 무시하게 하는 저항하기 어려운 열정에 움직여졌기 때문이지만, 그래도 마음 속으로는 정말로 아버지가 유괴되리라고는 믿고 있지 않았던 것이다. 그는 충분히 경계하고 있었다. 보트를레의 아버지를 보호할 명령을 받았던 셸부르의 친구들은 출입을 엄중히 감시하고, 결코 혼자서는 밖에 내보내지 않았으며, 편지는 뜯어서 살펴본 다음에야 전해 줄 정도로 마음을 썼다. 그렇기 때문에 위험은 없었을 터였다. 뤼빵은 호언장담했지만 그것은 시간을 벌기 위해 보트를레에게 겁을 주려고 했던 것일 뿐이었다. 그러므로 이 타격은 불의의 습격이라고도 할 수 있었다. 그날은 하루 종일 아무것도 할 수 없어 보트를레는 고통만을 짓씹고 있었다. 오직 한 가지 생각만이 그를 구원해 주었다. 자신이 직접 현지에 가서 사정을 확인하고, 그런 다음 대책을 세우는 것이었다. 그는 셸부르에 전보를 쳤다. 8시쯤 생 라자르 역으로 가서, 그로부터 몇 분 뒤에는 급행열차에 타고 있었다.

그리고 한 시간 뒤 플랫폼에서 산 석간 신문을 무심코 펴 보고서, 아침 신문에 실은 그의 기사에 대답한 뤼뼁의 편지가 실려 있는 것을 알았다.

편집국장 귀하

아득히 먼 영웅적인 시대였다면 틀림없이 완전히 무시되었을 저와 같이 하찮은 존재가, 이 무기력하고 평범하며 용렬하기 이를 데 없는 현대에는 이토록 눈에 띄는가 하고 자부하는 것은 결코 아닙니다. 그러나 일반 세상의 불건전한 호기심이 넘어서는 안 될 한계는 존재해야 할 것이며, 그 선을 넘을 때에는 언행을 조심하지 않는 파렴치하기 짝이 없는 짓이라고 비난 받아도 마땅할 것입니다. 만약 사생활의 벽을 조금도 존중하지 않게 된다면, 일반 시민의 안녕과 질서는 어떻게 되겠습니까?

진실을 알 필요가 있기 때문이라는 말입니까? 적어도 저에 관해서는 그것은 쓸데없는 구실에 지나지 않습니다. 진실은 알려져 있으며, 저는 그것을 공공연하게 고백하는 데 아무런 곤란도 느끼지 않으니까요. 그렇습니다. 생 벨랑 양은 살아 있습니다. 그리고 나는 그녀를 사랑하고 있습니다. 또한 나는 그녀의 사랑을 얻지 못한 것을 슬프게 생각하고 있습니다. 그렇습니다. 보트를레 소년의 조사는 매우 정확하고 옳은 것입니다. 그러므로 우리는 모든 점에서 일치하고 있습니다. 이미 밝혀지지 않은 수수께끼는 없습니다. 그럼, 그렇다면……?

나는 영혼 깊은 곳까지 상처를 입고 잔혹하기 이를 데 없는 정신상의 상처로 지금도 여전히 피를 흘리고 있으므로, 저의 가장 내밀한 감정이나 감추어진 희망이 이 이상 공중의 악의에 맡겨지기를 바라지 않습니다. 나는 조용한 생활을, 생 벨랑 양의 애정을 얻고 그녀가 숙부와 사촌에게서 받고 있던 굴욕——이것은 세상 사람들에게 알려져 있지 않은 일입니다——과 가난한 친척이라는 지긋지긋한 기억을 깨끗이 지워 버리게 하기 위해서도 나는 조용한 생활을 바라는 바입니다.

그녀가 바라는 모든 것, 비록 그것이 이 세상에서 가장 아름다운 보석일지라도, 가장 값비싼 재보일지라도, 나는 그것들을 그녀의 발 밑에 바칠 것입니다. 그녀는 행복해질 것입니다. 그리고 나를 사랑하게 될 것입니다. 그러나 이것이 이루어지려면 다시 한 번 되풀이하여 말합니다만, 나에게는 조용한 생활이 필요합니다. 그러므로 나는 무기를 버립니다. 또 그 때문에 적에게 승리를 양보하겠습니다. 그러나 그 모든 것을 적이 거절한다면, 좀 더 중대한 결과가 발생할 것임을 정정당당히 통고합니다.

특히 해링튼 씨에 대해 한마디 해 두렵니다. 이 사람은 미국의 대부호 쿠리 씨의 비서로, 주인인 대부호로부터 찾아 낼 수 있는 한 유럽의 온갖 옛 미술품을 수집하라는 명령을 받고 있는 우수한 젊은이의 가명입니다. 불행하게도 그는 나의 친구 에띠엔느 드 보들레인 아르센 뤼뺑, 다시 말해서 나를 상대로 교섭하게 되었습니다. 이리하여 그는 제브르라는 사람이 루벤스의 그림 넉 점을 내놓고 싶어한다——이것은 내가 지어 낸 거짓말입니다만——는 것을 알았던 것입니다. 다만 이에는 모사품과 맞바꾸어야 한다는 것, 그리고 그러한 거래를 다른 사람이 알지 못하게 해야 한다는 조건이 있었습니다. 나의 친구 보들레는 제브르 씨가 사원도 팔도록 할 자신이 있다고 했습니다. 거래는 친구 보들레의 성의와 해링튼 씨의 솔직함으로 진행되어, 마침내 루벤스의 그림 넉 점과 사원의 조각품은 안전한 장소로 옮겨졌던 것입니다.

그러나 해링튼 씨는 투옥되었습니다. 그래서 지금은 저 불행한 미국인을 석방하는 일만이 문제입니다. 왜냐하면 그는 다만 불쌍한 피해자에 지나지 않습니다. 괘씸한 것은 대부호인 쿠리 씨이며, 그는 귀찮은 일이 일어날 것을 두려워하여 자기의 비서가 경찰에 잡혔는데도 그에 대해 아무런 항의도 하지 않았기 때문입니다. 그리고 나의 친구 에띠엔느 드 보들레, 다시 말해서 나는 칭찬을 들어야 합니다. 왜냐하면 이미 쿠리 씨로부터 50만 프랑을 받아 버린 나는 이 양심 없는 부호에 대해 복수해 주었기 때문입니다.

편집국장님, 문면이 간결하지 못한 점, 용서해 주십시오. 또한 저의 경의를 받아 주실 것을 부탁드립니다.

아르센 뤼빵

아마도 이지도르는 이 편지의 문구를 전에 에귀유 크뢰즈의 종이쪽지를 연구하던 때와 마찬가지로, 빈틈없이 정성들여 생각했을 것이다. 그는 뤼빵이 재미있는 문서를 신문에 투고하는 데에는 반드시 절대로 필요한 무언가가 있기 때문이며, 머지 않아 어떤 사건이 일어나 그것이 밝혀지는 동기가 있기 때문이라고 생각하면서 읽었다. 이 원칙이 옳다는 것을 증명하기는 쉬운 일이다. 이번 투고의 동기는 무엇일까? 해링튼 씨에 대한 해명을 하기 위한 것일까? 아니면 좀 더 깊게, 행과 행 사이, 낱말의 뒤에 어떤 의미가 감추어져 있는 걸까? 그 표면상의 의미는, 다만 진실을 속이려는 것 이외의 목적은 없는 것일까?

소년은 찻간에 틀어박혀, 몇 시간이고 불안스럽게 생각하고 있었다. 이 투고는 마치 그를 위해 씌어진 것 같았다. 오직 그가 갈피를 잡지 못하게 하려는 목적에서 씌어진 듯한 의혹이 고개를 들었다. 그는 직접적인 공격이 아니라 도무지 정체를 알 수 없는 투쟁 방법에 맞닥뜨렸기 때문에, 처음으로 뚜렷한 공포감에 사로잡혔던 것이다.

그리고 자기의 괜한 참견 때문에 유괴된 늙으신 아버지를 생각하고, 이런 특출한 큰 적과 대항한다는 것은 미친 짓이 아닐까 하고 자문자답하며 괴로워했다. 결과는 뻔히 알고 있는 일이 아닌가? 이미 뤼빵은 싸우지 않고도 이기고 있는 것이 아니겠는가?

그것은 한때의 약한 마음이었다! 아침 6시에 기차가 도착하자 그는 여느 때와 다름없는 확신을 되찾고 있었다.

역에는 보트를레의 아버지를 맡아 주었던 군항 사무원인 플로벨바르가 열 두서너 살난 딸 샤로뜨를 데리고 기다리고 있었다.

"어떻게 된 겁니까?"

보트를레가 외쳤다.

그러자 사람좋은 플로벨바르가 여러 가지 넋두리를 늘어놓기 시작했기 때문에, 그는 그것을 가로막고 두 사람을 가까운 식당으로 데리고 가 커피를 주문하고 그가 또다시 넋두리를 늘어놓지 못하도록 곧장 본론으로 들어갔다.

"아버지는 유괴되지 않았겠지요? 그럴 리가 없잖아요."

"그렇고말고요. 그렇게 할 수는 없을 것이오. 그런데 감쪽같이 없어지고 말았단 말이오."

"언제부터지요?"

"그것을 모르겠소."

"뭐라고요?"

"어제 아침, 여느 때와 다름없이 6시에 아래층으로 내려오신 것을 못 뵈었기에 방문을 열어 보았더니 계시지 않았소."

"그렇지만 그저께까지는 계셨겠지요?"

"그럼요. 그저께는 전혀 방에서 나오시지 않았소. 조금 피로하다고 하시기에 딸아이 샤로뜨가 낮에 점심 식사를 가져다 드리고, 저녁 7시에 저녁 식사를 가져다 드렸었지요."

"그럼, 아버지가 없어지신 것은 그저께 저녁 7시와 어제 아침 6시 사이로군요."

"그렇소, 그저께 밤이오. 다만⋯⋯."

"다만?"

"그렇소! 밤에는 병기고에서 밖으로 나갈 수 없지요."

"그럼, 아버지는 밖으로는 나가지 않으셨단 말이군요?"

"결코 나갈 수가 없소! 나는 동료들과 군항 안을 샅샅이 찾았소."

"아니, 아버지는 분명 밖으로 나가셨어요."

"그럴 리가 없소. 엄중히 지키고 있었으니까."

보트를레는 한참 골똘히 생각하더니 다시 말했다.

"방의 침대는 흐트러져 있던가요?"

"아니오."

"방 안은 잘 정돈되어 있었단 말이지요?"

"그럼요. 파이프도 담배도 읽으시던 책도 언제나 놓아 두시던 자리에 있었지요. 그 책갈피에 당신의 조그마한 사진까지 있었지요."

"어디, 보여 주세요."

플로벨바르는 사진을 내주었다. 그것을 받아 보고, 보트를레는 소스라치게 놀랐다. 과연 그 스냅 사진은 자신의 것이었다. 나무와 폐허가 있는 잔디밭에, 두 손을 주머니에 찌르고 서 있는 모습이다. 플로벨바르는 또 말했다.

"이것은 당신이 아버지께 보내 드린 최근의 사진이지요?"

"아니, 난 알지 못하는 사진이오. 내가 모르는 사이에 앙브뤼메지의 폐허에서 찍힌 거로군요. 틀림없이 판사의 서기가 한 짓일 거요. 그는 아르센 뤼빵의 부하이니까."

"그렇다면?"

"이 사진은 아버지를 믿게 하기 위한 여권이며 호신부로 쓰여졌던 거에요."

"그렇지만 누가 어떻게 내 집에 침입했을까요?"

"그것은 나로서는 알 수 없어요. 다만 아버지께서 보기 좋게 속은 것만은 확실해요. 그 사나이는 내가 가까운 곳에 있는데 아버지를 만나고 싶어한다고 하여 아버지를 믿게 했겠지요. 아버지가 그 곳으로 가시자 잡히고 만……뭐, 그런 것이겠지요."

"설마, 그렇게! 그저께는 하루 종일 방에서 떠나시지 않았는데요."

"당신이 아버지를 보았나요?"

"아니오, 그렇지만 이야기했듯이 샤로뜨가 식사를 가져다 드렸기 때문에……."

한참 동안 모두 입을 다물고 있었다. 소년의 눈과 소녀의 눈이 마주쳤다. 그러자 보트를레는 다정하게 소녀의 손을 잡았다. 소녀는 마치 숨이 막힌 것처럼 어쩔 줄 몰라하며 흘끔 소년 쪽을 훔쳐보았다. 그러더니 갑자기 두 손으로 얼굴을 감싸고 훌쩍거리며 울기 시작했다.

"왜 그러느냐?"

깜짝 놀라 플로벨바르가 물었다.

"내게 맡겨 주세요."

보트를레는 명령하는 듯한 말투로 말했다.

그는 한참 동안 소녀가 우는 것을 그대로 두었다가 이렇게 말했다.

"네가 그랬지? 그렇지? 네가 중간에서 심부름했지? 이 사진을 가지고 온 것도 너였지? 정직하게 말해 봐. 우리 아버지가 그저께는 방에 있었다고 말했지만, 안 계신다는 것을 너는 알았었지? 왜냐하면 네가 우리 아버지를 밖으로 나가시게 했으니까."

소녀는 잠자코 있었다. 그는 계속했다.

"어째서 그런 짓을 했지? 틀림없이 어떤 사람에게 돈이라도 받았었나 보군……리본이나 옷이라도 사라고."

그는 소녀의 팔을 내리고 머리를 쳐들게 했다. 가엾게도 귀여운 얼굴이 눈물에 젖어 있고 불안스레 겁에 질려 있다.

"자, 이런 이야기는 이제 그만두기로 하자. 다시는 이런 이야기는 하지 말자……너희 아버지에게 더 이상 아무 말도 하지 않을게. 다만 나에게 도움이 될 만한 일만은 모조리 말해 줘. 그 사람들이 한 말, 기억하는 것 없을까? 어떻게 데려갔지?"

소녀는 얼른 대답했다.

"자동차로요……그 사람들이 자동차 이야기를 하는 걸 내가 들었어요."

"그래서 어떤 길로 갔지?"

"그런 것은 몰라요."

"뭔가 단서가 될 만한 이야기를 하지 않았어?"

"아무 말도……하지만 한 사람이 이런 말을 했어요……'빨리 서둘러야 해……내일 아침 8시에 두목이 저쪽으로 전화를 걸게 되어 있으니까'라고요."

"어디지? 저쪽이라니……생각해 봐……거리의 이름이나 그런 것일 테지?"

"그래요, 거리 이름이에요……샤또 뭐라던가?"

"샤또브리앙?……아니면, 샤또띠에리?"

"아니에요……그렇지 않아요."

"샤또우르?"

"그래요……샤또우르에요."

보트를레는 소녀가 말을 다 끝내기도 전에 벌떡 일어나 있었다. 그리고 플로벨바르에게는 아랑곳하지도 않고, 소녀의 일 따위는 아예 생각지도 않으며 문을 열고 역을 향해 달려갔다.

"샤또우르……샤또우르 한 장!"

이튿날 아침, 이지도르 보트를레는 전혀 딴 사람처럼 변장하고 샤또우르에 다다랐다. 큼직한 바둑판 무늬의 갈색 양복, 반바지에 긴 양말, 여행용 사냥 모자를 눌러쓰고 도란을 얼굴에 칠하고 턱수염을 달아, 아무리 보아도 30살쯤의 영국인 같았다.

오후가 되어서야 그는 확실한 목격자로부터 한 대의 구식 자동차가 샤또우르 가도를 따라 뷔장세 마을을 가로질러, 샤또우르 거리를 지나 숲 변두리에서 멈추었다는 말을 들었다. 그리고 10시쯤 마부가 타고 있는 한 대의 마차가 그 자동차 옆에 서더니, 조금 뒤에 브잔느를 지나 남쪽으로 가 버렸다는 것이었다. 그때 다른 한 남자가 마부 옆에 앉아 있었으며, 자동차는 반대쪽 길을 지나 북쪽인 이스당을 향해 달려갔다고 한다.

이지도르는 곧 그 마차의 임자를 찾기 시작했다. 그러나 그 임자로부터는 아무런 말도 듣지 못했다. 그는 다만 자신의 수레와 말을 어떤 사나이에게 빌려 주었을 뿐이며, 그 사나이는 손수 그것을 돌려주러 왔었다는 이야기였다.

이런 것들을 종합하여 생각하면, 보트를레의 아버지가 이 부근에 있는 것만은 확실한 것처럼 생각되었다. 그들이 프랑스 국내를 5백 킬로미터나 달려 샤또우르까지 와서 전화를 걸고, 그런 다음 예각을 그리며 빠리 방면으로 돌아갔다고는 아무래도 생각할 수 없었다. 이 놀라운 만큼 먼 곳까지 온 데에는 확실한 목적이 있었던 것이다. 다시 말해서 보트를레의 아버지를 지정된 장소로 옮기는 것이다. 그리고 그 장소는 내 손이 닿는 곳에 있다. 여기서부터 4,50 킬로미터쯤 되는 곳으로, 내가 구하러 오기를 기다리고 있는 것이다. 아버지는 그 곳에 있다. 그 곳에서 지금 내가 숨쉬는 것과 똑같은 공기를 호흡하고 있는 것이다——라고 이지도르는 희망에 몸을 떨며 생각했다.

그러나 꼬박 두 주일 동안이나 찾아 돌아다녔지만, 도무지 실마리가 잡히지 않으므로 그도 점점 자신을 잃어 가고 있었다. 성공할 가망성이라곤 조금도 보이지 않았으므로, 그는 다음날도, 또 다음날도 틀린 일이라고 생각하고 있었다. 수사는 여전히 계속했지만 아무리 노력해 보았자 아주 조그마한 단서도 잡힐 리가 없다고 생각하게 되었다.

다시 여러 날 동안이나 단조롭고 실망스러운 나날이 흘러갔다. 그러다가 그는 신문에서 제브르 백작이 딸을 데리고 앙브뤼메지를 떠나, 니스 부근으로 옮겼음을 알았다. 또 해링튼 씨가 석방된 것도 알았다. 아르센 뤼빵이 기술한 바와 그의 말이 합치되어 무죄임이 분명해졌기 때문이다.

그는 수사방향을 바꾸어 샤또우르에 이틀, 아르장땅에 이틀 머물렀다.

그러나 이런 계책을 써 보아도 아무런 성과를 얻을 수 없었다.

그는 이제 거의 승부를 단념하기 시작하고 있었다. 아버지를 데리고 가 버린 마차는 한 역참을 달렸을 뿐 다음 역참에서는 또 다른 마차가 이어받았을 것이 틀림없다. 그렇게 하여 아버지는 먼 곳으로 가버린 것이다. 그는 돌아가려고 생각했다.

그런데 월요일 아침, 그는 빠리에서 보내온, 우표가 붙어 있지 않은 편지를 받았다. 그 편지 겉봉에 씌어진 글씨체를 보고 소스라치게 놀랐다. 놀라움이 너무 커서 그는 한참 동안 겉봉을 뜯을 수가 없었다. 기대했던 바가 어긋날까 두려웠던 것이다. 손이 떨렸다. 이런 일이 있을 수 있단 말인가? 이것은 저 잔인무도한 적이 만들어 놓은 함정이 아닐까? 그는 마음을 단단히 먹고 겉봉을 뜯었다. 그것은 확실히 아버지가 쓴 편지였다. 글씨체는 그가 잘 알고 있는 모든 특징, 모든 버릇을 다 가지고 있었다. 그는 읽어 내려갔다.

사랑하는 아들아, 이 편지가 과연 네게 전해질런지? 확신할 수는 없으나 아무튼 보내기로 한다.

유괴된 날 밤은 밤새도록 자동차를 타고 달리다가 아침이 되어서야 마차에 옮겨졌다. 눈을 가리고 있었기 때문에 나는 아무것도 볼 수가 없었단다. 내가 갇혀 있는 이 성은 그 건축 양식과 정원에 심어 놓은 식물로 헤아리건대, 아무래도 프랑스 중부지방인 것 같다. 내가 있는 방은 3층이고 창문은 두 개가 있는데, 그 가운데 하나는 등나무로 거의 덮여 있다. 오후에는 이따금 정원 안을 자유롭게 걸을 수 있지만, 감시는 아주 엄중하다.

모든 것을 운명에 맡기기로 하고, 나는 이 편지를 써서 돌에 비끄러매겠다. 언제고 이것을 담 밖으로 던질 수 있겠지. 그리고 어떤 농부가 주어 줄지도 모르는 일이 아니냐. 너무 걱정하지 말아라. 대우는 아주 잘 해준다.

너를 사랑하는 이 늙은 아버지는 네가 나를 걱정하고 있으리라고 생각하니 그것이 오히려 걱정스럽다.

이지도르는 얼른 편지의 소인을 보았다. 앙드르 현 뀌지옹이라고 찍혀 있었다. 앙드르 현이라고? 여러 주일 동안이나 그토록 구석구석 찾아헤맨 곳이 아닌가!

그는 잠시도 떼어 놓은 일이 없는 포켓 안내를 펴 보았다. 뀌지옹이라는 곳은 에귀종 군에 있다. 그 곳도 지나온 곳이다.

그는 영국인 변장을 그만두었다. 이 지방에서는 이미 눈에 띄기 시작했기 때문이다. 그리고 이번에는 노동자 차림으로 변장하고 꾀지용으로 갔다. 그 곳은 작은 마을이므로 편지를 보내 준 사람을 곧 알 수 있었다.

"수요일에 낸 편지란 말인가요?"

무던해 보이는 촌장은 그렇게 외치고 당장 도와 주려 하였다.

"글쎄……아참, 그렇군. 아마 그것인가 보구먼. 생각나는 게 있소. 토요일 아침, 칼갈이 영감 샤레르 씨를 마을 변두리에서 만났는데 '촌장님, 우표가 없는 편지라도 역시 보낼 수 있나요?'하고 묻더군. '그럼, 보낼 수 있구말구'라고 나는 말해 주었지. 그랬더니 또 '겉봉에 씌어진 사람에게 갈까요?'하고 묻기에 '벌금은 내야겠지만 가기는 갑니다' 하고 말해 주었다오."

"그 샤레르 영감은 어디서 옵니까?"

"프레스리느에서 온다오."

"그럼, 편지는 그 곳에서 오는 길에 발견한 모양이군요?"

"그랬겠지요."

이튿날 이지도르가 프레스리느에서 점심 식사를 하는데 칼갈이 수레를 밀면서 광장을 가로질러오는 영감이 눈에 띄었다. 그는 곧 조금 떨어져서 뒤를 밟았다.

샤레르 영감은 두 번쯤 걸음을 멈추고는 오랜 시간에 걸쳐 많은 칼을 갈았다. 그런 다음 간신히 끌로장과 에귀종 마을로 이어진 길을 걷기 시작했다.

보트를레는 그의 뒤를 밟아 그 길로 들어섰다. 그러나 채 5분도 걷기 전에 영감의 뒤를 밟고 있는 것이 자기 한 사람만이 아니라는 생각이 들었다. 두 사람 사이에 또 다른 사나이가 걸어가고 있는데, 샤레르 영감이 걸음을 멈추면 그 사나이도 걸음을 멈추고 다시 걷기 시작하면 그도 또 따라 걷기 시작하는 것이었다. 그렇다고 그다지 남의 눈에 띨까 봐 조심하는 것 같지도 않다.

'영감을 감시하는 모양이다. 영감이 편지를 주운 것을 눈치채고 영감이 담장 앞에서 걸음을 멈추는지 어떤지를 보려는 생각인가 보다.'

보트를레는 생각했다.

그는 가슴이 두근거리기 시작했다. 틀림없이 무슨 일이 일어날 것이다.

세 사람은 한 줄로 늘어서서, 이 지방에 독특한 가파른 언덕길을 올라갔다내려갔다하며 끌로장에 닿았다. 그 곳에서 샤레르 영감은 한 시간쯤 쉬었다. 그런 다음 강 쪽으로 내려가 다리를 건넜다. 그런데 그때, 보트를레가 깜짝 놀랄 일이 생겼다. 예의 사나이가 강을 건너지 않는 것이었다. 사나이는 영감이 가 버리는 것을 물끄러미 바라보더니 그 모습이 보이지 않게 되자, 들판 한가운데로 이어져 있는 오솔길로 들어섰다. 어떻게 할까? 보트를레는 어느 쪽을 따라갈 것인가 하고 잠깐 망설이다가 마음을 정하고 그 사나이의 뒤를 밟기 시작했다.

'저 사람은 샤레르 영감이 곧장 가는지 어떤지를 확인한 것이로구나. 곧장 갔기 때문에 마음놓고 떠나간 것이다. 어디로? 성으로 가는 걸까?'

보트를레는 생각했다.

가는 곳은 멀지 않다──사나이의 발걸음이 가벼운 것을 보고 그는 이렇게 판단했다.

사나이는 강 위에 있는 컴컴한 숲으로 들어갔다. 그리고 나서 숲속의 오솔길을 벗어나 밝은 곳으로 나갔다. 보트를레도 그 뒤를 따라 밝은 곳으로 나갔는데, 놀랍게도 별안간 사나이의 모습이 보이지 않았다. 그는 둘레를 두리번거리다가 하마터면 외마디 소리를 지를 뻔한 것을 가까스로 눌렀다. 그리고 급히 방금 나온 숲의 오솔길로 다시 뛰어들어갔다. 오른편에 높다란 성벽이 보였기 때문이다. 성벽은 일정한 거리를 두고 튼튼한 보조 기둥을 쌓아 단단하게 받쳐져 있었다.

저것이다! 저것이야! 저 성벽 안에 아버지가 갇혀 있는 것이다. 뤼빵이 희생자들을 가두어 둔 비밀 장소를 마침내 발견하였다!

그는 자기의 모습을 감추어 주고 있는 울창한 숲 속에서 굳이 나가려고 하지 않았다. 그리고 천천히 거의 기다시피하여 오른편으로 다가가서, 가까이에 있는 나무만큼 높은 작은 언덕 꼭대기로 나왔다. 성벽은 그 곳보다도 훨씬 높았으나 그래도 그는 성벽에 에워싸여 있는 성의 지붕을 볼 수 있었다. 그것은 루이 13세식으로 지어진 옛날 지붕으로, 그 위에는 끝이 뾰죽한 높은 탑이 솟아 있고 그 사이에 가느다란 종루가 여러 개 늘어서 있다.

보트를레는 그 날은 그것만 알아 두고 우선 돌아가기로 했다. 충분히 생각한 다음에 작전 계획을 짤 필요가 있었기 때문이다. 여기까지 뤼빵을 몰고 온 이상 싸울 때와 방법을 선택할 자유는 자기 쪽에 있다고 생각했기 때문이다. 그는 그 곳을 떠났다.

다리 옆에서 우유를 가득히 담은 통을 나르고 있는 두 농사꾼 여자와 마주쳤으므로 그는 여자에게 물어 보았다.

"숲 저 쪽에 있는 성은 뭐라고 하나요?"

"저거요? 저건 에귀유 성이에요."

별다른 생각 없이 물었는데 이런 대답을 듣자 그는 깜짝 놀랐다.

"에귀유 성……그래요? 그런데 대체 여기는 어딥니까? 앙드르현인가요?"

"아니에요, 앙드르는 저 강 저쪽이지요……이 쪽은 크뢰즈라고 해요."

이지도르는 어질어질 현기증이 났다. 에귀유 성! 크뢰즈 현! 에귀유 크뢰즈! 그 종이쪽지의 비밀이다! 이번에야말로 틀림없이 이겨 보일 테다!

더 이상 아무 말도 하지 않고 그는 여자들에게 등을 돌리고, 마치 술에 취한 주정꾼처럼 비틀거리면서 걸어갔다.

역사상의 비밀

보트를레는 그 자리에서 곧 마음을 정했다——좋다, 이 일은 나혼자 하자. 당국에 알리든가 하면 오히려 위험하다. 언제까지나 추측만 하고 일은 느리고 비밀이 새어나가, 우물쭈물하는 동안에 반드시뤼뺑이 알아차리고 유유히 도망칠 여유를 주고 마는 결과가 된다.

이튿날 아침 8시에 그는 보따리를 옆구리에 끼고 퀴지옹 부근에 있는 여인숙에서 나와, 맨 처음 눈에 띄는 풀숲으로 들어가 노동자 차림의 옷을 벗고 전과 같은 영국인 청년 화가 차림으로 변장했다. 그리고 이 지방에서는 가장 큰 도시인 에귀종의 공증인에게로 갔다.

그는 공증인에게 이 지방이 매우 마음에 들었다는 것과 적당한 집이 구해지면 가족들과 함께 옮겨와 살고 싶다고 이야기했다. 공증인은 몇 군데를 가르쳐 주었다. 보트를레는 크뢰즈 강가에 있는 에귀유 성은 어떠냐고 넌지시 물어 보았다.

"글쎄요, 하지만 에귀유 성은 5년 전부터 저희 단골 손님의 소유가되어 있어서 팔지 않을 겁니다."

"그럼, 그 사람이 살고 있군요?"

"그 사람이라기보다 그 사람의 어머니가 살았지요. 그렇지만 성이 좀 음침해서 마음에 들지 않는다던가요. 그래서 지난해 이사해 버렸답니다."

"그럼, 지금은 아무도 살지 않나요?"

"아니에요, 이탈리아 사람이 여름 동안만 저희 단골 손님에게 빌려서 쓰고 있습니다. 앙프레디 남작이라는 분이지요."

"아, 네! 앙프레디 남작인가요? 아직 젊고 좀 지나치게 딱딱해 보이는……."

"아니, 나는 잘 모릅니다……그 손님께서 직접 계약하셨기 때문이지요. 그것도 뭐 계약서를 나누어 가진 것도 아니고 그냥 편지로만 그렇게 하기로 한 모양이더군요."

"그렇지만 당신은 그 남작을 아실 게 아닙니까?"

"그런데 성에 좀처럼 나오시지 않아요. 가끔 나오신다 해도 자동차로, 그것도 주로 밤에만 다니시니……식사는 할멈이 보살피고 있는데, 할멈이라는 여자가 또 도무지 말이 없는 여자예요. 아무튼 모두 괴짜들만 모인 모양입니다."

"그 단골 손님이 저 성을 팔지 않을까요?"

"안 팔 겁니다."

"이름은 뭐라고 하나요?"

"루이 바르멜라 씨라고 하는데, 몽 따보르 거리 34번지입니다."

보트를레는 곧 가까운 정거장으로 달려가 빠리로 가는 기차를 탔다. 다음다음날까지 세 번이나 헛걸음을 한 뒤 간신히 루이 바르멜라를 만날 수 있었다. 30살쯤 되어 보이는 밝은 인상을 주는 사람이었다. 보트를레는 얼렁뚱땅 둘러댈 필요는 없을 것 같아 자기 소개는 분명히 한 뒤, 지금까지의 사건과 찾아온 목적을 말했다.

"제 생각으로는"

그는 결론을 내렸다.

"아버지는 틀림없이 에귀유 성에 갇혀 있다고 생각합니다. 아마 다른 희생자들도 같이 있겠지요. 그러니까 당신께서 집을 빌려 드린 앙프레디 남작에 대해 알고 계시는 바를 자세히 말씀해 주셨으면 해서 이렇게 찾아뵈었습니다."

"나도 그다지 자세한 건 알지 못합니다. 지난해 겨울 처음으로 몽테카를로에서 만났지요. 그때 그 사람은 내가 성을 가지고 있다는 것을 알고 있었던지, 프랑스에서 피서를 하고 싶으니 좀 빌려 달라고 하더군요."

"아직 젊은 사람이지요?"

"그렇더군요. 사납고 날카로운 눈매에 금발인……."

"턱수염은?"

"끝이 둘로 갈라져 있어, 뒤에서 끼게 되어 있는 옷깃 위까지 늘어져 있었지요. 목사같은 느낌이더군요."

"그자다, 틀림없는 그자야."

보트를레가 중얼거리듯 말했다.

"네에! 그자라니요?"

"당신의 집을 빌려 쓰는 사람은 아르센 뤼뺑이 틀림없다고 생각합니다. 틀림없을 겁니다."

루이 바르멜라는 이 이야기에 흥미를 품었다. 그는 뤼뺑의 모든 모험도 보트를레의 투쟁의 경과도 알고 있었던 것이다. 그는 기쁜 듯이 손을 마주 비볐다.

"이것으로 에귀유 성은 유명해지겠구나! 다만 신중히 행동해 주셨으면 합니다. 어찌 되었거나 상대가 뤼뺑이니까요."

보트를레는 자신의 계획을 이야기했다. 밤에 혼자 담장을 타고 넘어 들어가려는 것이었다.

루이 바르멜라는 곧 그것을 말렸다.

"그런 높은 담장은 그렇게 쉽게 타고 넘을 수 없어요. 타고 넘는다 해도 저희 어머니가 기르시던 두 마리의 사나운 개가 아직도 성에 있으니까요."

"괜찮아요! 그런 것쯤은 독약이 들어 있는 경단이라도 먹여서……."

"그것도 좋겠지요! 그러나 개는 그렇게 한다고 치고 그 뒤 어떻게 건물 안에 들어가지요? 입구의 문은 튼튼하고 창문에는 창살이 끼워져 있어요. 게다가 들어갔다 하더라도 방은 무려 여든 개나 있어요. 대체 누가 안내해 주겠습니까?"

"하지만 그 3층의 창문이 둘 있는 방, 그것만 알 수 있으면……."

"알고 있지요. 그 방은 등나무의 방이라고 부르는 방입니다. 그렇지만 어떻게 찾아내시겠소? 계단이 셋, 그리고 마치 미로처럼 되어 있는 복도가 이어져 있지요. 지금 여기서 길을 설명해 보았자 헛일일 겁니다. 틀림없이 길을 잃어버리고 말아요."

"그럼, 함께 가 주실 수는 없을까요?"

보트를레는 웃으면서 말했다.

"그게 안 되겠군요. 마침 어머니와 남 프랑스에서 만나기로 되어 있어서요."

보트를레는 여관으로 돌아와 준비를 시작했다. 그런데 그날 저녁 나절, 갑자기 바르멜라가 찾아온 것이다.

"역시 내가 가는 편이 좋을 것 같군요."

"그렇게 해주시면 얼마나 다행한 일인지 모르겠습니다."

"좋습니다. 함께 가지요. 이 사건은 매우 흥미있어 보이고 틀림없이 신나는 일일 테니까요. 실제로 모험에 참가하면 퍽 유쾌할 것 같군요. 자, 이것이 내가 협력한다는 표시입니다."

이렇게 말하고 바르멜라는 빨갛게 녹슨 큼직한 열쇠를 내밀었다.

"이 열쇠로 여는 겁니까?"

보트를레가 물었다.

"두 개의 보조 기둥 사이에 여러 해 동안 쓰지 않은 비밀 통로가 있어요. 지금 살고 있는 사람은 그것을 모를 겁니다. 바로 숲을 빠져나간 곳에 있지요."

그러자 보트를레가 말을 가로막았다.

"그들은 알고 있어요. 제가 뒤를 밟아간 사나이가 안으로 들어간 것은 바로 그 통로일 것입니다. 아무튼 이번에는 이길 것 같군요. 물론 마음을 놓을 수는 없지만!"

그로부터 이틀이 지난 뒤 비루먹은 말이 끄는 마차 한 대가 끌로장에 와 닿았다. 마부는 마을 변두리에 있는 헛간에 마차를 넣어 두어도 된다는 허락을 얻었다. 그 마부는 바르멜라였다. 그리고 다른 세 사람은 보트를레와 친구인 고등학생으로, 세 젊은이는 버드나무 가지로 의자를 겯고 있었다.

그들은 달이 뜨지 않은 밤을 기다리느라 저마다 멋대로 성 둘레를 빈들거리면서 사흘을 보냈다. 그 사이에 보트를레는 한 번 그 비밀 통로를 보러 갔다. 그것은 두 개의 보조 기둥 사이에 있는데, 가시덤불 그늘에 가려져 있고 성벽의 돌 모양에 섞여 거의 알아볼 수 없었다. 겨우 나흘째 되는 날 저녁, 하늘이 커다란 검은 구름에 덮였으므로 바르멜라는 살그머니 살펴보러 가기로 했다. 만약 형편이 좋지 않으면 그대로 되돌아오면 되므로 아무튼 가 보기로 했다.

네 사람은 조그마한 숲을 빠져나갔다. 그런 다음 보트를레가 낮은 나무 사이를 기어가 두 손을 가시나무 울타리에 찢기면서 윗몸을 일으켜 살며시 열쇠를 열쇠 구멍에 들이밀었다. 그리고는 조용히 돌렸다. 비밀 통로의 문은 삐걱이지도 흔들리지도 않고 열렸다. 그는 뜰 안으로 들어갔다.

"보트를레 씨, 잠깐만 기다려요. 그리고 자네들 두 사람은 이따가 퇴로가 끊기지 않도록 여기서 망을 보시오."

이렇게 말하고 바르멜라는 보트를레의 손을 잡고 풀숲으로 들어갔다. 그때 달빛이 환하게 비쳤으므로 에귀유 성과 몇 개의 종루가 보였다. 그 종루에 둘러싸여 끝이 뾰족한 탑이 있었는데, 아마도 에귀유(바늘)라는 이름은 이 모양에서 온 것 같았다. 창문에는 전혀 불빛이 보이지 않았으며 소리도 들리지 않았다. 바르멜라가 보트를레의 팔을 움켜쥐며 속삭였다.

"쉬! 조용히!"

"왜 그러지요?"

"저기, 저 개를 보시오."

으르렁거리는 소리가 들렸다. 바르멜라는 낮게 휘파람을 불었다. 두 마리의 하얀 그림자가 나는 듯이 달려와 주인의 발 밑에서 반갑게 달려든다.

"얌전히 있어……여기에 누워……옳지……옳지, 이젠 꼼짝도 하지 마."

그런 다음 보트를레를 보고 말했다.

"이제는 안심이오."

"길은 염려없겠지요?"

"그럼요, 아무 염려 마시오. 테라스에 가까이 왔습니다. 아래층에 잘 잠기지 않는 문이 하나 있는데 밖에서 열 수 있어요."

과연 그 곳으로 가서 슬쩍 밀어 보았더니 어렵지 않게 문이 열렸다. 바르멜라는 유리 자르는 칼로 유리창 한 장을 잘라 냈다. 그리고 문고리를 돌려 두 사람은 나란히 발코니를 타고 넘어 성 안으로 들어갔다.

바르멜라가 말했다.

"이 방은 복도 끝에 있소. 이 다음 방은 조각품이 장식되어 있는 넓은 대기실이지요. 그리고 그 구석에 계단이 있는데, 그것을 올라가면 당신의 아버지가 계시는 방으로 나갈 수 있어요."

그리고 그는 한 걸음 발을 내딛었다.

"따라오시지요, 보트를레 씨?"

"네, 네."

"이런, 안 오고 있잖소……왜 그러시오?"

"무서워서요……."

"무섭다니, 원!"

"네, 정말입니다."

보트를레는 정직하게 말했다.

"난, 신경이 퍽 약해진 모양이에요. 꾹 참고 견딜 수 있을 때도 있기는 하지만……오늘 난 너무 주위가 조용하기 때문에, 오히려 그것이 무섭군요……게다가 그 서기란 놈에게 찔린 뒤로는 도무지……그렇지만 곧 좋아질 겁니다. 보세요, 이젠 괜찮아요."

과연 그는 일어났다. 그 손을 잡고 바르멜라는 그를 방 밖으로 끌고 나갔다. 두 사람은 손으로 더듬어 가며 발소리를 죽여 복도를 따라갔는데, 서로가 있는지 없는지조차 알 수 없을 정도였다. 그런데 두 사람이 지나려고 하는 대기실에 가느다란 불빛이 희미하게 비치고 있는 것 같았다. 바르멜라가 살그머니 들여다보니 계단 밑에 테이블이 놓여 있고 그 위에 있는 작은 램프의 불빛이 종려나무 가지 너머로 보였다.

"멈추시오!"

바르멜라가 속삭이듯 말했다.

조그마한 램프 옆에 총을 든 남자 한 명이 망을 보고 서 있다. 그는 두 사람을 본 것일까? 보았을지도 모른다. 적어도 사람의 기척을 느낀 모양이었다. 총을 겨누었기 때문이다.

보트를레는 나무가 심어진 화분에 몸을 바싹 붙이고 바닥에 웅크리고 앉았다. 숨을 죽이고 있었지만 가슴 뛰는 소리가 들려 왔다.

그러는 동안, 망보는 사나이는 소리도 나지 않고 그다지 움직이는 기척도 없으므로 마음을 놓았던지 총을 내렸다. 그러나 얼굴은 나무 화분 쪽을 바라본 채였다.

무시무시한 시간이 10분, 20분 지나갔다. 계단의 창문으로 달빛이 비쳐들고 있었다. 보트를레는 문득 그 달빛이 옮겨오고 있는 것을 깨달았다. 앞으로 15분, 아니 10분도 채 되기 전에 자기가 곧바로 달빛을 받게 될 것이다.

식은땀이 얼굴에서 떨리는 손등으로 방울방울 떨어졌다. 너무나 두려워서 벌떡 일어나 도망쳐 버리고 싶을 정도였다. 그러나 바르멜라가 있는 것을 생각해 내고 그의 모습을 눈으로 찾았다. 그런데 어둠 속을 기어가고 있다기보다도 그러한 기척을 알아차리고 깜짝 놀랐다. 바르멜라는 이미 계단 밑 망보는 사나이로부터 겨우 몇 걸음밖에 떨어지지 않은 곳에 가 있었다.

어쩌려는 것일까? 역시 여기를 빠져나갈 생각일까, 아니면 갇혀 있는 사람을 혼자서 구출하러 갈 작정일까? 그러나 과연 지나갈 수 있을까? 이미 바르멜라의 모습은 보이지 않았다. 보트를레는 무슨 일인가가 일어나고 있는 것처럼 생각되었다. 무시무시하고 숨막히는 침묵이 몸에 스미듯이 절실하게 느껴졌다.

갑자기 사람 그림자가 망보는 사나이에게 덤벼들었다. 작은 램프 불이 꺼지고 서로 치고 받는 소리……. 보트를레는 달려갔다. 두 사람의 몸이 돌바닥 위를 뒹굴었다. 보트를레는 그 위에 몸을 구부리고 보려고 했다. 그때 목쉰 신음 소리와 한숨 소리가 들리더니 곧 한 사람이 일어났다.

"갑시다……빨리."

그것은 바르멜라였다.

두 사람은 계단을 두 개씩 올라가 융단이 깔려 있는 복도 입구로 나갔다.

"오른쪽으로 가서 왼쪽 네 번째 방이오."

바르멜라가 소곤거렸다.

그 방의 문은 곧 알 수 있었다. 예상했던 대로 갇혀 있는 사람의 방문은 열쇠로 잠겨 있었다. 자물쇠를 부수는 데 30분이나 걸렸으며, 두 사람은 숨을 죽이고 소리가 나지 않도록 애를 써야만 했다. 드디어 방으로 들어갔다. 보트를레는 손으로 더듬더듬 침대를 찾았다. 아버지는 잠들어 있었다. 그는 조용히 흔들어 깨웠다.

"저에요, 이지도르입니다……그리고 친구하고요. 이제 아무 걱정 없어요. 일어나세요, 목소리를 내지 마시고."

아버지는 옷을 입었다. 그러나 방을 나서려고 했을 때 낮은 목소리로 말했다.

"성에 갇혀 있는 것은 나 한 사람만이 아니다."

"누군데요? 가니마르인가요? 홈즈입니까?"

"아니……그런 사람들은 보지 못했어."

"그럼 누구지요?"

"젊은 처녀더구나."

"그럼, 생 벨랑 양입니다."

"이름은 모르지만……정원에 있는 것을 여러 번 먼 발치에서 보았어. 그리고 창문에서 몸을 내밀면 그 처녀의 방 창문이 보이더구나. 나에게 신호를 보냈었지."

"그 방을 아세요?"

"응, 이 복도 오른편이다."

"푸른 방이군."

바르멜라가 중얼거리듯 말했다.

"그 곳은 문이 양쪽으로 열게 되어 있으니까 쉽게 열 수 있을 거요."

과연 곧 한쪽 문이 열렸다. 보트를레의 아버지가 처녀에게 알리는 일을 맡았다.

10분쯤 지나자 아버지는 처녀를 데리고 나와 아들에게 말했다.

"네가 말한 대로 생 벨랑 양이었어."

처녀의 얼굴은 보트를레에게 낯익은 얼굴이었다. 얼굴은 핏기를 잃어 파리하고 매우 지쳐 있는 것 같았다. 지금은 그런 여러 가지 것을 묻고 있을 틈이 없었다. 네 사람은 서둘러 계단을 내려갔다. 계단 밑에서 바르멜라가 걸음을 멈추고 망보던 사나이의 얼굴을 들여다보았다. 그런 다음 세 사람을 테라스가 있는 방으로 이끌고 가서 이렇게 말했다.

"저 녀석은 이제 곧 정신이 들 겁니다."

"아, 그래요!"

"될 수 있는 대로 가볍게 급소를 찔렀으니까요."

보트를레는 이 최초의 성공만으로는 만족하지 않았다. 그는 아버지와 레이몽드 양이 우선 여관에 자리를 잡자 재빨리 성 안에 살고 있는 사람들에 대해, 특히 아르센 뤼뺑의 나날의 생활에 대해 물었다. 그에 따르면 뤼뺑은 사흘이나 나흘 걸러 올 뿐이며 그것도 저녁에 자동차로 왔다가 아침 일찍 떠난다는 것이었다. 올 때마다 갇혀 있는 두 사람을 만나 보고 가는데 그 태도가 매우 부드럽고 점잖다고 두

사람 모두 칭찬하고 있었다. 그러나 지금은 성에 있지 않을 것이라고
했다.

"그러나 부하들은 성에 있어요."

보트를레는 말했다.

"그것도 우습게 생각할 수 없는 전리품입니다. 이 쪽에서 때만 놓
치지 않으면……."

그는 자전거를 집어타고 에귀종 거리로 달려 경찰서에 가서, 비번
인 경관까지 모조리 동원하여 부장과 6명의 경관을 데리고 끌로장으
로 돌아왔다.

두 경관은 마차 옆에서 망을 보게 했다. 다른 두 사람은 비밀 통로
앞에 섰다. 남은 네 명은 부장의 지휘 아래 보트를레와 바르멜라와
함께 성의 정문으로 향했다. 그러나 때는 이미 늦어 문은 활짝 열려
있었다. 한 농부의 말로는 한 시간쯤 전에 성에서 자동차가 나가는
것을 보았다는 것이었다.

온 성 안을 이잡듯이 찾았으나 아무런 실마리도 잡히지 않았다. 그
들은 지나가면서 이 성에서 하룻밤 묵어 간 모양이었다. 몇몇 옷가지
며 속옷과 살림 도구 등이 조금 발견되었을 뿐이다.

그보다 더 보트를레와 바르멜라를 깜짝 놀라게 한 것은 그 부상자
가 보이지 않는 일이었다. 대기실 돌바닥 위에는 격투를 벌인 흔적은
조금도 남아 있지 않았고 한 방울의 핏자국도 없었다.

요컨대 뤼빵이 에귀유 성에 있었다는 물적 증거는 아무것도 없었던
것이다. 그러므로 만약에 젊은 처녀가 있었던 옆방에서 훌륭한 꽃다
발이 대여섯 개나 발견되고 거기에 아르센 뤼빵의 명함이 핀에 꽂혀
있는 것이 발견되지 않았다면, 보트를레와 그의 아버지, 바르멜라와
생 벨랑 양 네 사람의 주장이 부정되었다고 하더라도 어쩔 수 없었을
것이다. 그 꽃다발은 모두 처녀에게 경멸되고, 시들어 잊혀진 꽃다발

이었다. 그것들 속에는 명함 말고도 레이몽드가 거들떠보지도 않았던 편지 한 통이 곁들여져 있었다. 그날 오후 예심 판사가 그 편지를 펴 보았더니, 거기에는 10쪽에 걸쳐 기도며 소망이며 약속이며 협박이며 절망 등, 다시 말해서 경멸과 반감으로밖에는 받아들여지지 않을 사랑의 온갖 미친 짓이 적혀 있었다. 그리고 그 편지는 이렇게 끝을 맺고 있었다.

'레이몽드 양, 저는 화요일 밤에 오겠습니다. 그 때까지 잘 생각해 봐 주십시오, 저는 어떤 일이라도 할 결심입니다.'

화요일 밤, 그것은 보트를레가 생 벨랑 양을 구해 낸 바로 그날 밤 이었다.

생 벨랑 양이 자유로운 몸이 되었다! 저 젊은 처녀가 뤼뺑의 손아 귀에서 구출되었다! 뤼뺑이 정렬에 사로잡혀 휴전할 것을 몹시 바랐 던 결과, 볼모로 선택했던 보트를레의 아버지도 자유로운 몸이 되었 다. 두 사람 모두 자유로운 몸이 되었음을 알리는 뉴스에 온 세상이 들끓었던 놀라움과 열광은, 세상 사람들이 지금까지도 기억하고 있을 것이다.

게다가 또 풀 수 없는 것으로 생각되던 에귀유의 비밀도 발표되어 세계의 구석구석까지 널리 알려졌다.

실제로 사람들은 이 사건의 경위를 흥미있게 지켜보았다. 보기 좋 게 나가떨어진 모험가를 노래한 상송이 유행했다. "아르센의 흐느 낌"이니 "괴도의 한탄" 등이 유흥가에서 즐겨 불려졌고, 일터에서도 흥얼흥얼 즐겨 불렸다.

레이몽드는 방문 기자에게 쫓기어 질문 공세를 받았지만 아주 조심 스럽게 대답했다. 그렇지만 증거가 될 만한 편지도 있었고, 꽃다발 도, 가련한 비련도 있었다! 뤼뺑은 비웃음거리가 되어 왕좌에서 굴 러떨어졌다. 대신 보트를레가 우상이 되었다. 그는 모든 것을 보았고, 모든 것을 예언했으며, 모든 것을 밝혔다. 생 벨랑 양이 예심 판사 앞에서 유괴 사건에 관해 말한 공술은, 이 소년이 상상했던 가설이 옳았음을 증명했다. 모든 점에서 사실은 그가 미리 예상했던 일과 조금도 어긋남이 없이 들어맞은 것 같았다. 뤼빵은 벅찬 상대를 만났던 것이다.

보트를레는 아버지에게 사보아 산 속으로 돌아가기 전에 몇 달 동안 몸을 보양하도록 권하여, 아버지와 생 벨랑 양을 제브르 백작과 수잔 양이 피한을 위해 머물고 있는 니스 가까이로 데리고 갔다. 다음다음날, 바르멜라도 어머니를 이 새로운 친구들이 있는 곳으로 데리고 왔기 때문에, 백작의 별장을 중심으로 해서 조그마한 집단이 이루어졌다. 이들에 대해 백작은 6명 가량의 남자를 고용하여 낮이나 밤이나 경비를 철저히 하게 했다.

10월 초, 보트를레는 빠리로 돌아와 새 학기 공부를 시작하게 되었다. 이제는 사건도 없고 조용한 생활이 시작되는 것이었다. 대체 어떤 일이 일어나겠는가? 싸움은 이미 끝나 버리지 않았는가?

이것은 뤼빵도 분명하게 알고 있을 것이 틀림없었다. 그로서는 모든 것을 이미 지나간 일로써 단념하는 수밖에 없었던 모양이다.

왜냐하면 어느 날, 그의 다른 희생자인 가니마르 경감과 셜록 홈즈가 훌쩍 나타났기 때문이다. 두 사람이 경찰서 앞에서 꽁꽁 묶인 채 잠들어 있는 것을 넝마주이가 발견했다.

그들은 일주일쯤 완전히 혼수상태에 빠져 있다가 의식을 되찾은 다음, 가니마르 경감이 말한 바에 의하면——홈즈는 고집스럽게 입을 다물고 침묵을 지켰다——그들은 '제비호'라는 요트에 실려 아프리카를 한 바퀴 돌아왔다는 것이었다. 그것은 즐겁고 유쾌한 항해였으나, 다만 승무원들은 신기한 나라의 항구에 상륙하는데도 그들만은 부두로 내려가야 했으므로, 그런 일만 없었으면 매우 자유롭고 태평한 생활이었다고 한다. 오르페브르 부두에 배가 닿았을 때의 일은 두 사람 다 아무것도 기억하고 있지 않았다. 아마도 그 며칠 전부터 두 사람은 혼수상태에 빠져 있었던 모양이다.

이 석방은 뤼뺑이 스스로 졌다는 것을 알리고 동시에 이제는 더 이상 싸우지 않겠다는 것, 다시 말해서 무조건 항복한다는 것을 밝힌 셈이다.

게다가 또 하나의 일이 이 패배를 한층 더 뚜렷하게 했다. 그것은 루이 바르멜라와 생 벨랑 양의 약혼이다. 이 젊은 두 사람은 그들이 생활하던 현상이 만들어 낸 친밀한 분위기 속에서 서로 사랑하게 되었던 것이다. 바르멜라는 레이몽드의 어딘지 모르게 쓸쓸해 보이는 점을 좋아하게 되었지만, 인생에 상처를 입고 애정에 굶주렸던 레이몽드로서는 자기를 구해 내는 데 그토록 용감하게 행동해 준 이 사나이의 기력과 정력에 감동되었기 때문이었다.

사람들은 얼마쯤 걱정스러운 마음으로 결혼식 날을 기다렸다. 뤼뺑이 또다시 공격해오지나 않을까, 하고 생각했기 때문이다. 그러나 결혼식은 예정했던 날, 예정했던 시간에 아무런 방해 없이 거행되어 레이몽드 드 생 벨랑 양은 루이 바르멜라 부인이 되었다.

운명까지도 보트를레를 편들어 승리를 보증하는 듯이 보였다.

일반 대중은 그것을 너무도 잘 느끼고 있었으므로, 그를 찬미하는 사람 가운데는 보트를레의 승리와 뤼뺑의 참패를 축하하는 모임을 열려는 생각이 일어났을 정도였다. 이것은 꽤 훌륭한 생각이었으므로 열광적인 지지를 받았다. 2주일 안에 3백 명이나 신청자가 있었다. 수사학급 한 학급에 학생 두 명꼴로 온 빠리 안의 중고등학교에 초대장이 보내졌다. 신문은 대대적으로 기사를 실었다. 그리고 축하 모임은 예상했던 대로 대성황을 이루었다.

그러나 대성황이긴 하지만 소박한 매력이 있었다. 왜냐하면 보트를레가 주인공이었기 때문이다. 그가 함께 있는 것만으로도 모든 일에 알맞은 차분함이 느껴졌다. 그는 여느 때와 다름없이 겸손했고 마구 만세를 부르는 바람에 조금 당황했으며, 어떤 이름난 탐정보다도 뛰어났다는 분에 넘친 찬사를 듣고 크게 감동하면서도 조금 부끄러워했다. 그런 뜻을 그가 짤막하게 말하자 더욱 모든 사람이 호감을 갖고 받아들여, 그는 소년답게 어찌할 바를 몰라 했고 사람들이 자꾸만 쳐다보아 얼굴이 붉어졌다. 그는 자신의 기쁨과 자랑스러움을 이야기했다. 실제로 아무리 그가 이성적이고 자제력이 풍부한 사람이었다 할지라도, 그 몇 분 동안은 태어나서 처음으로 잊을 수 없는 도취감에 잠겼던 것이다. 그는 친구들에게, 장송 고등학교 학우들에게, 특히 축하해 주려고 온 바르멜라와 제브르 씨, 그리고 아버지에게 웃어 보였다.

그런데 그가 인사말을 끝내고 모두 축배를 들고 있을 때, 홀 끝 쪽이 떠들썩해졌다. 누군가가 신문을 휘두르며 격렬한 몸짓을 하고 있다. 사람들은 조용히 하라고 외쳤고 버릇없이 굴던 사람도 앉았다. 그러나 식탁 둘레에서는 호기심에 찬 소곤거림이 오가고, 신문은 이 손에서 저 손으로 옮겨져 그 펼쳐진 지면을 들여다볼 때마다 놀라움에 찬 외침이 일곤했다.

"읽어 주시오! 읽어 줘요!"

맞은 쪽에 있던 사람들이 소리쳤다.

특별석의 누군가가 벌떡 일어섰다. 보트를레의 아버지가 신문을 가지러 가서 그것을 아들에게 전해 주었던 것이다.

"읽어 주시오! 읽어요!"

사람들은 더욱 크게 소리쳤다.

그러자 누군가가 버럭 고함을 질렀다.

"조용히 들으시오! 지금 읽을 테니⋯⋯조용히 들어요!"

보트를레는 일어나 그 자리에 모인 사람들 쪽을 보고, 아버지가 갖다 준 석간 신문 어디에 이런 소란을 불러 일으킨 기사가 있는가 하고 찾았다. 그러다가 문득 푸른 연필로 줄을 그은 표제를 발견하고 한 손을 들어 모두에게 조용히 하도록 말한 다음, 그 기사를 읽기 시작했다. 그런데 그 목소리는 너무도 놀란 나머지 읽어 가는 동안 점점 어조가 바뀌었다. 이 뜻하지 않은 폭로 기사는 그의 이제까지의 노력을 모조리 헛수고로 만들고 말았으며, 지금까지 에귀유 크뢰즈에 관해 가지고 있던 그의 생각을 뿌리째 뒤흔들어 아르센 뤼빵에 대한 그의 투쟁이 헛되었음을 보여 준 것이었다.

문예 학사원 회원 마시방 씨의 공개장

편집국장 귀하

1679년 3월 17일, 즉 루이 14세 치하에서 다음과 같은 표제의 작은 책자가 빠리에서 발행되었다.

《에귀유 크뢰즈의 비밀》

──에귀유 크뢰즈의 모든 진실이 처음으로 발표되다. 궁정의 계몽을 위해 지은이 자신이 100부를 인쇄한 것임──

3월 17일 오전 9시 이름은 알 수 없으나, 자신이 지은이라는 풍채 좋은 젊은이가 이 책을 궁정 고관들에게 나누어 주기 시작했다. 10시에 그가 겨우 4권만을 배부했을 때, 근위대의 한 대위가 이 젊은이를 붙잡아 국왕의 옥좌 앞으로 데리고 갔다. 그리고 곧장 배부된 4권의 수사에 착수하여 100권을 모두 모아 빈틈없이 조사한 다음, 국왕께서 손수 그 책을 불 속에 던져 버리고 말았다. 다만 1권만은 국왕용으로 따로 남겨 두었다. 그리고 국왕은 근위 대위에게 명령하여 지은이를 생 마르스 씨에게 끌고 가게 하였다. 생 마르스는 이 죄인을 처음에는 프뉴로르에, 다음에는 생뜨 마르그리뜨 섬의 요새 안에 가두었다. 이 죄인이 바로 철가면의 사나이이다.

만약 국왕이 지은이를 불러서 만나볼 때 그 자리에서 지켜보던 근위 대위가 국왕이 잠시 한눈을 파는 순간을 이용하여 난로 속에서 아직 불이 옮겨 붙지 않은 한 권을 꺼내려는 유혹을 느끼지 않았다면, 진상은, 아니 적어도 진상의 일부는 영원히 알려지지 않았을 것이다. 이 대위는 그로부터 6개월 뒤에 게용에서 망또로 통하는 국도에서 어떤 이의 손에 살해되었으며, 범인은 그의 옷을 구석구석까지 뒤져 소지품을 빼앗아 갔으나, 오른쪽 주머니에 있던 보석은 깨닫지 못했다. 이 보석은 그 뒤에 발견되었는데, 값비싼 다이아몬드였다.

대위의 서류 속에는 필기한 노트가 있었다. 불 속에서 꺼낸 책에 관한 것은 씌어 있지 않았으나, 처음 몇 장에서 뽑아 쓴 요약된 글이 있었다. 그것은 영국 국왕들이 알고 있던 비밀이었으며, 이 비밀은 불쌍한 미치광이 왕 헨리 6세의 왕관이 요크 후작의 머리 위로 옮겨졌을때 잃어버렸던 것이, 잔느 다르끄에 의해 프랑스 왕 샤를르 7세에게 알려졌다. 그로부터 이 비밀은 국가의 기밀이 되어 국왕에게서 국왕으로, 그 때마다 새로이 봉인한 편지에 의해 전해져, 국왕이 세상을 떠날 때에는 그 침소에 '프랑스 국왕을 위해'라고 써서 모셔졌다.

이 비밀은 대대로 왕이 가지고 있던 막대한 보물의 존재와 그 장소를 가리킨 것으로, 보물은 세기가 지날 때마다 늘어 가기만 했다. 왕가에서는 이 필기된 노트에 대해서 그다지 중요시하지 않았으며, 모든 것이 지어 낸 이야기쯤으로 밖에는 생각하지 않았다.

그런데 그로부터 114년 뒤, 땅뻘의 탑에 유폐된 루이 16세는 감시하는 사관 한 사람을 가까이 불러 이렇게 말했다.

"그대에게는 짐의 할아버님이신 루이 대왕 밑에서 근위 대위로 있던 조상이 없었느냐?"

"있었습니다, 폐하."

"그렇다면, 그대를 사나이로 생각하고……사나이로 생각하고……."

그렇게 말하면서도 루이 16세는 망설였다. 그래서 사관은 약삭빠르게 그 뒷말을 이었다.

"폐하를 배반하는 일은 없을 거라는 말씀이십니까? 그렇다면 폐하, 저는……."

"그럼, 들어 보아라."

왕은 주머니에서 한 권의 작은 책을 꺼내어 그 맨 뒤의 한 장을 찢었으나, 다시 생각하더니 "아니, 베끼는 편이 좋겠다"라고 말했다.

루이 16세는 큼직한 종이를 한 장 가져다가 그것에서 네모진 종이를 잘라 내어, 거기에 인쇄된 책장에서 점과 선과 숫자로 된 다섯 줄을 베꼈다. 그런 다음 인쇄한 쪽을 태워 버리고, 베껴 낸 종이를 넷으로 접어 붉은 봉랍으로 봉인한 다음 사관에게 내주었다.

"그대는 짐이 죽은 뒤 이것을 '국왕으로부터 왕비와 왕자에게'라고 왕비에게 전해주기 바라노라. 만약 무슨 일인지 모르는 것 같거든……."

"만약 모르시는 것 같거든?"

"이렇게 말하라. '에귀유의 비밀에 관한 것입니다'라고. 그렇게 말하면 알 것이니라."

루이 16세는 말을 끝내자, 그 책을 난로의 빨갛게 타고 있는 불 속으로 던졌다.

1월 21일 왕은 단두대에 올라갔다.

그러나 왕비는 꽁셰르쥐리로 옮겨졌기 때문에 사관은 부탁받은 사명을 다하기 위해 여러 달 고생한 끝에 가까스로 어느 날, 마리 앙뜨와네뜨를 만날 수 있었다. 그는 왕비에게만 알 수 있게 말했다.

"세상을 떠나신 임금님으로부터 왕비님과 왕자님에게……."

이렇게 말하고 그는 봉인한 편지를 내주었다.

왕비는 교도관들이 보지 않는 것을 확인하고 나서 봉인을 뜯어 읽기 어려운 다섯 줄의 글씨를 보고 놀란 듯했으나, 곧 알아차린 모양이었다. 왕비는 씁쓸한 미소를 띠었다.

"어째서 이렇게 늦어졌느냐?"

왕비는 망설였다. 이 위험한 문서를 어디에 감추면 되겠는가? 생각 끝에 기도서를 펴서 제본한 표지인 무두질한 가죽과 그것을 덮은 양피지 틈에 그 문서를 끼워 넣고

"어째서 이렇게 늦어졌느냐?"

사관에게 다시 말했다.

아마도 이 문서는 왕비를 구원할 수 있었으나, 너무 늦게 손에 들어온 모양이었다. 어찌 되었든 10월에는 왕비도 단두대에 오르게 되었으니 말이다.

그런데 이 사관은 집안에 전해져 내려온 옛 문서 가운데서 루이 14세의 근위대였던 증조부가 필기한 노트를 발견했다. 그때 이후로 그는 오직 한 가지 일, 다시 말해서 틈을 내어 이 풀 수 없는 문제를 규명하는 것만 생각했다. 그는 라틴의 모든 저자들의 책을 읽고, 프랑스 및 이웃 모든 나라의 온갖 연대기를 훑어보고, 수도원을 찾아가 회계장부며 기록이며 협정서 등을 이잡듯이 연구한 결과, 각 시대에 흩어져 있는 몇몇 문헌을 발견할 수 있었다.

케사르의 《갈리아 원정기》 제3권에는 G. 티토우리우스 사비뉴스에게 패한 카레트 인의 우두머리 빌리도빅스가 그 뒤 케사르 앞에 끌려

나갔을 때, 목숨을 살려 주는 대신 에귀유의 비밀을 밝혔다고 되어 있고……

샤를르 단순왕과 북방의 야만족의 우두머리 로르 사이에 맺어진 생 끌레르 쉬르 엡뜨의 조약에서는, 로르의 많은 경력 가운데 '에귀유의 비밀을 지닌 자'라는 것이 있다.

《색슨 연대기(집슨 판 144페이지)》에는 윌리엄 정복왕(영국의 윌리엄 1세, 1027~87)에 대해서, 그 군기의 대 끝은 뾰죽했고 에귀유(바늘)처럼 구멍이 뚫렸었다고 말하고 있다.

잔느 다르끄는 심문받을 때의 매우 애매한 대답 가운데서 아직 프랑스 왕에게 말할 비밀이 있다고 했으나, 그 말을 들은 재판관들은 이렇게 대답했다고 한다.

"그것이 무엇인가는 우리도 알고 있다. 그렇기 때문에 잔느 다르끄여, 그대는 사형을 받아야만 하는 것이다."

선량한 왕 앙리 4세는 가끔 '에귀유의 공덕에 의하여'하고 맹세하곤 했다고 한다.

프랑소아 1세는 1520년 르아브르의 명사들에게 다음과 같은 말을 한 일이 있다고, 옹프를르에 사는 한 시민의 일기에 적혀 있다.

'프랑스 왕들은 각 도시의 운명과 모든 일의 처리를 어떻게라도 할 수 있을 만한 비밀을 대대로 전하고 있다.'

편집국장님, 이상의 모든 인용과 철가면이며 근위 대위 및 그 증손에 관한 이야기는 그 근위 대위의 증손이 쓴 것으로서, 나는 오늘 그것들을 워털루 전쟁 당시인 1815년 6월에 간행된 작은 책자 가운데서 발견했습니다. 책자가 간행되었을 무렵은 세상이 어지러웠기 때문에, 이 작은 책자가 전하려고 한 진상은 사람들의 눈에 띄지 않고 말았을 것입니다.

이 작은 책자의 값어치는 어떤가? 아무런 값어치도 없다고 당신들은 말하겠지요. 세상도 이런 것은 아무런 값어치도 없다고 할 것입니다. 나도 처음에는 그렇게 생각했습니다. 그러나 케사르의 《갈리아 원정기》 제3권을 펴 보고, 이 작은 책자가 말하고 있는 문장을 보았을 때에는 정말 놀랐습니다. 생 끌레르 쉬르 옐뜨 조약, 색슨 연대기, 잔느 다르끄의 심문 등, 요컨대 지금까지 제가 확인할 수 있었던 모든 것에 대해서도 같은 말을 할 수 있습니다.

끝으로, 1815년에 발행된 책자의 지은이가 한층 더 분명히 말하고 있는 사실이 있습니다. 프랑스 전쟁 중에 나뽈레옹의 부하 장교였던 그는 어느날 밤, 타고 있던 말이 쓰러져서 어떤 성문을 두드렸더니 생 루이의 한 늙은 기사가 그를 맞아들였습니다. 그리하여 이 노인과 이야기하는 동안 그는 크뢰즈 강 기슭에 있는 이 성은 루이 14세가 이름 붙였으며, 그의 특명에 의해 종루와 에귀유(바늘) 모양을 한 뾰죽탑으로 꾸며졌다는 것 등을 차례로 알게 되었던 것입니다. 성이 지어진 것은 1680년이었습니다.

1680년, 그것은 예의 책자가 발행되어 철가면이 투옥된 지 1년 뒤에 해당됩니다. 이것으로 모든 것이 분명해졌습니다. 다시 말해서 루이 14세는 국가의 비밀이 세상에 새어나갈 것을 예상하고, 호기심을 갖는 사람들에게 그럴 듯한 설명을 제공하기 위하여 이 성을 세우고 그런 이름을 붙였던 겁니다. 에귀유 크뢰즈라고? 뾰죽탑이 있는 성이 크뢰즈 강가에 있으며 국왕의 소유다, 이것으로 세상 사람은 수수께끼가 풀렸다고 생각하고 그 이상 깊이 알아보려고 하지 않을 것입니다! 계획은 그야말로 성공입니다. 왜냐하면 2세기도 넘은 지금 보트를레 군이 계략에 빠졌으니까요. 편집국장님, 그 때문에 저는 이 편지를 쓰게 된 것입니다. 뤼뺑이 앙프레디라는 이름으로 바르멜라 씨로부터 크뢰즈 강 기슭에 있는 에귀유 성을 빌려 그 곳에 두 사람을 감금했던 것도, 머지 않아 보트를레 군의 수사가 성공할 것임을 예상했기 때문이며, 그는 자신이 필요로 하는 평화를 얻으려고 루이 14세의 역사적인 계략이라고 할 만한 것을 보트를레 군에게 사용했다고 할 수 있을 것입니다.

이리하여 우리들은 다음과 같은 결론에 도달하게 됩니다. 뤼뺑은 우리가 아는 것 이상으로 더 많이 알고 있지는 않으나 그의 독자적인 통찰력에 의해 암호 문서를 해독하기에 이르렀으며, 프랑스 왕들의 마지막 후계자로서 에귀유 크뢰즈에 관한 왕실의 비밀을 알기에 이른 것입니다.

기사는 여기서 끝나 있었다. 그러나 벌써 몇 분 전부터 에귀유 성에 관한 이야기께부터는 읽고 있는 것은 보트를레가 아니었다. 그는 자신의 패배를 깨끗이 인정하고, 굴욕감을 견디지 못하여 신문을 놓고 두 손으로 얼굴을 감싸고는 의자에 몸을 내던지고 있었던 것이다.

듣는 사람들은 이 이해할 수 없는 이야기에 흥분하여 숨을 몰아쉬며 점점 다가와, 마침내 그의 둘레에 모여섰다. 사람들은 그가 어떤 말로 대답할 것인가, 어떤 반대론을 들고 나올 것인가 하고 가슴을 두근거리며 기다리고 있었다.

그러나 그는 꼼짝도 하지 않았다.

바르멜라가 다정하게 그의 손을 떼내고 얼굴을 들게 했다.

이지도르 보트를레는 울고 있었다.

에귀유 조약

아침 4시, 이지도르는 학교로 되돌아가지 않았다. 그는 뤼빵에게 도전하여 둘 사이의 무자비한 싸움이 끝날 때까지는 돌아가지 않을 것이었다. 그는 이러한 것을 그의 친구들이 맥없이 축 늘어진 그를 자동차에 태우고 돌아가고 있을 때, 마음 속으로 남 모르게 맹세하였다. 분별없는 맹세! 어리석은 투쟁! 무기도 갖지 않은 소년 혼자서 저 정력과 능력의 화신이라 할 만한 사나이에 대해 무엇을 할 수 있다는 것인가? 어디서부터 공격할 것인가? 난공불락이다. 어디에 상처를 줄 것인가? 상대는 불사신이다. 어디서부터 덤벼들 것인가? 사람이 가까이 갈 수 없다.

아침 4시, 이지도르 소년은 장송 고등학교의 친구 집에 있었다. 방 안의 난로 앞에 서서, 대리석 위에 똑바로 팔꿈치를 세우고 두 손으로 턱을 괴며 그는 거울에 비치는 자신의 모습을 보고 있다.

그는 이제는 울고 있지 않았다. 그는 이미 울려고 하지도 않았고, 침대에서 몸부림을 치려 하지도 않았다. 두 시간 전처럼 절망에 빠져 있지도 않았다. 그는 생각하려 하고 있는 것이다. 생각하여 이해하려

하고 있는 것이다.

그 눈은 거울 속의 자기 눈을 뚫어지게 응시했다. 마치 생각에 잠겨 있는 자신의 모습을 유심히 봄으로써 사고력을 갑절로 늘리고, 풀기 어려운 문제의 해결책을 거울 속 자신의 모습 깊숙한 곳에서 찾아내려하고 있는 것 같았다. 6시까지 그렇게 하고 있었다. 그러는 동안 문제를 복잡하게 하거나 풀기 어렵게 하고 있던 자질구레한 일들은 사라져 버리고, 그의 마음 속에는 수학 방정식과도 같은 엄밀성을 지닌 간결하고도 명석한 형태가 떠올랐다.

그렇다, 그는 잘못 되어 있었다. 확실히 그 암호문의 해석은 잘못 되어 있었다. '에귀유'라는 말은, 크뢰즈 강 기슭에 있는 옛 성을 가리키고 있는 것이 아니다. 마찬가지로 '아가씨'라는 말도 레이몽드 드 생 벨랑이나 그 사촌을 뜻하는 것일 수 없었다. 왜냐하면 그 종이쪽지의 암호는 몇 세기나 전에 생긴 것이었기 때문이다.

그러니까 모두 다시 시작해야 한다. 그러나 어떻게?

확실한 자료는 단 한 가지뿐이다. 루이 14세 시대에 간행된 그 책자이다. 그런데 철가면이 된 사나이가 인쇄한 100부 가운데 타다 남은 것은 겨우 2부뿐이다. 그 가운데 하나는 근위 대위가 훔쳐 내어 없어졌다. 다른 하나는 루이 14세에 의해 보존되어 루이 15세에게 전해졌다가 루이 16세가 태웠다. 그러나 중요한 대목을 베껴 쓴 것은 마리 앙뜨와네뜨에게 전해져, 기도서 표지 밑에 감추어져 있을 것이다.

그 종이쪽지는 어떻게 되었을까? 보트를레가 손에 넣었다가, 뤼빵이 서기 브레도를 시켜 빼앗아 간 그것이 바로 그 쪽지였을까? 그렇지 않으면, 아직도 마리 앙뜨와네뜨의 기도서 속에 있는 것일까?

여기서 문제는 이렇게 된다——왕비의 기도서는 어떻게 되었는가?

보트를레는 잠시 쉰 다음, 옛 문서 수집가로 이름난 그의 친구 아버지를 찾아갔다. 그 사람은 비공식적이나마 종종 전문가 대우를 받았으며, 최근에는 프랑스의 어느 박물관장으로부터 목록을 작성하는 데 대한 의논을 받았을 정도였다.

"마리 앙뜨와네뜨의 기도서라고?"

이야기를 들은 그는 소리쳤다.

"그것은 왕비가 시녀를 통해 페르상 백작에게 넘겨 주어 보관하도록 했었지. 백작 집안에서는 소중하게 보관하다가, 5년 전부터 까르나발 박물관의 유리상자 안에 진열되어 있네."

"박물관은 몇 시에 문을 엽니까?"

"앞으로 20분 남았네."

전에 세비네 부인(17세기 프랑스의 귀족)의 저택이었던 박물관의 문이 열리자마자 이지도르 소년은 친구와 함께 자동차에서 뛰어내렸다.

"여어, 보트를레 군!"

여남은 명의 목소리가 그를 맞아 주었다. 놀랍게도 '에귀유 크뢰즈 사건'을 담당한 각 신문사의 기자들이 모두 와 있는 것이다. 그 가운데 한 사람이 외쳤다.

"정말 이상한데! 우리는 모두 똑같은 생각을 하고 있어. 이건 아르센 뤼빵이 우리 속으로 몰래 끼어들어왔는지도 모르겠는걸."

그들은 모두 안으로 들어갔다. 박물관장은 찾아온 뜻을 전해 듣자 쾌히 승낙하고, 그들을 유리 상자 앞으로 데리고 가서 허술한 책 한 권을 가리켰다. 그것은 곱게 꾸민 흔적 같은 것은 조금도 없었으며, 왕실에서 쓰던 물건다운 그림자조차도 남아 있지 않은 보잘것 없는 것이었다. 그래도 왕비가 비극으로 이어진 나날에 손수 만졌으며, 울어서 퉁퉁 부은 눈으로 바라본 책인가 하고 생각하자, 그들은 역시 감동되었다. 그리고 무언가 신성한 것을 대할 때처럼 그것을 들어 보거나 조사해 보기가 망설여졌다.

"보트를레 군, 그것은 자네가 할 일일세."

그는 겁먹은 태도로 그 책을 집어들었다. 책 모양은 예의 작은 책자를 지은이가 쓴 대로였다. 겉은 양피지 표지였다. 그 양피지는 손때가 묻어 더러웠으며 시커멓게 되었고 군데군데 닳아 있었다. 그 밑은 딱딱한 가죽이었고, 단단하게 제본되어 있다.

보트를레는 감추어져 있을 주머니를 떨리는 손으로 찾았다! 그것은 만들어 낸 이야기였는가? 아니면 루이 16세가 써서, 왕비의 손을 거쳐 그 친구에게 전해진 문서가 지금 발견될 것인가?

첫 페이지의 책 위쪽을 찾았으나 주머니는 없었다.

"없군."

그는 중얼거리듯 말했다.

"없는가?"

모두 입을 모아 물었다.

그런데 뒷표지를 펴고 그 곳을 조금 힘들여 문지르자, 곧 양피지가 벗겨졌다. 그는 급히 손가락을 집어넣었다…… 무언가가, 뭔가 닿는 것이 있다……종이였다.

"오!"

그는 힘차게 외쳤다.

"자, 보세요……있어요!"

"빨리 빨리 하게, 뭘 꾸물거리고 있나?"

모두들 한 마디씩 했다.

그는 둘로 접힌 종이쪽지를 꺼냈다.

"자, 읽어 봐. 붉은 잉크로 씌어 있군……마치 피 같구먼……색이 바랜 피같아. 자, 읽어!"

그는 읽었다.

"페르상에게 맡기노라, 나의 아들을 위해. 1793년 10월 16일, 마리 앙뜨와네뜨."

갑자기 보트를레는 놀라 소리쳤다. 왕비의 서명 밑에 있다, 있다……검은 잉크로 서명 끝의 장식문자까지 곁들인 두 개의 낱말이, '아르센 뤼뺑'이라고.

모두 번갈아 가면서 그 종이쪽지를 들고, 똑같은 말을 되풀이하여 중얼거리는 것이었다.

'마리 앙뜨와네뜨……아르센 뤼뺑'이라고. 그리고는 모두 입을 다물고 말았다. 기도서 속에서 발견된 이 두 개의 서명, 한 쌍이 된 두 개의 이름, 1세기가 넘게 전해내려온, 불쌍한 왕비의 필사적인 소망이 깃든 마지막 외침, 왕비의 목이 떨어진 1793년 10월 16일이라는 이 끔찍스러운 날짜, 이런 것들에는 사람의 마음을 잡아 흔드는 슬픈 것이 있었다.

"아르센 뤼뺑."

누군가가 중얼거리듯 말했다. 그 목소리는 이 귀중한 종이쪽지에 씌어 있는 악마와도 같은 이름을 한층 더 무시무시하게 했다.

"그렇습니다, 아르센 뤼뺑입니다."

보트를레가 대답했다.

"왕비의 친구는 죽어 가는 사람의 필사적인 호소를 이해할 수가 없었던 것입니다. 그는 자기가 사랑했던 왕비가 보내 준 기념품과 함께 살아 왔습니다. 그런데도 그 기념품이 어떤 것인지 꿰뚫어보지 못했던 것입니다. 그것을 뤼뺑이 간파한 것입니다. 그리고 훔친 겁니다."

"훔치다니, 무엇을?"

"말할 것도 없이 저 문서입니다! 루이 16세가 쓴 그 문서! 나는 그것을 손에 넣었었습니다. 똑같은 모양이었고, 붉은 봉랍도 똑같습니다. 뤼뺑이 어째서 저 문서를 내게 남겨 두고 싶어하지 않았던가를 이제야 알았습니다. 내가 저 문서의 봉랍 따위를 조사하기만 해도, 그것을 이용할 수 있었기 때문입니다."

"그래서?"

"나는 지금 그 문서가 진짜라는 것을 알고 있고, 붉은 봉랍의 흔적도 보았고, 마시방 씨가 인용한 작은 책자의 내용이 모두 정확하다는 것은 마리 앙뜨와네뜨 자신이 직접 쓴 이 글씨로 증명되었고, 에귀유 크뢰즈의 역사상의 문제는 정말로 존재하고 있는 것이니까 나는 성공할 확신이 있습니다."

"어떻게 말인가? 알겠나, 문서가 진짜이건 가짜이건 자네가 그것을 찢어 버리지 않았다 하더라도 아무런 소용도 없는 일이 아닌가? 왜냐하면 루이 16세가 그 설명이 씌어 있는 책을 태워 버리고 말았으니 말일세."

"그렇습니다. 그렇지만 루이 14세의 근위 대위가 불 속에서 꺼낸 한 권만은 무사히 남아 있을 겁니다."

"그것을 어떻게 알 수 있나?"

"남아 있지 않다는 말을 아무도 하지 않기 때문입니다."

보트를레는 입을 다물었다. 그리고 생각을 정리하려는 듯 눈을 감고 있더니, 조금 뒤 천천히 말하기 시작했다.

"비밀이 담긴 책을 손에 넣은 근위 대위는 그 책을 조금씩 베껴쓰기 시작했습니다. 그것을 대위의 증손자가 발견했을 것입니다. 그런데 거기서부터가 분명하지 않습니다. 수수께끼를 풀 열쇠가 없습니다. 어째서일까요? 그는 그 비밀을 이용한다는 유혹에 조금씩 마음이 움직여서, 마침내 그럴 생각이 들었던 것입니다. 증거 말입니까? 그가 살해된 것이 증거입니다. 그가 살해되었을 때, 훌륭한 보석을 몸에 간직하고 있었다는 것은 틀림없이 이 왕실의 보석을 꺼낸 것이 틀림없습니다. 그것이 감추어졌던 곳은 아무도 알지 못하기 때문에, 그것이 에귀유의 비밀이 되어 있는 것입니다. 뤼뺑이 그것을 나에게 알려 준 겁니다. 그는 절대로 거짓말을 한 것이 아닙니다."

"그래서, 자네의 결론은?"

"제 결론은 이렇습니다. 이 이야기에 대해 대대적인 선전을 합니다. 그리고 우리가 《에귀유 크뢰즈의 비밀》이라는 표제가 붙은 책을 찾고 있다는 것을 세상에 알리는 것입니다. 어쩌면, 어느 시골 도서관 깊숙한 곳에서 나올지도 모르는 일이니까요."

재빨리 원고가 만들어졌다. 그리고 보트를레는 그 결과가 나타날 때까지 기다릴 것도 없이 곧 일을 시작했다.

경로에 대한 단서는 잡혔다. 살인 사건이 일어난 것은 가이용 부근이었다. 그는 그날 안에 그 거리로 갔다. 물론 그는 2백 년이나 옛날에 행해졌던 범죄를 정확하게 조사할 수 있으리라고 기대하고 있었던 것은 아니었다. 그러나 그래도 사람들의 기억이나, 지방에서 전해지고 있는 이야기 속에 흔적이 남아 있는 죄악이라는 것이 있기 마련이다.

그는 형무소의 기록이며, 재판소나 교구의 기록, 지방의 연대기, 지방 아카데미에 제출된 연구 보고 등을 닥치는 대로 조사했다. 그러나 17세기에 근위 대위가 암살된 데 대한 암시 같은 것은 아무 데도 적혀 있지 않았다.

그는 낙담하지 않고, 아마도 사건을 지휘했으리라고 생각되는 빠리 방면에까지 조사를 진행시켰다. 그래도 그의 노력은 열매를 맺지 못했다.

이번에는 다른 경로를 생각하여 새로운 방향으로 향했다. 공과국에 근무하고, 루이 16세가 감금되었을 때는 땅뺄 탑에 파견되었으며, 그 뒤 나폴레옹을 섬겼던 사나이의 증조부인 그 근위 대위의 이름을 조사하기 시작했다.

애쓴 보람이 있어 드디어 그는 적어도 똑같아 보이는 이름을 둘 알아 낼 수 있었다. 루이 14세를 섬긴 드 라르베리 씨와 공포 정치 시대의 시민 라르브리 씨이다.

이것만도 중대한 일이었다. 그는 이 라르베리나 그 자손에 대해 정보를 제공해 줄 사람은 없겠느냐고 각 신문에 기사를 보내, 확인해 줄 것을 부탁하기로 했다.

그에게 답장을 보내온 이는 예의 작은 책자에 대해 썼던 학사원 회원인 마시방 씨였다.

삼가 알려 드립니다.

당신의 참고가 될까 하여 볼데르(18세기 프랑스의 계몽사상가 1694~1778)가 지은 《루이 14세 시대》 가운데의 한 절(제25장 그 치세의 특별 기사와 일화)을 요약해서 알려 드리겠습니다. 이 일절은 각종 판에서는 삭제되어 있는 것입니다.

'내가 일찍이 재무상이며 대신인 샤밀라르의 친구였던 고 꼬마르 땅 씨로부터 들은 이야기에 의하면, 왕은 어느 날 드 라르베리 씨가 암살되었는데 훌륭한 보석을 가지고 있었다는 소식을 받고는 허둥지둥 마차로 어딘지 행차했다가 돌아와서 '모든 것은 끝났다……실패했다……'라고 되풀이하면서 몹시 가슴아파하며 걱정하였다는 것이었다. 다음 해, 이 라르베리의 아들과 베리느 후작에게 출가했던 딸은 프로방스와 브르따뉴의 자기들 영지로 각각 추방되었다. 거기에는 무언가 특별한 사정이 있었을 것이다'라고 되어 있습니다. 이에 덧붙여 말하고자 하는 것은――볼떼르에 의하면, 샤밀라르 씨는 기괴한 철가면의 비밀을 알고 있었던 재상이니만큼, 더욱 확실한 것으로 생각된다는 것입니다.

당신은 이 한 절에서 어떤 이익을 끌어 낼 수 있는지, 또 두 가지 사건 사이에 어떤 관계가 있는지 아실 것입니다. 나로서는 이 사이에서의 루이 14세의 행동과 혐의와 추측에 대해서는 그다지 분명한 말을 할 수 없습니다. 그러나 다른 한편으로 드 라르베리 씨에게는 아마도 시민 라르베리 씨의 조부가 된 아들과 딸 하나가 있었던 것으로 보아, 라르베리가 남긴 서류의 일부가 그 딸에게 전해졌고 그러한 서류 가운데 불 속에서 꺼낸 문제의 책자가 있었다고 생각할 수는 없을까요?

나는 귀족연감을 조사해 보았던 바, 렌느 부근에 베리느라는 남작이 있다는 것을 알았습니다. 이것은 후작의 자손이 아닐까요?

아무튼 나는 시험삼아 어제 그 남작에게 편지를 보냈습니다. 혹시 표제에 에귀유라는 글자가 든 책을 갖고 있지 않는가 어떤가를 물어 본 것입니다. 지금 그 답장을 기다리고 있는 참입니다. 이런 일들에 대하여 좀 더 당신과 이야기할 수 있으면 기쁘겠습니다. 괜찮으시다면 오십시오.

추신――물론 나는 이런 조그마한 발견 같은 것을 신문에는 알리지 않으렵니다. 당신이 목적한 바에 다가가고 있는 지금, 신중하게 행동할 필요가 있기 때문입니다.

보트를레도 이 말에는 완전히 그와 같은 생각이었다. 아니, 그 이상의 일을 했다. 그 날 아침, 두 신문기자가 너무 귀찮게 묻기에 전혀 터무니없는 거짓말로 속였을 정도였다.

오후에 보트를레는 급히 볼떼르 강변 17번지에 사는 마시방 씨의 집으로 달려갔다. 그런데 마시방은 급한 볼일로 외출했다는 편지를 놔두고 집에는 없었다.

이지도르 소년은 겉봉을 찢고 읽었다.

얼마쯤 희망을 가질 수 있는 전보를 받았기 때문에 출발합니다. 렌느에 머무를 예정입니다. 당신은 오후 열차로, 렌느에서 내리지 말고 베리느 역까지 가시는 것이 좋겠습니다. 그 곳에서 4킬로미터 거리에 성이 있으니, 그 곳에서 만나기로 합시다.

이 계획은 보트를레의 마음에 들었다. 그래서 친구 집으로 돌아와 몇 시간을 지내고 저녁때 브르따뉴로 가는 급행열차를 탔다. 그리고 아침 6시에 베리느에서 내렸다. 그리고 나무가 울창한 숲 속을 4킬로미터 걸었다. 저만큼 멀리 높은 곳에 넓은 저택이 보였다. 르네상스식과 루이 필립 식이 섞인 상당히 복잡해 보이는 건물이었지만, 그래도 역시 당당한 것이었다. 그는 즐거운 마음으로 자신만만하게 초인종을 눌렀다.

"무슨 일이십니까?"

하인이 입구에 나타나 공손히 절했다.

"베리느 남작을 뵙고 싶습니다만."

그렇게 말하고 명함을 내놓았다.

"남작께선 아직 주무시고 계시니까, 부디 잠깐만 기다려 주십시오."

"허리가 조금 굽고 수염이 하얀 분이 나보다 먼저 오시지 않았던가요?"

신문에 났던 사진으로 마시방을 알고 있던 보트를레가 이렇게 묻자

"네, 그분께선 10분쯤 전에 오셔서 응접실로 안내해 드렸습니다"라는 대답이었다.

마시방과 보트를레의 만남은 매우 정다워 보였다. 두 사람은 예의 문서에 관한 이야기며 지금부터 보려고 하는 책에 대한 것 등에 대해 이야기했으며, 마시방은 또 베리느 씨에 대해 알고 있는 것을 되풀이하여 이야기했다. 남작은 60살이었으며, 줄곧 혼자 생활을 계속하다가 지금은 딸인 가브리엘 드 비르몽과 함께 살고 있었다. 그것은 딸이 최근 자동차 사고로 남편과 맏아들을 한꺼번에 잃었기 때문이다.

"남작께서 만나시겠다고 하십니다."

하인은 두 사람을 2층의 넓은 방으로 안내했다. 벽에는 아무런 장식도 없었으며, 다만 책상과 테이블 위에 서류가 쌓여 있을 뿐이었다. 남작은 그다지 찾아오는 사람이 없는 모양으로, 상냥하게 두 사람을 맞으며 고독한 사람이 흔히 그렇듯이 많은 말을 했다. 그래서 두 사람은 방문한 목적을 이야기할 수 없어 매우 난처했다.

"아참! 그랬지요. 마시방 씨는 그 일에 관해 편지를 보내 주셨었지요. 미안한 일이지만 나는 신문을 잘 읽지 않아요. 아마도 에귀유에 대한 것을 쓴 책이 조상으로부터 전해 내려 오지 않은가 하는 말씀이셨지요?"

"그렇습니다."

"사실 나는 조상들과 사이가 좋지 않아요. 아무튼 그 즈음의 사람들은 이상한 생각을 가지고 있었으니까요."

"그렇겠군요."

보트를레는 마음이 조마조마하여 말참견을 했다.

"그런데 남작께서는 그 책을 보신 일이 없으십니까?"

"아니오, 있지요. 그래서 나는 마시방 씨에게 전보를 쳤던 겁니다.

분명히 있어요……적어도 딸아이는 서고에 있는 몇천 권이나 되는 옛 책 가운데서 그런 제목이 붙은 것을 본 적이 있다더군요. 아무튼 나는 독서라는 것이 질색이어서……나는 아무것도 읽지 않아요 ……딸아이는 가끔 읽더군요. 그것도 살아남은 죠르즈가 건강할 때……그리고 나의 소작료나 임대료에 귀찮은 일이 생기지 않을 때지요. 저게 내 장부랍니다. 난 저 서류 속에서 살고 있지요."

이지도르 보트를레는 이런 넋두리가 도무지 견딜 수 없어서 느닷없이 말을 가로챘다.

"실례입니다만, 남작. 대체 그 책은 지금……."

"아참, 그렇군. 한 시간인지 두 시간 전에 딸아이가 찾아 놓았소."

"어디에 있습니까?"

"어디에라니?…… 보시오, 그 테이블 위에 놓아 두었잖소……보시오, 저기……."

이지도르는 벌떡 일어났다. 테이블 끝 쪽에 산더미처럼 쌓인 서류 위에 붉은 가죽 표지로 된 작은 책이 있었다.

그는 그 책을 향해 움켜쥔 주먹을 눌러 댔다. 마치 온 세상의 어느 누구도 만지지 못하게 하겠다는 듯이. 그러면서도 선뜻 집어들지 못하는 것 같았다.

"왜 그러지요?"

마시방도 흥분해서 외쳤다.

"있습니다……이거에요."

"그렇지만 표제는……확실한가요?"

"확실하고말고요! 보십시오."

이지도르는 모로코 가죽에 새겨진 금 글씨를 가리켰다――'에귀유 크뢰즈의 비밀'

"맨 첫 페이지……제1페이지에 뭐라고 되어 있나요?"

"읽겠습니다——'에귀유 크뢰즈의 모든 진실이 처음으로 발표되다. 궁정의 계몽을 위해, 이에 지은이 자신이 100부를 인쇄한 것임.'"

"그거요, 그거요."

마시방도 흥분한 목소리로 중얼거리듯 말했다.

"불 속에서 꺼낸 책이다. 루이 14세가 금지한 책이다!"

두 사람은 책장을 넘겼다. 처음 절반은 라르베리 대위가 베껴쓴 것과 같은 것이 씌어 있었다.

"이것은 그대로 넘깁시다."

해결을 서두르고 있는 보트를레는 말했다.

"앞으로 나간다고? 천만에. 이 대목은 재미있는 대목이오. 잔느 다르끄가 화형에 처해진 진정한 까닭을 알 수 있을 것 아니겠소……생각해 보시오! 그렇다면 철가면의 남자는 프랑스 왕실의 비밀을 알고 있었기 때문에 투옥된 거요. 이것 참 재미있군!"

"자아! 그런 것은 나중에 하십시오."

보트를레가 가로막았다. 마치 그렇게 하다가 비밀이 밝혀지기도 전에 책이 손가락 사이로 빠져 없어지기라도 할 것처럼 생각된 듯이.

"아직 시간이 있으니까, 나중에. 우선 설명부터 읽기로 하지요."

보트를레가 말했다.

갑자기 보트를레는 읽기를 멈췄다. 그 문서! 왼쪽 페이지 한복판에 점과 숫자로 된 기묘한 다섯 행을 보았기 때문이다. 언뜻 보기에도 그는 그것이 그가 그토록 연구한 예의 종이쪽지와 같다는 것을 알 수 있었다. 기호의 순서도 같았다. '아가씨'라는 말을 독립시킨 것도 같고, 에귀유와 크뢰즈라는 두 낱말을 따로따로 나누어 쓰고 있는 간격도 같았다.

그 앞에 조그마한 설명이 붙어 있었다——'이 암호를 푸는 데 필

요한 정보는 루이 13세에 의해 다음에 실은 작은 표에 요약된 것과 같다.'

그리고 이어서 표가 나오고, 그 표의 설명이 있었다.

보트를레는 자칫 끊어지기 쉬운 목소리로 그것을 읽었다.

"보는 바와 같이, 이 표는 숫자를 모음으로 바꾸어도 해결되지 않는다. 이 수수께끼를 풀기 위해서는 우선 수수께끼를 알고 있어야만 한다고 말할 수 있을 것이다. 이것은 미궁의 작은 길을 알고 있는 사람들에게 주어진 안내의 실에 지나지 않는 것이다. 이 실을 의지하여 나가라, 내가 안내해 주리라."

우선 제4행이다. 제4행은 수단과 지시를 포함하고 있다. 지시에 따르고 수단을 강구하기만 하면, 저절로 목적에 이를 수 있다. 다만 물론 자기가 어디에 있으며 어디로 가는지, 다시 말해서 에귀유의 진정한 의미를 알고 있어야만 한다. 이것은 처음 3행에 의해 알 수 있다. 제1행은 국왕에 대해 복수하기 위한 것으로, 나는 우선······여기서 보트를레는 어물어물 말을 끊었다.

"왜 그러지요?"

마시방이 말했다.

"뜻을 알 수 없군요."

"딴은 그렇군. '제1행은 국왕에 대해 복수하기 위한 것으로, 나는 우선······' 이것은 어떤 뜻일까?"

"제기랄!"

"왜 그러오?"

"찢어졌어요. 두 페이지가 찢어졌어요. 이 다음의 두 페이지가 없어졌어요······ 이 찢긴 자국을 보세요."

노여움과 실망으로 그는 몸을 와들와들 떨고 있었다. 마시방이 몸을 수그리며 말했다.

"과연 그렇군. 찢은 자리가 아직도 새롭군요. 칼로 자른 것이 아니라, 찢은 거요……. 거칠게도 찢었구먼. 자, 보시오, 남은 페이지도 모두 쭈글쭈글하지 않소."

"그런데 누가, 누가 그랬을까?"

이지도르는 주먹을 움켜쥐면서 말했다.

"하인이 녀석의 부하란 말인가?"

"어쩌면 몇 개월 지났는지도 모르지……."

마시방은 들여다보며 말했다.

"아무튼……누군가가 이 책을 찢어 가지고 도망친 것만은 확실해요……남작."

보트를레는 말했다.

"남작께선 무언가 아는 게 없습니까? 누군가 수상한 이는 없었습니까?"

"딸아이에게 물어 볼까요?"

"그래요……그래요, 그게 좋겠군요."

베리느 씨는 하인을 부르러 보냈다. 오래지 않아 비르몽 부인이 들어왔다. 아직도 젊은데, 퍽 쓸쓸해 보이는 얼굴이었다.

"부인께선 이 책을 서고 안에서 찾으셨다지요?"

"네, 끈으로 여러 번 묶은 책 속에 있었어요."

"그래서 읽으셨나요?"

"네, 어젯밤."

"읽으셨을 때, 이 두 페이지는 역시 없었나요? 잘 생각해 보십시오. 이 숫자와 점으로 된 표 다음의 두 페이지 말입니다."

"아니에요, 그렇지 않아요."

부인은 깜짝 놀라서 말했다.

"페이지가 빠져 있다니, 그렇지 않았어요."

"그러면 그 뒤에 누가 찢은 거로군."

"하지만 이 책은 어젯밤 내내 제 방에 있었는걸요."

"오늘 아침에는?"

"오늘 아침에는 마시방 씨께서 오신다기에 여기 놓아 두었어요."

"그리고?"

"그 다음은 전 몰라요……다만……."

"뭡니까?"

"죠르즈……제 아들인데요……죠르즈가 오늘 아침 이 책을 가지고 놀고 있었어요."

부인은 급히 나갔다. 곧 보트를레도, 마시방도, 남작도 그 뒤를 따랐다. 어린아이는 방에 있지 않았다. 여기저기 찾아다닌 끝에, 저택 뒤뜰에서 놀고 있는 것을 가까스로 찾아 냈다. 그러나 세 어른들이 흥분하여 너무 끈질기게 묻기 때문에, 어린아이는 그만 울음을 터뜨리고 말았다. 모두들 이리 뛰고 저리 뛰며 하인과 하녀에게 묻기도 하고 그 근방을 두루 살피기도 하며, 온통 소란을 피웠다. 그리고 보트를레는 진실이 정말로 손가락 사이로 물이 새는 듯이 흘러가 버리는 것이 아닌가 하는 생각이 들어 슬그머니 무서워졌다. 그래서 마음을 고쳐먹고, 비르몽 부인의 팔을 움켜쥐고 남작과 마시방과 함께 객실로 들어왔다.

"그 책은 불완전합니다. 다시 말해서 두 페이지가 찢겨져 있어요…… 그러나 부인, 당신은 찢겨 나간 두 페이지에 씌어 있는 것을 읽으셨겠지요?"

"그래요, 읽었어요."

"어떤 말이 씌어 있었는지 말씀해 주실 수 없을까요?"

"좋아요. 전 아주 재미있게 모두 다 읽었어요. 특히 그 페이지는 흥미있었어요. 진상을 폭로하는 대목이……."

"그럼 부인, 부디 말씀해 주십시오. 그 진상은 참으로 중대합니다. 부디 이야기해 주십시오. 조금이라도 늦어지면 되돌릴 수 없게 되고 맙니다. 에귀유 크뢰즈는……."

"어머, 그건 어렵지 않은 일이에요. 에귀유 크뢰즈라는 것은……."

바로 그때, 하인이 들어왔다.

"부인, 편지가……."

"어머나, 배달하는 시간은 훨씬 지났는데 웬일일까?"

"남자아이가 가지고 왔습니다."

부인은 그 편지의 겉봉을 뜯고 읽기 시작했는데, 순식간에 얼굴이 새파랗게 질리며 한 손으로 가슴을 움켜쥐고 당장에라도 쓰러질 것 같았다.

편지는 바닥으로 떨어졌다. 보트를레는 얼른 그것을 주워 양해를 구하려고도 하지 않고 죽 훑어보았다.

'말하지 말라……그렇지 않으면 당신의 아들은 잠이 든 채 영원토록 깨어나지 못할 것이다.'

"아이가……아이가……."

부인은 다만 그렇게 중얼거릴 뿐, 도우러 갈 기력조차도 없었다.

"별일 없을 겁니다……그냥 협박해 보았을 겁니다……그렇게 하여 누구의 이익이 되겠습니까?"

"적어도 뤼뺑이라면 하고도 남지."

마시방이 옆에서 말참견을 했다.

보트를레는 그에게 아무 말도 하지 말라고 눈짓했다. 적이 저택 안에 침입해 있다고 생각했기 때문이다. 주의깊게 모든 일에 단호한 결의를 갖고 대처해야 한다. 그렇기 때문에 한시라도 빨리 부인의 입에서 비밀을 풀 이야기를 듣고 싶었던 것이다.

"부인, 부디 마음을 가라앉히십시오. 절대로 위험한 일은 없을 겁니다.”

부인은 이야기할 것인가? 그는 그렇게 생각하고, 그렇게 되기를 기대했다. 부인은 대여섯 가지 낱말을 입 안에서 우물우물 말했다. 그때, 다시 문이 열리더니 이번에는 하녀가 들어왔다. 하녀는 말할 수 없을 정도로 이성을 잃고 있는 것 같았다.

“마님……죠르즈 도련님이……죠르즈 님께서…….”

부인은 그 말을 듣자, 정신이 번쩍 들었다. 어머니의 본능으로 그녀는 누구보다도 재빠르게 계단을 구르듯 뛰어내려가, 대기실을 지나 테라스 쪽으로 달렸다. 거기에는 어린 죠르즈가 의자에 축 늘어져 있었다.

“어머, 어떻게 된 거지? 자고 있잖아!”

“갑자기 잠이 드셨습니다, 마님.”

하녀는 말했다.

“제가 흔들어 깨워 방으로 모셔 가려고 했는데, 손이……손이 싸늘해져 있었습니다.”

“뭐라고? 손이 차다고!”

어머니는 그렇게 중얼거리듯 말하고 아이를 만져 보았다.

“정말이야……아아, 하나님. 제발 깨어나도록 해주십시오!”

보트를레는 손을 살그머니 주머니에 넣어 권총을 움켜쥐고, 집게손가락을 방아쇠에 대고 느닷없이 마시방을 향해 발사했다.

마시방은 아까부터 젊은이의 눈치를 살피고 있었던 모양으로 몸을 홱 비켰다. 그러나 재빨리 보트를레는 상대방에게 덤벼들며 하인들에게 소리쳤다.

“도와 줘! 이자가 바로 뤼빵이다!”

사납게 덤벼들자 뤼빵은 등의자에 쓰러졌다.

그러나 7, 8초쯤 지나서 그는 일어났고, 이번에는 보트를레 쪽이 짓눌리어 목을 졸렸다. 마시방은 보트를레의 권총을 빼앗아 손에 움켜쥐었다.

"됐어! 이젠 됐어……꼼짝 마라. 앞으로 2, 3분만 참으면 된다…… 그 이상은 걸리지 않는다. 그러나 나를 알아보는 데 너무 많은 시간이 걸렸군. 마시방으로 둔갑하는 데, 마시방의 목이라도 베어다 붙일 필요가 있겠는가?"

뤼뺑은 일어났다. 그리고 너무나도 놀라 꼼짝도 못하고 있는 남작을 돌아보면서 비웃었다.

"이지도르, 자네는 서투른 짓을 했네. 나를 보고 뤼뺑이니 어쩌니 하지 않았다면, 이 자들은 내게 달려들었을 걸세. 그렇게 했다면 나도 위험했지! 4대 1인걸."

그리고 하인들 쪽으로 가까이 갔다.

"이봐, 모두들 그렇게 무서워할 것 없다. 거친 짓은 하지 않을 테니까……사탕이라도 빨고 있어! 아참! 자네로군! 자, 100프랑 내놓게. 똑똑히 얼굴을 기억하고 있어. 아까 부인께 편지를 전해 달라고 자네에게 돈을 주었었지? 자, 빨리 내놓으라고, 쓸모없는 놈……."

뤼뺑은 하인이 내민 지폐를 받더니 갈기갈기 찢어 버렸다.

"배신자의 돈 같은 것은 손이 더러워지거든."

그는 모자를 집어들고 비르몽 부인에게 공손히 절했다.

"부인, 용서하십시오. 이렇게 그때그때 임기응변으로 생활하고 있는 저같은 사람은, 때로는 자신도 부끄럽게 생각할 정도로 심한 짓을 해야 되는 일이 있답니다. 그러나 아드님에 대해서는 염려하지 마십시오. 간단한 주사였으니까요. 아까 모두 아이에게 여러 가지 이야기를 물어 볼 때 슬쩍 팔에 주사했습니다. 한 시간쯤 지나면 아무렇지도 않을 겁니다……거듭 깊이 사과드립니다. 아무튼 저는 부인께서 잠자코 계시기를 바랍니다."

그는 다시 절하고 나서 베리느 남작을 보며 여러 가지로 폐가 많았노라고 말하고, 담배에 불을 붙여 한 대를 남작에게 권하고 나서 지팡이를 집어들었다. 그런 다음 모자를 한 바퀴 삥 돌리고는 보트를레를 보고 마치 보호자 같은 말투로 "잘 있거라, 아가야!"라고 말하고, 하인들의 코끝에 담배 연기를 훅 불어 주고서 유유히 사라졌다.

보트를레는 몇 분 동안 기다렸다. 비르몽 부인도 조금 마음이 차분해졌으므로, 아이를 간호하기 시작했다. 그는 이제 마지막으로 다시 한 번 부인에게 부탁하려고 부인 쪽으로 걸어갔다. 두 사람의 눈이 마주쳤다. 부인의 눈을 보자, 그는 아무 말도 할 수 없었다. 이제 부인은 어떤 일이 일어나더라도, 결코 말하지 않을 것이라는 걸 알 수 있었기 때문이다. 에귀유의 비밀은 여기서도 또, 과거 어둠 속에 묻혀 있었던 것과 마찬가지로 이 어머니의 머릿속 깊숙이 묻혀 버리고 말았던 것이다.

그래서 그는 모든 것을 단념하고 그 곳을 떠났다.

10시 반이었다. 11시 50분에 떠나는 열차가 있었다. 보트를레는 천천히 정원의 오솔길을 걸어 역으로 가는 길로 나갔다.

"그런데 자네는 그 여자를 어떻게 생각하나?"

갑자기 마시방, 아니 뤼뺑이 길가 풀숲에서 나오며 물었다.

"어떤가, 잘 꾸몄지? 위험한 줄타기의 명수라고 생각하지 않나? 틀림없이 도무지 무슨 영문인지 모를 테지. 그리고 학사원 회원인 마시방이라는 사람은 없었다고 생각할테지? 그렇지만 그렇지 않아, 엄연히 있다네. 만약 자네가 얌전하게 굴면 보여 주어도 좋아. 자, 자네의 권총일세. 그것을 주머니에 넣고 빠리까지 따라오게나. 내 차에 태워 주겠네."

그렇게 말하고, 뤼뺑은 손가락을 입에 대고 휘파람 소리를 냈다.

"웃었다! 웃었어!"

뤼뺑은 기쁜 듯이 외쳤다.

"알겠나, 아가야. 자네를 울리려면 못할 것이 없어. 내가 어떻게 하여 자네가 조사하는 뒤를 밟았는지 알고 있나? 마시방이 자네에게 써보낸 편지며, 오늘 아침 베리느의 저택에서 만난다는 것을 어떻게 알았는가 말일세. 모두 자네의 친구, 자네가 머무르고 있는 집의 친구에게서 알아냈다네……자네는 그 어리석은 친구에게 뭐든지 다 말하더군. 그러면 그 바보는 뭐든지 다 친구들에게 떠벌리고 만단 말일세……대체 자네에게 무슨 말을 했더라? 뭘, 이것이 모두일세……사실 자네는 참으로 귀엽네……정말 꼭 안아 주고 싶을 정도로 귀여워. 자네의 그 언제나 깜짝 놀라는 듯한 눈매가 아주 인상적이야."

자동차 모터의 헐떡이는 듯한 소리가 바로 가까이에서 들렸다. 뤼뺑은 다짜고짜 보트를레의 팔을 움켜쥐고 뚫어지게 쏘아보면서 말했다.

"이번엔 얌전하게 굴 테지? 이제는 어떻게도 해볼 수 없다는 것을 잘 알았겠지? 그렇다면 정력을 허비하고 시간을 헛되이 쓴들 무엇 하겠나? 세상에는 도둑놈이 얼마든지 있네……그놈들을 쫓기로 하고 내게서는 손을 떼는 게 어떤가? 그렇지 않으면, 알겠지?"

뤼뺑은 자신의 기분을 억지로 상대방에게 강요하는 것처럼, 보트를레의 몸을 흔들며 이렇게 말했으나 그 뒤에 쓸쓸하게 웃었다.

"나도 참 어리석군. 자네가 나를 그대로 내버려 둘 만한 그런 사람인가 말일세! 자네는 주저앉을 사나이가 아니야……아! 나는 어째서 이렇게 모질지 못한지 모르겠군. 자네를 꽁꽁 묶어 재갈을 물리는 것쯤 아무것도 아닌데 말야. 그리고 내 조상들인 프랑스 대대의 왕들이 준비해 준 평화로운 은신처에 틀어박혀, 친절하게도 나를 위해 남겨둔 재보를 즐길 수 있는데……아니, 틀렸어. 나는 끝까지 서투른 짓을 하여 괴로워할 운명을 타고난 걸세. 하는 수 없네. 누구에게나 약점은 있는 법일세. 나는 자네에 대해 약점이 있네…… 게다가 아직 사실이 되어 나타난 것은 아닐세. 이제부터 자네가 에귀유 크뢰즈의 실마리를 발견할 때까지는 아직 여러 가지 일이 있을 걸세…… 시간도 많이 걸릴 거야. 뭐, 이 뤼뺑이 열흘이나 걸린 일이니까 자네 정도라면 10년쯤 걸리겠지. 우리 두 사람 사이에 그 정도의 차이는 있으니까. "

자동차가 가까이 왔다. 대형 고급차였다. 뤼뺑이 문을 연 순간 보트를레는 외마디 소리를 질렀다. 차 안에 한 사나이가 있었는데, 그것은 뤼뺑, 아니 마시방이었던 것이다.

뤼뺑은 곧 젊은이의 놀라움을 알아차리고 배를 움켜쥐고 웃었다.

"사양할 필요없네. 잘 자고 있으니까. 아까 만나게 해주겠다고 약속했지? 이것으로 사정을 알 수 있겠나? 나는 자네가 성에서 마시방 씨를 만나는 것을 밤중에 알았다네. 아침 7시에는 여기에 도착했지. 마시방이 지나가는 것을 기다리면 되는 것이었네! 그런 다음 잠깐 따끔하게……그것으로 끝난 걸세! 잘 주무시오, 영감. 둑 위에라도 내려 주어야겠군. 춥지 않도록 햇볕이 잘 드는 양지쪽이 좋겠어……그리고 내 모자를 손에 들게 하고! 부디 한 푼 줍쇼, 라고 말일세……아아! 마시방 노인, 뤼뺑으로 변장하다! "

두 마시방이 마주보고 있는 것은 정말 우스꽝스러웠다. 한쪽은 깊은 잠에 떨어져 머리를 건들거리고 있고, 또 한편은 의젓하게 긴장과 경의에 차 있다.

"자, 여러분, 급히 가야 하네. 어서 타게나, 이지도르 군……운전사, 좀 더 속도를 내요. 150킬로미터밖에 안 내고 있잖아. 여보게

이지도르 군, 인생은 단조롭다느니 하는 사람이 있는데, 그러나 인생은 아주 기막힌 것일세. 다만 알 필요는 있지. 나는 인생을 잘 아네. 아까도 성에서 자네가 베리느 노인과 이야기하는 동안에 나는 창가로 가까이 가서 저 역사적인 책의 책장을 찢었는데, 그 때는 그다지 기분이 좋지 않았네! 그 뒤에 자네가 에귀유 크뢰즈에 대해 비르몽 부인에게 물었을 때도! 부인이 과연 이야기할까? 그렇다, 말하겠지, 아니, 말하지 않을 거야……글쎄 어느 쪽일까? 소름이 오싹 끼치더군…… 만약 부인이 모두 이야기한다면 내가 쌓아온 기반은 완전히 허물어지고 처음부터 생활을 다시 해야 해. 게다가 하인이 시간을 맞추어 나타날 것인가? 나타나겠지……아니, 시간이 안 맞을지도 몰라. 어! 왔다……그러나 보트를레가 내 가면을 벗기고 말겠지……아니, 절대로! 저런 멍청이가…… 그러나 어쩌면……뭐, 괜찮겠지…… 아니 틀렸어……어쩌면……곁눈질을 하는군. 안 되겠다. 권총을 꺼낸다……아아! 참 재미있구나! 이지도르 군, 자네는 너무 말이 많아. 자, 잠이나 자 볼까? 나는 졸린데. 자네도 자게나."

보트를레는 뤼빵을 가만히 지켜보았다. 벌써 잠이 들려고 하고 있다. 아니, 잠자고 있었다.

자동차는 나는 듯이 전속력으로 지평선을 향해 돌진했다. 거리도 마을도 밭도 숲도 눈에 보이지 않을 정도의 속도였다. 보트를레는 강한 호기심에서, 또 가면 너머의 진짜 얼굴을 꿰뚫어보아 두어야겠다는 생각으로 이 동승자의 얼굴을 오래 오래 지켜보고 있었다. 그리고 또 지금 이 자동차 속에 이렇게 나란히 둘이 마주앉게 된 이제까지의 경위를 생각하고 있었다.

그러나 그러는 동안 아침부터의 흥분과 실망 뒤의 피로감으로 그도 또한 잠에 곯아떨어지고 말았다.

그가 잠에서 깨어났을 때 뤼빵은 책을 읽고 있었다.

책의 제목을 보려고 보트를레는 몸을 굽혔다. 그것은 철학자 세네카의 《루키리우스에게 보내는 서간》이었다.

케사르로부터 뤼빵에게로

'뭐, 이 뤼빵도 10일이나 걸렸으니까 자네라면 10년은 걸릴 걸세!'

베리느 성을 떠날 때 뤼빵은 이렇게 말했는데, 이 말은 보트를레의 행동에 큰 영향을 미쳤다. 뤼빵은 매우 냉정하여 곧잘 자신의 감정을 억눌렀지만, 그래도 때로는 얼마쯤 로맨틱하여 연극조로 말하기도 하고 어린아이처럼 흥분하는 일도 있었다. 그럴 때 뤼빵이 하는 고백이나 말을 보트를레 소년은 교묘하게 이용할 수가 있는 것이다.

일이 옳고 그른 것은 별도로 하고 보트를레는 이 말 가운데서 그러한 무의식적인 고백을 발견했다고 생각했다. 그는 이런 결론에 도달했다. 즉 뤼빵이 에귀유 크뢰즈의 진상을 밝히고자 하는 자신의 노력과 보트를레의 노력을 비교하여 말한 것은 목적에 이르는 길이 하나밖에 없다는 것을 가리키고 있는 것이다. 뤼빵 역시 적수가 가지고 있는 것과는 다른 성공의 요소 같은 건 갖고 있지 않은 것이다. 두 사람에게 성공의 기회는 같은 것이다. 그리고 같은 성공의 기회와 요소가 주어졌을 때 뤼빵으로서는 열흘이면 충분하다는 것이었다. 그러한 요소나 기회란 대체 어떤 것일까? 그것은 1815년에 간행되었다는 작은 책자로서, 그것을 뤼뺑은 아마도 마시방과 마찬가지로 우연히 발견했을 것이다. 그리고 그 덕분에 마리 앙뜨와네뜨의 기도서 속에서 중요한 종이쪽지를 발견한 것이다. 그러니까 작은 책자와 암호로 씌어진 종이쪽지, 이것만이 뤼뺑이 근거로 삼은 기초이다. 이러한 기초를 써서 그는 건축물을 쌓아올린 것이다. 외부의 도움없이 그 혼자서 작은 책자와 종이쪽지를 연구했을 뿐이다.

그런데 보트를레는 과연 해낼 수 있을 것인가? 상대가 되지 않는 싸움을 해본들 무슨 소용이 있을 것인가? 발 밑에 파 놓은 함정은 피할 수 있었다 할지라도 결국은 가장 비참한 결말에 다다를 것이 확실한, 그런 조사가 무슨 소용이겠는가?

그는 곧 확고하게 결의했다. 그리고 그 결의에 따라 그는 자기가 올바른 길 위에 서 있다는 것을 분명하게 인정했던 것이다. 그는 우선 장송 고등학교의 동급생을 쓸데없이 비난하거나 하지 않고, 그 집을 나와 가방 하나를 들고 빠리의 중심지에 있는 작은 호텔로 옮겨왔다. 그리고 그 호텔에서 며칠이나 외출하지 않았다. 기껏해야 식당에서 식사를 할 뿐이었다. 그밖의 시간은 문을 닫아 걸고 방의 커튼을 치고 생각에 잠겨 있었다.

열흘 동안이라고 뤼뺑은 말했다. 보트를레는 자기가 이제까지 한 일을 모두 잊으려고 애쓰고, 열흘이라는 기한을 정하여 그 동안에는 오직 작은 책자와 종이쪽지에 대한 것밖에는 생각하지 않으려고 했다. 그리하여 열흘이 지났다. 그리고 열 하루가 지나고 열 이틀이 지났다. 그런데 열 사흘째에 한 줄기 빛이 그의 머릿속에서 번쩍이더니 그것이 놀라운 속도로 커져 갔다. 마치 기적적인 꽃처럼 진상의 싹이 트고 꽃이 피어 튼튼하게 자랐던 것이다. 그는 그 열 사흘째 저녁에는 아직 문제의 해답을 알지 못했다. 그러나 해답을 발견하는 방법,

틀림없이 뤼빵이 이용했을 바로 그 방법을 발견하고 있었던 것이다.

그 방법은 아주 간단한 것으로, 다음의 문제를 유일한 근거로 하고 있었다. 즉 예의 작은 책자 가운데서 에귀유 크뢰즈의 비밀과 관계가 많건 적건간에 중요한 모든 역사상의 사건에는 하나의 공통점이 있는 것이 아닐까?

사건은 저마다 각각 다르기 때문에 그 해답을 얻기까지에는 어려움이 있었다. 그러나 보트를레가 잘 검토해 보자, 이러한 모든 사건에 본질적으로 공통된 특징이 떠올랐던 것이다. 모든 사건이 예외없이 옛 누스트리, 다시 말해서 대체로 지금의 노르망디 지역 안에서 일어나고 있는 것이다. 이러한 기괴한 사건의 주요 인물은 모두 노르망디 사람이거나, 나중에 노르망디 사람이 되었거나, 또는 노르망디 지방에서 활약한 사람들뿐이었다.

모든 시대를 통해 어쩌면 이토록 정렬적인 행진이 이어져 왔단 말인가? 모든 남작이며 공작이며 왕이 저마다 서로 상반되는 각 지방에서 출발하여 세계의 이 한모퉁이에 모였다는 것은 얼마나 장대한 광경이란 말인가?

그래서 보트를레는 닥치는 대로 역사책을 펴보았다. 생 끌레르 쉬르 옙뜨 조약 뒤 에귀유의 비밀을 알고 있었던 것은 노르망디 맨 처음의 공작 로르, 다시 말해서 롤롱이다.

에귀유처럼 구멍을 뚫은 군기를 가지고 있었던 것은 노르망디 공작으로서 영국의 왕인 윌리엄 정복왕이었다.

이 비밀을 알고 있던 잔느 다르끄를 불에 태워 죽인 곳은 르왕이다.

게다가 이 사건의 초기에 케사르에게 에귀유의 비밀을 몸값 대신 제공한 카레트 족의 우두머리는 바로 꼬 지방의 우두머리 아니었던가? 꼬 지방이라면 바로 노르망디의 중심부이다.

추측이 정확해짐에 따라 무대는 좁아지고 있다. 르왕, 세느 강변, 꼬 지방…… 모든 것이 이 방면에 모여 있는 것같이 생각된다. 노르망디 공으로부터 그 후계자인 영국의 왕들에게 전해진 에귀유의 비밀은 그 뒤 프랑스의 왕가로 옮겨졌는데, 특히 프랑스 국왕 둘을 든다면 앙리 4세와 프랑소아 1세일 것이다. 앙리 4세는 르왕을 공략하여 디에쁘 부근 아르끄 싸움에서 승리했다. 다음에 프랑소아 1세는 르아브르 시를 건설하여 다음과 같은 의미깊은 말을 했다.

"프랑스 국왕들은 각 도시의 운명을 마음대로 쥐고 흔들 수 있을 만한 비밀을 대대로 전하고 있다."

르왕, 디에쁘, 르아브르…… 이 세 도시는 각각 세모꼴의 세 점이 되는 셈이며, 그 세모꼴의 한복판이 꼬 지방이다.

17세기로 가보자. 루이 14세는 무명의 어떤 사나이가 진상을 폭로한 책을 불태워 버렸다. 라르베리 대위가 그 한 권을 빼앗아 그 비밀을 이용하여 보석류를 조금 훔쳤으며 큰길에서 강도를 만나 암살되었다. 그런데 이 강도가 숨어서 기다리던 현장은 어디인가? 게용이다! 르아브르에서도, 르왕에서도, 디에쁘에서도 빠리로 가는 길가에 자리잡고 있는 작은 도시 게용이었다.

1년 뒤에 루이 14세는 일부러 프랑스 중앙부의 땅을 골라 에귀유 성을 지었다. 이것은 호기심 많은 사람들의 눈을 노르망디에서 딴 곳으로 옮아가게 하기 위해서였다. 이것으로 이제 사람들은 노르망디를 찾지 않았다.

르왕……디에쁘……르아브르……의 꼬 지방 세모꼴 안…… 모든 것은 그 속에 있다. 한쪽은 바다, 다른 한쪽은 세느 강, 또 한쪽은 르왕에서 디에쁘에 이르는 두 개의 골짜기.

한 줄기의 빛이 보트를레의 머리를 스쳤다. 이 지역, 세느의 절벽에서부터 도버 해협의 절벽에 이르는 이 고원 지방은 언제나, 그야말로 언제나라고 해도 좋을 만큼 뤼빵이 활약하는 무대이다.

최근 10년 동안 뤼빵은 틀림없이 정기적으로 이 지방에 나타났다가는 사라지고 있다. 마치 에귀유 크뢰즈의 전설과 가장 밀접하게 결부되어 있는 이 지방의 중심지에 그는 소굴을 만들어 놓은 것 같다.

카오른 남작 사건(《괴도 뤼빵》의 셋째 이야기)은? 세느 강변, 르왕과 르아브르 사이에서였다. 티베르메니르 사건은? 같은 고원 지대의 다른 한쪽 끝, 르왕과 디에쁘 사이에서였다. 끄류세, 몽띠니, 글라빌의 강도 사건은? 꼬 지방의 중앙 부분이다. 라퐁뗀느 거리의 살해자 삐에르 옹프레이에게 열차 안에서 습격받아 꽁꽁 묶였을 때, 뤼빵은 어디로 가던 참이었던가? 르왕으로 가는 도중이었던 것이다. 뤼빵에게 잡힌 셜록 홈즈는 어디서 배를 탔는가? 르아브르 가까이에서였다.

그리고 이번 참사, 그 무대는 어디인가? 앙브뤼메지, 즉 르아브르에서 디에쁘로 가는 길가에 해당된다.

르왕, 디에쁘, 르아브르…… 역시 아무리 생각해도 세모꼴 속의 꼬 지방 안이다.

몇 년 전에 뤼빵은 작은 책자를 손에 넣어 마리 앙뜨와네뜨가 종이쪽지를 감춘 장소를 알았으므로, 드디어 저 유명한 기도서에서 종이쪽지를 손에 넣었다. 그리고 행동으로 옮겨 비밀을 발견하고 그리고 정복한 지방에 자리잡은 것이다.

보트를레는 행동을 개시했다.

그는 뤼빵도 같은 여행을 했으리라고 생각하며, 자기의 힘을 강력하게 해줄 것이 틀림 없는 저 두려운 비밀을 발견하러 떠났을 때의 뤼빵이 희망에 부풀어 가슴을 두근거리던 것을 생각하고 그도 또한 정말로 감동하며 떠났다. 이 보트를레의 노력도 뤼빵과 마찬가지로 승리할 수 있을 것인가?

그는 이른 아침, 걸어서 르왕을 출발했다. 얼굴을 알아볼 수 없도록 변장하여, 기술을 익히기 위해 여행하는 견습 직인 같은 모습으로 장대 끝에 보따리를 매달고 그것을 어깨에 메었다.

그는 곧장 뒤크레르로 가서 거기서 식사를 했다. 그 마을을 떠나자 줄곧 세느 강을 따라 걸었다. 그의 직관은 많은 추측의 도움을 얻어, 계속해서 구불구불한 아름다운 세느 강의 기슭을 걷게 했던 것이다. 강도가 들어간 카오른 성, 그 수집품은 세느 강을 통해서 운반되었다. 빼앗긴 사원의 고대 조각품은 세느 강에서 어디론지 옮겨졌던 것이다. 그는 머릿속에 그려 보았다. 르왕과 르아브르 사이의 정기편 역할을 하고 있는 작은 배들이 한 지방의 미술품을 억만장자의 나라로 실어 내는 광경을.

"아아, 초조하다 ! ······안타깝구나 ! "

차례로 떠오르는 크나큰 충격에 감동되고 진상에 대한 힌트에 허덕이면서 젊은이는 중얼거리듯 말했다.

처음 며칠 동안의 실패는 그를 실망시키지 않았다. 그는 자기가 세운 가설이 옳다는데 대해 확고한 신념을 가지고 있었다. 그 가설은 너무 대담하고 지나쳤을지도 모르지만, 그것이 어떻단 말인가? 상관없다 ! 실로 목표로 삼는 상대에 어울리지 않는가 ! 저런 사나이가 상대이고 보면 거대한 것, 터무니없는 것, 초인적인 것 이외의 무엇을 찾아야 한단 말인가? 즈미에쥬, 라마이유레이, 생뚱드리유, 꼬드벡, 땅까르비르, 뀌브쁘 모두 뤼빵과 관계있는 곳이다 ! 이러한 지방의 이름난 고딕식 종루며, 광대한 폐허의 훌륭함을 뤼빵은 틀림없이 여러 번 보았을 것이다.

그러나 등대불처럼 이지도르를 강하게 끌어당긴 것은 르아브르와 그 부근이었다.

'프랑스 국왕들은 각 도시의 운명을 마음대로 쥐고 흔들 수 있을 만

한 비밀을 대대로 전하고 있다.'

알 듯 모를 듯한 애매한 말이지만, 보트를레에게는 홀연히 찬란하게 빛났다! 이것은 프랑소아 1세로 하여금 이 곳에 하나의 도시를 건설할 것을 결심하게 한 이유를 뚜렷하게 밝히고 있는 것이 아닐까? 또 르아브르 드 글라스의 운명은 에귀유의 비밀 그 자체와 결부되어 있었던 것이 아닐까?

"그렇다……그렇다."

보트를레는 취한 듯이 중얼거렸다.

"노르망디의 옛 강 어귀――그 주위에 프랑스의 국민성이 형성된 최초의 중핵의 하나인 이 옛 강 어귀는 두 개의 세력에 의해 보충되었다. 하나는 지금도 당당히 살아 있으며 알려져 있는 것으로서 대양을 지배하고 세계를 향해 열려 있는 새로운 항구다. 또 하나는 암흑 속에 숨어 알려져 있는 것――그것은 눈에 보이지 않고 손으로 만질 수 없는 것이니만큼 더욱 기분나쁜 것이다. 프랑스 역사, 그리고 왕실 역사의 일면은 뤼뺑의 모든 역사 그 자체와 마찬가지로 에귀유에 의해 설명되는 것이다. 권력과 정력이라는 같은 자원이 국왕의 운명과 뤼뺑의 운명을 배양하고 새롭게 고치고 있다."

마을에서 마을로, 강에서 바다로 보트를레는 무엇인가를 알아 내려고 했고, 어떤 것에서라도 깊은 의미를 발견하려고 노력하면서 찾아다녔다. 이 언덕은 조사해야 하지 않을까? 이 숲은 어떤가? 이 마을의 집은? 이 농부의 하찮은 말에서 무언가 단서가 될 만한 것을 잡을 수가 있지나 않을까?

어느 날 아침, 그는 강 어귀에 자리잡은 옛부터의 도시 아르쁘를르가 보이는 여인숙에서 식사를 하고 있었다. 테이블 맞은편에는 노르망디 지방의 말 거간꾼인 듯한 사나이가 역시 식사를 하고 있었다. 붉은 얼굴의 뚱뚱한 사나이로, 채찍을 손에 들고 긴 작업복을 입고서

이 지방의 도시를 돌아다니는 참인 모양이다. 식사하는 동안에 보트를레는 아무래도 이 사나이가 자기에 대한 것을 생각해 내려고 하는 것처럼 흘끔흘끔 보고 있는 것을 깨달았다.

'아니다!'

그는 생각했다.

'내가 잘못 생각한 거야. 이런 말장수 같은 사람과는 만난 적이 없는걸.'

사실 그 사나이는 이미 보트를레에 대한 일 같은 건 마음에도 두고 있지 않는 것 같았다. 사나이는 파이프를 피우며 커피와 꼬냑을 주문했다. 보트를레는 식사가 끝났으므로 돈을 치르고 일어났다. 그리고 밖으로 나가려고 했으나 그때 와자지껄하니 손님들이 들어왔기 때문에, 그는 말장수가 앉아 있는 테이블 곁에 잠시 서 있어야만 했다. 그러자 그 사나이가 낮은 목소리로 말했다.

"안녕하시오, 보트를레 군."

이지도르는 곧 태연한 얼굴로 그 사나이의 옆에 앉았다.

"저 말인가요, 그러시는 당신은 누구시지요? 어떻게 저를 아셨나요?"

"문제없소, 하기는 자네의 사진을 신문에서 본 일밖에는 없지만, 그러나 자네는 너무……프랑스 말로는 뭐라고 해야 할지……서투른 변장이군."

그 말에는 확실히 외국인이라는 것을 알 수 있는 사투리가 섞여 있었다. 보트를레는 가만히 보고 있는 동안에 이 사나이도 역시 변장을 했구나 하는 것을 알았다.

"당신은 누구십니까?"

그는 되풀이해서 말했다.

영국인은 히죽이 웃었다.

"나를 모르겠소?"

"네, 전 만나 뵌 일이 없기 때문에."

"나도 그렇다네. 하지만 내 사진도 신문에는 나왔을걸……가끔씩. 자! 알겠지?"

"아니오, 모르겠습니다."

"셜록 홈즈라네."

이 이상한 만남은 상당한 의미가 있고 중대한 것이었다. 젊은이는 곧 그것을 깨달았기 때문에 인사를 나눈 다음 홈즈에게 물었다.

"당신이 이리로 오신 것은 뤼빵 때문이지요?"

"물론."

"그럼, 그렇다면……이 방면에 가망성이 있다고 생각하신 건가요?"

"확신하고 있네."

보트를레는 홈즈의 의견이 자기와 똑같다는 것을 알고 기뻐했으나, 그 기쁨은 순수한 것은 아니었다. 만약 이 영국인이 목적을 이룬다면 승리를 서로 나누어야 하게 될 것이고, 어쩌면 이 사나이 쪽이 자기보다 먼저 성공할지도 모르기 때문이다.

"증거가 있으신가요? 무슨 단서라도?"

"걱정하지 않아도 되네."

영국인은 그의 걱정거리를 알아차린 듯이 웃으면서 말했다.

"나는 자네 같은 흉내는 내지 않을 테니까. 자네의 단서는 그 종이쪽지와 작은 책자가 아닌가? 그러나 나는 그런 것은 그다지 신용하고 있지 않아."

"그러면 당신 것은?"

"내 것은 그런 게 아닐세."

"여쭙는 게 실례일까요?"

"뭐, 이야기해도 상관없는 일이지. 자네도 알겠지만, 그 왕관 이야기, 샤르므라스 공작 이야기이네."

"네."

"자네는 뤼뺑의 유모인 빅뜨와르에 대한 것을 기억하고 있을 걸세. 나의 친구인 가니마르가 가짜 죄인 호송차로 도망하게 해준 여자."

"네, 기억하고 있습니다."

"나는 그 빅뜨와르가 숨어 있는 곳을 알아냈네. 제25호 국도에서 그다지 멀지 않은 한 농가에서 살고 있네. 제25호 국도란 르아브르에서 릴르로 가는 길가이지. 빅뜨와르에게 주의하고 있으면, 뤼뺑이 있는 곳을 곧 알 수 있을 거야."

"오래 걸리겠는데요."

"그런 것은 상관없네. 나는 다른 일은 모조리 내던지고 지금은 이 일에만 매달려 있다네. 뤼뺑과 나 사이의 투쟁……목숨을 건 투쟁이 있을 뿐이네."

홈즈는 이 말을 실로 거칠게 했지만, 그 말투에는 이 만만찮은 적에 대한 맹렬한 증오밖에는 느껴지지 않았다.

"자, 어서 가게나."

그는 작은 목소리로 말했다.

"사람들이 보고 있네……그러나 내 말을 잘 기억해 두기 바라네. 뤼뺑과 내가 마주섰을 때, 그것은 비극으로 끝난다는 것을 말일세."

보트를레는 홈즈에게 선수를 빼앗길 걱정은 없다고 완전히 마음을 놓고 헤어졌다.

게다가 오늘 우연히 홈즈를 만난 일로, 이지도르는 또 하나의 새로운 재료를 얻었다. 르아브르에서 릴르로 가는 국도는 디에쁘를 지나가고 있다. 그것은 꼬 지방에서 가장 큰, 도버 해협의 절벽을 지배하는 해안선을 따라 달리는 국도로, 그 국도에서 가까운 한 농가에 빅뜨와르가 몸을 맡기고 있는 것이다. 빅뜨와르라면 즉 뤼빵이라고 해도 좋을 만한 여자로, 뤼빵의 그림자처럼 따라다니며 행동하는 이 여인──어버이처럼 그를 섬기는──없이 그 주인공은 있을 수 없는 것이다.

"아아, 초조하다……너무 초조해."

젊은이는 되풀이하여 말했다.

"어떤 기회에 새로운 정보가 손에 들어오면, 내 가설은 확인된다. 한편으로는 세느 강변이라는 절대적인 확실성이 있고, 다른 한편으로는 국도라는 것이 확실해졌다. 이러한 두 교통로는 프랑소아 1세의 도시, 예의 비밀 도시인 르아브르에서 하나가 된다. 꼬 지방은 넓지 않다. 더욱이 내가 탐색해야만 하는 것은 이 지방의 서부뿐이다."

뤼빵이 발견한 것을 자기가 찾아 내지 못할 이유는 전혀 없다고, 그는 끊임없이 스스로에게 말했다. 분명히 뤼빵이 어떤 유리한 위치에 있는 것은 틀림없다. 이를테면 아마도 그는 이 지방에 대해 잘 알고 있을 것이다. 그리고 이것은 귀중한 이점이다. 보트를레로서는 이 지방의 일을 조금도 알지 못하기 때문이다.

그러나 그것이 어떻단 말인가!

비록 이 조사가 생애의 10년 동안을 희생해야만 한다 하더라도, 그는 이것을 끝까지 해낼 것이다. 뤼빵은 그 곳에 있다. 그는 그것을 알고 있다. 그는 뤼빵이 그 곳에 있다고 이미 확신하고 있는 것이다. 그는 그 길모퉁이에서, 그 숲 변두리에서, 그 마을을 나가는 동네 어귀 밖에서 뤼빵을 기다리고 있었다. 그리고 기대가 어긋날 때마다, 실망 속에서 그는 더욱 기운을 내어 버티어야 할 참된 이유를 발견해 내는 것이었다.

그는 곧잘 길가의 둑 위에 몸을 내던지고, 언제 어디서나 몸에 지니고 다니는, 예의 종이쪽지를 베껴쓴 것을 열심히 연구했다. 숫자는 모음자로 바꾸어 놓은 것이었다.

```
     e.a.a..e..e..a.
   .a..a...e.e.    .e.oi.e..e.
    .ou..e.o...e..e.o..e
  D DF ▭ 19 F+44 △ 357 ◁
    ai.ui..e     ..eu.e
```

또 곧잘 잡초 위에 배를 깔고 엎드려, 몇 시간이나 골똘히 생각에 잠겨 있었다. 시간은 넉넉했다. 미래는 그의 것이었다.

그는 모띠빌리에, 생 로망, 옥또비르, 고느비르 방면을 연구하고 수사했다.

저녁때가 되면 농가의 문을 두드려 묵고 갈 자리를 찾았다. 저녁 식사가 끝나면 모두 한자리에 모여 담배를 피우고 잡담을 나누기도 했다. 그는 곧잘 긴긴 겨울 밤, 무언가 이야기를 해 달라고 부탁했다.

그러나 아무것도 없었다. 에귀유와 조금이라도 관계가 있을 만한 전설이나 추억 이야기는 아무것도 없었다. 아침이 되면 그는 또 힘차게 그 곳을 출발했다.

어느 날 그는 바다가 내려다보이는 생쥐앙이라는 아름다운 마을을 지나 절벽이 허물어져내린 바위투성이 속으로 내려갔다.

그런 다음 다시 높은 곳으로 올라가 브뤼노바르 골짜기 쪽으로, 앙 띠뻬르 곶 쪽으로, 그리고 그 곶과 같은 이름인 후미 쪽으로 걸어갔다. 그는 즐겁고 경쾌하게 걷고 있었다. 조금 피로하기는 했지만, 살아 있다는 것이 실로 즐거웠던 것이다! 뤼뺑도, 에귀유 크뢰즈의 비밀도, 빅뜨와르도, 홈즈에 대해서도 모든 것을 잊어 버렸을 만큼 즐거웠다. 파랗게 맑은 하늘, 태양에 빛나는 에메랄드 빛 큰 바다, 그러한 광경에 마음을 빼앗기고 있었다.

깎아지른 벼랑이 있고, 벽돌로 된 벽의 잔해가 있었다. 그는 그것을 로마 진영의 유적이 아닌가 하고 생각했다. 그리고 그 너머에 그다지 취미가 좋아 보이지 않는 작은 성 같은 것이 보였다. 옛날의 성채를 흉내내어 지어진 것으로, 절벽에서 조금 떨어진 울퉁불퉁한 바위투성이 곳 위에 있었다. 철책과 가시가 달린 철문이 좁은 길을 가로막고 있다.

보트를레는 몹시 고생하여 간신히 그것을 타고 넘었다. 아치 모양의 문에는 녹슨 자물쇠가 걸려 있고, 그 위에 다음과 같은 글씨가 보였다.

'프레포쎄의 성채'——(프레포쎄라는 이름은 성채가 속해 있는 인접한 땅 이름이며, 그것은 이 책에 씌어진 폭로 기사에 이어 군 당국의 요청으로 몇 년 뒤에 파괴되었다.)

그는 안으로 들어가려고 하지 않고 오른편으로 돌아서 작은 언덕을 내려가, 나무 울타리를 친 작은 길로 나섰다. 그 끝의 바다로 떨어지는 험한 벼랑 위가 망루처럼 파여 작은 동굴이 되어 있었다.

그 동굴 한복판은 사람이 간신히 설 수 있을 정도였다. 암벽에는 여러 가지 글씨가 새겨져 있었다. 돌을 판 거의 네모난 창문이 빛을 들이기 위한 영창처럼 육지 쪽으로 뚫려 있었다. 그 곳은 프레포쎄의 성채와 마주보게 되어 있어, 창문에서 3, 40미터 앞쪽의 성벽에 뚫어 놓은 총구멍이 있는 성채 꼭대기가 보였다. 보트를레는 짐을 내던지고 앉았다. 그 날은 짓눌리는 듯한 날씨여서 피로하기도 했으므로 아주 잠깐 동안이지만 잠이 들고 말았다.

동굴 속에 부는 서늘한 바람에 그는 눈을 번쩍 떴다. 잠깐 동안은 눈이 흐릿해서 그대로 가만히 있었다. 그는 아직 머릿속이 뚜렷하지 않기 때문에 생각을 가다듬어 머리를 맑게 하려고 했다. 그리하여 퍽 좋아졌기 때문에 일어나려고 했을 때 자신도 모르게 깜짝 놀라 눈을 부릅떴다……몸이 와들와들 떨렸다. 두 손을 힘껏 움켜쥐고, 머리카락 밑에 땀방울이 배어나오는 것을 느꼈다.

"아니……아니다."

그는 더듬거리면서 말했다.

"이것은 꿈이다, 착각이다……그럴 리가 없다!"

그는 갑자기 무릎을 꿇고 주저앉았다. 아마 어느 쪽이나 30센티미터는 될 것이라고 생각되는 큰 글씨가 두 개, 발 밑의 화강암 위에 돋을새김으로 되어 있지 않는가.

두 개의 글씨는 서투르게 새겨졌고, 몇백 년이라는 오랜 세월 때문에 모서리가 닳아서 둥글게 되어 있기는 했으나 분명히 D와 F자였다.

D와 F! 놀라운 기적이다! D와 F, 바로 그 종이쪽지에 있는 두 글자다! 그 종이쪽지에 있는 단 두 개의 글자!

아! 보트를레는 그 넷째 줄, 방법과 지시를 기록한 제4행의 글자 조합을 생각해 내기 위해 종이쪽지와 견주어 볼 필요도 없었다.

그는 그것들을 너무나도 잘 알고 있었다. 그 글자는 그의 눈동자 깊숙이 영원히 새겨져, 뇌수의 주름 사이에 박혀 있었다.

그는 일어나서 가파른 길을 내려가 옛날의 성채를 따라 올라가고 철책에 걸리기도 하면서 또다시 급히 걸어갔다. 그 곳에는 한 양치기가 있고 가파르지 않은 언덕 비탈에는 양떼가 풀을 뜯고 있었다.

"저 동굴, 저기……저 동굴은…….'

그는 입술이 떨려 말도 제대로 나오지 않았다. 양치기는 어이없어하며 그를 지켜보았다. 이지도르는 거듭 말했다.

"저 동굴……저기에 있는, 저기……성채 오른편의……저 동굴 이름이 뭐지요?"

"저것 말인가요, 에트르따. 사람들은 누구나 아가씨들의 방이라고 말하지요."

"뭐?…… 뭐라고 했지요? 지금 뭐라고 했어요?"

"글쎄……아가씨들의 방이라고 해요."

이지도르는 너무나도 기쁜 나머지, 하마터면 양치기의 목을 조를 뻔했다. 마치 진상의 모두가 이 사나이 속에 있어서 그것을 단번에 빼앗기라도 하려는 것처럼,

드므와젤르(아가씨들)! 종이쪽지 속에서 알고 있는 단 두 개의 낱말 가운데 하나.

사나운 바람이 발 밑에서부터 보트를레를 흔들었다. 그 바람은 그의 주위에서 거세게 소용돌이치며 앞바다에서, 육지에서, 사방에서 불어닥쳐, 진리의 채찍으로 그를 사정없이 내리쳤다. 그는 알아 낸 것이다! 종이쪽지에 씌어 있는 진정한 의미를 알았던 것이다! 아가씨들의 방……에트르따.

그렇다! 그것이 틀림없다. 어째서 지금까지 몰랐던가? 별안간 마음이 밝아졌다.

양치기를 보고 낮은 목소리로 말했다.

"고마워요……이젠 됐으니, 그만 가 봐요."

사나이는 휘파람으로 개를 불러서 데리고 멀어져 갔다.

혼자만 남게 되자, 보트를레는 다시금 성채 쪽으로 되돌아갔다. 그러나 성채를 막 지나치려 했을 때, 그는 별안간 몸을 찰싹 엎드리고 벽 밑에 귀를 기울이며 사방을 살폈다. 그리고 손을 비비면서 생각했다.

'참, 바보 같은 짓을 했구나! 혹시 놈에게 들켰더라면? 벌써 한 시간이나 이 부근을 돌아다녔으니, 놈들에게 들키기라도 하는 날에는……큰일이다.'

그는 그대로 가만히 있었다. 태양은 져 버렸다. 어둠만이 점점 퍼져 가서, 사물의 형태를 희미한 그림자처럼 떠오르게 했다.

그러다가 그는 살그머니 엎드린 채 곳 끄트머리 쪽으로 나아가기 시작했다. 드디어 절벽 끝에 다다랐다. 그는 손을 뻗쳐서 풀숲을 헤치고 물이 깊이 괴어 있는 곳 위에 얼굴을 내밀었다.

그의 바로 눈 앞, 절벽과 거의 같은 높이의 바다 위에 높이 80미터가 넘어 보이는 큰 바위가 우뚝 솟아 있었다. 화강암으로 된 넓은 받침 위에 우뚝 솟아 있는 매우 뾰죽한 탑으로, 받침돌은 수면과 닿을 듯 말 듯하게 보이며, 위쪽으로 가면서 점점 가늘어졌다. 마치 바다 괴물의 거대한 이와도 같았다. 이 기분나쁜 바위는 절벽과 똑같은 잿빛이 도는 회색이었고 끝에는 규석이 드러난 옆무늬가 여러 개 수평으로 새겨져 있었다. 그것은 석회질층과 자갈층을 번갈아 쌓아올린, 여러 세기에 걸쳐 천천히 이룩된 공사였다.

그것은 울퉁불퉁하며 군데군데 깨진 틈이 있고, 그 틈 속에는 조금의 흙과 풀이 돋아 있는 것이 보인다. 그리고 매우 튼튼해서 거센 파도며 불어닥치는 폭풍우에도 끄떡없이 위압적으로 솟아 있다. 바위 전체가 당당하게 버티고 앉아 있어, 그것을 내려다보고 있는 절벽의 장대함 못지않게 웅대하며, 주위의 광대한 공간에도 지지 않고 늠름하다.

보트를레의 손은 먹이에 덤벼드는 맹수의 발톱처럼, 단단히 땅바닥에 파고들어 있다. 그리고 그의 두 눈은 꺼칠꺼칠한 바위 표면을, 아니 바위 속까지도 꿰뚫어보려는 듯이 이글이글 불탔다.

수평선은 가라앉은 태양의 마지막 광채로 새빨갛게 물들어 있었다.

그리고 하늘에 가만히 움직이지 않고 떠 있는 붉은 구름은, 위대한 광경을——가공의 후미, 불타는 들판, 금빛으로 빛나는 숲, 핏빛 호수 등의 타는 듯이 격렬하고 그러면서도 조용한 환상을——그려 내고 있었다.

이윽고 푸른 하늘이 거무스름해지기 시작했다. 금별이 멋지게 빛났다. 그리고 다른 무수한 별들이 겁쟁이처럼 반짝이기 시작했다.

그러다 갑자기 보트를레는 눈을 질끈 감고, 경련이라도 일어난 듯이 두 손으로 이마를 눌렀다. 오! 저기를 보라!——그는 너무나도 기뻐 견딜 수 없었다. 격렬한 흥분이 그의 심장을 내리눌렀다. 저곳, 에트르따의 '에귀유의 바위' 꼭대기에 해당하는, 그 주위를 갈매기가 날아다니는 날카롭고 뾰죽한 끝 바로 밑의 바위 틈에서 아주 희미하지만 연기가 피어오르고 있었던 것이다. 마치 보이지 않는 굴뚝에서라도 나오는 것처럼 가느다란 한 줄기 연기가 천천히 원을 그리며 노을 진 대기 속으로 고요히 피어올랐다.

열려라, 참깨!

에트르따의 에귀유(바늘)는 크뢰즈(구멍이 뚫려 있다)다!

그것은 자연 현상인가? 지질의 변동 때문일까? 파도며 바위에 파고든 비 때문에 어느 틈엔가 구멍이 뚫린 것일까? 그렇지 않으면 켈트인이나 갈리아 인, 또는 역사 이전 사람에 의해 만들어진 초인적인 작품일까? 그것은 해결할 수 없는 문제이다. 뭐, 그런 것은 아무래도 좋지 않은가! 중요한 것은, 에귀유는 크뢰즈라는 바로 그것이다.

벼랑 위에 우뚝 솟아 당당한 아치를 이루고 있는, 아바르 문이라고 불리는 곳으로부터 4, 50미터 되는 곳에 마치 바다 밑의 바위에 뿌리를 내리려는 거대한 나뭇가지처럼 석회질의 거대하고 뾰죽한 봉우리가 솟아 있는데, 그 뾰죽한 봉우리는 마치 해면에 떠오른 바위의 뾰죽모자와도 같았다.

이 얼마나 훌륭한 발견인가! 뤼빵에 이어 보트를레가 20세기를 넘긴 크나큰 수수께끼를 풀었던 것이다! 야만적이고 미개한 유목민이 태고의 세계를 거침없이 돌아다니던 먼 시대에 이를 온전하게 간직했던 이로서는 최고의 의의가 있던 수수께끼의 말! 달아나는 종족을 위해 거대한 동굴을 열어 주는 마법의 말! 아무도 부술 수 없는 피난처의 문을 지켜 주는 비밀의 말! 권력을 주고, 우월함을 보증해 주는 마법의 말!

이것을, 이 말의 수수께끼를 알았기 때문에 케사르는 갈리아를 정복할 수 있었다. 이것을 알았기 때문에 노르망디 사람은 국내에서 귀하게 대접했으며, 더욱이 후세에 이르러서는 이것을 바탕으로 하여 시칠리아를 정복하고, 오리엔트를 제압하고, 새로운 세계를 공략했던 것이다!

이 비밀을 계속 지녀 온 영국의 모든 왕은 프랑스를 지배하고 굴복시키고 분열시켜, 빠리에서 대관식을 올렸다. 그리고 이 비밀을 잃었을 때 패했다. 이 비밀을 계속 간직한 프랑스의 모든 왕은 강대해지고, 영토를 넓히고, 대국민 화합을 이룩하여 영광과 권력에 빛났다. 이 비밀을 잊거나 사용하는 방법을 모르거나 하면, 그것은 죽음이며 망명이며 실격이 되었다.

기슭에서 16, 7미터 떨어진 바다 속에 눈에 보이지 않는 왕국이 있다. 그것은 노트르담 사원의 탑보다도 높고, 광장보다도 큰 화강암의 토대 위에 세워졌다. 사람이 알지못하는 요새인 것이다. 이 얼마나 튼튼하며, 얼마나 안전한가! 파리에서 세느 강을 지나 바다로 가는 그 곳에는 새로운 거리의 주요 도시 르아브르가 있다. 그리고 그 곳에서 28킬로미터 되는 곳에 에귀유 크뢰즈가 있다. 이것이야말로 난공불락의 은신처이다.

이것은 어마어마한 비밀 장소이며, 또한 훌륭한 보고이다. 여러 세기를 지나면서 자연히 늘어난 국왕들의 재보며 프랑스의 모든 황금, 백성들로부터 긁어모은 온갖 것들과 성직자들로부터 탈취한 모든 것, 유럽의 싸움터에서 모은 모든 전리품, 그러한 것이 모두 이 왕실의 동굴 속에 쌓여 있다. 옛날 금화와 번쩍이는 은화, 도부론 화(스페인 금화)와 플로렌스 금화(1252년에 만들어짐, 화폐 근대사가 이에서부터 시작됨), 영국의 옛 금화와 보석류, 그리고 다이아몬드며 온갖 장신구 등, 이 모든 것이 그곳에 있는 것이다. 누가 그것을 발견할 것인가? 누가 에귀유의 풀 수 없는 수수께끼를 알 수 있었겠는가? 아무도 없다.

아니, 뤼뺑이 있었다.

그리고 뤼뺑은 누구나 다 아는 것처럼 참으로 터무니없는 존재이며, 진실이 밝혀지지 않는 한 설명할 수 없는 기적이 되어 있다. 그의 천재의 샘이 아무리 펑펑 쏟아져 마를 줄 모른다 해도 그것만으로 그가 사회에 대한 투쟁을 계속하기에는 넉넉하지 않다. 그밖에 더 많은 물질상의 구체적인 뒷받침이 필요하다. 은신처가 발각되지 않는다는 보장이, 계획을 실행할 수 있게 하는 평화가 필요하다.

에귀유 크뢰즈가 없다고 한다면, 뤼뺑이라는 존재는 생각할 수 없다. 그것은 신화이며, 현실과 관계없는 소설 속의 인물이 되어 버리고 만다. 비밀을 지니게 되고 보면——그러나 이 어인 비밀이란 말인가! ——아무리 비상한 뤼뺑이라고 할지라도 다른 사람과 마찬가지로 인간인 것이다. 다만 그의 경우는 이 운명이 준 이상한 무기를 가장 교묘하게 다루는 재주가 있었다.

그런데 에귀유의 바위는 크뢰즈(구멍이 뚫려 있다)다. 이것은 이제 의심할 나위 없는 사실이다. 남은 문제는, 어떻게 거기에 가 닿을 수 있는가 하는 일이다.

물론 바다로 가야 한다. 앞바다가 밀물일 때 작은 배가 다가가기 좋은 바위 틈이 틀림없이 있을 것이다.

그러나 육지로는? 육로는 없을까?

보트를레는 저녁때까지 절벽 위에 선 채로 있었다. 피라미드 모양의 어두운 바윗덩어리를 물끄러미 지켜보며, 온 정신을 다해 골똘히 생각하고 있었다.

그리고 에트르따 쪽으로 내려가 숙소를 정하고 식사를 한 다음, 방에 틀어박혀 예의 종이쪽지를 폈다.

지금 그가 의미를 푸는 것은 아이들 장난과도 같은 것이었다. 그는 곧 에트르따라는 말에 들어 있는 세 개의 모음 글자가 첫째 줄에 있다는 것, 더욱이 순서도 간격도 틀림없다는 것을 알아차렸다. 첫째 줄은 다음과 같이 바꾸어 쓸 수 있다.

e·a·a··etretat

이 에트르따의 앞에 있는 것은 뭐란 말인가? 틀림없이 이 마을에 관련하여 에귀유가 있는 장소를 설명하는 말일 것이다. 그런데 에귀유는 왼편, 다시 말해서 서쪽에 서 있다……그는 여러 가지로 생각한 끝에, 서풍은 해안 지방에서 '아래쪽 바람'이라고 부르는 것을 생각해 냈다. 더욱이 그 문은 마침 아래쪽 문이라는 이름이었으므로, 이렇게 바꾸어 써 보았다.

En aval d'Etretat(에트르따 아래쪽)

둘째 줄은 드므와젤르(아가씨)라는 낱말이 있는 줄이다. 그리고 바로 이 낱말 앞에 '……의 방'이라는 말을 만드는 모음 글자가 계속해서 있는 것을 알았으므로, 그는 2행의 문구를 적었다.

En aval d'Etretat(에트르따 아래쪽)
La chambre des Demoiselles(아가씨들의 방)

3행째는 훨씬 어렵다. 여러 가지로 생각한 끝에 아가씨들의 방에서 그다지 떨어지지 않은 곳에 프레포쎄의 성채가 있고 거기에 작은 성이 서 있던 것이 생각나, 드디어 다음과 같은 문장을 만들었다.

En aval d'Etretat (에트르따 아래쪽)

La chambre des Demoiselles (아가씨들의 방)

Sous le fort de Fréfossé (프레포쎄 성채 밑)

Aiguille creuse (에귀유 크뢰즈)

이것은 네 개의 큰 공식이다. 이에 의하면, 먼저 에트르따 아래쪽을 향하여 아가씨들의 방으로 들어가 아마도 프레포쎄의 성채 밑을 지나 에귀유에 이르렀을 것이다.

어떻게? 제4행째에 제시된 방법에 따르는 것이다.

$$\text{D} \quad \overline{DF} \quad \boxed{} \; 19 \; F+44 \; \triangle 357 \; \triangle$$

이것은 특수한 공식으로 분명히 사람이 지나는 길, 에귀유에 다다르는 길을 가리키는 것이 틀림없다.

곧 보트를레는 이런 것을 생각해 냈다——이 종이쪽지에서는 논리적으로 그렇게 생각하지 않을 수 없다. 다시 말해서 만약 육지와 저 뾰죽한 바위 사이에 정말로 직접 이어지는 통로가 있다고 한다면, 그 지하도는 아가씨들의 방에서 출발하여 프레포쎄의 성채 밑을 지나 절벽을 100미터 가량 급하게 내려가 바다 속의 바위 밑에 판 터널을 통하여 에귀유 크뢰즈에 다다르는 것이라고.

그러면 그 지하도 입구는? 그것은 여기에 제시되어 있다. D와 F의 두 글자가 아닐까? 아마도 어떤 교묘한 속임수로 그 입구가 열릴 것이다.

다음날 오전 동안 이지도르는 에트르따 마을 안을 여기저기 돌아다니며 무언가 도움이 되는 정보를 모으려고 누구든지 붙잡고 이야기해 보았다. 그리고 오후가 되자 또 절벽 위로 올라갔다. 뱃사람으로 변장한 그는 한층 더 어려 보였다. 짧은 반바지에 둥글게 목이 파인 셔츠를 입은 모습은 마치 열 두어 살쯤 된 소년 같았다.

그는 동굴로 들어가자, 곧 예의 글자 앞에 쭈그리고 앉았다. 그는 실망했다. 아무리 그 위를 두들기기도 하고 밀기도 하며 이리저리 만져 보았으나 도무지 움직이지 않는 것이었다. 움직이지 않는다면 별다른 장치는 없다는 말이다. 그렇지만…… 그렇지만 이 글자는 틀림없이 무엇인가를 의미하고 있을 것이다! 그가 마을 안에서 얻은 정보에서 결론을 끌어 낸다면, 꼬세 사제도 에트르따에 관한 귀중한 저서(《에트르따의 발단》——요컨대 꼬세 사제는 이러한 두 개의 글자는 '통행인의 머리글자'라고 결론을 내린 것 같다. 우리는 이러한 가설이 틀린 것임을 지적할 필요가 있다) 가운데서 역시 이 수수께끼 풀이에는 매우 힘들었다는 것이었다.

별안간 어떤 생각이 이지도르의 머리에 떠올랐다. 그것은 참으로 합리적이고도 간단한 것이며, 그는 한순간이라도 그 올바름을 의심하지 않았다. 이 D와 F는 그 종이쪽지 가운데서 가장 중요한 말의 머리글자가 아니겠는가? 즉 에귀유와 함께 더듬으려는 길의 주요한 지점, 드므와젤르(아가씨)의 방과 프레포쎄의 성채를 가리키는 것이 아니겠는가? 이것이 우연한 일치라면 너무나도 기묘한 관계다.

그렇다면 문제는 이렇게 된다. DF와 함께 되어 있는 부분은 아가씨들의 방과 프레포쎄 성채의 관계를 나타낸다고 치고, 이 줄의 맨 처음에 나오는 D는 아가씨들의 방(Demoiselles), 즉 우선 맨 처음에 가게 될 동굴을 가리킨다. 그리고 이 줄 한가운데에 있는 F는 프레포세(Frefosse)의 성채로, 그 곳이 아마도 지하도 입구를 가리키는 것이리라.

이러한 갖가지 기호 가운데서 주목할 만한 것이 두 가지 있다. 두 개의 변의 길이가 같지 않은 부등변 장방형으로 아래쪽 왼편 구석에 둥그런 선이 하나 그려져 있는 것, 그리고 19라는 숫자, 그것들은 아무리 보아도 동굴에 있는 사람에 대하여 성채 밑으로 들어가는 방법을 가리킨 것임이 분명하다.

이지도르는 이 장방형에 골치를 앓았다. 둘레의 벽 위나 어느 눈에 띄는 곳에 그것과 같은 모양의 것이 있지 않을까?

그는 매우 오랫동안 찾았다. 그리고 이제는 찾아도 소용없는 일이라고 단념하려 했을 때, 그의 눈은 동굴의 바위에 뚫려 있는 작은 구멍과도 같은 것을 보았다. 그것은 방의 창문인 것처럼 생각되었다. 과연 거칠거칠하고 모양은 좋지 않았지만, 그래도 역시 장방형이라는 것에는 변함이 없었다. 보트를레는 곧 땅 위에 새겨져 있는 D와 F를 두 발로 밟고 서 보았다——종이 위의 두 개의 글자 위에 그어진 선은 이것을 나타내고 있었던 것이다——그러자 눈이 마침 창문의 높이에 닿았다.

그는 그 자리에 선 채 바라보았다. 앞에서도 말한 바와 같이 창문은 육지를 향하고 있으므로 맨 먼저 동굴과 육지를 잇고 있는 오솔길이 눈에 띄었다. 그리고 성채가 서 있는 언덕 기슭이 보였다. 그리고 보트를레는 성채를 똑똑히 보려고 왼쪽으로 몸을 기울인 순간, 종이 쪽지의 부등변 장방형 왼쪽 밑에 있는 동그랗게 그려진 선의 의미를 알았던 것이다, 창문 왼쪽 밑에 규석 덩어리가 쑥 나와 있고 그 끝이 손톱처럼 굽은 것이 마치 총의 조준점과 꼭 같았다. 그래서 이 조준

점에 눈을 대자 저쪽 언덕 중턱의 한 구획만이 보이게 되었다. 그 부분은 거의 모두가 낡은 벽돌벽으로 되어 있었다. 아마도 여기에 서 있던 옛 성채이거나 로마 시대 성채의 흔적일 것이다.

보트를레는 그 벽 쪽으로 뛰어갔다. 벽의 길이는 10미터 정도로, 표면에는 풀이며 나무가 나 있었다. 그 곳에서는 별다른 단서가 발견되지 않았다.

그러나 그 19라는 숫자는 무엇일까?

그는 동굴로 돌아와 가느다란 노끈뭉치와 줄자를 주머니에서 꺼내어 가느다란 노끈을 쑥 내밀고 있는 돌 모서리에 잡아매고, 19미터쯤 되는 곳에 작은 돌멩이를 매달아 그것을 던졌다. 돌멩이는 겨우 오솔길 끝에 닿았을 뿐이다. 그는 곧 깨달았다.

"참, 나는 바보로구나. 그 당시는 미터라는 것을 쓰지 않았어. 그 무렵은 토와즈(1토와즈는 1.949미터)였지. 19는 19토와즈가 아니었을까?"

이지도르는 계산하여 가는 노끈의 37미터 되는 곳에 매듭을 만들어, 아가씨들의 방 창문에서 37미터 떨어진 데서 프레포쎄의 벽에 닿는 곳을 찾았다. 한참 찾는데 일직선이 된 가느다란 노끈이 벽의 어떤 점에 닿았으므로, 그는 비어 있는 쪽 손으로 그 벽 부분에 나 있는 풀이며 나뭇잎을 헤쳤다.

그는 저도 모르게 큰 소리로 외쳤다. 집게손가락 끝으로 누르고 있던 노끈의 매듭은 어김없이 벽돌 위에 돋을새김으로 된 작은 열십자 표시의 중심에 해당되어 있었던 것이다.

그러니까 예의 종이쪽지에 있던 19에 이어지는 기호는 십자였던 것이다.

온몸이 화끈거릴 정도의 흥분을 누르는 데는 상당한 의지가 필요했다. 그는 떨리는 손가락으로 얼른 십자를 잡았다. 그리고 손가락에 힘을 주면서 수레바퀴라도 돌리는 것같이 그것을 돌려 보았다. 벽돌이 건들건들했다. 그는 더욱 힘을 주었다. 그러나 벽돌은 꼼짝하지 않았다. 그래서 이번에는 돌리지 않고 밀어 보았다. 곧 열리는 것을 알았다. 그리고 갑자기 마치 퉁겨진 것처럼 자물쇠가 열리는 소리가 들렸다. 벽돌 오른쪽 1미터가량 넓이의 벽이 빙글 돌며 지하도 입구가 보였다.

보트를레는 미친 사람처럼 그 쇠문을 움켜쥐고 거칠게 다시 닫았다. 놀라움과 기쁨, 그리고 사람들이 보게 된다는 두려움 때문에 그의 얼굴은 떨려 왔다. 20세기에 걸친 긴 세월, 이 문 앞에서 일어난 모든 일, 비밀을 알아 내어 이 출입구를 지나다닌 사람들의 얼굴이 머릿속에 떠올랐다…… 켈트 인, 갈리아 인, 로마 인, 노르망디 인, 영국인, 프랑스 인, 남작, 후작, 국왕, 그러한 사람들 뒤에 아르센 뤼뺑…… 그리고 뤼뺑의 다음에는 보트를레가. 이지도르는 머리가 이상해지는 것 같았다. 눈이 핑핑 돌았다. 그는 정신이 아득해져서 절벽 끝의 난간 밑에까지 굴러떨어졌다.

이지도르의 일은 끝났다. 적어도 그가 혼자서 할 수 있는 일은 끝난 것이다.

그날 밤 그는 빠리의 경시총감에게 긴 편지를 썼다. 조사 결과를 정직하게 보고하여 에귀유 크뢰즈의 비밀을 알리고, 이 일을 매듭짓기 위해 원조를 요청했다.

그는 회답이 오기를 기다리면서 이틀 밤을 계속 아가씨들의 방 안에서 지냈다. 공포에 떨어 신경이 매우 곤두섰기 때문에 희미한 소리에도 깜짝깜짝 놀랐다. 그는 또 끊임없이 사람의 그림자가 자기 쪽으로 덤벼드는 것 같아서 그것에도 줄곧 시달렸다. 자신이 이 동굴 속에 있는 것을 그들이 눈치채고 있다……사람이 온다……목을 조른다. 그러나 그의 눈길은 온 힘을 다해, 의지의 힘에 받쳐져서 가만히 벽 기슭을 지켜보고 있었다.

첫날 밤은 아무 일도 없었다. 그러나 이틀째 되는 날 밤은 별빛과 초승달 달빛으로 문이 열리는 것이 보이고 사람의 그림자가 나타났다. 세어 보니 둘, 셋, 넷, 다섯 명…….

다섯 사나이는 아주 큼직한 짐을 끼고 있는 것 같았다. 그대로 곧장 들판을 지나 르아브르 큰길로 나갔다. 조금 뒤 멀어져 가는 자동차 소리가 들렸다.

그는 돌아가기로 했다. 그래서 큰 농가 옆을 지났다. 그러나 그 길 모퉁이에서 허둥지둥 둑 위로 뛰어올라가 가까스로 나무 뒤에 몸을 숨겨야 했다. 또 사나이들이 짐을 들고 지나갔기 때문이다. 그로부터 2분 뒤에 또 한 대의 자동차 엔진 소리가 들렸다. 이제 그는 동굴로 돌아갈 기운도 없어져서 숙소로 돌아가 잤다.

아침에 일어나자, 숙소의 사환이 편지 한 통을 들고 왔다. 겉봉을 뜯어보니 가니마르 경감의 명함이 들어 있었다.

"마침내!"

보트를레는 소리쳤다. 괴로웠던 일을 끝낸 뒤이므로 그는 정말로 도움의 필요성을 느끼고 있었던 것이다.

그는 급히 나가 손을 내밀었다. 가니마르는 그 손을 움켜쥐며 말했다.

"자네는 참으로 굉장한 일을 해치웠어."

"웬걸요, 우연히 들어맞은 거죠."

"그를 상대로 해서는 우연히 맞는 일이란 없네."

경감은 잘라 말했다. 가니마르는 특히 뤼빵에 대한 이야기일 때에는 그 이름을 입에 담지 않고 신중히 말하는 것이었다.

경감은 앉았다.

"이번에야말로 그를 잡을 수 있겠군?"

"적어도 그 사나이의 은신처, 그 사나이의 성채는 알고 있습니다. 그러나 뤼빵은 역시 뤼빵이니까요. 달아날 수가 있습니다. 에트르따의 에귀유는 달아날 수 없지만요."

"어째서 자네는 놈이 달아날 거라고 생각하나?"

가니마르 경감은 걱정스러운 얼굴로 말했다.

"경감님은 어째서 그가 달아날 필요가 있다고 생각하시는 거지요?"

보트를레는 되물었다.

"지금 그 사나이는 성채에 없는 것 같습니다. 어젯밤 그의 부하들이 11명 나갔습니다. 아마 그 속에 그 사나이도 섞여 있었을 겁니다."

가니마르는 다시 생각했다.

"과연 그렇군. 하지만 가장 중요한 것은 에귀유 크뢰즈야. 그밖의 일은 어떻게 되겠지. 그런데 우리 이야기 좀 하세."

그렇게 말하고 나서 가니마르는 정색을 하며 확신에 찬 무게 있는 목소리로 이렇게 말했다.

"보트를레 군. 나는 이번 사건에 대해서는 절대로 비밀을 지키도록 하라는 전갈을 갖고 왔다네."

"누구의 명령인가요?"

보트를레는 놀리는 듯한 말투로 말했다.

"경시총감께서 내리셨나요?"

"좀 더 위이지."

"국무총리인가요?"

"그보다 더 위."

"네!"

가니마르는 목소리를 죽였다.

"보트를레 군, 나는 대통령 관저에서 오는 길일세. 이런 사건은 매우 중대한 국가의 기밀이라 할 수 있네. 이 보이지 않는 성채를 사람들이 알지 못하게 하려는 데에는 깊은 까닭이 있다네. 특히 군사상의 이유인데……다시 말해서 식량 보급소라든가 새로운 화약이나 최근에 발명된 총알 등을 저장하는 프랑스의 비밀 병기창으로 하고 싶다는 걸세."

"그러나 이런 비밀을 어떻게 감추어 둘 수 있겠습니까? 옛날에는 이것을 소유했던 사람은 국왕뿐이었습니다. 그러나 지금은 다릅니다. 뤼뺑과 그의 부하들 말고도 벌써 몇몇 사람이 알고 있습니다."

"아니, 하다못해 10년, 아니 5년만이라도 잠자코 있어 준다면! 5년이면 충분해."

"그렇지만 이 성채, 미래의 병기창을 점령하려면 먼저 공격을 해야 하고 뤼뺑을 쫓아내야만 할 겁니다. 그런 큰일을 남모르게 살짝 할 수야 없지요."

"그야 세상에서는 여러 가지로 이러쿵저러쿵하겠지만, 사실이 어떤지는 알 리가 없지."

"그럼, 경감님의 계획은?"

"매우 간단해. 우선 자네는 이지도르 보트를레가 아닌 것으로 하겠네. 아르센 뤼뺑에 대한 것은 전혀 말을 하지 않는 걸세. 또한 자네는 에트르따의 말썽꾸러기 소년으로 하고, 심심해서 건들건들 거닐고 있다가 지하도에서 사람이 나오는 것을 보았다고 한단 말일세. 자네는 절벽 밑을 지나는 계단이 있다고 생각하겠지?"

"네, 바닷가를 따라 그러한 계단이 여러 개 있습니다. 보셔요, 바로 요 가까이에도 베느비르의 맞은편에 뀌레의 계단이 있다는데, 해수욕하러 간 손님은 누구나 다 알고 있지요."

"그럼, 내 부하를 절반 이끌고 자네의 안내를 받으며 가기로 하세. 내가 혼자 들어갈 것인지 부하와 함께 갈 것인지는 좀 더 생각해 보겠지만, 아무튼 공격은 그 방면에서부터 하겠네. 만약 뤼빵이 에귀유에 없다면 매복하고 있다가라도 언젠가는 잡을 걸세. 만약 있다면……."

"만약 있다면 가니마르 경감님, 그는 바다로 향한 뒷문으로 에귀유를 빠져나갈 겁니다."

"그 때는 나의 남은 부하들이 잡게 되겠지."

"그렇겠군요, 그러나 만약 그때 썰물이라면 에귀유의 토대가 나와 있을 테니까 적을 잡는 것을 사람들이 보게 되고 말겠는데요, 아무튼 남녀 어부들이 바위에 붙어 있는 조개며 새우를 잡으러 오곤 하니까요."

"그러니까 밀물 때 하려고 생각하네."

"그렇게 하면 바로 달아납니다."

"우린 배를 12척 준비하여 부하를 한 사람씩 태워 두었다가 잡도록 하겠네."

"물고기가 그물코를 빠져나가듯이 배 사이로 빠져나갈지도 모릅니다."

"염려할 것 없네. 그렇게 되면 바다 속에 가라앉혀 주겠네."

"대포로 말인가요?"

"물론이지. 지금 르아브르에 수뢰정이 한 척 대기하고 있네. 내가 전화만 하면 언제라도 에귀유 가까이에 나타날 걸세."

"수뢰정이 오면 뤼빵은 매우 우쭐해지겠는데요, 가니마르 경감님, 모든 준비가 다 갖추어졌다는 것을 잘 알았습니다. 남은 것은 오직 진격이 있을 뿐입니다. 언제 하시겠습니까?"

"내일 낮의 밀물 때를 노려 10시를 신호로."

보트를레는 겉으로는 힘차게 말했지만 마음 속으로는 불안해 견딜 수가 없었다. 이날 밤은 이일 저일 생각하면 생각할수록 눈이 말똥말똥해져서 잠을 잘 수 없었다.

가니마르는 보트를레와 헤어지자 에트르따에서 10킬로미터쯤 떨어진 이포르로 가서 그곳에서 부하들과 신중하게 의논했다. 또 해안을 측량한다는 명목으로 어선을 12척 구했다.

9시 45분, 가니마르는 튼튼하고 억센 12명의 부하를 이끌고 절벽으로 올라가는 길 아래서 이지도르와 만났다. 10시 정각에 그들은 암벽 앞에 이르렀다. 드디어 시작되는 것이다.

"왜 그러나? 이지도르 군. 얼굴빛이 좋지 않군그래."

가니마르는 소년을 놀리면서 거만한 말투로 이렇게 말했다.

"가니마르 경감님, 당신도 마치 다 죽어 가는 환자 같은데요."

보트를레도 지지 않았다.

모두들 앉고 가니마르는 럼 술을 서너 잔 들이켰다.

"겁이 난 것은 아니지만."

그는 말했다.

"그래도 제기랄! 가슴이 뛰어서 견딜 수가 없어. 그를 잡으려고 하면 언제나 이렇단 말야. 자, 어서 열게. 아무도 보지는 않았을 테지?"

"염려할 것 없습니다. 여기는 에귀유보다 높은데다가, 이 곳은 움 푹 들어가 있으니까요."

보트를레는 벽으로 가까이 다가가서 벽돌을 밀었다. 덜컹 하는 소 리가 나며 지하도 입구가 나타났다. 칸델라의 불빛으로 안을 보니 지 하도는 천장이 둥글고 바닥과 마찬가지로 모두 벽돌로 덮여 있었다.

그들이 잠시 걸어가노라니 갑자기 계단이 나타났다. 보트를레가 세 어 보니 45단이었다. 그것은 벽돌 계단인데, 오랜 세월 많은 사람이 밟아 한복판이 움푹 닳아서 파여 있다.

"아차! 큰일 났군."

맨 앞에 섰던 가니마르 경감이 무엇엔가 부딪치기라도 한 것처럼 갑자기 걸음을 멈추었다.

"왜 그러십니까?"

"문일세."

"제기랄!"

보트를레는 그것을 뚫어지게 보면서 중얼거리듯 말했다.

"부서질 것 같지도 않군요. 정말 무쇠 덩어리 같아요."

"이젠 틀렸네. 자물쇠도 없어."

가니마르가 침통하게 말했다.

"문이란 열기 위해 있는 법이에요. 만약 문에 자물쇠가 없다면 다 른 비밀 장치가 있을 겁니다."

"그것을 알 수가 없잖나."

"제가 찾아 내지요."

"어떻게?"

"예의 그 종이쪽지로요. 4행째는 곤란한 일이 생겼을 때 그것을 해 결하는 것으로밖에 생각할 수 없어요. 더욱이 해결방법은 어렵지 않아요, 왜냐하면 그것은 해결방법을 구하는 사람을 돕기 위해 있는 것이지 혼란에 빠뜨리기 위해 있는 것은 아니니까요."

"어렵지 않다고! 자네의 말을 믿을 것 같은가?"

그렇게 소리치며 가니마르는 종이쪽지를 폈다.

"44라는 숫자와 왼쪽에 점이 있는 세모꼴뿐일세. 무슨 뜻인지 알 수 없지 않나."

"천만에요, 그렇지 않아요. 문을 잘 조사해 보십시오. 네 귀퉁이에 세모꼴로 된 철판이 단단히 박혀 있지요? 그 철판은 큼직한 못으로 박혀 있어요. 왼쪽 아래 철판 모퉁이에 있는 못을 움직여 보십시오. 10이면 9까지는 그게 틀림없을 겁니다."

"유감스럽지만 10중의 하나였군."

가니마르는 시험해 보고 이렇게 말했다.

"그러면 44라는 숫자는……."

보트를레는 생각하면서 낮은 목소리로 말했다.

"그렇군. 우리 두 사람 다 계단 맨 끝단에 있어. 계단은 모두 45단이었지……종이에 씌어 있는 숫자는 44인데 어째서 45일까? 우연일까?……아니, 이 사건에는 우연 따위는 있을 수 없어. 적어도 뜻밖의 우연 따위는. 가니마르 경감님, 한 단만 내려가 보십시오……그렇습니다. 그대로 44단째 되는 곳에 서 주십시오. 이번에는 내가 이 못을 움직여 보겠습니다. 이번에는 염려 없을 것입니다."

과연 무거운 문이 경첩 위에서 돌았다. 굉장히 넓은 동굴이 눈앞에 열렸다.

"우리는 프레포쎄의 성채 바로 밑에 있을 겁니다. 이것으로 흙의 지층은 끝났어요. 벽돌도 없어졌고 여기는 석회질뿐입니다."

보트를레가 말했다.

동굴 속은 저쪽 끝에서 들어오는 빛으로 희미하게 밝았다. 가까이 다가가서 보니 그것은 암벽이 튀어나온 곳에 생긴 절벽의 갈라진 틈으로, 마치 감시소처럼 되어 있었다. 앞쪽 50미터쯤 되는 곳에 에귀유의 기괴한 바위 덩어리가 파도 위에 우뚝 솟아 있다. 바로 가까운 오른쪽에는 아바르 문의 버팀대가 있고, 왼편 아득히 먼 곳에는 넓은 후미의 완만한 곡선 끝에 또 하나의 좀 더 훌륭한 아치가 절벽에 솟아 있다. 이것이 마그나 포르타, 다시 말해서 대문이며, 배가 돛대를 세우고 돛을 올린 채로 그 밑을 지나갈 수 있을 만큼 컸다. 그 저 쪽은 모두 바다였다.

"경감님의 함대는 안 보이는데요."

보트를레가 말했다.

"보이지 않지."

가니마르가 대답했다.

"아바르의 문이 있기 때문에 에트르따와 이포르 방면의 해안은 전혀 보이지 않는 걸세. 그렇지만 보게, 저기 저 앞바다에 수평선과 닿을락말락하게 검은 선이……."

"저것이?"

"저것이 수뢰정 25호일세. 저것만 있으면 뤼빵이 달아나려 해도……바다 밑 생선 뱃속에 장사지내지게 되지."

바위 틈 옆에 난간이 있어, 그 곳이 계단 출구라는 것을 알 수 있었다. 모두 그 쪽으로 갔다. 암벽 군데군데에 작은 창문이 열려 있어, 그 어느 것으로도 에귀유 크뢰즈가 보였다. 바위 덩어리는 더욱 더 커진 것 같다. 수면과 같은 높이에 이르기 조금 앞에서부터 창문이 없어져 안은 어두워졌다.

이지도르는 큰 소리로 단의 수를 세었다. 3백 58단 만에 좀 더 넓은 복도로 나갔는데, 그 곳에는 철판을 못으로 단단히 고정한 무쇠 문이 있어 길을 가로막고 있었다.

"이것은 알고 있어요. 종이쪽지에 357이라는 숫자와 오른쪽에 점이 찍힌 세모꼴이 있습니다. 아까와 똑같이 하면 될 겁니다."

두 번째 문도 처음의 문과 마찬가지로 열렸다. 긴 터널이 나타났다. 천장에 매어 달린 칸델라에서 강한 빛이 비치고 있었다. 벽에서 물기가 스며 나와 바닥에 방울져 떨어지는데, 걷기 좋도록 이 끝에서 저 끝까지 나무판자가 깔려 있었다.

"여기는 바다 밑이군요."

보트를레가 말했다.

"가니마르 경감님, 따라오고 계시지요?"

경감도 터널 속을 지나 판자 위를 걸어가다가 칸델라 앞에서 걸음을 멈추고 그것을 떼어 냈다.

"도구류는 중세기 무렵부터 쓴 것인 듯하지만 이 조명법은 새롭군. 그들은 백열등을 쓰고 있어."

그는 다시 걷기 시작했다. 터널 끝은 좀 더 넓은 다른 동굴로 되어 있고, 그 정면에 계단으로 올라가는 입구가 보였다.

"드디어 에귀유로 올라가는 것일세. 이제부터가 진짜야."

가니마르가 말했다.

그런데 부하 한 명이 그를 불러 세웠다.

"경감님, 저쪽 왼편에 다른 계단이 있습니다."

게다가 오른편에서도 제3의 계단이 발견되었다.

"제기랄!"

경감은 내뱉듯이 말했다.

"어렵게 되었는걸. 이 쪽으로 가면, 그들은 저 쪽으로 도망치겠군."

"우리 떨어져서 따로따로 행동해요."

보트를레가 제안했다.

"아니, 아니……그렇게 하면, 우리의 힘이 약해지고 마네. 누구든
한 사람이 정찰하러 가는 게 좋겠네."

"제가 갈까요?"

"보트를레 군, 자네가 가겠나? 좋겠지. 나는 부하들과 함께 여기
서 기다리겠네……그렇게 하면 걱정 없을 걸세. 어쨌든 우리가 지
나온 절벽의 길과는 다른 길이 있을지도 모르니까. 에귀유 속에도
여러 개 있을 걸세. 그러나 에귀유와 절벽 사이에는 터널 말고는
통로가 없는 것이 확실해. 그러니까 이 동굴을 지날 수밖에 별다른
도리가 없네. 나는 자네가 돌아올 때까지 여기에 버티고 있겠네.
그럼 보트를레 군, 조심하게……조금이라도 수상한 일이 있으면
되돌아와야 하네."

이지도르는 재빨리 가운데 계단으로 사라졌다. 30단째에 문이 있
어 나갈 수 없게 되었다. 손잡이를 돌려 보았더니 잠겨 있지 않고 열
렸다.

들어가 보았다. 방이 너무 넓어 천장이 낮게 생각되었다. 등불이
켜져 있고, 천장을 떠받치고 있는 튼튼한 기둥 사이가 널찍널찍해서,
에귀유 전체의 넓이인 것처럼 생각되었다. 많은 상자가 흩어져 있었
다. 가구며 의자며 궤짝이며 천장이며 참으로 여러 가지 물건이 흩어
져 있어, 마치 헌 도구상 지하실과도 비슷했다. 자세히 보니 오른편
에도 왼편에도 계단의 출구가 있었다. 아마도 밑의 동굴에서 이어지
고 있는 계단이 틀림없다. 이지도르는 차라리 아래로 내려가 가니마
르 경감에게 알릴까 하고 생각했다. 그렇지만 정면에 좀 더 위로 가

는 계단이 있었으므로, 그는 혼자서 조사를 계속하기로 했다.

또 30단, 그리고 문, 그리고 아까보다 더 작은 방. 그리고 아까와 다름없이 정면에는 위로 이어지는 계단이 있다.

다시 30단, 문, 더 작은 방.

보트를레는 에귀유의 내부에 시공된 공사의 설계가 이해되었다. 여러 개의 방이 차곡차곡 포개져 있는 것이다. 그래서 위로 갈수록 작아진다. 그리고 그 어느 방이나 창고로 쓰이는 모양이었다.

네 번째 방에는 난간이 없었다. 창문으로 희미한 빛이 스며들고 있다. 10미터쯤 아래쪽에 바다가 보였다.

이때 이지도르는 가니마르 경감과 그 부하들이 있는 곳에서 매우 멀리 떨어진 것을 생각하고 마음이 허전해졌다. 곧장 도망치고 싶어지는 것을 꾹 누르기 위해 어지간히 신경을 가라앉혀야만 했다. 그렇다고 해서 별다른 위험이 닥치고 있는 것도 아니었고, 주위가 쥐죽은 듯이 너무도 조용하기 때문에 이 에귀유 속에 아무도 없는 것이 아닐까 하고 생각되었을 정도였다.

'한 층만 더 올라가고 그만두어야지.'

그는 생각했다.

30단 올라간 곳에 또 문이 있었다. 그는 언제라도 달아날 수 있는 태세를 갖추고 살그머니 문을 열었다. 아무도 없다. 그러나 이 방은 이제까지의 방과는 달리 쓰여지고 있는 방인 모양이었다. 벽에는 벽걸이가 걸렸고, 바닥에는 융단이 깔렸으며, 금은으로 세공이 잘 된 두 개의 찬장이 마주보게 놓여 있다. 좁고 깊은 틈에 만들어진 작은 창문에는 유리가 끼워져 있었다.

방 한가운데에는 테이블이 있고 레이스로 뜬 테이블보가 씌워졌으며, 과일 접시며 과자 접시며 샴페인 병이며 꽃 등이 아름답게 차려져 있었다.

그리고 테이블 둘레에는 세 사람 몫의 식기가 가지런히 정돈되어 있다.

보트를레는 가까이 가 보았다. 냅킨 위에 식사할 사람의 이름이 쓰인 카드가 있었다. 먼저 한 장에는 아르센 뤼빵.

그 맞은편은 뤼빵 부인.

세 번째 카드를 집어 들었을 때, 그는 펄쩍 뛸 듯이 놀랐다. 그 카드에 자기 이름이 씌어 있었기 때문이다. '이지도르 보트를레 군'이라고!

프랑스 역대 왕실의 재보

커튼이 홱 열렸다.

"안녕하시오, 보트를레 군. 늦었구먼. 점심 식사는 12시로 정했다네. 하지만 아주 조금 늦어졌을 뿐이지…… 왜 그러나? 내가 그렇게 변했는가!"

보트를레는 뤼뺑과 맞서 싸우면서 지금까지 수없이 놀랐으며 이번에도 이것이 마지막 싸움이 될 터이므로 얼마든지 흥분할 일이 있을 것이라고 각오는 했지만, 그러나 이번만은 정말 뜻밖이었다. 그것은 놀라움 같은 것이 아니라, 기상천외의 기절할 만한 일이었다.

지금 그의 눈앞에 있는 사나이는 모든 사건의 경과로 보아, 분명히 뤼뺑이어야 할 일이었다. 그런데 그것이 바르멜라일 줄이야! 에귀유 성의 주인인 바르멜라! 그가 아르센 뤼뺑과 싸우기 위해 도움을 청했던, 그 바르멜라! 끌로장에서 함께 활약했던 동료 바르멜라! 대기실 어둠 속에서 상대를 때려눕히고, 또는 때려눕힌 척하고 레이몽드를 달아나게 해주었던 용감한 친구가 뤼뺑이라니!

"당신……당신입니까!"

이지도르는 어물거리며 더듬더듬 말했다.

"왜 그러나? 그래서는 안 되나?"

뤼빵은 큰 소리로 말했다.

"자네는 내가 영국인 목사나 마시방으로 변장한 것을 보고, 나라는 사람을 모두 알아 본 줄 알았나? 나 같은 사나이가 이 세상에서 살아 나가기 위해서는 그에 알맞은 재주가 있어야만 하네. 만약 뤼빵이 뤼빵답게 영국 교회의 목사나 문예학사원 회원이 될 수 없다면, 이미 그는 뤼빵이 아닌 셈일세. 안 그런가? 그런데 뤼빵은, 진짜 뤼빵은 바로 나일세! 잘 보아 두게나, 보트를레군."

"하지만……그렇다면, 만약 당신이 바르멜라 씨라면……레이몽드 양은……."

"그렇지, 보트를레, 바로 그대로야."

뤼빵은 커튼을 열어젖히고

"아르셴 뤼빵 부인" 하고 불렀다.

"아!"

소년은 놀라서 중얼거리듯 말했다.

"생 벨랑 양이군."

"아니지, 아르셴 뤼빵 부인일세."

뤼빵이 불평했다.

"아니면 루이 바르멜라 부인이라고 불러도 좋겠지. 아무튼 정식으로 결혼한 나의 아내일세. 그것도 모두 자네 덕택이야. 나의 친애하는 보트를레군."

그렇게 말하고 뤼빵은 손을 내밀었다.

"정말 기쁜 일일세. 자네는 나를 원망하고 있지는 않겠지?"

참으로 이상하게도 보트를레는 이 사나이에게 그토록 번번이 당했으면서도, 조금도 원한 같은 건 없었다. 굴욕감도 전혀 없었다. 후회하는 그런 심정도 없다. 그가 모든 면에서 자기보다 한 수 위였으므로, 졌다고 해도 부끄러워할 생각이 들지 않았다. 그는 뤼뺑이 내미는 손을 마주잡았다.

"부인, 식사 준비가 다 되었습니다."

하인이 테이블 위에 요리가 담긴 접시를 놓고 나갔다.

"미안하게 되었네, 보트를레 군. 공교롭게도 수석 사환이 휴가 중이어서 있는 것으로 마련한 식사밖에 대접을 못하겠네."

보트를레는 그다지 식욕이 없었다. 그래도 뤼뺑의 태도에는 매우 흥미를 느꼈기 때문에 자리에 앉았다. 뤼뺑은 알고 있는 것일까? 위험이 다가오고 있음을 느끼고 있는 것일까? 가니마르와 그 부하가 와 있다는 것을 알지 못하는 것일까? 그때 뤼뺑이 다시 이야기를 이어나갔다.

"맞았네, 분명히 자네 덕분일세. 물론 레이몽드와 나는 처음부터 서로 사랑했었네. 정말이야, 여보게…… 레이몽드를 유괴하고 감금하고, 이것은 모두 꾸민 일이었지. 우린 서로 사랑했어. 그렇지만 레이몽드는——나도 그랬지만——어떻든 우연에 지배되는 그런 흐리멍덩한 관계가 우리 사이에 이루어지는 것을 바라지 않았다네. 그러니까 뤼뺑으로서 결혼은 불가능한 문제였던 걸세. 그러나 내가 본디의 루이 바르멜라로 돌아가면 문제는 없었지. 그래서 나는 생각했다네. 어쨌든 자네는 추격을 늦추지 않았고, 저 에귀유의 옛성을 발견해 버렸으니 말일세. 그래서 나는 자네의 고집스러움을 이용하기로 한 걸세."

"그리고 저의 어리석음도요."

"하하하! 누구라도 걸리게 되어 있었지."

"그래서 제 엄호와 지지를 얻은 덕분에 성공했다는 것인가요?"

"그렇지! 누가 바르멜라를 뤼뺑이라고 생각하겠나? 아무튼 바르멜라는 보트를레 군의 편이고, 뤼빵의 손아귀에서 뤼빵이 사랑하고 있는 여자를 구해 냈으니까. 아! 참 멋있고 즐거운 추억일세! 끌로장에 원정했던 일! 꽃다발을 발견했을 때……레이몽드에게 보낸 가짜 사랑의 편지! 그런 훨씬 뒤에는 바르멜라로서의 내가 뤼빵으로서의 나에게 해야만 했던 결혼 전의 이런 방법, 저런 수단! 그리고 자네가 내 품 안에서 정신을 잃었던 그 축하 모임의 밤! 모두 즐거운 추억일세!"

이야기가 잠깐 끊어졌다. 보트를레는 레이몽드를 살펴 보았다. 그녀는 아무런 말도 하지 않고 뤼빵의 말에 귀를 기울이고 있었다. 그 눈은 애정에 차 있지만, 또 어쩐지 불안해 보이는 희미한 쓸쓸함을 느끼게 했다. 그러다가 뤼빵이 레이몽드 쪽을 보았을 때 레이몽드는 상냥하게 미소로 대답했다. 두 사람은 테이블 위에서 서로의 손을 굳게 잡았다.

뤼빵이 또 말했다.

"보트를레 군, 이 조그마한 집을 어떻게 생각하나? 그럴 듯하지 않은가? 멋지지 않은가? 이것이 가장 좋은 집이라곤 하지 않네만, 그러나 여기가 마음에 들었다는 사람이 몇 있다네. 보게, 이곳 에귀유의 주인으로서 여기에 발자국을 남긴 것을 영광스럽게 여겼던 사람들의 일람표가 있네."

방의 벽에는 다음과 같은 이름이 새겨져 있었다.

케사르, 샤를르마뉴 대제(742~814, 칼 1세), 로르, 윌리엄 정복왕, 영국 국왕 리처드, 루이 11세(1423~1438, 프랑스 왕), 프랑소아 1세, 앙리 4세, 루이 14세, 아르센 뤼빵.

"이제부터 앞으로 여기에 이름을 남길 사람이 또 있을까?"

그는 계속해서 말했다.

"아아! 이 표는 여기서 끝났네. 케사르로부터 뤼빵까지, 이것이 모두일세. 머지 않아 일반 군중이 이 기묘한 성채를 찾아오게 되겠지만 말일세. 알겠나? 뤼뺑이 없었다면 이 비밀은 영원토록 알려지지 않았을 걸세! 아아! 보트를레 군, 여기에 처음으로 발을 들여 놓았을 때, 내가 얼마나 우쭐했겠나! 잃었던 비밀을 발견하고, 그 비밀을 찾아낸 이가 이 성의 유일한 주인이 된 것일세! 이러한 유산을 이어받을 상속자가 되었단 말일세! 이토록 많은 국왕들의 뒤를 이어, 에귀유에 살다니!"

그는 아내가 안절부절 못하며 불안한 태도를 보여서 이야기를 도중에서 끊었다.

"소리가……"

그녀는 말했다.

"밑에서 소리가……들려요."

"파도 소리겠지."

뤼뺑이 말했다.

"아뇨……그렇지 않아요……파도 소리라면 제가 잘 알아요……다른 소리에요."

"그럼, 뭘까?"

뤼뺑은 웃으면서 말했다.

"난 점심 식사에는 보트를레 군밖에 초대하지 않았소."

그런 다음 하인을 보고 물었다.

"샬로레, 손님이 오신 뒤에 계단 문을 잘 닫았겠지?"

"네, 빗장을 걸어두었습니다."

뤼뺑은 일어섰다.

"자아, 레이몽드, 그렇게 떨지 말아요……저런! 얼굴이 파리하구려!"

그는 아내와 하인에게 무슨 말인지 소곤거리고 나서, 커튼을 젖히고 두 사람을 그리로 내보냈다.

아래쪽으로부터의 소리가 점점 뚜렷해져 왔다. 그것은 일정한 간격을 두고 되풀이되는 둔한 소리였다. 보트를레는 생각했다.

'틀림없이 가니마르가 더 이상 기다릴 수 없게 되어, 문짝을 부수기 시작한 모양이다.'

뤼빵은 아주 냉정하게, 소리 같은 건 전혀 들리지 않는다는 듯 이렇게 말했다.

"내가 이 에귀유 성을 처음 발견했을 때 이 곳은 어찌나 황폐했던지 정말 지독했다네! 루이 16세 및 프랑스혁명 이래 백 년 동안, 아무도 이 비밀을 안 이가 없었다는 것을 한눈에 곧 알 수 있었네. 굴은 허물어져 가고 있었고 계단은 떨어져내릴 듯했으며 속에는 물이 흘러들어와 있었지. 그래서 나는 나무를 받치기도 하고, 단단히 다지기도 하여 다시 짓다시피했다네."

보트를레는 이렇게 말하지 않을 수 없었다.

"당신이 여기에 왔을 때는 성이 텅 비어 있던가요?"

"텅 비어 있었다고 해도 좋을 것일세. 국왕들은 나처럼 이 성을 창고 대신 쓸 필요는 없었을 테니까 말일세."

"그럼, 피난처로 썼군요?"

"틀림없이 그랬을 걸세. 적의 침략을 받았을 때, 내란이 일어났을 때. 그러나 진정한 목적은……어떻게 말하면 될까? 프랑스 역대 국왕의 보물창고였을 걸세."

소리는 점점 더 심해지고 뚜렷해졌다. 가니마르 경감은 첫 번째 문을 부수고 두 번째 문을 공격하고 있는 게 분명했다.

문득 소리가 멎었다. 계속해서 소리가 좀 더 가까이에서 들려 왔다. 세 번째 문이다. 이제는 문이 셋 남아 있다.

보트를레는 창문으로 밖을 내다보았다. 많은 어선이 에귀유 성 둘레를 에워싸고 있었다. 또 그다지 멀지 않은 곳에, 검고 큰 물고기처럼 검은 수뢰정이 떠 있었다.

"참, 시끄럽군!"

뤼뺑이 별안간 소리쳤다.

"도무지 이야기가 들려야지! 위로 올라가지 않겠나? 자네도 가 보고 싶겠지?"

두 사람은 다시 한 층 올라갔다. 거기에도 문이 있어, 뤼뺑은 방에 들어가자 안에서 문을 잠가 버렸다.

"이것은 내 그림방일세."

벽에는 많은 유화가 걸려 있었다. 유명한 이름들만 서명되어 있었다. 라파엘로(1483~1520, 이탈리아 고전화가)의 '성모와 신의 아기양', 앙드레 데르사르토(1486~1530, 이탈리아 화가)의 '루크렛챠 페데의 초상', 티치아노(1490~1576, 이탈리아 화가)의 '살로메', 보티첼리(1444년경~1510, 이탈리아 화가)의 '성모와 천사들', 그밖에 틴토레토(1518~1594, 이탈리아 화가)며 카르파치오(1472?~1523? 이탈리아 화가)의 명작이 있었다.

"기막힌 모사로군!"

보트를레는 칭찬했다.

뤼뺑은 깜짝 놀라 소년을 보았다.

"뭐라고! 모사라고! 참 바보로군, 자네는! 모사는 마드리드, 피렌체, 베네치아, 뮌헨, 암스테르담에 있네."

"그렇다면 이것은?"

"유럽의 모든 미술관에서 열심히 수집한 원작일세. 대신 고급품인 모사를 버젓하게 놓아두었지."

"그렇지만 언젠가는……."

"언젠가는 발견되겠지, 라는 말인가? 그 때에는 어떤 그림의 뒤에

나 내 서명이 있는 것을 보게 되겠지. 그리고 프랑스에 세계의 걸
작을 모두 수집해 놓은 사람은 바로 나라는 것을 알게 될 걸세. 다
시 말해서 나는 나폴레옹이 이탈리아에서 했던 것을 했을 뿐이네.
보게, 보트를레 군, 이것이 제브르 씨 저택에 있던 루벤스의 그림
이네."

소리는 여전히 에귀유 안에서 끊임없이 들려 왔다.

"참, 듣기 싫어 못 견디겠군! 좀 더 위로 올라가세."

뤼뺑이 말했다.

다시 계단을 올라가 문을 잠갔다.

"벽걸이의 방일세."

뤼뺑이 말했다.

벽걸이는 벽에 걸려 있지 않고 감기도 하고, 끈으로 동여매기도 하
고, 꼬리표가 달리기도 하여 고대의 물건을 싼 꾸러미와 함께 바닥에
놓여 있었다. 뤼뺑이 그 가운데 몇 개를 펴 보았다. 훌륭한 비단이며
우단이며 빛깔이 바래기 시작한 부드러운 실크며 금실로 수놓은 화려
한 비단……

둘은 더욱 위로 위로 올라갔다. 보트를레는 시계의 방, 서적의 방
——참으로 훌륭하게 장정된 귀중한 책들이었다! ——그리고 레이
스의 방, 골동품의 방을 보았다.

위로 올라가면서 방이 점점 좁아졌다. 그리고 그 때마다 소리가 멀
어져 갔다.

"이것이 마지막 방으로서 보물의 방일세."

뤼뺑이 말했다.

이 방은 지금까지의 다른 방과는 전혀 달랐다. 역시 원형이었지만
천정이 매우 높고 원뿔꼴이어서, 에귀유 성 꼭대기임을 가리키고 있
었다. 그 바닥에서 꼭대기까지는 15미터에서 20미터나 된다.

절벽을 향한 쪽은 창문이 하나도 없었다. 그러나 바다를 향한 쪽은 아무도 볼 염려가 없으므로 유리창문이 두 개나 나 있었으며, 그 곳으로 빛이 충분히 들어왔다. 바닥은 구심적인 도형을 이루고 진귀한 나무로 만든 마루판자가 깔려 있었다. 벽가에는 유리 진열장과 그림이 있었다.

"내가 갖고 있는 것 중에서 골라 놓은 가장 좋은 물건뿐일세!"

뤼빵이 설명했다.

"지금까지 본 것은 모두 팔 물건일세. 그렇기 때문에 들어왔다나갔다하네, 장사니까. 그렇지만 이 성전에 있는 것은 모두 신성한 물건뿐일세. 보트를레 군, 보게나, 이 보석류를. 칼데아의 호신부, 이집트의 목걸이, 켈트의 팔찌……보게, 이 조각품을. 그리스의 비너스, 코린트의 아폴로……보게, 보트를레 군, 타나그라의 인형을! 이 유리 진열장 속에 있는 것 말고는 세계에 진짜는 하나도 없네. 이런 말을 분명히 입에 담아 할 수 있다는 것은 얼마나 큰 기쁨인가! 보트를레 군, 기억하고 있겠지, 프랑스 남부의 교회를 황폐하게 만든 토마 일당을! 말이 나온 김에 말하네만, 그들도 내 부하들일세. 어떤가! 이것이 안바작의 성골함이네, 진짜란 말일세, 보트를레 군! 자네는 루브르 박물관에서 일어난 그 스캔들, 가짜 왕관 사건이 생각나나?……이것이 진짜 사이타파르네스의 왕관일세. 보트를레 군, 보게, 잘 보아 두어야 하네. 그리고 여기에 있는 것이 보물 중의 보물, 최고의 일품, 참으로 신품(神品)이라고도 할 만한 다빈치의 《조콘다('모나리자'로서 유명함)》일세. 잘보아 두게나, 보트를레 군!"

두 사람 사이에 잠시 침묵이 흘렀다. 밑에서부터 들리는 소리는 점점 가까워졌다. 기껏해야 둘이나 세 개의 문이 가니마르 경감과의 사이를 가로막고 있을 뿐이었다.

앞바다에는 수뢰정의 검은 등과 떠돌고 있는 어선단이 보였다. 소년은 물었다.

"보석류는?"

"이크! 자네도 특히 그것에 흥미가 있는 모양이군! 물론 세상 사람은 모두 자네와 같을 걸세만!……자아, 충분히 즐기며 보시기를!"

뤼빵은 세게 발을 굴러 마루청 하나를 벗겼다. 그리고 그것을 상자 뚜껑처럼 들어올리자, 바위를 도려 낸 동그란 통 같은 것이 있었다. 그 속은 텅 비어 있었다. 조금 떨어진 곳의 바닥을 벗겨 보았으나, 역시 빈 통이 나타났다. 다시 세 번째로 똑같은 일이 되풀이되었다. 세 번째 통도 비어 있었다.

"허어! 실망인걸!"

뤼빵은 씁쓰레하게 웃으면서 말했다.

"루이 11세, 앙리 4세, 리슐리외의 시대에는 이 5개의 통이 가득 차 있었을 것이 틀림없네. 그러나 루이 14세 시대의 베르사이유 궁전과 전쟁과 그 시대의 큰 재해를 생각해 보게! 또 루이 15세, 뽕빠도르, 듀바리의 일도 생각해 보게! 그 즈음에는 너무 낭비가 심했었지! 아무렇게나 마구 써버렸으니까 말일세! 보다시피 아무것도 없네."

그는 말을 끊었다.

"아니, 보트를레 군, 또 있네, 여섯 번째의 은닉처가! 이것은 손을 대지 않았지…… 아무도 손을 대려고도 하지 않았네. 이것은 마지막 자원일세!……말하자면 특별히 남겨 두었다고 할 만한 것이지. 보게나, 보트를레 군."

그는 몸을 굽혀 마루청으로 된 뚜껑을 들어올렸다. 통에는 철제 금고가 들어 있었다. 뤼빵은 주머니에서 복잡하게 만들어진 열쇠를 꺼내어 금고를 열었다.

눈이 부셨다. 모든 보석이 번쩍이며 갖가지 색채가 한꺼번에 타올랐다. 사파이어의 파랑이며 루비의 빨강이며 에메랄드의 초록이며 토파즈의 노랑이.

"보게나, 이지도르 소년. 그들은 금화며 은화며 온갖 에뀌 화, 그리고 듀크 금화(옛 유럽 금화)며 도부론 금화를 다 써 버렸네. 그러나 보석 금고는 손을 대지 않았네! 세공을 잘 보게. 온갖 시대, 모든 세기, 모든 나라들의 것이 있네. 여왕들이 가졌던 물건들일세. 여왕들은 모두 무언가를 가져왔으니까. 스코틀랜드의 마거릿도, 사보아의 샬로뜨도, 영국의 메리도, 카뜨리느 드 메디시스(프랑스 국왕 앙리 2세의 왕비)도, 그리고 오스트리아의 모든 대공비들——엘레오노르도 엘리자베스도 마리아 테레사(마리 앙뜨와네뜨의 어머니)도 마리 앙뜨와네뜨도, 모두가 저마다 자신들의 몫을 가지고 온 것일세. 보게, 이 훌륭한 진주를! 그리고 이 다이아몬드를! 어느 하나를 집어 보아도 왕비에게 어울리지 않는 것은 없을 걸세! 프랑스 왕관의 다이아몬드(필립 공이 1717년에 사들인 136캐럿짜리)도 이렇게 훌륭하지는 못할 걸세!"

그리고 일어나 마치 맹세라도 하는 듯이 손을 내밀며 말했다.

"보트를레, 온 세상에 알려 주게——뤼빵은 왕실의 금고에 있던 보석을 단 한 개도 갖지 않았노라고, 단 한 개도! 나는 나의 명예를 걸고 맹세하네! 내게는 그렇게 할 권리가 없었기 때문일세. 이것은 프랑스의 재산이네……."

밑에서는 가니마르가 급히 다가오고 있었다. 주위에 울리는 소리로 미루어 보아 맨 끝에서 두 개째의 문, 골동품의 방을 공격하고 있는 것 같았다.

"이 금고는 이렇게 열어 놓은 채 두세."

뤼빵이 말했다.

"그리고 이 통도, 텅 빈 다섯 개의 이 무덤 구멍도 모두……."

그는 방을 한 바퀴 돌며 유리 진열장을 조사하고 그림을 바라보면서 감개가 무량한 듯이 서성거리더니 말했다.

"이런 모든 것들과 헤어진다는 것은 참으로 슬픈 일일세! 정말 가슴이 찢어지는 것 같네! 나는 가장 행복했던 시간을 여기서 지냈네……오직 혼자서, 이런 사랑했던 물건들과 마주앉아…… 그런데 이제 나는 이 물건들을 내 눈으로 볼 수 없게 될 걸세. 내 손은 이제 이런 것들을 만질 수 없을 걸세."

일그러진 그의 얼굴에 참말로 지친 모습이 뚜렷이 보였으므로, 보트를레는 웬일인지 불쌍하게 생각되었다. 이 사나이는 다른 사람 이상으로 깊이 고뇌를 느끼는 것이리라. 그리고 기쁨이나 자랑스러움이나 굴욕감도 다른 사람보다 더 강한 것이다.

다음에 뤼빵은 창가로 다가가 밖을 가리키면서 말했다.

"좀 더 슬픈 것은, 저것들을 모두 내버리고 가야만 하는 일일세. 아름답지 않은가? 넓은 바다……그리고 하늘……오른쪽이나 왼쪽이나——에트르따의 절벽, 아몽의 문, 아바르의 문, 큰 문……이곳의 성주를 위한 개선문과도 같은 문……그리고 성주는 바로 나였었네! 모험왕! 에귀유 크뢰즈의 왕! 기괴한 초자연의 이 왕국! 케사르로부터 뤼빵에게 이것들이 전해진 걸세. 이 어인 운명이란 말인가!"

그는 웃음을 터뜨렸다.

"옛날 이야기의 왕인가? 어째서? 그보다는 이브트의 왕(착하고 태평스러운 왕의 대명사)이라고 해주었으면 좋겠네! 아니, 그렇지 않아! 세계의 왕, 그래, 그것이 진실이야! 이 에귀유의 꼭대기에서 나는 온 세계를 지배하고 있었네! 보트를레, 그 사이타파르네스의 왕관을 집어 들어 보게……전화기가 두 대 보이지 않는 가!……오른쪽 전화기가 특설된 빠리 직통, 왼쪽 것은 이것도 특별히 설치된 런던과의 직통 전화일세. 런던을 통해 나는 미국과 아시아와 오스트레일리아와도 연락을 취하고 있었네! 그리고 나는 모든 나라에 지점과 대리점과 연락원을 두고 있네. 그것이야말로 국제 무역일세. 미술 골동품의 큰 시장, 세계적인 도시였네. 아아! 보트를레, 나는 자신의 권력에 현기증이 날 때가 있네……나는 실력과 권위에 취해 있는 걸세."

아래층 문이 부서졌다. 가니마르 경감과 그 부하들이 뛰어다니며 찾고 있는 소리가 들려 왔다……조금 뒤에 뤼빵은 또 낮은 목소리로 말을 계속했다.

"자아, 이것으로 끝났네……왜냐하면 한 처녀가 내 눈 앞을 지나갔기 때문일세. 금발 머리에 슬픔어린 아름다운 눈, 올바른 마음을 지닌 처녀일세. 그래서 모든 것이 끝나고 말았다네……내가 나 자신의 손으로 이 엄청난 건조물을 파괴하는 것일세. 그밖의 일은 모두 시시해졌네, 아이들 장난과 같아졌네. 다만 중요한 것은 그녀의 머리카락……그 슬퍼 보이는 눈……그리고 그녀의 소박하고 올바른 마음뿐일세."

경찰관들이 계단을 올라왔다. 마지막 문을 때려 부수는 소리가 났다…… 뤼빵은 소년의 팔을 와락 움켜쥐었다.

"알겠나, 보트를레, 어째서 내가 자네를 자유롭게 돌아다니도록 내버려 두었는지를? 여러 주일 전부터 내게는 자네를 해치울 기회가 여러 번 있었다네. 자네가 여기까지 다다를 수 있었던 까닭을 알겠나? 내가 부하 한 사람 한 사람에게 저마다의 몫을 나누어 주고, 자네가 그날 밤 그들과 절벽 위에서 만났던 까닭을 알겠나? 알겠지, 자네는 언제까지나 모험가일세. 에귀유를 빼앗기면 과거의 모든 것이 나에게서 멀어지고 마네. 그리고 미래가 시작되는 걸세. 레이몽드의 티없이 맑은 눈이 나를 빤히 보아도 내가 다시는 얼굴을 붉히지 않아도 될 만한, 평화롭고 행복한 미래가 온다네. 하나의 미래가……."

그는 노하여 문 쪽을 노려보았다.

"조용히 해, 가니마르 군. 내 기나긴 이야기는 아직 끝나지 않았어!"

문짝을 두드리는 소리는 더욱 심해졌다. 마치 큰 서까래라도 가져다가 문을 두드리는 것 같았다. 뤼뺑의 앞에 선 채 보트를레는 호기심에 몰리면서도 뤼뺑의 생각을 이해할 수 없어, 다만 일이 어떻게 되어 가는가를 기다리고 있을 뿐이었다. 뤼뺑이 에귀유를 포기한 것은 알 수 있었다. 그러나 어째서 자기 자신까지도 포기하려고 하는 것인가? 어떤 계획이 있다는 것인가? 가니마르로부터 도망칠 수 있다고 생각하는 걸까?

그러나 그는 생각에 잠기면서 중얼거리듯 말했다.

"정직한 사람, 성실한 아르센 뤼뺑이 되는 것일세……이제 도둑질 같은 건 하지 않고……세상 사람들처럼 평범한 생활을 하는 거야. 어째서 그렇게 해서는 안 된다는 거지? 나라고 그렇게 해서는 안 될 것이 없을 게 아닌가. 이봐, 조용히 해, 가니마르! 이 멍텅구리야, 자네로선 모르겠는 모양이군. 내가 지금 역사적인 연설을 한참 하고 있는 도중이고, 보트를레가 그것을 후세 사람들에게 전하기 위해 열심히 듣고 있다는 것을!"

뤼뺑은 웃음을 터뜨렸다.

"시간이 아깝군. 가니마르 따위로서는 내 역사적인 연설의 의미 같은 건 절대로 모를 걸세."

그는 붉은 색 분필을 집어들더니 걸상을 벽으로 끌어다 놓고 큼직한 글씨로 썼다.

아르센 뤼뺑은 에귀유 크뢰즈의 모든 재보를 프랑스에 바친다. 다만 이러한 재보는 모두 루브르 박물관에 보관하되 '아르센 뤼뺑의 방'을 특별히 설치할 것.

"자아, 이것으로 내 양심도 매우 만족스럽네. 프랑스 국가와 나 사이에는 이것으로 이제 서로 빚이 없는 셈일세."

그는 말했다.

공격대는 번갈아 문짝을 쾅쾅 두드리고 있었다. 문짝의 판자가 한 장 떨어져 구멍이 뚫렸다. 손 하나가 거기서 들어와 열쇠 구멍의 열쇠를 찾았다.

"놀랐는걸. 가니마르도 때로는 성공하는 수가 있군."

뤼뺑은 말했다. 그는 재빠르게 열쇠 구멍으로 달려가 열쇠를 뽑아 들었다.

"자, 대장, 그 문짝은 단단하다네. 아직 시간은 있지만……보트를레, 이젠 헤어져야겠네……고맙네! 자네는 좀 더 여러 가지로 공격할 수 있었을 테니까."

그는 《동방의 현자》들을 그린 판 덴 와이덴(1399~1464, 플랑드르의 화가)의 작품인 큼직한 세 폭 병풍 쪽으로 달려갔다. 오른쪽 한 폭을 접자 조그마한 문이 나타났다. 그는 그 손잡이를 움켜쥐었다.

"잘 하게, 가니마르!"

한 발의 총소리가 울렸다. 뤼뺑은 뒤로 물러섰다.

"제기랄! 심장을 노렸군 그래! 픽 솜씨가 늘었는걸. 《동방의 현자》가 형편없게 되어 버렸잖아! 심장을 맞았으니! 싸구려 파이프처럼 망가졌네그려."

"항복하라, 뤼뺑!"

가니마르가 뜯어진 판자 구멍으로 권총을 내밀고 눈을 빛내면서 소리쳤다.

"항복하라, 뤼뺑!"

"열쇠 구멍은 항복했는가?"

"움직이면 쏜다."

"그렇게 쉽게 맞을 수야 있나!"

과연 뤼뺑은 멀어져 가 있었다. 가니마르는 문짝의 뜯어진 구멍으로 똑바로 앞을 쏠 수는 있지만, 뤼뺑이 있는 방향을 겨눌 수는 없었다. 그러나 뤼뺑의 처지도 꽤 위험했다. 어쨌거나 뤼뺑이 달아나려고 하는 세 폭 병풍 뒤에 있는 문은 가니마르의 바로 정면에 있었으니까. 달아나려고 하면 경감의 권총 앞에 몸을 내놓게 되는 것이다.

"어허, 참."

그는 웃으면서 말했다.

"나도 이제 나이가 들어 망령이 들었나 보군. 뤼뺑 선생도 좀 지나쳤어. 그렇게 말을 많이 하는 게 아니었는데 말이야."

그는 벽에 찰싹 붙었다. 경감들이 노력한 보람이 있어 문짝의 판자 아래쪽이 좀 더 부서져, 가니마르는 전보다도 더 자유롭게 움직일 수 있게 되었다. 두 사람 사이는 3미터쯤밖에 되지 않았다. 다만 금빛 테를 두른 유리 진열장이 뤼뺑을 지키고 있었다.

"총을 쏘게, 보트를레."

가니마르는 분노로 이를 부드득 갈며 소리쳤다.

"그렇게 곁눈질만 하고 있지 말고, 쏴라!"

사실 이지도르는 열심히 보고 있었지만, 좀처럼 결심이 서지 않아 그 자리에 꼼짝 않고 서 있었다. 될 수만 있다면 온 힘을 다해 투쟁에 가담하여 끝까지 몰아넣은 상대를 쓰러뜨리고 싶었으나, 무언가 선뜻 그렇게 하지 못하도록 방해하는 것이 있었다.

가니마르의 호령에 그는 퍼뜩 제 정신으로 돌아왔다. 그의 손은 권총 손잡이를 움켜쥐었다. 그는 이렇게 생각했다.

'내가 마음만 먹는다면 뤼빵은 파멸이다……더욱이 그것은 나의 의무이기도 하다.'

두 사람의 눈이 부딪쳤다. 뤼빵의 눈은 냉정하고 주의깊게──거의 호기심이라고 해도 좋을 만큼──자신을 위협하고 있는 이 무시무시한 위험 속에서 이 소년을 괴롭히고 있는 도의적인 문제에만 흥미를 가지고 있는 듯한 그런 태도였다. 과연 이지도르는 패배한 적에게 마지막 일격을 가할 것인가? 문은 위에서 아래까지 건들건들했다.

"발사해, 보트를레! 다시 놓칠 수는 없어."

가니마르는 고함을 쳤다. 이지도르는 권총을 치켜들었다.

다음에 일어난 일은 순간적이라고 해도 될 만큼 눈 깜짝할 사이에 지나갔기 때문에 나중에야 알게 된 일이라고 할 수 있으리라. 뤼빵은 몸을 수그린 찰나 벽을 따라 재빠르게 달려, 가니마르가 휘두르고 있는 권총 밑을 지나 문 옆을 빠졌다. 그런가 싶자, 보트를레는 바닥으로 나가떨어졌다가, 곧 억센 힘으로 안아 올려지는 것을 느꼈다.

뤼빵은 보트를레의 몸을 산 방패처럼 하늘 높이 들어올리고, 그 그늘에 몸을 숨겼다.

"완전하게 달아나 보일 테다, 가니마르! 뤼빵에게는 언제 어디서나 쓸 수 있는 대책 하나쯤은 있다는 것을 알았을 테지."

그는 재빠르게 세 폭 병풍 뒤로 뛰었다. 한 손으로 보트를레를 가슴에 꽉 끌어안고서 한 손으로 문을 열고, 그리고 몸을 옮겨 문을 닫았다. 살아난 것이다…… 바로 그들의 눈 앞에 가파른 계단이 있었다.

"자."

뤼빵은 보트를레를 안쪽으로 밀어 주면서 말했다.

"육군은 무찔렀네……이번에는 프랑스 함대가 상대로군. 위털루 다음에는 트라팔가네그려. 볼 만한 가치는 있는 걸세, 보트를레! 아! 재미있는데, 지금쯤 놈은 세 폭 병풍에 막혀 있을 테지. 놈들은 이미 때를 놓친 거야……상관할 것 없어, 달아나세, 보트를레."

에귀유의 암벽에 파인 계단은 피라미드 형 둘레를 나선형으로 돌고 있다.

두 사람은 서로 밀면서 계단을 두 단 세 단씩 뛰어내렸다. 군데군데 바위틈으로 빛이 들어오고 있었다. 보트를레는 20미터쯤 앞에 떠 있는 어선과 검은 수뢰정이 눈에 띄었다.

두 사람은 자꾸자꾸 내려갔다. 이지도르는 입을 굳게 다문 채이고, 뤼빵은 여전히 말을 하면서.

"가니마르가 어떻게 하는지 알고 싶군. 나를 잡으려고 굴 입구를 막도록 다른 계단을 뛰어내려가고 있을까? 아니, 녀석은 그런 멍텅구리가 아니야……네 사람의 부하로 하여금 망을 보게 해 두었겠지. 넷이면 충분하니까."

그는 걸음을 멈추었다.

"들어 보게. 저들이 저 쪽에서 고함을 치는군……그래, 저들은 창문을 열었어, 그리고 선단을 부르고 있는 걸세. 보게, 배 위에서들 떠들고 있네……신호를 주고받는군. 수뢰정이 움직이고 있어…… 정신차려, 수뢰정! 나는 너를 알고 있다. 르아브르에서 왔으렸다. 포수, 제자리에……이크, 지휘관이로군……안녕하시오, 뒤게이 트루앙 씨!"

그는 창문으로 손을 내밀어 손수건을 흔들었다. 그리고 또 걷기 시작했다.

"적의 선단이 출동했네. 이제 곧 이리로 올 걸세. 드디어 재미있어지는군!"

그는 말했다.

아래쪽에서 사람의 목소리가 들렸다. 그때 그들은 해수면과 같은 높이에 이르러 있었다. 곧 넓은 동굴로 들어가자, 어둠 속에 두 개의 칸델라가 왔다갔다하고 있었다. 그림자 하나가 불쑥 나타나더니 한 여자가 뤼뺑의 목에 매어달렸다.

"빨리! 빨리요! 걱정했어요, 무엇을 하셨나요?……어머, 혼자 오신 게 아니군요."

뤼뺑은 여자를 안심시켰다.

"내 친구 보트를레 군이오……보트를레 군이 아주 멋지게 해주었소. 그렇지만 그 이야기는 나중에 합시다. 시간이 없소……샬로레, 거기 있나?……어떻게 된 거지!……배는?"

샬로레가 대답했다.

"배는 다 준비되어 있습니다."

"그럼, 떠나세."

뤼뺑이 말했다.

순식간에 모터가 부르릉거리기 시작했다. 차츰 어둠에 눈이 익숙해지자, 보트를레는 지금 있는 곳은 물가의 부두와 같은 곳이고 눈 앞에 보트가 떠 있다는 것을 알 수 있었다.

"모터보트라네."

뤼뺑은 보트를레가 살펴보는 것을 돕는 듯이 말했다.

"어떤가? 놀랐나, 이지도르 군? 모르겠나?……눈 앞에 있는 물은 밀물 때 이 동굴 안으로 들어온 바닷물이기 때문에, 다시 말하면 나는 여기에 안전하고도 외부로부터는 보이지 않는 작은 정박소를 갖고 있는 걸세."

"그러나 막혀 있군요."

보트를레가 하찮은 점을 들어 그를 비난했다.

"아무도 여기에는 들어올 수 없거니와 나갈 수도 없어요."

"아니, 나갈 수 있네. 증명해 보이지."

뤼뺑이 말했다.

그는 레이몽드를 보트에 태우고, 다시 보트를레를 데리러 돌아왔다. 보트를레는 망설이고 있었다.

"두려운가?"

뤼뺑이 물었다.

"뭐가요?"

"수뢰정에 맞아 가라앉게 되는 것이 말일세."

"그게 아닙니다."

"그럼, 가니마르 편——다시 말해서 정의와 사회와 도덕 쪽에 남는 것이 자네의 의무이며, 뤼뺑 편——다시 말해서 치욕과 모욕과 불명예 쪽으로 달리는 것은 당치도 않다는 그런 뜻인가?"

"맞았어요."

"곤란하게도 아가야, 자네에게는 선택할 자유가 없네. 우선 지금은 둘 다 죽은 것으로 해 둘 필요가 있어. 내가 앞으로 정직한 사람이 되기 위해서는 얼마 동안 가만히 내버려 두어 주어야겠네."

뤼뺑이 팔을 움켜쥐고 있는 태도로 미루어 보아, 아무리 저항해도 헛일이라고 보트를레는 느꼈다. 게다가 어째서 저항할 필요가 있다는 것인가? 아무래도 자꾸만 이 사나이에게 자신의 마음이 끌려가고 있는데, 그러한 마음에 몸을 맡긴들 무엇이 나쁘겠는가? 이런 감정은 뤼뺑에게 그가 이렇게 말하고 싶어졌을 만큼 분명한 것이었다.

'아시겠어요? 당신에게는 또 한 가지 중대한 위험이 닥치고 있어요. 홈즈가 당신을 추격하고 있어요.'

그러나 그가 그렇게 말할 결심이 채 서기도 전에 뤼뺑이 말했다.

"자, 가세."

그는 뤼뺑이 하자는 대로 보트까지 따라갔다. 그 보트는 전혀 생각지도 못했던 아주 기묘한 모습이었다.

갑판으로 올라가자, 곧 작고 가파른 계단──이라기보다도 오히려 위로 쳐들어 여는 뚜껑에 걸려 있는 사다리를 내려갔다. 뚜껑은 곧 닫혔다.

사다리 밑에는 환하게 불이 켜진 매우 좁은 방이 있는데, 이미 레이몽드가 와 있었다. 세 사람이 앉으니 꼭 찼다. 뤼뺑은 통화관을 벗기고 명령했다.

"샬로레, 출발!"

이지도르는 엘리베이터가 아래로 내려갈 때 느끼는 것 같은 불쾌감을 느꼈다. 발 밑의 땅이 자기의 발 밑에서부터 달아나 버리는 것 같은 허전한 느낌. 이번에는 물이 달아나 버리고, 공간이 천천히 퍼져가는 것 같았다.

"자, 보게, 물 속으로 가라앉는 걸세."

뤼뺑이 차디차게 웃었다.

"염려하지 말게나. 우리가 있던 위의 동굴에서 훨씬 밑에 있는 작은 동굴로 옮겨가는 것일 뿐이니까. 밑의 동굴은 절반쯤 바다에 잇닿아 있어 썰물 때 들어갈 수 있게 되는 걸세. 조개잡이하는 사람들은 모두 알고 있지……아! 10초 동안 멈추게 되네! 지금 통과하는 걸세. 통로가 좁아서 말이야! 겨우 이 잠수정이 빠져나갈 폭밖에 안 된다네."

"그렇지만."

보트를레가 물었다.

"밑의 동굴에 드나드는 어부들은 그 위가 뚫려 있어 그것을 통로로 위의 다른 동굴과 연결되고 있다는 것과, 거기서부터 계단이 시작되고 있다는 것을 어째서 모를까요? 이런 정도의 일은 누가 보더라도 곧 알 수 있을 것 같은데 말입니다."

"그게 그렇지 않다네, 보트를레! 누구나 드나들 수 있는 작은 동굴의 천정은 썰물일 때는 바위와 같은 빛깔로 된 이동식 천장으로 닫히게 되어 있거든. 밀물이 되면 천정은 자신의 힘으로 저절로 들어올려져서 물이 차오르게 되고, 또 썰물이 시작되면 바다의 힘이 그것을 작은 동굴 위에 찰싹 밀착시켜 버리도록 장치되어 있다네. 그러니까 밀물일 때는 이 통로로 다닐 수 있는 걸세……어떤가? 잘 되어 있지? 내가 고안한 걸세. 케사르도 루이 14세도 요컨대 우리 조상의 어느 누구도 이런 것은 만들 수 없었네. 그 시대에는 잠수함이 없었으니까. 그들은 밑의 작은 동굴까지 내려가는 계단으로 만족했던 걸세. 그런데 내가 계단을 폐지하고 이동식 천장을 생각해 낸 걸세. 이것도 역시 내가 프랑스에 바치는 선물일세. 레이몽드, 당신 쪽에 있는 램프를 끄구려. 이제는 불이 필요하지 않으니까."

과연 동굴을 나오자 물빛과도 같은 푸르스름한 밝은 빛을 볼 수 있었다. 빛은 뱃전에 있는 창문과 갑판 위로 뚫고 나가 바다의 윗부분을 살펴볼 수 있는 유리 잠망경을 통해 선실로 들어왔다.

그림자 하나가 그들의 위를 미끄러져갔다.

"공격이 시작되는군. 적의 선단이 에귀유를 에워싸고 있어. 그러나 아무리 저 에귀유가 비어 있는 동굴이라 할지라도 저들은 안으로 들어갈 수 없을 걸세."

그는 통화관을 집어 들었다.

"샬로레, 바다 밑에서 떨어지지 말라. 어디로 가느냐고? 말하지 않았나? 뤼뺑 항구일세. 전속력을 내. 알겠는가? 물이 빠지기 전에 도착해야 해. 오늘은 아내도 함께 가는 거니까 조심하게."

잠수함은 바위가 깔린 바다 밑을 닿을듯말듯하게 달렸다. 흔들린 바다풀이 무겁고 시커먼 나무처럼 똑바로 섰다. 그리고 바다 밑 물의 흐름이 그 풀을 건들건들 흔들었다. 또다시 그림자 하나가 보였다. 아까의 그것보다 얼마쯤 긴 그림자가.

"수뢰정일세."

뤼빵이 설명했다.

"드디어 대포가 울리겠지. 듀게이 트루앙은 어떻게 할까? 에귀유를 폭파할까? 보트를레 군, 듀게이 트루앙과 가니마르가 서로 만나는 장면을 구경할 수 없는 것이 유감이군! 육해군의 통합이라! 이봐, 샬로레, 마치 자고 있는 것 같군그래."

그러나 잠수정은 매우 빠른 속도로 달리고 있었다. 바위 바닥 다음에는 모래 바닥이 이어지고 그리고 다시 바위 바닥이 나왔는데, 이곳은 에트르따의 오른쪽 끝으로, 아몽의 문이 있는 곳이었다. 잠수정이 가까이 다가가자 고기 떼가 우르르 달아났다. 그 가운데 한 마리는 대담하게도 선창으로 바짝 다가와 큰 눈을 움직이지도 않고 뚫어지게 그들을 노려보았다.

뤼빵이 샬로레를 불렀다.

"자, 이제는 떠올라라. 위험한 일은 없을 테니까."

그들은 해면으로 떠올랐다. 유리 잠망경도 물 위로 나왔다. 해안에서 1마일이나 떨어져 있으므로 들킬 걱정은 전혀 없었다. 그리고 이때 보트를레는 이 배가 얼마나 빨리 달렸는지를 확실히 알 수 있었다.

우선 빼깡이 그들의 앞쪽을 지나갔다. 뒤이어 노르망디의 모든 해안선이며 생삐에르며 쁘띠뜨 다르게며 브레또며 생발레리며 브르며 끼베르빌이 자꾸자꾸 뒤로 물러가는 것 같았다. 뤼빵은 여전히 우스갯소리를 하고 있었다. 이지도르는 이 사나이의 넘쳐흐르는 재치며 쾌

활함이며 장난스러움이며 짓궂음이며 태연함이며 낙천가다운 태도에
감동되어, 언제까지나 지칠 줄 모르고 그를 지켜보았으며 그 이야기
를 귀 기울여 들었다.

그는 또 레이몽드도 관찰하고 있었다. 어린 그녀는 사랑하는 남편
에게 바짝 다가앉아 입을 꼭 다물고 있었다. 그녀는 남편의 손을 굳
게 쥐고, 이따금 남편의 얼굴을 곁눈질했다. 보트를레가 몇 번이나
눈치챈 것은 그녀의 손이 조금씩 떨리고 그 눈에 어린 쓸쓸함이 점점
깊어지는 점이었다. 더욱이 그것은 뤼뺑의 우스갯소리에 대한 말없
는, 그리고 애절한 대답과도 같은 것이었다. 뤼뺑의 매우 가벼운 말
이며, 짓궂은 인생관이 그녀에게 고통을 주는 것 같았다.

"좀 잠자코 계셔요."

그녀가 중얼거리듯 말했다.

"그렇게 가볍게 웃어 넘기는 것은 운명에 대한 도전과도 같은 일이
에요. 얼마나 많은 불행이 우리를 기다리고 있는지도 모르는데 말
이지요!"

디에쁘 앞바다에서는 고기잡이배에 들키지 않도록 물 속으로 가라
앉아야만 했다. 그리고 20분 뒤 그들은 바닷가를 향해 비스듬히 달리
고 있었다. 이윽고 배는 바위와 바위 사이를 정연하게 다듬어 항구를
만든 바다 밑의 작은 항구로 들어가, 쑥 내민 제방을 따라 멈춘 다음
조용히 물 위로 떠올랐다.

"뤼뺑 항구일세."

뤼뺑이 설명했다.

여기는 디에쁘에서 20킬로미터, 트레뽀르에서 12킬로미터 떨어진
지점으로, 양쪽에는 두 군데 절벽이 허물어진 곳이 있으며 인적이 드
문 장소였다. 깨끗한 모래사장이 가느다란 해안의 언덕까지 이어져
있었다.

"상륙이다. 보트를레! 레이몽드, 손을 줘요. 샬로레, 자네는 에귀
유로 되돌아가서 가니마르들이 어떻게 하고 있는지 좀 보고 오게.
그 뒤 어떻게 되었는지 도무지 궁금하군."

보트를레가 이 뤼빵 항구라는 갇히다시피한 곳에서 어떻게 나갈 수
있을까 하고 호기심에 잠겨 생각하고 있을 때, 절벽 밑에 쇠사다리가
있는 것이 눈에 띄었다.

"이지도르 군."

뤼빵은 이렇게 불러 놓고 말을 시작했다.

"자네가 만약 지리와 역사에 밝다면, 여기가 비비르 마을에 잇닿아
있는 파르퐁발 협도 바로 밑이라는 것을 알 수 있을 걸세. 1803년
8월 23일 밤에 죠르즈 까도다르(1771∼1804, 프랑스 왕당파 반란
지도자)와 6명의 공범이 제일 집정관 보나빠르뜨를 공격할 목적으
로 프랑스에 상륙하여, 내가 이제부터 자네에게 보여 주려고 하는
그 길에서 이 위까지 올라갔다는 유서깊은 곳이라네.

그 뒤 여러 번 벼랑이 허물어져서 그 무렵에 있던 길은 모두 메
워졌지만, 바르멜라――라기보다 역시 아르센 뤼빵이란 이름이 더
유명하겠지――가 자신의 돈으로 이를 본대대로 고쳐 놓았네. 그
리고 그는 또 누빌레뜨에서 앞서 말한 모반자들이 맨 첫날 밤을 지
냈다는 유서있는 농가를 사들여 그 곳을 보금자리로 삼고 이제까지
하던 일에서 물러나 어머니와 아내와 함께 시골 신사로서 존경받을
만한 생활을 보낼 생각으로 있다네. 괴도 신사는 죽었네. 농부 신
사 만세!"

사다리가 끝나자 빗물 때문에 파인 가느다란 오목한 길이 되어 있
었다. 그들은 그 밑에서부터 난간이 달려 있는 계단 같은 것을 기어
올라갔다. 뤼빵의 설명에 의하면, 이 난간은 옛날 이 지방 사람들이
해안으로 내려가기 위해 기둥에 맨 길다란 밧줄을 발판 대신으로 사

용하는 데 쓰였다고 한다. 30분쯤 올라가자 언덕으로 나왔다. 가까이에 땅을 파고 만든 오두막이 있었다. 이것은 해안을 감시하는 세관원의 은신처가 되어 있는데, 마침 오솔길 모퉁이에 한 세관원이 나타났다.

"이상한 일은 없었는가, 고메르?"

뤼빵이 물었다.

"아무 일도 없습니다, 두목님."

"누구든 수상한 녀석도 없고?"

"저어, 그게 두목님……다만 좀."

"뭐지?"

"집사람이……누빌레뜨에서 바느질 일을 하고 있는데……."

"음, 그건 알아. 세자린느지?……그래서?"

"오늘 아침 뱃사람 하나가 서성거리는 것을 보았다고 합니다."

"어떤 인상이었다던가, 그 뱃사람은? 빨리 말하게."

"그게 아무래도 이상해요……아무리 봐도 영국인 같은 얼굴이었답니다."

"그래?"

뤼빵은 매우 마음에 걸리는 듯 다그쳐 말했다.

"그래서 자네는 세자린느에게 뭐라고 했는가?"

"물론 조심하라고 말했습니다, 두목님."

"좋아. 여기에 두서너 시간 남아서 샬로레가 돌아오는 것을 기다리고 있게. 나는 농원에 있을 테니까 무슨 일이 있거든 그리로 연락하게."

그는 다시 걷기 시작했는데, 보트를레에게 이런 말을 했다.

"걱정스럽군……홈즈일까? 아! 만약 그 녀석이라면 화가 단단히 났을 테니까 시끄러워지겠는걸."

순간 그는 망설였다.

"되돌아가는 편이 좋을까?……그래, 어쩐지 불길한 예감이 드는 군."

기복이 완만한 들판이 끝없이 멀리 이어져 있었다. 조금 왼쪽으로 아름다운 가로수 길이 누빌레뜨의 농원까지 이어져 있고, 그 농원이 눈에 들어왔다. 이것이 그가 준비해 두었던 은둔처이며, 레이몽드에게 약속한 안식처였다. 그는 바야흐로 목적이 이루어지려고 하는 이 때, 어리석은 생각 때문에 행복을 단념하려고 하는 것일까?

그는 이지도르의 팔을 붙잡고, 앞장서서 걸어가고 있는 레이몽드를 가리키며 말했다.

"여보게! 그녀는 내가 과거의 뤼뺑이었던 사실을 잊어 줄 것 같은가? 그녀가 미워하는 이 과거를 그녀의 기억에서 지워 버리는 일이 과연 나에게 가능할 것 같은가?"

그는 흥분을 가까스로 누르며 집요한 확신을 갖고 이렇게 잘라 말했다.

"잊고말고! 잊어 줄 걸세. 나는 모든 것을 그녀를 위해 희생했으니까 말일세. 에귀유 크뢰즈라는 난공불락의 은신처도, 그 엄청난 재보도, 나의 모든 세력도, 나의 그 도도한 자존심도 깡그리 희생했으니까 말일세. 나는 이제 아무것도 되고 싶지 않네. 다만 성실한 사람이 되기만 하면 되는 걸세. 저 여자가 성실한 사람밖에는 사랑하지 않으니까. 결국 성실한 사람이 된다는 것은 어떤 일일까? 결코 다른 것 이상으로 불명예스러운 일은 아닐 걸세."

경구가 자기도 모르게 입 밖으로 나오고 있었다. 그러나 그의 목소리는 진지하고 무게가 있었으며 짓궂은 투는 조금도 없었다. 그리고 격렬하게 중얼거리듯 말했다.

"아! 알겠나, 보트를레? 내가 이 세상에서 맛본 어떤 강렬한 기뿜이라 할지라도, 그녀가 나에게 만족하고 있을 때의 그 눈길을 바라보는 것보다 더한 기쁨은 없네. 그런 때 나는 자신이 참으로 약하다는 것을 느끼게 되고 만다네."

그들은 농원 입구가 되어 있는 낡은 문에 가까이 갔다. 뤼빵이 문득 걸음을 멈추었다.

"어째서 이토록 걱정스러울까? 왠지 모르게 가슴이 짓눌리는 것 같네. 에귀유 크뢰즈의 모험은 아직도 끝나지 않았단 말인가? 운명은 내가 선택한 결말을 받아들여 주지 않는단 말인가?"

레이몽드가 겁에 질린 얼굴로 뒤를 돌아보며 소리쳤다.

"세자린느가 뛰어와요."

과연 세관원의 아내가 숨이 턱에 닿아 헐레벌떡 농원에서 달려왔다. 뤼빵도 급히 다가갔다.

"무슨 일인가! 왜 그래? 빨리 말을 해봐!"

숨이 막혀 괴로운 듯 세자린느는 더듬거리면서 말했다.

"남자가, 어떤 남자가 객실에……."

"오늘 아침의 그 영국인이던가?"

"네, 하지만 다른 모습으로 변장하고……."

"자네를 보았나?"

"아닙니다. 주인님의 어머님을 보았어요. 그 사나이가 막 나가려다가 무심코 바르멜라 부인을 보았습니다."

"그래서?"

"사나이는 루이 바르멜라 씨를 찾는다고 하면서 주인님의 친구분이라고 말했습니다."

"그랬더니?"

"그러자 마님께서는 아들은 여행 중이며 몇 년이나 걸리는 여행이라고 대답하셨습니다."

"그래, 사나이는 돌아갔나?"

"아닙니다. 들판 쪽 창문으로 신호를 했습니다. 누군가를 부르는 것처럼."

뤼빵은 망설이는 듯했다. 비명소리가 주위의 공기를 날카롭게 찢었다. 레이몽드가 울부짖는 목소리로 호소하듯 말했다.

"어머님이셔요! 목소리만으로도 알 수 있어요. 여보……."

뤼빵은 그녀에게로 뛰어가 정신없이 잡아당기면서 거칠게 말했다.

"따라오시오, 달아납시다. 우선 당신이 먼저……."

그는 이성을 잃고 허둥대기 시작하더니, 그러나 곧 발을 멈추었다.

"아니, 난 그럴 수 없소. 도저히, 너무 심해서……용서해 주오, 레이몽드, 저기 불쌍한 어머니가……여기에 좀 있어 주구료. 보트를레, 레이몽드 곁에 있어 주게."

뤼빵은 농원 주위의 둑을 따라 달리더니 모퉁이를 돌아 곧장 뛰어 들판을 향해 열려 있는 나무 울타리 옆까지 갔다. 레이몽드도 보트를레가 붙잡는 것을 뿌리치고 뤼빵과 거의 똑같이 그 곳에 다다랐다. 보트를레는 나무 그늘에 숨어 있었는데, 농원에서 나무 울타리로 이어지는 쓸쓸한 길을 세 사나이가 걸어오고 있는 게 보였다. 키가 후리후리한 사나이가 맨 앞에 서고 다른 두 사나이는 여자를 양쪽에서 끌어안고 있다. 그 여자는 몸부림치면서 비명을 지르고 있었다.

해는 거의 져 가고 있다. 그러나 보트를레는 그것이 홈즈라는 것을 알 수 있었다. 여자는 나이가 지긋한 부인으로 창백한 얼굴에 흰 머리카락이 흘러내려 있었다. 네 사람은 점점 다가왔다. 울타리에 이르렀다. 홈즈가 울타리의 문을 열었다. 그러자 뤼빵이 선뜻 나서며 그의 앞을 막아섰다.

뤼빵이 아무 말도 하지 않고 거의 엄숙하다고 할 만한 태도를 보이고 있으니만큼 충돌은 한층 더 처절하리라고 생각되었다.

두 적은 오랫동안 서로를 노려보고 있었다. 어느 쪽이나 증오감으로 얼굴이 일그러져 있다. 버티고 선 채 꼼짝도 하지 않는다.

뤼뺑이 차가운 목소리로 말했다.

"부하에게 그 부인을 놓아 주라고 해라."

"싫다!"

어느 쪽이나 모두 결투를 시작하기를 두려워하는 것 같았으며, 또 싸우기 시작하면 어느 쪽이나 온 몸의 힘을 남김없이 쥐어짜 내려고 힘을 아끼고 있는 것 같았다.

이 때는 그야말로 쓸데없는 말도 도발적인 비웃음도 이미 볼 수 없었다. 침묵, 그것은 죽음과도 같은 침묵이었다.

레이몽드는 두려워 미칠 듯한 심정으로 결투의 결과가 어떻게 될 것인가를 기다렸다. 보트를레는 그녀의 팔을 움켜잡고 가만히 서 있었다. 조금 뒤에 뤼뺑이 다시 말했다.

"부하에게 그 부인을 놓아 주라고 말해."

"싫다!"

"알겠는가, 홈즈……."

그러나 그는 그대로 입을 다물어 버리고 말았다. 그의 말이 아무런 힘도 없다는 것을 깨달았기 때문이었다. 홈즈라는 이름의, 이 자존심과 의지로 뭉친 거인에 대하여 위협 따위가 무슨 도움이 되겠는가!

드디어 마음을 정하고 별안간 그는 윗저고리 주머니에 손을 집어넣었다. 영국인은 미리 알아차리고 붙잡고 있는 여자에게로 날쌔게 몸을 날려 그녀의 이마에서 3센티미터 되는 곳에 권총을 들이대었다.

"조금이라도 움직여 봐라, 뤼뺑. 쏠 테다!"

동시에 두 부하는 뤼뺑을 겨누었다. 뤼뺑은 불끈 치미는 뒤끓는 듯한 노여움을 꾹 누르고 두 손을 주머니에 찌른 채 적에게 가슴을 내밀어 보이며 침착한 목소리로 되풀이했다.

"세 번째로 말하는데 홈즈, 그 부인을 놓아라."

영국인은 코웃음쳤다.

"이 여자에게 손을 댈 권리는 아무에게도 없다는 말인가! 자, 이제 장난질과 농담은 어지간히 해 두시지! 너는 바르멜라도 뤼뺑도 아니다. 그런 것들은 모두 훔쳐 온 이름이니까. 샤르므라스라는 이름도 마찬가지지, 모두 다른 사람에게서 훔친 이름이야. 게다가 어머니라고 부르는 이 빅뜨와르라는 여자도, 너를 길러 주고 오랫동안 너와 범행을 함께 해 온 공범 노파다!"

그 순간 홈즈는 실수를 하고 말았다. 뜻밖의 말에 놀라 겁먹고 있는 레이몽드 쪽으로 눈길을 옮겼기 때문이다. 뤼뺑은 그 틈을 타서 재빠르게 한 발 쏘았다.

"앗차!"

홈즈가 외쳤다. 한쪽 팔이 총에 맞아 축 늘어졌다.

그리고 부하에게 명령했다.

"쏴라! 쏘아랏!"

그러나 뤼뺑이 먼저 그들에게 덤벼들었다. 눈 깜짝할 사이에 오른쪽에 있던 부하가 가슴을 맞고 쓰러졌으며, 또 한 부하는 턱을 맞고 울타리로 넘어졌다.

"정신차려요, 빅뜨와르……그 녀석들을 묶어요. 자, 이번에는 둘이 승부를 겨루자. 이 영국 녀석!"

그는 몸을 굽히면서 욕을 했다.

"자아! 이 녀석……."

홈즈는 왼손으로 권총을 집어들고 겨누었다.

한 발의 총소리가 요란하게 울렸다. 총소리에 이어 비명이…… 레이몽드가 두 사나이 사이에, 영국인 쪽을 향해 뛰어들었던 것이다. 그녀는 비틀비틀하며 목을 움켜쥐고 빙글 도는가 싶더니 뤼뺑의 발 밑에 털썩 쓰러졌다.

"레이몽드! 레이몽드!"

뤼빵은 그녀에게로 와락 덤벼들어 세게 끌어안았다.

"죽었다!"

그는 짤막하게 외쳤다.

한 순간 모두 멍해졌다. 홈즈는 자신의 행위에 어찌할 바를 모르는 것 같았다. 빅뜨와르는 겁먹은 듯이 더듬더듬 말했다.

"오오, 도련님……도련님."

보트를레는 젊은 여자 쪽으로 걸어가 몸을 굽히고 자세히 살펴보았다. 뤼빵은 아무래도 이해할 수 없다는 듯이 생각에 깊이 잠긴 말투로 "죽었다……죽었다……"라고 같은 말을 되풀이하고 있었다.

그의 얼굴이 일그러졌는가 싶더니 마치 미친 사람처럼 주먹을 불끈 쥐고 고통에 견딜 수 없는 아이들이 하듯 발을 동동 굴렀다.

"이 비겁한 녀석!"

그는 증오에 찬 목소리로 외쳤다. 그리고 세게 몸을 부딪쳐 홈즈를 쓰러뜨리고 목을 졸랐으며, 떨리는 손가락으로 손톱을 세워 상대편의 살 속에 깊이 박았다. 영국인은 몸부림치지도 않고 고통스러운 듯이 신음했다.

"도련님……제발, 도련님……."

빅뜨와르가 울부짖었다.

보트를레가 달려갔다. 그러나 뤼빵은 이미 손의 힘을 늦추고, 땅에 쓰러져 있는 적의 옆에서 흐느껴 울고 있었다.

이 얼마나 가엾은 광경이란 말인가!

이윽고 검은 밤의 장막이 이 싸움터를 덮기 시작했다. 세 영국인은 꽁꽁 묶이고 재갈을 물리어 잡초 속에서 뒹굴었다.

노랫소리가 드넓은 들판의 침묵을 뒤흔들었다. 들일에서 돌아오는 농장 사람들이었다. 뤼빵은 일어났다. 그는 이 단조로운 노랫소리에 귀를 기울였다. 그리고 레이몽드와 함께 평화롭게 살려고 생각했던 저 조용한 농원을 바라보았다. 그리고 나서 새하얀 얼굴로 영원히 잠들어 있는 레이몽드를 물끄러미 바라보았다.

그러는 동안 농부들이 가까이 다가왔다. 그러자 뤼빵이 몸을 굽혔다. 그리고 죽은 여자를 튼튼한 팔로 안아올려 등에 업었다.

"자, 갑시다. 빅뜨와르."

"네, 도련님."

"잘 있게, 보트를레."

이렇게 말하고 그는 귀중하고도 안스러운 짐을 등에 업고서 늙은 하녀를 이끌고 아무말 없이 무섭게 굳어 버린 얼굴로 바다 쪽을 향해 걸음을 옮겼다. 이윽고 그의 모습은 깊은 어둠 속으로 사라져 갔다.

ARSÈNE LUPIN GENTLEMAN-CAMBRIOLEUR
괴도 신사 뤼뺑

등장인물

아르센 뤼빵 신출귀몰하는 괴도

셜록 홈즈 영국의 유명한 사립 탐정

가니마르 경감 파리 경시청의

넬리 언더다운 미국 시카고 대부호의 딸. 뤼빵이 사랑함

나탕 카오릉 마라키 성의 주인

죠르즈 도바느 치베르메닐 저택의 주인

체포된 뤼빵

기묘한 여행이었다! 처음에는 아주 순조롭게 되어 나갔었는데……
…… 나는 이렇게 조짐이 좋은 여행을 해본 적이 한 번도 없었다. 플로
방스 호는 대서양 항로의 쾌속선으로, 선장은 더할 나위 없이 붙임성
있는 사람이었다. 승객도 매우 점잖은 사람들뿐이었다. 승객들은 곧
친해졌고, 배에는 여러 가지 오락 시설이 마련되어 있었다. 우리는
세상을 떠나, 마치 미지의 섬에 고립되어서 서로 다정하게 지내지 않
으면 안 되는 것처럼 기분이 좋아 있었다.

우리는 아주 다정해졌다.

전날까지만 해도 낯선 사이였으나, 끝없는 하늘과 바다 사이에서
며칠 동안 함께 생활하며 대양의 분노와 무서운 파도의 공격과 죽은
듯이 흐르는 밤바다의 음험한 정적에 맞서는 한무리의 사람들 가운데
에서 얼마나 뜻하지 않은 사건이 이채롭게 일어날 수 있는가를 당신
은 상상해 본 일이 있는가?

그것은 결국 인생 그 자체를 요약해서 사는 것이다. 거기에는 인생
의 비극과 위대함이 있는가 하면, 또한 단조로움과 복잡함이 있다.

그러므로 처음부터 그 결말이 빤히 들여다보이는 이러한 짧은 여행을 사람들은 즐기는 것이다.

그런데 몇 년 전부터 이 항해에 한층 더 흥미를 돋우어 주는 것이 있다. 이 조그만 섬처럼 보이는 기선은 역시 승객들이 도망쳐 온 세계와 연결되어 있었던 것이다. 대양 한 가운데에서 조금씩 풀어진 끈은 대양 한가운데에서 또다시 조금씩 연결지어진다.

무선 전신! 다른 세계에서 홀연히 뉴스가 전해져 온다. 상상력은 눈에 보이지 않는 소식을 전해 주는 전선 같은 것을 머리에 그려 볼 필요가 없어진 것이다. 불가사의한 일은 더욱 헤아릴 수 없게 되었으며, 아예 시적인 것이 되어 이 새로운 기적을 설명하기 위해서는 과학에 의지하지 않으면 안된다.

이리하여 처음에 우리는 이따금 먼 나라의 말을 속삭이는 듯한 아득하게 먼 소리로 인해 추적되었고 호송되었으며, 앞질러 가 버릴 것 같은 느낌마저 들었다. 두 친구가 나에게 말을 걸어 왔다. 그리고는 열 명 스무 명이 우리 모두에게 공간을 통하여 슬프고도 즐거운 작별의 말을 보내 왔다.

그런데 이틀째 되는 날 폭풍우가 몰려올 것 같은 오후, 프랑스 해안에서 5백 마일쯤 떨어진 곳에 있을 때 다음과 같은 전신이 전해져 왔다.

귀선 일등실에 아르센 뤼빵 있음. 금발 머리, 오른 팔에 부상. 동행자 없으며 가명은 R……

바로 그때 어두운 하늘에서 귀를 찢는 듯한 뇌성이 울렸다. 그와 함께 전파는 중단되고 전보의 마지막은 불통되고 말았다. 아르센 뤼빵의 가명은 머리글자밖에 알 수가 없었다. 다른 뉴스였다면 무선 통

신사도, 해상 경찰관도, 선장도 엄중하게 비밀을 지켰을 것이다. 그러나 아무리 면밀하고 용의주도하다 해도 숨길 수 없는 사건이 있는 법이다. 어떻게 해서 새어나갔는지는 모르지만, 그날 안으로 우리는 한 사람도 빠짐없이 유명한 아르센 뤼빵이 승객 중에 있다는 걸 알게 되었다.

아르센 뤼빵이 여기에 있다고? 몇 달 전부터 그 대담성이 모든 신문에 보도된 바 있는 잡히지 않는 괴도! 민완경찰로 알려진 가니마르 노경감의 기상천외한 사투의 상대인 수수께끼의 인물! 성관(城館)이나 살롱(프랑스 등 상류사회에서의 사교적 모임 또는 응접실)만을 털어가는 이상한 도둑. 이 사나이는 어느 날 밤 쇼르망 남작의 저택에 숨어들어가 아무것도 훔치지 않은 채 '가구가 진짜일 때 찾아뵙겠습니다. 괴도 신사 아르센 뤼빵'이라고 쓴 명함을 남겨놓고 사라진 일이 있었다. 운전수, 테너가수, 마권업자(馬券業者), 좋은 집안 자제, 젊은이, 노인, 마르세이유의 외교원, 러시아인 의사, 스페인의 투우사 등등 무엇으로든지 변장하는 뤼빵!

그런데 생각해 보라. 대서양 항로의 정기선이라는 비교적 좁은 테두리, 아니 지금 곧이라도 잡히고 말 것 같은 일등 선실의 한구석, 이 식당, 이 살롱, 이 흡연실에 아르센 뤼빵이 있다니! 아르센 뤼빵은 어쩌면 이 신사일지도 모른다……그렇지 않으면 저 신사인가…… 식탁에서 내 곁에 있던 사나이……내 선실에서 함께 지내고 있는 낯선 승객일는지도 모른다…… 이런 상태가 앞으로 5일 동안이나 계속된다니!

다음날, 넬리 언더다운 양이 소리쳤다. "견딜 수 없어요, 빨리 잡혔으면 좋겠어요." 그녀는 내게로 얼굴을 돌리고 "앙드레지 씨! 당신은 이제 선장과 꽤 친해지셨는데, 아직도 모르세요?" 하고 물었다.

넬리 양의 마음에 들기 위해 나는 어느 정도 상대를 알 필요가 있었다. 넬리 양은 어딜 가나 금방 사람들의 주목을 끄는 눈부신 여인 가운데 한 사람이었다. 미모뿐 아니라 재산도 있었다. 추종자와 심취자들이 늘 곁을 떠나지 않는 여인의 한 사람이었다. 프랑스 인인 어머니 때문에 파리에서 자란 그녀는 시카고의 대부호인 아버지 언더다운 씨에게로 가는 길이었다. 그녀는 친구인 잘랜드 부인과 함께 가고 있었다.

처음 보았을 때부터 나는 곧 그녀의 숭배자로 입후보했다. 그러나 짧은 여행동안 급속히 맺어진 친밀감 속에서 그녀의 커다란 눈이 나를 쳐다볼 때 나는 금방 그녀의 매력으로 말미암아 괴로워하게 되었고, 잠시동안의 바람기치고는 지나치리만큼 강한 감동을 받았다. 그러나 그녀는 내가 추켜올리는 말을 꽤 호의적으로 받아들였다. 내가 재치 있는 말을 하면 웃어 주었고, 내가 하는 세상 이야기에도 흥미를 가졌다. 그리고 그녀에게 친밀감을 나타내면 어렴풋이 공감을 느끼는 듯한 반응이 있기도 했다.

마음에 걸리는 연적은 오직 한 사람, 꽤 잘생긴 조심스럽고 품위있는 젊은이였다. 그녀는 가끔 나의 노골적인 태도보다 이 젊은이의 말없는 성격을 좋아하는 것처럼 보였다.

그녀가 내게 그 물음을 던졌을 때, 젊은이는 마침 넬리 양의 추종자들 사이에 끼어 있었다. 마침 우리는 갑판에서 한가롭게 흔들의자에 앉아 있었다. 어제의 폭풍우로 하늘은 맑게 씻겨 있었다. 즐거운 시간이었다.

"확실한 건 아무도 모릅니다, 아가씨." 나는 대답했다. "하지만 뤼뺑의 숙적인 가니마르 경감이 할 만한 수사를 우리가 한번 해볼 수는 없을까요?"

"어머나, 어떻게요?"

"글쎄, 문제가 뭐 그리 복잡할까요?"

"그럼요, 복잡하고 말고요."

"그것은 당신이 문제 해결의 요점을 잊고 있기 때문입니다."

"요점이라니요?"

"첫째, 뤼빵은 자칭 R……씨라고 부르고 있다는 것."

"그것만으로는 너무 막연하지 않아요?"

"둘째, 혼자서 여행하고 있다는 것."

"하지만 그것만으로는……."

"셋째, 금발이라는 것."

"그래서요?"

"선객 명부를 조사하여, 이 세 가지에 해당되지 않는 사람의 이름부터 하나하나 지워 나가면 되지요."

나는 선객 명부를 주머니에 갖고 있었다.

"우선 머리글자가 들어맞는 것은 열 세 사람밖에 없습니다."

"겨우 열 세 사람?"

"그렇습니다. 이름이 R로 시작되는 이 열 세 사람 중에서도 일등실에 있는 분 가운데 아홉 사람은 보시는 바와 같이 부인이나 아이들이나 또는 하인을 동반하고 있습니다. 혼자서 여행하는 사람은 넷뿐이므로, 라베르땅 후작은……."

"대사관의 서기관" 넬리 양이 말참견을 했다. "제가 알고 있어요."

"로우슨 소령……"

"저의 숙부입니다." 누군가 말했다.

"리보르타 씨……"

"네." 한 사람이 대답했다. 얼굴이 새까만 수염 속에 파묻혀 있는 이탈리아 인이었다.

넬리 양이 웃음을 터뜨렸다.

"이분은 금발이 아니에요."

"그럼." 나는 말했다. "범인은 이 마지막 사람이라고 결론내릴 수밖에 없습니다."

"그렇다면 결국?"

"그렇지요, 로젠느 씨입니다. 누구 로젠느 씨를 아시는 분 계십니까?"

아무도 말이 없었다. 그러자 넬리 양이, 늘 그녀를 따라다니면서 나로 하여금 질투를 느끼게 했던 과묵한 젊은이에게 말하는 것이었다.

"로젠느 씨, 어째서 대답하지 않으시죠?"

모두가 그에게 눈길을 돌렸다. 그는 금발이었다.

솔직하게 말해서 나는 커다란 충격을 느꼈다. 모두들 짓눌린 듯 잠자코 있는 것을 보면 다른 사람들도 똑같은 충격을 받았음에 틀림없다. 그러나 그것은 우습기 짝이 없는 일이었다. 왜냐하면 이 신사의 태도에는 어느 한구석도 의심받을 만한 점이 없기 때문이었다.

"어째서 대답하지 않느냐고요?" 그가 말했다. "왜냐하면 나는 이름으로나, 혼자서 여행하고 있는 점으로나, 머리빛깔로 전에도 이런 조사를 받은 일이 있기 때문이지요. 그러니까 당신들이 나를 체포하면 되지 않습니까?"

그는 이상한 태도를 취하고 있었다. 두 개의 직선처럼 얇은 입술은 한층 더 가늘어졌고 파랗게 질려 있었다. 눈에는 빨갛게 핏발이 섰다. 그의 말은 분명히 농담이었다. 그러나 그의 표정과 태도는 인상적이었다. 넬리 양은 부드럽게 물었다.

"그렇지만 다치진 않으셨지요?"

"네, 부상은 입지 않았습니다." 그가 말했다.

그는 신경질적인 몸짓으로 소매를 걷어올리고 팔을 내밀어 보였다. 나는 흠칫 놀랐다. 그리고 넬리 양의 눈을 마주보았다. 그가 왼쪽 팔을 보였던 것이다.

그런데 내가 그것을 말하려고 한 바로 그 순간, 우연히도 우리의 주의를 다른 곳으로 돌리게 하는 일이 일어났다. 넬리 양의 친구인 잘랜드 부인이 달려온 것이었다.

그녀는 매우 당황하고 있었다. 사람들은 그녀의 주위로 몰려들었다. 그녀는 간신히 입을 열었다.

"저의 보석, 저의 진주를…… 모두 훔쳐 가 버렸어요!"

그러나 나중에 안 일이었지만 모두 훔쳐 간 것은 아니었다. 그 중에서 특별히 좋은 것만 골라서 훔쳐 간 것이었다.

가장 큰 보석이 아니라 별 모양의 다이아몬드 장식, 루비 메달 등의 귀중한 것, 무게는 나가지 않지만 값이 비싼 목걸이나 팔찌에서 뜯어간 것이었다. 테이블 위에 거미발을 남겨 두고 있었다. 우리는 모두 아름답고 눈부신 꽃잎이 뜯겨진 꽃처럼 보석을 빼 간 장신구를 멍청이 바라보았다.

이 일을 해치우기 위해서는, 잘랜드 부인이 차를 마시고 있는 동안인 한낮에 사람 왕래가 많은 복도에서 선실 문을 열고 모자 상자 바닥에 감추어 두었던 손가방을 찾아내어 보석을 고르지 않으면 안되었을 것이다!

우리는 모두 놀라서 입을 딱 벌렸다. 이 도난 사건이 알려지자 승객들은 모두 이렇게 생각했다. 아르센 뤼뺑의 짓이야. 사실 그것은 바로 뤼뺑의 잔손이 많이 간 불가사의하고도 조리에 맞는 수법이었다. 왜냐하면 보석 모두라면 부피가 커서 감추기 어렵겠지만, 여기저기에서 뜯어낸 진주나 에메랄드나 사파이어 같은 자잘한 것이라면 훨씬 편했을 것이기 때문이다.

그 일이 있은 뒤 저녁 식사 때, 로젠느의 양옆에는 두 사람이나 자리가 비어 있었다. 그리고 그날 밤, 그가 선장에게로 불려갔다는 것을 알았다.

모든 사람들은 로젠느가 체포된 것이라 믿고 정말 마음을 놓았다. 그제야 겨우 숨을 돌릴 수가 있었다. 그리하여 그날 밤은 모두들 놀이를 즐겼다. 춤도 추었다. 특히 넬리 양은 매우 쾌활하여 처음엔 물론 로젠느의 찬사가 그녀의 마음에 들었겠지만, 그녀는 이미 그 말을 잊어 버린 거라고 생각했다. 그녀의 우아함에 나는 완전히 도취되고 말았다. 밤이 깊었을 때, 밝은 달빛 아래서 그녀에게 정열적으로 내 평생을 바치겠다고 맹세했다. 그녀도 싫지는 않은 모양이었다.

다음날 로젠느가 증거 불충분으로 풀려 나왔다는 것을 알게 되었을 때, 모든 사람들은 어이가 없었다.

그는 굉장한 규모의 보르도(프랑스 제 고급 포도주) 상인의 아들로서, 완전하게 갖추어진 서류를 제출했다. 뿐만 아니라 그의 양쪽 팔에서는 상처 자국 같은 것은 전혀 찾아볼 수가 없었다.

"서류! 출생 증명서!" 로젠느의 적들은 아우성쳤다. "아르센 뤼빵이라면 그런 것쯤 얼마든지 할 수 있을 테지! 부상 같은 건 입지도 않았든가, 아니면 상처 자국을 지워 버렸을 거야!"

여기에 대해서는 도난이 있었던 그 시간에 로젠느가 갑판을 산책 중이었다는 반대론이 있었다. 그러자 이번에는 "아르센 뤼빵 정도의 인물이 현장에서 직접 손댈 필요가 있었을까?" 라는 반론이 나왔다.

게다가 다른 문제는 제쳐놓더라도, 아무리 의심 많은 사람이라도 반대할 수 없는 사실이 하나 있었다. 그것은 혼자 여행하며 금발인데다 머리글자가 R인 사람이 로젠느 말고도 있었다. 전보로 지명한 사람이 로젠느가 아니라면 누구일까?

식사하기 전에 로젠느가 태연하게 우리 쪽으로 다가오자, 넬리 양과 잘랜드 부인은 벌떡 일어나 다른 곳으로 가 버렸다.

그것은 분명히 공포의 표시였다.

한 시간 뒤 필기된 회람이 배의 사무원과 선원, 각 선실의 선객들의 손에서 손으로 건네졌다. ——루이 로젠느 씨에게서 아르센 뤼뺑의 가면을 벗겨 주거나, 또는 도둑맞은 보석을 갖고 있는 사람을 발견한 이에게는 1만 프랑의 현상금을 준다는 내용이었다.

"그러나 만일 아무도 협력해 주지 않는다면 내가 붙잡아 보여 드리죠." 로젠느는 선장에게 잘라 말했다.

아르센 뤼뺑 대 로젠느라기보다는, 오히려 모든 사람의 소문대로 말하자면 뤼뺑 대 아르센 뤼뺑이니, 그 경쟁은 자못 재미있을 것이다!

그것은 이틀 동안이나 계속되었다.

로젠느는 이곳저곳 돌아다니며 종업원들 사이에 섞여들어가 질문도 하고 또 찾기도 했다. 밤에도 돌아다니는 그의 그림자를 볼 수 있었다.

선장도 여러 모로 온갖 수단을 다 썼다. 플로방스 호의 위에서 아래까지 구석구석 모두 살펴보았다. 어느 선실이고 샅샅이 수색되었다. 왜냐하면 범인은 자기 선실 말고도 어디엔가 물건을 숨겨 두었을지 모른다는 그럴듯한 구실이 있었기 때문이다.

"얼마쯤은 찾아낼 수 있겠지요?" 넬리 양이 내게 물었다. "아무리 마술쟁이라 하더라도 다이아몬드며 진주를 보이지 않게 감출 수는 없을 테니까요."

"아니, 얼마든지 감출 수가 있습니다" 나는 말했다. "그렇게 하려면 모자 속이나 윗옷 안이나 우리 몸에 붙이고 있는 모든 것을 조사하지 않으면 안되겠지요." 나는 그녀의 갖가지 포즈를 찍은 9×12의 코닥 카메라를 보이면서 말했다. "이렇게 조그마한 기계라 할지라도 잘랜드 부인의 보석을 모두 넣을 수 있지 않겠어요? 사진 찍고 있는 체하면 알 수 없으니까요."

"하지만 무언가 단서를 남기지 않는 도둑은 없다고 하던데요."

"한 사람 있습니다……아르센 뤼빵이지요."

"왜요?"

"왜라니오? 뤼빵은 자기 자신의 범행뿐만 아니라, 정체를 드러낼 것 같은 모든 상황에 신경을 쓰고 있기 때문입니다."

"처음에 당신은 자신이 있지 않았어요?"

"하지만 그 뒤 나는 그의 수법을 알았거든요."

"그래서 어떤 의견이시지요?"

"이 수사는 시간 낭비일 뿐이라고 생각합니다."

사실 수사는 아무런 성과도 없었다. 적어도 이 경우에만은 성과가 노력에 따라 보답되는 것이 아니었다. 또 선장의 시계가 없어졌던 것이다.

선장은 불같이 화가 나서 더욱 더 열심히 로젠느를 감시했다. 그전에도 몇 번이나 추궁하기는 했었지만. 그런데 다음날 아이러니컬하게도 그 시계가 부선장의 깊숙이 넣어 둔 양복의 칼라 사이에서 발견되었다.

그것은 마치 기적과도 같은 일로써, 희롱하는 아르센 뤼빵의 수법을 잘 나타낸 것이었다. 뤼빵은 도둑이기는 했으나 동시에 딜레탕트 (풍류인)였다. 그는 취미와 천직에 따라 일을 하고 있었지만, 그러나 또한 이런 일은 오락이기도 했다. 마치 그것은 자기 작품을 상연시켜 놓고, 무대 뒤에서 자신의 재치며 극중 장면 같은 것을 보며 크게 웃고 있는 신사의 풍모와도 같았다.

그는 분명히 독특한 예술가였다. 말이 없고 고집스러운 로젠느를 관찰해 볼 때, 그리고 이 기괴한 인물이 연극을 하고 있음에 틀림없는 1인 2역에 대해 생각해볼 때, 나는 일종의 감탄을 하지 않을 수 없었다.

그런데 그저께 밤에 당직 경비원이 갑판의 가장 후미진 곳에서 신음 소리를 들었다. 그는 그곳으로 다가갔다. 두꺼운 회색빛 천으로 머리를 싸맨 한 사나이가 손목이 끈으로 묶인 채 쓰러져 있었다.

묶여 있는 끈을 풀고 일으켜 세운 다음, 정성들여 치료를 했다.

이 사나이, 그가 바로 로젠느였다.

로젠느는 예의 수사 중에 습격을 받아 얻어맞고 쓰러졌으며, 돈을 빼앗긴 것이다. 그의 옷에 핀으로 꽂힌 명함에는 이렇게 씌어 있었다.

'로젠느 씨의 현상금 1만 프랑을 고맙게 받아감. 아르센 뤼빵'

그때 로젠느의 지갑에는 1천 프랑짜리 지폐가 스무 장이나 들어 있었다.

물론 나는 범인 자신이 연극한 것이 아닌가 생각했다. 그러나 자기 스스로 그렇게 묶는다는 것은 불가능했고, 명함의 필적이 로젠느의 글씨체와는 전혀 달랐으며 배 안에 있는 낡은 신문에서 본 뤼빵의 필적과 똑같았다.

그리하여 로젠느는 아르센 뤼빵이 아니라는 결론에 이르렀다. 로젠느는 로젠느이다. 보르도 상인의 아들인 것이다. 그리고 아르센 뤼빵이 이 배 안에 있다는 것이 다시 한번 확인된 셈이었다. 이 가공할 사건으로 말미암아 모두들 공포에 떨었다. 사람들은 이제 선실에 혼자 있을 수도, 그리고 동떨어진 장소에 혼자 가는 일 같은 건 더더구나 할 수 없게 되었다. 승객들은 서로 믿을 수 있는 사람끼리 그룹을 만들었다. 그러나 본능적인 경계심은 가장 다정한 사람들까지도 분열시켰다. 왜냐하면 위협은 고립된 개인에게서 나오는 것이 아니었기 때문이다. 이제야말로 아르센 뤼빵은——누구나 다 뤼빵이었던 것이다. 우리의 흥분된 상상력은 기적적인 무한한 힘을 뤼빵에게 부여하고 있었다. 어떤 변장이라도 할 수 있으니 존경할만한 로우슨 소령으로도, 점잖은 라베르땅 후작으로도, 뿐만 아니라 처자나 심부름꾼을 거느린 사람으로도 둔갑할 수 있을 것이다. 어쨌든 머리 글자 따위는 믿을 수 없으니까——이렇게 생각하고 있었다.

첫 번째 무전으로는 아무것도 알 수 없었다. 그리고 선장은 우리에게 아무것도 알려 주지 않았다. 이런 침묵이 우리를 안심시킬 수는 없었다.

그래서인지 마지막 날은 몹시 지루하게 느껴졌다. 사람들은 불행이 생길까 두려워하면서 하루를 보냈다. 이번에는 도난 같은 것은 아니겠지. 단순한 습격 따위는 아닐 것이다. 흉악한 범죄——살인일지도 모른다. 아르센 뤼빵이 이런 째째한 도둑질 두 번으로 얌전히 있을 리 없다. 당국이 아무 힘을 뻗칠 수 없는 이 배의 절대적인 지배자인 그는 무엇이든지 하고 싶은 대로 할 수가 있다. 생명이든, 재산이든, 모두 다 자유로이 할 수 있는 것이다.

솔직히 말해서 이 여행은 내게 있어서 즐거웠다. 그동안 넬리 양이 나를 의지하게 되었기 때문이다. 본디 조심성이 많은 그녀는 이번 사건 때문에 겁을 집어먹자 자연히 내게 보호와 안전을 구하게 되었으며, 나는 그녀에게 도움을 주는 것이 기뻤다.

마음 속으로 나는 아르센 뤼빵을 축복하고 있었다. 우리 두 사람을 가깝게 만들어 준 것은 바로 그가 아닌가? 내가 가장 아름다운 꿈에 젖어들 권리를 얻은 것도 그 덕분이 아닌가? 사랑의 꿈과 좀 더 현실성이 있는 꿈——앙드레지 집안은 뽀와뜨 지방(프랑스의 중서부)의 명문이지만 그 가문이 얼마쯤 빛을 잃었으므로, 그 잃어버린 광휘를 되찾으려는 것이 귀족에게 어울리지 않는 일로 여겨지지는 않았다.

그리고 나의 이 꿈이 넬리에게 조금도 불쾌한 것이 아님을 나는 느끼고 있었다. 그녀의 상냥한 눈은 나에게 그 꿈을 지닐 것을 허용해 주었다. 그녀의 목소리에 어린 다정함은 나에게 희망을 가지라고 말해 주는 것 같았다.

우리는 마지막 시간까지 난간에 팔꿈치를 괴고 바싹 붙어 있었다. 미국 해안이 우리의 눈앞을 달려갔다.

수신도 끊겼다. 사람들은 기다리고 있었다. 일등실에서부터 이민 가는 사람들이 우글거리는 삼등실에 이르기까지, 풀리지 않는 수수께끼가 겨우 풀릴 수 있는 마지막 순간을 기다리고 있었다. 아르센 뤼뺑이란 사람은 어떤 사람일까? 그 유명한 아르센 뤼뺑은 어떤 이름, 어떤 가면 아래 숨어 있을까?

그 마지막 순간이 왔다. 나는 앞으로 백 년을 더 산다고 해도 그때의 사건을——아주 보잘 것없는 조그마한 점까지 잊어버릴 것 같지 않다.

"왜 그렇게 파리한 얼굴을 하고 있지요, 넬리 양?"

나는 녹초가 된 듯이 내 팔에 기대어 있는 그녀에게 물었다.

"당신은요!" 그녀는 나를 보더니 소리쳤다. "어머나, 당신은 정말 흥분하고 계시는군요?"

"생각 좀 해보십시오! 이 순간이야말로 정말 극적입니다. 나는 이 순간에 당신과 함께 있다는 것이 정말 기쁩니다. 넬리 양, 나는 당신에 대한 추억을 가끔……"

그녀는 열기를 띠고 숨이 찬 듯했다. 내 말은 하나도 들리지 않는 모양이다. 트랩이 내려졌다. 그러나 우리들이 내리기 전에 사람들——세관 직원, 제복을 입은 경관, 짐꾼들이 올라왔다.

넬리 양이 중얼거렸다.

"아르센 뤼뺑이 항해 중에 도망쳐 버렸다 해도 나는 놀라지 않을 거예요."

"그는 불명예보다는 죽음을 택하여 붙잡히기 전에 대서양으로 뛰어들었을 겁니다."

"농담은 그만 두세요." 그녀는 힘없이 대답했다.

그때 나는 갑자기 소름이 끼쳤다. 나는 그녀에게 말했다.

"트랩 끝에 서 있는 저 노인이 보이지요?……"

"우산을 들고, 올리브 색 프록코트를 입은 사람 말인가요?"

"가니마르입니다."

"가니마르라니요?"

"네, 유명한 경찰관으로 아르센 뤼뺑을 자기 손으로 잡겠다고 선언한 사나이입니다. 미국측에서는 아무 정보도 없었던 것 같군요. 가니마르가 와 있는 것을 보니, 이 사건을 누구에게도 손대게 하고 싶지 않은 모양이지요."

"그러면 아르센 뤼뺑은 정말 잡힐까요?"

"그건 알 수 없지요. 가니마르는 뤼뺑이 변장한 것밖에는 본 일이 없는 모양이니까요. 뤼뺑의 고친 이름이라도 알고 있지 않은 이상에야……"

"아아!" 그녀는 여자에게서 흔히 볼 수 있는 조금 잔혹한 호기심을 갖고 말했다. "붙잡히는 것을 보고싶군요."

"기다려 봅시다. 아르센 뤼뺑은 벌써 적이 있다는 것을 눈치챘을 것입니다. 노인의 눈이 지쳐있을 때를 노렸다가 맨 나중에 나갈 겁니다."

사람들이 내리기 시작했다. 가니마르는 우산에 기댄 채 한가한 모습으로, 난간 사이를 서로 밀고 밀리며 내려가는 군중 따위는 아랑곳하지 않는 듯이 보였다.

나는 배의 경비원이 뒤에 서서 가끔씩 귀엣말을 하는 것을 보았다.

라베르땅 후작, 로우슨 소령, 이탈리아 인 리보르타가 내려가고 있었다. 그리고 나서 수많은 사람들이…… 그리고 로젠느가 다가가는 것이 보였다.

가엾은 로젠느! 그는 이 불운한 사건에서 회복된 것 같지 않았다.

"틀림없이 저 사나이예요." 넬리 양이 속삭였다. "어떻게 생각하시죠?"

"나는 가니마르와 로젠느가 함께 있는 것을 사진 찍으면 재미있을 거라고 생각합니다."

"내 카메라를 좀 들어 주세요, 두 손을 다 움직일 수가 없으니까."

나는 카메라를 그녀에게 주었으나 그녀가 그것을 사용하기에는 시간이 너무 늦었다. 로젠느가 이미 지나쳐 버린 것이다. 사관이 가니마르의 귀에 속삭였다. 가니마르는 슬쩍 목을 움츠렸다. 그리고 로젠느는 가버렸다.

그러면 대체 아르센 뤼뺑은 누구인가?

"글쎄요." 그녀는 커다란 소리로 말했다. "누굴까요?"

이제 스무 명 가량밖에 남아 있지 않았다. 그녀는 스무 명 속에 뤼뺑이 있지 않을까 하여 막연한 불안을 느끼며 한 사람 한 사람 살펴보았다. 나는 말했다.

"이제 더 기다리고 있어도 별수 없겠군요."

그녀는 걷기 시작했다. 나도 뒤를 따랐다. 그러나 열 발자국도 가기 전에 가니마르가 우리의 앞을 가로막았다.

"뭡니까?" 나는 소리쳤다.

"잠깐 기다려 주시오, 바쁘신가요?"

"나는 이 아가씨와 일행입니다."

"잠깐만!" 그는 이번에는 한층 더 명령적인 목소리로 되풀이했다.

그는 빤히 내 얼굴을 지켜보더니 정색을 하고 말했다.

"아르센 뤼뺑이지요?"

나는 웃음을 터뜨렸다.

"아니오, 나는 베르나르 앙드레지입니다."

"베르나르 앙드레지는 3년 전에 마케도니아에서 사망했소."

"베르나르 앙드레지가 죽었다면, 나는 이 세상에 있을 리가 없지요. 그렇지 않습니까? 자, 이것이 제 서류입니다."

"그 사람 거로군. 어떻게 해서 당신이 이것을 갖게 되었는지 난 설명할 수도 있지."

"당신은 정신이 돌았습니까? 아르센 뤼뺑은 R이라는 가명으로 배에 탔단 말입니다."

"그것도 자네의 수법이었지. 그렇게 해서 정체를 감추었던 거야. 어쨌든 놀라운 솜씨거든. 그러나 이번에야말로 마지막이야. 자아, 뤼뺑, 팔을 보여 주겠나?"

나는 순간 머뭇거렸다. 그는 갑자기 내 오른팔을 때렸다. 나는 심한 아픔에 외마디 소리를 질렀다. 아직 완전히 낫지 않은 상처를 때린 것이다.

'이젠 할 수 없다.' 나는 넬리 양을 돌아보았다. 그녀는 파랗게 질린 얼굴로 쓰러질 듯이 서서 듣고 있었다.

그녀의 눈이 내 눈과 마주쳤다. 그런 다음 내가 준 카메라 위로 눈길을 떨어뜨렸다. 그녀는 '아, 그렇구나' 하는 듯한 몸짓을 했다. 거기에서 나는 그녀가 모든 것을 알아차린 듯한 인상을 받았다. 아니, 나는 확신을 가졌다. 그렇다, 내가 가니마르에게 잡히기 전에 주의해서 그녀의 손에 맡긴 조그마한 물건 속, 검은 가죽의 좁은 틀 속에 로젠느의 1만 프랑과 잘랜드 부인의 진주와 다이아몬드가 들어 있었다.

아아, 나는 맹세코 말하지만 이 절각한 순간, 가니마르와 두 부하가 나를 둘러싸고 있는 이 순간에 그런 건 아무래도 좋았다. 체포도, 사람들의 적개심도, 그 모든 것이 다——다만 내가 맡긴 것을 넬리 양이 어떻게 하느냐 하는 데만 관심이 있었다.

나는 이 움직일 수 없는 증거를 압수당하는 것쯤은 두려워하지 않았다. 그러나 이 증거를 넬리 양이 그들에게 넘겨 줄 것인가? 나는 그녀에게 배신당할 것인가? 파멸당할 것인가? 그녀는 나를 용서할 수 없는 적으로 경멸할 것인가? 그렇잖으면 추억을 지니는 여자로 얼마쯤의 너그러움과 무의식적인 동정을 갖고 행동할 것인가?

그녀는 내 앞을 지나갔다. 나는 아무 말 없이 정중하게 머리를 숙여 인사했다.

그녀는 다른 여행자들 사이에 섞여, 내 카메라를 든 채 트랩 쪽으로 걸어갔다.

'틀림없이 그녀는 사람들의 눈을 꺼리고 있는 것이다. 한 시간 뒤엔, 아니 잠시 뒤엔, 그 물건을 가니마르에게 넘겨 줄 테지.'

그러나 트랩 중간쯤에 이르렀을 때, 그녀는 잘못하여 빠뜨린 것처럼 선창의 암벽과 배의 동체 부분 사이의 물 속으로 카메라를 떨어뜨리고 말았다.

그녀는 멀어져 갔다. 그녀의 아름다운 모습이 군중 속에 감추어졌다가 다시 나타났다. 그리고는 보이지 않게 되었다. 마지막, 영원한 마지막이었다.

나는 잠시동안 잠자코 있었다. 마음이 슬프고 동시에 숙연해진 느낌이었다. 나는 한숨을 쉬었다. 가니마르는 놀란 듯했다.

"어쨌든 정직한 사람이 아니라는 것은 곤란한 일이야……."

아르센 뤼빵은 어느 겨울날 밤, 그가 체포된 경위를 나에게 이렇게 이야기해 주었다. 우연한 일——그 이야기를 나는 언젠가 쓸 작정이지만——이 우리를 맺어 놓았다. 우정이라고 할까? 그렇다, 나는 아르센 뤼뺑이 내게 얼마쯤의 우정을 갖고 대해주었다고 믿는다. 나는 눈부신 광채와 행운을 타고난 사나이인 그가 가끔 갑자기 우리 집을 찾아와 나의 조용한 서재에서 밝고 쾌활한 태도로 유쾌함을 가져다 준 일들을 우정의 표현으로 믿고 싶다.

그의 풍모! 내가 어떻게 그의 모습을 그릴 수가 있을까? 나는 여러 차례 뤼뺑을 만났으나 그때마다 그는 다른 사람처럼 보였다. 아니, 그보다는 각각 다른 거울이 있어서 같은 인간의 다른 영상을 반사하는 듯싶었다. 그때마다 그는 이채로운 눈의 표정, 새로운 얼굴 모습, 독특한 몸짓, 그리고 그의 고유한 모습과 성격을 갖고 있었다.

그는 내게 이렇게 말했다.

"내 자신조차도 이제 내가 누구인지 전혀 알 수가 없소. 거울을 보아도 내 자신을 알 수 없게 되었소."

물론 농담이고 역설이겠지. 그러나 그를 만나는 사람들——그의 무한한 비책(祕策)과 그의 인내, 그의 변장술, 얼굴 모양을 바꾸고 얼굴의 조작된 부분 사이의 모습까지도 변화시키는 그의 놀라운 능력을 모르는 사람들에게는 그것이 진리인 것이다.

그는 또한 이렇게 말하기도 했다.

"무엇 때문에 일정한 모습을 하고 있어야만 합니까? 늘 같은 인물이라는 위험을 피하면 안된단 말입니까? 나는 내 행위로만 나라는 것을 알 수 있지요."

그런 다음 조금 자랑스러운 듯이 확신에 차 말했다.

"'이 사람이 아르센 뤼뺑이다' 하고 아무도 단언할 수 없는 것은 좋은 일입니다. 중요한 것은, 그 행위를 한 것이 아르센 뤼뺑이라고 잘못 말하지나 않을까 하는 걱정없이 말할 수 있다는 일입니다."

나는 그가 겨울 여러 날밤을 나의 조용한 서재에서 숨김없이 털어놓은 그 이야기를 바탕으로 하여 그와 같은 행위, 그와 같은 모험 몇 가지를 재현해 보려고 생각했다.

감옥 속의 뤼빵

여행가라고 할 만한 사람으로 세느 강변을 모르거나, 쥐어엘에류의 폐허에서 생 완드리유 폐허로 가는 도중 강 한복판 바위 위에 우뚝 솟아있는 마라키의 낡고 기묘한 작은 성을 보지 않은 사람은 없을 것이다. 그 성은 다리의 아치에서 큰길로 통해 있다. 어두운 탑 아랫부분은 그 밑받침이 되어 있는 화강암——무서운 지진으로 인해 어느 산에서 굴러와 그곳에 내던져진 듯한 커다란 바위와 한덩어리가 되어 있다. 언저리에는 큰 강물이 갈대 사이를 조용히 흐르고 있고, 할미새가 축축히 젖은 돌멩이 위에서 떨고 있었다.

마라키의 역사는 이름과 같이 살벌하여, 이름이 풍기고 있는 것처럼 왠지 기분이 나쁘다(마라키란 '나쁘게 획득된'이라는 의미와 통한다). 그것은 난투, 포위 공격, 돌격, 약탈, 학살의 역사인 것이다.

코오 지방의 야화 가운데, 그곳에서 있었던 전율할 만한 범죄가 기괴한 전설로 전해져 오고 있다. 옛날 므에에쥐의 수도원이며 샤를르 7세의 애첩 아네스 소레의 저택으로 연결되어 있었던 유명한 지하도 이야기도 있다.

영웅이나 도둑들의 소굴이었던 이 성에 지금은 나탕 카오룽 남작이 살고 있다. 그가 한꺼번에 큰 재산을 획득한 거래처에서는 사탄(악마의 왕) 남작으로 통하고 있다. 마라키의 영주는 파산하여 선조 대대로 내려오던 저택을 헐값으로 그에게 팔아 넘기지 않으면 안되었다. 남작은 그곳을 가구며 그림이며 도자기며 조각 등의 훌륭한 컬렉션으로 장식했으며, 두 늙은 하인을 두고 혼자서 살고 있었다. 밖에서는 결코 아무도 들어갈 수가 없다. 낡고 큰 방에 있는 세 점의 루벤스 그림, 두 점의 와토 그림, 장 다존(르네상스 시대의 조각가)의 의자, 그밖에 경매 단골인 부자들에게서 지폐 뭉치를 듬뿍 안겨주고 빼앗은 수많은 귀중품을 본 사람은 아무도 없었다.

카오룽 남작은 두려워하고 있었다. 그것은 자기 자신이 집요하게 정열을 쏟아 아무리 교활한 장사꾼이라도 속임수를 쓸 수 없는 감식안을 갖고 모은 것이기 때문에 두려워하는 것이다. 그는 그 보물들을 사랑하고 있었다. 구두쇠처럼 탐욕스럽게, 여자에게 홀딱 반한 사나이처럼 강렬한 질투심으로 사랑하고 있었다.

날마다 저녁때면 양쪽 다리에 무쇠를 입힌 네 개의 문과 안뜰의 출입구가 닫혀지고 빗장이 질러진다. 조금만 건드리면 정적 속에서 벨소리가 울려퍼진다. 세느 강의 다른 한쪽은 아무 걱정이 없었다. 바위가 절벽이 되어 우뚝 솟아 있기 때문에.

그런데 9월의 어느 금요일, 우편 배달부가 여느 때처럼 다리 끝에 나타났다. 무거운 문을 절반쯤 연 것은 언제나와 마찬가지로 남작이었다.

남작은 그 사나이를 몇 년 전부터 알고 있음에도 불구하고 사람 좋아 보이는 얼굴과 농사꾼답게 보이는 눈을 마치 낯선 사람을 보듯 빤히 쳐다보았다. 배달부는 웃으면서 말했다.

"접니다요, 남작 나리……다른 녀석이 제 옷과 모자를 쓰고 온 건 아닙니다."

"알 게 뭔가!" 남작은 중얼거렸다.

배달부는 신문다발을 건네준 다음 이렇게 덧붙였다.

"그런데 말이지요, 남작 나리, 다른 것이 또 있습니다."

"다른 거라니?"

"편지인뎁쇼, 더구나 등기 편지가……."

친구는 물론 관심을 가져주는 사람도 없이 혼자 살고 있는 남작은 한 번도 편지를 받아 본 일이 없었다. 그래서 그는 그 편지가 걱정거리가 될 불길한 사건인 것 같은 느낌이 들었다. 이 은둔처까지 바짝 쫓아온 기괴한 발신자는 누구일까?

"서명을 부탁합니다, 남작 나리."

그는 나지막하게 중얼거리면서 서명을 했다. 그리고 편지를 받아들고 배달부의 모습이 길모퉁이로 사라질 때까지 기다렸다가, 천천히 발걸음을 옮겼다. 그는 다리 난간에 몸을 기대고 봉투를 뜯었다.

속에 들어 있는 편지에는 '파리, 라 상떼 형무소'라는 주소가 인쇄되어 있었다. 서명을 보니 아르센 뤼뺑이라고 되어 있었다.

그는 깜짝 놀라며 읽어 내려갔다.

남작 귀하

귀하의 두 개의 살롱을 잇는 복도에는 필립 드 상파뉴의 훌륭한 그림이 있는데, 그것이 몹시 저의 마음에 듭니다. 귀하가 갖고 계신 루벤스도, 와토의 소품도 역시 제 취향에 맞는 것입니다. 오른쪽 살롱에서는 루이 13세식 찬장, 보베의 벽걸이, 자콥이라는 서명이 들어있는 앙피일식 원탁, 르네상스식 궤짝이 눈에 띄었습니다. 그리고 왼편 살롱에서는 보석과 정밀화가 있는 유리 선반.

이번에는 비교적 처리하기 쉬운 이런 물건들이면 됩니다. 그러므로 이것을 적당하게 꾸려서 1주일 안으로 바티뇰 역 전교(轉交)——
——운임 지불제로 하여——제 앞으로 보내 주시기 바랍니다. 만일
그렇지 않을 경우에는 9월 27일 수요일부터 28일 목요일 사이의
밤에 제가 직접 갖고 가겠습니다. 그리고 그때는 당연히 이러한 물
건들만으로는 안된다는 것을 알아 두시기 바랍니다. 지장을 드려서
죄송합니다만, 저의 경의를 받아 주시기를.

아르센 뤼빵

덧붙임——와토의 작품 가운데 가장 큰 것은 보내지 마십시오.
귀하가 경매 회관에서 3만 프랑을 내고 사신 겁니다만, 그것은 모
사입니다. 원작은 집정관 정부(1795~1799) 시절에 야단법석이
일어났던 어느 날 밤, 바라스에 의해 불타고 말았습니다. 가라의
《추상록》을 참조하십시오. 저는 또한 루이 15세식 띠장식 고리도
바라지 않습니다. 어쩐지 진짜 같지가 않으니 말입니다.

이 편지는 카오릉 남작을 몹시 놀라게 했다. 다른 서명으로 되어
있어도 어지간히 놀랐을 텐데 아르센 뤼빵이라니!
신문을 열심히 읽는 편이므로 절도나 범죄에 대한 사건을 상세히
알고 있는 그가 이 극악무도한 괴도의 소행을 모를 리 없었다. 물론
그는 미국에서 가니마르에게 붙잡힌 뤼빵이 분명히 감금되어 있으며
예심에——매우 어려운 듯싶었는데——붙여져 있다는 것을 알고 있
었다. 하지만 그는 또한 뤼빵 같은 인물은 무슨 일을 저지를지 알 수
없다는 것도 알고 있었다. 더구나 이 성의 그림이며 가구의 배치에
대해 이렇게 정확하게 알고 있다는 것이 무엇보다도 두려워해야 할
증거였다. 아무도 본 일이 없는 물건에 대해 누가 그에게 정보를 주
었을까?

남작은 눈을 들어 마라키의 기분나쁜 그림자——우뚝 솟은 받침돌과 그것을 둘러싼 깊은 물을 바라본 다음 목을 움츠렸다. 아니, 절대로 위험 같은 것은 있을 수 없다.

이 세계 어느 누구도 그의 컬렉션이 있는 깊은 방 안까지 숨어 들어올 수는 없다.

누구 한 사람도. 하지만 아르센 뤼뺑은? 아르센 뤼뺑에게 걸린다면 문짝이나 도개교(跳開橋)나 담장이 제 구실을 할 수 있을까? 만약 아르센 뤼뺑이 목적을 이루려 결심하기만 한다면 아무리 교묘하게 조심한다한들 무슨 소용이 있겠는가?

그는 당장 그날 밤 르왕의 검사 앞으로 편지를 썼다. 협박장을 함께 보내며 도움과 보호를 청한 것이다.

답장은 곧 왔다. 아르센 뤼뺑은 지금 라 상떼 형무소에 구금되어 엄중하게 감시 받고 있으므로 편지를 쓸 수는 없을 것이다. 그러므로 그 편지는 다른 사람이 썼음에 틀림없다. 사실로 보나 논리적, 상식적으로 보나 그렇게 판단된다. 그래도 만일을 위해 전문가에게 필적을 감정하도록 했다. 그러나 이 필적은 얼마쯤 비슷하기는 하나, 뤼뺑의 것은 아니라는 보고가 왔다는 내용이었다.

'얼마쯤 비슷하기는 하나' 남작은 이 무서운 글귀만을 기억했다. 이 것만으로도 경찰 당국이 개입해야 할 충분한 이유가 된다고 생각했다.

그의 불안은 점점 더해갔다. 예의 편지를 몇 번이나 되풀이해서 읽었다.

'제 자신이 갖고 가겠습니다.' 더구나 이 확실한 날짜——9월 27일 수요일부터 28일 목요일 사이의 밤에! ……

의심 많고 말이 없는 그는 하인들에게 이 사실을 털어놓고 싶지는 않았다. 하인들 역시 믿을 수 없다고 생각되었기 때문이다. 그러나 그는 지난 몇 년 이래 처음 있는 일이지만 누구에게든 이야기하여 조언을 얻고 싶은 마음이었다. 지방의 경찰 당국은 문제삼아 주지 않을 것이고, 그렇다고 해서 자기 힘만으로 몸을 지킬 자신은 없었으므로 파리까지 가서 경찰관 출신인 누군가에게 도움을 청하려고 생각했다.

이틀이 지났다. 사흘째 되는 날, 그는 신문을 읽으면서 너무 기뻐 몸을 떨었다. 코드베크에서 발행되는 아침 신문이 다음과 같은 기사를 사회면에 싣고 있었던 것이다.

3주일쯤 전부터 이 지방에 가니마르 경감이 머무르고 있다는 것은 우리들의 기쁨이라고 아니할 수 없다. 가니마르 씨는 경시청의 노련한 경감 중 한 사람으로, 최근에는 아르센 뤼빵을 체포한 수훈으로 말미암아 온 유럽에 명성을 떨쳤는데, 오랜 동안의 피로를 씻기 위해 지금 잉어 낚시를 즐기고 있다.

가니마르! 카오릉 남작에게는 안성맞춤의 원조자였다. 노련하고 인내심이 강한 가니마르 외에 뤼빵의 계획을 수포로 돌아가게 할 사람이 달리 또 있겠는가?

남작은 망설이지 않았다. 성에서 코드베크까지는 6킬로미터의 거리였다. 그는 구원될 수 있다는 유일한 희망을 안고 흥분한 사람답게 경쾌한 걸음으로 6킬로미터를 걸어갔다.

경감의 주소를 알아내려 몇 번이나 헛수고를 한 다음, 강변 중간쯤에 있는 〈아침 신문〉사의 사무실로 향했다. 그는 거기서 문제의 기사를 쓴 기자를 만났다. 기자는 창가로 다가가면서 소리쳤다.

"가니마르 말씀인가요? 강변에 가면 틀림없이 낚시질하고 있는 그를 만날 수 있을 겁니다. 나도 강가에서 친해졌지요. 낚싯대에 그의 이름이 새겨져 있는 것을 우연히 발견했거든요. 저기 저 산책길의 가로수 아래에 몸집이 작은 노인이 있지요?"

"프록코트에 밀짚모자를 쓴 사람 말이오?"

"맞습니다. 그런데 말이 없고 성미가 까다로운 괴짜더군요."

그로부터 5분 뒤 남작은 가니마르에게 다가가 자기 소개를 한 다음, 이야기를 시작하려고 했다. 그런데 그것이 잘 안되어 그는 단도직입적으로 문제를 꺼내 사정을 설명했다.

상대는 낚싯줄에서 눈을 떼지 않은 채 꼼짝않고 듣고 있었으나, 이윽고 남작 쪽으로 고개를 돌려 가엾어하는 듯한 표정으로 발 끝에서 머리 끝까지 훑어보았다.

"선생, 훔치려고 하는 상대에게 예고한다는 것은 우선 있을 수 없는 일입니다. 아르센 뤼빵이 그렇게 바보 같은 짓을 할 리는 없지 않소."

"하지만……."

"선생, 조금이라도 의심스럽다면 나는 다른 일을 제쳐 두고라도 뤼빵을 체포하는 쪽을 좋아합니다. 그러나 유감스럽게도 그는 감금되어 있어요."

"만약 탈주한다면?"

"라 상떼에서는 탈주할 수 없습니다."

"하지만 그 사나이라면……."

"그 사나이든 누구든 마찬가지입니다."

"그러나……."

"뭐, 탈주하려거든 하라지요. 또 잡아넣으면 되니까요. 그때까지는 베개를 높이하고 주무십시오. 그리고 잉어 낚시를 방해하지 않도록 부탁합니다."

대화는 이렇게 끝이 났다. 가니마르가 너무나 태연했으므로 남작은 조금 안심하고 저택으로 돌아왔다. 그는 자물쇠를 다시 보고 하인들의 태도를 살폈다.

　이렇게 이틀이 지나는 동안 결국 자신의 걱정은 기우에 지나지 않았다고 생각하게 되었다. 그렇다. 가니마르가 말한 것처럼 훔치려고 하는 상대방에게 예고 같은 것을 할 리가 없다.

　그 날이 다가왔다. 27일의 전날인 화요일 오전에는 아무 일도 일어나지 않았다. 그러나 3시가 되자 한 소년이 벨을 눌렀다. 전보를 갖고 온 것이다.

　　바티뇰 역에 짐이 없음. 내일 밤, 각오하라.

　　　　　　　　　　　　　　　　　　　아르센 뤼뺑

　또다시 공포. 이제 아르센 뤼뺑의 요구에 응하지 않으면 안되겠다고 생각될 정도였다.

　그는 코드베크로 달려갔다. 가니마르는 접었다 폈다 하는 의자에 걸터앉아, 같은 장소에서 낚시를 하고 있었다. 남작은 아무 말도 하지 않고 전보를 내밀었다.

　"그래서요?" 경감은 말했다.

　"그래서라니요? 내일이란 말이오!"

　"뭐가요?"

　"강도요! 강도가 내 컬렉션을 훔쳐 가겠다는 거요."

　가니마르는 갑자기 낚싯대를 놓고 남작 쪽으로 돌아앉으면서 팔짱을 끼고 신경질적으로 소리쳤다.

　"아니, 내가 그런 바보 같은 이야기에 응할 것 같소!"

　"9월 27일부터 28일 사이의 밤에 와 주시는데 얼마를 드리면 될까요?"

　"한푼도 필요없소. 내버려 두시오."

"사례금을 정해 주십시오, 나는 부자입니다, 부호요."

이 당돌한 요청에 가니마르는 당황했으나 곧 침착성을 되찾고 조용히 말했다.

"나는 휴가로 여기에 와 있으니 그런 일에 관계할 권리는……."

"누구에게도 알리지 않겠습니다. 어떤 일이 있어도 비밀을 지킬 것을 약속드립니다."

"별말씀을! 아무 사건도 일어나지 않습니다."

"그럼, 3천 프랑이면 어떨까요?"

경감은 담배를 한 대 피우며 깊이 생각하더니 경멸하듯이 말했다.

"좋습니다. 그러나 돈은 아무 소용 없이 버리는 것이나 마찬가지일 거라는 것을 확실히 말씀드려 두지요."

"그건 상관없습니다."

"그렇다면……그리고 뤼빵 같은 악당이니 한패가 있을 거요……댁의 하인들은 믿을 수 있습니까?"

"글쎄요……."

"그렇다면 기대를 걸지 않겠습니다. 주의깊게 하기 위해 전보로 내 동료를 두 사람 부르겠습니다. 그럼, 가 보시지요, 함께 있는 것을 다른 사람이 보면 안되니까요. 그럼, 내일 9시쯤에……."

아르센 뤼빵이 지정한 날, 카오롱 남작은 벽에 장식해 두었던 무기를 꺼내어 닦은 다음 마라키 부근을 둘러보았다. 수상한 것은 아무것도 눈에 띄지 않았다.

그날 밤 8시 반에 하인들을 물러가게 했다. 하인들은 큰길에서 조금 들어간 성 끝에 있는 별채에서 살고 있었다. 그는 처음으로 혼자서 네 개의 문을 조용히 열었다. 잠시 뒤 발소리가 가까이 오는 것이 들렸다.

가니마르는 두 사람의 조수를 소개했다. 자라목에 억센 팔의 튼튼한 젊은이들이었다. 그리고 그는 약간의 설명을 요구했다. 저택의 내부 구조를 알게 되자 그는 문제의 방으로 통하는 모든 출입구를 조심스럽게 단속했다. 벽을 조사해 보고 벽걸이도 들어올려 살펴본 다음, 마지막으로 두 부하를 가운데 복도에 대기시켰다.

"당황하면 안돼, 알았나? 여기서 자면 안돼. 조금이라도 수상한 일이 있으면 안뜰쪽으로 난 창을 열고 나를 부르게. 강 쪽도 조심해야 해. 10미터쯤 되는 낭떠러지는 녀석 같은 악한들에겐 아무것도 아니니까."

그는 두 사람을 그곳에 남겨두고 열쇠를 갖고 가면서 남작에게 말했다.

"자, 이번에는 우리가 지킬 장소입니다."

그는 밤을 지낼 장소로 주위의 두꺼운 성벽 가운데 있는 커다란 두 문 사이의 작은 방을 골랐다. 그전에는 숙직을 하던 방이었다. 다리 쪽과 안뜰 쪽으로 각각 하나씩 밖을 내다볼 수 있는 구멍이 뚫려 있었다. 한쪽 구석으로는 우물 입구 같은 것이 보였다.

"분명히 저 우물은 지하도의 유일한 입구로 옛날부터 막혀 있었다고 말씀하셨지요?"

"그렇습니다."

"그렇다면 아무도 모르는 다른 출구가 없는 이상, 아르센 뤼뺑이 아무리 날고뛴다 하더라도 안심입니다."

그는 의자 세 개를 나란히 놓고 편안히 몸을 눕힌 다음 파이프에 불을 붙여 물었다.

"실은 말이오, 내가 이렇게 쉬운 일을 맡은 것은 마지막을 다해가는 움막 위에 다시 한 층을 더 올리고 싶어서입니다. 이런 이야기를 뤼뺑 녀석에게 들려주면 녀석은 배를 움켜쥐고 웃겠지요."

남작은 웃지 않았다. 그는 더욱 걱정하면서 귀를 기울여 정적 속을 살피고 있었다. 이따금 몸을 구부리고 불안한 듯한 눈초리로 구멍을 통해 우물 너머를 엿보고 있었다.

11시, 12시, 1시를 쳤다. 갑자기 남작이 가니마르의 팔을 잡는 바람에 경감은 놀라서 눈을 떴다.

"들립니까?"

"들립니다."

"무슨 소리일까요?"

"네, 코고는 소리입니다!"

"아니오, 잘 들어 보시오…….."

"아, 저건 자동차의 경적 소리입니다."

"그럼?"

"뤼빵은 당신의 성을 파괴하기 위해 쇠망치 대신 자동차를 사용하지는 않을 것입니다. 그러니 남작, 나 같으면 자겠소. 그럼, 나는 다시 한잠 자겠습니다. 편히 쉬시오."

수상한 일은 그것뿐이었다. 가니마르는 다시 잠을 잤고, 남작도 다시는 그의 규칙적이고 떠들썩한 코고는 소리 말고는 아무것도 듣지 못했다.

동이 틀 무렵, 두 사람은 작은 방에서 나왔다. 평화스러움과, 상쾌함이 강기슭을 덮은 아침의 조용함이 성을 감싸고 있었다. 카오룽은 기쁨으로 들떴고, 가니마르는 여느 때와 마찬가지로 태연했다. 두 사람은 층계를 올라갔다. 아무 소리도 나지 않았다. 조금도 수상한 것은 없었다.

"내가 말한 대로지요, 남작? 요컨대 나는 이 일을 맡을 필요가 없었던 겁니다…… 아아, 이거 염치가 없군."

그는 열쇠를 손에 들고 복도로 들어갔다.

두 형사는 의자 위에서 몸을 웅크리고 팔을 축 늘어뜨린 채 자고 있었다.

"일어나." 경감이 고함을 쳤다.

순간 남작이 소리쳤다.

"그림이!…… 한 장이!……."

남작은 숨이 막히는 듯 더듬거리면서 물건이 없어진 장소, 못만 남아 있고 끈이 늘어져 있는 벽 쪽으로 손을 내밀었다. 와토의 그림이 없어졌다! 루벤스도 훔쳐 갔다! 벽걸이도 걷어 갔다! 유리 선반의 보석은 흔적조차 없다!

"게다가 루이 16세식 띠도!…… 아아…… 섭정시대의 샹들리에도!…… 12세기의 성모상도!……."

경감은 깜짝 놀라고 낙담하여 이쪽저쪽으로 뛰어다녔다. 남작은 사들였던 값을 기억해내며 손해를 계산하여 숫자를 늘어놓았다. 그러나 뒤죽박죽 토막토막 종잡을 수 없는 말들이었다. 분노와 슬픔으로 미친 사람처럼 비틀거리며 몸부림쳤다. 마치 파산하여 권총 자살을 하는 수밖에는 다른 길이 없는 사람 같았다.

만일 그를 위로할 수 있는 무엇인가가 있었다면, 그것은 가니마르의 어리둥절한 모습을 보는 일이었을 것이다. 그러나 경감은 남작과는 달리 꼼짝도 하지 않았다. 마치 화석이라도 된 듯 멍한 시선으로 벽을 보고 있었다. 창은 닫혀 있다. 자물쇠는?——그대로다. 천장도 파괴되어 있지 않았다. 마루에도 구멍은 뚫려 있지 않았다. 잘 정돈되어 있었다. 냉정하고 엄밀한 계획에 따라 조직적으로 일을 진행시켰음에 틀림없다.

"아르센 뤼빵……아르센 뤼빵!"

경감은 지친 듯이 이렇게 중얼거렸다.

별안간 그는 분통이 터진다는 듯이 두 부하에게로 달려들어 세차게 잡아 흔들며 욕지거리를 퍼부었다. 두 사람은 그래도 눈을 뜨지 않았다.

"빌어먹을!" 그는 문득 생각난 듯이 말했다. "어쩌면 이건…….."

그는 두 사람 위로 허리를 굽혔다. 그런 다음 차례차례로 주의해서 관찰했다. 그들은 자고 있었다. 그러나 그 잠은 자연스러운 것이 아니었다.

그는 남작에게 말했다.

"마취되었군요!"

"누구한테 말입니까?"

"그 녀석 한테지요! 그렇지 않으면 그의 패거리들에게. 어쨌든 지휘한 것은 그 녀석입니다. 그 녀석의 수법이오, 분명하오."

"그럼, 안되겠군요. 손을 쓸 수 없겠습니까?"

"손을 쓸 수는 없습니다."

"지독한 수법이군. 흉악합니다."

"경찰에 신고하십시오."

"도움이 되겠습니까?"

"어쨌든 해보는 겁니다……당국에서는 방법이 있을 테니까…….."

"당국이라고요! 당신이 직접 조사하시지요. 지금이라도 증거를 찾으면 무언가 발견할 수 있을 텐데 우두커니 서 계시는군요."

"상대가 아르센 뤼뺑인데 무엇이 발견되겠습니까? 남작, 아르센 뤼뺑은 절대로 증거를 남겨 놓지 않습니다! 상대가 아르센 뤼뺑이라면 우연 따위는 있을 수 없습니다. 미국에서 나한테 붙잡힌 것도 일부러 그런 게 아닌가 싶을 정도였지요!"

"그렇다면 나는 그림이고 뭐고 다 단념하지 않으면 안되겠군요. 하지만 도둑 맞은 것은 내 컬렉션 가운데서도 가장 귀중한 것들입니다. 찾아낼 수만 있다면 사례는 톡톡히 치르겠습니다. 어떻게도 할 수 없다면, 하다못해 뤼뺑이 도로 팔 방법이라도 말해 주면 좋을 텐데!"

가니마르는 남작을 가만히 지켜보았다.

"그거 좋은 생각입니다. 당신은 그 말을 취소하지 않으시겠지요?"

"절대로, 하지만 왜 그러시지요?"

"내게 생각이 있습니다."

"어떤 생각입니까?"

"수사가 진척되지 않으면 말씀드리지요, 다만 내가 성공하기를 바라거든 나에 관해서는 한 마디도 이야기하지 말아 주십시오."

그리고 입 속으로 덧붙였다. "……실은 이것은 별로 자랑스러운 일이 못될 테니까요."

두 형사가 차츰 의식을 되찾았다. 최면술에서 깨어난 사람처럼 깜짝 놀라 어리둥절한 모습으로 눈을 뜨더니 어젯밤 어떤 일이 벌어졌는지 생각을 더듬었다. 가니마르가 질문해보니 두 사람은 아무것도 기억하고 있지 못했다.

"하지만 누군가는 보았겠지?"

"아닙니다."

"생각나지 않나?"

"조금도,"

"술을 마시지 않았나?"

두 사람은 한참 생각하더니 그중 한 사람이 대답했다.

"저는 물을 조금 마셨습니다."

"이 물병에 들어 있는 물인가?"

"그렇습니다."

"저도 마셨습니다."

다른 한 형사도 말했다.

가니마르는 물의 냄새를 맡고 그 맛을 보았다. 별다른 맛도 냄새도 없었다.

"그럼, 이러고 있는 건 시간 낭비야. 아르센 뤼빵의 문제라면 5분 갖고 해결되진 않아. 빌어먹을! 어떻게 해서든지 붙잡고 말 테다. 이번 2회전의 승리는 내 것이야."

그 날로 카오릉 남작은 라 상떼에 갇혀 있는 아르센 뤼빵을 상대로 도난 소송을 제기했다. 그러나 마라키의 저택 안으로 경관, 검사, 예심판사, 신문기자, 게다가 건달까지도 멋대로 드나드는 것을 보자 남작은 소송한 것을 후회했다.

이 사건은 곧 세상의 화제거리가 되었다. 상황이 독특했고, 아르센 뤼빵의 이름이 자극적이었기 때문에 신문들은 터무니없는 기사를 실었고, 또한 독자들은 그것을 믿었다.

그런데 아르센 뤼빵의 첫 번째 편지가 〈에꼴 드 프랑스〉지에 발표되었다. 누가 그 편지를 보여 주었는지 아무래도 알 수가 없었다. 카오릉 남작을 협박한 그 편지는 상당한 동요를 불러일으켰다. 편지의 내용은 순식간에 황당무계하게 과장되었다. 사람들은 유명한 지하도에 대해 떠들었다. 그러자 검찰 당국도 내버려 둘 수가 없어 그쪽으로 조사를 진행시켰다.

성은 맨 위에서 아래까지 수사되었다. 돌멩이까지 하나하나 살펴보았다. 조각이며 난로, 거울테에서 천장의 대들보에 이르기까지 샅샅이 살펴보았다. 옛날 마라키의 영주들이 탄약이며 식량을 넣어 두었던 넓은 지하실도 횃불을 켜들고 조사했다. 바위의 내부까지도 조사했다.

그러나 헛수고였다. 지하도 같은 것은 흔적조차 발견할 수가 없었다. 몰래 빠져나갈 수 있는 구멍 같은 것은 있지도 않았다.

"좋아!" 누군가가 말했다. 그러나 가구며 그림이 유령처럼 사라졌을 리는 없다. 출입구나 창을 이용해 옮긴 것이다. 대체 어떤 인간일까? 어떻게 해서 숨어들어왔을까? 어떻게 해서 빠져나간 것일까?

르왕 검찰국은 감당하기 어려운 사건이라 깨닫자 파리 경찰에 도움을 청했다. 보안부장인 듀이 씨는 민완 형사들을 파견했다. 듀이 씨자신도 만 이틀 동안을 마라키에 머물렀으나 성공하지 못했다.

그리하여 그는 지금까지 여러 차례 수완을 인정하고 있던 가니마르 경감에게 사건을 맡겼다.

가니마르는 상관의 지시를 잠자코 듣고 있더니 이윽고 머리를 저으면서 말했다.

"성의 수사만 계속하는 것은 잘못이라고 생각합니다. 해결은 다른데 있습니다."

"대체 어디에 있다는 말인가?"

"아르센 뤼뺑한테 있습니다."

"아르센 뤼뺑이라고? 그렇게 생각하는 것은 뤼뺑이 범인이라고 인정하는 게 아닌가."

"저는 그렇게 생각합니다. 뿐만 아니라 확신하고 있습니다."

"아니 가니마르, 그건 어처구니없는 말이야. 아르센 뤼뺑은 감옥에 갇혀 있지 않나?"

"아르센 뤼뺑은 물론 감옥에 갇혀 있지요. 그리고 감시받고 있다는 것도 인정합니다. 그러나 비록 그가 수갑과 족쇄를 차고 입에 재갈이 물려 있었다 해도 저의 의견에는 변함이 없습니다."

"무슨 까닭으로 그렇게 강경히 주장하는 건가?"

"그것은 이렇게 대규모적인 일을, 더구나 교묘하게 계획할 수 있는 것은 아르센 뤼뺑밖에 없기 때문입니다……그리고 그는 성공했습니다."

"그건 이론에 지나지 않네, 가니마르!"

"사실 그렇긴 합니다만, 어쨌든 지하도니 돌뚜껑이니 하는 쓸데없는 생각은 하지 마십시오. 범인은 그렇게 낡은 수법을 쓰지 않습니다. 현대식, 아니 미래식 수법을 쓰고 있을 겁니다."

"그래, 자네의 결론은?"

"제 결론은 한 시간쯤 뤼뺑과 함께 있도록 허락해 주셨으면 하는 것입니다."

"녀석의 감방에서 말인가?"

"네, 미국에서 돌아오는 항해 중에 우리는 친해졌습니다. 굳이 말하자면 녀석은 자기를 체포한 사람에 대해 얼마쯤 호의를 갖고 있습니다. 자기 자신을 위태롭게 하지 않고 정보를 제공해 줄 수 있다면, 녀석은 제가 헛수고하지 않도록 해주겠지요."

가니마르가 아르센 뤼뺑의 감방으로 안내된 것은 정오가 약간 지나서였다. 뤼뺑은 침대에 누워 있다가 머리를 들고 기뻐서 소리쳤다.

"여어, 이거 놀랐는데, 가니마르 씨가 이런 곳에 다 오시다니!"

"그렇네."

"이 은신처에 들어와 따분하기는 했지만, 당신을 뵙게 되리라고는 생각도 못했소."

"고맙군."

"아니오, 나는 당신에게 깊은 경의를 품고 있습니다."

"영광인데"

"나는 항상 이렇게 말하고 있어요. 가니마르는 우리나라 첫째가는 명탐정이라고. 나는 정직합니다. 당신은 거의 셜록 홈즈에 필적합니다. 그런데 사실 이 의자밖에 권해 드릴 게 없어 유감이군요. 마실 것도 없고 한 잔의 맥주조차 없어요. 죄송합니다만, 그야말로 임시 거처니까요."

가니마르는 싱긋이 웃으면서 의자에 걸터앉았다. 죄수는 신이 나서 말을 계속했다.

"정말이지, 정상적인 사람의 얼굴을 봄으로써 눈을 보양한다는 것은 고마운 일입니다. 하루에도 열 차례나 저의 주머니와 이 감방 안을 살펴보러 오는 간수며 경관들 얼굴에는 이제 진절머리가 났거든요. 제가 탈주라도 하리라 생각하신 모양이죠. 정말 정부가 저를 어찌나 소중히 다루는지……."

"그건 무리도 아니지."

"천만의 말씀입니다! 전 이 한쪽 구석에 내버려 두었으면 기쁘겠어요."

"다른 사람의 돈으로 말인가?"

"아마 그렇겠지요? 지극히 간단합니다. 아아, 나는 바보 같은 이야기만 하고 있군요. 당신은 몹시 바쁘시겠지요. 자, 용건을 말씀해 주십시오. 가니마르 씨. 방문하신 용건은 뭡니까?"

"카오룽 사건 말인데──." 가니마르는 솔직하게 말했다.

"잠깐 기다려 주십시오. 제겐 여러 가지 사건이 있어서요. 우선 머릿속에서 카오룽 사건의 서류를 찾아내야……그렇지! 알았습니다. 카오룽 사건, 하(下) 센느 강변의 마라키 성……루벤스 두 점, 와토 한 점, 그리고 자질구레한 물건들──."

"자질구레하다고!"

"뭐, 모두 시시한 물건들이죠. 그뿐입니까? 그러나 어쨌든 사건에 흥미를 갖고 계시는군요…… 계속 말씀해 주십시오, 가니마르 씨."

"예심 진행 상태를 설명해 줄까?"

"그럴 것까지는 없습니다. 아침 신문을 읽었으니까요. 사건의 수사가 진척되지 않는다는 말씀이지요?"

"으음, 그래서 자네의 도움을 구하러 온 걸세!"

"바라신다면 그렇게 하지요."

"우선, 사건은 자네가 지휘했나?"

"처음부터 끝까지."

"협박장은? 전보는?"

"이렇게 말하고 있는 본인이 했습니다. 어딘가에 영수증도 있을 겁니다."

아르센 뤼빵은 침대와 걸상 말고는 감방 안의 유일한 가구인 칠하지 않은 조그마한 테이블의 서랍을 열고 두 장의 종이쪽지를 꺼내어 가니마르에게 보였다.

"아니!" 가니마르는 외쳤다. "자네의 일거일동을 모두 감시하고 있는 줄만 알았는데……신문을 읽고 우편물 영수증까지 갖고 있다니 ……."

"이 자들은 모두 바보들이니까요! 녀석들은 제 양복 안감을 뜯는 가 하면 구두 밑창을 벗겨 보기도 하고 감방의 벽에 귀를 대 보기도 합니다만, 아르센 뤼빵이 그런 곳에 물건을 숨겨 둘 정도로 골이 비었다고는 아무도 생각지 않을 겁니다. 그것이 바로 내가 노리는 점이죠."

가니마르는 재미있어하며 소리질렀다.

"이상한 친구로군! 어처구니없어. 자, 어서 일에 대한 이야기나 해보지."

"아니, 그러고 보니 당신은 능청스럽군요! 제 비밀을 모두 알아내려 하고 있으니 말입니다…… 내 수법을 다 털어놓으라고요?……일이 중대해졌는데!"

"자네의 친절에 기대를 건 것이 잘못이었나?"

"아니, 아닙니다, 가니마르 씨. 그렇게까지 말씀하신다면……."

아르센 뤼빵은 감옥 안을 두서너 걸음 성큼성큼 걷다가 멈추고는 말했다.

"남작에게 보낸 편지를 어떻게 생각합니까?"

"자네는 장난을 쳐서 세상을 깜짝 놀라게 해주려고 그랬겠지?"

"세상을 깜짝 놀라게 하기 위해서라고요? 가니마르 씨, 솔직한 이야기지만 나는 당신을 좀 더 무서운 존재로 생각하고 있었지요. 내가 그렇게 아이들 같은 짓을 할 것 같습니까? 아르센 뤼빵쯤 되는 사람이 편지를 보내지 않아도 남작한테서 훔칠 수 있다면 굳이 그런 편지를 썼을까요? 당신도, 다른 사람들도 생각 좀 해보십시오. 그 편지는 없어서는 안될 출발점, 기계 전체를 움직이게 한 용수철입니다. 그럼, 원하신다면 마라키 강도 사건을 순서대로 생각해 봅시다."

"들어보지!"

"카오릉 남작의 성처럼 엄중하게 지키고 있는 성이 있다고 가정합시다. 내가 갖고 싶은 보물을 간직한 성이 가까이 갈 수 없다고 해서 내가 체념하고 말겠습니까?"

"물론 체념할 수 없겠지."

"그럼, 옛날처럼 목숨을 아낄 줄 모르는 패들의 선두에 서서 침입을 시도할까요?"

"그건 어린애 같은 짓이지!"

"그러면 살그머니 잠입하겠습니까?"

"그건 불가능해."

"그렇게 되면 제 생각으로는 남은 것은 오직 한 가지뿐이지요. 그 성의 소유자로부터 초대를 받는 것입니다."

"독창적인 방법이로군!"

"그것은 지극히 쉬운 일이지요! 어느 날 성주는 유명한 괴도 아르센 뤼빵이 침범할 계획을 꾸미고 있다는 편지를 받았다고 가정합시다. 그는 어떻게 할까요?"

"그 편지를 검사에게 보내겠지."

"그러나 검사는 상대도 해주지 않겠지요. 왜냐하면 뤼뺑은 현재 감옥에 감금되어 있으니까요. 거기서 성주는 낭패합니다. 누구에게든 도움을 얻었으면 하고 생각하겠지요. 그렇지 않습니까?"

"물론이지."

"그런데 만일 지방 신문에 이름난 형사가 휴가로 근처에 와 있다는 것을 읽게 되었다면······."

"그 형사를 찾아가겠지."

"맞았습니다. 그러므로 그 필요한 조치를 취하기 위해서 아르센 뤼뺑이 가장 능력 있는 동료에게 부탁하여 코드베크에 눌러앉아 남작이 구독하는 〈아침 신문〉 기자와 가까워지게 하고, 자기가 그 유명한 형사라고 상대방이 생각할 수 있도록 행동하게 한다면 어떤 결과가 될까요?"

"기자는 〈아침 신문〉에 그 형사가 코드베크에 머물고 있다고 쓰겠지."

"바로 그렇습니다. 그리고 두 가지 가운데 하나——물고기라는 것은 카오릉을 가리키는 말입니다만——민물고기는 미끼를 물어뜯지 않습니다. 그렇게 된다면 아무 일도 일어나지 않겠지요. 하지만 그렇지 않을 경우——이쪽이 더 확실성이 많습니다만——헐레벌떡 뛰어옵니다. 거기서 카오릉 선생은 내 친구의 도움을 얻게 되지요."

"점점 더 독창적으로 되는군."

"물론 가짜 형사는 처음에는 협력을 거절합니다. 그때 아르센 뤼뺑이 전보를 칩니다. 남작은 두려워서 또다시 내 친구에게 도움을 부탁합니다. 그리고 그가 도와 준다면 사례금을 내겠다고 하지요. 친구는 그 제의를 승낙하고 두 부하를 데리고 갑니다. 밤이 되자 가짜 형사가 카오릉을 감시하고 있는 동안 물건을 창으로 꺼내어 빌려 둔 조그마한 배에 싣도록 합니다. 이런 것쯤은 뤼빵에겐 아무것도 아니지요."

"참으로 훌륭한 솜씨로군!" 가니마르가 외쳤다. "이처럼 대담한 계획과 교묘한 수법에는 감탄할 수밖에 없군. 그러나 남작에게 그런 생각을 갖게 할 만큼 유명한 형사는 그다지 없으리라 생각되는데."

"한 사람 있지요. 꼭 한 사람뿐입니다."

"누군가?"

"가장 유명한 사람, 아르센 뤼빵의 숙적, 요컨대 가니마르 경감이지요."

"나라고?"

"그렇습니다, 가니마르 씨. 재미있는 것은 다음과 같은 점입니다. 당신이 그곳에 가서 남작의 이야기를 들어보면 당신은 당신 자신을 체포하지 않으면 안된다는 것을 깨닫게 될 겁니다. 미국에서 나를 체포한 것처럼 말입니다. 재미있는 복수지요. 내가 가니마르로 하여금 가니마르를 체포하게 하다니!"

아르센 뤼빵은 유쾌하게 웃었다. 경감은 화를 내며 입술을 깨물었다. 이 심술궂은 장난은 웃을 일이 아니라고 생각되었던 것이다.

간수가 왔기 때문에 가니마르는 그 동안의 태도를 바꿨다. 간수는 식사를 날라왔는데, 식사는 아르센 뤼빵에겐 특별 대우로 근처의 레스토랑에서 가져오게 하고 있었다. 간수는 쟁반을 테이블 위에 놓고 물러갔다. 아르센 뤼빵은 식탁에 앉아 빵을 떼어 두세 번 베어 물고나서 말을 계속했다.

"그러나 안심하십시오, 가니마르 씨. 당신은 그곳에 가지 않아도 될 겁니다. 깜짝 놀랄만한 사실을 털어놓지요. 카오릉 사건은 이제 끝나려고 하는 참입니다. ”

“뭐라고? ”

“곧 끝날 거란 말입니다. ”

“그렇다면 나는 보안부장에게 작별인사를 해야겠군. ”

“그럼, 다음엔? 듀이 씨가 나에 대해서 나 이상으로 잘 알고 있던 가요? 당신은 가니마르가……아니, 실례, 가짜 가니마르가 남작과 매우 친해졌다는 것을 알아야 될 겁니다. 남작은 나와 거래를 교섭한다는 매우 어려운 임무를 가짜 가니마르에게 맡겼지요. 남작이 아무 소리도 하지 않은 이유는 사실 이 때문입니다. 지금은 어느 정도 돈을 써서 소중한 골동품을 이미 되찾아 갔습니다. 그 대신 남작은 소송을 취하한 거나 마찬가지지요. 그러므로 검사국도 결국……. ”

가니마르는 어이가 없어 죄수를 지켜보았다.

“자네는 어떻게 해서 그걸 알았나? ”

“기다리고 있던 전보를 지금 막 받았지요. ”

“전보를 받았다고? ”

“바로 지금 받았지요. 예의상 당신 앞에서 읽지 않았을 뿐이지만 허락해 주신다면…….

“나를 놀리는군, 뤼뺑! ”

“그럼, 그 삶은 달걀을 살짝 쪼개 보십시오. 놀렸는지 안 놀렸는지 스스로 확인할 수 있을 테니까요. ”

가니마르는 그의 말을 따라 기계적으로 칼날로 달걀을 쪼갰다. 놀라움의 소리가 신음같이 새어 나왔다. 달걀은 비어 있었고 속에는 파랑 전보지가 들어 있었다. 가니마르는 그 종이를 펼쳤다. 그것은 전보라기보다 전보국의 지정문(指定文)이 있는 곳을 오려 낸 전문(電文)이었다. 경감은 그것을 읽었다.

흥정 성립되었음. 10만 줌. 모두 무사.

"10만?"

"그렇지요, 10만 프랑입니다. 얼마 안되는 돈이지만 지금은 경기가 좋지 않은 때이니까요……게다가 나는 지출이 굉장하거든요! 내 예산을 보면……대도시의 예산만한 금액이지요."

가니마르는 일어섰다. 이미 불쾌감은 사라져 버린 뒤였다. 그는 잠간 생각한 다음 사건의 전모를 종합하고 단서를 발견하려 했다. 그는 전문가답게 감탄어린 말투로 말했다.

"다행하게도 자네 같은 자는 많지 않아. 그렇지 않았다면 폐업할 수밖에 도리가 없었을 테니 말이야."

아르센 뤼빵은 황송하다는 태도로 대답했다.

"뭘요. 따분함을 달래기 위해 조금 장난친 것에 지나지 않습니다……그것도 내가 감옥에 갇혀 있으니까 할 수 있었던 거지요."

"뭐라고!" 가니마르는 어이가 없었다. "자네는 재판이며 변론, 그리고 예심이 있는데도 따분하단 말인가?"

"아니, 난 재판에는 나가지 않기로 마음먹었거든요."

"아, 아니……."

아르센 뤼빵은 단호하게 되풀이했다.

"난 재판에는 나가지 않겠습니다."

"정말인가?"

"그럼, 당신은 내가 언제까지나 이런 곳에 처박혀 있을 줄 알았습니까? 그건 너무한데요. 아르센 뤼빵은 형무소 같은 데에는 마음이 내키는 동안만 있지요. 그 이상은 1초라도 더 있기 싫습니다."

"처음부터 들어오지 않는 것이 현명했을 텐데."

경감은 빈정거리는 말투로 반박했다.

"비웃는 겁니까? 나를 체포한 공로를 생각한 겁니까? 참고로 말해 두겠습니다만, 내게는 좀 더 중대한 관심사가 있었기 때문에 일부러 이렇게 된 겁니다. 그렇지 않았다면 당신은 물론이고 다른 누구도 나를 잡는다는 건 말도 안되는 이야기죠."

"설마."

"여자가 나를 보고 있었어요. 게다가 나는 그 여자를 사랑합니다. 한 여자의 시선을 받고 있다는 것이 어떤 것인지 압니까? 다른 일 같은 건 내게 있어 아무래도 상관없었습니다. 그래서 이런 곳에 오게 된 거지요."

"꽤 오래 있지 않았을까, 가엾게도."

"처음에는 잊어버리려고 생각했지요. 웃지 마십시오. 그 일만은 좋았단 말입니다. 생각만 해도 녹아 버릴 것 같았어요……게다가 나는 약간 신경 쇠약에 걸려 있었거든요! 현대 생활은 복잡하니까요. 가끔은 이른바 정양이라는 것도 해야 합니다. 정양을 하기에는 이곳이 안성맞춤의 장소지요. 난 지금 철저한 정양을 실행하는 중입니다."

"아르센 뤼팽!" 가니마르가 주의를 환기시켰다. "농담도 정도 문제야."

"가니마르 씨." 뤼팽이 말했다. "오늘은 금요일입니다. 다음 주 수요일, 나는 페르고레즈 거리에 있는 당신 댁으로 오후 6시에 여송연을 피우러 찾아가겠습니다."

"기다리고 있겠네."

두 사람은 서로의 가치를 인정하고 있는 친구처럼 악수를 나누었다. 그런 다음 노경감은 문 쪽으로 걸어갔다.

"가니마르 씨!"

가니마르가 뒤돌아보았다.

"뭔가?"

"가니마르 씨, 시계를 잊으셨습니다."

"시계?"

"네, 내 주머니에 잘못 들어와 있군요."

뤼빵은 변명하는 듯이 말하면서 시계를 돌려주었다.

"용서하십시오, 나쁜 버릇이 있어서……그러나 내 시계를 훔쳐갔다고 해서 당신의 시계를 훔쳐도 좋다는 이유는 없겠지요. 더욱이 나는 나무랄 데 없는 크로노미터를 갖고 있어서 충분히 도움이 되고 있으니까요. 더 말할 건 없습니다."

뤼빵은 서랍에서 무거운 쇠사슬이 달려있는 얄팍한 금시계를 꺼냈다.

"그건 또 누구의 주머니에서 나온 것인가?" 가니마르가 물었다.

아르센 뤼빵은 마음에 내키지 않는 듯이 시계에 새겨져 있는 머리글자를 읽었다.

"J B…… 대체 어떤 녀석이야…… 아아, 그렇지, 이제 생각나는군. 쥬르 부비에, 나의 예심판사지요, 좋은 사람입니다."

뤼빵의 탈주

아르센 뤼빵이 식사를 마친 다음, 주머니에서 금종이로 만든 고급 여송연을 꺼내들고 혼자 흐뭇해하며 바라보고 있을 때 감방 문이 열렸다. 그는 재빨리 여송연을 서랍 속에 던져 넣고 테이블에서 떨어졌다. 간수가 들어왔다. 산책할 시간이었다.

"기다리던 참이오."

뤼빵은 여전히 유쾌한 모습으로 소리쳤다. 그들은 밖으로 나갔다.

그들이 복도의 모퉁이로 사라지자마자, 이번에는 두 사나이가 감방으로 들어와 면밀히 검사를 하기 시작했다. 한 사람은 듀지 형사, 또 한 사람은 포랑팡 형사였다. 사건을 매듭짓고 싶었던 것이다. 어쨌든 다음과 같은 점은 의심할 여지가 없었다. 아르센 뤼빵은 외부와 연락을 취하고 있었고, 한패와 통신하고 있다. 전날에도 〈대신보(大新報)〉에 사법 기자 앞으로 보낸 다음과 같은 편지가 실려 있었다.

최근 기사 가운데 귀지는 저에 대하여 사실 무근한 일을 실었습니다. 재판이 열리기 전에 제가 찾아뵙고 의견을 말씀드리겠습니다.

아르센 뤼뺑

필적은 분명히 아르센 뤼뺑의 것이었다. 그러니까 편지를 보낸 것은 물론 받기도 하고 있을 것이다. 그러므로 그가 이렇게 거리낌없이 예고해 놓고 탈주를 꾀하고 있는 것이 확실하다.

사태는 용납할 수 없는 것이 되었다. 보안부장 듀이는 예심판사와 의논한 다음, 그 자신이 직접 라 상떼로 와서 강구해야 할 방법을 형무소에 지시했다. 그는 도착하자마자 부하들을 범인의 감방으로 보냈다.

그들은 포석을 하나도 남기지 않고 들어올려 보았고, 침대를 분해하는 등 이와 같은 경우에 해야 할 조치는 모두 해보았으나 끝내 아무것도 발견할 수 없었다.

두 사람이 조사를 멈추려고 한 바로 그 순간, 간수가 헐레벌떡 뛰어와서 그들에게 말했다.

"서랍……테이블의 서랍을 보아 주십시오. 제가 들어왔을 때 그 녀석이 서랍을 밀어 넣는 것 같았습니다."

그들은 서랍을 열어 보았다. 그러자 듀지가 소리쳤다.

"아아, 이번에야말로 정말 발견됐군."

포랑팡이 가로막았다.

"기다려보게. 부장이 조사할 걸세."

"하지만 이 호화로운 여송연은……."

"하바나 같은 건 내버려두고 어서 부장에게 보고하세."

2분 뒤 듀이는 그 서랍을 검사했다.

우선 통신사에서 오려 낸 아르센 뤼뺑에 대한 신문기사 다발이 발견되었다. 그리고 담배통, 파이프, 필기 용지, 마지막으로 두 권의 책.

그는 책의 제목을 보았다. 한 권은 칼라일의 《영웅 숭배》 영국판이었고, 또 한 권은 옛날 장정의 멋진 엘제빌 판으로 《에픽테토스의 제요(提要)》독일어 번역본으로 1634년 라이덴에서 간행된 것이었다. 그가 이 두 권의 책을 넘겨보니 페이지마다 손톱자국이 있고, 밑줄까지 쳐 있으며 주석이 적혀 있었다. 이것은 암호일까, 아니면 정독한 흔적일까?

"다음에 자세히 조사하기로 하세." 듀이가 말했다.

듀이는 담배통과 파이프를 조사했다. 그리고 나서 금종이로 만 여송연을 집어들었다.

"제기랄! 녀석은 헨리 크레엔을 피우고 있군!"

그는 애연가처럼 여송연을 귀에 바싹 대고 두들겨 보았다. 그러더니 갑자기 "아니!" 하고 외쳤다.

그는 여송연을 손가락으로 두들겼다. 부드러워졌다. 더욱 더 주의하여 조사해 보니 담뱃잎 속에서 뭔가 하얀 것이 발견되었다. 핀으로 조심스럽게 꺼내 보았더니 그것은 뜻밖에도 조그마한 이쑤시개만하게 말린 아주 얇은 종이였다. 편지였다. 여자의 잔 글씨체로 이렇게 씌어 있었다.

바구니는 다른 것으로 바꾸어 놓았어요. 10개중 8개는 준비해 두었습니다. 바깥쪽 다리를 누르면 널조각이 위에서 아래까지 들어올려집니다. 매일 12에서 16까지 HP가 기다리고 있습니다. 그러나 어디로 할까요? 급히 답장해 주시도록. 안심하세요. 친구가 지켜보고 있습니다.

듀이는 잠시 생각하다가, 이윽고 말했다.

"충분히 알 수 있어……바구니……8개……12에서 16이라는 것은 정오부터 4시까지라는 말이겠지……."

"하지만 이 HP가 기다리고 있다는 것은?"

"HP란 이 경우 자동차임에 틀림없어. HP——호스 파워(마력)라는 스포츠 용어로 모터의 힘이라는 뜻이 아니겠나? 24HP란 24마력의 자동차라는 뜻이야."

그는 일어서며 물었다.

"죄수는 식사가 끝났겠지?"

"네."

"이 여송연의 모양으로 보아, 아직 편지를 읽지 않은 것 같군. 금방 받은 모양이야."

"어떻게 해서 들어왔을까요?"

"음식물 속, 빵이나 감자 속에 집어넣었겠지."

"그럴 리가 없습니다. 식사를 밖에서 들여오도록 허가한 것은 함정에 빠뜨리기 위한 것입니다만, 아무 이상도 없었습니다."

"그건 오늘 밤에 뤼빵이 대답하도록 하고, 당분간 녀석을 감방에 넣지 말게. 나는 이걸 예심판사에게 갖고 가겠네. 판사도 같은 의견이라면 이 편지를 곧 사진으로 찍어야겠지. 한 시간 뒤면 이와 똑같은 여송연에 진짜 편지를 넣어 서랍 속에 둘 수 있을 거야. 범인이 전혀 눈치채지 못하도록 해 두어야 하네."

듀이는 그날 저녁 얼마쯤 기대를 갖고 듀지 형사와 함께 상떼 형무소의 사무실로 왔다. 한쪽 구석에 있는 난로 위에는 접시가 세 개 놓여 있었다.

"녀석은 먹었습니까?"

"먹었습니다." 소장이 대답했다.

"듀지, 남은 마카로니를 얇게 자르고 이 빵을 갈라 보게……아무것도 없나?"

"없습니다, 부장님."

듀이는 접시며 포크, 스푼, 나이프, 날이 둥근 형무소용 나이프를 조사했다. 나이프 손잡이를 왼쪽으로, 그리고 오른쪽으로 비틀어 보았다. 오른쪽으로 비틀자 손잡이가 빠졌다. 나이프는 속이 텅 비었는데 안에는 한 장의 종이쪽지가 들어 있었다.

"아니!"

그들은 놀랐다.

"아르센 뤼뺑쯤 되는 인간이 하는 짓으로는 너무도 평범한 수법인데. 그러나 지금은 일각을 다투어야 하니까, 듀지, 자넨 그 식당으로 가서 조사해 보게."

편지를 읽어 보니 이렇게 씌어 있었다.

모두 맡기네. 매일 HP로 뒤를 쫓게. 나는 마중하러 가겠어. 그럼, 가까운 시일 안에. 그리운 친구여.

듀이는 손을 비비며 소리쳤다.

"마침내 수사는 궤도에 오른 것 같군. 이쪽에서 조금만 조종하면 탈출은 성공할 것이고……그렇게 되면 우리는 공범을 검거할 수가 있겠지."

"그러나 만약 아르센 뤼뺑이 달아나기라도 하면?"

소장이 반대했다.

"충분한 인원을 동원하겠습니다. 그렇게 해도 이쪽보다 우세하면 ……뭐, 걱정할 건 없습니다. 두목이 붙지 않으면 부하들이 털어놓겠지요."

사실 아르센 뤼뺑은 별로 말이 없었다. 예심판사 쥬르 부비에가 몇 달째 노력했으나 헛일이었다. 신문을 해도 판사와 변호사 사이에 그다지 흥미없는 이야기만 오고갈 뿐이었다. 변호사는 법조계의 거물 당바르 씨였으나 피고에 대해서는 거의 아무것도 몰랐다.

때때로 아르센 뤼빵은 예의상 마지못해 한 마디씩 지껄였다.

"그렇습니다, 판사님, 그대로입니다. 리용 은행 사건, 바빌롱 거리 사건, 지폐 위조 사건, 보험 증서 사건, 알메니르, ㄸ레, 앙블만, 그로즈리에, 마라키 성의 강도, 이것은 모두 제가 한 짓입니다."

"그렇다면 사정을 설명해 보시오……."

"안됩니다. 나는 모두 일괄해서 자백했습니다. 생각하시는 것보다 10배나 되니까요."

판사는 지쳐서 이 시시한 신문을 중단했다. 그러나 두 통의 편지가 발각된 다음 다시 신문을 계속했다. 아르센 뤼빵은 매일 정오에 다른 죄수들과 함께 호송차로 라 상떼에서 경찰국으로 보내졌다. 그들은 3시나 4시에 돌려보내졌다.

그런데 어느 날 오후, 돌아오는 길에 특별한 일이 일어났다. 다른 죄수들의 신문이 끝나지 않아 우선 뤼빵만을 먼저 보내기로 했다. 그래서 그는 혼자만 호송차를 탔다.

흔히 샐러드 바구니라고 불리는 이 호송차, 세로로 중앙 통로가 있고 양옆에 5개씩 모두 10개의 간막이가 있었다. 이 간막이는 어느 것이나 그 안에 걸터앉게 되어 있는데, 좌석이 몹시 불편할 뿐 아니라 옆자리와는 널빤지로 막혀 있었다. 맨 끝에는 간수가 앉아서 통로를 지켜보고 있었다.

아르센이 오른쪽 세 번째 칸으로 들어가서 앉자 차가 움직이기 시작했다. 그는 강변을 출발하여 법무부 앞을 지나고 있다는 것을 알 수 있었다. 그런데 생 미셸 다리 중간쯤 오자, 그는 언제나 그랬듯이 간막이의 철판을 오른쪽 발로 눌렀다. 그러자 어느 부분이 빠져 철판이 약간 열렸다. 그는 자기가 두 개의 수레바퀴 사이 중간에 있다는 것을 알았다.

그는 눈을 접시처럼 크게 뜨고 기다렸다. 차는 서서히 생 미셸의 큰거리를 올라가고 있었다. 생 제르망 네거리에서 차가 멈췄다. 짐마차의 말이 쓰러져 있었던 것이다. 곧 교통이 마비되었고 거리엔 마차와 합승마차들이 밀렸다.

아르센 뤼빵은 얼굴을 내밀었다. 다른 한 대의 죄수 호송차가 바로 옆에 서 있었다. 그는 수레바퀴의 굴대에 발을 걸치고 땅위로 뛰어내렸다. 한 마부가 그를 보고 웃다가 사람들을 부르려고 했다. 그러나 그 소리는 움직이기 시작한 차의 소음으로 지워져 버렸다. 뿐만 아니라 아르센 뤼빵은 멀리 사라져 버렸다.

그는 잠시 동안 달렸다. 길에서 뒤를 돌아보고 주위를 둘러보면서, 마치 어느 방향으로 가야 할지 모르는 사람처럼 방향을 잡고 있는 것 같이 보였다. 그는 곧 달리기를 멈추고 마음을 정한 듯 두 손을 주머니에 찔러넣고, 어슬렁어슬렁 산책하는 사람처럼 태평스럽게 큰거리를 올라갔다.

좋은 날씨였다. 상큼한 가을 날씨이다. 어느 까페나 사람들로 가득 찼다. 그는 그중 한 집에 들어가서 테라스에 자리를 잡았다.

그는 곧 맥주와 담배 한 갑을 주문했다. 맥주를 맛있게 마신 다음, 담배를 한 개비 천천히 피우고 나서 두 개비째에 불을 붙였다. 그리고는 일어서서 급사에게 지배인을 불러달라고 부탁했다.

지배인이 왔다. 아르센은 모두에게 다 들릴 만큼 큰 소리로 말했다.

"난처한 부탁인데요, 지갑을 잊어버리고 왔습니다. 틀림없이 내 이름을 아실 테지요? 2, 3일 동안 외상으로 해주지 않겠소? 나는 아르센 뤼빵입니다."

지배인은 농담이겠지 하는 태도로 그를 쳐다보았다. 그러나 아르센은 되풀이해서 말했다.

"뤼빵입니다. 라 상떼에 감금되어 있었습니다만, 지금 탈주 중입니다. 이 이름이라면 믿어 주시리라고 생각합니다."

그는 지배인이 어이가 없어 입을 벌리고 있는 동안 수많은 사람들의 웃음 소리를 뒤로 하고 유유히 사라졌다.

아르센은 스프로 거리를 비스듬히 가로질러 생 자끄 거리로 나왔다. 그는 쇼윈도 앞에서 걸음을 멈추기도 하고 담배를 피우기도 하면서 태평하게 걸어갔다. 폴 로아르 큰거리에서 잠시 생각하고 나서, 리 상떼 거리 쪽으로 곧장 걸어갔다. 형무소의 무시무시한 높은 담장을 따라 걸어가다가 보초를 서고 있는 경관 곁으로 가서 모자를 벗고 말했다.

"라 상떼 형무소가 여깁니까?"

"그렇습니다."

"나는 감방에 가고 싶습니다. 도중에 마차에서 떨어졌습니다만, 그렇다고 해서 달아나는 비겁한 짓은……."

젊은 경관은 불쾌한 듯이 말했다.

"이봐요, 어서 빨리빨리 저쪽으로 가란 말이야."

"미안합니다! 내가 갈 길은 이 문을 들어가는 겁니다. 아르센 뤼빵을 들어가게 하지 않으면 자네 나중에 혼날걸!"

"아르센 뤼빵이라고! 무슨 소릴 지껄이고 있는 거야?"

"마침 명함을 가지고 있지 않아서……."

아르센이 이렇게 말하며 주머니를 뒤지는 체했다.

경관이 몹시 놀라 그를 발 끝에서 머리 끝까지 훑어보았다. 그런 다음 아무 소리도 하지 않고 기계적으로 벨을 눌렀다. 철문이 열렸다.

몇 분 뒤 소장이 몹시 화가 난 듯한 모습으로 사무실에서 달려나왔다. 아르센 뤼뺑은 싱글벙글 웃고 있었다.

"소장님, 이거 나를 놀리지 마십시오. 뭡니까! 나 혼자만 호송차를 태우는가 하면 도중에 도로를 혼잡하게 만들기도 하고, 내가 동료들한테 달려가기라도 할 줄 아십니까? 걱정 마십시오! 보안부의 형사가 20명이나 도보로, 마차로, 자동차로 뒤따르지 않습니까. 그랬다간 혼이 나지요. 살아서 달아날 수는 도저히 없습니다. 네, 소장님, 그럴 계획이었지요?"

그는 목을 움츠리고 이렇게 덧붙였다.

"제발 부탁이니까 소장님, 내 일에 대해서 상관하지 마십시오. 도망치려고 생각한 날에는 어떤 분의 도움도 빌리지 않겠습니다."

다음 다음날 마치 아르센 뤼뺑의 무훈관보(武勳官報)로 변한 것 같은 〈에꼴 드 프랑스〉지——뤼뺑은 이 신문의 출자자 가운데 중요한 한 사람이라는 소문이 있었다——는 이 탈출 미수에 대해 상세하게 보도했다. 이 죄수와 그 여자친구 사이에 오갔던 편지의 내용이며 통신에 사용되었던 방법, 경찰의 공범 관계, 상 미셸 거리의 산책, 까페와 스프로 거리에서 일어났던 일 등 모든 것이 폭로되었다. 뒤지 형사가 음식점 종업원들을 조사해보았으나 아무런 단서도 얻을 수 없었다고 하는 것까지 싣고 있었다. 그리고 그밖에도 다음과 같은 놀라운 사실이 밝혀져서 이 사나이의 수법이 끝이 없음이 알려졌다. 즉 뤼뺑이 타고 있던 호송차는 가짜였으며, 그의 일당이 형무소용인 여섯 대의 차 중 하나와 슬쩍 바꾸어 놓았던 것이다.

아르센 뤼뺑이 가까운 시일 안에 탈출하리라는 것은 이미 누구의 눈에나 분명했다. 뿐만 아니라 그 사건이 있던 다음날, 그는 부비에 씨에게 한 말을 증명이나 하는 것처럼 그 자신 분명하게 탈출을 예고했다. 판사가 그의 실패를 놀리자, 그는 찬찬히 판사를 바라보며 낯게 가라앉은 목소리로 이렇게 말했다.

"잘 들어 두십시오, 거짓은 조금도 없습니다. 이 탈출 미수는 내 탈출 계획의 일부입니다."

"도무지 모르겠는걸."

판사는 냉소했다.

"알 필요도 없습니다."

이 이야기도 〈에꼴 드 프랑스〉지에 실렸는데, 그 신문에서 그는 싫증이 났다는 태도로 외쳤다.

"아니, 이게 무슨 도움이 된단 말입니까? 이런 문제는 전혀 의미가 없습니다."

"뭐라고, 의미가 없다고?"

"없구말구요, 왜냐하면 나는 재판에 참석하지 않을 테니까요."

"참석하지 않는다고……?"

"네, 확고한 신념, 취소하지 않을 결심입니다. 어떤 일이 있어도 이 생각을 바꾸지는 않겠습니다."

이와 같은 단언과 날마다 되풀이해 말하는 도무지 종잡을 수 없는 버릇없는 말에 사법 당국은 화를 내기도 하고 어리둥절하기도 했다. 그것은 아르센 뤼빵 혼자만 아는 비밀, 따라서 그것을 털어놓는 것은 뤼빵만이 할 수 있는 비밀이었다. 그러나 그는 어떤 목적으로 그 비밀을 입 밖에 내었을까? 무슨 까닭일까?

아르센 뤼빵을 다른 감방으로 옮기기로 했다.

어느 날 밤 그는 아래층으로 옮겨졌다. 판사는 예심(豫審)을 끝내고 사건을 검사국으로 돌려보냈다.

그런 다음 두 달이나 침묵이 계속되었다. 아르센은 그동안 침대에 누워 대부분의 시간을 벽으로 얼굴을 돌린 채 지냈다. 감방을 바꾼 것이 그에게 있어 큰 타격이었던 모양이다. 그는 변호사의 면회도 거절했으며, 간수들과도 제대로 말을 하지 않았다.

재판 전의 2주일 동안 그는 원기를 되찾은 것처럼 보였다. 방 안 공기가 나쁘다고 불평을 했다. 그래서 두 사람의 간수와 함께 아침 일찍 안뜰을 산책할 수 있게 되었다.

한편, 세상의 호기심은 가라앉지를 않았다. 사람들은 날마다 그의 탈출에 대한 뉴스를 기다리고 있었다. 그 뉴스를 희망할 정도였다. 이 대담한 인물의 활기, 쾌활함, 무궁무진한 변장 능력, 발명의 재능과 생활의 기괴함 등은 그만큼 대중에게 인기가 있었다. 아르센 뤼뺑은 탈출할 것이다. 그것은 불가피한 숙명이다. 사람들은 그 탈출이 이렇게 늦는 데에 놀라고 의아해 할 정도였다. 경찰국장은 아침마다 비서에게 이렇게 물었다.

"어때, 녀석은 아직도 달아나지 않았나?"

"아직 아닙니다, 국장님."

재판 전날 밤, 한 신사가 〈대신보〉의 사무실을 찾아와서 담당 기자에게 면회를 청한 다음, 한 장의 명함을 얼굴에 내던지고는 재빨리 사라졌다. 명함에는 이렇게 적혀 있었다.

——아르센 뤼뺑은 약속을 지킨다.

변론은 이런 상태 속에서 열렸다.

방청객은 놀라울 정도로 많았다. 누구나 그 유명한 아르센 뤼뺑을 보고 싶어했고, 그가 어떤 방법으로 재판장을 놀릴 것인가에 즐거운 기대를 걸고 있었다. 변호사, 사법관, 기자, 예술가, 사교 부인 등 파리의 명사들이 방청석으로 몰려들었다.

비가 내리고 있어 장내가 어슴푸레했기 때문에 간수가 데리고 나온 아르센 뤼뺑의 얼굴이 잘 보이지 않았다. 그러나 그의 무게있는 태도, 의자에 걸터앉은 모습. 느린 동작 등은 분명 호감을 줄 만한 것이 아니었다. 그의 변호사——당바르 씨는 이런 역할은 맡고 싶지 않다고 거절했기 때문에 그의 조수가 나와 있었다——그는 몇 번이나 뤼빵에게 질문을 했다. 뤼빵은 머리를 저을 뿐 잠자코 있었다.

서기가 기소장을 낭독했다. 그런 다음 재판장이 발언했다.

"피고는 일어서시오. 피고의 이름과 나이와 직업은?"

대답이 없어 그는 다시 되풀이했다.

"이름은? 피고의 이름을 묻고 있소."

지칠대로 지쳐 있는 듯한 목소리가 대답했다.

"데지레 보드류."

장내가 술렁거리기 시작했다. 그러나 재판장은 계속해서 말했다.

"데지레 보드류? 흐음, 새로운 위명(僞名)이군! 이것은 여덟 번째 이름으로, 다른 이름과 마찬가지로 위명임에 틀림없으니까, 만일 좋다면 아르센 뤼빵으로 해 두지. 그쪽이 잘 알려져 있고, 피고에게도 좋을 테니까."

재판장은 서류를 보면서 다시 계속했다.

"그런데 여러 가지 조사를 해보았으나 피고의 신원을 증명해 낼 수는 없었소. 피고는 근대 사회에 과거를 갖고 있지 않다는 매우 색다른 예를 제기해 주었소. 우리는 피고가 어떤 사람이고, 어디서 왔으며, 소년 시절을 어디서 보냈는지 모릅니다. 요컨대 아무것도 알 수 없는 것이오. 피고는 3년 전에 어떤 환경에서인지는 알 수 없으나 갑자기 나타나 지능과 사악, 부도덕과 위선의 기괴한 화합물인 아르센 뤼빵으로 활약했소. 이보다 전의 피고에 대해서 우리가 갖고 있는 자료는 겨우 추정의 영역을 벗어나지 못하는 것이오. 8년 전에 요술쟁이 딕슨의 조수로 일한 바 있는 로스타라는 자가 아르센 뤼빵임에 틀림없다고 생각되는 점이 있고, 6년 전 생 루이 병원의 알티에 박사 실험실에 드나들며 세균학에 관한 교묘한 가설과 피부병에 대한 대담한 실험으로 때때로 박사를 놀라게 한 러시아 인 학생이 아르센 뤼빵일 것 같기도 하며, 아직 유도(柔道)가 알려져 있지 않았을 무렵 파리에서 일본의 투기(鬪技)를 가르친 것도 아르센 뤼빵인 것 같소. 박람회 대상을 수상하여 1만 프랑의 상금을 받은 다음 자취를 감추어 버린 것도 아르센 뤼빵이라고 생각되며, 바자때 지붕에 낸 창으로 수많은 사람들을 살려 내었고……동시에 그 사람에게서 물건을 훔친 것 역시 아르센 뤼빵인지도 모르오."

그런 다음 말을 잠깐 끊었다가 재판장은 결론을 내렸다.

"그 무렵은 피고가 사회에 대해 계획한 투쟁의 면밀한 준비기로 피고의 능력과 정력, 기교를 최고도로 발전시킨 수업 시대라고 볼 수 있소. 피고는 이러한 사실을 정확하다고 인정하는가?"

이 논고가 있는 동안 피고는 등을 둥그렇게 굽히고, 팔을 축 늘어뜨린 채 다리를 흔들흔들 움직이고 있었다. 밝은 광선 아래에서 보니 그는 몹시 여위어 볼이 홀쭉하고, 이상하게 광대뼈가 튀어나왔으며, 얼굴은 흙빛인데 붉은 반점이 나타나 있고, 드문드문 수염이 난 것을 알 수 있었다. 옥중 생활에서 몹시 늙어버리고 쇠약해진 것이다. 이전에 신문에 곧잘 실린 적이 있는 그 인상좋은 청년의 얼굴, 품위있는 얼굴과는 전혀 달랐다.

그는 자신에게 하는 질문을 듣지 않는 것 같았다. 질문은 두 번 되풀이되었다. 그러나 그는 눈을 들고 뭔가 생각하는 듯이 있다가 힘을 주어 말했다.

"나는 데지레 보드류입니다."

재판장은 웃음을 터뜨렸다.

"나는 피고가 채택한 항변 방법을 이해할 수가 없소. 저능하고 무능력한 사람인 체하려거든 그래도 좋소. 나는 피고의 방자한 태도 같은 것엔 관계없이 핵심으로 들어가겠소."

이리하여 그는 뤼뺑의 기소장에 있는 절도, 사기, 위조 사건에 대해 구체적으로 언급해갔다. 이따금 그는 피고에게 질문을 던졌다. 피고는 중얼거리거나 아니면 대답을 하지 않았다.

증인의 진술이 시작되었다. 시시한 것도 있고 중대한 것도 있었으나, 모두가 다 서로 모순되어 있었다. 논의는 어둠 속에 싸여 있는 듯했다. 이윽고 주임 경감 가니마르가 들어오자 방청석의 관심이 높아졌다.

그러나 이 노경감은 처음부터 실망을 주었다. 겁을 먹고 있는 것은 아니지만──그에게는 이런 경험이 얼마든지 있었으니까──어쩐지 마음이 가라앉지 않고 불안한 듯한 모습이었다. 그는 뚜렷하게 언짢은 표정으로 피고 쪽에 몇 번이나 눈길을 돌렸다. 그러면서도 그는 목책에 두 손을 걸치고 그가 관계했던 사건, 온 유럽을 찾아다녔던 추적, 미국에 갔을 때의 이야기 등을 말했다. 사람들은 피를 끓게 하는 모험담이라도 듣는 것처럼 열심히 귀를 기울이고 있었다. 그러나 마지막으로 최근 아르센 뤼뺑과의 회담에 관한 이야기로 옮겨지자 그는 의식이 흐려진 것처럼 두 번쯤 말을 끊었다.

뭔가 다른 생각에 골몰해 있는 것이 틀림없다. 재판장이 말했다.

"괴로우면 증언을 중지해도 좋소!"

"아니, 다만……."

그는 입을 다물었다. 그리고 피고를 빤히 쳐다보더니 마침내 말했다.

"피고를 좀 더 자세히 조사하도록 해주십시오. 분명히 해 두지 않으면 안될 수상한 점이 있습니다."

그는 곁으로 다가가 천천히 주의력을 집중시켜 피고를 바라보더니, 이윽고 목책 있는 곳으로 돌아왔다. 그리고 조금 무거운 말투로 말했다.

"재판장님, 저는 이 앞에 있는 사나이가 아르센 뤼빵이 아님을 단언합니다."

장내가 물을 끼얹은 듯 조용해졌다. 맨 먼저 깜짝 놀란 재판장이 외쳤다.

"아니, 뭐라고요! 정신나갔소?"

경감은 가라앉은 목소리로 대답했다.

"아닌게아니라 얼른 보아서는 구별할 수 없을 만큼 매우 닮았습니다. 그러나 조금만 주의해 보면 금방 알 수 있습니다. 코, 입, 머리, 피부색…… 이 사람은 결코 아르센 뤼빵이 아닙니다. 더구나 이 눈, 뤼빵은 이와 같이 알코올 중독자 같은 눈을 하고 있지 않습니다."

"자세히 설명해 보시오, 무엇을 말할 셈이오, 증인은?"

"모르겠습니다! 틀림없이 가짜를 썼겠지요……공범자가 아니라면."

장내는 완전히 역전된 듯한 상황으로 흥분하여 여기저기서 소리를 질러 댔고, 웃음 소리와 감탄하는 소리가 일어났다. 재판장은 예심판사와 형무소장, 간수에게 명령하여 공판을 중지했다.

다시 공판이 시작되자, 부비에와 형무소장은 피고 앞에서 아르센 뤼빵과 이 사나이는 얼굴 모습이 닮은 것 뿐이라고 증언했다.

재판장이 소리쳤다.

"그렇다면 이 사나이는 누구요? 어디서 왔소? 무엇 때문에 법정에 나왔지요?"

라 상떼의 간수 두 사람을 불러냈다. 그런데 놀랍게도 두 사람은 그 사나이를 보더니 그들이 교대로 감시했던 뤼빵이라고 증언하는 것이 아닌가!

재판장은 한숨을 쉬었다.

간수 가운데 한 사람이 분명히 말했다.

"그렇습니다. 이 사람임에 틀림없다고 생각합니다."

"어째서 그렇게 생각하나?"

"저는 자세히 본 일은 없습니다. 데리고 온 것은 밤이었고, 이 사나이는 두 달 동안 언제나 벽 쪽만 바라보며 자고 있었습니다."

"그 두 달 전에는?"

"그전에는 제24감방에는 없었습니다."

형무소장이 이 점을 분명히 해주었다.

"탈주 미수가 있은 다음 감방을 바꾸었습니다."

"그러나 소장, 당신은 두 달 동안 그를 보고 있었겠지요?"

"볼 필요가 없었습니다……얌전히 있었기 때문에."

"그러니까 수감된 죄수는 이 사나이가 아니라는 겁니까."

"네."

"그럼, 이 사나이는 누구입니까?"

"모르겠습니다."

"그렇다면 두 달 전부터 가짜가 있었다는 말이 됩니다. 이것을 어떻게 설명하겠습니까?"

"그런 일은 있을 수 없습니다."

"그렇다면?"

재판장은 체념하고 피고 쪽을 돌아보며 부드러운 목소리로 물었다.

"피고는 어떻게 해서, 언제부터 체포되었는지 설명할 수 있는가?"

이 친절하게 들리는 목소리가 사나이의 경계심을 늦추게 했든지, 아니면 머릿속을 맑게 해준 것 같았다. 그는 대답하려고 했다. 질문을 알아듣기 쉽고 친절하게 되풀이하자 간신히 몇 마디의 대답을 늘어놓을 수 있었다. 그는 다음과 같은 사실을 밝혔다. 그는 두 달 전에 경찰국에 연행되어 거기서 그날 밤과 다음날 아침을 보냈다. 갖고 있는 돈이라곤 75상티임밖에 없는 채 풀려나왔다. 그런데 안뜰을 가로질러 나오려는데 두 경관이 그의 팔을 붙잡고 호송차에 태웠다. 그 뒤 그는 제24감방에서 지내 왔다. 그러나 그다지 불행하다고 생각지는 않았다…… 밥을 먹을 수 있고, 잠자리도 나쁘지 않았으니까…… 그래서 이의를 제기하지도 않았다.

이것은 모두 정말인 것 같았다. 웃음 소리와 흥분이 소용돌이치는 가운데 재판장은 이 사건을 따로 심리하겠다고 선언했다.

곧 조사해 본 결과 다음과 같은 사실이 유치인 명부에 씌어져 있음이 판명되었다. 8주일 전 데지레 보드류라는 자가 경찰국에 유치되었다. 본인은 다음날 석방되어 오후 2시에 유치장에서 나갔다. 그런데 그 날 2시에는 아르센 뤼뺑이 마지막 신문을 마치고 호송차에 태워졌다.

간수들이 실수를 저지른 것일까? 그들이 잘못해서 이 사나이를 뤼뺑과 뒤바꾼 것일까? 어딘가 직무에 충실하지 못한 허술한 점이 있었음에 틀림없다.

이 가짜는 미리 계획된 것일까? 사건의 무대가 도저히 탈출을 실현할 수 없다고 생각되는 장소일 뿐만 아니라, 이 경우 보드류는 공범자로 아르센 뤼뺑을 대신할 작정으로 체포되었음에 틀림없다. 그렇다면 있을 것 같지도 않은 기회를 노린 우연의 일치라든가, 옛날 이야기 같은 실수를 기초로 한 이와 같은 계획은 대체 어떤 기적에 의해서 성공한 것일까?

데지레 보드류는 곧 범죄자 인체 측정과로 넘겨졌다. 그의 인상에 해당하는 카드는 없었다. 그러나 그의 과거는 곧 알 수 있었다. 쿠르보아, 아스니엘, 르바로아에 있었던 것이 판명된 것이다. 그는 구걸을 하며 테르느 성문 부근 바라크가 모여있는 마을의 움막에서 살았다. 그러나 1년 전부터 행방불명이 되어 있었다.

이 사나이는 아르센 뤼빵에게 매수된 것일까? 그런 흔적은 보이지 않았다. 만일 그렇다 하더라도 뤼빵의 도주에 대해서는 아무것도 몰랐을 것이다. 기적은 여전히 기적이었다. 이것을 설명하기 위한 수많은 가설 중 어느 한 가지도 만족할 만한 것은 없었다. 다만 탈출했다는 것만은 의심할 수 없는 것이었고, 이 불가사의하고 경탄할 만한 탈출에는 오랜 동안에 걸친 준비와 노력, 그리고 복잡한 행동 조직이 있었음에 틀림없다고 생각되었다. 그 결과는 "재판에는 참석하지 않겠습니다"라고 말한 아르센 뤼빵의 의기양양한 예고를 증명한 것이었다.

한 달에 걸친 면밀한 수사에도 불구하고 수수께끼는 여전히 풀리지 않은 채 남아 있었다. 그렇다고 해도 이 빈털터리 보드류를 언제까지나 가두어 둘 수는 없었다. 더욱이 이 사람을 재판한다는 것은 우스운 일이었다. 그를 어떤 죄로 고발할 수 있을까? 결국 예심판사는 그의 석방에 서명했다. 그러나 보안부장은 이 사나이의 주위를 엄중하게 감시해야 한다고 주장했다.

이 생각은 가니마르가 말한 것이다. 그의 견해로는 공범도 우연도 없다. 보드류는 아르센 뤼빵이 교묘하게 조작한 도구에 지나지 않는다. 보드류를 석방하여 뒤를 미행하면 아르센 뤼빵, 아니면 적어도 그 일당의 발자취를 알 수 있으리라는 것이다. 가니마르는 포랑팡과 듀지 두 형사를 배치했다. 이리하여 안개가 자욱한 1월의 어느 날 아침, 데지레 보드류 앞에서 형무소 문이 열렸다.

보드류는 처음엔 어리둥절한 것 같았다. 그는 마치 시간이 남아 주체하지 못하는 사람처럼 느릿느릿 걷기 시작했다. 라 상떼 거리와 생자크 거리를 지났다. 헌 옷가게에서 윗옷과 조끼를 벗더니 조끼만 헐값으로 팔고 윗옷을 다시 입었다. 그는 세느 강을 건넜다. 샤트레에서 합승마차가 한 대 그를 앞질러 갔다. 그는 그것을 타려고 했으나 자리가 없었다. 차장이 차례를 기다리라고 알려주자 대합실로 들어갔다.

그때 가니마르는 부하를 불러 대합실에서 눈을 떼지 않은 채 재빨리 명령했다.

"마차를 한 대 세워라……아니, 두 대. 그편이 안전해. 한 사람은 나와 함께, 그리고 한 사람은 녀석의 뒤를 미행하도록 해."

부하는 지시를 따랐다. 그러나 보드류는 모습을 나타내지 않았다. 가니마르는 대합실로 가보았다. 대합실에는 아무도 없었다.

"아뿔사!" 그는 중얼거렸다. "다른 출구를 생각 못했군!"

대합실은 내부의 복도가 생 마르땅 거리의 대합실과 연결되어 있었다. 가니마르는 뛰어나왔다. 보드류가 바티뇰과 식물원 사이에서 마차의 맨 윗자리에 올라앉아 리볼리 거리의 길모퉁이를 돌아가는 것을 가까스로 찾아냈다. 그는 그 합승 마차를 뒤쫓아갔다. 그래서 두 부하와는 갈라지고 말았다. 그는 혼자서 추적을 계속하지 않으면 안되었다.

홧김에 쫓아가 목덜미를 잡아 낚아챌까 생각했다. 이 자칭 저능자는 미리 계획적으로 그와 부하를 갈라 놓은 게 아닐까?

그는 보드류를 보았다. 보드류는 의자 위에서 졸고 있었다. 흰 머리가 꾸벅꾸벅 흔들렸다. 입을 조금 벌린 그 얼굴은 그야말로 천치 같았다. 그렇다, 이런 녀석이 노련한 가니마르를 괴롭히는 적일 리가 없지. 우연이라는 것이 이 사나이를 이용했을 뿐이다.

사나이는 가르리 라파이르에 네거리에서 마차를 내리더니 라 뮤에트로 가는 전차를 탔다. 오스만 큰 거리와 빅토르 위고 거리를 지났다. 보드류는 라 뮤에트 역에서 전차를 내렸다. 그리고는 빈둥거리는 걸음걸이로 브로뉴 숲 속으로 들어갔다.

그는 가로수 길에서 가로수 길로 옮기는가 하면, 온 길을 다시 되돌아 멀리 가기도 했다. 누구를 찾고 있는 것일까? 무슨 목적이 있는 것일까?

한 시간쯤 이렇게 헤매고 있는 동안 그는 지친 모양이었다. 벤치를 찾아 걸터앉았다. 그곳은 오투유에서 그다지 멀지 않았으나, 서 있는 나무 사이에 가려진 조그마한 호숫가라 사람의 모습이라고는 전혀 없었다. 30분이 지났다. 가니마르는 안달이 나서 말을 걸어 보려고 결심했다.

그는 곁으로 다가가 보드류와 나란히 걸터앉았다. 그는 담배에 불을 붙이고 지팡이 끝으로 모래 위에 동그라미를 그린 다음 말했다.

"덥지는 않군요."

침묵. 한참 동안 이 침묵이 계속되었다. 이윽고 느닷없이 폭소가 터졌다. 그것은 즐겁고 만족스러운 듯한 웃음, 웃음을 참지 못해서 터뜨리는 아이들의 웃음이었다. 가니마르는 분명한 이 현실 앞에 머리털이 쭈뼛 서는 것을 느꼈다. 이 웃음소리, 그가 잘 알고 있는 이 지옥의 웃음소리!

그는 느닷없이 사나이의 옷깃을 움켜잡고 재판소에서 보았을 때보다 한층 더 주의를 기울여 뚫어지게 쳐다보았다. 과연 이 사람은 보드류가 아니다. 아니, 그 사나이이기는 했으나 그와는 다른 사나이, 진짜였던 것이다.

그는 사나이의 눈이 반짝이는 것을 보았다. 여윈 얼굴을 자세히 보니 거친 피부의 살을 볼 수가 있었으며, 비뚤어진 입에서 본디의 입을 알아볼 수 있었다. 그것은 그 사나이의 눈, 그 사나이의 입이었다. 젊음에 넘친 맑고 날카롭고 발랄하고 조소적이고 재기있는 표정이었다.

가니마르는 더듬거리면서 중얼거렸다.

"아르센 뤼빵! 아르센 뤼빵!"

그러자 갑자기 화가 난 경감은 상대의 목을 누르고 쓰러뜨리려 했다. 그는 50살이었으나 아직은 웬만큼 기운이 있었다. 그에 비해서 상대는 상당히 상태가 나쁜 것처럼 보였다. 그가 만일 이 사나이를 다시 체포할 수만 있다면 얼마나 빛나는 수훈이 될 것인가!

격투는 아주 짧은 시간으로 끝났다. 아르센 뤼빵은 거의 몸을 지키지 않았다. 가니마르가 달려드는 것도 빨랐지만, 곧 손을 떼었다. 오른팔이 힘없이 축 늘어지고 말았던 것이다.

"오르페블 강변에서 유도를 배웠더라면……." 뤼빵이 말했다. "이런 솜씨는 세상에 태어나 처음 구경한다는 것을 알았을 거야!" 그는 차가운 말투로 덧붙였다. "조금만 더 했더라면 당신 팔이 부러질 뻔했지. 그것은 당연한 보상이야. 내가 존경하는 친구인 당신에게 스스로 정체를 드러내 보인데 대해 내 신뢰를 역이용하다니, 그런 수작은 그만두시지. 이봐, 어찌 된 일인가?"

가니마르는 잠자코 있었다. 그는 이 탈출이 자기 책임이라고 생각했다. 자기는 그렇게 과장된 진술을 하여 재판을 잘못되게 하지 않았던가? 이 탈출은 그의 생애에 있어 가장 큰 수치처럼 생각되었다. 눈물이 뚝뚝 흰 수염을 타고 떨어졌다.

"보시오, 가니마르, 이제 와서 끙끙 앓지는 마시오. 당신이 지껄이지 않았다면 다른 사람으로 하여금 지껄이게 했을 거요. 내가 데지레 보드류를 유죄로 한 채 내버려 두었겠소?"

"그렇다면," 가니마르는 힘없이 중얼거렸다. "거기 있었던 건 자네였단 말인가? 그리고 여기 있는 것도 또 자네고!"

"나는 언제나 나요, 똑같은 나란 말이오."

"그럴 리가 있나!"

"뭐라고? 마술사가 될 필요는 조금도 없지. 그 착한 재판장이 말했던 것처럼 10년쯤 수업하면 어떤 일이라도 할 수 있단 말이오."

"그러나 자네의 얼굴은? 눈은?"

"1년 반 동안이나 생 루이의 알티에 박사 밑에서 공부한 것은 겉멋이나 도락이 아니었소. 장래 아르센 뤼빵이라 불리게 될 정도의 인물은 인상을 바꾸는 일쯤 할 수 있어야 한다고 생각했지. 인상 같은 것은 마음먹은 대로 바꿀 수 있단 말이오. 파라핀 피하 주사를 맞으면 원하는 곳의 피부를 부풀게 할 수가 있소. 초성몰식자산(焦性沒食子酸)을 사용하면 모히칸 족과 똑같이 되지. 그리고 어떤 즙은 놀랄 정도의 습진과 종기를 만들어 주거든. 또 어떤 종류의 화학적 방법은 수염이나 머리털을 자라게 하며, 다른 방법으로 목소리를 변하게 할 수도 있소. 뿐만 아니라 제24호 감방에서 수양하는 동안 입을 비틀기도 하고 머리를 갸우뚱하게 만들고 등 굽히기 연습도 되풀이했거든. 마지막으로 아트로핀을 다섯 방울 정도 떨어뜨려 눈동자를 나쁘게 하면 곡예는 완전하게 되는 셈이지."

"그렇지만 간수들이……."

"변화는 서서히 일어났기 때문에, 녀석들은 매일매일 조금씩 변해가는 것을 눈치챌 수 없었을 거요."

"그럼, 데지레 보드류는?"

"보드류는 실재 인물이지. 내가 작년에 발견한 가엾은 녀석이오. 사실 나와 굉장히 닮긴 했지. 그래서 나도 언젠가는 체포될지 모른다는 생각에 녀석을 안전하게 해두는 한편, 처음부터 나와 다른 점을 구별하도록 애썼소. 나와 닮지 않은 점을 될 수 있는 대로 눈에 띄지 않도록 해 두었던 거요. 동료들이 녀석을 하룻밤 경찰국에 보내게 한 다음 나와 비슷한 시간에 나올 수 있도록 꾸몄지. 경찰에서는 녀석의 과거를 모두 알았음에 틀림없어. 그렇지 않았다면 경찰은 내가 어떤 놈인가 의심했을 테니까. 이 안성맞춤인 보드류를 이용하면 당국은 이 녀석에게 달려들 것이므로 가짜를 사용하는 것은 여간 어려운 일이 아닌데도, 자기 자신들의 무지를 인정하는 것보다는 가짜라고 생각하는 편이 당연했지. "

"과연 그렇군. " 가니마르는 맥없이 중얼거렸다.

아르센 뤼뺑은 계속했다.

"그뿐 아니라 나는 처음부터 놀라울 만한 비결을 갖고 있었소. 그것은 말하자면 모두들 내가 탈출할 거라고 기대하고 있었다는 말이오. 그래서 사법당국과 내가 벌였던 피가 끓고 가슴이 뛰는 승부, 나의 자유를 건 승부에서 당신이나 다른 친구들이 얼토당토 않은 큰 잘못을 저질러 버린 거요. 당신들은 또다시 내가, 허풍떨고 있는 내가 마치 풋내기처럼 득의양양해 있다고 생각했던 거지. 아르센 뤼뺑쯤 되는 내가 그렇게 분별없는 일을 생각할 것 같소? 그리고 당신들은 카오룽 사건 때와 마찬가지로 '아르센 뤼뺑이 탈출을 공언하는 것은 공언하지 않으면 안될 이유가 있기 때문이다'라고는 감히 생각하지 못했지. 그런데 내가 탈출하기 위해서는……내가 탈출하기 전에 사람들이 이 탈출을 미리부터 믿는 것이 필요했던 거요. 탈출은 신앙 개조(信仰個條), 절대확신, 백일(白日)처럼 명확한 진리가 아니면 안된단 말이오. 그것은 의지 덕분에 그렇게 되었던 거지. 아르센 뤼뺑은 탈출하였소. 아르센 뤼뺑은 재판에 출석하지 않을 거요. 그러니 당신이 '이 사나이는 아르센 뤼뺑이 아닙니다' 하고 말하기 위해 일어섰을 때 모두들 내가 아르센 뤼뺑이 아니라는 것을 믿지 않았다면 그거야말로 이상한 일이었을 거요. 만일 단 한 사람이라도 의심하여 '만일 아르센 뤼뺑이라면?' 하는 간단한 유보를 붙였다면 나는 금방 파멸되었을 거요. 당신은 다른 친구들이 하는 것처럼 나를 아르센 뤼뺑이 아니라고 생각하지 말고, 나를 아르센 뤼빵인지도 모른다는 생각으로 내 얼굴을 들여다 보았더라면 좋았을 거요. 그러면 내가 아무리 조심한다 하더라도 나라는 것을 꿰뚫어봤겠지. 그러나 나는 태연했소. 당연한 결과로 어느 한 사람도 이 간단한 사실을 알지 못했던 거요."

그는 별안간 가니마르의 한쪽 손을 잡았다. 그리고 말을 계속했다.

"그러나 자네 호송차는?" 가니마르는 딴전을 부리면서 말했다.

"가니마르 경감, 당신은 우리가 라 상떼 형무소에서 만났을 때, 1 주일 뒤 4시에 내가 부탁한 대로 당신 집에서 나를 기다리고 있겠 다고 했었지요?"

"허세였지! 쓸모없는 낡은 마차를 동료들이 수선하여 한바탕 연극 을 했던 거요. 그러나 특별히 유리한 상황이 아니고는 실행할 수 없다는 것을 나는 알고 있었소. 다만 난 이 탈출 계획을 실행하여 그것을 대대적으로 선전하는 게 좋다고 생각했소. 한번 대담한 탈 출 계획을 꾸미면, 두 번째는 실행한 거나 다름없는 효과를 가지게 되지요."

"그래서 여송연을……."

"내가 했던 거요. 나이프도."

"편지는?"

"내가 썼지요."

"그럼, 상대편 여자는?"

"그 여자와 나는 같은 사람이오. 나는 어떤 필적이든 자유자재로 만들어 낼 수 있지."

가니마르는 잠깐 생각하다가 반대 의견을 제출했다.

"범죄자 인체 측정과에서는 보드류의 카드를 만들었을 때 그것이 아르센 뤼빵의 카드와 부합되고 있다는 사실을 어째서 알아차리지 못했을까?"

"아르센 뤼빵의 카드가 어디 있소?"

"뭐라고?"

"있다 하더라도 가짜요. 이건 내가 많이 연구했던 문제였소. 베르티용(인체 측정법의 창시자) 방식으로는 우선 시각에 의한 표식을 기재합니다. 이것이 확실한 방법이 못된다는 것은 당신도 알고 있겠지요. 그런데 머리, 손가락, 귀 따위의 크기를 잽니다. 이것은 어떻게 해도 속일 수가 없소."

"그래서?"

"그래서 돈을 쓴 거요. 내가 미국에서 돌아오기 전에 인체 측정과의 한 직원이 나를 측정할 때 다른 칫수를 기입할 것을 책임지고 있었소. 이것만으로도 모든 것은 수포로 돌아간 거지. 카드는 분류되어야 할 정리 상자와는 전혀 다른 상자 속에 들어가고 만 거요. 그러므로 보드류의 카드가 뤼빵의 카드와 부합될 리 없었던 말이오."

또다시 침묵이 흘렀다. 가니마르가 물었다.

"이번에는 뭘 할 작정인가?"

"이번엔?" 뤼빵은 소리쳤다. "휴양도 하고 영양도 섭취하여 차츰 본디의 나로 돌아갈 작정이오. 보드류라든가 그밖의 인간이 되든가 하며, 속옷을 갈아입듯이 인물이며 인상, 목소리, 손짓, 눈짓, 필적까지 변경시킨다는 것은 그야말로 좋은 일이지요. 그러나 그렇게 하고 있는 동안에는 자기 자신을 알 수 없게 되는 수가 있소. 그것이야말로 서글픈 일이오. 지금 나는 자신의 그림자를 잃어버린 인간의 심정을 느끼고 있소. 이제부터 자기를 찾고, 자신을 발견해야지."

뤼빵은 둘레를 빙빙 돌기 시작했다. 차츰 어둠이 대낮의 밝음 속에 섞이기 시작했다. 그는 가니마르 앞에서 발을 멈추었다.

"이제 우리는 더 이상 할말이 없다고 생각하는데……."

"아니, 아직 남아 있네." 경감이 대답했다. "나는 자네가 탈출에 대한 진상을 밝힐 것인가에 대해 알고 싶군. 내가 저지른 과실은……."

"뭘 걱정하는 거요! 석방된 게 아르센 뤼빵이라는 사실은 아무도 모를 텐데. 나는 이 탈출에 대해 거의 기적적인 색채를 남기지 않기 위해서 내 자신의 주위에 가장 불가사의한 어둠을 둘러싸고 싶소. 그러니 걱정 마시오. 그럼, 이제 작별합시다. 오늘 밤은 저녁 식사 초대를 받았기 때문에 어서 옷을 갈아입어야 하겠소."

"휴양하고 싶어하는 줄 알았는데."

"천만에! 아무래도 거절할 수 없는 속세의 의리라는 게 있잖소. 휴양은 내일부터요."

"대체 어디서 식사를 하는 거지?"

"영국 대사관!"

이상한 여행자

전날 나는 자동차를 르왕으로 돌려 놓았다.

나는 기차로 세느 강변에 살고 있는 친구들한테 가기로 되어 있었다.

그런데 파리에서 출발 직전에 7명의 신사들이 내 차칸으로 올라탔다. 그중 다섯 명은 담배를 피우고 있었다. 특별 급행이었으므로 시간은 짧았지만 이런 친구들과 함께 여행한다는 것은 생각만 해도 싫었다. 차가 구식이었고 복도도 없었기 때문에 더욱 그랬다. 그래서 나는 외투와 신문과 시간표 등을 갖고 옆칸으로 옮겨 버렸다.

그곳에는 한 부인이 있었다. 나를 보자 난처한 표정을 짓는 것을 나는 놓치지 않았다. 그리고 그녀는 스텝에 서 있는 신사——틀림없이 남편으로 역까지 전송하러 나왔을 것이다——쪽으로 몸을 돌렸다. 그 신사는 나를 관찰했으나, 아마 나를 안심할 수 있는 사람으로 생각한 모양이었다. 왜냐하면 그는 싱글벙글하면서 두려워하고 있는 어린아이를 달래듯 낮은 목소리로 부인을 달랬기 때문이다. 그러자 그녀도 갑자기 생글생글 웃으면서, 마치 나를 2평방미터의 좁은 차칸에서 두 시간 동안이나 마주보고 있어도 아무 걱정이 필요없는 점잖은 신사라고 생각한 것처럼 나에게 다정한 눈길을 던졌다. 남편은 그녀에게 말했다.

"나쁘게 생각지 마오, 급히 사람을 만나지 않으면 안될 일이 있어서 기다릴 수가 없소."

사나이는 다정하게 그녀를 껴안은 다음 사라졌다. 그 부인은 창으로 살짝 키스를 보내며 손수건을 흔들었다.

그러자 기적 소리가 울리고 열차가 움직이기 시작했다.

바로 그때, 역무원이 가로막는 것도 뿌리치며 문을 열고 한 사나이가 우리 차칸으로 들어왔다. 그 여자 손님은 일어서서 선반의 짐을 정리하고 있었는데, 순간 공포의 외마디 소리를 지르며 의자에 쓰러졌다.

나는 겁쟁이는 아니었다. 그러나 솔직히 말해서 차가 막 떠날 시간이 되어 이런 식으로 모르는 사람이 뛰어들어온다는 것은 역시 기분이 나빴다. 부자연스럽고 섬뜩했다. 뭔가 있음이 틀림없다. 그렇지 않고서야……

하지만 새로 들어온 사람의 모습이나 태도는 그의 행위에서 나온 나쁜 인상을 지워 주었다. 단정한 차림이었으며, 품위가 있다고 해도 좋을 정도였다. 고상한 취향의 넥타이, 깨끗한 장갑, 정력적인 얼굴……어디선가 본 일이 있는 것 같은 얼굴이었다. 그렇다, 틀림없이 본 일이 있다. 적어도 그의 초상은 여러 번 보았으나 실물은 한 번도 본 일이 없는 듯한 인상이었다. 그와 동시에 생각해 보려고 애써 봐야 아무 소용이 없으리라는 생각이 들었다. 그만큼 그 기억은 헤아릴 수 없을 만큼 희미한 것이었다.

그러나 부인 쪽으로 눈을 돌렸을 때 나는 그녀의 얼굴이 파리하고 당황해 있는 데 깜짝 놀랐다. 그녀의 옆에 앉은 사나이——그들은 같은 쪽에 앉아 있었다——를 참으로 두려워하는 표정으로 지켜보고 있었다. 그리고 나는 그녀의 한쪽 손이 부들부들 떨리면서 무릎에서 20센티미터쯤 떨어진 의자 위에 놓인 손가방 쪽으로 미끄러져 다가가는 것을 보았다. 그녀는 이윽고 그 손가방을 잡고 초조하게 끌어당겼다.

우리는 눈이 마주쳤다. 그리고 나는 그녀의 눈에서 불안과 공포를 읽을 수 있었다. 나는 이렇게 말하지 않을 수 없었다.

"기분이 좋지 않으십니까, 부인?……창문을 열어드릴까요?"

그녀는 대답도 하지 않고 옆에 앉은 사나이를 불안스러운 듯이 쳐다보았다. 나는 그녀의 남편이 했던 것처럼 목을 움츠리고 미소를 지으며 걱정할 필요없다, 내가 있고 게다가 이 사람은 위험하지는 않은 것 같다는 표정을 지어 보였다.

그때, 사나이는 우리를 지켜보며 발끝에서 머리끝까지 차례차례로 훑어본 다음, 의자 구석에 몸을 웅크리고는 꼼짝도 하지 않았다.

침묵은 계속되었다. 그러나 부인은 온 힘을 기울여 필사적으로 노력하는 것처럼, 거의 알아들을 수 없는 목소리로 내게 말했다.

"그 사람이 이 열차에 있다는 걸 알고 계세요?"

"누구 말입니까?"

"그……그 사람 말이에요……정말이에요."

"누굽니까, 그 사람이란?"

"아르센 뤼빵 말이에요!"

그녀는 옆의 여행자로부터 눈을 떼지 않고 이 섬뜩한 이름을 나에게가 아니라 오히려 그 사나이에게로 던졌다.

사나이는 모자를 코 위에까지 끌어내렸다. 그것은 불안을 감추기 위해서였을까, 아니면 다만 잠자기 위해서였을까?

나는 그녀의 말에 반대했다.

"아르센 뤼뺑은 어제 결석 재판으로 20년의 징역을 선고받았습니다. 그러니 오늘 세상에 얼굴을 내미는 그런 바보 같은 짓은 하지 않을 겁니다. 그리고 신문에도 그 사나이가 라 상떼를 탈출한 다음, 이번 겨울은 토르코에서 지낸다는 기사가 나지 않았습니까."

"이 열차에 타고 있어요."

부인은 사나이에게 들리라는 듯이 일부러 되풀이했다.

"저의 남편은 형무과(刑務課) 차장인데, 역의 공안관이 저희들에게 지금 아르센 뤼뺑을 쫓고 있는 중이라고 말했어요."

"그러나 그렇다고 해서……."

"빠뻬르듀의 홀에서 본 사람이 있다고 했어요. 르왕 행 일등 차표를 샀다는 거예요."

"그럼, 거기서 붙잡으면 좋았을 텐데요."

"자취를 감추었던 거예요. 개찰 담당은 개찰구에서 보지 못했지만, 교외선 플랫폼을 지나 이 차보다 10분 늦게 출발하는 급행을 탄 것 같다고 이야기하더군요."

"그렇다면 거기서 붙들었겠지요."

"하지만 만일 그 기차가 출발하기 직전에 거기서 뛰어나와 여기 이 열차에 올라탔다면 ……틀림없이 그랬을 거예요. 분명해요."

"그렇다면 여기서 붙잡힐 겁니다. 물론 열차에서 열차로 옮겨가는 것을 역무원이나 경관이 보았을 테니까, 르왕에 도착하면 반드시 검거될 겁니다."

"그 사나이가 잡힌다고요? 이번에도 도망가고 말 거예요."

"그렇다면 그로서 우리는 안전하지요."

"그러나 이 열차가 도착할 때까지 무슨 짓을 할지 알 수 없어요."

"무슨 짓을 한단 말입니까?"

"그걸 알 수 있나요? 무슨 일을 저지를지 아무도 모르는걸요!"

그녀는 몹시 흥분해 있었다. 그리고 사실 이러한 상황에서 보면 이 신경질적인 흥분도 어느 정도는 당연한 듯했다.

나는 무의식중에 말했다.

"분명히 우연의 일치라는 것은 있습니다……그러나 안심하십시오. 아르센 뤼뺑이 이 열차에 타고 있다 하더라도 얌전하게 있을 겁니다. 또다시 말썽을 일으키기보다는 눈 앞에 닥친 위험을 피하는 것만을 생각할 테지요."

여자는 내 말에도 마음을 놓을 수 없는 듯했다. 이윽고 그녀는 입을 다물어 버렸다. 너무나 무례한 일이 되지 않을까 생각한 모양이었다.

나는 신문을 펼쳐들고 아르센 뤼뺑 재판 사건의 기사를 읽었다. 특별히 새로운 것은 없었으므로 아무 재미도 없었다. 더욱이 나는 지쳐 있었고, 잠도 부족했다. 눈꺼풀이 내려오면서 머리가 수그러졌다.

"아니, 잠드시면 안돼요!"

부인은 내 신문을 낚아채더니, 화가 난 듯이 노려보았다.

"잠들지 않겠습니다." 나는 대답했다. "정말입니다, 조금도 자고 싶지 않습니다."

"주무신다면 그거야말로 부주의한 짓이에요"

"물론이죠." 나는 대답했다.

그리고 나는 창 밖의 경치며 하늘에 떠 가는 구름 같은 것을 억지로 바라보면서, 몰려오는 잠과 싸웠다. 그러나 차츰 시야가 흐려져 왔다. 흥분해 있는 부인도, 웅크리고 있는 신사도 내 의식에서 모습을 감추었다. 나의 내부에는 깊은 잠의 침묵만이 남게 되었다.

얼마 뒤 나의 잠에는 토막토막의 꿈이 전개되었다. 아르센 뤼뺑이라는 이름을 가진 사람이 꿈 속에서의 역할을 대부분 차지했다. 그 사나이는 귀중한 물건을 걸머지고 지평선을 방황하는가 하면, 담장을 뛰어넘어 호화로운 저택을 털어갔다.

그러나 그 사나이——그것은 이미 아르센 뤼뺑이 아니었다——의 그림자가 뚜렷해졌다. 그는 내가 있는 쪽으로 다가오며 차츰차츰 커지더니 믿을 수 없을 정도로 재빨리 열차에 뛰어올라 내 가슴을 향해 정면으로 쓰러졌다.

심한 통증……날카롭게 외치는 커다란 비명 소리. 나는 잠에서 깨어 눈을 떴다. 한 사나이가 한쪽 무릎으로 내 팔을 누르고, 나의 목을 죄고 있었다.

나는 어렴풋하게 밖에는 보이지 않았다. 눈에서 피가 솟아나왔기 때문이었다. 나는 의자 한구석에서 부인이 겁에 질려 몸부림치고 있는 것을 보았다. 나는 저항하려고 하지 않았다. 그럴 힘이 없었던 것이다. 관자놀이가 윙윙 울렸고, 숨이 막혔다. 나는 숨이 찼다. 이렇게 1분만 더 있었더라면 나는 그대로 질식했을 것이다.

사나이도 그것을 알아챘음에 틀림없다. 그는 죄어 가던 손의 힘을 늦추었다. 그러나 손을 떼지 않고 재빠른 동작으로 고리를 만든 끈으로 간단히 내 두 손목을 묶어 버리고 말았다. 나는 눈 깜짝할 사이에 꽁꽁 묶여졌으며, 재갈이 물리어 꼼짝도 할 수 없게 되었다. 그런데 그 사나이는 이 일을 참으로 쉽게 해치웠다. 마치 절도나 범죄 전문가, 또는 대가라고 할 만한 솜씨였다. 한 마디도 입을 떼지 않고 손도 떨지 않는 냉정함과 대담함——나는 의자 위에 미라처럼 묶여 있었다……이 나, 아르센 뤼뺑이——

정말이지, 우스꽝스럽기 이를 데 없는 일이었다. 그래서 나는 상황이 심각한데도, 얼마나 우스꽝스럽고 재미있는 일인가 하고 생각지 않을 수 없었다. 아르센 뤼뺑이 신출내기처럼 이렇게 당하고 있다니! 마치 풋내기처럼 모조리 벗겨가도 꼼짝 못하고 있다니! 물론 나는 지갑도 가방도 모두 빼앗기고 말았다. 아르센 뤼뺑이 계략에 걸려들었을 뿐만 아니라, 질 차례가 된 것이다……이 얼마나 뜻밖의 일인가?

그 부인이 앞에 있었다. 그러나 그 사나이는 아랑곳하지 않았다. 그는 바닥에 떨어져 있는 손가방을 줍더니, 그 속에 보석이며 지갑이며 금은 세공품들을 빼내었다. 부인은 한쪽 눈만 뜨고 공포에 떨면서, 반지를 뽑아 마치 쓸데없는 수고를 끼치고 싶지 않다는 듯이 사나이에게 내밀었다. 사나이는 반지를 받더니 그녀를 쳐다보았다. 여자는 정신을 잃었다.

그러나 사나이는 여전히 아무 말 없이 우리 두 사람을 거들떠보지도 않고 조용히 아까 웅크리고 있던 자리로 돌아가 담배에 불을 붙이고 손에 넣은 귀중품을 매우 조심스럽게 조사하기 시작했다. 그는 아주 만족스러운 듯한 표정이었다.

나는 전혀 만족하지 않았다. 부당하게 빼앗긴 1만 2천 프랑에 대해서는 말하지 않겠다. 이 손해는 지금만 감수하면 된다. 그 1만 2천 프랑은 아주 가까운 시일 안에 내 손으로 다시 되돌아올 테니까. 가방에 들어있는 매우 귀중한 서류도 마찬가지이다. 그 서류란 계획 견적, 참고, 통신할 상대방의 목록, 위험한 편지 등이었다. 그러나 당장 절실한 걱정이 나를 괴롭히고 있었다.

어떻게 될 것인가?

아시는 바와 같이, 내가 생 라자르 역을 지나왔기 때문에 생긴 소동을 나는 정확하게 알고 있었다. 나는 기욤 베르라라는 가명을 사용하며 교제하고 있던 친구들에게 초대받았기 때문에——그들은 나를 아르센 뤼빵과 닮았다고 하면서 놀려대곤 했다——마음대로 변장 할 수가 없었다. 그리고 내 존재는 밀고되어 있었다. 뿐만 아니라 한 사나이가 급행에서 특급으로 훌쩍 뛰어 옮겨타는 것을 본 사람이 있었다. 그 사나이야말로 아르센 뤼빵이 아니고 누구이겠는가! 그러므로 당연한 일이었지만 르왕의 경찰서장은 전보로 통지를 받고 상당한 수의 경찰관을 동원하여 열차가 도착하기를 기다렸다가 수상한 여행객을 신문하는 한편, 열차를 조심스럽게 수색할 것이다.

이와 같은 모든 것을 나는 예상하고 있었다. 그러나 그런 일은 아무것도 아니었다. 르왕의 경찰이 파리의 경찰보다 더 훌륭한 감식력이 있을 리도 없거니와, 또한 나는 잘 빠져나갈 자신이 있었기 때문이다. 생 라자르 역에 개찰 담당을 믿게 만들어 놓은 그 대의원 명함을 시치미 뚝 떼고 르왕 역 개찰구에서 보이면 끝나지 않겠는가? 그러나 사태는 지금 돌변해 있었다. 나는 이미 신체의 자유를 빼앗기고 있다. 여느 때의 수법을 쓰는 것은 불가능하다. 서장은 운좋게도 열차 안에서 손발이 묶인 채 염소새끼처럼 순하게 체념하고 있는 아르센 뤼뺑 씨를 발견할 것이다. 서장은 사냥에서 잡은 동물이나 과일, 야채 바구니같이 역유치(驛留置)의 소화물처럼 받기만 하면 될 것이다.

이러한 저주할 결과를 피하기 위해 묶여 있는 나는 대체 무엇을 할 수 있을 것인가?

더구나 특급은 베르농 역이나 생 삐에르 역에서는 멈춰서지 않고, 단 하나의 정차역인 르왕을 향해 달리고 있었다.

그런데 한 가지 문제가 나를 괴롭히고 있었다. 그것은 직접적으로는 나와 별로 관계없는 일이었으나 그 해결은 내 직업적 흥미를 불러일으켰던 것이다. 과연 저 사나이의 목적은 무엇일까?

르왕에 도착했을 때 나 혼자밖에 없다면 저 사나이는 천천히 내릴 시간이 있을 것이다. 그러나 부인이 있다. 열차의 문이 열리자마자 지금은 저렇듯 온순한 부인도 큰 소리로 외치고 마구 설쳐대며 구원을 청할 것이다.

그것이 내게는 예상하지 못한 문제였다. 어째서 나와 마찬가지로 저 여자도 움직일 수 없게 하지 않았을까? 그렇게 하면 이중의 위해서(危害)를 가했다는 것을 깨닫지 못하는 사이에 유유히 모습을 감출 수 있을 텐데.

사나이는 빗방울이 부슬부슬 비스듬히 뿌려지기 시작하는 하늘을 꼼짝않고 지켜보면서 여전히 담배를 피우고 있었다. 그리고 고개를 한 번 돌리고서는 내 시간표를 집더니 그것을 살펴보기 시작했다.

부인은 적을 안심시키기 위해 아직 실신해 있는 것처럼 꾸미고 있었다. 그러나 담배 연기에 목이 메어 기침을 했으므로 기절해 있지 않다는 것을 알 수 있었다.

나는 매우 답답했고 몸의 마디마디가 아팠다. 나는 골똘히 생각에 잠겨서 방법을 궁리하고 있었다.

뽕 드 라르슈, 오아셀……열차는 속도에 취한 것처럼 쾌속을 유지하고 있었다.

산테리에느……그때 사나이가 일어서더니 우리 쪽으로 두어 걸음 다가왔다. 그러자 부인은 이내 비명을 지르고 이번에는 정말로 기절해 버리고 말았다.

도대체 이 사나이의 목적은 무엇일까? 그는 우리가 있는 쪽 유리창을 닫았다. 그의 거동으로 보아 레인코트도 외투도 갖고 있지 않아 곤란한 모양이었다. 그는 선반을 쳐다보았다. 그곳엔 부인의 양산겸 우산이 있었다. 그는 그것을 집어들었다. 그리고 내 외투도 집어들고 입었다.

열차는 세느 강을 지나가고 있었다. 그는 바지 가랑이를 걷어올리고 몸을 굽히더니 문의 바깥쪽 고리를 벗겼다.

철로 위로 뛰어내릴 작정일까? 이렇게 속력을 내고 있으니 틀림없이 죽을 것이다. 열차는 생 까뜨리느 해안의 터널로 들어섰다. 사나이는 문을 절반쯤 열고 발로 승강구 계단을 찾았다. 미친 짓이다!

어둠, 연기, 소음——이런 데서 뛰어내린다는 것은 미친 짓이라고 말할 수밖에 없다. 그런데 열차가 갑자기 천천히 달리기 시작했다. 제동기가 수레바퀴의 회전을 늦춘 것이다. 속도가 갑자기 빨라져 보통으로 되더니, 다시 한층 더 늦춰졌다. 터널의 이 부분에서 보강 공사 계획이 있기 때문에 며칠 전부터 서행이 필요하다는 것을 사나이는 분명 알고 있었음에 틀림없다.

그리하여 그는 또 한쪽 발을 승강구의 계단에 내려놓고 고리를 돌려 문을 닫은 다음 태연하게 뛰어내릴 수가 있었다.

그가 자취를 감추자마자 차 안이 밝아지면서 흰 연기가 보였다. 열차는 골짜기 사이로 나왔다. 또 하나의 터널을 지나면 르왕에 닿는다.

그 순간 부인은 의식을 되찾아 보석을 잃어버렸다고 불평하기 시작했다. 나는 눈으로 그녀에게 부탁했다. 여자는 이해했다. 숨이 막혀 답답했던 재갈을 벗겨주었다. 그녀는 내 손도 풀어주려고 했다. 그러나 나는 그것을 말렸다.

"아닙니다. 경찰에게 현장을 보여 줄 필요가 있습니다. 수법을 알도록 해 주어야 합니다."

"비상벨을 울리면 어때요?"

"이미 늦었습니다. 내가 당하고 있을 때 눌렀어야 했습니다."

"그렇게 했더라면 전 살해되었을 거예요. 보세요, 그 사나이가 이 기차에 타고 있다고 말씀드렸잖아요. 사진을 보았기 때문에 알 수가 있었어요. 제 보석을 갖고 달아나 버렸어요."

"곧 붙잡힐 겁니다. 걱정할 필요없습니다."

"아르센 뤼빵이 붙잡히다니요! 여간해서는 그런 일이……."

"부인, 그건 당신에게 달려 있습니다. 제 말을 들어 주십시오. 열차가 도착하면 문이 있는 곳으로 가서 사람들을 부르십시오. 야단

법석을 떠는 겁니다. 경관이나 역무원이 달려올 테지요. 그러면 당신이 보신 것을 그대로 이야기하십시오. 내가 기습당했던 일이며 아르센 뤼뺑이 달아난 상황을 간단하게 말입니다. 그의 인상, 소프트 모자, 비우산——이건 당신 겁니다만——그리고 외투에 대한 이야기도."

"당신 외투였잖아요?" 여자가 물었다.

"왜 내 외투라고 하시죠? 아닙니다. 녀석의 것이에요. 나는 외투 같은 건 갖고 있지 않았습니다."

"그 남자가 탔을 때는 외투를 입지 않은 것 같았는데요."

"아니, 입고 있었습니다. 어쩌면 누군가 선반에 얹어 놓고 잊어버리고 갔는지도 모릅니다만. 어쨌든 내릴 때는 입고 있었습니다. 이것이 중요한 점입니다. 회색 빛의 길다란 외투입니다. 생각나시지요?……아! 그리고 우선 당신의 이름부터 말하세요. 남편의 직업을 알면 경관들도 힘을 낼 테니까요."

열차가 역에 닿았다. 그녀는 이미 출입구 쪽으로 나가기 시작했다. 나는 약간 힘을 주어 거의 명령적으로, 내 말을 그녀의 머리에 새겨 넣어 주기 위해 분명하게 말했다.

"그리고 내 이름도 말해 주십시오. 기욤 베르라입니다. 만일 괜찮다면 나와 아는 사이라고 말해 주십시오. 그렇게 하면 시간이 절약될 겁니다. 그렇지 않으면 예비 조사를 해야 하니까요……중요한 것은 아르센 뤼뺑을 추적하는 일입니다. 당신의 보석도……아시겠지요? 당신 남편의 친구 기욤 베르라입니다."

"알겠어요, 기욤 베르라 씨지요?"

그녀는 벌써 사람을 부르며 손짓을 하고 있었다. 열차가 멈춰서기도 전에 한 신사가 몇 사람의 부하를 데리고 찻간으로 들어왔다. 위태로운 시간이 가까워졌다.

부인은 숨을 헐떡이면서 소리쳤다.

"아르센 뤼뺑이에요……우리는 기습당했어요. 보석을 훔쳐 갔습니다. 저는 형무과 차장 르노의 아내입니다…… 어머나, 이 사람은 제 동생이에요. 르왕 은행 장 죠르즈 알데이……아시겠지요?"

그녀는 우리가 있는 곳으로 온 젊은 사나이를 껴안았다. 서장은 그 사나이에게 인사했다. 그녀는 울면서 이야기를 계속했다.

"네, 그래요. 아르센 뤼뺑이었어요……이 분이 자고 계실 때 목을 졸랐어요……베르라 씨로, 남편의 친구예요."

서장이 물었다.

"그런데 어디 있습니까, 아르센 뤼뺑은?"

"세느 강을 건넌 다음 터널 속에서 뛰어내렸어요."

"틀림없습니까?"

"틀림없어요! 확실히 보았어요. 게다가 생 라자르 역에서도 본 사람이 있었으니까요. 소프트 모자를 쓰고…….."

"아니……이것과 똑같이 생긴 단단한 펠트 모자입니다."

서장은 내 모자를 가리키면서 정정했다.

"소프트였어요." 르노 부인이 되풀이해서 말했다. "게다가 기다란 회색빛 외투!"

"물론 그렇지요." 서장은 중얼거렸다. "검은 벨벳 깃이 달린 기다란 회색빛 외투, 전보에도 그렇게 적혀 있었지요."

"검은 벨벳의 깃……네 맞았어요!"

르노 부인은 의기양양하게 외쳤다.

나는 숨을 몰아쉬었다. 아아, 이 여인은 얼마나 기특한 내 편인가!

그동안 경관들은 나를 묶고 있던 새끼줄의 매듭을 풀어 주었다. 나는 입술을 힘껏 깨물었다. 피가 흘렀다. 나는 오랫동안 부자유스러운 자세로 묶여 있었던 사람답게 꾸부정하게 몸을 굽히고 손수건을 입에 대며 얼굴에 재갈을 물렸을 때 나온 피를 흘리면서 가냘픈 목소리로 서장에게 말했다.

"서장님, 아르센 뤼뺑임에 틀림없습니다……빨리 서두르면 잡을 수 있습니다……나도 얼마쯤 도움이 되리라고 생각합니다……."

당국의 검증에 도움을 줄 수 있는 차량은 따로 떼어졌다. 열차는 르 아브르를 향해 출발했다. 우리는 플랫폼을 메우고 있는 떠들썩한 구경꾼들의 사이를 비집고 역장실 쪽으로 안내되었다.

그때 나는 망설였다. 이윽고 무엇인가 구실을 만들어 그 자리를 떠나, 자동차를 세워둔 곳으로만 가면 도망칠 수가 있었다. 기다리는 것은 위험하다. 무엇인가 있다면, 가령 파리에서 전보라도 온다면 나는 파멸이다.

그렇다. 그러나 내 물건과 돈을 빼앗아간 강도는? 나 혼자 힘만으로는 강도를 잡아낼 가망이 없다.

'괜찮아! 운은 시험해 봐야 하니까!' 나는 생각했다. '이대로 있어 보자. 이기기는 어렵지만, 이 승부는 아주 재미있는데. 더구나 내기에 건 돈은 그만한 가치가 있는 법이니까.'

그래서 진술을 계속하라고 했을 때 나는 소리쳤다.

"서장님, 아르센 뤼뺑은 도망 중입니다. 내 자동차가 구내에서 기다리고 있습니다. 만약 좋으시다면 우리가 추적해 보겠습니다만……."

서장은 웃었다.

"그 생각도 나쁘지는 않지요……나쁘지 않다는 증거로 그 생각은 목하 실행 중에 있거든요."

"그래요!"

"그렇소. 부하 두 사람이 자전거로 출발했습니다……벌써 오래 전에 말입니다."

"그러나 어디로 말입니까?"

"터널의 출구로 갔지요. 그곳에 가면 무엇인가 단서가 잡혀, 아르센 뤼빵을 추적할 수 있을 겁니다."

나는 목을 움츠리지 않을 수 없었다.

"당신의 부하는 단서를 발견할 수 없을 겁니다."

"그럴 리가!"

"아르센 뤼빵이 터널에서 나가는 것은 볼 수 없을 겁니다. 처음 거리로 나와 그곳에서……."

"그곳에서 르왕으로 간 다음, 거기서 붙잡히겠지요."

"르왕에는 가지 않을 겁니다."

"그럼, 부근에 있다면 한층 더 붙잡힐 게 확실하지요……."

"부근에도 있지 않을 겁니다."

"아니, 뭐라고요! 그렇다면 대체 어디에 숨어 있다는 말입니까?"

나는 시계를 꺼내 보았다.

"이 시간엔 아르센 뤼빵은 다르네탈 역 부근을 헤매고 다닐 겁니다. 10시 50분, 그러니까 22분 뒤에는 르왕의 북정류장에서 아미앙 행 열차를 탈 것입니다."

"정말입니까, 어떻게 알고 계시지요?"

"아주 간단한 일이지요. 차 안에서 아르센 뤼빵은 내 시간표를 조사했습니다. 무엇 때문이었을까요? 그가 자취를 감춘 장소 가까이에 다른 선이나 역, 그리고 그 역에서 열차가 있을까요? 나는 지금 시간표를 조사해 보았습니다. 그래서 알게 된 겁니다."

"과연 그렇겠군!" 서장은 감탄했다. "훌륭한 추리입니다. 놀라운데요!"

내가 자신만만하여 생각 없이 이렇게 수완이 있다는 것을 보인 것은 서툰 짓이었다. 그는 놀라서 나를 쳐다보았다. 그의 머릿속에 어떤 의문이 스쳐 간 모양이다. 하지만 아주 잠깐 동안이었다. 왜냐하면 각 방면에서 보내져 온 사진은 매우 불완전한 것이었으며 현재 그의 눈 앞에 있는 사람과는 전혀 다른 아르센 뤼빵을 보여 주고 있기 때문이다. 그래서 서장은 나의 정체를 알아챌 수가 없었다. 그렇기는 하나 그는 망설이며 불안을 느꼈다.

얼마 동안 말이 끊어졌다. 뭔가 애매하고 불확실한 감정이 우리의 입을 다물게 했던 것이다. 나 자신도 몸이 떨렸다. 정세가 불리하게 되는 것일까? 나는 불안한 감정을 누르면서 웃었다.

"그냥 뭐 훔쳐 간 가방을 찾고 싶다고 말씀드리면 이해해 주시겠지요? 부하 두 사람만 빌려 주신다면 내가 문제없이……."

"부탁드리겠어요, 서장님." 르노 부인이 외쳤다. "베르라 씨가 말씀하시는 대로 해주세요."

나의 훌륭한 여자친구의 발언은 결정적인 것이었다. 유력자의 아내인 그녀의 입에서 흘러나오자 베르라는 정말로 내 이름이 되어 버렸으며, 절대로 신분을 의심받을 수 없게 되고 말았다. 서장이 일어섰다.

"베르라 씨, 성공해 주신다면 참으로 감사하겠습니다. 저 역시 아르센 뤼빵을 체포하고 싶은 점에서는 당신과 같습니다."

그는 나를 자동차가 있는 곳까지 안내해주었다. 그가 소개해 준 두 형사──오노레 마소르와 가스똥 드리베가 함께 차에 올랐다. 내가 핸들을 잡았다. 조수가 크랭크를 돌렸다. 얼마 뒤 우리는 역에서 떠났다. 나는 구원된 것이다.

아아! 솔직하게 말해서, 이 노르망디의 낡은 거리를 둘러싼 큰길로 35마력의 모로 렙튼을 당당하게 몰고 지날 때는 얼마쯤 의기양양해지지 않을 수 없었다. 모터는 기분좋게 움직이고 있었다. 오른편에서도 가로수가 뒤로 달리고 있었다. 그리고 위험에서 탈출하여 자유롭게 된 나는 국가 권력의 착실한 대표자인 두 사람의 협력 아래 나의 조그마한 개인적인 용무를 해결하기만 하면 되었다. 아르센 뤼빵이 아르센 뤼빵을 잡으러 가는 것이다.

사회 질서의 충실한 기둥인 가스똥 드리베와 오노레 마소르여 ! 자네들의 도움은 내게 얼마나 귀중한 것이었는지 ! 자네들이 없었다면 나는 네거리에서 몇 번이나 길을 잘못 들었을는지 모른다. 자네들이 없었다면 아르센 뤼빵은 실패했을 것이고, 또 다른 아르센 뤼빵은 달아나 버렸을 것이다.

그러나 모든 것이 끝난 것은 아니었다. 끝나기는커녕 이제부터 시작이었다. 나는 먼저 그 인물을 붙들어야 하고, 그 다음 그 사나이에게 도둑맞은 서류를 되찾지 않으면 안되었다. 어떤 일이 있더라도 이두 형사들에게 서류에 대한 것을 알게 해서는 안된다. 서류를 압수당하거나 해서는 더더구나 안된다. 그들을 이용하여 그들이 모르게 행동해야 한다. 이것이 내가 노리는 바였으며, 결코 쉬운 일은 아니었다.

다르네탈에 도착한 것은 열차가 지나고 나서 3분 뒤였다. 검은 벨벳 깃이 달린 기다란 회색빛 외투를 입은 사나이가 아미앙 행 차표를 갖고 2등 차를 탔다는 것을 알게 되자 마음 든든해 진 것은 사실이었다. 나의 경찰관다운 모습은 단연 운이 좋았다.

드리베가 내게 말했다.

"그 기차는 급행이니까. 아마 19분 뒤 몬테로리에 뷰 시에서 멈출 것입니다. 우리가 뤼빵보다 빨리 가지 않으면 녀석은 아미앙까지 가서, 거기서 디에쁘나 파리로 향할 것입니다."

"몬테로리에까지의 거리는 ?"

"23킬로미터입니다."

"23킬로미터를 19분으로……우리가 먼저 도착하겠군."

달리는 도중의 숨막힐 듯한 순간! 나의 충실한 모로 렙튼이 이때만큼 열심히 규칙적으로 나의 초조에 호응해 준 일은 없었다. 나는 이 차에 레버라든가, 핸들의 중개 없이 직접 내 의사를 전달한 것 같은 느낌이었다. 차는 나와 희망을 같이했다. 내 집요함에 동의했다. 그 아르센 뤼뺑이라는 녀석에 대한 나의 증오를 이해해 주었다. 사기꾼! 배신자! 나는 녀석을 혼내 줄 수 있을까? 녀석은 또다시 당국의 눈을 피해 달아날 것인가? 내가 대표하고 있는 이 당국을?

"오른쪽으로!" 드리베가 소리쳤다.

"왼쪽으로, 똑바로."

우리는 지면에 뛰어올라 나는 것처럼 질주했다. 차도와 인도 사이에 있는 돌들은 마치 겁 많은 작은 짐승처럼 우리의 차가 다가서면 사라져 버렸다.

그때 갑자기 도로의 구부러진 길모퉁이에서 연기가 솟아올랐다. 그것은 북부선의 급행열차였다.

1킬로미터쯤 되는 거리를 계속 나란히 달렸다. 그러나 결말은 뻔했다. 도착했을 때는 이미 차이가 나 있었다.

우리는 3초 동안에 2등차 앞의 플랫폼으로 나갔다. 문이 열렸다. 너댓 사람이 내렸다. 그러나 도둑은 나오지 않았다. 우리는 찻간을 살폈다. 아르센 뤼뺑은 없었다!

"제기랄!" 나는 외쳤다. "나란히 달리고 있을 때 내가 자동차 안에 있는 것을 발견하고 뛰어내린 모양이군."

차장이 이 추측을 확인해 주었다. 그는 역에서 2백 미터쯤 떨어진 곳에서 둑을 따라 한 사나이가 굴러떨어지는 것을 보았다고 말했다.

"저기, 저겁니다. 건널목을 지나고 있지요?"

나는 두 형사를 데리고 뛰기 시작했다. 아니, 한 명이라고 해야 옳을 것이다. 왜냐하면 또 한 명인 마르소는 굉장히 잘 뛰는 편으로 속력이 굉장히 빨랐기 때문에 나보다 앞서 달려갔던 것이다. 그와 도망자 사이에 벌어졌던 거리는 순식간에 좁혀져 갔다. 문제의 사나이는 그가 쫓아오는 것을 눈치채고, 울타리를 넘어 둑 쪽으로 재빨리 달아나 기어올라갔다. 그러자 이번에는 좀 더 멀리 보였다. 사나이는 작은 숲 속으로 들어갔다.

우리가 그 숲까지 가자 마소르가 기다리고 있었다. 더 이상 쫓아가 보아야 길을 잘못 들어 헛수고가 될 거라고 판단했던 것이다.

"그것으로 됐네!" 나는 그에게 말했다. "그렇게 달리면 그 사나이도 틀림없이 숨이 찼을 거야. 곧 잡힐 걸세."

나는 나 혼자서 사나이를 붙잡을 방법을 궁리하면서 부근을 뒤졌다. 나한테서 훔쳐 간 것을 내 손으로 찾아내고 싶었다. 경찰에서 실컷 조사하고 난 다음이 아니면 돌려 주지 않을 것이기 때문이다. 그런 다음 나는 두 사람이 있는 곳으로 돌아왔다.

"아주 쉬운 일이야, 마르소. 자네는 왼쪽을 지키고 있고 드리베 군은 오른쪽을 지키게. 그리고 숲의 뒤쪽을 지키고 있으면 나오는 것을 볼 수 있을 걸세. 그 다음은 이 골짜기뿐인데, 이곳은 내가 망보겠어. 녀석이 나오지 않는다면 내가 들어가지. 그리고 반드시 자네들이 있는 쪽으로 쫓아 내겠어. 그러니까 자네들은 그저 기다리고 있기만 하면 되네. 아, 그리고 긴급한 경우에는 총을 쏘기로 하세."

마르소와 그리베는 각각 자기가 맡은 장소로 갔다. 두 사람의 모습이 보이지 않게 되자 나는 곧 보이지도 들리지도 않도록 세심한 주의를 기울이면서 숲 속으로 들어갔다. 그곳은 사냥을 하기 위해 특별히 보호되어 있는 깊은 덤불 속으로, 마치 녹색의 토굴처럼 몸을 굽히지 않으면 걸어갈 수 없을 정도로 좁은 샛길이었다.

그 샛길 가운데 하나를 따라 들어가자 빈터가 나왔다. 젖은 풀이 사람이 지나간 것을 말해 주고 있었다. 나는 서 있는 나무 사이를 누비면서 몸을 감추고 조심스럽게 그 자국을 쫓았다. 발자국을 얼마쯤 따라가니 석회반죽으로 지은 쓰러질 듯한 움막집이 있는 조그마한 언덕이 나왔다.

'틀림없이 저기에 있을 거야!' 나는 생각했다. '썩 좋은 전망대를 골랐단 말야.'

나는 움막집 바로 곁에까지 기어서 갔다. 희미한 소리가 들리고, 인기척이 느껴졌다. 창문 있는 곳에서 녀석의 잔등이 보였다.

나는 그 사나이에게 달려들었다. 그는 손에 들고 있던 피스톨을 내게 돌리려고 했다. 나는 그에게 여유를 주지 않고 사나이를 넘어뜨려 두 팔을 몸 아래로 밀어넣어 깔고 무릎으로 가슴을 눌렀다.

나는 사나이의 귀에다 대고 속삭였다.

"이봐, 잘 들어. 나는 아르센 뤼뺑이야. 내 가방과 그 여자의 손가방을 돌려 주시지? 그렇게 하면 너를 경찰의 손에서 달아나게 해 주고, 내 동료로 삼아 주지. 그럴 테냐, 안 그럴 테냐?"

"그러겠소." 그가 중얼거렸다.

"좋아, 오늘 아침 일은 훌륭했어. 사이좋게 지내세."

나는 일어섰다. 그는 주머니에서 커다란 칼을 꺼내더니 나를 찌르려고 했다.

"바보 같은 녀석!"

나는 한 손으로 칼을 막았다. 그리고 또 한 손으로 상대의 동맥을 강하게 쳤다. 그는 정신을 잃고 쓰러졌다.

가방 속에는 서류도 지폐도 그대로 있었다. 나는 호기심에서 그의 가방을 열어 보았다. 그에게로 온 편지 봉투에 그의 이름이 씌어 있었다.

'피엘 옹프레'

나는 등골이 오싹했다. 오투유의 라 퐁떼느 거리의 살인범 피엘 옹프레! 델보아 부인과 두 딸을 목졸라 죽인 피엘 옹프레! 나는 그의 얼굴을 들여다보았다. 그렇다! 열차 안에서 본 적이 있는 듯한 느낌이 들었던 건 이 얼굴이었다.

그러나 시간이 흐르고 있었다. 나는 한 장의 봉투 속에 백 프랑짜리 지폐 두 장을 넣고 다음과 같은 말을 적은 명함을 넣어 두었다.

선량한 동료 오노레 마소르와 가스똥 드리베에게 감사의 표시로서. 아르센 뤼뺑

나는 이것을 잘 보이도록 한가운데 놓았다. 그 옆에는 르노 부인의 손가방. 나를 도와준 기특한 여자친구에게 돌려보내지 않을 수 있으랴!

옹프레가 남아 있다. 그가 좀 움직거렸다. 어떻게 할까? 나에게는 그를 구해 줄 의무도 처벌할 자격도 없다.

나는 그의 무기를 집어들어 공중을 향해 피스톨을 쏘았다.

'그 두 사람이 이쪽으로 오겠지!' 나는 생각했다. '다음 일은 그들에게 맡기자. 일은 운명대로 되어 가겠지.'

그런 다음 나는 골짜기의 길을 지나 뛰어서 멀어져 갔다.

20분 뒤 아까 추적하면서 도중에 보아 두었던 지름길을 지나 자동차가 있는 곳으로 돌아왔다.

4시에 르왕의 친구들에게 전보를 쳤다. 뜻하지 않은 사고 때문에 방문을 다음 기회로 미루겠다고. 실은 지금쯤은 그들이 진상을 알았을 것이므로 나는 이 방문을 무작정 연기하지 않으면 안될 것이라고 걱정하고 있었다. 그들은 실망할 것이다.

리르, 아당, 앙기앙, 비노, 무운을 지나 6시에는 파리에 돌아와 있었다.

그날 저녁 신문을 보니, 마침내 피엘 옹프레가 체포되었다는 기사가 실려 있었다.

다음날——교묘한 선전의 이익은 무시할 수 없다——〈에꼴 드 프랑스〉지는 다음과 같은 센세이셔널한 사회면 기사를 싣고 있었다.

어제 뷰 시 부근에서 아르센 뤼뺑은 수많은 사건을 거친 다음 피엘 옹프레를 체포했다. 라 퐁떼느 거리에서 살인을 한 이 범인은 파리와 르 아브르 사이의 열차 안에서 형무과 차장 르노 씨 부인의 소지품을 강탈했던 것이다.

아르센 뤼뺑은 보석을 넣어 두었던 손가방을 찾아 르노 부인에게 돌려 주는 한편, 이 극적인 체포에 임하여 그를 도와 주었던 보안부 경관 두 사람에게 충분한 사례금을 지불했다.

여왕의 목걸이

　1년에 두세 번, 오스트리아 대사관의 무도회며 비링스톤 부인의 사교 모임같이 화려한 자리에 도르 스비즈 백작부인은 그 하얀 목에 여왕의 목걸이를 하고 참석했다.

　그것은 아주 유명한 목걸이였다.

　왕실의 보석 세공사인 보멜과 바산쥬가 듀바리 부인(루이 15세의 애첩)을 위해 만들었는데, 로앙 스비즈 추기경이 프랑스의 왕비 마리 앙뜨와네뜨에게 봉정(奉呈)한 것이라고 믿고 라 모뜨 백작 부인이며 동시에 요부로 알려진 잔느 드 바로아가 1785년 2월 어느 날 밤, 그녀의 남편과 공범자 레또 드 비레뜨와 함께 하나하나 분해해 버렸다는 전설이 있는 목걸이였다.

　그러나 사실 진짜는 똬리쇠뿐이었다. 레또 드 비레뜨가 그것을 보존하고 있었는데, 라 모뜨 백작 부부는 보멜이 정성들여 고른 훌륭한 그 보석을 똬리쇠에서 난폭하게 떼어 내어 낱낱이 분해하고 말았다. 나중에 그는 그것을 이탈리아에서 가스똥 드 도르스비즈에게 팔았다. 가스똥은 추기경의 조카이며 동시에 상속인이었는데, 로앙 게메네의 화려한 파산 때 추기경에 의하여 몰락 직전에 구제되었다. 그는 숙부에 대한 추억을 위해 그 무렵 영국인 보석상 제프리스에게 남아 있던 다이아몬드 몇 개를 도로 사서, 크기는 같지만 가치가 훨씬 떨어지는 다른 다이아몬드를 보충하여 보멜과 바상쥐가 과거에 만들었던 그대로의 눈부신 '수인(囚人) 여왕이 갇혔을 때의 목걸이'를 완성했던 것이다.

도르 스비즈 집안 사람들은 근 1세기 동안이나 이 유서 깊은 보석을 자랑으로 여기고 있었다. 여러 가지 사정으로 말미암아 가산은 현저하게 기울었으나, 그들은 왕실의 귀중한 유품을 남의 손에 넘기느니 차라리 생활 수준을 낮추기로 했다. 특히 현재의 남편인 백작은 사람들이 선조 때부터 전해 오는 저택에 집착하듯이 그 목걸이에 집착했다. 그는 목걸이를 리용 은행의 금고에 맡겨 두었다. 아내가 사용하고 싶다고 하면 그날 오후에 은행에서 찾아왔고, 다음날에도 역시 자신이 직접 돌려 주곤 했다.

그날 밤 카스티유 궁전의 리셉션에서——이 사건은 금세기의 첫무렵으로 거슬러 올라간다——백작 부인은 대성공을 거두었다. 크리스티앙 왕을 위해 베풀어진 환영회였는데, 왕은 그녀의 눈부신 미모에 눈길을 멈추었다. 우아한 목 둘레에서 보석이 반짝이고 있었다. 다이아몬드의 무수한 절단면이 광선에 비쳐 불꽃처럼 찬란하게 빛났다. 이와 같은 장신구의 무게를 이렇듯 부드럽고 품위있게 견뎌낸다는 것은 그녀 외의 어느 여성도 할 수 없을 것 같았다.

그것은 이중의 승리였다. 도르 백작은 그 승리를 마음 속 깊이 음미했다. 그들 부부가 생 제르망 교외의 낡은 저택으로 돌아왔을 때, 그는 스스로 자신을 축복했다. 그는 아내를 자랑스럽게 여기는 한편, 또한 4대나 계속해서 가문의 명예가 되어 있는 보석에 대해서도 역시 자랑으로 여기고 있었다. 한편 부인도 약간 어린아이같이 득의양양해

했다. 그것은 그녀의 자존심 강한 성격에 잘 어울렸다.

부인은 아쉬운 듯이 목걸이를 끌러 남편에게 건네 주자, 백작은 마치 처음 보기라도 하는 것처럼 자세하게 그것을 살폈다. 그는 추기경의 문장이 새겨진 빨간 가죽으로 만든 보석 상자에 목걸이를 넣은 다음 옆방에다 갖다 놓았다. 그 방은 침실처럼 된 곳으로, 거실과는 완전히 막혀 있었는데 하나뿐인 출입구가 침대 아래쪽에 있을 따름이었다. 그는 평소처럼 꽤 높은 선반 위의 모자를 넣어두는 마분지 상자며 속옷 등을 쌓아 놓은 사이에 보석 상자를 감추고는 문을 닫고 옷을 벗었다.

다음날 아침, 백작은 점심 식사 전에 리용 은행에 갔다 오려고 9시쯤 일어났다. 그는 옷을 입고 커피를 마신 다음 마구간으로 내려갔다. 그는 마부에게 마구를 준비하도록 분부했다. 말 중에 한 마리 마음에 드는 것이 있었다. 그는 그 말을 안뜰에서 걸려 보기도 하고, 뜀박질을 시켜 보기도 했다. 그리고 나서 부인에게로 돌아왔다.

부인은 그동안 방에서 하녀의 시중을 받으며 화장을 하고 있었다. 그녀는 남편에게 말했다.

"나가실 거예요?"

"으음, 목걸이를 갖다 주어야지……."

"어머나, 정말!……그렇게 하도록 하세요……."

백작은 골방으로 들어갔다. 그러나 곧 돌아와서 별로 놀라는 기색도 없이 물었다.

"당신이 꺼냈소?"

부인이 되물었다.

"무슨 말씀이세요? 아니오, 전 꺼내지 않았어요."

"움직였소?"

"아니오, 방문을 열지도 않은걸요."

그는 긴장한 표정으로 다가오더니, 거의 알아들을 수 없는 목소리로 더듬거리며 말했다.

"손대지 않았다고?⋯⋯당신이 아니오?⋯⋯그렇다면⋯⋯."

부인은 달려가 보았다. 두 사람은 마분지 상자를 방바닥에 내던지고 속옷더미를 흩뜨리면서 찾고 또 찾았다.

"헛수고야⋯⋯이런 짓 해봐야 소용없어⋯⋯저기, 저 선반 위에 올려놓았었는데."

"잘못 아신 건 아닐까요?"

"틀림없이 선반 위에 놓았어. 다른 곳이 아니야."

그들은 촛불을 켰다. 골방이 어두웠던 것이다. 두 사람은 속옷이며 거추장스러운 것을 모두 치웠다. 골방 안에 아무것도 남지 않게 되었을 때 그들은 크게 낙담했다. 그 유명한 '여왕의 목걸이'가 없어졌음을 인정해야만 했다.

백작 부인은 우물쭈물하는 성격이 아니었으므로 쓸데없는 불평을 늘어놓아 시간을 낭비하지 않고 곧 경찰서장 바롤르브 씨에게 알렸다. 부부는 이전부터 그의 명민함과 예리함을 높이 평가하고 있었다. 바롤르브 씨에게 자세한 내용을 이야기하자, 그는 곧 이렇게 물었다.

"백작, 밤중에 아무도 방 안에 들어오지 않은 것이 확실합니까?"

"확실합니다. 나는 잠이 깊이 들지 않는 성질이지요. 뿐만 아니라 방문에는 빗장을 질러 두었습니다. 오늘 아침에 집사람이 하녀를 불렀을 때도 내가 빗장을 빼야만 했을 정도입니다."

"달리 방안으로 들어갈 수 있는 통로는 없습니까?"

"전혀 없습니다."

"창문도 없습니까?"

"창문은 있지만 늘 닫아 둡니다."

"보여 주십시오."

촛불이 켜졌다. 바를로브 씨는 곧 창문 아랫부분이 궤짝으로 절반 밖에 가려져 있지 않다는 것을 지적했다. 더구나 궤짝과 창틀 사이에 틈이 있었다.

"하지만 틈이 이렇게 좁아, 큰 소리를 내지 않으면 움직일 수 없지요." 도르 백작이 반박했다.

"그러면 이 창 밖은 어떻게 되어 있습니까?"

"조그마한 안뜰입니다."

"이 위에 또 한 층이 있지요?"

"2층입니다. 하지만 하인들의 방이 있는 부근은 격자 모양의 가느다란 철책으로 둘러싸여 있습니다. 그래서 여기가 어둡지요."

궤짝을 비키고 보니 문 역시 잠겨 있었다. 누군가 밖에서 들어왔다면 그럴 리가 없다.

"하기야 누군가가 우리 방에서 나갔다면 다르지만 말입니다."

백작이 덧붙였다.

"그럴 경우에는, 이 방의 빗장은 걸려 있지 않을 겁니다."

서장은 잠시 동안 생각에 잠겨 있었으나 이윽고 부인 쪽을 돌아보며 말했다.

"부인, 주위 사람들 가운데 당신이 어젯밤 그 목걸이를 하실 거라는 것을 알고 있었던 이가 있습니까?"

"그런 건 조금도 감추지 않아요. 하지만 이 방에 넣어 둔다는 것은 아무도 몰라요."

"틀림없습니까?"

"아무도……다만, 만약……."

"부인, 분명하게 말씀해 주십시오. 그것이 가장 중요한 일입니다."

부인은 말했다.

"앙리에뜨에 대해 생각했어요."

"앙리에뜨? 확실합니까?"

"그녀도 그것은 모를 거야."

바롤르브 씨가 물었다.

"그 부인은 누굽니까?"

"수도원 시절의 친구예요. 노동자 같은 사람과 결혼하여 친정하고 사이가 나빠졌지요. 미망인이 되었으므로 제가 아들과 함께 데려다가 방을 하나 주어 살게 하고 있어요."

그녀는 난처한 듯이 다시 덧붙였다.

"제 일로 여러 가지 준비를 해줍니다. 손재주가 있는 사람이어서……."

"몇 층에 살고 있습니까?"

"이 방과 같은 층의 가운데 있어요……이 복도의 막다른 곳에……제 생각으로는……그녀의 부엌에 난 창문은…….."

"이 안뜰로 나 있겠지요?"

"네, 그래요. 바로 맞은편이에요."

그리고 잠깐 침묵이 계속되었다.

바를로브 씨는 앙리에뜨의 방으로 안내해 달라고 말했다.

앙리에뜨는 바느질을 하고 있었다. 그녀의 아들 라우르는 예닐곱 살쯤 된 개구쟁이로 그녀의 옆에서 책을 읽고 있었다. 서장은 여자가 묵고 있는 방이 단지 한 칸으로, 난로도 없으며 한 쪽 구석을 부엌 대신 쓰고 있는 초라함을 보고 매우 뜻밖이라고 생각하면서 그녀에게 질문했다. 앙리에뜨는 도난 이야기를 듣자 깜짝 놀랐다. 어제 저녁 그녀가 부인에게 옷을 입혔으며, 목걸이를 걸어주었던 것이다.

그녀는 소리쳤다.

"아니, 어떻게 된 일일까요?"

"뭐 짐작되시는 거라도 있습니까? 수상한 일은, 범인이 이 방을 지나쳐 갔는지도 모르니까요."

그녀는 자기가 혐의를 받고 있다고는 꿈에도 생각 못하고 밝게 웃었다.

"하지만 저는 이 방에서 한 발자국도 떠나지 않았는걸요! 외출은 절대로 안했습니다. 그곳을 보시지 않으셨나요?"

그녀는 부엌 창문을 열었다.

"저기 보세요, 저쪽 창문까지는 3미터가 넘는답니다."

"어떻게 범인이 그곳을 통해서 들어갔으리라고 말씀하시는 거지요?"

"왜냐하면……목걸이는 골방에 있으니까요."

"어떻게 그것을 알고 있지요?"

"그런 것쯤……밤에는 그곳에 놓아 둔다는 걸 이전부터 알고 있었어요……그런 말을 들은 적이 있으니까요…….."

여자의 얼굴은 젊지만 고생에 찌들려 여위었으며, 다정함과 체념을 함께 나타내고 있었다. 그녀는 별안간 입을 다물고 마치 커다란 위험이 덮쳐와 갑자기 위협이라도 받은 것처럼 괴로운 표정을 지었다. 그녀는 아들을 끌어당겼다. 아들은 어머니의 손을 다정하게 쥐어 주었다.

도르 백작은 서장에게 말했다.

"내 생각으로는 둘밖에 안되는 이 사람들에게 혐의를 둘 필요는 없다고 생각합니다. 이 여자에 대해서는 책임을 지겠습니다. 정직한 사람입니다."

바를로브 씨는 이렇게 단언했다.

"다만 자신도 모르게 범인에게 협력하지 않았는가 생각할 뿐입니다. 그러나 이런 해석을 해서는 안된다는 것을 인정합니다. 문제

해결에 아무런 도움도 되지 않으니까요."

서장은 수사를 중단했다. 그 뒤 예심판사가 사건을 맡아 며칠 동안 조사했다. 하인들을 신문하고, 빗장이 어떻게 생겼는지 확인했으며, 골방 창문이 열리고 닫히는 것에 대해서도 조사하고, 안뜰을 구석구석 샅샅이 뒤졌다. 그러나 모두 헛일이었다. 빗장에 아무런 이상도 없었고, 창문은 밖에서는 여닫을 수가 없었다.

수사의 초점은 특히 앙리에뜨에게로 향해졌다. 아무래도 수상쩍었기 때문이다. 그녀의 생활이 면밀하게 조사되었다. 그런데 그녀는 지난 3년 동안 단지 저택 밖으로 네 번 나갔을 뿐이라는 것이 확인되었다. 그것도 모두 심부름을 하기 위해서. 그녀는 도르 부인의 몸종 겸 침모로 시중들고 있었는데, 부인이 그녀에게 몹시 엄격했다는 것이 심부름꾼들의 증언에 의해 밝혀졌다.

예심판사는 1주일 뒤에 서장과 같은 결론을 내렸다.

"게다가 범인을 알고 있다 하더라도 어떻게 훔쳐냈는지를 알 수가 없어. 어느 쪽으로 보나 두 개의 장애에 부딪치거든. 문도 창문도 닫혀 있었으니까. 이중으로 불가사의한 일이군. 어떻게 숨어들어갈 수 있었을까? 그리고 한층 더 어려운 것은, 빗장을 건 문과 잠겨 있는 창문으로 어떻게 달아날 수 있었을까?"

4개월에 걸친 수사 끝에 예심판사는 이렇게 생각했다. 도르 부부는 절실히 돈이 필요했다. 그래서 여왕의 목걸이를 팔아버린 것이다——라고. 그 뒤 그는 사건에서 손을 떼었다.

귀중한 보석의 도난이 도르 스비즈 집안에 준 타격은 그 뒤 오랫동안 흔적을 남겼다. 그들의 신용이 떨어졌고, 보물의 뒷받침이 없어졌으므로 채권자들은 강경한 태도를 취했으며, 편의를 제공해 주지도 않았다. 그들은 살을 깎는 듯한 마음으로 재산을 분양하기도 하고 저당잡히기도 했다. 선조 때부터 물려받은 두 사람의 엄청난 유산이 아니었다면 그들은 파산하고 말았을 것이다.

백작 부부는 마치 귀족의 칭호라도 잃어버린 것 같이 자존심에 상처를 입었다. 그런데 기묘한 일은 백작 부인이 한집에 사는 옛날 친구에게 마구 화풀이를 하는 것이었다. 부인은 친구에게 깊은 원한을 품고 드러내놓고 비난을 퍼부었다. 처음에는 하인 방으로 옮기게 하더니, 마침내 집에서 쫓아내 버리고 말았다.

그 뒤는 별다른 사건 없이 세월이 흘렀다. 그들 부부는 여러 곳을 여행했다.

그런데 그 무렵의 일에서 한 가지 주의해야 할 사실이 있었다. 앙리에뜨가 나간 지 몇 달 뒤에 백작 부인은 한 통의 편지를 받고 깜짝 놀랐다.

마님

뭐라고 감사의 말씀을 드려야 할지 모르겠습니다. 그것을 보내주신 것은 마님이시겠지요. 마님 외에는 보내실 분이 없습니다. 제가 숨어 사는 이 벽촌의 집을 마님 말고는 알고 있는 사람이 없거든요. 만약 잘못 알고 있다면 용서해 주십시오. 그리고 바라건대, 마님이 옛날 베풀어 주신 친절에 대한 감사의 뜻을 받아주시기를……
……

그녀는 무엇을 말하려고 한 것일까? 현재 또는 과거의 부인의 친절이란 여러가지 심술궂은 일뿐이었다. 이 감사는 무엇을 의미하는 것일까?

설명을 요청받자 앙리에뜨는 이렇게 답해 왔다. 그녀는 등기도 환어음도 아닌 우편으로 1천 프랑짜리 지폐를 두 장 받았다는 것이다. 그 편지의 겉봉에는 파리 우체국 소인과 수취인의 주소와 이름만 씌어 있었는데, 분명히 가짜 필적이라는 것이었다.

이 2천 프랑은 어디서 온 것일까? 누가 보냈을까? 왜 보냈을까? 사법 당국에서는 수사를 해 보았다. 그러나 이 수수께끼에 대한 아무런 단서도 잡을 수 없었다.

이것과 똑같은 일이 12개월 뒤에 또 일어났다. 세 번, 네 번──6년 동안 해마다 있었으나 5년째와 6년째만은 금액이 두 배였다. 위급한 병에 걸려 있었던 앙리에뜨는 그 덕분에 충분히 요양할 수가 있었다.

또 하나의 풀리지 않는 어려운 문제──우체국에서는 그 중 한 통을 환어음이 아니라는 이유로 압수하고, 마지막 두 통은 규칙에 의해 보내어졌다. 한 통은 생제르망, 또 한 통은 쒈레느에서 보낸 것이었다. 발신인은 처음에는 앙끄티라고 서명되었고, 다음에는 뻬샤르라고 서명되어 있었다. 적혀 있는 주소는 가짜였다.

6년 뒤 앙리에뜨는 세상을 떠났다. 수수께끼는 풀리지 않은 채였다.

이상의 사건은 모두 아는 사실이다. 이 사건은 세상의 화제가 되었고, 목걸이의 기괴한 운명은 18세기 끝무렵의 프랑스를 뒤흔든 다음다시 720년 뒤에 역시 똑같은 흥분을 불러일으켰다. 그러나 내가 지금부터 이야기하려고 하는 것은 당사자들이나 백작이 절대로 입 밖에 내지 말아 달라고 부탁하여 몇몇 사람을 빼고는 아무도 모르고 있다. 이 친구들은 언젠가는 약속을 어길 터이므로 나는 비밀을 폭로하는 것을 사양치 않겠다. 그러면 사람들은 수수께끼를 푸는 열쇠와, 동시에 그저께 아침 신문에 실렸던 편지의 의미를 알게 되 것이다. 그 이상한 편지는 이 어두운 드라마에 한층 더 기묘한 그림자를 던져 주었다.

5일 전 일이다. 도르 스비즈 저택으로 점심 식사 초대를 받은 사람들 가운데는 남편의 조카딸이 둘, 이종 누이동생이 하나 있었다. 남자 손님으로는 에사빌 재판소장, 보샤스 대의원, 그리고 백작이 시실리아에서 알게 된 플로리아니 씨와 옛날 친구인 장군 루젤 후작 등이었다.

식사가 끝나자 부인들은 커피를 마셨고, 신사들은 살롱을 떠나지 않는다는 조건으로 담배를 피웠다. 모두들 잡담을 했다. 젊은 아가씨 한 명이 트럼프 점을 치면서 흥겨워했다. 화제는 우연히 유명한 범죄 사건으로 옮겨졌다. 그러자 백작을 곧잘 놀리곤 하는 루젤 씨가 목걸이 사건을 꺼냈다. 이것은 도르 씨가 가장 싫어하는 화제였다. 곧 저마다 의견을 내놓았다. 누구나 다 자기류의 예심을 시작했다. 모든 추정이 모순이었으므로 어느 것이나 다같이 불합격이었다.

"그럼, 당신의 의견은 어떠세요?" 백작 부인이 플로리아니 씨에게 물었다.

"글쎄요, 저에게 의견 같은 것은 없습니다. 부인."

사람들은 용납하지 않았다. 플로리아니는 팔레르모의 사법관인 아버지와 함께 관계했던 갖가지 사건을 조금 전에 이야기했던 참이므로, 이와 같은 문제에 대한 그의 판단력과 취향을 알 수 있었기 때문이다.

"솔직하게 말해서." 그는 말했다. "민완가라는 친구들이 포기한 문제도 저는 성공했습니다. 그러나 그렇다고 해서 셜록 홈즈인 체할 수는……더구나 나는 사건의 진상도 제대로 알지 못하고 있습니다."

사람들은 백작 쪽을 돌아보았다. 그는 마지못해 요점을 간추려 이야기하지 않을 수 없게 되었다. 플로리아니는 귀를 기울이더니 생각에 잠겨 있다가, 두어 마디 질문을 한 다음 중얼거렸다.

"이상해……언뜻 보기에는 진상을 꿰뚫는 것이 어렵지 않을 것 같은데."

백작은 몸을 움츠렸다. 그러나 다른 사람들은 플로리아니의 곁으로 무릎을 내밀며 다가앉았다. 그러자 그는 조금 단정적인 말투로 이야기하기 시작했다.

"일반적으로 범인을 찾아내기 위해서는 그 범죄가 어떤 방식으로 실행됐는가를 분명히 알아야만 합니다. 이 사건에 대한 제 생각은 아주 간단합니다. 왜냐하면 문제가 되는 것은 몇 가지 추정이 아니라 오직 한 가지, 엄밀하게 말해서 확실한 것 하나뿐이니까요. 그것은 범인이 거실 문이나 아니면 골방의 창문으로 침입했음에 틀림없다는 것입니다. 그런데 빗장을 건 문을 밖에서 열 수는 없습니다. 그러니까 범인은 창문을 넘어서 들어간 것입니다."

"잠겨 있었습니다. 조사할 때도 잠겨 있었지요."

도르 씨가 분명하게 잘라 말했다.

플로리아니는 도르 씨의 이야기에 상관하지 않고 계속해서 말했다.

"그러기 위해서는 범인은 부엌 쪽 부분과 창틀 사이에 널조각이나 사다리로 다리를 건너지르기만 하면 되었던 것입니다. 그리고 보석 상자를……."

"하지만 창문은 잠겨 있었다고 말하지 않았소!"

백작이 신경질적으로 소리쳤다.

이번에도 플로리아니는 대답을 하지 않으면 안되었다. 그는 그처럼 시시한 반대론은 문제가 아니라는 듯, 가라앉은 목소리로 침착하게 대답했다.

"창문은 잠겨 있었겠지요. 그러나 회전창이 있지 않았을까요?"

"어떻게 그것을 알고 계시죠?"

"그 시대의 저택에는 반드시 회전창이 있었습니다. 그렇지 않고서는 훔친다는 것을 설명할 수가 없습니다."

"회전창이 하나 있기는 있습니다. 그러나 다른 창과 마찬가지로 그것도 잠겨 있었습니다. 그래서 문제삼지 않았지요."

"그건 잘못입니다. 만약 주의해서 보셨다면 열려 있었다는 것을 알 수 있었을 것입니다."

"어째서지요?"

"그 회전창도 역시 아래쪽 가장자리에 고리가 달려 있으며, 철사로 열게 되어 있지요?"

"그렇습니다."

"그리고 그 고리는 창틀과 궤짝 사이에 달려 있지요?"

"그렇습니다. 하지만 어쩐지 납득이 가지 않는군요."

"이렇습니다. 유리창에 금이 가게 만들고는 무언가 도구, 이를테면 갈고리가 달린 쇠막대기를 넣어 고리에 걸고 그것을 아래로 끌어당겨서 연 것입니다."

백작은 코웃음을 쳤다.

"좋습니다! 좋아요! 그럴 듯하군요. 그런데 한 가지 사실을 잊고 있습니다. 그것은 유리창에는 금이 간 곳이 없었다는 겁니다."

"있었을 겁니다."

"그렇다면 보았겠지요."

"그러기 위해서는 주의를 기울여야 합니다. 주의하지 않은 거겠지요. 금이 간 곳이 반드시 있습니다. 없을 리가 없습니다. 퍼티(창유리 등의 접착제)를 따라, 물론 세로로."

백작은 일어섰다. 그는 매우 흥분한 것 같았다. 신경질적인 걸음걸이로 살롱 안을 두세 차례 돌더니, 플로리아니 곁으로 다가갔다.

"그날 이후, 그곳은 조금도 달라진 것이 없습니다…… 그 골방에는 아무도 들어가지 않았습니다."

"그렇다면 제 설명이 사실과 일치하는지 확인해 보실 수 있겠군요."

"당국이 확인한 사실과 전연 일치하지 않습니다. 당신은 아무것도 보지 못했고, 그리고 아무것도 모릅니다. 그런데도 불구하고 우리가 알고 있는 사실에 반대하시는군요?"

플로리아니는 백작의 짜증은 염두에도 두지 않는 듯 싱글벙글 웃었다.

"글쎄요, 저는 확인해 보시라고 말했을 따름입니다. 틀렸다면 틀린 점을 증명해 주십시오."

"지금 당장에라도……결국……당신의 확인 따위는……."

도르 씨는 혼자서 중얼거리더니 갑자기 밖으로 나갔다.

아무도 입을 열지 않았다. 마치 정말로 진상이 드러난 것처럼 불안스러운 마음으로 백작을 기다리고 있었다. 침묵은 계속되었다. 마침내 백작이 문을 열고 돌아왔다. 파랗게 질린 얼굴을 하고 이상하게 흥분해 있었다. 그는 떨리는 목소리로 말했다.

"실례했습니다. 이분이 한 말은 너무나도 뜻밖이었기에……저는 전혀 생각지도 못했던 일이라……."

부인이 초조한 듯이 물었다.

"말씀해 주세요……부탁이에요……어떻든가요?"

그는 더듬거리면서 말했다.

"금이 가 있었소……이분이 말한 바로 그 자리에……유리창에……."

그는 갑자기 플로리아니의 팔을 붙잡고 명령하는 듯한 투로 말했다.

"자, 계속해 주시오……지금까지는 당신이 말하신 대로라고 인정하지요. 그러나 아직 전부는 아닙니다……대답해 주시오……당신 생각으로는 그 다음 어떻게 됩니까?"

플로리아니는 가만히 팔을 뿌리친 다음, 잠시 뒤 이야기하기 시작했다.

"그런데 제 생각으로는 이렇습니다. 범인은 도르 부인이 그 목걸이를 하고 무도회에 간다는 것을 알고 집을 비운 사이에 다리를 놓았습니다. 그는 창 너머로 당신을 지켜보고 있었고 보석을 감추는 것을 보았습니다. 그리고 당신이 나가자 곧 유리창을 가르고 고리를 당겼던 것입니다."

"좋습니다. 그러나 회전창에서 밑에 있는 창문까지는 멀어서 손이 안 닿을 텐데요?"

"창문을 열지 않은 것은 회전창으로 들어갔기 때문입니다."

"말도 안됩니다. 회전창으로 들어갈 수 있을 만큼 마른 사람은 없습니다."

"그러니까 어른은 아닙니다."

"뭐라고요?"

"물론입니다. 어른에게 너무 좁다면 그건 어린아이지요."

"어린아이!"

"앙리에뜨에겐 아들이 있었지요?"

"네, 그렇습니다……라우르라는 이름이었지요."

"훔친 것은 그 라우르일 겁니다."

"아니, 증거라도 있습니까?"

"증거?……증거가 있지요……이를테면…….."

그는 말을 끊고 잠시 생각에 잠겼다. 그런 다음 계속했다.

"이를테면 그 다리입니다. 아이가 그것을 밖에서 가져왔다가 다시 가져갔다고 하면, 들키지 않았다고는 생각할 수 없습니다. 가까이에 있는 뭔가를 이용했음에 틀림없습니다. 앙리에뜨의 부엌에는 남비를 올려놓는 널빤지가 벽에 걸쳐져 있지 않았습니까?"

"분명히 두 장 있었다고 생각합니다."

"그 널빤지가 밑에 받치고 있는 지주에 못질이 되어 있었는지 확인할 필요가 있습니다. 그렇게 되어 있지 않다면 아이가 그 두 장을 떼어다가 이었다고 생각할 수 있습니다. 게다가 아궁이가 있다면 으레 있을 불 젓는 쇠막대기를 사용해서 회전창을 열었을 것입니다."

백작은 아무 말도 하지 않고 밖으로 나갔다. 이번에는 사람들도 아까처럼 미지의 것에 대한 불안을 느끼지는 않았다. 그것은 플로리아니의 예상이 옳다는 것을 확신하고 있었기 때문이다. 이 사나이는 확실하다는 인상을 주었기 때문에 사람들은 그가 사실에서 사실로 추리를 하고 있는 것이 아니라, 그 말이 옳다는 것을 하나하나 검증할 수 있는 사건에 대해 이야기하고 있기나 하듯 그의 말에 귀를 기울였다.

그래서 백작이 돌아와 이렇게 말했을 때도 사람들은 전혀 놀라지 않았다.

"분명히 그 아이입니다. 그 아이가 틀림없습니다. 모든 것이 증명하고 있습니다."

"널빤지를…… 불 젓는 쇠막대기를 보셨습니까?"

"보았습니다……널빤지는 못질이 되어 있지 않았고……불 젓는 쇠막대기도 아직 그대로 있습니다."

도르 스비즈 부인이 소리쳤다.

"그 아이였다고요? 그보다도 어머니 쪽이에요. 죄가 있는 것은 앙리에뜨 혼자예요. 틀림없이 그 여자가 아들에게…… ."

그때 플로리아니가 잘라 말했다.

"어머니는 관계없습니다!"

"하지만 두 사람은 한방에 살고 있었어요. 아이는 앙리에뜨를 속이고 행동할 수 없었을 거예요."

"같은 방에 살고 있어도 모든 일은 밤에, 어머니가 자고 있을 때 옆방에서 일어났던 것입니다."

"그래서 목걸이는?" 백작이 말했다. "아이가 가진 물건 사이에라도 끼어 있던가요?"

"천만에요! 아이는 밖에 나다니고 있었지요! 당신이 책상 앞에 아이가 있는 것을 보았던 그날 아침은 학교에서 막 돌아왔던 길입니다. 그러니까 경찰은 죄없는 어머니를 조사할 게 아니라 아이의 책상 속이나 교과서 사이를 찾는 편이 좋았을 겁니다."

"좋습니다. 그러나 앙리에뜨가 해마다 받고 있었던 그 2천 프랑은 어머니도 공범이었다는 증거가 아니고 무엇이겠습니까?"

"공범이었다면 그 돈에 대해 감사하다는 편지 같은 것을 썼을까요? 더구나 그녀는 감시를 받고 있지 않았습니까? 그러나 아이 쪽은 자유로워 가까운 거리까지 얼마든지 달려가 고물상과 연락을 취해 다이아몬드 한두 알 헐값으로 팔아 넘기는 일쯤은 얼마든지 할 수 있었지요……다만 송금은 파리에서 한다는 조건을 붙여서, 이렇게 하여 다시 다음해에도 되풀이하는 것이지요."

무어라 말할 수 없는 불안한 생각이 도르 스비즈 부부와 손님들을 짓눌렀다. 사실 플로리아니의 말투나 태도에는 처음부터 백작을 초조하게 만든 확신과는 다른 무엇이 있었다. 어쩐지 빈정거리는 듯한 투였다. 호의적이나 우정적이라기보다는 오히려 회의를 품은 익살이 있었다. 백작은 억지로 웃음을 지으며 말했다.

"참으로 재미있는 이야기. 좋습니다요! 놀라운 상상력이로군요."

"아니, 천만에." 플로리아니는 진지한 얼굴로 외쳤다. "상상이 아닙니다. 그 무렵의 상황을 이야기했을 뿐입니다."

"뭘 알고 계십니까?"

"당신이 스스로 말씀하신 걸 말입니다. 그 벽촌의 어머니와 아들의 생활을 생각했습니다. 병을 앓고 있는 어머니, 보석을 팔아서 어머니를 구할까──적어도 마지막 괴로움을 덜어 주려고 한 소년의 계획과 연구를 생각했습니다. 병은 점점 나빠져 갑니다. 어머니는 죽습니다. 몇 년이 흐릅니다. 소년은 성장하여 어른이 됩니다. 그리고 그때──이번에는 제가 마음껏 상상하고 있다는 것을 인정합니다──그 어른이 어린시절을 보낸 장소가 보고 싶어 돌아와서는 어머니에게 혐의를 두고 나쁘게 말했던 사람들을 다시 만났다고 가정해 봅시다. 사건이 전개되었던 낡은 저택에서의 이러한 만남에 얼마나 심각한 흥미를 가지는지 아십니까?"

그의 말은 섬뜩한 침묵 속에 울렸다. 그리고 도르 부부의 얼굴에는 이해하려는 노력과 동시에 이해하는 일의 공포, 고뇌 같은 것을 읽을 수 있었다. 백작은 중얼거렸다.

"대체 댁은 누구요?"

"저요? 시실리아에서 사귀어 이미 몇 차례나 댁에 초대받았던 플로리아니입니다."

"그렇다면 지금의 이야기는 무슨 뜻입니까?"

"아니, 아무것도 아닙니다. 농담을 좀 했을 뿐이지요. 앙리에뜨의 아들이 만약 아직 살아 있어서 단독 범행이었다, 그것은 어머니가 하녀의 일자리를 잃을 만큼 불행했기 때문에, 자식으로서 어머니의 불행을 보고 있을 수만은 없었기 때문이었다고 당신에게 말할 수 있다면 얼마나 기쁠까 하고 상상했을 뿐입니다."

그는 절반쯤 허리를 폈다가 백작 부인 쪽으로 몸을 굽히고서 흥분을 억누르며 말하고 있었다. 이제 의심할 여지가 없다. 플로리아니는 앙리에뜨의 아들임에 틀림없었다. 그의 태도나 말, 모든 것이 그것을 이야기해주고 있었다. 뿐만 아니라 그렇게 생각해 주는 것이 분명히 그의 목적, 오히려 그가 바라는 바가 아니었을까?

백작은 망설였다. 이 대담무쌍한 인물에 대해 어떤 태도를 취해야 할까? 벨을 누를까? 소동을 일으킬까? 옛날 목걸이를 훔친 녀석의 가면을 벗길까? 그러나 꽤 오래된 옛날 일이다! 더구나 누가 이와 같이 어처구니없는 범죄 소년의 이야기를 믿을 것인가. 아니, 진실한 내용에 대해서는 눈치채지 못한 체하고 내버려 두는 편이 좋을 것이다. 그래서 백작은 플로리아니의 곁으로 가서 명랑하게 소리쳤다.

"정말 재미있군요. 당신의 소설은 꽤 흥분시키는데요. 그런데 당신 생각으로는 선량한 청년, 그 모범적인 아들은 어떻게 되었습니까? 도중에 붙잡히지는 않았겠지요?"

"그야 물론 붙잡히지 않았지요."

"그렇겠지요. 그러한 데뷔라면! 여왕의 목걸이, 마리 앙뜨와네뜨가 갖고 싶어하던 목걸이를 6살 때 훔쳤으니……."

"더구나 그 훔치는 방법이야말로 뛰어났지요." 플로리아니는 백작의 농담에 맞장구를 치면서 말했다. "아무도 유리창의 상태를 조사하려고도 하지 않았고, 창가의 두꺼운 먼지를 털고 지나간 자취를 알 수 없게 했는데도 너무 지나치게 깨끗하다는 것을 조금도 깨닫지 못했지요. 그런 식으로 문제없이 해치운 겁니다……조그마한 어린아이로서는 여간 고생스러운 일이 아니었겠죠. 그것이 쉬운 일이었을까요? 훔치려고 생각하고 그냥 손만 내밀면 되었을까요……어쨌든 훔치려고 생각하고……."

"손을 내밀었다."

"두 손을." 플로아리니는 웃으면서 덧붙였다.

소름이 끼쳤다. 이 자칭 플로리아니의 생활은 어떠한 비밀을 감추고 있는 것일까? 6살 때 천재적인 방법으로 목걸이를 훔쳐 냈던 이 사기꾼이 오늘은 스릴을 느끼려는 흥미에서인지, 아니면 원한을 풀기 위해서인지 대담하게도, 그러나 조금도 빈틈없는 신사로 피해자의 저택을 방문하다니, 이 얼마나 엉뚱한 생각인가!

그는 자리에서 일어나 작별을 하려 백작 부인 곁으로 다가갔다. 백작 부인은 뒷걸음질치려고 했다. 그는 싱긋벙글 웃었다.

"부인, 무서워하시는군요! 그러고 보니 아마추어 연극이 좀 지나쳤던 것 같군요."

부인은 마음을 돌이켜 약간 놀랐다는 듯이 재치있는 대답을 했다.

"그럴 리가 있나요. 그것보다 효자 아들의 이야기는 퍽 재미있었어요. 제 목걸이가 그처럼 훌륭한 운명의 계기가 되었다는 것은 기쁜 일이에요. 하지만 그……여자, 앙리에뜨의 아들은 태어났을 때부터 그런 소질이 있었다고 생각하시지는 않으요?"

그는 빈정거림을 느끼고 움찔했으나, 곧 대답했다.

"저도 그렇게 생각하고 있습니다. 소년이 조금도 후회하지 않는 것은 어지간히 그런 소질이 있었음에 틀림없다고."

"어떻게 그런 걸?"

"그렇습니다. 아시겠지요? 보석의 대부분은 가짜였던 것입니다. 진짜는 영국인 보석상한테 산 다이아몬드 몇 개뿐이고, 다른 것은 생활에 쫓겨 하나씩 팔아치웠던 것입니다."

"하지만 여왕의 목걸이였어요." 부인은 거만하게 대답했다. "그것은 앙리에뜨의 아들도 알지 못했던 모양이지요?"

"부인, 소년에게는 가짜이건 진짜이건, 목걸이는 무엇보다 우선 장식품, 간판이라는 사실이 중요했을 겁니다."

도르 씨가 격한 몸짓을 했다. 부인이 그것을 말렸다.

"하지만 당신이 말씀하신 그 사나이가 만일 얼마쯤이라도 수치를 알고 있다면……."

그녀는 플로리아니의 냉정한 시선이 두려워 말을 끊었다. 그가 되풀이하여 말했다.

"만일 얼마쯤이라도 수치를 알고 있다면……."

부인이 이런 식으로 이야기해 봐야 소용없으리라고 느꼈으므로 자존심이 상하여 화가 났지만, 정중한 말투로 말했다.

"전해지는 말에 의하면 레또 드 비레뜨는 여왕의 목걸이를 구하여, 그 다이아몬드를 잔느 드 바로아와 함께 하나하나 분해했을 때 똬리쇠에는 전혀 손을 대지 않았다고 합니다. 다이아몬드는 장식품이 아니고 부속품에 지나지 않으나, 똬리쇠는 소중한 작품이며 예술가의 창작이라는 것을 알고 있었던 것입니다. 그래서 소중히 했던 거예요. 그 사나이가 그것을 알고 있었다고 생각하세요?"

"똬리쇠가 남아 있다는 건 저도 의심치 않습니다. 소년은 그것을 소중히 했을 겁니다."

"그렇다면 만일 당신이 그 사나이를 만나게 되거든 명문의 보배인 이러한 유품을 소유하고 있는 것은 부당하다고, 그리고 보석은 빼냈다 하더라도 여왕의 목걸이는 역시 도르 스비즈 집안의 것이라고 말씀해 주세요. 그 물건은 저희 이름이나 명예와 마찬가지로 저희들의 것입니다."

플로리아니는 시원스럽게 대답했다.

"그렇게 말하지요, 부인."

그는 부인에게 머리를 숙이고 백작에게 인사를 한 다음, 한자리에 있던 사람들에게 차례차례 인사한 뒤 밖으로 나갔다.

그리고 나흘 뒤 도르 부인은 거실의 테이블 위에서 추기경의 문장이 든 빨간 보석상자를 발견했다. 그녀는 그것을 열었다. 그것은 '수인 여왕이 갇혔을 때의 목걸이'였다.

그러나 이치와 도리에 신경을 쓰게 되는 인간 생활에서 모든 사물

은 동일한 목적을 따르지 않으면 안되므로——또한 얼마쯤의 선전은
결코 해롭지 않으므로——다음날 〈에꼴 드 프랑스〉지에는 다음과
같은 센세이셔널한 기사가 실렸다.

　이전에 도르 스비즈 집안에서 도둑맞았던 유명한 보석 '여왕의
목걸이'는 아르센 뤼뺑에 의해서 발견되었다. 아르센 뤼뺑은 곧 그
것을 정당한 소유자에게 돌려 주었다. 이 기사도적이고 자상한 배
려는 칭찬하지 않을 수 없는 것이다.

〈하트 7〉

"당신은 어떻게 해서 뤼빵과 알게 되었소?"

나는 곧잘 이와 같은 질문을 받았다.

내가 그를 알고 있다는 것은 누구도 의심하지 않는다. 나는 이 터무니없는 인물에 대해 세밀한 점까지 잘 알고 있다. 반박할 여지가 없다는 사실을 적고 있다. 새로운 수많은 증거를 내놓는다. 사람들이 겉으로 드러나는 점만을 보고 은밀한 이유며 눈에 보이지 않는 계략을 알아채지 못하는 몇 가지 행위에 대해서도 해석을 해준다. 이상의 것이 친밀하다고까지는 말할 수 없을는지 모르나, 그러한 일은 뤼빵의 생활 그 자체로 보더라도 불가능했다. 적어도 친구로서의 교제며 연속적인 밀담이 오고감을 증명해 주는 것이다.

그러나 어떻게 해서 나는 그를 알게 되었는가, 그리고 그의 전기작가가 되는 영광을 누리게 되었는가, 다른 사람이 아닌 바로 내가 말이다.

대답은 간단하다. 그것은 완전히 우연에 의한 것으로 나의 공적은 결코 아니었다. 우연히 아르센 뤼빵과 만나게 되었던 것이다. 그의 가장 기괴하고 가장 불가사의한 사건 중 하나에 관련을 갖게 된 것이 우연이라면, 그가 훌륭하게 연출한 드라마——그것을 이야기하려 할 때마다 얼마쯤 질려 버릴 만큼 파란만장하고 불가사의하며 복잡한 드라마에 출연한 것도 역시 우연이었다.

제1막은 크게 화제가 되었던 6월 22일부터 23일에 걸친 밤에 일어났다.

미리 양해를 구해 두지만, 내가 그때 취한 몹시 이상한 태도는 집으로 돌아갈 때 느낀 매우 특이한 기분 탓이었다고 생각한다. 나는 친구들과 레스토랑 라카스카드에서 저녁을 먹었다. 그리고 그날 저녁 집시의 오케스트라가 음침한 왈츠를 연주하고 있는 동안 우리는 담배를 피우면서 무서운 범죄의 음모에 대해 이야기를 나누었다. 잠자기 전에 이런 이야기를 하는 것은 좋지 않은 일임에 틀림없다.

생 마르땅 부처는 자동차로 돌아갔다. 장 더스프리——붙임성있고 태평한 장 더스프리는 반년 뒤 모로코의 국경에서 비참한 자살을 했다——와 나는 어둡고 무더운 밤길을 걸어서 돌아왔다. 내가 1년 전부터 살고 있던 뉴이의 마이요 거리에 잇닿아 있는 조그마한 저택 앞에 이르자 그가 말했다.

"자네는 무섭지 않나?"

"무슨 소리인가?"

"이 집은 한 채만 덩그머니 떨어져 있지 않나! 이웃도 없고……빈터……나도 겁쟁이는 아니지만, 그러나…….."

"아니, 여보게, 자네는 대담한 편이 아닌가."

"아닐세. 난 지금 안절부절못하고 있어. 생 마르땅 부처가 강도 이야기를 해서 기분이 나빠졌나 보네."

그는 나와 악수를 하고 사라졌다. 나는 열쇠를 꺼내어 문을 열었다.

"뭐야!" 나는 중얼거렸다. "앙뜨와느가 불 켜는 것을 잊어 버렸군."

나는 생각해 냈다. 하인 앙뜨와느는 집에 없었다. 휴가를 주었던 것이다.

순간 어둠과 정적이 기분나쁘게 느껴졌다. 나는 손으로 더듬으며 서둘러 거실로 올라가 평소와는 달리 문을 잠갔다. 그리고 전등을 켰다.

방 안이 밝아지자 나는 냉정함을 되찾았다. 그러나 만일을 위해 피스톨의 벨트를 풀었다. 구경(口徑)이 긴 대형 피스톨이었다. 나는 피스톨을 침대 옆에 놓았다. 이 행동이 나를 안심시켰다. 나는 잠을 청하기 위해 늘 하던대로 나이트 테이블 위에 놓아 두는 책을 집어들었다.

나는 깜짝 놀랐다. 전날 밤 읽다가 만 표시로 끼워 두었던 페이퍼 나이프 대신 편지 한 통이 끼워져 있었는데 다섯 군데나 봉랍이 되어 있었다. 나는 얼른 그것을 집었다. 내 이름이 정확하게 씌어 있고, 한옆에 '지급'이라고 되어 있었다.

편지! 내 앞으로 보낸 편지! 누가 이 책에 넣어 두었을까? 나는 조금 초조해 하면서 편지를 뜯어 읽어 내려갔다.

이 편지를 펼친 순간부터는 무슨 일이 일어나든 어떤 소리가 들리든 움직이지 마라. 꼼짝도 하지 마라. 소리치지도 마라. 그렇지 않으면 몸이 파멸될 줄 알라.

나 역시 겁쟁이는 아니다. 남들처럼 진정한 위험과 맞설 수도, 상상력을 위협하는 가공의 위험을 무시할 수도 있었다. 그러나 되풀이해서 말하지만 그때의 나는 동요하기 쉬운 이상한 기분에 싸여 초조해 하고 있었다. 그런데다 이러한 일이 생긴다면 아무리 대담한 사람이라도 동요하지 않을 수 없을 것이다.

편지지를 잡은 내 손이 떨고 있었다. 눈은 협박하는 글귀를 몇 번이나 되풀이해서 읽고 읽었다. '꼼짝도 하지 마라……소리치지도 마라……그렇지 않으면 몸이 파멸될 줄 알라…….'

'뭐야 시시한 농담이군. 속이 빤히 들여다보이는 어릿광대 짓이란 말이야.' 나는 생각했다.

나는 웃음이 터져나올 것 같았다. 하마터면 큰 소리로 웃을 뻔했다. 그런데 무엇이 그것을 방해했을까? 어떤 막연한 공포가 내 목을 누르고 있었던 것일까?

아무튼 전등만이라도 끄고 싶었다. 그러나 끌 수가 없었다. '꼼짝도 하지 마라……그렇지 않으면 몸이 파멸될 줄 알라'고 씌어 있었던 것이다.

뚜렷한 사실보다 더 강한 힘을 가질 수 있는 이런 자기 암시와 싸워 보아야 무슨 소용이 있을까? 눈을 감을 수밖에 없었다. 나는 눈을 감았다.

그때 정적 속에서 희미한 소리가 났다. 그 다음 바스락거리는 소리가 들려왔다. 이 방과 큰방 사이에는 또 하나의 방이 있다.

현실의 위험이 다가옴으로 나는 흥분했다. 일어나서 피스톨을 들고 큰방으로 달려가고 싶었다. 그러나 일어나지 않았다. 눈 앞에서 왼쪽 창문 커튼이 움직인 것이다. 의심할 여지도 없었다. 움직인 것이다. 아직도 움직이고 있다! 그리고 나는 보았다. 분명히 보았다. 커튼과 창문 사이의 좁은 공간에 사람의 모습이 있었다. 그 몸의 부피로 커튼의 천이 부풀어올라 있었다.

그 사람도 나를 보고 있었다. 성긴 천을 통해 보고 있는 것이 틀림없다. 그제야 나는 모든 것을 알게 되었다. 다른 패거리들이 훔친 물건을 나르는 동안 이 자는 나를 지키는 역할을 맡고 있는 것이다. 일어날까? 피스톨을 집을까? 안돼……그 녀석이 보고 있다! 조금이라도 움직이거나 외치거나 하면 몸이 파멸될 것이다.

굉장한 소리가 집을 흔들고, 계속해서 쇠망치로 두들기는 듯한 소리가 여기저기서 들려왔다. 나의 혼란스러운 머릿속에서 그렇게 생각되었다. 그뿐만 아니라 다른 소리도 섞여 있었는데, 그 법석으로 보아 이 패거리들은 태연하게 마음 푹 놓고 행동하는 것 같았다.

할 수 없다. 나는 꼼짝도 하지 않고 있었다. 그것은 비겁한 일이었을까? 아니, 오히려 망연자실, 손발 하나 꼼짝할 수조차 없었다. 그것은 또한 현명한 처사이기도 했다. 격투를 해봐야 무엇하겠는가? 이 사나이의 배후에는 열 명도 더 있어서 그가 부르면 곧 달려올 것이다. 벽걸이와 골동품 몇 개를 구해 내기 위해 생명의 위험을 무릅쓸 필요가 있을까?

이 괴로움은 하룻밤 내내 계속되었다. 견딜 수 없는 고통과 무서운 괴로움! 소리는 그쳤으나, 다시 시작할 것만 같았다. 더구나 그 사나이, 무기를 들고 나를 지키고 있는 사나이! 나는 겁에 질린 눈을 그에게서 떼지 않았다. 가슴이 두근거렸고, 땀이 이마와 몸 전체에서 흘렀다.

갑자기 무어라 말할 수 없이 편안한 마음이 되었다. 귀에 익은 우유 장수의 수레바퀴 소리가 큰길을 지나간 것이다. 동시에 나는 새벽녘의 빛이 창틈으로 새어들어 어둠에 섞이고 있다는 것을 깨달았다.

방 안이 밝아졌다. 다른 차들도 지나가기 시작했다. 밤의 유령들은 모두 물러갔다.

나는 천천히 그리고 살그머니 테이블 쪽으로 팔을 뻗었다. 눈 앞에서는 아무것도 움직이지 않았다. 나는 커튼 주름——겨냥해야 할 정확한 장소에 눈길을 보냈다. 정확하게 표적을 맞춘 다음 재빨리 피스톨을 쥐고 쏘았다.

나는 기쁨의 소리를 지르며 침대에서 뛰어내려 창문의 커튼으로 달려갔다. 천에 구멍이 뚫려 있었다. 유리창에도 구멍이 뚫려 있었다. 그러나 아무도 맞히지는 못했다……아무도 없었던 것이다.

아무도 없었다! 나는 하룻밤 내내 커튼의 주름에 속았던 것이다. 그리고 그동안 악한들이……나는 몹시 화가 나서 열쇠로 문을 열고, 방을 지나 또다른 문을 연 다음 큰방으로 뛰어들어갔다.

나는 어안이 벙벙하여 문지방 위에 우뚝 서고 말았다. 간담이 서늘하여, 숨을 헐떡였다. 아까 사나이가 없다는 것을 알았을 때보다 한층 더 놀랐다. 아무것도 없어지지 않았던 것이다. 가구, 그림, 벨벳, 세공을 한 비단, 훔쳐 갔다고 생각했던 모든 것들이 본디 자리에 그대로 있지 않은가!

이해할 수 없는 광경이었다! 나는 자신의 눈을 믿을 수가 없었다. 그렇다면 그 소리, 이사할 때처럼 요란하던 소리는? 나는 방 안을 한 바퀴 둘러본 다음 벽을 살피며 눈에 익은 물건들을 세어 보았다. 아무것도 없어지지 않았다. 무엇보다 당황한 것은 악한들이 들어왔던 흔적이 전혀 없었다. 의자 하나 옮겨져 있지 않았고 발자국 하나 나 있지 않았다.

'이게 어찌 된 일인가.' 나는 머리를 두 손으로 감싸안고 생각했다. '내가 미친 건 아닐 테고, 분명히 들었는데…….'

나는 더욱 주의를 기울여 방 안을 샅샅이 살펴보았다. 헛일이라기보다는 오히려——그러나 이런 것을 발견이라 할 수 있을는지? 방 바닥에 깔려 있던 조그만 페르시아 융단 아래서 트럼프 카드를 한 장 주웠던 것이다. 그것은 프랑스에서 흔히 사용하는 평범한 트럼프의 하트 7이었다. 다만 조금 이상한 점이 주의를 끌었다. 하트의 모양을 한 7개의 빨간 마크 맨 끝에 모두 구멍이 뚫려 있었다. 송곳 끝으로 뚫은 것처럼 단정하고 동그란 구멍이었다.

그뿐이었다. 한 장의 트럼프와 책갈피 사이에 끼워 둔 한 통의 편지, 그밖에는 아무것도 없었다. 이 두 가지가 내가 꿈을 꾼 것이 아니라는 증거로 충분할까?

나는 하루 종일 거실에서 조사를 계속했다. 좁은 저택에 비해 어울리지 않게 넓은 방이었는데, 장식은 설계자의 기괴한 취향을 말해 주고 있었다. 바닥은 대칭무늬를 그린 잡다한 자갈의 모자이크로 되어 있었다. 벽도 흔히 벽에 붙이는 판자 대신 바닥과 같은 무늬의 모자이크로 되어 있었다. 폼페이며 비잔틴 중세기의 벽화를 흉내낸 것이다. 바쿠스가 술통에 올라앉아 있었다. 그리고 황금관을 쓰고 훌륭한 수염을 기른 황제가 오른손에 칼을 쥐고 있었다.

맨 위쪽에 아뜰리에 식으로 된 커다란 창이 하나 있었다. 이 창은 밤에도 늘 열어 놓고 있으므로 괴한들은 그곳으로 사다리를 타고 들어왔을 것이다. 그러나 거기에도 아무런 증거가 없었다. 사다리의 다리가 안뜰의 흙 위에 자국을 남겼을 것 같은데 그런 흔적은 전혀 없었다. 저택 둘레에 있는 빈터의 풀이 짓밟혀 있을 듯한데 그런 모양 역시 볼 수가 없었다.

사실을 말하자면, 나는 경찰에 신고할 생각은 조금도 없었다. 설명하지 않으면 안될 사실이 그처럼 종잡을 수가 없고 우스꽝스러웠기 때문이다. 그런 이야기를 하면 웃음을 살 뿐이다. 그런데 다음 다음 날은 그 무렵 내가 기고하고 있던 〈질 브라스〉지에 시평을 쓰는 날이었다. 나는 이 사건을 머리에서 떨쳐 버릴 수가 없었으므로 그것에 대해 자세히 썼다.

그 기사는 읽히지 않았던 것은 아니었다. 그러나 독자들은 그것을 진지하게 받아들이지 않았으며, 실화가 아닌 창작이라고 여긴 것이 분명했다. 생 마르땅 부처는 나를 놀렸다. 이러한 문제에 견식이 있는 더스프리는 나를 찾아와 자세한 사정 이야기를 듣고 함께 연구했으나, 역시 성공하지 못했다.

그런데 며칠 뒤인 어느 날 아침, 벨이 울렸다. 앙뜨와느가 손님이 찾아왔다고 알려 왔다. 방문객은 이름을 말하지 않았다. 나는 그를 맞아들였다.

40살쯤 되어 보이는 사나이로 짙은 갈색 머리에 정력적인 얼굴이었다. 오래 입어서 낡은 옷이긴 하나 깨끗하여 품위있게 보였는데 예의에 벗어난 태도와 아주 대조적이었다.

그는 단도직입적으로 말했다. 목쉰 소리로, 말투는 그다지 사회적 지위가 높지 않다는 것을 나타내고 있었다.

"여행 중에 다방에서 질 브라스 지가 눈에 띄었지요, 쓰신 걸 보았습니다. 몹시 흥미가 끌리더군요……."

"고맙습니다."

"그래서 찾아온 것입니다."

"그래요?"

"이야기를 하기 위해서지요, 쓰신 건 모두 정확합니까?"

"정확합니다."

"단 한 마디도 꾸며낸 것은 없지요?"

"없습니다."

"그렇다면 저는 무언가 참고될 만한 이야기를 할 수 있으리라고 생각합니다."

"말씀해 보십시오."

"안됩니다."

"아니, 안된다고요?"

"이야기를 하기 전에 그것이 정확한가 확인하지 않으면 안됩니다."

"어떤 방법으로 확인하시려는 것입니까?"

"그 방에 저 혼자 있을 필요가 있습니다."

나는 놀라서 그를 지켜보았다.

"이유를 모르겠는데요……."

"그것은 제가 당신이 쓴 것을 읽고 생각한 일입니다. 여러 가지 점에서, 우연히 제가 알고 있는 어느 사건과 정말 아주 비슷합니다. 만일 제가 잘못 생각한 것이라면 잠자코 있는 편이 좋겠지요. 그것을 확인하는 유일한 방법은 저 혼자 있는 일입니다……."

이렇게 말하는 뒤에는 무엇이 숨어 있는 것일까. 나중에 다시 생각해 보니, 사나이는 그때 왠지 불안하고 걱정스러운 듯한 표정을 하고 있었다. 아무튼 나는 조금 놀라기는 했으나, 그의 요구를 특별히 부자연스럽다고는 생각지 않았다. 더구나 나에게 그것은 자극이 되는 재미있는 일이었다.

나는 대답했다.

"좋습니다. 시간은 어느 정도?"

"뭐, 단 3분이면 됩니다. 3분 뒤에는 뵙게 될 것입니다."

나는 방을 나왔다. 아래층에서 시계를 보고 있었다. 1분이 지났다. 2분……대체 왜 이렇게 답답한 느낌이 드는 것일까? 어째서 이 순간이 여느 때보다도 중대하게 느껴지는 것일까?

2분 30초……2분 54초…… 별안간 피스톨 소리가 났다.

나는 황새걸음으로 계단을 뛰어올라 방으로 달려들어갔다. 나도 모르게 공포의 외침 소리가 튀어나왔다.

사나이는 방 한복판에 아래를 왼쪽으로 두고, 꼼짝도 하지 않고 누워 있었다. 머리에서는 비어져나온 뇌수에 섞여 피가 흘러내렸다. 오른손 곁에는 아직도 연기가 피어오르는 피스톨이 떨어져 있었다.

사나이는 꿈틀꿈틀했다. 그뿐이었다.

그러나 이 무서운 광경보다 한층 더 두려운 무엇인가가 나의 마음을 붙들었다. 그것이 나로 하여금 곧 사람을 부르지 못하게 했다. 나는 사나이가 숨을 쉬고 있는지 확인하기 위해 몸을 굽히려고조차 하지 않았다. 사나이의 바로 옆에 하트 7이 있었던 것이다!

나는 그것을 주워들었다. 7개의 빨간 하트 맨 끝에 구멍이 뚫려 있었다.

30분 뒤 뉴이의 경찰서장이 왔다. 그 다음 검시 의사, 그리고 보안부장 듀이 씨. 나는 시체를 건드리지 않으려 주의했다. 검시의 방해가 되어서는 안되기 때문이었다.

검시는 곧 끝났다. 하기야 처음에는 아무것도, 거의 아무것도 발견하지 못했다. 죽은 사람의 주머니에는 서류도 없었고, 옷에는 이름도 없었으며, 속옷에 머리글자도 없었다. 요컨대 신원을 확실하게 할 만한 단서는 하나도 없었다. 방 안은 그전과 마찬가지로 가지런했다. 가구는 옮겨지지 않았고, 물건도 본디 자리에 놓여 있었다. 그러나 이 사나이는 자살하기 위해 나의 집이 다른 집보다 형편이 좋은 것 같아 온 것은 아닐 것이다. 뭔가 이유가 있어 이 절망적인 행위를 결심했을 것이다. 그 이유는 바로 그가 혼자서 보낸 3분 동안에 알게 된 새로운 사실의 결과였음에 틀림없다.

어떤 사실? 무얼 보았을까? 무엇이 있었을까? 어떤 두려운 비밀을 발견한 것일까? 도무지 추측할 수가 없었다.

그러나 마지막 순간이 되자 상당히 관계가 있는 듯한 일이 일어났다. 두 경찰관이 들것으로 옮기기 위해 시체를 들어올리려고 몸을 굽혔을 때, 그때까지 경련을 일으키며 꼭 쥐고 있던 왼손이 벌려지면서 구겨진 명함이 한 장 나왔다.

그 명함에는 죠르즈 안데르마뜨, 베리 거리 37번지라고 적혀 있었다.

 이것은 무엇을 뜻하는 것일까? 죠르즈 안데르마뜨는 파리의 대은 행가로, 프랑스의 금속공업을 크게 발전시킨 금속 은행의 창립자이며 또한 우두머리이기도 했다. 호화로운 생활을 하고 있었으며, 네 필의 말이 끄는 마차와 자동차와 경마용 말을 갖고 있었다. 화려한 연회를 자주 열었고, 안데르마뜨 부인은 우아함과 미모로 널리 평판이 나 있 었다.

 "이 사나이의 이름일까?" 내가 중얼거렸다.

 보안부장이 들여다보더니 말했다.

 "아닙니다. 안데르마뜨 씨는 얼굴빛이 푸르스름하고 머리가 희끗희 끗합니다."

 "그럼 이 명함은?"

 "전화가 있지요?"

 "네, 현관에 있습니다. 안내해 드리지요."

 그는 전화 번호부를 조사하여 베리 국 1521번을 불렀다.

 "안데르마뜨 씨는 댁에 계십니까? 전 듀이입니다. 빨리 안데르마 뜨 씨에게 마이요 거리 102번지로 와 주십사고 전해 주십시오. 급 한 일입니다."

 20분 뒤, 안데르마뜨 씨가 승용차에서 내렸다. 오게 한 이유를 설 명하고 그를 시체 앞으로 안내했다.

 순간 그는 섬뜩하여 얼굴을 찌푸리더니 무의식적으로 나지막하게 말했다.

 "에띠엔느 바랑이로군."

 "아십니까?"

 "아니……잠깐……본 적이 있을 뿐이오. 이 사나이의 형이……."

 "형제가 있습니까?"

"네, 알프레드 바랑이라고……요전에 그 형이 나한테 무슨 부탁을 하러 왔었는데……무슨 일이었는지는 잊어 버렸습니다."

"주소는?"

"동생과 함께 살고 있습니다. 프로방스 거리라고 기억합니다만……."

"이 사나이의 자살에 대해 뭔가 짐작되시는 점은 없습니까?"

"조금도 없습니다."

"이 사나이는 이 명함을 손에 쥐고 있었는데, 주소도 성명도 당신의 것이었습니다."

"전혀 까닭을 알 수가 없군요, 정말이지 우연한 일입니다. 예심에서 확실해지겠지요."

어쨌든 나는 기묘한 우연이라고 생각되었다. 다른 사람들도 모두 그런 인상을 받았다는 것을 느꼈다.

나는 그 인상을 다음날 신문에서도, 그리고 내가 이 사건에 대한 이야기를 들려주었던 친구들한테서도 느낄 수 있었다. 일곱 군데에 구멍이 뚫린 하트 7을 이상하게도 두 번이나 발견한 다음, 그리고 나의 집을 무대로 한 두 번의 사건이 있은 다음, 나는 막연하지만 불가사의한 소용돌이 속에서 어쩐지 이 명함이 실마리가 될 것 같았다. 명함 덕분에 진상을 알 수 있게 될 것 같았다.

그러나 예상과는 달리 안데르마뜨 씨에게서는 아무런 힌트도 얻을 수 없었다.

"알고 있는 것은 모두 말씀드렸습니다." 그는 덧붙여 말했다. "이 이상은 저도 어쩔 수가 없습니다. 이 명함이 그의 손에 쥐어져 있었다는 것에 대해서는 저도 어느 누구보다 놀랐습니다. 다만 여러분과 마찬가지로 이 점이 분명해지기를 바라고 있을 뿐입니다."

이 점은 분명해지지 않았다. 조사 결과 밝혀진 것은, 바랑 형제는 본디 스위스 사람으로 여러 이름으로 바꾸면서 기복이 많은 생활을 보냈는데 수상한 집에 드나들며 경찰의 지목을 받는 외국인 무리들과 관계하고 있었다. 그 무리는 나중에 그들 형제도 끼어들었던 일련의 강도 행위가 있은 다음 각기 흩어졌다는 것 정도였다. 사실 바랑 형제가 6년 동안 살고 있었던 프로방스 거리 24번지에서는 아무도 두 사람의 행방을 알지 못했다.

솔직히 말해 나는 이 사건이 너무나 복잡했으므로 해결될 가망이 없다고 여겨 다시는 생각하지 않으려고 애썼다. 그러나 그 무렵 내가 친하게 교제하던 장 데스프리는 날로 열의를 더해 갔다.

프랑스의 모든 신문이 옮겨 싣고 논평한 외국 신문의 기사를 가르쳐 준 것도 그였다.

장래 해전의 양상을 근본적으로 달라지게 할 잠수함의 첫 실험이 가까운 시일에 황제 폐하의 어전에서 있을 예정인데, 장소는 실험 때까지 비밀로 되어 있다. 함대의 이름도 비밀로 되어 있었는데, 나중에 〈하트 7〉이라는 것을 알게 되었다.

〈하트 7〉? 이것은 우연의 일치일까, 그렇지 않으면 이 잠수함의 이름과 그 사건 사이에 무슨 관계가 있는 것일까? 있다고 하면 어떤 종류의 관계일까? 하지만 이쪽에서 일어난 사건이 그쪽에서 일어나는 일과 관계있을 리 없다.

"알 게 뭐람!" 데스프리가 말했다. "하나의 원인에서 당치도 않은 결과가 생기는 수가 흔히 있는 법이거든."

다음 다음날 또 다른 기사가 실렸다.

며칠 안에 실험될 예정으로 있는 잠수함 〈하트 7〉의 설계는 프랑스인 기사가 한 것이다. 이 기사는 프랑스 인의 지지를 구했으나 얻지 못했고 다음에는 영국 해군성에 의뢰했으나 역시 성공하지 못했던 것 같다. 그러나 진위 여하에 대해서는 분명치 않다.

나는 세상 사람들이 기억하고 있는 것처럼 커다란 흥분을 불러일으킨 아주 미묘한 사항에 대해 시비를 논할 생각은 없다. 그러나 사태를 야기시킬 우려는 이미 없어졌으므로 그 즈음 커다란 반향을 일으켰던 〈에꼴 드 프랑스〉지의 기사에 대해 기술하려고 한다. 이것은 이른바 〈하트 7〉 사건에 약간의 광명을 던져 주었다.

그 기사는 다음과 같은 것으로, 살바또올이라고 서명되어 있었다.

〈하트 7〉 사건, 해결의 서광 보이다.

간략하게 기술하겠다. 6년 전 젊은 광산 기사 루이 라콤브는 시간과 재산을 걸고 연구에 전념하기 위해 직장을 그만두고 마이요 거리 102번지에 이탈리아의 백작이 신축한 작은 저택을 빌렸다. 그는 로잔 출신인 바랑 형제의 소개로 금속 은행의 창립자 죠르즈 안데르마뜨 씨와 관계를 맺었다. 형제 가운데 한 사람은 라콤브의 연구 조수이고 또 한 사람은 라콤브를 위해 출자해 줄 사람을 찾고 있었다. 라콤브는 여러 차례에 걸쳐 회견한 다음 안데르마뜨 씨에게 잠수함 건조에 대해 흥미를 갖도록 하는 데 성공했으며, 발명이 완성됨에 이르기까지 안데르마뜨 씨가 해군성에 운동하여 일련의 시험을 하도록 해줄 것을 약속했다.

우리 라콤브는 2년 동안 열심히 안데르마뜨 씨 댁을 방문하여 계획의 진행 상태를 그에게 보고했다. 그리고 라콤브는 이 설계를 완성했을 때 안데르마뜨 씨에게 출자를 요청했다.

그날 루이 라콤브는 안데르마뜨 씨 댁에서 저녁 식사를 했다. 밤

11시 반쯤 돌아갔는데, 그 뒤로 소식이 끊겼다.

그 무렵의 신문을 조사해 보면, 이 젊은이의 가족이 당국에 호소하여 검사국이 수사했던 것을 알 수 있다. 그러나 전혀 확실한 성과를 얻을 수가 없었다. 일반적으로 조금 공상적인 괴짜라고 생각되고 있던 루이 라콤브가 아무에게도 알리지 않고 여행을 떠난 것이라고 믿고 있었다.

이 추측은……수상한 점이 있긴 하지만 어쨌든 인정하기로 하자. 그러나 우리나라에 있어서 중요한 문제가 있다. 즉 잠수함 설계의 행방에 관한 것이다. 루이 라콤브는 그것을 갖고 사라졌는가, 그렇지 않으면 파멸된 것인가?

우리가 신중하게 조사한 결과에 따르면 그 설계는 존재하고 있다. 바랑 형제가 손에 넣은 것이다. 어떠한 수단에 의해서였는가? 그 점은 아직 확인되고 있지 않으며, 또한 형제가 왜 그것을 팔려고 하지 않았는지도 분명하지 않다. 입수한 수단에 대해 조사를 받을까봐 두려워한 것일까? 어쨌든 그러한 공포는 오래 계속되지 않았다. 따라서 우리는 단언할 수가 있다. 루이 라콤브의 설계는 외국의 소유로 되어 있다는 것을. 우리는 여기에 대해 바랑 형제와 그 외국의 대표자 사이에 오고갔던 통신을 공표할 용의가 있다. 지금 루이 라콤브에 의해 고안된 〈하트 7〉은 이웃 나라에서 완성되고 있다.

현실은 이 배신 행위에 관계된 사람들의 낙관적인 예상에 응할 것인가? 우리는 그 반대를 기대할 이유를 갖고 있다. 사태는 그 기대를 채워 줄 수 있으리라고 생각한다.

거기에 덧붙인 기사가 있었다.

우리의 기대는 옳았다. 특별 정보에 의하면 〈하트 7〉호의 실험은 성공하지 못했다고 할 수 있다. 분명 바랑 형제가 판 설계도에는 루이 라콤브가 실종된 날 밤 안데르마뜨 씨에게 건네 주었던 마지막 자료가 빠져 있었을 것이다.

그것은 계획의 전체를 이해함에 있어 필요 불가결한 자료이며, 다른 서류에 씌어 있는 내용의 요약과 같은 것이었으리라. 이 자료가 없으면 설계는 불완전한 것이 되며 또한 이 설계가 없으면 이 자료는 무익한 것이다.

그렇기 때문에 지금부터라도 행동하여 우리의 것을 되찾아야 한다. 이 극히 곤란한 일을 위해 우리는 안데르마뜨 씨의 도움을 크게 기대하는 바이다. 그는 사건이 일어난 뒤의 이해하기 어려운 태도를 설명해야만 한다.

에띠엔느 바랑이 자살했을 때 알고 있는 사실을 왜 이야기하지 않았는가, 그리고 서류를 잃어 버린 사실을 왜 발표하지 않았는가를 말해야만 한다. 최근 10년 동안 어째서 바랑 형제를 자기가 고용한 탐정들로 하여금 감시하게 했는가 말해야만 하는 것이다.

우리는 그에 대해 말이 아니라 행위를 기대하는 바이다. 그렇지 않으면……

이 협박은 노골적이었다. 그러나 여기에는 어떠한 근거가 있는 것일까? 이 기사의 가명 필자 살바또올은 안데르마뜨 씨에 대해 어떠한 위협 수단을 갖고 있을까?

수많은 기자가 이 은행가한테로 밀어닥쳤다. 10개 정도의 회견기가, 안데르마뜨 씨는 이 경고를 경멸하고 있다고 보도했다. 그에 대해 〈에꼴 드 프랑스〉지의 기자는 다음과 같은 문장으로 반박했다.

안데르마뜨 씨가 원하든 원치 않든 앞으로 그는 우리가 시작하는 사업의 협력자이다.

이 반박의 글이 나온 날, 더스프리와 나는 함께 저녁을 들었다. 그 날 밤 우리는 테이블 위에 신문을 펼쳐놓고 그 사건에 대해 논했다. 같은 장애에 부딪친 사람이 끝없는 어둠 속을 걸어가면서 느끼는 것과 같은 초조감을 갖고 모든 각도에서 검토했다.

그때 별안간 하인의 전갈도 없고 벨도 울리지 않았는데, 문이 열리면서 두꺼운 베일을 쓴 부인이 들어왔다.

나는 곧 자리에서 일어나 문으로 갔다.

"여기에 살고 계시는 분이 당신입니까?"

"그렇습니다만, 당신은 어디로……." 나는 말했다.

"큰길로 난 문이 열려 있기에……." 여자는 변명했다.

"그렇지만 다음 문은?"

여자는 대답을 하지 않았다. 나는 여자가 뒤쪽 층계로 올라왔음에 틀림없다고 생각했다. 그렇다면 집 구조를 알고 있는 것일까?

약간 어색한 침묵이 흘렀다. 여자는 더스프리를 지켜보았다. 나는 마치 사교계에서 하는 것처럼 나도 모르게 그를 소개해 버리고 말았다. 그런 다음 여자에게 자리를 권하며 무슨 일로 왔느냐고 물었다.

베일을 벗은 모습을 보니 갈색 머리에 균형잡힌 얼굴, 특별히 미인이라고 할 수는 없으나 그 눈에 무어라 말할 수 없는 매력이 있었다. 그것은 조용히 가라앉은 슬픈 듯한 눈이었다.

여자는 한참 만에 입을 열었다.

"저는 안데르마뜨 씨의 아내입니다……."

"안데르마뜨 부인!" 나는 더욱 놀라며 그 말을 되풀이했다.

또다시 침묵——여자는 가라앉은 목소리로 아주 온화하게 이야기를 계속했다.

"알고 계시는…… 그 사건의 일로 찾아왔습니다. 당신에게 뭔가 참고될 만한 말씀을 들을 수 있을까 해서……."

"아니, 부인! 저는 신문에 나와 있는 것 외에는 아무것도 모릅니다. 만, 어떤 것을 알고 싶으신지 확실히 말씀해 주십시오."

"알 수 없습니다……알 수 없어요……."

그제야 비로소 나는 여자가 침착한 척하고 있을 뿐, 태연한 얼굴의 그늘에는 커다란 번민이 감추어져 있다는 것을 깨달았다.

우리는 모두 어색하게 입을 다물어 버리고 말았다.

그러나 관찰을 계속하던 더스프리가 그녀 곁으로 다가서면서 말했다.

"부인, 좀 여쭈어 보고 싶은 것이 있습니다."

"네 말씀해 보세요." 여자가 대답했다.

"어떤 질문이라도……대답해 주시겠습니까?"

"네, 어떤 질문이라도."

그는 잠시 생각하고 나서 말했다.

"루이 라콤브를 알고 계시지요?"

"네, 남편을 통해서 알고 있습니다."

"마지막으로 만나신 것은 언제였습니까?"

"저의 집에서 식사를 하셨던 저녁입니다."

"그날 밤, 마지막이라는 것 같은 모습은 없었습니까?"

"아니오, 러시아로 여행할 것 같이 이야기했지만 분명치는 않았습니다."

"그렇다면 다시 만나실 예정이었지요?"

"다음날 저녁 식사를 같이할 약속이었습니다."

"그의 실종을 어떻게 생각하십니까?"

"도무지 알 수가 없어요."

"그럼, 남편께서는?"

"주인도 모릅니다."

"하지만……."

"그것에 대해서는 더 이상 묻지 말아주세요."

"〈에꼴 드 프랑스〉지에 실린 기사에 의하면……바랑 형제가 이 실종과 관계있는 것 같습니다."

"당신도 그렇게 생각하시나요?"

"그러나 자세한 건 모릅니다."

"루이 라콤브는 집을 나올 때, 그 계획에 관계있는 서류를 전부 넣은 가방을 갖고 있었습니다. 그리고 이틀 뒤에 남편과 바랑──지금 살아 있는 쪽이지만──이 만났는데, 그때 남편은 그 서류가 바랑 형제에게 있다는 것을 확인했습니다."

"그래서 남편은 고발하지 않으셨군요?"

"네."

"무엇 때문이었을까요?"

"가방 속에 루이 라콤브의 서류 말고도 다른 것이 있었거든요."

"그것이 무엇입니까?"

여자는 대답할까말까 망설이더니 마침내 입을 다물어 버리고 말았다. 더스프리는 계속했다.

"그래서 남편은 경찰에 알리지 않고 두 형제를 감시하게 했군요. 남편은 서류와 함께 그것을 되찾으려 하셨는데……형제는 그것을 미끼로 하여 남편을 등치려고 한 것이었군요."

"남편뿐만 아니라 저도……."

"네, 당신까지도?"

"주로 저한테 그랬어요."

여자는 이 말을 짓눌린 듯 괴로운 목소리로 말했다. 더스프리는 여자를 지켜보며 몇 걸음 옮기더니 여자 쪽으로 와서 말했다.

"그래서 루이 라콤브에게 편지를 내신 거로군요?"

"네……남편과의 관계가……."

"정식으로 보낸 편지 말고 루이 라콤브에게 다른 편지를 쓰시지는 않았습니까? 너무 캐물어서 실례입니다만, 진상을 자세히 알 필요가 있습니다. 다른 편지를 쓰셨지요?"

여자는 얼굴을 붉히면서 작은 소리로 대답했다.

"네."

"그러니까 바랑 형제가 갖고 있던 것은 그 편지였군요."

"네."

"그러면 남편은 그것을 알고 계십니까?"

"남편은 편지는 보지 않았습니다만, 알프레드 바랑이 편지 이야기를 하며 자기에게 불리한 짓을 하면 편지를 공개하겠다고 협박했습니다. 남편은 그것을 두려워했습니다……세상의 평판을 걱정한 것이지요."

"남편은 그 편지를 찾기 위해 노력하셨습니까?"

"네……저는 노력했다고 생각합니다. 하지만 알프레드 바랑과 마지막으로 만나고 난 이야기를 난폭한 말로 내게 이야기해 준 다음부터, 남편은 제게 조금도 다정하지 않을뿐더러 믿어 주지도 않습니다. 저희들은 남남처럼 살고 있습니다."

"그렇다면 뭐 조금도 두려워할 것은 없지 않습니까?"

"남남처럼 되었다고는 해도 저는 남편이 사랑해 준 여자, 지금도 사랑받을 수 있는 여자입니다. 네, 그건 확실해요."

여자는 열띤 목소리로 중얼거렸다.

"만약 그 편지만 없었다면 지금도 저를 사랑할 겁니다……."

"뭐라고요! 남편은 성공할 것도 같았는데……형제가 도전하고 있군요?"

"네, 확실하게 숨긴 장소가 있다는 것을 마치 자랑하는 것 같았어요."

"그래서?"

"어떻게 해서인지 남편은 숨긴 곳을 찾아낸 모양이에요."

"대체 그곳은 어디입니까?"

"여기에요."

나는 펄쩍 뛰었다.

"여기라고요?"

"네, 저는 그전부터 그렇게 생각하고 있었어요. 루이 라콤브는 매우 재주가 있고 기계를 좋아하여, 틈만 있으면 상자며 자물쇠 같은 걸 즐겨 만들곤 했어요. 바랑 형제는 편지며……그밖의 것을 숨길 장소를 발견하여 나중에 이용했을 것이 틀림없습니다."

"하지만 녀석들은 여기에 살고 있지 않았는데요." 나는 외쳤다.

"4개월 전에 당신이 이사해 오실 때까지 이 집은 빈집이었습니다. 그래서 두 사람은 가끔 이 집에 왔을 것입니다. 더구나 서류를 찾을 필요가 있을 때엔 당신이 계셔도 전혀 지장이 없다고 생각했을는지 모릅니다. 그러나 남편에 대해서는 전혀 고려하지 않았던 것입니다. 남편은 6월 22일부터 23일에 걸친 밤중에 상자를 열어 찾고 있던 것을 꺼냈으므로 이제 두려워할 것이 없다고 여기고 상황이 역전되었다는 것을 형제에게 알리기 위해 명함을 놓아 두고 온 것입니다. 그로부터 이틀이 지난 다음 에띠엔느 바랑은 질 브라스지의 기사를 보고 서둘러 댁을 찾아와 이 거실에서 상자가 비어 있는 것을 보고 자살한 것입니다."

잠시 뒤 데스프리가 물었다.

"단순한 상상이겠지요? 남편은 당신에게 아무 이야기도 하지 않으셨지요?"

"네."

"당신에 대한 남편의 태도가 변하지 않으셨습니까? 침울하고 걱정스러운 듯이 보이지는 않았는지요?"

"네."

"그것을 당신은 남편이 편지를 발견했기 때문이라고 생각하신단 말씀이죠? 하지만 제 생각으로는 남편은 편지를 손에 넣지 못한 것 같습니다. 아마 여기 들어온 것은 남편이 아닐 겁니다."

"그럼 누구지요?"

"이 사건을 조종하여──너무 복잡하기 때문에 우리에게는 확실히 알 수 없는 어떤 목적 쪽으로 끌어가고 있는 불가사의한 인물──처음부터 뚜렷하고 올마이티로 알려져 있는 불가사의한 인물입니다. 6월 22일에 이 저택 안으로 침입한 것은 그와 그의 무리입니다. 숨긴 장소를 발견한 것도, 안데르마뜨 씨의 명함을 남기고 간 것도, 바랑 형제의 편지와 배신한 증거를 갖고 있는 것도 그 사람입니다."

"누군가, 그 사람이란?" 나는 안달이 나서 참견했다.

"〈에꼴 드 프랑스〉지에 기사를 제공한 사람이지. 그 살바또올이란 말일세! 명백한 일 아닌가? 형제의 비밀을 쥐고 있는 사람밖에 알지 못하는 사실을 기사 속에서 쓰고 있지 않았는가?"

"그렇다면." 안데르마뜨 부인은 두려움으로 더듬거리면서 말했다. "제 편지를 갖고 있겠지요? 그래서 이번에는 그 사나이가 남편을 협박하는군요……이 일을 어쩌면 좋아요!"

"그에게 편지를 쓰는 겁니다." 더스프리는 분명하게 잘라 말했다. "숨기지 말고 털어놓는 겁니다. 알고 있는 것, 알고 싶은 것을 모조리 이야기하는 겁니다."

"어떻게……."

"당신의 이익은 그의 이익과 같습니다. 그가 두 형제 중 살아남아 있는 쪽을 상대로 싸우고 있는 것은 의심할 여지가 없습니다. 그의 적은 안데르마뜨 씨가 아니라 알프레드 바랑입니다. 그를 도와 주십시오."

"어떤 식으로요?"

"남편은 루이 라콤브의 설계를 보충할 자료를 갖고 계십니까?"

"네."

"그것을 살바또올에게 알리십시오. 만일의 경우에는 그 자료를 그에게 넘겨 주십시오. 요컨대 그와 연락을 갖는 겁니다. 무얼 걱정하고 있습니까?"

이 조언은 너무나 대담하여 얼른 듣기에는 위험한 것처럼 여겨지기까지 했다. 그러나 안데르마뜨 부인에게는 망설이고 있을 여유가 없었다. 더구나 더스프리가 말한 것처럼 뭘 걱정할 일이 있겠는가? 그 사나이가 적이라 하더라도 이로 말미암아 사태가 악화될 리는 없다. 무엇인가 특별한 것을 추구하고 있는 관계없는 인간이라면 그런 편지 따위를 문제삼지 않을 것이다.

어쨌든 그것은 하나의 착상이었다. 그래서 난처한 처지에 놓여 있던 안데르마뜨 부인은 기꺼이 그 생각을 받아들였다. 여자는 우리에게 진심으로 감사를 하는 한편, 다음에 다시 연락하겠다고 약속했다.

사실 다음 다음날이 되자 그녀는 다음과 같은 답장을 받았다고 하며 동봉해 왔다.

편지는 없었습니다. 그러나 손에 넣을 테니 안심하시도록. 빈틈 없습니다. S.

나는 그것을 손에 들고 보았다. 그것은 6월 22일 밤 침대맡의 내 책 속에 끼워져 있었던 편지와 같은 필적이었다.

더스프리가 말한 대로 살바또올은 바로 이 사건의 연출자였던 것이다.

사실 우리는 주위의 어둠 속에서 얼마쯤의 광명을 보기 시작했으며, 어느 정도는 뜻하지 않은 진상을 보여 주었다. 그러나 그밖의 점은 '하트 7' 발견과 마찬가지로 여전히 어둠 속에 묻혀 있었다. 나는 언제나 그 2개의 트럼프가 마음에 걸렸다. 왜냐하면 아주 이상한 상황 아래서 구멍 뚫린 7개의 조그마한 하트를 보았기 때문이다. 그 트럼프는 이 사건에서 어떤 역할을 맡고 있는 것일까? 어떤 의미를 갖고 있는 것일까? 루이 라콤브의 설계를 기초로 하여 건조된 잠수함이 하트 7이라는 이름을 갖고 있는 사실에서 본다면 어떤 결론을 끌어낼 수 있을 것인가?

그러나 더스프리는 두 장의 트럼프 따위는 별로 문제삼지 않았고, 다른 문제를 해결하는 것이 급선무라고 생각하고 있었다. 그는 열심히 그 편지를 감춘 장소를 찾고 있었다.

"살바또올이……아마 부주의해서 발견하지 못했을지도 모르는 편지를 내가 찾아낼 수 있을는지도 모르거든. 바랑 형제가 난공불락이라고 생각하던 장소에서 편지를 꺼내 갔으리라고는 생각할 수 없네."

그는 이렇게 말했다.

큰방은 이제 구석구석까지 조사했기 때문에 그는 조사를 집 안의 모든 방으로 확대시켰다. 내부도 외부도 샅샅이 파고들었다. 벽의 돌이며 벽돌까지도 검사했다. 지붕의 슬레이트까지 벗겨 보았다.

어느 날 그는 곡괭이와 삽을 갖고 왔다. 자기는 곡괭이를 갖고 내게 삽을 건네 주면서 빈터를 가리켰다.

"저쪽으로 가세."

나는 마지못해 따라갔다. 그는 빈터를 몇 구획으로 가른 다음, 차례로 조사해 갔다. 그동안 근처에 있는 두 집 담장의 모퉁이로 된 한쪽 구석에 가시나무와 풀이 덮이고 깨진 돌과 자갈이 쌓여 있는 것을 발견했다. 그는 그곳을 파헤쳤다.

나도 그를 도와 주었다. 뙤약볕이 내리쬐는 곳에서 한 시간 동안이나 애를 썼으나 헛수고였다. 그런데 돌을 걷어내고 땅바닥이 나와 그것을 파기 시작했을 때, 더스프리의 곡괭이가 뼈를 파냈다. 아직 누더기가 감겨 있는 해골이었다.

나는 별안간 핏기가 가시는 것을 느꼈다. 흙 속에 직사각형의 조그마한 철판이 보였다. 거기에는 빨간 반점이 붙어 있는 것 같았다. 나는 몸을 구부렸다. 틀림없이 그것이었다. 철판은 트럼프 정도의 크기였으며 빨간 반점은 군데군데 녹슬어 있었으나, 연단(鉛丹)의 빨간 빛으로 7개였다. 하트의 7과 똑같은 모양이 7개, 하나하나의 맨 끝에는 구멍이 뚫려 있었다.

"여보게, 더스프리, 나는 이제 이런 일은 싫어졌네. 괜찮다면 혼자서 하게나. 난 같이 하는 건 거절하겠네."

흥분한 탓일까, 아니면 뜨거운 햇볕 아래에서 일을 했기 때문에 피로했던 것일까? 어쨌든 나는 비틀거리면서 돌아왔다. 그리고 자리에 쓰러져 만 이틀 동안 높은 열로 인해 헛소리를 했다. 꿈 속에서 해골 무리가 춤을 추었고, 피투성이의 심장들이 서로 부딪치는 것이었다.

더스프리는 의리가 두터웠다. 그는 날마다 문병와서 서너 시간씩 함께 있어 주었다. 그러나 사실 그는 그동안 큰방에 있었으며, 구석구석을 찾아 돌아다녔다.

가끔씩 나한테 와서 이렇게 말했다.

〈하트 7〉 399

"편지는 저 방에 있어. 단언하겠네."

사흘째 되는 날 아침, 나는 아직도 약간 비틀거리는 했으나 기운을 회복하여 자리에서 일어났다. 낮에는 영양분을 섭취하여 원기를 되찾았다.

그런데 5시쯤 속달이 와서, 나의 회복을 도와 주었다. 나의 호기심을 북돋아 주었던 것이다.

속달의 내용은 다음과 같다.

삼가 아룁니다.

6월 22일부터 23일에 걸친 밤중에 제1막이 올려졌던 활극은 대단원에 가까워지고 있습니다. 저는 사태의 필요상 이 드라마의 주역 두 사람을 대결시키기로 했습니다. 대결은 댁에서 이루어질 예정이므로 오늘 밤 댁을 빌려 주시면 감사하겠습니다. 또한 9시부터 11시까지는 하인을 외출시키시고 귀하 자신도 주역들이 자유로이 행동할 수 있도록 내버려 두시기 바랍니다. 6월 22일부터 23일에 걸친 밤에 귀하는 이미 제가 귀하의 소유물을 매우 존중하고 있다는 사실을 인정했을 줄 압니다. 저도 귀하가 반드시 비밀을 지키신다는 것을 한순간일망정 의심한다면, 그것은 귀하에 대해 실례되는 일이라고 생각합니다.

귀하의 충실한 살바또올

이 편지는 정중하면서도 무례한 듯했지만, 거기에 적혀 있는 요구는 참으로 훌륭한 착안으로 흥미있게 여겨졌다. 이것은 재치있고 깔끔했으며, 발신인은 나의 동의를 확신하고 있는 듯했다. 어떤 일이 있어도 나는 그의 신뢰를 배신하지 않을 것이다.

8시쯤 나는 하인에게 극장의 입장권을 주어 외출시켰다. 그때 더스프리가 찾아왔다. 나는 속달을 보여주었다.

"그래서?"

"음, 나는 문을 열어 놓고 들어오도록 해주겠네."

"그리고, 자네는 밖으로 나가겠는가?"

"아니, 결코 나가지는 않겠어!"

"하지만 그 요구는……."

"비밀을 지키라는 거네. 나는 비밀을 지키겠어. 그러나 무슨 일이 일어나는가는 꼭 보고 있겠네."

더스프리는 웃음을 터뜨렸다.

"하긴 그렇겠지, 나도 남겠네. 따분하진 않을 거야."

벨 소리가 그의 말을 막았다.

"벌써 왔나?" 나는 중얼거렸다. "20분이나 남았는데, 그럴 리가 없어."

나는 현관 문을 열었다. 여자의 그림자가 뜰을 가로질러 왔다. 안데르마뜨 부인이었다. 여자는 당황해 하고 있었다. 숨을 헐떡이면서 중얼거렸다.

"남편이……오고 있어요……면회를 하러……편지를 달라려고…….."

"어떻게 그걸 아셨지요?" 내가 물었다.

"우연히 알게 되었어요. 저녁 식사때 남편에게 연락이 왔어요."

"속달입니까?"

"전보였어요. 하인이 잘못 알고 제게 갖고 왔던 거예요. 잠시 뒤 남편이 가져갔지만 너무 늦었습니다……제가 읽고 난 다음이었으니까요."

"내용은……."

"대체로 이런 것이었어요. '오늘 밤 9시에 그 서류를 갖고 마이요 거리로 오라. 그 대신 편지를 주겠다.' 저녁 식사 뒤 저는 제 방으로 갔다가 이렇게 나왔습니다."

"남편에게 알리지도 않고 말입니까?"

"네."

더스프리는 나를 쳐다보았다.

"어떻게 생각하나?"

"자네와 같은 생각이네. 안데르마뜨 씨는 호출을 받은 거야."

"누구에게서, 무엇 때문에?"

"그것은 지금부터 알게 될 거야."

나는 그들을 큰방으로 안내했다. 우리 세 사람은 모두 안으로 들어가 벽에 걸린 벨벳 휘장 뒤에 숨을 수가 있었다. 그곳에 걸터앉았다.

안데르마뜨 부인은 한가운데 앉았다. 휘장 사이로 큰방 전체를 볼 수 있었다.

시계가 9시를 쳤다. 몇 분 뒤 뜰 쪽에 난 문이 열리는 소리가 났다.

솔직하게 말해서 나는 얼마쯤 가슴이 답답함을 느끼면서 또다시 열이 나는 것 같았다. 이제 바야흐로 수수께끼를 풀 열쇠가 발견되려 하고 있다! 몇 주일 전부터 전개된 파란만장한 사건이 마침내 진상을 드러내려 하고 있다. 더구나 전투가 내 눈 앞에서 벌어지려 하고 있는 것이다.

더스프리가 안데르마뜨 부인의 손을 잡고 속삭였다.

"절대로 움직여서는 안됩니다! 무슨 말을 듣든 무슨 일을 보든 잠자코 있어야 합니다."

누군가가 들어왔다. 에띠엔느 바랑과 꼭 같았으므로 곧 형제인 알프레드라는 것을 알 수 있었다. 동작이 느린 태도하며 수염투성이인 흙빛 얼굴도 똑같았다.

그는 언제나 주변에 함정이라도 없는가 하고 두려워하는 한편, 조심하는 사람처럼 흠칫흠칫 놀라는 모습으로 들어왔다. 그가 방 안을 둘러보았는데, 벨벳 휘장으로 감추어진 이 벽이 마음에 걸리는 모양이었다. 우리들 쪽으로 서너 걸음 내딛다가 그보다 더 중요한 생각이 떠오른 듯 벽 쪽으로 가로질러 가더니, 빛나는 칼을 찬 수염을 기른 늙은 임금의 모자이크 앞에 발을 멈추었다. 그리고 의자 위에 올라서서 한참 그것을 들여다보더니, 어깨며 얼굴의 선을 손가락으로 더듬는가 하면 그림의 이곳저곳을 만지기도 했다.

그러나 그는 별안간 의자에서 뛰어내리더니 벽에서 떨어졌다.

발소리가 들려 왔다. 문지방에 안데르마뜨 씨가 나타났다.

은행가는 놀랍다는 듯이 소리를 질렀다.

"자네였군! 자네였어, 나를 불러낸 것은!"

"내가? 천만에 말씀!" 바랑은 아우와 똑같은 목쉰 소리로 말했다. "나는 당신의 편지를 받고 왔단 말이오."

"뭐라고?"

"당신이 서명한 편지, 여기로 오라는……."

"편지 같은 것은 쓴 일이 없어."

"쓴 일이 없다고!"

바랑은 본능적으로 경계의 태도를 취했다. 그것은 은행가에 대한 것이 아니라, 이 함정으로 불러들인 낯모르는 적에 대해서였다. 그의 눈이 우리 쪽을 한 번 바라보았다. 그리고는 갑자기 문 쪽으로 걷기 시작했다.

안데르마뜨 씨가 길을 막았다.

"무얼 하는 거야, 바랑?"

"왠지 마음내키지 않는 일이 있어. 난 돌아가겠소, 그럼……."

"잠깐 기다리게."

"그만둬요, 안데르마뜨 나리! 끈덕지게 그러지 마시오, 우리는 할
말이 없지 않소?"

"할 말이야 많지. 마침 좋은 기회야!"

"자, 비켜줘!"

"아니, 안돼! 못 비켜 주겠어."

바랑은 은행가의 결연한 태도에 겁을 먹었는지 주춤하더니 투덜거
렸다.

"그렇다면 어서 말해 보시오, 끝장을 내게!"

나는 뜻밖이라고 생각했다. 이 두 사람은 제각기 다른 의미에서 기
대가 어그러진 모양이었다. 살바또올은 왜 오지 않을까? 처음부터
오지 않을 속셈이었을까? 은행가와 바랑만을 대결시켜도 좋다고 생
각한 것일까? 나는 매우 이상하게 생각되었다. 그가 이 자리에 없음
으로써 그가 계획한 이 결투는 엄격한 운명에 의해 지배되는 사건이
갖는 비극적인 양상을 띠게 되었다. 그리고 이 두 사람을 대결시킨
힘은 외부에 있었던 만큼 한층 더 섬뜩한 느낌을 주었다.

이윽고 안데르마뜨 씨는 바랑곁으로 다가가서 뚫어지게 노려보았
다.

"이미 몇 년이나 지났으므로 자네는 이제 걱정하지 않아도 되니까
솔직하게 대답하게, 바랑. 루이 라콤브를 어떻게 했는가?"

"무슨 말을 하는 거요! 그 녀석이 어떻게 되었는지 알 게 뭐야!"

"알고 있어! 자네는 알고 있단 말이야. 자네들 두 형제는 악착스
럽게 함께 다녔거든. 이 집에서 동거하고 있었던 거나 마찬가지였
지. 자네들은 그 사나이의 일에 대해서도, 계획에 대해서도 잘 알
고 있었어. 그리고 마지막 밤 내가 루이 라콤브를 대문까지 바래다
주러 갔을 때 두 개의 그림자가 어둠 속으로 숨는 것을 보았어. 이
건 틀림없는 사실이야."

"그게 어쨌단 말이오?"

"그건 너희들 형제였어, 바랑!"

"증거는?"

"무엇보다도 확실한 증거는 그로부터 이틀이 지난 뒤 자네들이 라 콤브의 가방에서 꺼낸 서류를 보이며 내게 팔아먹으려 했던 것이 지. 그 서류를 어떻게 해서 손에 넣었지?"

"전에도 말한 것처럼 루이 라콤브가 행방불명이 된 뒤, 다음날 아 침 라콤브의 테이블 위에서 발견한 거였소."

"거짓말!"

"증거는?"

"당국은 증거를 찾아낼 수 있을 거야."

"왜 당국에 호소하지 않았지요?"

"왜냐고? 왜냐고……."

안데르마뜨는 얼굴이 흐려지더니 입을 다물었다. 상대방이 계속했 다.

"그거 보시오, 안데르마뜨 나리! 아주 작은 증거라도 있었다면, 우리가 위협을 좀 했다고……."

"어떤 위협? 편지 말인가? 그런 걸 내가 조금이라도 믿었다고 생 각하나?"

"그 편지를 믿지 않았다면 왜 그걸 찾아 가려고 우리에게 이러쿵저 러쿵 마음 끌려는 말을 했소? 그리고 나중에 가선 무엇 때문에 짐 승처럼 악착스럽게 우리 형제를 미행했느냔 말이오?"

"중요한 설계도를 되찾기 위해서였지."

"아니, 편지 때문이었소! 편지를 되찾으면 고발할 마음이었겠지. 여러 차례 위험한 고비가 있었지만 말이야."

바랑은 크게 웃다가 별안간 웃음을 그쳤다.

"그러나 이제 지긋지긋해. 똑같은 말을 자꾸 되풀이해 봐야 별수 없단 말이오. 그러니까 그만둡시다."

"그만두지 않겠어!" 은행가가 말했다. "편지에 대해 말이 나온 이상, 그걸 돌려 주지 않고는 돌아갈 수 없단 말이야."

"돌아가겠어!"

"못 돌아가!"

"이봐요, 안데르마뜨 나리, 좋지 않은 말은 하지 않을 테니까……."

"돌려보내지 않을 테다!"

"그렇다면 가만 있을 줄 아오?" 바랑은 위협적인 투로 말했다.

안데르마뜨 씨는 희미한 외침 소리가 나오는 것을 삼켜 버렸다. 바랑은 그 소리를 들었을 것이 틀림없다. 그는 완력 다짐으로 덤벼들려고 했다. 안데르마뜨 씨는 난폭하게 떼밀었다. 그러자 바랑은 한 손을 윗옷 주머니에 찔러넣었다.

"마지막이야."

"우선 편지를 다오."

바랑은 권총을 꺼내 안데르마뜨 씨를 겨누었다.

은행가는 갑자기 몸을 굽혔다.

탕! 권총이 떨어졌다.

나는 어안이 벙벙했다.

총 소리는 내 곁에서 났다. 더스프리가 단 한 방으로 알프레드 바랑의 손에서 무기를 떨어뜨린 것이다. 그리고 그는 갑자기 두 사람 사이로 뛰어들어가 바랑을 정면에서 비웃었다.

"운이 좋았어, 바랑. 아주 운이 좋았단 말이야. 내가 노린 건 손이었는데, 맞은 것은 총이었거든."

두 사람 다 넋이 나간 것처럼 더스프리를 지켜보고 있었다. 더스프리는 은행가에게 말했다.

"관계없는 일에 뛰어들어 실례했습니다. 하지만 당신은 연기가 몹시 서투르시군요. 트럼프를 빌려 주시지요."

그리고 나서는 바랑 쪽을 돌아보며 말했다.

"자, 둘이서 해보세, 속임수쓰기는 없기네. 하트가 올마이티, 나는 7에 걸겠어."

그는 상대의 얼굴에 7개의 하트가 붙어 있는 철판을 내동댕이쳤다.

나는 여태까지 이렇게 예상을 뒤엎는 결과를 본 일이 없었다. 사나이는 파랗게 질려 눈을 크게 떴다.

괴로움으로 얼굴이 일그러졌고, 이와 같은 사태에 어안이 벙벙한 모양이었다.

"너는 누구냐?" 중얼거렸다.

"지금 말했잖아. 관계도 없는데 끼어든 사람이라고…… 그러나 끼어든 이상은 철저하단 말이야!"

"뭐가 필요하지?"

"네가 갖고 온 것 모두."

"아무것도 갖고 오지 않았어."

"아니, 그냥 오지는 않았을 거야. 오늘 아침, 손에 넣은 서류를 모두 갖고 9시에 여기로 오라고 했지. 그런데 지금 여기 와 있잖나. 서류는 어디 있지?"

더스프리의 목소리와 태도는 뜻밖에 위엄이 있었다. 평소에는 태평하고 온화한 그에게 어울리지 않는 태도였다. 바랑은 완전히 풀이 죽어 주머니를 가리켰다.

"여기 있어."

"모두?"

"그렇다."

"루이 라콤브의 가방에서 꺼내 폰 리벤 소령에게 판 것 전부인가?"

"그렇다."

"사본이야, 원본이야?"

"원본."

"얼마나 필요해?"

"10만!"

더스프리는 웃음을 터뜨렸다.

"바보 같은 녀석! 소령은 2만 밖에 주지 않았어. 2만도 수포로 돌아갔지만 말야. 시험은 실패하고 말았으니까."

"설계도의 사용법을 몰랐기 때문이지."

"다 갖추어져 있지 않았단 말야."

"그렇다면 왜 갖고 싶어하지?"

"필요한 것이 있어. 5천 프랑 내지. 그 이상은 한 푼도 내놓을 수 없어."

"1만! 한푼도 에누리할 수 없다."

"좋아!"

더스프리는 안데르마뜨 씨 한테로 몸을 돌렸다.

"수표를 적어 주시오."

"그러나……가지고 있지 않아서……."

"수표장 말이오? 여기 있소."

안데르마뜨 씨는 몹시 놀라며 더스프리가 내민 수표장을 받았다.

"내 건데……어떻게 된 거요?"

"자, 쓸데없는 말은 하지 마시오. 서명만 하면 되오."

은행가는 만년필을 꺼내어 서명했다. 바랑이 손을 내밀었다.

"손을 집어넣게" 더스프리가 말했다. "아직 끝나지 않았어."

그는 은행가를 향하여 말했다.

"아직 편지에 대한 일이 남아 있지요?"

"네, 편지 다발이……."

"어디 있지, 바랑?"

"가지고 있지 않아."

"어디 있느냔 말야?"

"몰라, 갖고 있었던 건 아우였으니까."

"여기 이 방에 감추어져 있지."

"그렇다면 알고 있을 것 아닌가?"

"그러고 보니 서류를 숨겨 놓은 곳에 왔던 건 자네 아닌가? 자네
는……살바또올과 마찬가지로 자세히 알고 있는 모양인데."

"편지는 숨겨둔 장소에 없어."

"있어! 열어 봐!"

바랑은 경계하는 눈빛이 되었다. 혹시 더스프리와 살바또올은 같은
인물이 아닐까? 만약 그렇다면 숨겨 둔 장소는 어차피 알고 있을 것
이다. 그렇지 않다면 보일 필요가 없다.

"열어봐!" 더스프리가 다시 말했다.

"하트 7이 없어."

"있어, 여기!" 더스프리는 그 철판을 내밀면서 말했다.

바랑은 겁을 집어먹고 뒷걸음질쳤다.

"아니……아니……내게는……."

"상관없어……."

더스프리는 벽면에 모자이크된 백발의 노왕(老王) 쪽으로 다가가
더니 의자 위에 올라서서 하트를 칼자루 바로 아래의 칼날 폭에 딱
들어맞게 갖다댔다. 그런 다음 하트의 끝에 뚫려 있는 7개의 구멍에
송곳을 차례차례 꽂아 넣어 모자이크의 7개의 조그마한 돌을 위에서

눌렀다.

7개째의 돌을 누르자 와르르 소리가 나며 왕의 상반신이 빙그르르 돌더니 반짝반짝 빛나는 두 단으로 된 강철 선반——철판으로 둘러쳐진 금고의 커다란 뚜껑이 열렸다.

"어떤가, 바랑? 상자가 비어 있어!"

"그렇군……그럼, 아우가 편지를 꺼내 간 모양이지!"

더스프리는 사나이 쪽으로 돌아와 말했다.

"시치미떼지 마! 다른 곳으로 옮겼겠지. 어디지?"

"옮기지 않았어!"

"돈이 필요한가? 얼마쯤?"

"1만."

"안데르마뜨 씨, 이 편지는 당신에게 1만 프랑의 가치가 있습니까?"

"있습니다." 은행가는 확고한 목소리로 말했다.

바랑은 금고를 닫고 역력히 불쾌한 표정을 지으며 하트 7을 들고 그것을 칼날의 폭과 똑같은 장소에 갖다대었다. 그는 하트의 7개의 끝을 차례차례로 눌렀다. 또다시 와르르 하는 소리가 들렸으나 뜻밖에도 이번에 회전한 것은 금고의 일부분으로, 커다란 금고의 두꺼운 문짝 안에 있던 조그마한 금고가 열렸다. 편지 다발은 끈으로 묶여 그곳에 숨겨져 있었다. 바랑은 그것을 더스프리에게 건네 주었다. 더스프리가 말했다.

"수표도 괜찮겠지요, 안데르마뜨 씨?"

"좋습니다."

"그리고 루이 라콤브한테서 받은 잠수함 설계의 부록인 마지막 자료도 갖고 계시지요?"

"가지고 있습니다."

교환이 이루어졌다. 더스프리는 그 자료와 수표를 주머니에 넣고, 편지 다발을 안데르마뜨 씨에게 내밀었다.

"이것이 바라시던 물건입니다."

은행가는 그토록 열심히 찾고 있었던 이 혐오할 편지에 손을 대는 것이 두려운지 잠시 머뭇거렸다. 그런 다음 초조한 몸짓으로 그것을 받아들였다.

내 곁에서 신음 소리가 들렸다. 나는 안데르마뜨 부인의 손을 잡았다. 그 손은 얼음처럼 차가웠다.

그러자 더스프리가 은행가에게 말했다.

"이것으로 이야기는 끝난 것 같군요. 아니, 고맙다고 하실 것까진 없습니다. 도움이 된 것은 다만 우연이었으니까요."

안데르마뜨 씨는 방을 나갔다. 그는 루이 라콤브에게 보낸 아내의 편지를 갖고 사라졌다.

"굉장한 일이로군!" 더스프리는 기뻐 어쩔 줄 몰라하며 외쳤다.

"모든 일은 더할 나위 없이 잘되었어. 다음은 이쪽 일만 끝마치면 되겠군. 서류는 갖고 있지?"

"전부 다 있어!"

더스프리는 서류를 주의깊게 조사한 다음 주머니에 집어넣었다.

"좋아, 약속을 지켰군."

"하지만……."

"뭔가?"

"2장의 수표……돈은?"

"이봐, 대단한 배짱인걸. 바랑, 돈을 달라고 하니 말야!"

"당연히 내 거야!"

"훔친 서류에 돈을 지불해야 한다는 건가!"

그러나 사나이는 돈밖에 염두에 없는 것 같았다. 그는 눈에 핏발을 세운 채 분노로 몸을 떨었다.

"돈······2만······." 그는 더듬거렸다.

"안돼, 내가 필요하단 말야!" 더스프리가 말했다.

"돈······!"

"이봐, 당치 않은 소린 그만둬. 공갈은 집어치우라구!"

그는 난폭하게 사나이의 팔을 붙잡았다. 사나이는 비명을 질렀다.

"어서 나가, 나가서 머리를 식히게나······데려다 줄까? 빈터에 가서 자갈 더미를 보여주지. 그 밑에는······."

"아니야! 그건 달라!"

"다르긴 뭐가 달라. 이 하트 7의 철판은 거기서 나온 거야. 루이 라콤브가 늘 몸에 지니고 있었던 거지. 기억하고 있을 테지? 너희들 형제가 시체와 함께 묻어 두었던 거야······그밖에도 여러 가지 물건이 있지만, 경찰에서 증거로 삼겠어!"

바랑은 주먹을 쥐고 얼굴을 가렸다. 그런 다음 이렇게 말했다.

"좋아 내가 졌어. 더 이상 말하지 않겠다. 다만 한 마디······한 가지만 알고 싶다······."

"들어 보세!"

"이 금고의 큰 것 쪽에 작은 상자가 있었을 텐데!"

"있었지."

"6월 22일 밤 여기에 왔을 때도 있었는가?"

"있었지."

"안에는?"

"너희 형제가 넣어 두었던 것이 모두 있더군. 다이아몬드며 진주 따위, 너희 형제가 여기저기서 손에 넣은 상당한 보물들이었지."

"그걸 가져갔군."

"한 번 입장을 바꿔놓고 생각해 봐."

"그렇다면……작은 상자가 없어진 걸 보고 아우가 자살했던 거로군?"

"아마 그렇겠지. 폰 리벤 소령의 편지가 없어지기만 했다면 자살은 하지 않았겠지. 그러나 작은 상자가 없어졌다면…… 묻고 싶은 건 그것뿐인가?"

"또 있다……당신의 이름은?"

"복수할 셈인가?"

"물론이지! 운이란 알 수 없는 거니까. 오늘은 당신이 이겼지만 내일은"

"내 차례란 말이지?"

"물론. 이름은?"

"아르센 뤼뺑."

"아르센 뤼뺑!"

그는 몽둥이로 맞은 것처럼 비틀거렸다. 이 한 마디로 모든 희망을 빼앗기고 만 것이다.

"여보게, 자네는 머슴이나 머슴 우두머리가 이런 연극을 할 수 있다고 생각했나? 적어도 아르센 뤼뺑쯤 되지 않으면 할 수 없는 일이야. 자, 알았으면 보복의 준비나 하시지. 아르센 뤼뺑은 기다리고 있을 테니."

그런 다음 그는 더 이상 한 마디도 하지 않고 사나이를 밖으로 밀어냈다.

"더스프리, 더스프리!"

나는 무의식중에 그전 이름으로 그를 불렀다.

나는 벨벳 휘장을 밀어젖혔다.

그가 달려왔다.

"무슨 일이지?"

"안데르마뜨 부인이 괴로워하고 있네."

그는 재빨리 각성제를 코에 갖다대면서 내게 물었다.

"도대체 어떻게 된 건가?"

"편지 때문이야" 나는 말했다.

"루이 라콤브에게 보낸 편지를 자네가 안데르마뜨 씨에게 넘겨주었기 때문이지."

그는 이마를 쳤다.

"내가 편지를 넘겨주었다고 생각한 모양이군……그래, 하긴 그렇게 생각할 법도 하지. 이거 내가 바보 같은 짓을 했군!"

안데르마뜨 부인은 정신이 들자 열심히 이야기에 귀를 기울이고 있었다. 더스프리는 그 가방에서 안데르마뜨 씨가 가져간 것과 똑같이 생긴 조그마한 꾸러미를 꺼냈다.

"이것이 당신의 편지입니다. 부인, 이게 진짜지요."

"하지만……아까 주신 것은?"

"아까 준 것은 이것과 같지만, 어젯밤 내가 베낀 것입니다. 남편께서는 대용품이라고는 생각하지 않고 기꺼이 읽으시겠지요. 왜냐하면 분명히 보고 계셨으니까요……."

"필적은……."

"내가 흉내내지 못하는 필적 같은 건 없습니다."

여인은 마치 같은 계급의 인간에게 대하는 것 같은 감사의 말로 인사를 했다. 나는 그녀가 바랑과 아르셴 뤼빵이 주고받은 마지막 말귀를 듣지 못했음이 틀림없다는 것을 알았다.

나는 뜻하지 않게 정체를 드러낸 이 오랜 친구에게 뭐라고 해야 좋을지 몰라 그저 어리둥절하여 그를 지켜보고 있었다. 뤼빵, 뤼빵이었어! 내가 교제하고 있던 친구는 뤼뺑임에 틀림없었던 것이다. 나는 아연실색했다. 그러나 그는 지극히 태평하게 "자네는 장 더스프리에게 작별을 고하는 게 좋겠네"라고 말했다.

"뭐라고?"

"그렇지, 장 더스프리는 여행을 떠나네. 나는 그를 모로코로 보내기로 했어. 그에게 알맞은 목적을 발견할 수 있을 거야. 실은 그것이 그의 의도란 말이네."

"그러나 아르센 뤼뺑은 남아 있겠지?"

"물론 이제까지 이상으로 말이네. 아르센 뤼뺑은 이제 막 데뷔했을 뿐이지. 그의 생각은……."

나는 호기심이 일어나 그를 안데르마뜨 부인한테서 떨어진 곳으로 끌고 가서 물었다.

"자네는 편지다발이 숨겨져 있던 제2의 비밀 장소를 발견했단 말이지?"

"애먹었어! 어제 오후 자네가 자는 동안에 간신히 발견했지. 그런데 지극히 간단했어. 언제나 가장 간단한 것이란 사람이 전혀 생각하지 못하는 것이어서 말이네."

그는 하트 7을 보이면서 계속 말했다.

"커다란 금고를 열기 위해서는, 이 카드를 모자이크로 된 임금님 칼에 갖다대지 않으면 안된다는 것을 알아냈지……."

"어떻게 그것을 알았지?"

"아무것도 아냐. 특별한 정보에 의해서 6월 22일 밤 여기에 올 적에……."

"나와 헤어진 다음에?"

"그렇지. 자네처럼 신경질적인 인간에게는 침대에서 나오지 않고 나를 자유로이 행동하도록 내버려 두게 할 방법이 필요했었지."

"바로 그 말대로일세."

"그런데 나는 여기에 올적에, 비밀 자물쇠가 붙은 금고 안에 작은 상자가 숨겨져 있다는 것과, 하트 7이 그것을 여는 열쇠라는 것을 알고 있었네. 그 하트 7을 일정한 장소에 대기만 하면 되는 거야. 그것을 조사하는 데는 1시간으로 충분했어."

"1시간!"

"모자이크의 인물을 보게."

"왕 말인가?"

"그 왕은 트럼프의 킹, 샤를마뉴 왕과 비슷하지."

"과연 그렇군……그러나 하트 7은 어떻게 하여 큰 금고와 작은 금고를 다 열 수 있나? 그리고 자네는 왜 처음에 큰쪽밖에 열지 않았나?"

"왜냐하면 나는 하트 7을 같은 방향으로만 갖다대려고 했기 때문이지. 어제 처음으로 그것을 거꾸로, 말하자면 하트의 맨 끝을 아래로 할 게 아니라 위로 돌리면 하트의 배치가 바뀐다는 것을 알게 되었네."

"뭐라고!"

"물론 그 정도야 간단하지만, 거기에 생각이 미친다는 것이 필요하단 말이네."

"또 한 가지, 편지에 대한 얘기는 모르고 있었겠지. 안데르마뜨 부인이……."

"부인이 이야기할 때까지는 모르고 있었지. 나는 금고 속에서 작은 상자 말고는 형제의 편지밖에 발견하지 못했거든. 그 편지에서 그들이 배신한 방법을 알았던 거야."

"요컨대 자네는 형제의 이야기를 먼저 알게 되었고, 다음에 잠수함의 설계도와 자료를 찾게 된 것은 우연한 일이었군?"

"우연한 일이었지."

"그런데 무슨 목적으로 그걸 찾았나?"

더스프리는 웃으면서 내 말을 가로막았다.

"어허, 이 사건에 왜 그리 열심인가?"

"열중하고 있네."

"그렇다면 곧 안데르마뜨 부인을 돌려보내고, 〈에꼴 드 프랑스〉지에 원고를 가져다 주고 돌아온 다음 자세한 이야기를 하겠네."

그는 의자에 걸터앉아 이 인물의 열광적인 성격을 나타내는 다음과 같은 간결한 문장을 적었다. 이것이 온 세계에서 화제가 되었던 것은 누구나 다 알고 있는 일이다.

아르센 뤼빵은 살바또올이 최근 제기한 문제를 해결했다. 그는 기사 루이 라콤브의 독창적인 자료와 설계도를 모두 손에 넣어, 이것을 해군장관에게 전달했다. 이것을 기회로, 그는 설계에 따라 건조될 첫 잠수함을 국가에 헌납하기 위해 모금을 시작했다. 자신이 우선 2만 프랑을 기부하여 모금의 시초를 삼았다.

"안데르마뜨 씨의 2만 프랑짜리 수표 말인가?"

그가 그 종이쪽지를 보여 주었을 때 나는 물었다.

"그렇지, 바랑이 배신한 죄를 일부분이나마 보상하는 것이 당연하지 않겠나."

나는 이렇게 하여 아르센 뤼빵과 알게 되었다. 교제하고 있던 친구장 더스프리가 괴도 신사 아르센 뤼빵이라는 사실을 알게 된 것은 이런 경과에서였다. 이리하여 나는 이 위인과 극히 즐거운 우정의 유대를 맺었으며, 그가 내게 보여 주었던 신뢰 덕분에 충실하고도 감사하는 마음으로 가득찬 그의 전기작가가 되었다.

방황하는 죽음의 혼

성의 담벼락을 따라 한 바퀴 돌고 난 아르센 뤼빵은 출발점으로 되돌아왔다. 부서진 곳은 전혀 없었고, 모펠튜이의 널따란 저택에도 안에서 튼튼히 빗장을 지른 나지막한 샛문이나 곁에 파수꾼 움막이 있는 대문을 통하지 않으면 안으로 들어갈 수가 없었다.

"좋아." 그는 말했다. "비상 수단을 쓰자."

그는 오토바이를 숨겨 둔 숲 속으로 들어가, 안장 아래에 감아 둔 가느다란 밧줄 꾸러미를 꺼내어 아까 조사하면서 보아 두었던 곳으로 발걸음을 옮겼다. 그곳은 길에서 멀리 떨어진 숲의 변두리로, 뜰에 심은 커다란 나무가 담벼락 너머로 가지를 뻗고 있었다.

뤼빵은 밧줄 끝에 돌멩이를 매달아 커다란 나뭇가지에 던져 걸었다. 이제는 돌멩이쪽을 잡아당겨 밧줄을 타기만 하면 되는 것이다. 나뭇가지는 반동으로 그를 끌어올렸다. 그는 담벼락을 타고 넘어가 나무를 따라내려와서는, 뜰의 풀밭 위로 살그머니 뛰어내렸다.

겨울이었다. 잎이 떨어진 작은 나뭇가지 사이로, 골짜기와 같은 잔디 위로 저 멀리 모펠튜이의 조그마한 성이 보였다. 그는 남의 눈에 떨까 걱정하여 전나무 그늘 아래에 몸을 숨겼다. 그곳에 숨어 오페라 글라스를 쓰고 성의 음침한 정면을 살펴보았다. 창은 빈틈없는 이중 창으로 되어 있었는데 모두 닫혀 있었다. 마치 사람이 살지 않는 집 같았다.

"쳇! 음침한 저택이로군! 이런 데서 죽고 싶진 않단 말이야."

그런데 시계가 3시를 치자, 테라스에 면해 있는 문이 열리고 검은 옷을 입은 여윈 여자의 그림자가 나타났다.

여자는 얼마 동안 여기저기 걸어다니다가 이윽고 새들에게 둘러싸여 빵부스러기를 던져주고 있었다. 그런 다음 잔디밭으로 이어져 있는 중앙의 돌층계를 내려와 잔디밭의 오른쪽 샛길을 걷기 시작했다.

뤼뺑은 여자가 자기 쪽으로 다가오고 있는 것을 오페라글라스로 확실하게 보았다. 여자는 키가 크고 금발이었으며, 우아한 태도에 소녀 같은 모습을 하고 있었다. 가벼운 발걸음으로 12월의 가냘픈 태양을 바라보는가 하면, 관목의 시든 작은 가지를 장난삼아 꺾기도 했다.

뤼뺑이 있는 곳의 3분의 2쯤 되는 곳에 왔을 때 갑자기 우렁차고 날카로운 개 짖는 소리가 들리더니, 몸집도 크고 키도 큰 그레이트 디엔이 가까이에 있는 개집에서 뛰어나와 매어져 있는 쇠사슬을 끌어 당기며 두 발로 섰다.

여자는 멀찌감치 떨어져 발걸음을 옮기며, 날마다 보는 이런 일에는 마음쓰지 않고 지나갔다. 개는 뒷발로 일어서서 목이 쥘 정도로 꼭 맨 고리를 끌어당기며 더욱 짖어댔다.

여자는 분명 귀찮아졌을 것이다. 마흔 걸음쯤 앞으로 걸어가더니, 뒤를 돌아보고는 손을 흔들었다. 그레이트 디엔은 미친 것처럼 뛰어 오르다가 개집 속으로 깊숙이 들어가더니, 참지 못하고 다시 뛰어나 왔다. 여자는 공포로 말미암아 소리쳤다. 개는 끊어진 사슬을 끌면서 뛰어왔다.

여자는 구원을 청하려 있는 힘껏 뛰기 시작했다. 그러나 개는 눈 깜짝할 사이에 뒤쫓아왔다.

여자는 기진맥진하여 쓰러졌다. 개가 물어뜯으려는 찰나였다.

바로 그때 탕 하고 총소리가 났다. 개는 공중제비를 하며 쓰러졌고, 발로 흙을 긁으면서 몇 번 으르렁거리더니 옆으로 누워 버렸다. 곧 숨이 끊어질 것 같은 목쉰 으르렁거림은 나지막하고 희미한 신음 소리가 되었다. 그뿐이었다.

"죽었군."

다시 한번 권총을 쏘려는 자세로 뛰어오며 뤼빵이 말했다.

여자는 일어나고 있었다. 파랗게 질린 얼굴로 아직도 비틀거리고 있었다. 그녀는 몹시 놀라면서 자기의 목숨을 살려 준 낯선 사나이를 바라보았다. 그녀는 중얼거렸다.

"고맙습니다……무서웠어요……때마침……정말 고맙습니다."

뤼빵은 모자를 벗었다.

"먼저 소개하겠습니다. 아가씨……폴 도브르유입니다……그러나 설명을 하기 전에 잠깐……."

그는 개의 시체가 있는 곳에서 몸을 굽히고 힘껏 낚아채어 쇠사슬의 끊어진 부분을 살펴보면서 중얼거렸다.

"역시 그렇군! 생각한 대로야. 개새끼 같으니라고! 엔간히 절박했군……좀더 빨리 올 걸 그랬지."

그는 여자 쪽으로 돌아와 단호하게 말했다.

"아가씨, 일각을 다투어야 할 때입니다. 내가 이 뜰에 있는 것은 매우 당돌한 일이므로 남의 눈에 띄면 안됩니다. 그것은 다만 당신에게만 관계가 있기 때문입니다. 성 안에서 권총 소리를 들었을 거라고 생각하십니까?"

그녀는 그제야 흥분에서 깨어난 것 같았다. 그녀는 다부진 성격이 엿보이는 침착성을 갖고 대답했다.

"들리지 않았을 거라고 생각해요."

"아버님께서는 오늘 성에 계십니까?"

"아버님은 몇 달 전부터 병환으로 누워 계세요. 게다가 방은 건너편에 있거든요."

"하인들은요?"

"역시 건너편에 사는데, 거기서 일을 하고 있어요. 이쪽에는 절대로 아무도 오지 않아요. 저만 산책하러 나오곤 하지요."

"그렇다면 아무에게도 들키지 않겠군요. 더구나 나무 그늘이고 하니……."

"네."

"그러면 저는 자유로이 이야기할 수가 있겠군요."

"네, 하지만 저로선……."

"아, 곧 알게 될 겁니다."

그는 좀 더 그녀 곁으로 다가서며 말했다.

"간단히 말하겠습니다. 그러니까 이런 이야기입니다. 나흘 전 잔느 다르슈 양이……."

"전데요." 그녀가 말했다.

"잔느 다르슈 양이" 뤼빵은 이야기를 계속했다. "베르사이유에 살고 있는 마르슬리느라는 친구에게 편지를 썼습니다……."

"어떻게 그걸 알고 계시지요?" 그녀는 깜짝 놀라며 말했다. "저는 다 쓰기도 전에 그 편지를 찢어 버렸는데요."

"그리고 그 못 쓰게 된 종이를 성에서 반도옴으로 가는 길가에다 버렸습니다."

"그래요……저는 산책하고 있었거든요……."

"그 휴지를 어떤 사람이 주워 그 다음날 내가 있는 곳으로 갖고 왔던 것입니다."

"그래서……읽으셨어요?" 잔느 다르슈는 약간 발끈해서 말했다.

"네, 실례인 줄 알면서도 읽었습니다. 그러나 나는 잘했다고 생각했어요. 왜냐하면 당신을 구할 수 있게 됐으니까요."

"저를 구하다니……무엇에서요?"

"죽음으로부터지요."

뤼빵은 이 짧은 말을 또렷한 목소리로 발음했다. 그녀는 몸서리쳤다.

"저는 죽을 걱정 같은 건 없어요."

"있습니다, 아가씨. 10월 말 무렵, 당신이 날마다 같은 시간에 걸터앉곤 하는 테라스의 벤치에서 책을 읽고 있을 때 처마의 모난 돌이 떨어져서 하마터면 압사할 뻔한 일이 있었지요?"

"우연한 일이었어요……."

"11월의 맑게 갠 날 밤, 당신은 달빛 아래 과수원을 지나고 있었지요. 그때 권총 소리가 들리고, 탄환이 귀를 스쳐 갔지요."

"하지만 그건……."

"그리고 지난 주일, 뜰을 흐르는 시내의 폭포에서 2미터쯤 떨어진 곳에 걸린 작은 나무 다리가 마침 당신이 건너가고 있을 때 떨어졌지요. 당신은 기적적으로 나무 뿌리에 매달릴 수가 있었습니다."

잔느 다르슈는 웃으려고 했다.

"그건 그래요. 하지만 그건 마르슬리느에게 적었던 것처럼 우연한 일이었지요……."

"아니, 아가씨, 그렇지 않습니다. 그와 같은 우연이 한 번뿐이라면 모릅니다만…… 아니, 두 번만이라 해도…… 하지만 그와 같이 이상한 상황 속에서 같은 일이 세 번씩이나 되풀이되는 것을 우연이라고 생각할 수는 없습니다. 그러므로 나는 당신을 구해야 한다고

생각했습니다. 그리고 내가 끼어드는 것을 비밀로 해 두어야 성공
할 수 있으므로 괘념치 않고 이렇게 숨어든 것입니다. 대문으로 들
어오지 않고……말씀하신 대로 다행히 때를 맞추어 당신을 구할
수가 있었지요. 적이 또다시 당신을 공격한 것입니다."

"뭐라고요!……그렇게 생각하세요?……아니에요. 그럴 리가 없
어요. 믿을 수 없어요."

뤼빵은 쇠사슬을 주워올려 그녀에게 보여 주면서 말했다.

"이 마지막 고리를 보십시오. 끌로 갈아 두었다는 것은 의심할 여
지가 없습니다. 그렇지 않고서야 이렇게 튼튼한 쇠사슬이 끊어질
리가 없지요. 더구나 끌로 간 자국이 확실히 보이지 않습니까?"

잔느는 파랗게 질리며 공포로 아름다운 얼굴을 일그러뜨렸다.

"하지만 대체 누가 나를 노리고 있는 것일까요?" 그녀는 중얼거
렸다. "무서워요……저는 아무에게도 나쁜 짓을 하지 않았는데……
하지만 당신이 말씀하신 대로입니다……뿐만 아니라……." 그녀는
목소리를 낮추었다. "저에게만이 아니라 아버님께도 위험이 있지 않
을까 걱정이에요."

"아버님도 공격을 받으셨습니까?"

"아니에요. 하기야 방에서 나오지 않으시니까요. 하지만 아버지의
병환은 아주 이상해요……기력이 떨어져서……걷지도 못하세요…
…더구나 마치 심장이 멈춘 것처럼 숨이 끊어지곤 해요. 아아, 정
말 무서워요!"

뤼빵은 이런 경우 이 여자에게 어떻게 대해야 위엄을 보일 수 있는
지 생각하면서 말했다.

"걱정하실 필요는 없습니다, 아가씨. 뭐든지 내가 말하는 대로 하
면 틀림없이 잘될 겁니다."

"네……네……그렇게 하겠어요……하지만 정말 무서워요!"

"안심하십시오. 그리고 내가 하는 말을 잘 들으십시오. 몇 가지 알고 싶은 일이 있습니다."

그는 잇달아 질문을 던졌다. 잔느 다르슈는 곧 대답했다.

"이 개는 절대로 풀어 놓지 않았지요?"

"네, 그래요."

"먹이는 누가 주고 있지요?"

"파수꾼이에요. 저녁때면 먹이를 갖다주곤 합니다."

"그렇다면 다가가도 물지 않겠군요."

"네, 파수꾼만은 물지 않아요, 맹견이지만."

"그 사나이를 의심하지 않습니까?"

"아니오! 바티스뜨는 절대로……."

"그밖에 다른 사람은?"

"아무도 수상한 사람은 없어요. 우리 집 하인들은 모두 착해요. 저를 귀여워해 주고 있지요."

"성에 친구는 없습니까?"

"네."

"형제는?"

"없어요."

"그러면 당신의 보호자는 아버지뿐이로군요?"

"네, 형편이 어떤지는 말씀드린 대로예요."

"당신은 당신이 당한 여러 가지 일을 아버지께 모두 말씀드렸습니까?"

"말씀드렸어요. 그게 좋지 않았나 봐요. 주치의인 게루 선생님은 조금이라도 흥분하시게 하면 안된다고 말씀하셨는데……."

"어머니는?"

"기억하지 못해요. 16년 전에 돌아가셨어요……꼭 16년 전이에요."

"그때의 당신은?"

"5살이 될 무렵이었어요."

"여기에 살고 있었습니까?"

"아니요, 우린 파리에 살고 있었어요. 그 이듬해에 아버지는 이 성을 사셨지요."

뤼뺑은 잠시 동안 잠자코 있었으나 이윽고 이렇게 결론을 지었다.

"좋습니다, 아가씨. 말해 주어서 고맙습니다. 당분간은 이것으로 충분합니다. 계속 함께 있는 것은 위험하니까요."

그녀는 말했다.

"파수꾼이 이제 곧 이 개를 발견할 겁니다……누가 죽였다고 할까요?"

"당신이지요, 아가씨. 정당 방위로 죽인 겁니다."

"전 무기를 갖고 있지 않아요."

"가지고 있는 것처럼 생각하는 겁니다." 뤼뺑은 미소를 지으면서 말했다. "왜냐하면 이 개는 살해되었고, 당신 외에는 죽일 사람이 없을 테니까요. 더구나 사람들은 멋대로 그렇게 생각할 겁니다. 중요한 것은 내가 성에 들어와도 의심받지 않도록 하는 일입니다."

"성으로 오실 건가요?"

"어떤 방법으로 하여 올지는 아직 알 수 없지만……어쨌든 오겠습니다……오늘 밤에라도……다시 한번 말해 둡니다만, 안심하고 기다리십시오. 내가 모든 걸 책임질 테니까요."

잔느는 그를 쳐다보며, 그의 확신과 선의에 찬 모습에 압도되어 다만 이렇게 말했다.

"안심하고 있겠어요."

"그러면 모든 일이 잘될 겁니다. 그럼, 오늘 밤…….."

"안녕히 가세요."

그녀는 멀어져 갔다. 뤼빵은 그녀가 성 모퉁이로 사라질 때까지 바라보고 있더니 이렇게 중얼거렸다.

"예쁜 아가씨로군! 불행한 일을 당한다면 가엾은 일이야. 그런데 불행중 다행으로 이 장한 아르센이 지키고 있단 말이야."

그는 귀를 기울이면서 뜰을 구석구석 조사했다. 바깥쪽에서 보아 두었던 나지막한 샛문을 찾아 (그것은 과수원 문이었다) 빗장을 벗기고 열쇠를 뽑은 다음, 담벼락을 따라 아까 기어올라갔던 나무가 있는 곳으로 돌아왔다. 2분 뒤에는 오토바이를 타고 있었다.

모펠튜이 마을은 거의 성과 이어져 있었다. 뤼빵은 사람들에게 물어 게루 의사가 교회 옆에 살고 있다는 것을 알아냈다.

그는 벨을 누르고 진찰실로 들어가, 파리의 쉴레느 거리에 사는 폴 도브르유라고 자기 소개를 하는 한편, 보안부와 특별한 관계가 있는데 그것은 비밀로 해주기를 바란다고 말했다. 그리고 구겨서 버린 편지를 보고 다르슈 양의 생명을 위협하고 있는 사건을 알게 되어 그녀를 구하기 위해 온 것이라고 설명했다.

나이 든 시골 의사 게루 선생은 잔느를 귀여워하고 있었으므로 뤼빵의 설명을 듣자 곧 이와 같은 사건은 어떠한 음모의 증거임에 틀림 없다고 말했다. 그는 매우 감동하여, 방문자에게 숙소를 제공하고 저녁 식사를 대접했다.

두 사람은 오랫동안 이야기를 주고받았다. 그날 밤 두 사람은 함께 성으로 갔다.

의사는 이층 방으로 올라가 젊은 동료를 데리고 왔다고 양해를 구했다. 그리고 자기는 좀 휴양하고 싶기 때문에 잠시 동안 이 젊은 의사가 대리 역할을 할 거라고 말했다.

뤼빵은 들어오면서 아버지의 머리맡에 있는 잔느 다르슈를 보았다.

그녀는 놀란 태도를 누르면서 의사의 신호에 따라 밖으로 나갔다.

그리하여 진찰은 뤼뺑이 입회한 자리에서 시작되었다. 다르슈 씨는 병으로 무척 말랐으며 눈을 보니 열이 있는 듯했다. 그날 그는 특히 가슴이 답답하다고 호소했다. 진찰이 끝난 환자는 걱정스럽게 의사에게 물었고, 의사의 대답을 들을 때마다 안심하는 것 같았다. 환자는 잔느에 대해서도 이야기했으며, 자기에게는 실제로 있었던 일에 대해 들려 주지 않지만 딸에게는 많은 일들이 있었던 모양이라고 말했다. 의사가 그런 일은 없다고 말해도 걱정스러워했다. 경찰에 신고하여 조사 의뢰를 하고 싶다고 했다.

그러나 그러는 사이에 흥분 때문에 지쳐 차츰 축 늘어져 버렸다.

복도에서 뤼뺑은 의사를 불러세웠다.

"선생님, 선생님 의견은 어떻습니까? 다르슈 씨의 병은 무엇인가 외부에 원인이 있다고 생각되지 않습니까?"

"어째서지요?"

"같은 적이 아버지와 딸을 없애려 한다고 가정해 봅시다……."

계루 의사는 이 말에 놀라는 듯했다.

"과연 그렇군요……이 병은 때때로 이상한 증상을 나타냅니다. 이를테면 다리가 거의 완전히 마비되어 있으므로 그 결과는 당연히……."

의사는 잠시 생각하더니 이윽고 낮은 목소리로 말했다.

"그러면 독이라는 말이 되는데……어떤 독일까?…… 그런데 중독 증상은 발견할 수가 없소……그래서……어떻게 할까요?……어떻게 된 걸까요?"

두 사람은 그때 1층의 작은 응접실 앞쪽에서 이야기하고 있었다. 그 방에서는 잔느가 의사가 있는 틈을 이용해 저녁 식사를 시작하고 있었다. 뤼뺑이 열린 문으로 보고 있자니 그녀는 찻잔을 입에 대고 두서너 모금 무엇인가를 마시고 있었다.

갑자기 그는 잔느에게로 달려가서 팔을 붙잡았다.

"뭘 마셨지요?"

"아니……."

그녀는 어리둥절하여 말했다.

"달인……차예요."

"답답한 듯이 보였는데, 왜 그랬지요?"

"모르겠어요……그저 왠지……."

"왠지 어떻다는 겁니까?"

"왠지……쓴맛이 났습니다……하지만 그건 틀림없이 약을 섞었기 때문일 거예요."

"무슨 약입니까?"

"매일 밤 마시고 있는 물약이에요……선생님이 처방해 주셨어요."

"그래요." 게루 의사는 말했다. "그러나 그 약은 아무 맛도 없을 텐데요……잔느 양, 2주일 전부터 마셨으니까 알고 있겠지요. 이런 일은 처음인데……."

"맞아요……." 그녀는 중얼거렸다. "맛이 있었는데……어머나, 아직도 입안이 얼얼해요."

이번에는 게루 의사가 한 모금 마셔 보았다.

"아, 퉤!"

그는 다시 토해 내면서 외쳤다.

"틀림없어!"

한편 뤼빵은 약병을 조사하면서 이렇게 물었다.

"낮엔 이 병을 어디다 두지요?"

그러나 잔느는 대답을 하지 못했다. 그녀는 가슴에 손을 갖다대고 파랗게 질린 얼굴로 눈을 까뒤집고 몹시 괴로워했다.

"답답해······답답해······." 그녀는 중얼거렸다.

두 사람은 재빨리 그녀를 침실로 들어다가 침대에 눕혔다.

"토하게 할 약이 필요한데요." 뤼빵이 말했다.

"찬장을 열어 보시오."

의사가 명령했다.

"약 상자가 있습니다······있습니까? 조그마한 튜브를 꺼내주세요 ······네, 그거요. 그리고 이번에는 끓인 물, 쟁반 위에 있소."

벨을 누르자 잔느의 시중을 드는 하녀가 달려왔다. 뤼빵은 하녀에게 다르슈 양이 정체모를 병에 걸렸다고 설명했다.

그리고 그는 조그만 식당으로 가서, 식기를 정돈해 두는 선반이며 찬장을 조사하는 한편 의사로부터 다르슈 양의 음식물을 검사하라는 분부를 받았다는 핑계로 부엌으로 내려갔다. 그는 자연스러운 얼굴로 참모며 하인, 파수꾼인 바티스뜨로 하여금 이야기하게 만들었다. 파수꾼은 성에서 식사를 하고 있었다.

곧 그는 2층으로 되돌아갔다.

"어떻습니까?"

"자고 있습니다."

"위험은 없을까요?"

"네, 다행스럽게도 두세 모금밖에 마시지 않았습니다. 그런데 오늘 당신은 두 번씩이나 잔느 양의 목숨을 구해 주셨군요. 이 병 속에 있는 것을 분석해 보면 그 증거를 알 수 있을 겁니다."

"분석할 것까지도 없습니다. 선생님, 독살 미수가 확실합니다."

"그러나······누구지요?"

"알 수 없습니다. 그러나 이것을 계획한 악마는 이 성의 생활을 잘 알고 있는 것이 틀림없습니다. 마음대로 드나들고 뜰을 걸어다니 며, 개의 쇠사슬을 끌로 갈기도 하고 음식물에 독을 넣는 등 요컨대 없애 버리려고 생각하고 있는 여자와, 아니, 그 사람들과 같은 생활을 하고 있는 것입니다."

"아니! 당신은 다르슈 씨도 같은 위험에 처해 있다고 생각하시는군요?"

"물론입니다."

"그렇다면 하인 가운데 누구일까요? 그러나 그럴 리는 없습니다. 당신의 생각은?"

"나는 아무것도 생각하지 않습니다. 아무것도 모릅니다. 내가 말할 수 있는 것은 사태가 비극적이고, 최악의 사건을 각오하지 않으면 안된다는 것뿐입니다. 이곳에는 죽음의 혼이 붙어 있습니다. 이 성 안을 헤매고 다니다가 얼마 뒤에 목표로 삼고 있는 상대에게 달려들겠지요."

"어떻게 하면 좋을까요?"

"경계해야 합니다. 선생님, 다르슈 양의 증상이 걱정이라는 구실로 이 응접실에 묵기로 합시다. 아버지와 딸의 방은 가까우니까 만일의 경우에는 곧 알 수 있을 겁니다."

그 방에는 기다란 의자가 있었다. 두 사람이 교대하여 그곳에서 자기로 했다.

실제로 뤼뺑은 두세 시간밖에 자지 않았다. 그는 한밤중에 의사에게 알리지도 않고 방을 나와 성 안을 자세히 둘러보고, 대문을 통해 밖으로 나갔다.

그는 9시쯤 오토바이로 파리에 도착했다. 도중에 전화를 걸어 두었기 때문에 두 친구가 기다리고 있었다. 세 사람이 분담해서, 뤼뺑이 생각하고 있었던 조사를 하느라고 하루 종일 뛰어다녔다.

6시가 되자 그는 서둘러 성으로 돌아왔다. 나중에 그가 말한 바에 의하면 이때만큼 생명의 위협을 느낀 적은 없었다고 한다. 안개가 짙게 깔린 12월의 밤에 그는 최대한의 속력으로 달렸다. 라이트는 어둠 속에서 거의 효과가 없었다.

아직 열려 있는 문 앞에서 오토바이에서 뛰어내려 성까지 달려가 한달음으로 2층까지 올라갔다.

작은 응접실 쪽에는 아무도 없었다. 그는 노크도 하지 않고 잔느의 방으로 들어갔다.

"아아, 여기 계셨군요." 그는 잔느와 의사가 바싹 다가앉아 이야기하고 있는 것을 보고 안도의 숨을 쉬면서 말했다.

"뭡니까? 이상한 것이라도……?" 의사는 침착한 이 사나이가 흥분해 있는 것을 보고 걱정스러워하며 물었다.

"아무것도 이상한 건 없습니다. 여긴 어떻습니까?"

"여기도 별일 없었지요. 다르슈 씨를 지금 막 보고 온 참입니다. 하루 종일 기분이 좋았고 식욕도 왕성했습니다. 잔느 양 쪽은 보시는 바와 같이 얼굴빛이 완전히 회복되었습니다."

"그러면 떠납시다."

"떠나다니요! 그렇게 할 수는 없어요." 그녀는 반대했다.

"떠나야 합니다." 뤼뺑은 발을 구르면서 거칠게 외쳤다.

그는 곧 냉정함을 되찾고 난폭한 태도를 사과했다. 그런 다음 잠시 동안 잠자코 있었다. 의사와 잔느도 그런 그의 침묵을 깨뜨리지 않았다.

마침내 그는 잔느에게 말했다.

"내일 아침 출발하십시오, 아가씨. 불과 1, 2주 동안이니까요. 당신이 편지를 쓴 베르사이유의 친구한테 데려다 드리지요. 오늘 밤 당장 공공연하게 준비해 주십시오. 심부름꾼들에게 알리십시오……그리고 선생님은 다르슈 씨에게 알려 주시고, 이 여행은 아가씨의 안전을 위해 절대로 필요하다는 것을 납득시켜 주십시오. 그뿐만 아니라 아버지도 건강해지시는 대로 아가씨한테 가게 됩니다. 아셨지요?"

"네." 잔느는 뤼빵의 온화하지만 명령적인 말투에 압도되어 대답했다.

"그러면 서둘러 주십시오. 방을 나가서는 안됩니다."

"하지만 오늘 밤은……." 잔느는 겁을 내면서 반대했다.

"걱정하실 것 없습니다. 조금이라도 위험이 있으면 선생님과 내가 오겠습니다. 문을 가볍게 세 번 두들기면 열어 주십시오."

잔느는 곧 벨을 울려 하녀를 불렀다. 의사는 다르슈 씨의 방으로 들어가고, 뤼빵은 작은 응접실에서 식사를 끝마쳤다.

"이것으로 됐습니다." 20분쯤 뒤에 나와서 의사가 말했다. "다르슈 씨는 별로 반대하지 않더군요. 마음 속으로는 그분도 잔느 양을 파리로 보내는 것이 좋다고 생각하고 있습니다."

두 사람은 성 밖으로 나왔다.

문 옆에서 뤼빵은 파수꾼을 불렀다.

"문을 닫아도 되네. 그리고 다르슈 씨에게 용무가 생기면 곧 부르러 와 주게."

모펠튜이 교회의 시계가 10시를 쳤다. 때때로 달과 숨바꼭질하는 검은 구름이 들판 위에 낮게 드리워져 있었다.

두 사람은 백 걸음쯤 걸어가고 있었다.

마을에 다가왔을 때, 뤼빵이 갑자기 의사의 팔을 붙잡았다.

"잠깐만!"

"왜 그러시오?" 의사가 말했다.

뤼빵은 몹시 성급한 투로 말했다.

"어쩌면……내가 한 관찰이 옳다면, 이 사건에 섣부른 짓만 하지 않는다면 말입니다. 어쩌면 오늘 밤 다르슈 양은 살해될 것입니다."

"네! 뭐라고요?" 의사는 놀라서 우물거렸다. "그렇다면 왜 나왔지요?"

"그것은 내 행동을 엿보고 있는 범인으로 하여금, 범행을 연기시키지 않고 녀석이 선택한 시각이 아니라 내가 정한 시각에 하도록 하기 위해서지요."

"그러면 성으로 돌아갈 건가요?"

"물론이지요. 하지만 따로따로 갑시다."

"그럼, 지금 곧."

"잘 들어 주십시오, 선생님." 뤼빵은 침착한 목소리로 말했다. "쓸데없는 얘기로 시간을 허비하지 않도록 합시다. 무엇보다도 적의 경계를 떨쳐 버려야 합니다. 그러기 위해서는 지금 곧 댁으로 돌아갔다가 미행당하지 않는다는 것을 확인한 뒤에 다시 출발하십시오. 그리고 성의 담벼락을 따라 왼쪽으로 과수원 샛문이 있는 곳으로 가 주십시오. 이것이 그곳 열쇠입니다. 교회의 시계가 11시를 치거든 가만히 열고 성 뒤편 테라스 쪽으로 곧장 가십시오. 다섯 번째 창문은 단속이 허술합니다. 발코니를 넘기만 하면 되지요. 다르슈 양의 방에 들어가면 빗장을 걸고 가만히 있어야 합니다. 아셨지요? 무슨 일이 있어도 움직여서는 안됩니다. 다르슈 양이 화장실의 창을 반쯤 열어 놓은 것을 확인했습니다만, 맞습니까?"

"그렇습니다. 내가 그런 습관이 붙도록 해 놓았지요."

"그곳으로 들어올 겁니다."

"그러나 당신은?"

"나도 그곳으로 들어가겠습니다."

"그 악한은 어떤 사람입니까?"

뤼빵이 망설이다가 이렇게 대답했다.

"아니……나도 모릅니다……곧 알게 될 겁니다. 그러니 무슨 일이 있더라도 침착하게 행동하십시오. 한 마디도, 그리고 움직여서도 안됩니다. 무슨 일이 일어나도……아셨지요?"

"약속하겠습니다."

의사는 사라졌다. 이윽고 뤼뺑은 2층과 3층의 창이 보이는 근처 둔덕 위로 올라갔다. 창문 몇 개가 밝았다.

그는 꽤 오랫동안 기다렸다. 불빛이 하나씩 꺼졌다. 그러나 그는 의사와는 반대 방향을 향해 오른쪽으로 돌아서 담벼락을 따라 그 전날 오토바이를 숨겨 놓았던 숲 속까지 왔다.

시계가 11시를 쳤다. 그는 의사가 과수원을 가로질러 성에 들어갈 때까지의 시간을 계산했다.

"됐어." 그는 중얼거렸다. "의사는 다르슈 양의 방에 닿았을 거야. 그러므로 그쪽은 안전하다. 자아, 뤼뺑, 구하러 가라. 적은 얼마 뒤면 마지막 방책을 쓰겠지……어쨌든 내가 나가지 않으면 안될 차례야."

그는 처음 왔을 때 했던 것과 똑같은 방식으로 가지를 끌어당겨 담벼락 위로 뛰어오른 다음, 거기서 나무가 우거진 숲 속으로 몸을 숨겼다.

그때 그는 바짝 귀를 기울이고 있었다. 마른 잎이 바스락 하고 소리를 낸 듯했다. 그리고 30미터쯤 앞에서 사람의 그림자가 움직이고 있는 것이 보였다.

"녀석이 냄새를 맡았군."

달빛이 스쳐 갔다. 뤼뺑은 그 사나이가 자기에게 권총을 겨누고 있는 것을 똑똑히 보았다. 그는 뛰어내리려고 생각하며 뒤를 돌아보았다. 그는 가슴 언저리에 충격을 느끼며 총소리를 듣고 분노에 찬 소리를 지르며 시체처럼 가지에서 가지로 굴러떨어졌다.

그동안 게루 의사는 아르센 뤼빵이 일러 준 대로 다섯 번째 창문으로 기어들어가 손으로 더듬어서 2층으로 올라갔다. 잔느의 방 앞에 이르자 가볍게 세 번 두들기고 안으로 들어가선 곧 빗장을 걸었다.

저녁때 입고 있던 옷을 그대로 입고 있는 그녀에게 나지막하게 말했다.

"침대에 누워요, 자는 체하고 있어야 합니다. 덜덜 떨리는데, 이거 몹시 춥군. 화장실 문이 열려 있지요?"

"네……닫을까요……."

"아니, 그대로 놔 둬요. 곧 올 겁니다."

"오다니요?"

잔느는 겁에 질려 재빨리 말했다.

"그렇습니다, 틀림없이."

"누가?"

"알 수 없지요……누군가 성 안에……아니면 뜰에 숨어 있겠지요."

"어머나, 무서워!"

"걱정할 것 없습니다. 당신을 지키고 있는 젊은이는 아주 힘이 세고, 빈틈없는 것 같으니까요. 안뜰의 어딘가에서 지키고 있을 겁니다."

의사는 스탠드를 끄고 창으로 다가서서 커튼을 올렸다. 2층을 따라 둘러쳐진 처마의 돌출 장식이 방해가 되어 안뜰 쪽이 보이지 않았으므로, 그는 침대 옆으로 돌아와서 걸터앉았다.

숨막히는 몇 분이 지났다. 그것이 두 사람에게는 끝없이 길게 생각되었다. 마을 교회의 시계가 울렸으나, 밤의 희미한 소리에 엇갈리어 두 사람에게는 거의 들리지 않았다. 두 사람은 신경을 곤두세우고 귀를 기울였다.

의사가 속삭였다.

"들었습니까?"

"네……."

침대에 앉아 있던 잔느가 대답했다.

"누우세요……누워요." 그는 잠시 뒤에 다시 말했다.

"옵니다……."

밖에서, 처마의 돌출 장식에 무엇인가 부딪치는 소리가 났다. 그런 다음 정체 모를 희미한 소리가 계속되었다. 그리고 가까이에 있는 창이 많이 열린 것 같은 느낌이 들었다. 차가운 공기가 흘러 들어왔던 것이다.

별안간 분명하게, 옆에 누군가가 있었다.

의사는 약간 떨리는 손으로 권총을 쥐었다. 하지만 일러 준 것을 어기는 게 아닐까 하고 꼼짝하지 않았다.

방 안은 칠흑같이 어두웠다. 수상한 자가 어디에 있는지도 보이지 않았다. 그러나 있는 것은 확실했다.

두 사람은 수상한 자의 눈에 보이지 않는 몸짓과 깔개 위로 소리나지 않게 걸어가는 걸음걸이를 헤아리고 있었다. 방의 문지방을 넘어 온 것은 의심할 여지가 없었다. 그 자는 걸음을 멈췄다. 그것은 두 사람도 알 수 있었다. 수상한 자는 침대에서 다섯 발자국쯤 떨어진 곳에 가만히 서 있었다. 분명 어둠 속에서 어림잡으려 하고 있으리라.

잔느의 손은 의사의 손 안에서 떨고 있었으며, 차가운데도 불구하고 땀에 흠뻑 젖어 있었다.

의사는 다른 한쪽 손으로 권총을 힘있게 쥐고 손가락을 방아쇠에 걸치고 있었다. 움직이지 말라고는 했지만 상관할 게 뭐람. 도둑이 침대 끝에 손을 대기만 하면 어림을 잡아 총을 쏘아 버리자.

수상한 자는 다시 한 걸음 옮기더니 또 멈춰섰다. 이 침묵, 이 암흑 속에서 서로를 살핀다는 것은 섬뜩한 일이었다.

도대체 어떤 자가 이 한밤중에 나타난 것일까? 이 사나이는 누구란 말인가? 어떤 무서운 증오가 있어 그녀를 덮치려고 하는가? 어떤 흉악한 짓을 꾸미고 있는 것일까?

잔느와 의사는 무섭기는 했으나, 진상을 알아보고 수상한 자의 얼굴을 확인하고 싶은 생각에 사로잡혔다.

수상한 자는 다시 한 걸음 내딛더니 그 다음에는 움직이지 않았다. 그 형체는 캄캄한 어둠보다도 한층 더 검은 빛으로 떠올랐고, 팔이 조금씩 올라가는 것처럼 보였다.

1분이 지났다. 다시 또 1분——

그때 별안간 그 사나이보다는 좀 더 멀리 오른쪽에서 바스락거리는 소리가 나며 밝은 빛이 수상한 사나이에게 쏟아져 정면으로 비추었다.

잔느는 공포에 질려서 소리를 질렀다. 그녀는 보았던 것이다. 단도를 손에 들고 덮쳐 오는 것을. 그녀는 보았던 것이다——아버지를!

거의 동시에 빛이 사라짐과 함께 총소리가 울렸다. 의사가 쏜 것이다.

"아니, 쏘지 마오!" 뤼뺑이 외쳤다.

그는 숨을 헐떡이고 있는 의사를 껴안았다.

"보셨지요……보셨지요……저기……달아나는……."

의사가 숨을 헐떡이며 말했다.

"내버려 두십시오……그것이 가장 좋습니다."

뤼뺑은 다시 회중전등을 켜들고 화장실로 달려가, 사나이가 사라져 버린 것을 확인한 다음 침착한 태도로 테이블 쪽으로 돌아와 전등불을 켰다.

잔느는 파랗게 질린 얼굴로 정신을 잃고 침대에 쓰러져 있었다.

의사는 긴의자에 몸을 웅크리고 두서없는 말을 중얼거리고 있었다.

뤼뺑은 웃으면서 말했다.

"자아, 기운을 내시오. 겁낼 필요는 없습니다. 이제 다 끝났으니까요."

"아버지가……아버지가……." 늙은 의사는 중얼거렸다.

"부탁하겠습니다, 선생님. 다르슈 양이 정신을 잃었어요. 치료를 해주십시오."

뤼뺑은 그 이상은 아무 말도 하지 않고 화장실로 들어가 처마의 돌출 장식을 내다보았다. 사닥다리가 걸려 있었다. 그는 재빨리 내려갔다. 담벼락을 따라 20걸음쯤 걸어가니 줄사닥다리의 가교에 부딪쳤다.

기어올라가자, 다르슈 씨의 방이 나왔다. 방은 비어 있었다.

"됐어, 이 친구, 정세가 불리하다고 여겨 증발해 버렸군. 잘 가게 ……문은 분명 잠겨 있겠지. 옳지, 바로 그대로군. 이리하여 환자는 정직한 의사를 속이고 한밤중에 유유히 일어나 발코니에 줄사닥다리를 걸어 놓고 재주를 부린 거로군. 여간 아니란 말이야, 다르슈 녀석!"

그는 빗장을 빼고 잔느의 방으로 돌아왔다. 의사는 방을 나와 그를 작은 응접실 쪽으로 데리고 갔다.

"자고 있으니까 방해하지 맙시다. 충격이 너무 커 회복하는 데 시간이 좀 걸릴 겁니다."

뤼뺑은 물을 한 컵 마셨다. 그런 다음 의자에 걸터앉아 조용히 말했다.

"뭐, 걱정할 건 없습니다. 이젠 다시 오지 않을 테니까요."

"무슨 뜻입니까?"

"이젠 다시 오지 않을 거라고 말하는 겁니다."

"왜요?"

"우선, 다르슈 양은 아버지한테 별로 애정을 느끼고 있지 않은 것 같기 때문입니다."

"그건 관계가 없습니다. 생각해 보십시오……딸을 죽이려는 아버지가 세상에 어디 있습니까! 몇 달에 걸쳐 흉악한 계획을 네 번, 다섯 번, 여섯 번이나 되풀이한 아버지입니다……그렇지요, 잔느만큼 예민하지 않은 사람이라도 싫어지지 않겠습니까? 이 얼마나 역겨운 일입니까."

"잊어버리게 될 겁니다."

"이런 일은 잊어 버릴 수가 없습니다."

"잊어 버리게 됩니다, 선생님. 그것도 지극히 간단한 이유로 말입니다."

"그건 무슨 뜻입니까?"

"잔느는 다르슈 씨의 딸이 아닙니다."

"아니!"

"다시 한번 말하겠는데, 저 나쁜 인간의 딸이 아닙니다."

"뭐라고요? 다르슈 씨는……."

"다르슈 씨는 잔느의 의부입니다. 잔느는 아버지, 진짜 아버지가 죽기 바로 전에 태어났습니다. 그래서 잔느의 어머니는 남편과 같은 성(姓)인 남편의 이종동생과 재혼했습니다. 그리고 잔느 양이 5살 되던 해에 세상을 떠났습니다. 잔느는 다르슈 씨의 손에 남겨졌습니다. 그는 잔느를 처음 얼마 동안 외국에 데리고 갔다가, 거기서 이 성을 샀습니다. 그리고 이 지방에는 아는 사람이 없으므로 잔느를 자기 딸이라고 말한 것입니다. 그녀 자신도 자기 출생의 진실을 모르니까요."

의사는 어안이 벙벙하여 중얼거렸다.

"그 얘기가 확실한 것입니까?"

"나는 하루 종일 파리의 구청을 돌아다니면서 조사했습니다. 호적을 열람하고 두 사람의 공증인에게 문의했으며, 여러 가지 증서를 보았지요. 의심할 여지가 없습니다."

"하지만 그것은 범죄, 아니 그보다 일련의 범죄라고 해야 할 이번 사건의 설명은 되지 않습니다."

"충분히 됩니다." 뤼뺑은 단언했다. "나는 맨 처음 이 사건을 접했을 때 다르슈 양의 한 마디로 수사 방향을 잡았습니다. 그녀는 '어머니는 16년 전에 돌아가셨어요…… 5살이 될 무렵이었어요.'라고 했습니다. 그렇다면 다르슈 양은 곧 21살이 되는 거지요. 그러니까 성인이 되기 직전인 겁니다. 나는 곧 이것이 중대한 점이라고 생각했습니다. 성인이란 재산을 정리하는 나이입니다. 어머니의 상속인인 다르슈 양의 재산 상태는 어땠을까요? 물론 나는 아버지에 관한 것은 전혀 생각지 않았습니다. 우선, 그런 것은 전혀 상상조차 할 수 없었습니다. 다음에 병을 앓고 누워 있는 다르슈가 꾸민 연극은……."

"정말로 병입니다." 의사가 가로막았다.

"그래서 혐의를 받지 않았던 것입니다……나부터도 그 사람까지 범행의 목적이 되어 있다고 생각했으므로 더욱 그랬지요. 그러면 그의 친척 가운데 그들을 없앰으로써 이익이 되는 사람이 있을까요? 파리에 가 보고 진상을 알았습니다. 다르슈 양은 어머니한테서 막대한 재산을 상속할 권리가 있는데 그녀의 의부가 가로채고 있었습니다. 다음달에는 파리에서 공증인이 소집되어 가족 회의가 열릴 예정이었습니다. 진상이 폭로된다면 다르슈는 파산입니다."

"그렇다면 그는 돈을 벌어 두지 않았던 겁니까?"

"벌었지요. 그러나 투기를 해서 큰 손해를 보았습니다."

"그렇지만 잔느는 그에게서 재산 관리권을 되찾지 않았던가요?"

"선생님이 모르고 있는 일이 하나 있습니다. 나는 쓰다 버린 편지를 읽고 그것을 알았습니다. 다르슈 양은 베르사이유에 있는 여자 친구 마르슬리느의 오빠를 사랑하고 있습니다. 그러나 다르슈 씨는 결혼에 반대하고 있기 때문에——이것으로 진상을 아실 수 있겠지요——잔느는 결혼하기 위해 성인이 되기를 기다리고 있었던 것입니다."

"과연……그렇다면 파산이군요."

"파산이지요. 다만 한 가지 구원될 기회는 의붓딸이 죽는 것입니다. 그러면 그가 상속인이 될 테니까요."

"정말 그렇군요. 하지만 혐의를 받지 않는 경우의 일이지요."

"물론입니다. 때문에 그는 사망이 우연인 것처럼 보이기 위해 그 같은 사고들을 꾸몄던 겁니다. 그러므로 내 쪽에서도 사태를 촉진시키기 위해 다르슈 양이 곧 출발한다는 것을 그에게 알리도록 당신께 부탁했던 것입니다. 그렇게 되면 자칭 환자는 밤의 어둠 속에 숨어 뜰이며 복도를 방황하면서 오랫동안 생각한 뒤 계획을 실행하기에는 시간이 없었습니다. 그렇습니다. 행동이, 즉각 나타나는 행동, 준비가 필요없는 거칠고 직접적인 행동이 필요하게 되었습니다. 나는 그가 결심하리라고 믿고 있었습니다. 그리고 그는 그렇게 다가왔던 것입니다."

"그는 경계하지 않았습니까?"

"나에 대해서는 경계했습니다. 내가 오늘 밤 돌아올 것이라는 것을 알고, 전에 내가 담벼락을 타고 올라왔던 장소를 지키고 있었습니다."

"그래서?"

"그래서" 뤼빵은 웃으면서 말했다. "가슴 한복판으로 탄환을 받았지요……실은 내 지갑이 탄환을 받았습니다만……이거 보십시오, 구멍이 보이지요……그래서 나는 죽은 사람처럼 나무에서 굴러떨어졌습니다. 그는 단 하나의 적을 처치해 버렸다고 생각하고 성 쪽으로 갔습니다. 가만히 지켜보니 두 시간 동안이나 방황하고 있더군요. 그런 다음 결심한 듯 곳간에서 사닥다리를 가져다가 창문에 걸쳤습니다. 나는 뒤를 쫓기만 하면 되었던 거예요."

의사는 생각에 잠겨서 말했다.

"당신은 그전에 목덜미를 잡아챌 수가 있었을 것 아닙니까. 왜 사닥다리를 올라오게 했지요! 그 체험은 잔느에게 있어서 쓰라릴 뿐더러……게다가 쓸데없는 일일 텐데."

"필요했습니다! 그렇지 않았다면 다르슈 양은 절대로 진상을 인정할 수가 없었을 것입니다. 살인범의 얼굴을 볼 필요가 있었습니다. 잠에서 깨어나면 사정을 말씀드려 주십시오, 곧 완쾌될 것입니다."

"그러나……다르슈 씨는……."

"그의 실종에 대해서는 적당하게 설명해 주십시오, 급한 여행이라든가……미쳐 버렸다든가……잠시 수색도 할 테지만, 곧 잊어버리게 될 것은 확실합니다."

의사는 고개를 끄덕였다.

"그렇지요……과연……옳은 말입니다. 당신은 참으로 교묘하게 해치웠습니다. 잔느의 생명의 은인입니다……잔느는 직접 자신의 입으로 당신에게 감사 인사를 할 것입니다. 그리고 나도 무엇인가 도움이 되어 드렸으면 합니다만……당신은 보안부와 무슨 관계를 갖고 있다고 하셨지요?……당신의 행동과 용기를 편지로 적어 칭찬해도 좋을까요?"

뤼뺑은 웃기 시작했다.

"물론이지요! 그런 편지라면 내게 유리하겠지요. 그 편지는 내 상관인 가니마르 경감 앞으로 보내 주십시오. 그의 부하인 쉴레느 거리의 폴 도브르유가 또 수훈을 세웠다는 것을 알면 크게 기뻐할 겁니다. 당신도 들어서 아시리라 생각합니다만, 저 '빨간 스카프' 사건에서 그의 지휘 아래 활약한 것이 바로 며칠 전의 일이지요. 성실한 가니마르 씨가 얼마나 기뻐할지 모르겠습니다. "

한 발 늦은 홈즈

"벨몬 씨, 당신은 정말 아르센 뤼빵을 닮았군요."

"그러면 뤼빵을 알고 있습니까?"

"아니, 세상 사람들과 마찬가지로 사진으로 보았을 뿐이오."

"그럼, 전혀 모른다는 게 아닙니까. 그의 사진은 하나하나가 모두 달라 보이거든요."

"그렇기는 합니다. 하지만 그러면서도 어느 사진이나 인상에 공통적인 점이 있어요. 그 점이 당신과 닮았습니다."

오라스 벨몬은 조금 발끈했다.

"그럴지도 모르지요. 도바느 씨, 그렇게 말하는 건 당신만이 아닙니다."

도바느는 역설했다.

"만약 당신이 나의 이종형제인 데스뜨반이 소개해준 사람이 아니라면, 그리고 내가 감탄하고 있는 훌륭한 바다의 그림을 그리는 유명한 화가가 아니라면 당신이 디에쁘에 있다는 것을 경찰에 알렸을지도 모를 정도입니다."

이 농담에 모두들 웃었다. 치베르메닐 성의 널따란 식당에는 벨몬과 그밖에 마을의 사제인 젤리스 신부, 부근에서 연습을 하고 있던 연대의 장교들 10여 명이 은행가 조르즈 도바느와 그의 어머니에게 초대되어 와 있었다. 그 가운데 한 사람이 외쳤다.

"그런데 사실 아르센 뤼뺑은 파리와 르 아브르의 특급 열차에서 그 유명한 재빠른 솜씨를 보여 준 다음 이 해안에 있다는 얘기 아닙니까?"

"그렇습니다. 그것은 3개월 전의 일이고, 나는 그 다음 주일에 카지노에서 이 훌륭한 벨몬 씨와 알게 되었습니다. 벨몬 씨는 그 뒤 몇 번이나 나를 방문해 주었지요. 아마 근간, 아니 좀 더 가까운 시일 밤에 한층 더 친절한 가택 수색을 해주겠지요!"

모든 사람들이 또다시 웃음을 터뜨렸다. 그런 다음 본디 위병실이었던 곳으로 옮겼다. 그곳은 천장이 높고 넓은 방으로, 교음 탑의 아래층을 모두 차지하고 있었다. 조르즈 도바느는 치베르메닐의 영주들이 몇 세기에 걸쳐 수집한 보물을 그곳에 모아 두고 있었다. 궤짝이며 찬장, 장작을 패던 받침대며 촛대 등이 장식되어 있었다. 돌벽에는 조화가 잘된 벽걸이가 걸려 있다. 네 개의 창가에는 벤치가 놓여 있고, 창은 납테두리를 붙이고 유리를 끼운 아치 형이었다. 문과 왼쪽 창 사이에는 르네상스 식의 당당한 책장이 서 있고, 그 꼭대기에는 황금 글자로 '치베르메닐'이라고 새겨져 있으며, 그 아래에서는 '네가 원하는 바를 하라'라는 가훈을 읽을 수가 있었다.

모두 여송연을 피우기 시작하자, 도바느가 계속해서 말했다.

"다만 빨리 해야 합니다, 벨몬 씨. 당신에게 남겨진 마지막 밤이니까요."

"무슨 말씀입니까?"

화가는 그 말을 농담이라고 생각하며 말했다.

도바느가 대답하려고 했을 때, 그의 어머니가 눈짓을 했다. 그러나 식당에서 한창 흥분된데다가 손님들의 흥미를 끌고 싶은 욕망이 더욱 강했다.

"상관없어요!" 그는 중얼거렸다. "이제 얘기해도 괜찮습니다. 별로 조심할 필요는 없으니까……."

사람들은 호기심이 자극되어 그의 주변으로 몰려와 앉았다. 그러자 그는 중대한 뉴스라도 발표하는 것처럼 득의양양한 모습으로 말했다.

"내일 오후 4시, 무엇이든지 환히 꿰뚫어보는 영국의 대탐정 셜록 홈즈가 저의 집에 오기로 되어 있습니다."

사람들이 감탄했다. 셜록 홈즈가 치베르메닐에 온다고? 정말일까? 아르센 뤼빵은 정말로 이 지방에 있을까?

"아르센 뤼빵과 그 일당은 아직 멀리 가지는 못했습니다. 카오릉 남작 사건은 말할 것도 없고 몬티니, 그뤼셰 그리벌의 강도 사건은 이 국민적 괴도가 아니고 누구의 짓이겠습니까?"

"카오릉 남작처럼 예고되어 있습니까?"

"같은 수법으로 두 번은 성공할 수 없습니다."

"그래서?"

"즉 이렇다는 겁니다."

그는 일어서더니 책상 위 두 권의 큰 책 사이에 나 있는 틈 사이를 손가락질했다.

"여기에 《치베르메닐 연대기》라는 16세기의 책이 있었습니다. 그것은 로마인의 성채였는데 그 뒤로콘 공(公)이 세운 때부터의 역사입니다. 거기에 석 장의 도판이 들어 있습니다. 한 장은 영지 전체의 조감도이고 또 한 장은 건물의 평면도, 세 번째는——이 점에 주의해 주시기 바랍니다——지하도의 설계도로 그 출구 가운데 하나는 성벽 바깥으로 통하고, 또 하나는 여기——그렇습니다, 우리들이 지금 있는 이 방으로 통하고 있습니다. 그런데 이 책이 지난 달 없어진 것입니다."

"저런!" 벨몬이 이렇게 말했다. "그건 나쁜 조짐이로군요. 그러나 셜록 홈즈를 부를 이유로는 빈약한 것 같은데요."

"물론입니다. 다른 사실이 없었다면 이것만으로는 부족했을 것입니다. 그러나 또 하나의 사실이 지금 말한 것의 의미를 확실히 해주었습니다. 국립도서관에도 이 연대기가 한 권 있었습니다만, 이 두 권의 책에서 지하도를 자세히 살펴보면 서로 다른 점이 있었습니다. 그것은 인쇄한 것이 아니라 잉크로 적혀 있는데, 군데군데 지워져 있었습니다. 나는 그것을 알고 있었지요. 또 정확한 평면도는 이 두 도면을 면밀하게 비교하지 않으면 안된다는 것도 알고 있었습니다. 그런데 내 책이 없어진 다음날 국립도서관에서 책을 빌린 사람이 있었는데, 어느 사이엔가 가져가 버리고 말았다는 겁니다."

방 안이 웅성거리기 시작했다.

"이번엔 일이 중대한걸."

도바느가 다시 말을 이었다.

"그래서 이번엔 경찰이 놀라 양쪽을 다 조사해 보았습니다만, 전혀 단서를 잡을 수가 없습니다."

"아르센 뤼빵의 사건은 모두 그렇다니까."

"그렇습니다. 그래서 나는 셜록 홈즈에게 도움을 청해 보자는 생각을 했습니다. 홈즈는 아르센 뤼빵을 상대로 하는 일이라면 꼭 해보고 싶다고 그러더군요."

"아르센 뤼빵에게는 그 얼마나 영광스러운 일인가!" 벨몬이 말했다. "그러나 당신이 말하는 이른바 국민적 괴도가 만일 치베르메닐에 대해 아무것도 계획하고 있지 않다면 셜록 홈즈도 따분하지 않을까요?"

"자, 의로운 홈즈의 흥미를 끄는 일이 얼마든지 있습니다. 지하도의 발견이……"

"아니, 방금 당신은 하나의 입구는 성 밖으로, 또 하나는 이 방으로 통한다고 하지 않았던가요?"

"어디에요? 이 방 안의 어느 곳에 말입니까? 도면에 그려져 있는 지하도의 선은 TG라는 머리글자가 적힌 조그마한 원에 연결되어 있었지요. TG는 교옴 탑임에 틀림없습니다. 그러나 탑은 동그랗기 때문에 그 원의 어느 곳으로 연결되는지 알 수가 없습니다."

도바느는 두 개비째 여송연에 불을 붙이고 나서 베네딕티느 술을 한 잔 따랐다. 사람들은 그에게 질문을 퍼부었다. 그는 흥미를 불러 일으킨 일로 해서 즐거워져 싱글벙글했다. 마침내 그는 입을 열었다.

"결국 비밀을 잃어버리고 말았습니다. 세계에서 누구 하나 그것을 알고 있는 사람은 없습니다. 전해 오는 말에 따르면 영주들은 대대로 임종할 때에 그 비밀을 전했다고 합니다만, 마지막의 조프로아는 대혁명 2년째인 테르미돌 7일에 19살로 단두대의 이슬로 사라졌습니다."

"그러나 1세기 이상 찾았을 텐데요."

"헛일이었습니다. 나도 콤방숀(프랑스 대혁명의 국민의회) 의원 루리불의 자손한테 이 성을 샀을 때 조사를 시켜 보았습니다. 그러나 헛수고였지요. 이 탑은 주위가 물로 둘러싸이고 한 군데만 성과 연결됐으므로, 지하도는 이 본디의 연못 아래를 지나고 있다고 생각할 수 있습니다. 국립도서관의 도면도 계단이 넷 있고, 합계 48 단으로 되어 있는 것으로 보아 깊이가 10미터 이상이 되리라고 생각됩니다. 다른 도면에 있는 척도로는 거리가 2백 미터라고 씌어 있습니다. 사실 문제는 여기 이 방바닥과 천장과 벽에 있습니다만, 솔직히 말해 부숴 버릴 수도 없는 일이거든요."

"실마리가 전혀 없습니까?"

"네."

젤리스 신부가 반대했다.

"도바느 씨, 하지만 두 개의 인용구를 믿어야만 합니다."

도바느는 웃으면서 외쳤다.

"아니! 신부님은 고문서 연구가라 기록을 많이 읽으셨겠지요. 그리고 치베르메닐에 대한 것이라면 무엇이든 열심이시죠. 하지만 신부님이 말씀하시는 설명은 문제를 복잡하게 만들 따름입니다."

"그렇지만……."

"여러분들도 그렇게 희망하십니까?"

"몹시."

"그렇다면 말씀드리겠습니다만, 신부님의 연구에 의하면 프랑스 국왕 두 사람이 수수께끼의 열쇠를 갖고 있었다고 합니다."

"국왕 두 사람이!"

"앙리 4세와 루이 16세이지요."

"그거 굉장한데. 신부님은 어떻게 그걸 알고 계십니까?"

"뭘, 간단하지요." 도바느는 말을 이었다. "아르코의 전쟁이 일어난 전전날, 앙리 4세는 이 성에 와서 식사를 하고 묵었습니다. 밤 11시에 노르망디의 첫째가는 미인 루이스 드 탕까르빌을 에드갈 공의 인도로 지하도를 통해 데려왔습니다. 그때 에드갈 공이 이 집의 비밀을 알려주었습니다. 그것을 앙리 4세는 나중에 대신인 슈리에게 알렸고, 슈리는 그의 저서 《왕실 경제 각서》 속에서 그 일화를 소개 한 다음, 다음과 같은 알 수 없는 문장 말고는 아무 주석도 달아 놓지 않았습니다. '도끼는 비록 공기가 떠는 공중에 선회하지만 날개가 펼쳐져, 사람들은 하느님에게로 날아간다.'"

모두 잠자코 있자 벨몬이 냉소했다.

"일목요연하다고는 할 수 없군요."

"그렇지요? 신부님은 슈리가 각서를 받아쓰게 한 서기에게 비밀이 새나가지 않도록 수수께끼와 같은 말을 했다고 합니다만."

"재미있는 가정이로군요."

"그건 인정합니다. 그런데 선회하는 도끼며, 펼쳐진 날개란 무엇일까요?"

"알 수 없는걸!" 벨몽이 계속 말했다. "게다가 사람좋은 루이 16세도 역시 부인의 방문을 위해 지하도를 뚫게 했다는 겁니까?"

"그건 알 수 없습니다. 말할 수 있는 것은 루이 16세가 1784년 치베르메닐에 머물렀다는 것, 가만의 보고에 따르면 루브르에서 발견된 유명한 철제 장롱 속에 루이 16세가 쓴 '치베르메닐, 2——6——12'라는 문구가 있는 종이쪽지가 들어 있었다는 것뿐입니다."

오라스 벨몽은 웃음을 터뜨렸다.

"만세! 비밀을 확실히 알게 되었습니다. 2——6——12입니다."

"당신이 아무리 웃는다 하더라도" 신부가 말했다. "해결이 이 두 개의 인용 문장에 들어 있다는 것은 변함없는 사실입니다. 그리고 언젠가는 누군가 이것을 반드시 풀고 말 것입니다."

"어느 누구보다 셜록 홈즈지요." 도바느가 말했다. "아르센 뤼빵이 선수를 치지 않는다면 말입니다. 벨몽 씨, 어떻게 생각하십니까?"

벨몽은 의자에서 일어나 도바느의 어깨에 손을 얹고 말했다.

"댁과 도서관에서 입수한 책이 제공하는 자료에는 가장 중요한 점이 빠져 있었습니다만, 당신은 친절하게도 그걸 가르쳐 주셨습니다. 고맙습니다."

도바느가 물었다.

"그래서요?"

"그래서 도끼가 선회하고, 공기가 떨며, 날개가 펼쳐지고, 2——6——12인 이상, 나는 이제 떠나야겠습니다."

"지금 당장 말입니까?" 도바느가 되물었다.

"그렇습니다! 오늘 저녁, 그러니까 셜록 홈즈가 도착하기 전에 나는 당신의 성에 침입해야 하지 않겠습니까?"

"과연 서둘러야 되겠군요. 바래다 드릴까요?"

"디에쁘까지?"

"디에쁘까지 바래다 드리고 나서, 야간 열차로 도착하는 단드롤 부처와 그들의 딸을 맞아 모셔 오겠습니다."

그리고 도바느는 장교들을 향해 덧붙였다.

"그럼, 여러분, 내일도 점심 시간에 여기에 모여 주십사 부탁드립니다. 기대하고 있겠습니다. 왜냐하면 이 성은 11시에는 당신네들 연대로 하여금 포위되어 돌격받을 테니까요."

이 초대는 승낙되었고 사람들은 헤어졌다.

잠시 뒤 한 대의 금성호(金星號) 2030이 도바느와 벨몬을 태우고 디에쁘 거리를 달렸다.

도바느는 화가를 카지노 앞에 내려놓은 다음 역으로 갔다.

밤중에 단드롤 부처 일행은 기차에서 내렸다. 자동차는 12시 반에 치베르메닐의 문을 들어서고 있었다. 1시에 살롱에서 가벼운 야식을 마친 다음 각자 자기 방으로 돌아갔다. 차례차례 불이 꺼졌다. 밤의 깊은 침묵이 성을 둘러쌌다.

그러나 구름 속에 숨어 있던 달이 나와 두 개의 창문을 뚫고 살롱에 하얀 빛을 쏟아넣었다. 그것은 잠깐 동안이었다. 달은 곧 언덕의 그늘 속으로 숨어 버렸다. 그리고 어두워졌다. 침묵에는 한층 더 캄캄한 어둠이 더해졌다. 때때로 가구의 삐걱거리는 소리가 희미하게 들려 오는가 하면, 끝의 담벼락을 초록빛 물로 씻고 있는 연못에서 갈대가 술렁거렸다.

쾌종시계는 끝없이 초를 새기고 있었다. 2시를 쳤다. 그런 다음 또다시 밤의 무거운 정적 속에서 초를 새겨 가는 소리가 성급하고도 단조롭게 계속되었다. 그리고 3시를 쳤다.

그때 무슨 소리가 났다. 그것은 열차가 지날 때 시그널이 열리며 떨어지는 듯한 소리였다. 그리고 가느다란 불빛이 살롱 안에서 이곳저곳을 비추었는데, 그것은 빛의 꼬리를 남기는 화살처럼 보였다. 그것은 오른쪽 책장 꼭대기에 기대어 세워 둔 장식 기둥의 한가운데 세로로 된 홈에서 비치고 있었다. 처음에는 반대편 벽에 붙인 널빤지 위에 밝은 원을 그리고 가만히 있었으나, 이윽고 어둠을 살피는 불안한 시선처럼 여기저기로 돌아다녔다. 꺼졌다가는 다시 빛나고, 그러는 동안에 책장의 일부분이 회전하여 둥근 천장처럼 생긴 커다란 입이 나타났다.

한 남자가 회중전등을 손에 들고 왔다. 이어서 둘째, 셋째 남자가 여러 가지 도구를 갖고 나타났다. 첫 번째 남자가 방 안을 둘러보면서 귀를 기울이더니 말했다.

"동료들 불러."

동료들 중 여덟 사람이 지하도로 올라왔다. 정력적인 얼굴에 떡 벌어진 몸집을 한 장정들이다. 짐을 나르는 일이 시작되었다.

그것은 매우 재빠른 동작이었다. 아르센 뤼뺑은 이리저리 돌아다니며 가구를 감정했고 그 크기와 예술적 가치에 따라서 용서해 주기도 하고 또 이렇게 명령하기도 했다.

"가지고 가!"

그러면 그 물건은 운반되어 갔으며, 터널의 입으로 빨려들어가 땅밑으로 보내어졌다.

이렇게 해서 루이 15세식 긴의자 6개와 의자 6개가 사라졌다. 오뷰손 융단, 구띠엘이라는 이름이 새겨진 촛대, 프라고나르의 그림 두 점, 나띠에 한 점, 우동의 작품인 흉상 한 점, 그리고 조그마한 조상 ——뤼빵은 때때로 훌륭한 궤짝이며 놀라운 그림 앞에 발을 멈추고는 한숨을 쉬었다.

"너무 무겁단 말야. 이건……너무 커……아까운데!"

그리고 그는 감정을 계속했다.

40분 동안 살롱은 아르센의 입버릇에 의한다면 '정리'되었다. 그리고 그것은 이 사나이들이 손을 대는 모든 물건이 두꺼운 솜으로 싸여 있기라도 한 것처럼 조금도 소리를 내지 않고 질서 정연하게 진행되었다.

그때 그는 부울의 서명이 들어 있는 장식 궤를 갖고 마지막으로 나가는 남자에게 말했다.

"이젠 오지 않아도 돼. 트럭에 싣고서 로크폴의 헛간까지 몰고가."

"그럼, 두목은?"

"오토바이를 남겨 둬."

사나이가 나가자 그는 책장의 비어져 나와 있던 한귀퉁이를 본디 자리로 밀어넣은 다음, 가구가 없어진 자리를 대충 손보고 발자국을 지우고 나서 문의 커튼을 들어올리고 탑과 성 사이에 있는 진열실로 들어갔다. 그 중간쯤에 유리 상자가 있었다. 그것 때문에 아르센 뤼빵은 조사를 계속했다.

그 상자에는 놀라운 것이 있었다. 시계며 담배 그릇, 반지, 혁대 장신구, 아름다운 세공으로 된 미니어처 등. 그는 핀셋으로 자물쇠를 열었다. 금과 은 제품이며, 정교한 소미술품을 만진다는 것은 그에게 있어 이루 말할 수 없는 즐거움이었다.

그는 우연히 얻은 진귀한 물건을 집어넣기 위해 준비해 온 커다란 자루를 어깨에 메고 있었다. 그 자루는 곧 가득해졌다. 윗저고리와 바지, 조끼의 호주머니도 가득 채워졌다. 그런 다음 옛날 사람들이 몹시 소중하게 여겼고, 지금의 유행도 열을 올리고 있는 머리에 꽂는 진주 장신구 다발에 손을 내민 바로 그때 희미한 소리가 귓전을 스쳤다.

그는 귀를 기울였다. 틀림없다. 소리는 뚜렷하게 들렸다.

갑자기 그는 생각이 났다. 진열실 끝에는 층계가 있고, 지금까지는 사용되지 않았으나 오늘 밤에는 도바느가 디에쁘로 마중나갔던 여자들이 묵고 있는 방으로 이어져 있었다.

그는 곧 전등을 껐다. 그가 창가에 닿기 전에 계단 위에서 문이 열리고, 희미한 불빛이 방 안을 비추었다.

누군가 위에서 조심스럽게 내려오는 것 같은 느낌이 들었다. 그는 커튼 뒤에 숨어 있었으므로 조금도 보이지 않았다. 도중에 멈춰섰으면 하고 생각했으나 내려와서 방안으로 한 걸음 발을 내딛었다. 그리고 그 사람은 앗! 하고 외쳤다.

틀림없이 유리 상자가 깨어지고 대부분 텅 비어 있는 것을 본 것이리라.

그는 냄새로 서 있는 것이 여자라는 걸 알았다. 옷이 그가 숨어 있는 커튼에 거의 닿고 있었다. 여자의 심장이 뛰는 고동 소리가 들리는 것 같았다. 여자도 뒤쪽 어둠 속 손이 닿는 바로 옆에 다른 사람이 있다는 것을 느꼈다. 그는 이렇게 생각했다. '여자는 두려워하고 있다. 가 버리겠지, 가지 않을 리가 없다.' 그러나 여자는 사라지지 않았다. 여자가 손에 들고 있던 촛불의 떨림이 멈췄다. 여자는 머리를 뒤로 돌리고 잠시 망설이며 무서운 침묵에 귀를 기울이고 있는 듯하더니, 이윽고 별안간 커튼을 제쳤다.

두 사람은 얼굴을 마주보았다.

아르센은 깜짝 놀라 중얼거렸다.

"당신이……당신이……아가씨……. "

그것은 넬리 언더다운이었다.

넬리 양! 대서양 항로의 아가씨 승객, 그 잊을 수 없는 항해 중에 이 젊은이와 꿈을 하나로 한 일이 있었던 여자——그가 체포된 장면에 입회하고 있었으며, 그를 배신하기보다는 오히려 그가 보석과 지폐를 숨겨 둔 코닥 카메라를 바닷속으로 던져 버리는 훌륭한 기량을 발휘한 여자……넬리 양! 감옥에서 무료할 때 그 모습을 떠올림으로써 그를 슬프게도 했던 사랑스러운 여자!

우연이라는 것은 이 성에서, 더구나 이 깊은 밤에 두 사람을 정면으로 마주보게 할 만큼 불가사의한 것이었다. 그래서 두 사람은 꼼짝도 하지 않고 말 한 마디 하지 못하는 채 상대의 뜻하지 않은 출현으로 최면술에라도 걸린 듯 아연해 있을 따름이었다.

넬리 양은 흥분한 나머지 비틀거렸으며 의자에 주저앉고 말았다.

그는 여자 앞에 서 있었다. 물건을 잔뜩 집어넣어 호주머니가 터질 듯 부풀어올라 있는 자기 모습이 어떤 인상을 줄 것인지 의식하고 있었다. 그의 마음은 몹시 난감했다. 현행범으로 발견된 도둑의 비참한 모습으로 서 있는 자신을 생각하자 얼굴이 붉어졌다. 앞으로 어떻게 되든, 그녀에게 있어서도 도둑——남의 호주머니에 손을 들이미는 인간, 문의 손잡이를 비틀어 열고 남의 집에 몰래 들어가는 인간인 것이다.

시계가 하나 융단 위로 굴러떨어졌다. 그리고 또 하나, 뿐만 아니라 다른 물건도 따라서 미끄러져 떨어질 것 같았지만 그것을 어떻게 막아야 할지 몰랐다. 그때 그는 갑자기 결심하고, 물건의 일부를 긴 의자 위에 내던지고는 호주머니도 자루도 모두 털었다.

그리고는 넬리 앞에서 마음이 약간 편해져, 말을 걸 작정으로 여자 쪽으로 한 발 내딛었다. 그러나 여자는 뒤로 물러났다. 그리고는 겁이 나기 시작했는지 갑자기 일어서더니 재빨리 살롱 쪽으로 갔다. 문이 닫혔으나 그는 뒤쫓아갔다. 여자는 당황하며 떨고 있었다. 여자는 다 털어가 버린 넓은 방을 겁먹은 얼굴로 바라보고 있었다.

이윽고 그가 입을 열었다.

"내일 3시에는 모두 이전대로 해 두겠습니다. 가구를 돌려 주겠습니다."

여자는 대답하지 않았다. 그는 되풀이했다.

"내일 3시에, 약속하겠습니다……어떤 일이 있어도 약속을 지키겠습니다……내일 3시에……."

긴 침묵이 두 사람을 덮쳐왔다. 그는 그 침묵을 깨뜨릴 수가 없었고, 여자의 흥분은 그를 몹시 괴롭게 했다. 그는 조용히 아무 말도 하지 않고 멀어져 갔다.

그는 이렇게 생각하고 있었다.

'빨리 가 주면 좋겠는데. 멋대로 가면 좋겠는데……나를 두려워하지 말아 주오.'

그러나 여자는 별안간 떨기 시작하면서 더듬더듬 말했다.

"들어 보세요……발소리가……걸어오고 있는 발소리가 들려요…….'

그는 놀라 여자를 보았다. 여자는 위험이 절박하게 다가오고 있는 것처럼 당황하고 있었다.

"아무 소리도 들리지 않습니다만……."

"뭐라고요! 달아나야 해요……빨리 도망가세요……."

"달아나다니……왜요?"

"달아나야 해요……달아나야 해요……아아, 여기 계시면 안돼요…….'

여자는 곧장 진열실 한쪽으로 달려가 귀를 기울였다. 아무도 없다.

어쩌면 소리는 밖에서 났을 것이다. 여자는 잠시 기다리더니 마음을 진정시키고 돌아왔다.

아르센 뤼뺑은 사라져 버리고 없었다.

도바느는 성을 털어 간 것을 보자 이렇게 생각했다. 이 일을 해치운 것은 벨몬이고, 벨몬은 아르센 뤼뺑임에 틀림없다고. 이것으로 모든 설명이 되었을 뿐만 아니라 달리 설명할 도리가 없었다. 물론 이러한 생각은 순간적으로 잠깐 머리를 스치고 지나갔을 뿐이었다. 그만큼 벨몬——즉 유명한 화가이며 그의 이종동생 데스뜨반의 친구이자 동료가 아니라는 것은 있을 수 없는 일이라고 생각되었던 것이다. 그래서 연락을 받은 헌병대 대장이 왔을 때 도바느는 그 어리석은 가정을 대장에게 이야기할 마음조차 일지 않았다.

오전 내내 치베르메닐은 우왕좌왕이었다. 헌병과 전원 간수, 디에쁘의 경찰서장, 마을 사람들, 이러한 사람들이 복도며 뜰이며 성의 주변을 서성이고 있었다. 연습중인 부대가 접근해 와서 총소리가 한층 더 이 장면을 화려하게 해주었다. 첫 번째 조사에선 아무런 단서도 잡을 수 없었다. 창문도 파괴되지 않았고 문도 부서져 있지 않은 점을 보면 비밀 출구를 통해 물건을 끌어낸 게 틀림없다. 그뿐만 아니라 융단 위에는 발자국도 전혀 없었고, 벽에도 아무 이상을 찾아볼 수 없었다.

다만 한 가지 뜻밖의 사실이 있어, 그것이 아르센 뤼뺑의 독특한 수법을 나타내 주고 있었다. 그것은 문제의 16세기 연대기가 본디 자리에 돌아와 있고, 그 옆에는 그것과 비슷한 국립도서관에서 훔쳐 간 책이 나란히 놓여 있는 일이었다.

11시가 되자 장교들이 찾아왔다. 도바느는 매우 기분좋게 그들을 맞았다. 그는 미술품을 도둑맞아도 기분이 상하지 않을 만한 재산을 갖고 있었던 것이다.

단드롤의 친구들과 넬리도 내려왔다.

소개가 끝나자 손님이 한 사람 부족하다는 것을 알 수 있었다. 오라스 벨몬이었다. 그는 오지 않을 것인가?

그가 오지 않았다면 조르즈 도바느는 그에게 혐의를 가졌을 것이다. 그러나 그는 12시 정각에 들어왔다.

도바느는 외쳤다.

"만세! 잘 왔어!"

"시간을 잘 지켰지요?"

"그렇군. 그러나 시간을 잘 지키지 못한 건지도 모르지……그런 소동이 있었던 다음날이니까! 뉴스는 들었지요?"

"어떤 뉴스 말입니까?"

"자네가 성을 털었다고 하는…….'

"아니, 저런!"

"정말이오. 그러나 우선 언더다운 양을 부축하고 식탁에 앉아 주시지요……아가씨, 이쪽은…….'

도바느는 그녀가 난처해 하므로 몹시 놀라 말을 끊었다. 그런 다음 갑자기 생각난 듯이 말했다.

"그러고 보니 당신은 이전에……아르센 뤼빵이 체포되기 전에……그와 함께 여행을 하셨다지요……꼭 닮아서 깜짝 놀란 모양이지요?"

여자는 대답하지 않았다. 벨몬은 여자 앞에서 미소를 짓고 있었다. 그는 몸을 굽혔다. 여자는 그의 팔을 잡았다. 그는 여자를 제자리에 안내한 다음 마주보고 앉았다.

식사 중 화제는 아르센 뤼빵에 대한 것, 가져간 가구에 대한 것, 지하도에 대한 것, 셜록 홈즈에 대한 이야기로 시종일관했다. 식사가 끝날 무렵 다른 화제로 옮겼을 때 벨몬이 대화 속으로 끼어들었다. 그는 농담을 하는가 하면 진지한 얼굴이 되었고, 웅변을 토하는가 하면 익살을 부리기도 했다. 그리고 그가 지껄이는 모든 것은 단지 그녀의 흥미를 돋구기 위해서인 듯싶었다. 그러나 그녀는 생각에 잠겨 조금도 듣고 있지 않는 것 같았다.

커피는 건물의 정면 곁에 있는 뜰이 내려다보이는 테라스로 내어왔다. 잔디 한가운데에서는 군악대가 연주를 시작했고, 농민들과 군인들이 뜰의 샛길로 모여들었다.

그러는 동안에도 넬리는 아르센 뤼빵의 약속을 생각하고 있었다.

"3시에는 모두 이전대로 해 두겠습니다……약속하겠습니다."

3시! 성의 오른편을 장식하고 있는 큰 시계의 바늘이 2시 40분을 가리키고 있었다. 그녀는 저도 모르게 줄곧 그 바늘을 바라보고 있었다. 그 다음, 쾌적한 흔들의자에 앉아 태평하게 몸을 흔들고 있는 벨몬을 바라보았다.

2시 50분……2시 55분……그녀는 괴로움이 섞인 일종의 초조감으로 가슴을 죄고 있었다. 그와 같은 기적이 정말 일어날 것인가? 정확한 시간에 실현될 것인가? 성에도, 벽에도, 뜰에도 사람이 가득하고, 바로 지금 눈 앞에서 검사며 예심판사가 조사를 진행시키고 있지 않은가.

그런데……그런데 아르센 뤼빵은 그토록 당당하게 약속을 했던 것이다! 그녀는 이 남자가 갖고 있는 힘과 위엄과 자신감에 압도되어, 그가 말한 대로 될 것이라고 생각했다. 그리고 그것은 기적으로가 아니라 당연한 결과로 일어나는 자연스러운 사건처럼 생각되었다.

순간 두 사람의 시선이 마주쳤다. 여자는 얼굴을 붉히며 외면했다.

3시……종이 울렸다. 하나, 둘, 셋……오라스 벨몬은 회중시계를 꺼내 보고, 큰 시계를 쳐다본 다음 회중시계를 다시 호주머니에 집어넣었다. 몇 초가 지났다. 그러자 잔디밭 둘레에 있던 군중들이 자리를 비키고 정원문을 들어선 두 대의 마차를 지나가게 했다. 두 대──이두마차였다. 그것은 연대 뒤에서 장교들의 고리짝이며, 군인들의 배낭을 나르는 수송차였다. 마차는 층층대 앞에 섰다. 공급 담당 중사 한 사람이 차에서 뛰어내리더니 도바느 씨에게 면회를 청했다.

도바느는 달려와서 계단을 내려갔다. 비막이 덮개 아래 그의 가구며 그림이며 미술품이 조심스럽게 꾸려져 단정하게 쌓여 있는 것이 보였다.

중사는 질문에 대답하고 난 뒤 부관한테서 받은 명령서를 보였다. 이 명령에 의해 제4대대의 제2중대는 아르끄의 숲 아르으 네거리에 놓여 있던 가구류를 치베르메닐 성의 소유자 조르즈 도바느 씨에게 3시에 전하게 되었다는 것이다. 서명은 브우벨 대령으로 되어 있었다.

"아르으 네거리에는" 중사는 덧붙여서 말했다. "모두 준비되어 잔디 위에 놓여져 있었습니다. 아무도 지키고 있지 않아 이상하다고는 생각했습니다만, 명령은 명령이니까요. "

장교 한 사람이 서명을 조사해 보았다. 아주 비슷하기는 했으나 가짜였다.

군악대는 연주를 중지했다. 짐은 수송차에서 내려지고 가구는 본디 자리로 돌아갔다.

이와 같은 소동이 한창 벌어지고 있는 동안, 넬리는 혼자서 테라스 가에 남아 있었다. 여자는 정리되지 않은 혼동 속에서 마음이 흩어져 심각한 불안을 느끼고 있었다. 갑자기 벨몬이 다가오는 것이 보였다. 여자는 만나고 싶지 않다고 생각했으나, 테라스의 양쪽은 난간으로 둘러쳐지고 오렌지며 협죽도며 대나무 화분이 있어 그가 오는 길 이

외로는 피할 길이 없었다. 여자는 꼼짝 않고 있었다. 햇볕이 대나무 이파리에 흔들리면서 그녀의 금발 위에 쏟아지고 있었다. 누군가 아주 낮은 목소리로 말했다.

"나는 어젯밤의 약속을 지켰습니다."

아르센 뤼뺑이 여자 곁에 와 있었다. 주위에는 아무도 없었다.

그는 망설이는 듯 안절부절못하는 목소리로 되풀이했다.

"나는 어젯밤의 약속을 지켰습니다."

그는 감사의 말을, 다만 여자가 이 행위에 대해 관심을 나타내는 몸짓만이라도 해주기를 기대하고 있었다. 그러나 여자는 잠자코 있었다.

이 경멸은 아르센 뤼뺑으로 하여금 초조하게 했다. 그와 동시에 그는 여자가 진상을 알게 된 지금, 두 사람 사이의 거리를 통감하지 않을 수 없었다. 그는 변명을 하여 자기 생활의 모험과 장대함을 보여주고 싶다고 생각했다. 그러나 말이 되어 나오지 않았고, 어떤 설명을 해도 소용없을 것 같았다. 그래서 그는 추억에 잠기며 슬픈 듯이 혼자 중얼거렸다.

"벌써 옛날 일이 되었군요! 플로방스 호의 갑판에서 지내던 긴 시간을 기억하고 있습니까? 그랬지요……당신은 오늘처럼 장미꽃을 갖고 있었습니다. 그것처럼 푸르스름한 장미를……나는 그걸 달라고 했지요……당신은 못 들은 것 같았습니다……그러나 당신이 가버리고 난 뒤 그 장미가 있었습니다……분명 잊으신 거겠지요…… 나는 그것을 소중하게 지니고 있었습니다……."

여자는 아직도 대답하지 않았다. 다른 것을 생각하고 있는 것 같았다. 그는 말을 이었다.

"그때 일로 봐서 지금 알고 있는 것을 생각지 말아 주십시오, 과거를 현재에다 묶어 주십시오! 나를 어젯밤 보았던 사람이 아니라 옛날 그 사람으로 생각해 주십시오……부탁입니다……나는 이제 옛날의 내가 아닙니까?"

여자는 눈을 들어서 그를 바라보았다. 아무 말 없이 뤼빵의 집게손 가락에 끼어 있는 반지에 손을 댔다. 거미발밖에 보이지 않았으나, 안쪽으로 돌려 두었던 돌은 훌륭한 루비였다.

아르센 뤼빵은 얼굴을 붉혔다. 그 반지는 조르즈 도바느의 것이었다.

그는 쓴웃음을 지었다.

"당신 생각은 옳습니다. 세 살 적 버릇이 여든까지 간다는 말이 있지요. 아르센 뤼빵은 아르센 뤼빵일 수밖에 없습니다. 그리고 당신과 뤼빵 사이에는 추억조차도 있을 리가 없습니다……용서해 주십시오……내가 당신 곁에 있다는 것만으로도 모욕이라는 사실을 나는 깨달아야 했습니다."

그는 모자를 손에 들고 난간을 따라 걸음을 옮겼다. 넬리가 그의 앞을 지나갔다. 그는 여자에게 매달려 애원하고 싶은 심정이 되었다. 그러나 용기가 나지 않아, 이전에 여자가 뉴욕의 선창가에서 트랩을 지나갔을 때처럼 다만 눈으로 뒤를 쫓았다. 여자는 문으로 연결된 층층대를 올라갔다. 잠시 동안 그 날씬한 뒷모습이 현관의 대리석 사이에 보였으나, 이윽고 그것도 보이지 않게 되어 버렸다.

해가 구름에 가려 흐려졌다. 아르센 뤼빵은 가만히 서서 모래 위에 남겨진 조그마한 발자국을 바라보고 있었다. 갑자기 그는 몸을 떨었다. 넬리가 기대서 있던 화분에 심은 대나무 밑에 장미꽃이 떨어져 있었다. 달라고 할 수 없었던 그 장미가……이것도 틀림없이 잊어 버리고 간 것이겠지……그러나 일부러 두고 간 것이 아닐까, 아니면 깜빡 잊고 그냥 놓고 간 것일까?

그는 정성들여 그것을 집어들었다.

꽃잎이 흩어졌다. 그는 유품처럼 그것을 하나 주웠다.

그는 이렇게 생각했다.

'이제 여기서는 아무것도 할 일이 없다. 더구나 셜록 홈즈가 끼어 든다면 일이 악화될 뿐이겠지.'

뜰에는 사람의 형체라고는 없었다. 더구나 입구에 세워져 있는 정 자 옆에는 헌병 무리가 있었다. 그는 숲 속으로 들어가 담벼락을 기 어올라, 가장 가까운 역으로 가기 위해 밭 가운데로 구불구불 나 있 는 샛길을 지났다. 10분도 걸어가기 전에 양쪽 제방에 끼어 길이 점 점 좁아졌다. 그가 그 좁은 길로 들어섰을 때 건너쪽에서 누군가 다 가왔다.

50살쯤 되어 보이는 남자로, 떡 벌어진 체격에 수염은 없었고, 옷 차림으로 보아 외국인인 듯했다. 손에는 무거운 지팡이를 들고 목에 가방을 메고 있었다.

두 사람은 스치듯 지나갔다. 외국인은 약간 영국식 발음이 섞인 투 로 말했다.

"말씀 좀 묻겠습니다만……성으로 가려고 하는데, 이 길로 가면 될 까요?"

"곧장 가서 담벼락이 나오면 왼쪽으로 들어가십시오. 여러분들이 기다리고 계십니다."

"네?"

"그렇습니다. 친구인 도바느가 어젯밤에 당신이 오신다는 걸 알려 주었지요."

"도바느 씨는 입이 가벼워서 곤란하군요."

"당신에게 누구보다 먼저 인사할 수 있어 다행입니다. 나보다 열렬 한 셜록 홈즈 숭배자는 없을 테니까요."

그의 목소리는 조금 빈정거리는 듯한 투였다. 그는 곧 후회했다.

왜냐하면 셜록 홈즈는 그를 발끝에서 머리끝까지 훑어보았으며, 그 눈의 날카로움에 아르센 뤼팽은 어떤 사진기에 찍힌 것보다도 더욱 정확하게 꿰뚫린 듯 느꼈기 때문이다.

'나를 알아보았구나' 그는 생각했다. '이제 이 사나이에게는 정체를 감출 필요조차 없다. 그런데……나라는 걸 알았을까?'

두 사람은 인사를 했다. 그때 발소리가 들렸다. 금속이 서로 부딪히는 소리와 함께 달려오는 말굽 소리였다. 헌병대가 오고 있었다. 두 사람은 제방의 풀숲으로 피해 말에 채이지 않도록 했다. 헌병대는 지나쳐 갔다. 꽤 긴 대열이었다. 뤼팽은 생각했다.

'모든 것은 바로 이 문제에 걸려 있다. 녀석은 나를 알아보았을까? 만약 그렇다면 녀석은 그것을 이용할 우려가 있지. 문제가 심각하다.'

마지막 헌병의 말이 지나쳐 가자 셜록 홈즈는 일어서서 아무 말 없이 옷에 묻은 먼지를 털었다. 가방의 가죽끈에 가시나무 가지가 붙어 있었다. 아르센 뤼팽은 얼른 그것을 털어 주었다. 그들은 다시 한번 서로 상대를 살펴보았다. 만약 누군가가 그때의 그들을 보았다면 이 두 강적의 첫 대면은 그야말로 훌륭한 구경거리였을 것이다. 특별한 능력 때문에 막상막하로 충돌하도록 운명지어져 있었던 것이다.

이윽고 영국인이 말했다.

"정말 고맙습니다."

"천만에요" 뤼팽이 대답했다.

두 사람은 헤어졌다. 뤼팽은 정거장으로, 셜록 홈즈는 성으로 향했다.

예심판사와 검사는 수사에서 아무런 성과도 올리지 못하고 돌아가 버렸으며, 사람들은 평판을 알고 있었으므로 호기심을 안고 셜록 홈즈를 기다리고 있었다. 홈즈의 모습이 너무나 평범했기 때문에 사람들은 약간 실망했다. 그들이 그리고 있던 모습과는 아주 딴판이었기 때문이다. 홈즈에게는 소설의 주인공다운 점은 물론, 셜록 홈즈라는 이름에서 떠오르는 수수께끼와 같은 악마처럼 생각되는 곳이 조금도 없었다. 그러나 도바느는 힘차게 소리쳤다.

"선생님, 드디어 와 주셨군요! 고맙습니다! 벌써 오랫동안 기다리고 있었습니다……나는 이제까지의 사건을 다행스럽게 생각할 정도입니다. 왜냐하면 그 때문에 와 주기를 바랐으니까요. 그런데 어떤 길로 오셨습니까?"

"기차로 왔습니다!"

"유감스러운 일이군요! 부두로 자동차를 보내 두었는데요."

"공식적인 영접이시군요? 게다가 대대적인 선전이시고! 일을 하기 쉽게 하는 좋은 방법이지요."

영국인은 볼멘 소리를 했다.

이 불쾌한 말투에 도바느는 당황했으나 농담을 하려고 애쓰면서 "일은 다행히 알려드렸던 것보다 쉽게 되었습니다."라고 말했다.

"어째서입니까?"

"범행은 어젯밤에 있었으니까요."

"당신이 내가 온다는 것을 입 밖에 내지 않으셨더라면, 범행은 어젯밤에 감행되지 않았을 것입니다."

"그러면 언제 했을까요?"

"내일이나, 그 뒤에 했을 테지요."

"그렇다면?"

"뤼뺑은 함정에 빠졌겠지요."

"그러면 내 가구는?"

"훔쳐 가지 못했겠지요."

"가구는 여기에 있습니다."

"그래요 ? "

"네, 3시에 돌아왔습니다. "

"뤼뺑에게서 ? "

"두 사람의 중사가 가져왔습니다. "

셜록 홈즈는 갑자기 모자를 깊숙이 눌러쓰고 가방을 고쳐 멨다. 도바느가 외쳤다.

"어떻게 하시려구요 ? "

"돌아가겠습니다. "

"왜 그러시죠 ? "

"가구는 있고, 아르센 뤼뺑은 없소. 내 임무는 끝났습니다. "

"하지만 나는 꼭 당신의 도움이 필요합니다. 어제 일어났던 일은 내일 또다시 있을지도 모릅니다. 왜냐하면 가장 중요한 일을 알지 못하고 있으니까요. 아르센 뤼뺑은 어떤 방법으로 침입했는가 ? 어떻게 나갔는가 ? 그리고 왜 몇 시간 뒤에는 물건을 돌려보냈는가 하는 것 등등……. "

"아니 ! 모르신다고요 ? "

찾아내야 할 비밀이 있다는 생각이 셜록 홈즈의 기분을 바꿔주었다.

"좋습니다. 찾아봅시다. 그러나 시급히 해야 합니다. 될 수 있는 대로 둘이서만……. "

이것은 분명히 자리에 앉은 방안의 여러 사람들에게 들으라는 듯이 빗대어 하는 말이었다. 도바느는 알아듣고 이 영국인을 살롱으로 안내했다. 홈즈는 무뚝뚝한 말투로 미리 생각해 두었던 것 같은 문구로 ──그것도 아주 말수 적게── 어제 초저녁에 있었던 일에 대해, 거기 모여 있었던 손님에 대해, 성에 자주 드나드는 사람들에 대해 질문했다. 그리고 그는 두 권의 연대기를 조사하고 지하도의 도면을 비교하고는, 젤리스 신부가 지적한 인용 문제에 대해 들은 다음 이렇게 물었다.

"당신이 처음으로 그 두 개의 인용문에 대해 얘기하신 것은 어제였군요?"

"네, 어제였습니다."

"오라스 벨몬 씨에겐 전에 절대로 얘기하지 않으셨지요?"

"절대로."

"좋습니다. 자동차를 준비하라고 일러 주십시오, 한 시간 뒤에는 떠나겠습니다."

"한 시간 뒤에!"

"아르센 뤼빵도 당신이 제출한 문제를 푸는 데 그 이상의 시간은 걸리지 않을테니까요."

"내가……문제를 제출……."

"그렇구말구요, 아르센 뤼빵과 벨몬은 동일 인물입니다."

"나도 그렇지 않은가 했지만……에잇! 변변치 못한 녀석!"

"그러니 당신은 어젯밤 10시에 뤼빵이 몇 주일 전부터 찾고 있던 비밀의 열쇠를 넘겨주고 말았습니다. 그래서 뤼빵은 밤중에 비밀을 풀고, 일당을 집합시켜 훔쳐낼 수가 있었던 것입니다. 나 역시 그만큼 빨리 할 자신이 있지요."

그는 생각에 잠겨서 방 안을 왔다갔다 하고 있더니 이윽고 의자에 걸터앉아 긴 다리를 꼰 다음 눈을 감았다.

도바느는 질린 채 기다리고 있었다.

'잠자코 있는 건가, 아니면 생각하고 있는 건가?'

할 수 없이 그는 명령을 하기 위해 나갔다. 돌아와 보니 홈즈는 진열실 계단 아래 무릎을 꿇고 융단을 조사하고 있었다.

"뭐가 있습니까?"

"보십시오……여기……촛농이 떨어진 자리를……."

"아니, 정말……처음 보는 것입니다……."

"그것은 계단 위에도 있고, 아르센 뤼빵이 깨뜨린 이 유리 상자 주위에는 더 많이 있습니다. 녀석은 안에 있던 물건을 꺼내어 이 긴 의자 위에 놓았던 것입니다."

"그래서 결론은?"

"아무것도 없습니다. 이것은 틀림없이 그가 돌려보낸 데 대한 설명은 되겠지요. 그러나 이런 문제를 연구하고 있을 틈이 없습니다. 중요한 것은 지하도의 도면입니다."

"당신의 생각으로는 역시……."

"생각이 아닙니다. 알고 있습니다. 성에서 이삼백 미터쯤 떨어진 곳에 성당이 있지요?"

"부서진 성당인데, 그곳에 롤롱 공(公)의 묘가 있습니다."

"운전수에게 일러 그 성당 옆에서 기다리게 해 주십시오."

"운전수는 아직 돌아오지 않았습니다. 연락이 있을 겁니다……그런데 당신은 지하도가 성당으로 통하고 있다고 생각하시는 것 같군요. 어떤 단서에서……?"

셜록 홈즈는 말을 가로막았다.

"사닥다리와 전등을 갖다 주십시오."

"네? 전등과 사닥다리가 필요하단 말씀이죠?"

"물론입니다. 필요하기 때문에 부탁드리는 것입니다."

도바느는 약간 어리둥절하여 벨을 울렸다. 두 가지 물건을 가져왔다.

그런 다음 마치 군대의 호령처럼 엄격하고 정확한 명령이 차례차례로 튀어나왔다.

"이 사다리를 책장에 걸쳐두시오. 치베르메닐이라고 적힌 글자 왼편에……."

도바느가 사다리를 세우자, 영국인이 계속해서 말했다.

"좀더 왼쪽……오른쪽……됐소! 올라가서……좋아요…… 그 글자는 모두 돋을새김이지요?"

"그렇습니다."

"H라는 글자를 보십시오, 어느 쪽으로든 돌아갑니까?"

도바느는 H라는 글자를 만져보고는 크게 소리쳤다.

"돌아갑니다! 오른쪽으로 원의 4분의 1만큼! 어떻게 해서 아셨지요?"

셜록 홈즈는 그의 말에는 대답도 하지 않고 계속했다.

"거기에서 R자에 닿습니까? 그렇지……빗장처럼 몇 번이고 움직여 보시오."

도바느는 R자를 움직였다. 그러자 놀랍게도 그것이 안쪽으로부터 빠졌다.

"됐습니다." 셜록 홈즈가 말했다. "그 다음은 사다리를 반대쪽, 그러니까 치베르메닐의 어미 쪽으로 밀고 가면 됩니다……좋아요……이번엔 내가 잘못 알고 있지 않다면 L자가 창문처럼 열릴 겁니다."

도바느는 약간 점잔을 빼면서 L자에 손을 댔다. L자가 열렸다. 그러나 도바느는 사다리에서 굴러떨어졌다. 책장에 있는 치베르메닐의 머리글자와 어미 사이의 부분이 한바퀴 회전하여 지하도의 입구가 열렸던 것이다.

셜록 홈즈는 태연자약하게 말했다.

"다치지 않으셨습니까?"

"아니, 괜찮습니다." 도바느는 일어서면서 말했다. "다치지는 않았습니다만, 깜짝 놀랐습니다……글자가 움직이고……지하도의 입구가……."

"슈리의 인용문과 일치하고 있지 않습니까?"

"어떻게요?"

"뭘 대단한건 아니죠. H(아쉬——도끼)는 선회하지만, R(에엘——공기)은 떨며, L(엘——날개)은 펼쳐진다……이리하여 앙리 4세가 엉뚱한 시간에 탕까르빌 양을 맞이할 수가 있었던 것입니다."

"하지만 루이 16세는?" 몹시 놀라며 도바느가 물었다.

"루이 16세는 훌륭한 대장장이요 솜씨있는 자물쇠공이었습니다. 나는 그의 저서라고 일컬어지는 《조립식 자물쇠론》을 읽은 적이 있지요. 치베르메닐이 폐하께 이 걸작을 보여 드린다는 것은 신하로서 충성스러운 일이었던 것입니다. 국왕은 기억해 두기 위해 2——6——12라고 적어 두었습니다. 그러니까 치베르메닐(THIBER MESNIL)의 두 번째, 여섯 번째, 열 두 번째의 글자, H와 R과 L입니다."

"아, 과연 이제 이해가 갑니다. 그러나 이 방에서 나가는 것은 알았습니다만 뤼뺑이 어떻게 들어올 수 있었는지는 알 수가 없습니다. 그는 밖에서 들어왔으니까요."

셜록 홈즈는 전등을 켜고 지하도로 몇 발 내딛었다.

"저기를 보십시오, 이렇게 보면 그 장치는 시계의 태엽과 비슷해서 완전히 알 수 있습니다. 글자가 전부 뒤집어져 있지요? 그러므로 뤼뺑은 이쪽에서 움직이게 하면 되었던 것입니다."

"증거는?"

"증거라고요? 이 기름 묻은 자리를 보십시오. 뤼뺑은 톱니바퀴에 기름을 부어 넣을 필요가 있다는 것까지도 알고 있었습니다."

셜록 홈즈는 감탄한 듯이 말했다.

"하지만 다른 출구를 알고 있었을까요?"

"나도 알고 있습니다. 따라 오십시오."

"지하도를 말입니까?"

"무섭습니까?"

"아니, 하지만 분명히 길을 아십니까?"

"눈을 감고도."

두 사람은 먼저 열 두 단을 내려갔다. 그런 다음 다시 열 두 단, 다시 열 두 단을 두 번, 그리고 나서 두 사람은 길다란 복도를 걸어갔다. 그 벽돌로 된 벽은 여러 차례 수리를 한 흔적이 있었고, 군데군데 물이 스며들어와 있었다. 땅바닥은 축축했다.

"연못 아래를 지나고 있는 중입니다."

도바느는 안절부절못하면서 말했다.

복도의 막다른 곳에 다시 열 두 단의 계단이 있었다. 그리고 또 각각 열 두 단의 계단이 3개 있었다.

두 사람은 애를 써 가며 그것을 올라갔다. 다 오르자 바위를 뚫어 만든 조그마한 동굴이 나왔다. 그러나 길은 막혀 있었다.

"제기랄!" 셜록 홈즈는 중얼거렸다. "여기서 막힌다면 곤란한데."

"돌아갑시다." 도바느는 중얼거렸다. "이 이상 조사할 필요는 없으니까요. 이제 다 알았습니다."

그런데 영국인은 머리를 쳐들고 안도의 한숨을 내쉬었다. 두 사람의 머리 위에는 입구와 같은 장치가 되어 있었다.

3개의 글자를 움직이기만 하면 되었다. 화강암 덩어리가 움직였다. 뒤쪽은 'THIBERMESNIL'이라는 열 두자가 돋을새김으로 되어 있는 롤롱 공의 묘석이었다.

그리고 두 사람은 영국인이 짐작하고 있던 대로 반쯤 부서진 작은 성당 안에 있었다.

"'사람들은 하느님에게로 날아간다.' 그러니까 성당으로 들어간다는 것입니다." 홈즈는 인용문을 설명했다.

"그토록 간단한 문장만으로 어떻게 그리 잘 아셨지요?"

"그런 건 없어도 되었습니다. 국립도서관의 책에는 선이 왼쪽에서는 원에 연결되어 있고, 오른쪽에서는 십자에 연결되어 있었습니다. 그 십자는 지워져서 확대경으로밖에 보이지 않습니다. 십자는 분명히 이 성당을 의미하고 있습니다."

영국인은 말했다.

가엾은 도바느는 자기의 귀를 믿을 수가 없었다.

"놀랄 만한 일이고 한편으로는 유치할 정도로 간단하군요! 어째서 이 비밀을 알아낼 수가 없었을까요?"

"그것은 서너 가지의 중요한 점을 아무도 연결시킬 수가 없었기 때문입니다. 그러니까 두 권의 책과 인용문을 아무도 연결시키지 못한 거지요, 뤼뺑과 나 말고는."

"그러나 나도 알고 있었는데요." 도바느가 반박했다. "그리고 젤리스 신부도요. 우리는 둘 다 당신만큼은 알고 있었습니다……."

홈즈는 소리를 죽여 웃었다.

"도바느 씨, 아무나 수수께끼를 풀 수 있는 건 아닙니다."

"그러나 나는 10년이나 찾았습니다. 그것을 당신은 10분으로……."

"뭘요! 습관이지요."

두 사람은 성당을 나왔다. 영국인이 외쳤다.

"아니, 자동차가 기다리고 있잖아!"

"내 것입니다."

"당신 것이라고요? 그러나 운전수는 돌아오지 않았을 텐데요."

"아참, 그랬지……이상한데……."

두 사람은 자동차가 있는 곳까지 갔다. 그리고 도바느는 운전수를 불렀다.

"에드와르, 누가 이곳으로 가라고 이르던가?"

"벨몬 씨였습니다." 운전수가 대답했다.

"벨몬 씨? 그를 만났나?"

"네, 역 부근에서 만났습니다. 성당으로 가라고 하시더군요."

"성당으로 가라고? 무엇 때문이지?"

"주인님과 친구분을 맞으러……."

도바느와 셜록 홈즈는 얼굴을 마주 보았다. 도바느가 말했다.

"그 사람은 당신에게 있어 이 수수께끼를 푸는 일은 누워서 떡먹기라는 것을 알고 있었던 것입니다. 재치있는 칭찬인데요."

만족스러운 듯한 미소가 탐정의 얇은 입술을 벌어지게 했다. 이 칭찬이 마음에 들었던 것이다. 그는 머리를 끄덕이면서 말했다.

"상당한 인물이더군요. 잠깐 만나보고 알았지요."

"만나 보셨습니까?"

"아까 길에서 스쳐 갔지요."

"당신은 그것이 오라스 벨몬, 말하자면 아르센 뤼빵이라는 걸 아셨단 말씀이지요?"

"아니, 그러나 그 뒤에 바로 알았습니다. 그 익살을 부리는 걸 봐서 말이죠."

"그런데도 달아나게 내버려 두셨습니까?"

"그랬지요. 내 쪽이 유리했습니다만……헌병이 5명이나 지나가고 있었으니까요."

"왜 그렇게 하셨지요? 아주 좋은 기회였는데."

"바로 그 점입니다." 영국인은 의기양양하게 말했다. "아르센 뤼빵 정도의 상대에게 셜록 홈즈는 기회를 이용하거나 하지는 않습니다. 기회를 만들어 내지요."

그러나 시간이 절박했다. 뤼뺑이 친절하게도 자동차를 이쪽으로 돌려 준 것이니만큼 이용하지 않으면 안되었다. 도바느와 셜록 홈즈는 쾌적한 자동차 안으로 들어가 등을 기대고 출발했다. 밭이며 나무숲이 뒤로 달려갔다. 코오 지방의 완만한 기복이 눈 앞에서 평평해졌다. 별안간 도바느의 시선은 연장궤에 들어 있는 조그마한 꾸러미로 끌렸다.

"아니, 이게 뭘까? 이 꾸러미는 누구의 것이지? 당신 것이군요."

"내 것이라고요?"

"읽어 보십시오, '셜록 홈즈 귀하, 아르센 뤼뺑으로부터'"

영국인은 그 꾸러미를 받아서 끈을 풀고 두 장의 포장지를 펼쳤다. 그것은 회중시계였다.

"아니!" 그는 분노로 몸을 떨면서 외쳤다. "시계가……."

도바느가 말했다.

"어쩌면……."

영국인은 대답을 하지 않았다.

"뭡니까, 당신의 시계군요. 아르센 뤼뺑이 당신의 시계를 돌려 주었군요! 그러나 돌려 주었다면 훔쳤다는 얘기가 되지요……당신의 시계를 말입니다. 아, 이건 고급시계로군요. 아르센 뤼뺑이 훔쳐 간 셜록 홈즈의 시계! 얼마나 우스운 일입니까? 아니, 정말……실례지만……정말 참을 수가 없군요."

그는 실컷 웃고 나더니, 확신에 찬 말투로 단언했다.

"정말이지, 과연 뛰어난 인물이군요."

영국인은 꼼짝도 하지 않았다. 디에쁘에 도착할 때까지 지평선에 시선을 못박은 채 한마디도 하지 않았다. 그의 침묵은 기분이 나빴고 이해할 수 없었으며, 어떤 맹렬한 격분보다도 강렬했다. 그는 부두에서 이미 분노의 그림자도 사라진 듯이 뛰어난 아름다운 의지와 정력이 느껴지는 말투로 다만 이렇게 말했을 뿐이었다.

"그렇습니다, 그 녀석은 뛰어난 인물입니다, 도바느 씨. 내가 이 손으로 어깨를 붙들고 싶은 인물입니다. 그리고 언젠가는 아르센 뤼빵과 셜록 홈즈가 다시 만날 날이 있을 거라고 생각합니다. 그렇지요, 세상은 너무 좁기 때문에 우리 두 사람이 만나지 않을 리가 없습니다……그리고 그 날이야말로……."

인간적인 너무나 인간적인 도둑 아르센 뤼빵

모리스 르블랑은 1864년 프랑스의 북부 도시 르왕에서 태어났다. 잔 다르끄가 화형당했던 이 도시는 전설과 역사로 점철된 곳으로, 이 도시를 중심으로 하여 빠리 이북에서부터 그가 정열을 쏟아 가꾼 장미 화원이 있는 에트르따의 노르망디 해안에 걸쳐 그의 괴도 뤼빵이 활약하는 무대가 된다.

아버지는 작은 조선공장을 경영하는 선주였다. 집안이 유복하여 모리스는 이 도시에 있는 꼬르네이유 중등학교에 다녔다. 성적은 우수했고, 또한 가정이 문학적인 분위기에 싸여 있었으므로 그의 문학적인 소질을 살리는 데 크게 도움이 되었다고 생각된다.

그는 어렸을 때 조부모의 영지와 가까운 윈드리유 사원 안에 지어진 야외 극장에서 누이 조르세뜨가 출연하는 연극을 열심히 구경했다. 소년인 그는 그 가운데 《맥베드》며 《헬레아스와 메이잔드》에 특히 감격했다고 한다.

빠리에 나온 르블랑은 맨처음 〈질 블라스〉 등의 신문 잡지 편집자가 되었다. 본디 그는 자유사상가로서 무정부주의자이며, 19세기 끝

무렵에서 20세기에 걸쳐 프랑스의 여론을 둘로 나누었던 드레퓌스 사건에서 졸라 등과 함께 드레퓌스를 변호하고 정의를 위해 싸웠다.

플로베르며 모파상 문학의 영향을 받았던 그는 역시 그와 같은 자연주의적 풍속소설을 써서, 그것을 〈질 블라스〉〈피가로〉〈꼬메디아〉〈주르날〉 등에 기고하였다. 그 가운데서도 〈질 블라스〉지에 발표한 《어떤 여인》은 매우 평판이 좋아 쥘르 르나아르라든가 독설가로 유명했던 레옹 브르와의 호평을 얻었다.

그 무렵 27, 8세였던 그는 그로부터 40세가 될 때까지 많은 소설과 희곡을 썼다. 《부부들》《괴로움 많은 사람들》《신비의 시간》《죽음의 작품》《천한 부부》《그려진 입술》 등등.

이 책 이름들이 보여주듯 어느 것이나 심리소설 및 풍속소설이었지만, 이미 자유사상가이며 반속주의자였던 그는 이러한 중편소설에서 그 무렵 부르주아 사회의 풍속이며 모든 제도에 강한 반감을 나타내고 있었다. 따라서 그의 작품은 그 무렵 일부 사람들에게는 인정받았지만, 뒷날의 모리스 르블랑만큼 유명하지는 못했다.

그의 이름을 오늘날만큼 유명하게 하고, 22개 나라 말로 번역되어 온 세계에 퍼질 수 있게 한 것은 《괴도 신사 뤼뺑》이다.

그것은 참으로 우연한 일이었다. 어느 날 친구인 삐에르 라피뜨가 자신이 발행하는 잡지에 소설을 써 줄 것을 부탁해 왔으므로, 르블랑은 그다지 내키지 않는 마음으로 《체포된 뤼뺑》이라는 단편을 써보냈다. 이것은 뤼뺑을 주인공으로 한 그의 첫 작품집 《괴도 신사 뤼뺑》의 첫머리를 장식하는 단편인데, 생각했던 바와는 달리 라피뜨는 이 단편을 잡지에 싣기를 거절했다. 그러나 그것은 뛰어난 편집자였던 라피뜨가 르블랑으로 하여금 좀더 많은 작품을 쓰게 만들려는 생각에서 취한 처사였다. 그리하여 그 단편과 똑같은 등장인물이 나오는 작품을 열 편 넘게 쓰도록 권했던 것이다.

르블랑은 이 권고를 받아들여 차례로 작품을 써 나갔다. 즉 《감옥 속의 뤼뺑》《뤼뺑의 탈주》《이상한 여행자》 등이었다. 이때가 되어서야 라피뜨는 처음으로 최초의 작품 《체포된 뤼뺑》을 〈쥬 세 또우〉지의 1907년 7월호에 실었다.

이 단편은 매우 평판이 좋았다. 그 무렵의 비평가 쥘르 끌라르띠의 평을 빌면, "살롱에서의 유일한 화제가 되었을 뿐만 아니라, 세상 일반 사람들을 열광케 한 이 놀라운 인물은 〈쥬 세 또우〉지에 실린 그 날부터 수십만의 독자를 놀라게 하고 흥미롭게 해주었으며 모든 다른 잡지를 정복했다"고 한다.

라피뜨는 이 기회를 놓치지 않고 계속 써 모았던 단편들을 차례로 발표했다. 잡지는 날개돋친 듯 팔렸으며 모리스 르블랑의 명성도 높아졌다.

성공은 작가의 살아 가는 방법까지도 바꾸게 했다. 르블랑은 본디 탐정 작가가 되려는 생각은 없었다. 그러나 차례로 발표하는 작품이 호평을 얻게 되자, 이제는 탐정 소설 말고는 흥미나 관심을 갖지 않게 되었다. 그는 1941년 76세로 남 프랑스의 페르피니앙에서 세상을 떠나기 6년 전인 1935년에 이르기까지 50권쯤 되는 미스터리소설을 썼다.

그것은 지은이 르블랑이 상상력이 풍부하여 차례차례로 재미있는 줄거리를 생각해 낼 수 있었기 때문이기도 하겠지만, 르블랑이 어렸을 때부터 글쓰기를 즐겼던 것이 크게 도움되었던 것도 사실이다. 르블랑의 문장을 원문인 프랑스어로 읽어 보면, 그 간결하고 힘있는 훌륭한 문체에 감탄하게 된다. 또한 그의 만년의 작품에는 그가 젊었을 때 열중했던 심리소설의 수법을 엿볼 수 있어, 이 작가가 단순한 미스터리소설 작가에만 그치지 않는다는 것을 잘 나타내 주고 있다.

또한 다음과 같은 말에서 그가 소설을 씀에 있어 매우 엄격했음을 알 수 있다.

"나는 같은 장을 열 번이나 다시 고쳐 쓸 때가 있다. 나는 작중 인물을 그들이 무대 위에서 연기하고 있다고 상상하면서 쓴다. 나는 그들의 목소리를 듣는다. 그리하여 무대와 마찬가지로 하나하나의 장면이 잘 균형을 이루게 하기 위해, 그리고 또한 심리적인 움직임이나 긴장감을 최대한으로 살릴 수 있도록 써나간다. 여기에는 엄격한 논리와 딜레탕티즘(예술, 문학 등을 취미삼아 즐기는 태도)의 요소가 필요하다. 이것이야말로 모험소설의 참다운 처방이라 하겠다."

이것은 작자의 비상한 정신 상태를 나타내주는 동시에, 그의 모험소설이 그 배경이며 소도구가 얼마쯤 낡았음에도, 이제까지도 독자를 붙들고 있는 이유를 설명해준다.

아직도 온 세계의 독자가, 많은 소년 소녀가 비록 작자인 모리스 르블랑의 이름은 모를지라도 《괴도 신사 뤼뺑》만은 즐겨 읽고 있다. 물론 르블랑이 이러한 작품을 쓰고 있던 무렵에도 괴도 신사 아르센 뤼뺑은 작자 이상의 존재였다고 한다.

《셜록 홈즈》가 역시 그러해서, 작자인 코난 도일의 이름은 몰라도 영국의 명탐정 셜록 홈즈를 모르는 사람이 없는 것과 같다. 이와 같이 명작이란 어떤 경우에도 그것을 낳은 작자를 뛰어넘어 살아가는 것이다.

코난 도일에 대해서 르블랑은 그가 최초의 탐정 소설 《체포된 뤼뺑》을 쓴 무렵을 회상하며 이렇게 말하고 있다.

"그 무렵 나는 탐정 작가 따위는 아무도 알지 못했다. 코난 도일의 이름조차도 몰랐을 정도였다. 만약 내가 어떤 사람의 영향을 받았다고 한다면, 그것은 에드가 앨런 포 외에는 없다. 포는 미스터리 소설 작가 중에서 사건보다도 분위기에 힘을 기울인 유일한 작가이다."

르블랑이 이 미국의 뛰어난 미스터리 작가 포를 존경하여, 그의 작품을 즐겨 읽었음은 잘 알 수 있으나 코난 도일의 이름을 몰랐다고 하는 것은 도무지 믿어지지 않는다. 르블랑이 뤼빵을 쓰기 시작했을 무렵 도일은 이미 홈즈 시리즈를 40편이나 발표했으며, 르블랑의 일련의 초기 단편집 가운데도——처녀 출판된 《괴도 신사 뤼빵》 중의 마지막 장은 《한 발 늦은 홈즈》이다——홈즈를 등장시키고 있지 않은가. 오히려 르블랑은 도일의 존재를 크게 의식하고 그를 앞지르려는 심정이 있었으므로 그 이름을 알지 못했다고 하는 것은 꾸밈이라고나 할까, 일종의 시니시즘이어서 르블랑의 냉소적인 일면을 잘 나타내고 있다고 생각된다.

이러한 조소적인 성격은 작중 인물인 괴도 뤼빵의 행동에도 잘 나타나 있으며, 또한 그것이 그의 자존심이랄까, 강한 콧대와 함께 이 괴도 신사의 매력이다.

단편 《체포된 뤼빵》에 이어진 일련의 뤼빵 시리즈로 문단에 데뷔한 모리스 르블랑은 이미 그러한 단편을 모아 간행한 《괴도 신사 뤼빵》의 마지막을 장식한 《한 발 늦은 셜록 홈즈》에서 보여 주듯이, 코난 도일의 명탐정 셜록 홈즈를 괴도 뤼빵과 대결하게 한 두 번째 작품 《아르센 뤼빵 대 엘로륵 쇼르메스》와 계속되는 정계의 의옥(疑獄) 사건을 다룬 장편 《수정 마개의 비밀》이 호평을 얻어 문단에 확고부동한 지위를 확보했다. 그는 계속하여 프랑스 역사상의 전설에서 취재한 소재로 《기암성(奇岩城)》을 썼다.

이 작품에서는 괴도 뤼빵——인정 많고 정의를 사랑하며 멋쟁이고 교양 있고 때로는 농담으로 상대를 어리둥절케 하는, 성격이 밝고 대담하며 말할 수 없이 강한 괴도 신사——과 그 상대역인 고교생 이지도르 보트를레 소년이 등장하여, 이 소년 탐정이 홈즈나 민완 경감

가니마르를 앞지르는 명민한 추리력으로 활약한다. 무대는 작자가 너무나 잘 아는 프랑스 북부 빠리에서 아미앙, 르아브르를 연결하는 삼각지대이다.

이 이야기에 나오는 "에귀유 크뢰즈"는 실제로 노르망디 해안에 있는 지명이며, 르아브르 항구에서 20킬로미터쯤 떨어진 곳에 "아바르 문"이라고 불리는 기암이 바다 위에 우뚝 솟아 있다. 그 에귀유 크뢰즈 성(기암성)에는 옛날부터 내려오는 케사르의 수수께끼가 감추어져 있으며, 영국의 모든 왕이, 이어 프랑스의 모든 왕이 그들의 재보를 숨겨 두기에 이르렀으며, 그것이 이제 아르센 뤼빵의 소유가 되었던 참에 보트를레 소년이 암호문의 수수께끼를 풀어 마침내 그 비밀 보고에 접근하는 것이다. 그러나 거기에 이르기까지에는 여러 번 사건이 반전되며, 변장에 능란한 뤼빵에 의해 보기좋게 조종당한 소년 탐정은 가끔 정신없이 뛰어다닌다.

실로 뤼빵 시리즈의 통쾌함은 그 변장의 묘에 있는데, 이 작품에서도 한 사람이 여러 사람의 역할을 한다. 크뢰즈 현 에귀유 성의 주인 루이 바르멜라나 문예학사원 회원인 마시방 노인이나, 모두 그것이 뤼빵이라는 것을 알지 못한다. 이렇게 이 작품만이 아니라 대부분의 작품에서 뤼빵은 여러 사람의 역할을 하면서도 전혀 부자연한 느낌을 주지 않는다.

르블랑의 작품에는 언제나 따뜻한 휴머니즘이 흐르고 있다. 상대를 끝까지 추적하여 괴롭히지만 절대로 살해하지 않는, 진정한 악인이 아닌 뤼빵은 동시에 기사도를 알고 있는 페미니스트이다. 그렇기 때문에 그에게 상처를 입힌 가련한 레이몽드를 사랑하여 그녀의 사랑을 얻어 냄으로써 그녀와 함께 성실한 사람이 되어 평화로운 생활을 보내고 싶어했던 것이다.

이러한 인간미와 애정은 그의 모든 작품에 깊게 뿌리 내리고 있으며, 이것이 그의 작품이 단순한 흥미 본위의 미스터리소설과 구분되는 점이라 하겠다.

또한 르블랑은 본디부터 옛 성에 대한 동경이 짙어 즐겨 이를 무대로 활용하곤 했는데, 이 작품에서는 기이한 이야기로 채색된 옛 성 취미를 마음껏 펼치고 있다. 한 조각의 옛 문서에 감추어진 비밀은 끝없이 이어져, 철가면과 마리 앙뜨와네뜨에까지 이르고 있다. 프랑스 사람만이 아니라 소설을 사랑하고 즐기는 독자에게는 더할 나위 없이 좋은 소재로, 이 때문에 독자는 또한 작자의 분방한 공상에 빨려들어가고 마는 것이다.